Patrick Fogli

Schweig, bis sie dich kriegen

Patrick Fogli, geboren 1971 in Bologna, liebt Tennis, Bücher, Filme und die Musik von U2. Tagsüber entwickelt er Firmensoftware und Internetseiten. Abends bastelt er perfekt geölte Spannungsmaschinen, in denen kein Rädchen hakt. Vorsicht, wer einmal einsteigt, kommt bis zum Schluss nicht mehr raus! Bei Aufbau erschien 2007 sein fulminantes Debüt »Langsam, bis du stirbst«.

Commissario Marra hat in diesen späten Augusttagen alle Hände voll zu tun, denn innerhalb von nur drei Tagen landen drei Mordfälle auf seinem Schreibtisch im hoffnungslos unterbesetzten Kommissariat von Bologna: die zerstückelte Leiche eines als vermisst gemeldeten Mädchens, eine Edelprostituierte mit aufgeschlitzter Kehle und ein durch einen Schuss aus nächster Nähe hingerichteter Ladenbesitzer. Alle drei Verbrechen scheinen dieselbe Handschrift zu tragen, die eines eiskalten, höchst professionellen Killers, der nichts dem Zufall überlässt. Und wirklich mehren sich die Zusammenhänge zwischen den drei Todesfällen, die auf einen Kinderentführer-Ring und eine höchst brisante Erpressung hinweisen. Doch das verschwommene Bild, das sich dem Kommissar bietet, will einfach keine Konturen annehmen. Kein Wunder, denn im Hintergrund setzen dubiose Gestalten, die sich hinter Namen wie »der Graue«, »der Sheriff« oder »Varo Borja« verbergen, alle Hebel in Bewegung, um Marras Ermittlungen zu blockieren. Und es hat ganz den Anschein, als wären die Hebel, an denen sie sitzen, weit länger als die des Kommissars.

Patrick Fogli

SCHWEIG, BIS SIE DICH KRIEGEN

Kriminalroman

Aus dem Italienischen
von Verena von Koskull

aufbau taschenbuch

Die Originalausgabe unter dem Titel
L'ultima estate di innocenza
erschien 2007 bei Edizioni Piemme, Casale Monferrato.

Quellenangaben auf Seite 645

ISBN 978-3-7466-2487-7

Aufbau Taschenbuch ist eine Marke der Aufbau Verlag GmbH & Co. KG

1. Auflage 2009

Einbandgestaltung Mediabureau Di Stefano, Berlin
unter Verwendung eines Fotos von Paula Friedrich, bobsairport
Druck und Binden CPI – Clausen & Bosse, Leck
Printed in Germany

www.aufbau-verlag.de

Gewidmet

Liliana,
für das Leben, die Zärtlichkeit und das Lächeln

Roberto,
für seine Ausdauer und Kraft

Alessandra,
die noch immer lachen, weinen und
von ganzem Herzen leben kann

Und Marina Quattrocchi

Lucas Corso wusste es besser, er wusste, dass es immer noch möglich war, sich ein Schlachtfeld zu suchen und sich seinen Lohn als Söldner zu verdienen, der luzid blieb, selbst wenn die Schlacht verloren war. Im dunklen Raunen Tausender von Verlierern, die auf dem Rückzug waren, hielt er standhaft Wache zwischen Gespenstern aus Papier und Leder.

Arturo Pérez-Reverte, *Der Club Dumas*

Wenn ich ganz reglos bleiben könnte, ohne zu sprechen oder zu denken, ohne zu flehen, zu weinen, zu erinnern oder zu hoffen, wenn ich mich in das vollkommene Schweigen versenken könnte, vielleicht würde ich dich dann hören können, Tochter.

Isabel Allende, *Paula*

Das Wasser ist ein blindes Geräusch in der Nacht.

Der Polizist sieht es in der Ferne mit der mondlosen Nacht verschmelzen.

Ein einziger schwarzer Spiegel, der alles verschluckt. Nur unten an der Gasse blitzt hier und da ein Lichtreflex auf; manchmal so flüchtig, als wäre er nur Einbildung. Wie die Geschichte, die er gerade gehört hat. Ein Märchen wie geschaffen für den Karneval, den er drei Stockwerke tiefer vorbeiziehen sieht.

Nur, dass sie wirklich passiert ist.

»Schildern Sie mir bitte alles noch einmal. Von Anfang an.«

Pantalone hat die Maske hochgeschoben. Er hat sie aus dem Gesicht gezogen, als er vor fast einer Stunde hereingekommen ist. Trotz der abendlichen Kälte steht ihm der Schweiß auf der Stirn und seine Augen sind gerötet.

»Das ist das dritte Mal, Herr Inspektor«, stammelt er.

Der Polizist legt sich die Hand auf die Brust als wäre sie sein Gewissen.

»Bitte. Wiederholen Sie es noch einmal.«

Pantalone nimmt die Maske herunter. Behutsam legt er sie auf den Tisch. Er sieht Colombina an. Auch ihre Augen sind rot. Das Haar quillt unter der Haube hervor, die Hände liegen im Schoß und sind so fest ins gestreifte Kleid verkrallt, dass die Fingerknöchel weißer sind als der Stoff.

Irgendwo draußen explodiert ein Knaller. Doch niemand im Zimmer erschrickt. Das, was ihnen Angst macht, ist so viel realer.

»Na, komm …«, flüstert Colombina. Ihre Stimme ist kaum zu hören.

Pantalone starrt sie an, als erkenne er sie nicht. Dann zieht er die Nase hoch und fängt von vorn an.

Es sind nur wenige Worte. Vielleicht ein paar hundert. Und es sind immer die gleichen.

Dann stützt er die Ellenbogen auf die Knie und vergräbt das Gesicht in den Händen.

Colombina hingegen sitzt kerzengerade da, mit bemüht erhobenem Kopf, den Blick starr geradeaus gerichtet.

»Sie ist doch so klein, Herr Inspektor. Finden Sie meine Paola wieder.«

Der Polizist sieht zuerst seinen Vize an und dann hinab auf die vor Menschen wimmelnde Straße. Als er sich wieder dem Zimmer zuwendet, hofft er, am Ende des Flurs einen seiner Männer mit dem Mädchen an der Hand auftauchen zu sehen. Das Prinzessinnenkleidchen verdreckt, die Augen tränennass.

Doch da ist nichts. Nichts als die defekte, flackernde Neonröhre jenseits der offenen Tür.

»Eine Bauta. Es war eine Bauta«, wiederholt Pantalone.

Der Polizist sieht diese Maske vor sich, vor der er sich schon immer gefürchtet hat. Den Dreispitz, den schwarzen Umhang, die fließende, alles verschleiernde Silhouette.

Ein Schatten in der Nacht.

»Sie werden sie finden, nicht wahr?«

Colombina sieht ihn an, als würde sie gleich zerbrechen. Ein trockener Ast unter einem allzu schweren Fuß.

Der Polizist will etwas antworten.

Dann beginnt am Canale Grande das Feuerwerk, und alles wird vom Lärm verschluckt.

Erster Teil

STAUB UND SCHLAMM

Ich habe mir die Hände in schlammigem Wasser gewaschen, ich habe mir die Hände gewaschen, doch sie sind nicht sauber geworden.

Salman Rushdie, *Der Boden unter ihren Füßen*

Freitag, 20. August 2004

Die Straße hat die Farbe des Staubes.

Wie alle Straßen in Bagdad. Ich habe mich oft gefragt, ob es schon immer so war oder ob auch das mit dem Krieg gekommen ist. Selbst die Luft ist so, getrübt von einem Dunst, der sich rasch im allzu tiefen Blau des Himmels verliert. Es gibt kaum etwas, das diesen Himmel befleckt. Abgesehen von den Hubschraubern.

Abdel zeigt sie mir. Rechts über einer Häusergruppe lösen sie sich vom Horizont. Von weitem sehen sie aus wie drei kleine, graue, am Augusthimmel taumelnde Fliegen.

Ich stehe auf, und während ich sie fotografiere frage ich mich, was es dort so Wichtiges gibt, das sie anzieht. Welche Scheiße sie diesmal umschwirren. Ob sie selbst sie vom Himmel haben fallen lassen oder jemand am Boden sie verbrochen hat. Ich frage mich das jedes Mal, wenn ich sie sehe.

»Das war's«, sagt Abdel, und ich weiß nicht, was er meint.

Er lächelt über meinen ratlosen Blick. Ich lasse die Kamera auf die Brust sinken und sehe ihn an. Wir sitzen in einem Restaurant vor einem auf unerfindliche Weise eisgekühlten Bier. Die Sonne steht senkrecht am Himmel, ein paar Autos fahren vorbei, von weitem ist der Trubel des Marktes zu hören. Ich reibe mir die Augen, und einen Moment lang habe ich das Gefühl, an einem normalen Ort zu sein, auf der Veranda eines x-beliebigen Restaurants, um Kebab zu essen und mit jemandem, den ich seit über zehn Jahren kenne, Schwachsinn zu reden, während die

Leute ringsum miteinander plaudern und die Stadt sich scheinbar grenzenlos vor mir erstreckt.

Dann öffne ich die Augen wieder, und das Erste, was ich sehe, ist ein Militärkonvoi und ein paar irakische Polizisten, die Richtung Markt unterwegs sind. Irgendwo ertönt ein Knall, der alles Mögliche sein könnte. Eine Hinrichtung ebenso wie eine Hochzeit.

Dieser Ort ist absurd.

»Ich kann diese Hubschrauber nicht mehr sehen«, sage ich und trinke von meinem Bier. Abdel schüttelt den Kopf, als hätte ich etwas Lustiges gesagt. Er ist dürr wie ein Besenstiel. Doch er hat dieses Lächeln, das sich ins Gedächtnis gräbt und einen nicht mehr loslässt. Vielleicht hat al-Dschasira ihn auch deshalb hierher geschickt und vor die Kamera gestellt. Er macht nicht nur einen guten Job, er ist auch noch marokkanischer Moslem, der ohne große Mühe Arabisch, Englisch und Italienisch spricht. Nachdem er drei Jahre in Bologna studiert hatte, wurde ihm klar, dass Medizin nichts für ihn ist. Und dass ihm Italien zu eng werden könnte.

Er spielt mit dem Saum seines karierten Hemdes und lässt den Blick von mir zu meinem Objektiv wandern.

»Wie viele von diesen fliegenden Dingern hast du schon fotografiert?«

»Zu viele«, antworte ich und starre an den Marines vorbei, die gerade eine Häusergruppe kontrollieren. Ich bin nervös. »Was hast du vorhin gemeint?«

»Dass du nach Hause fährst.« Er hält mir seine Colaflasche hin, um mit mir anzustoßen. Ich proste ihm zu, und während mir das Bier die Kehle hinabrinnt und ein Schweißtropfen über die Schläfe perlt, denke ich, dass er mir fehlen wird. Ich werde gleich meine Sachen packen und mich aus dem Staub machen, er wird noch ein wenig bleiben. Dieser Drink ist mein letzter Ausflug hier, zumindest für eine lange Zeit.

Es gibt hier nichts mehr zu erzählen. Nichts, das sich wirklich zum Guten wenden könnte. Es ist zu viel Unkraut gesät worden, als dass es sich mit Gartenarbeit ausmerzen ließe. Und im Grunde hat niemand wirklich Lust, den Gärtner zu spielen.

»Ich habe ein Geschenk für dich.«

Er sagt das einfach so, während der fast vergessene Duft von gegrilltem Fleisch die Luft erfüllt.

»Du bist ein Arsch.«

»Vorsicht. Schimpfwörter sind das erste, was wir Ausländer von deiner Sprache lernen.«

»Du bist trotzdem ein Mistkerl.«

»Wahrscheinlich hast du recht, ich hab's nämlich im Auto liegenlassen.«

Er steht auf und winkt unserem Fahrer Aji zu, der neben der Kasse steht und sich eifrig mit seinem Vetter, dem Restaurantbesitzer, unterhält. Hier scheint jeder mit ihm verwandt zu sein. Einmal hat er versucht, uns seinen Stammbaum darzulegen, bis ich ihn schließlich gebeten habe, aufzuhören. Ich weiß nicht, ob es an Abdels Übersetzung aus dem Arabischen lag oder daran, dass sämtliche Namen gleich klangen, aber er schien ständig von derselben Person zu reden.

»Ich bin sofort wieder da. Wenn ich zurückkomme und es fehlt was von meinem Fleisch, hacke ich dir die Hände ab. Du weißt doch, was sie bei uns mit Dieben machen?«

Er entfernt sich einen Schritt und fängt die Autoschlüssel, die Aji ihm zuwirft. Der Schlüsselbund fliegt über einen Tisch mit drei Europäern hinweg, einer fetter als der andere. Als ich zu Abdel Arsch gesagt habe, hat sich einer nach mir umgedreht. Italiener, ganz eindeutig. Hier wimmelt es nur so von Europäern, die hier nichts verloren haben. Niemand weiß, dass sie hier sind, noch, was sie hier wollen. Und so werden im Zweifelsfalle alle zu *Geschäftsleuten*.

Ich trinke mein Bier aus und sehe ihm nach. Eilig verschwindet er in Richtung der Allee, die parallel zu der Straße vor dem Restaurant verläuft. In der gleißenden Sonne sind seine Khakihosen kaum zu sehen. Er sieht aus wie ein Rumpf, der mager und orange wie sein kariertes Hemd durch die von Staub und Hitze flirrende Luft schwebt. An unserem Geländewagen bleibt er stehen und beugt sich hinein.

Irgendwo hört man Autoreifen quietschen, doch ich achte zunächst nicht darauf. Dann sehe ich den Konvoi dunkler Wagen die Allee heraufkommen. Von ganz hinten links tauchen sie auf. Es sind vier. An der Spitze fährt ein Panzer der Marines. Zwei Männer schauen aus dem Turm heraus, ein dritter steht auf einem seitlichen Trittbrett, das wie eine Flosse aussieht. Die Maschinengewehre im Anschlag, als hielten sie nach etwas Ausschau.

Ich weiß nicht warum, aber ich kann meinen Blick nicht losreißen. Den vier Wagen folgt ein zweiter Panzer. Vier Männer, vier Gewehre.

Abdel bückt sich noch immer in den Geländewagen. Jetzt hat er sich auf den Sitz gekniet und scheint im Handschuhfach herumzukramen. Das gefällt mir nicht. Ich wünschte, er würde aufhören und wieder zurückkommen.

Der Konvoi hat die Allee halb zurückgelegt.

Meine Hände schwitzen. Ich stehe auf und mache ein paar Schritte nach vorn. Der dicke Italiener dreht sich kurz nach mir um.

»Na los, Abdel, das Geschenk kannst du mir doch auch nachher geben. Komm da weg.«

Aji dreht sich um und sieht mich an. Ich muss einen recht merkwürdigen Gesichtsausdruck haben, denn er macht mir Zeichen. Ich deute auf den Konvoi, und er hält inne. An einem Ort wie diesem steht das Gefühl im Vordergrund. Manchmal zählt nichts anderes. Doch Aji teilt mein Gefühl offenbar nicht, er scheint auf der Straße nichts Auffälliges zu entdecken.

Fünfzig Meter von unserem Geländewagen entfernt parkt ein graues Auto. Es ist ein alter Mercedes aus den Siebzigern. Die Stoßstange ist verbeult, ein Scheinwerfer kaputt. Es gibt hier unzählige davon. Und es ist auch nicht das Auto, das ich anstarre.

Es sind die beiden Typen darin. Sie sitzen vorn. Reglos. Von der Veranda des Restaurants aus, im Gegenlicht und mit der Sonne, die sich grell auf der Karosserie spiegelt, sehen sie aus wie Schatten, wie Pappschablonen, die als Attrappe für etwas dienen.

Weg da, Abdel. Schnell weg.

Sie öffnen die Tür und steigen aus. Es sind zwei Männer. Zwei Durchschnittsgesichter in T-Shirts und stinknormalen Hosen. Sie tragen weder Jacken, unter denen sie etwas verstecken könnten, noch halten sie etwas in der Hand, das nach Fernsteuerung aussieht. Sie wechseln ein paar Worte, die ich nicht verstehe, und kommen auf das Restaurant zu.

Der Konvoi kriecht an ihnen vorbei, nähert sich unserem Geländewagen, beschleunigt und fährt weiter. Mein Blick wandert zu Abdel zurück, der die Tür zuwirft. Er hält ein blaues Päckchen in der Hand.

Er sieht zu mir herüber und winkt mir zu.

Vielleicht werde ich paranoid. Ich wische mir die Hände an meinen Jeans ab und winke zurück. Dann greife ich nach meinem Fotoapparat und richte das Objektiv auf ihn.

Ich habe gerade das erste Bild gemacht, als auf der Allee alles in die Luft fliegt.

Das Einzige, was ich noch sehe, ehe die Druckwelle und der Instinkt mich unter einen Tisch katapultieren, ist ein Fleck von der Farbe seines Hemdes, der nach links fliegt.

Er hebt ab und wirbelt empor wie ein Blatt Papier im Wind.

Es ist zu hell.

Das Gefühl hat er ständig, seit er aufgewacht ist. Ein gleißendes Licht, das in seinem Kopf explodiert und ihn am Denken hindert.

Jemand redet.

Er ist nicht mehr an Worte gewöhnt. An den Klang, an die Gesten der Leute, die sie aussprechen. Und an das Licht. In den schlimmsten Momenten glaubt er, dass er sich deshalb an nichts mehr erinnert. Das Licht dringt durch die Augen ein und lässt die Gedanken bersten. In dem Lärm, den all diese Worte machen, geht das, was er wissen müsste, unter.

Also bittet er immer um Ruhe. Mühsam, denn seine Stimme gehorcht ihm noch nicht, und manchmal ist es, als wäre seine Kehle mit winzigen Schnitten übersät, die mit jedem Atemzug, mit jedem winzigen, schmerzhaften Versuch, etwas herunterzuschlucken, wieder aufreißen.

Nach fast sechs Monaten Koma braucht die Stimme Zeit, um wieder Stimme zu werden. Das Gleiche gilt für die Augen. Deshalb besteht er auf heruntergelassene Rollläden, die die Augustsonne aussperren.

Doch wenn er dann dort im stillen Halbschatten liegt, fehlen ihm das Licht und die Worte. Es gibt viele Dinge, an die er sich nicht mehr erinnert, doch dass er die Sonne immer gemocht hat, weiß er nur zu genau.

Ebenso die Worte. Ihnen zuzuhören, wohlgemerkt. Denn zu sagen hatte er noch nie viel. Zu denken allerdings schon.

Und jetzt muss er auch noch seinen Erinnerungen nachjagen und auf die Suche nach sich selbst gehen.

Eine Obsession, die ihn eiskalt erwischt hat, kaum dass er die Augen aufgeschlagen und die Zimmerdecke der Intensivstation des Ospedale Maggiore von Bologna erblickt hatte. Riesig, ein weißer, unbekannter Ozean.

Er hat einmal gehört, während des Komas habe man seltsame Träume, manch einer sehe sogar einen Tunnel mit einem Licht am Ende. Und dieses Licht sei das Paradies oder etwas

Ähnliches. Er war nie religiös, für ihn hatte es sich lediglich angefühlt, als wäre er völlig erledigt aus einem ewig langen Schlaf erwacht, der ihn mit dem brennenden Wunsch weiterzuschlafen wieder in die Wirklichkeit entließ.

Und während dieses Schlafs sind einige Dinge seines Lebens abhandengekommen, untergegangen in einem Nichts, das er verzweifelt zu durchdringen versucht. Das ist das Schlimmste. Nicht das Bewegen der Arme und Beine. Nicht die vorsichtigen Sprechversuche, bei denen selbst die einfachsten Worte Mühe kosten.

Ja, nein, Licht, danke.

Nichts dergleichen.

Erinnern.

Man hat ihm erzählt, er hätte einen Unfall gehabt. Er sei auf der Via di Casaglia mit dem Auto in das Tor einer Villa gerast. Zuerst ließ ihn das völlig kalt. Während sie mit ihm sprachen, war ihm aufgefallen, dass er weder Arme noch Beine bewegen konnte, und das hatte seine ganze Aufmerksamkeit in Beschlag genommen. Doch dann hatte er angefangen nachzudenken und festgestellt, dass er sich an nichts erinnern konnte.

Nicht an den Unfall, nicht an den Tag des Unfalls, nicht an den Grund, weshalb er um elf Uhr abends auf der Casaglia unterwegs gewesen war, während seine Frau mit einer Freundin im Kino gesessen hatte. Dasselbe galt für zahllose andere Kleinigkeiten. Allen voran für die Bremsung.

Man hatte ihm gesagt, sein Auto sei bei einer jähen Vollbremsung von der Fahrbahn abgekommen, als hätte er einem Hindernis ausweichen wollen.

»Ein Tier«, hat er gedacht. Manchmal rennen die einem ganz plötzlich vors Auto und geraten unter die Räder. Doch da war nichts gewesen. Nur die Reifenspuren auf dem Asphalt, wie ein Echo von Etwas, das seinen Weg gekreuzt hat und im Nichts verschwunden ist.

»An was denken Sie, Doktor Ferrari?«, fragt eine Stimme rechts von ihm, und er wendet den Kopf.

Ferrari, genau. Michele Ferrari.

Und Doktor, denn er ist Diplomingenieur. Wenn man sich weder erinnert, was man gemacht hat, noch wer man ist, sind ein Name und ein Titel nicht viel wert. Aber sie sind ein Anfang.

»Dass ich gern in der Sonne lag«, flüstert er langsam. Wenn er sich reden hört, kommt er sich noch immer vor wie ein irrer Telefonstalker aus einem amerikanischen Horrorfilm.

Die Krankenschwester sieht ihn an und lächelt. Ihr Lächeln ist nett, nicht aufgesetzt.

»Es ist Zeit für Ihre Medizin und für die Therapie.«

Michele stützt sich auf die Ellenbogen. Vor drei Wochen war er noch nicht einmal in der Lage, den Kopf zu drehen. Dank der Physiotherapie kann er jetzt wieder gehen und sich bewegen. Allmählich erinnert sich sein Körper wieder, und das immer schneller.

Hoffentlich nimmt sich sein Gedächtnis ein Beispiel daran.

Er schluckt die rote Pille. Die Schwester hilft ihm beim Hinlegen. »Ihre Frau ist draußen, soll ich sie herholen?«

»Ja, danke.« Er legt den Kopf auf das Kissen.

Seine Frau. Mirella. Braunes Haar und sanfter Blick. Mirella, die ihn übermorgen wieder nach Hause holen wird. Und bei der er sich an etwas erinnern zu müssen glaubt. Etwas, das ihm ganz und gar nicht gefällt.

»Was glauben Sie, wie lange sie schon dort liegt?«, fragt links eine Stimme, und Kommissar Giovanni Marra dreht sich um.

Staatsanwalt Antonio Terzi steht neben ihm am Grubenrand. Er sieht nicht hinunter. Sein Blick geht woandershin, wie bei fast allen an diesem Punkt des Parco Talon, der sich bis zum Ufer des Reno hinabzieht. Nur Marras Aufmerksamkeit ist auf den Inhalt der Kuhle gerichtet. Seine und die der beiden Helfer, die mit dem Schippen fast fertig sind.

»Fragen Sie den Gerichtsmediziner. Er muss jeden Augenblick hier sein«, antwortet er, sieht wieder in die Grube hinab und wischt sich den Regen von der Stirn. Es regnet seit mindestens drei Stunden, und der anfängliche Wolkenbruch ist einer nicht enden wollenden Dusche kleiner, schneller Tropfen gewichen, die wie ein aus dem Takt gekommenes Metronom auf Staatsanwalt Terzis Anglerhut trommeln.

»Ich frage aber Sie. Sie werden doch irgendeine Vermutung haben.«

Natürlich hat er eine. Aber er will damit nicht herausrücken. Vielleicht weil er hofft, dass sie nicht zutrifft. Weil er Hüte und Mützen hasst und bis auf die Knochen durchnässt ist. Weil das, was die Erde dort freigibt, dermaßen absurd und zugleich so sonnenklar ist, dass sich Doktor Terzi seine eigene Meinung bilden soll.

»Sehr lange«, sagt er nur, ohne den Blick abzuwenden.

Einer der Helfer schafft einen großen Erdhaufen zur Seite. Quälend langsam stößt er den Spaten in den Schlamm. Sobald das Metall auf etwas trifft, hält er inne, hebt das Werkzeug und leert es. Dann fängt er von vorn an. Seit fast einer Stunde arbeiten die beiden so vor sich hin, mit geräuschlosen, harmonischen Bewegungen, als vollführten sie ein Ritual.

Dann hören sie plötzlich auf.

»Wir sind fertig, Signor Commissario.«

»Danke«, raunt Marra, tritt näher heran und hockt sich hin.

Die Erde wimmelt von Würmern. Die Leiche steckt in einem großen, durchsichtigen Plastiksack, der an zwei Seiten offen ist. Sie liegt auf der linken Seite, fast rücklings. Das Haar ist hell, womöglich blond. Es schaut an einer Seite des Sackes hervor, zusammen mit einer Hand. Die Hand ist emporgereckt, als wolle sie auf etwas zeigen. Das Fleisch ist grau wie ein Gewitterhimmel. Wie der Himmel heute. An vielen Stellen ist deutlich der blanke Knochen zu sehen. Alles andere ist unter dem verdreckten Kunststoff verborgen.

Es ist ein Kind.

Marra hat es sofort gesehen. Die kleinen Finger, das zarte Handgelenk. Die schmalen Schultern, die sich durch das blinde Plastik nur erahnen lassen.

Ein Kind. Vielleicht ein Mädchen. Das wird sich bei der Autopsie herausstellen.

Oder wenn das fehlende Stück gefunden wird.

Auch das hat er gleich gesehen. Als der plastikverhüllte Körper unterm Lehm allmählich zum Vorschein kam, war ihm sofort klar, dass er zu klein ist. Die Proportion zwischen der Hand und dem Rest ist beängstigend falsch.

Er dreht sich nach Terzi um. Jetzt sieht auch der in die Grube. Jemand nähert sich und weicht fluchend und hustend zurück. Der Geruch, der aus der Kuhle aufsteigt, erstickt alles andere. Selbst den Duft des Augustregens. Marra hebt den Kopf und sucht den Blick des Staatsanwalts, dem der Regen in silbernen Dolchen von der Krempe rinnt.

»Sie haben sie durchtrennt«, sagt er. »Kurz über dem Schambein. Das ist einfacher.«

»Die muss seit dem Frühjahr hier liegen.«

»Vielleicht auch länger.« Er verstummt und steht auf, den Blick auf die Leiche geheftet. Es herrscht eine unwirkliche Stille. Nur das entfernte Rauschen des Reno ist zu hören. »Wir müssen graben.«

Terzi nickt. »Es ist ein Mädchen.« Seine Worte klingen gedämpft, als trüge er eine Atemmaske.

Marra mustert die Haarsträhne, die aus dem Sack hervorlugt, die ausgestreckte Hand, die nach irgendetwas zu greifen scheint. »Es ist ein Mädchen«, wiederholt er, doch nur aus Instinkt.

Dann bemerkt er etwas. Es steckt im Schlamm, direkt unter dem Handgelenk. Er tritt näher.

»Giusti!«

Ein Beamter der Spurensicherung eilt herbei. Marra streckt den Finger aus.

»Sehen Sie das?«

Giusti sagt nichts. Er bückt sich und zieht eine Art Pinzette und einen Plastikbeutel hervor. Er sticht die Pinzette in den Schlamm und hält Marra schließlich den Beutel hin.

Ein Armband ist darin. Zwischen den Erdklumpen, die daran kleben, sind die Buchstaben einer Gravur zu erkennen: *Pao Vi ni.*

»Verdammt«, wispert Marra. Einen ganzen Monat lang hat er dieses Armband gesehen, jeden Tag. Und mit ihm sämtliche Italiener, die die Verbrechensmeldungen verfolgen, und zwar die blutrünstigsten, die jeden Nachmittag im Fernsehen laufen. Er tritt auf Terzi zu.

»Paola Vigliani«, sagt er und zeigt ihm das Armband.

Dann geht er Richtung Schotterstraße davon, um wieder atmen zu können.

Der Anruf kommt gegen vier Uhr morgens.

Ich gehe ran, ohne den Namen auf dem Display zu lesen.

»Hallo«, krächze ich.

»Hallo«, erwidert sie. Es klingt wie eine Fahrt in der Achterbahn: das *a* leicht erhöht, das *o* fast entglitten, eine flüchtige Liebkosung.

Giulia.

Ich stütze mich auf die Ellenbogen, rücke das Telefon zurecht und versuche mich zu räuspern.

»Was verschafft mir die unverhoffte Ehre?«

»Habe ich dich geweckt?«

Sie überhört meine Frage. Wie immer, wenn sie nicht antworten will oder kann. Wenn ihre Worte zu viel von ihr preisgeben könnten.

»Weißt du eigentlich, wie spät es ist?«

»Kurz vor zwei«, flüstert sie.

Vor zwei Jahren hatte ich mich unter anderem wegen ihrer Art zu sprechen in sie verliebt. Heute, wo nichts mehr zwischen uns ist, bohrt sie sich lediglich wie ein Nagel in meine Kehle. Ganz langsam.

»Hier ist es vier.«

»Wieso, wo bist du denn?«

Sie hat sie einfach so hingeworfen, die Frage. Wie ein Bonbonpapier, das man fallen lässt und dabei hofft, dass es niemand sieht.

»In Kuwait City«, antworte ich.

Um sicherzugehen, schalte ich die Nachttischlampe ein und atme kurz den Geruch nach Neuem ein, der weltweit allen Zimmern großer Hotels zu eigen ist.

»Ach«, sagt sie nur.

Am liebsten würde ich sie fragen, weshalb sie mich nach sieben Monaten Funkstille anruft und ob sie weiß, weshalb ich hier bin. Ob sie weiß, dass ich, nur um ihr zu entkommen, in der größten Kloake der Erde gelandet bin und einen Freund wie ein weggeworfenes Streichholz habe sterben sehen.

Am liebsten würde ich sie noch ganz viele andere Dinge fragen, die ich irgendwo in meinem Kopf vergraben habe. Aber ich bin nicht schnell genug.

»Wie geht es dir?«

»Abdel ist tot.«

Ich sage es brüsk und ohne Vorwarnung. Um ihr wehzutun, denn immerhin kannte sie Abdel auch. Sie ist auch mit ihm essen gegangen, hat mit ihm gelacht, mit ihm rumgeflachst oder ihn plötzlich ganz ernst von seiner Heimat und seiner Arbeit reden hören. Jetzt soll sie gefälligst auch ihre Portion Schmerz abkriegen.

»Eine Autobombe«, fahre ich fort und hämmere die Worte in unsere Sprachlosigkeit. Und während ich ihr von Abdel erzähle, sehe ich den harten, grimmigen Gesichtsausdruck vor mir, mit dem sie einen ansieht, wenn sie Anteil nimmt.

Dass ich nur darauf gewartet hatte, dass etwas passiert, als die Autobombe hochgegangen ist.

Dass ich schon seit Tagen darauf gewartet hatte, dass etwas passiert.

Dass ich damit gerechnet hatte, dass dieser Drecksmercedes in die Luft fliegt, und dass sie stattdessen die Einzelteile der beiden Typen in zehn Meter Entfernung aufgesammelt haben.

Dass ich ihn fotografiert habe, als es passiert ist, und mit meiner Kamera den Augenblick eingefangen habe, als alles in die Luft flog, aber noch nicht den Mut hatte, es mir anzuschauen.

Dass er aussah wie ein Schnipsel Konfetti, das die Kinder zu Karneval in die Luft werfen, um den grauen Himmel bunt zu färben.

Dass ich, nachdem ich mich hochgerappelt hatte und über die Straße gelaufen bin, während mir die Kamera wie eine Faust gegen das Brustbein schlug, ihn sofort gesehen habe.

Dass ich einen Marine angebrüllt habe – *fackjuässhole*, habe ich ihm ins Gesicht geschrien –, weil er mich nicht vorbeilassen, nicht sehen, nicht hören wollte.

Dass alles voller Qualm war.

Dass, als ich mich über ihn beugte, er ein Auge geschlossen hatte, die Haut seines Gesichtes aussah wie ein zerfleddertes Buch und sein Haar unglaublich schwarz und glänzend war.

Dass ich meinen Blick einfach nicht von diesen Haaren losreißen konnte.

Dass er später in einem großen Aluminiumsack, aus dem nur der Kopf hervorschaute, ins italienische Rot-Kreuz-Krankenhaus gebracht wurde, das einzige, das in Bagdad auf schwere

Verbrennungen spezialisiert ist. Und dass ich mir sicher bin, dass er mir zugelächelt hat.

Dass, als er mich gesehen hat und ich begriffen habe, dass er mir etwas sagen will, nur ein morphinbelegter Hauch zu hören war.

»Mach dieses Foto nicht, mach es nicht.«

Ich habe es nicht gemacht, aber er ist trotzdem sofort gestorben. Ohne ein Wort zu sagen bin ich vier Stunden später ins Flugzeug nach Kuwait City gestiegen. Und während sich der Tag langsam hinterm Horizont aus Wüstensand und Wolkenkratzern verkroch, habe ich gedacht, dass es nicht fair ist, ausgerechnet an diesem Tag so einen Sonnenuntergang geboten zu kriegen.

Das alles sage ich.

Ob zu ihr oder zu mir spielt keine Rolle mehr.

»Wie geht es dir?«, fragt sie noch einmal. Und für einen kurzen Moment erfüllt ihre Stimme wieder jeden Winkel meiner Welt.

Du glaubst, du hättest ihr endgültig den Rücken gekehrt, ihr den Platz einer harmlosen Erinnerung zugewiesen, da taucht sie plötzlich wieder auf. Eine SMS, irgendeine läppische Kleinigkeit, und schon kommt alles wieder hoch.

»Es geht«, sage ich, nachdem ich nach einer angemessenen Antwort auf ihre Frage gesucht habe. Und es stimmt.

In Wirklichkeit weiß ich selbst nicht so recht, was ich denke. Ich weiß nicht, ob ich froh bin, sie zu hören. Doch auch wenn ich sie nicht mehr will, weiß ich, dass ich sie hin und wieder brauche.

Das ist eines der wenigen Dinge, die mir klargeworden sind, als ich mich ein paar tausend Kilometer von ihr entfernt habe.

»Was hast du denn in Bagdad gemacht?«, fragt sie, doch ich habe keine Lust mehr zu antworten.

»Ich bin müde«, sage ich. »Entschuldige. Ciao.«

»Ciao, Nicola«, höre ich sie noch sagen, als ich auflege. Und für einen kurzen Moment fällt mir wieder ein, was für einen absurden Effekt es auf mich immer hatte, sie meinen Namen sagen zu hören.

Jedes Mal, wenn sie auftaucht, treffen ihre Worte mich wieder an einem Punkt, den nur sie zu erreichen und zu zerstören weiß.

Doch es dauert nur kurz. Sofort kommt mir das Foto wieder in den Sinn, das ich nicht gemacht habe und das ich noch lange sehen werde, jedes Mal, wenn ich die Augen schließe, um ihnen eine Pause zu gönnen.

Als ich das Licht ausmache, kommt die SMS.

Melde dich, wenn du wieder in Italien bist.

Natürlich konnte sie mir das nicht vor einer Sekunde am Telefon sagen. Sie muss es mir schreiben.

Ich antworte nicht.

Samstag, 21. August 2004

»Können Sie sich inzwischen an etwas erinnern, Doktor Ferrari?«

Der Chefarzt Professor Righi sieht ihn an, und Michele versucht, ein freundliches Gesicht zu machen.

»Nein, noch immer nicht.«

Aber das stimmt nicht.

Superman wäre die richtige Antwort.

»Keine Sorge, früher oder später kommt alles wieder. Genau wie ihre Beweglichkeit.«

Gleiche Miene.

»Ja«, sagt er, doch das Einzige, woran er denken kann, ist Superman. Ein unterschwelliges Summen, das seine Gedanken begleitet. Ein Lichtstrahl im Dunkel der Erinnerungen.

Mirella sieht ihn an, streichelt seine Finger. Sie steht neben dem Bett und lauscht den Worten des Professors, als könnten sie sie vor dem Tode retten. Michele fährt ihr mit dem Daumen über den Handrücken. Nicht, weil ihm danach ist, sondern damit sie sich beruhigt und nach der Visite gleich wieder geht.

Er muss allein sein. Er muss nachdenken.

Über seinen Kopf, der sich anfühlt, als geriete er gleich ins Schleudern. Und über Superman. Er hat keine Ahnung, was es damit auf sich hat, doch es ist der erste Splitter, der aus dem Treibsand der Erinnerungen aufgetaucht ist und den er herausziehen muss, damit alles andere nachkommt.

»Sag mal, habe ich eigentlich Comics gelesen?«, hat er Mirella gestern während seiner Turnübungen gefragt. Seit Stunden schon war ihm diese Frage im Kopf herumgegangen, und er konnte sie einfach nicht mehr zurückhalten.

»Nein«, hat sie geantwortet und ihn mit großen Augen angesehen wie einen Volltrottel.

Und jetzt, während Professor Righi etwas über seinen Muskeltonus erzählt, fragt er sich, ob sie weiß, was Superman zu bedeuten hat. Denn seit dieser Frage hat sie etwas Wachsames an sich. Sie hat sich sogar angewöhnt, sich an sein Bett zu stellen und seine Hand zu berühren. Und sie lächelt ihn öfter an.

Ein Lächeln, das sie wieder aussehen lässt wie mit zwanzig, als sie sich kennenlernten. Damals, als er mit seinem tollen Diplom in der Tasche der verhassten ingenieurwissenschaftlichen Fakultät der Uni Bologna den Rücken gekehrt hatte.

Zweiundzwanzig Jahre ist das nun her, und manchmal hat sie diesen Ausdruck heute noch. Dann fällt ihm wieder ein, weshalb er sein Leben mit ihr teilen wollte.

Ehe Superman kam.

»... doch Ihre Gymnastik werden Sie auch weiterhin machen müssen«, sagt der Professor, und Michele hat nicht den leisesten Schimmer, wie der erste Teil des Satzes lautete.

»Selbstverständlich«, antwortet er und würde ihn am liebsten anbrüllen, er solle verschwinden.

Er wird sich erst dann wieder lebendig fühlen, wenn er weiß, was passiert ist. Und dieses Wort, das ihm im Kopf herumschwirrt, ist das Erste, an das sich seine Hoffnung klammern kann. Er weiß zwar nicht, weshalb, doch er ist sich sicher, dass es etwas mit der Nacht des Unfalls zu tun hat. Vielleicht sogar mit dem Unfall selbst.

Er muss es herausfinden.

Gerade jetzt, da Mirella ihn ansieht und versucht, seine Gedanken zu lesen. Jetzt, da sein Verstand ihm sagt, dass sie sich Sorgen macht und fürchtet, es könnte ihm nicht gut gehen, derweil seine nimmermüden Gedanken ihm zuraunen, dass sie ihn nicht deshalb so sorgenvoll ansieht.

Sondern weil sie befürchtet, er könnte sich erinnern.

An Superman vielleicht.

»Bevor Sie morgen gehen, schaue ich noch einmal vorbei«, sagt Righi und hält ihm die Hand hin.

Diesmal kommt Micheles Lächeln von Herzen. Endlich kann er Mirellas Hand loslassen. In wenigen Augenblicken wird er wieder allein sein.

Allein mit seiner Angst.

Als ich im Pendolino von Rom nach Bologna aufwache, habe ich sofort das Parfum in der Nase.

Es muss Tommy für Männer sein. Dabei bin ich mir sicher, dass mir eine Frau gegenübersitzt. Vielleicht, weil ich ihre Haut herauszuriechen meine.

Ich höre die raschelnden Bewegungen eines bekleideten Körpers und habe das Gefühl, seine Wärme dicht an meinen Beinen zu spüren. Dann öffne ich die Augen und verkneife mir ein Lächeln.

Sie ist ungefähr so alt wie ich. Um die fünfunddreißig, schlank und zart. Ein rotes Herrenhemd schmiegt sich um ihre Schultern. Die obersten Knöpfe sind geöffnet und zeigen gebräunte Haut. Dazu ein kurzer, aber nicht zu kurzer dunkler Rock. Instinktiv überlege ich mir, wie viele Zentimeter kürzer er sein müsste, damit man ihren Slip sehen könnte. Sie ist in einen Krimi von Giampaolo Simi vertieft. Das braune Haar fällt ihr in die Stirn.

Schließlich hebt sie den Kopf und sieht mich an. Dunkle Augen, die sich in meine Gedanken graben. Zuerst wirkt sie ein wenig verstört, doch dann huscht ein Anflug von Erleichterung über ihr Gesicht.

Gern würde ich noch mehr herauslesen, doch sie lässt mir keine Chance. Wortlos sieht sie wieder in ihr Buch und bläst sich eine Haarsträhne aus den Augen. Ehe ich mich's versehe, höre ich mich etwas sagen.

»Tut mir leid, wenn ich Sie enttäuscht habe.«

Offenbar ist sie die dämliche Anmache von Fremden gewohnt, denn sie schaut nur kurz auf.

»Wie bitte?«

Ihre Stimme ist weich und akzentfrei.

»Mein Anblick schien Sie zu enttäuschen.«

Sie lächelt. Ein Ausdruck, in dem alles Mögliche liegt. Sie wirkt verstört.

»Überhaupt nicht. Außerdem sitze ich Ihnen ja schon eine ganze Weile gegenüber.«

Sie scheint unschlüssig, ob sie das Buch zuklappen oder sich endlich der Lektüre hingeben soll. Jetzt kann ich auch ihren Blick besser deuten. Das, was wie Furcht aussah, könnte genauso gut Einsamkeit sein.

Einen Augenblick lang hängt sie dem Schweigen nach, den Finger zwischen die Seiten geklemmt. Sie scheint darauf zu warten, dass ich etwas sage.

Doch ich mache nichts.

Irgendwo zwei Reihen weiter klingelt ein Handy. Ich schaue kurz hin und sehe einen kleinen, dicklichen Kerl, der sich das Telefon ans Ohr drückt und sich umblickt. Als ich mich wieder umdrehe, ist sie erneut in ihr Buch vertieft.

Ich lehne mich zurück und sehe hinaus. Florenz liegt bereits ein Stück hinter uns, und die endlose Folge von Tunneln beginnt. Die Landschaft fliegt vorbei.

Ich muss eine Pause machen. Meine Gedanken zur Ruhe kommen lassen, versuchen, etwas zu verstehen. Lernen, eine Stufe nach der anderen zu nehmen, ohne zu stolpern.

Mir ist, als schlüge ich ständig hin. Wenn das Leben mir ein Bein stellt und meinen Kopf mit dem Fuß zermalmt, wie im Irak. Oder wenn ich nicht den Mut aufbringe, mit etwas zu brechen, das sowieso nur noch Erinnerung ist. Wie bei Giulia.

Ich hole tief Luft und schlage die *Repubblica* auf. Ich habe sie in Fiumicino am Kiosk gekauft, während oben auf der Terrasse ein blau uniformierter Polizist sein Maschinengewehr im Anschlag hielt. Nicht einmal durchgeblättert habe ich sie, so hundemüde war ich. Vieles von dem, was ich jetzt lese, bringt mich an den Ort zurück, den ich soeben verlassen habe. Vielleicht war es keine gute Idee, den Finger in noch blutende Erinnerungswunden zu stecken.

»Darf ich kurz mal hineinsehen?«

Ich hatte die junge Frau fast vergessen. Ich blicke sie an.

»In die Zeitung. Nur eine Sekunde.«

Ich falte sie zusammen und gebe sie ihr. Sie überblättert die ersten zwei Seiten. Dann bleibt ihre Aufmerksamkeit auf den beiden Folgeseiten hängen. Während sie liest, fährt der Zug in einen Tunnel, und als wir wieder herauskommen, gibt sie mir lächelnd die Zeitung zurück. Ich lege sie auf den Nebensitz.

»Was gefunden?«

»Nein. Ich hab ein Stellenangebot gesucht. Angeblich sollte es heute drin sein, aber das war wohl ein Irrtum.«

»Was machen Sie denn beruflich?«

»Ich bin Dolmetscherin. Wenn ich die Zeit dazu finde.«

Ich glotze sie an und bin dermaßen verlegen, dass mir nichts Besseres einfällt, als sie erneut anzulächeln. Ich fühle mich wie der Klassentrottel, der mit dem schönsten Mädchen der Schule im Aufzug stecken geblieben ist.

Schließlich befreit sie mich aus meiner peinlichen Lage.

»Und Sie?«

»Fotograf.«

»Hochzeiten, Firmungen, Kommunionen?«

»Nicht direkt. Zuletzt entferntes Ausland. Krieg vor allem.«

»Verzeihen Sie bitte. Ich wollte nicht …«

»Ich verzeihe Ihnen nur, wenn Sie mich duzen«, unterbreche ich sie und wundere mich über meine plötzliche Kühnheit.

»Wenn das alles ist, kein Problem. Ich heiße Sara.«

»Nicola.« Ich strecke ihr die Hand hin. Sie greift danach, ohne zu zögern.

Ich habe einmal gehört, der Charakter eines Menschen zeige sich an seinem Händedruck. Wenn das stimmt, dann ist Sara ein energischer Typ. Ihre Haut ist weich, die Finger schlank und gepflegt. Ich lasse sie nur ungern los und würde sie am liebsten streicheln. Nur, um etwas Lebendiges und Warmes zu spüren.

»Und weshalb Krieg?«

Ihr Gesichtsausdruck hat sich verändert. Als hätte sie mit unserer Berührung plötzlich beschlossen, dass sie mir vertrauen kann.

Ich weiß nicht, was ich ihr sagen soll, ohne von Giulia zu sprechen. Also erzähle ich ihr nur einen Teil der Wahrheit, doch das reicht nicht, um meine inneren Beweggründe zu erklären.

»Ich finde, mache Dinge muss man zeigen, wie sie sind.«

Sie steckt ein Lesezeichen zwischen die Buchseiten. Dann klappt sie es zu und legt es sich in den Schoß. Sie schlägt die

Beine übereinander, und mir fällt auf, dass sie eine Tätowierung hat, direkt über dem Knöchel. Ein seltsames Motiv, das aussieht wie eine längs geteilte Sonne.

»Und ist dir das gelungen?«

»So halb und halb. Es gibt Dinge, die wollen die Leute partout nicht sehen. Und es gibt Leute, die glauben, es ist besser, sie nicht zu zeigen.«

»Du aber nicht.«

Das ist keine Frage.

»Nein. Ich nicht. Wie gesagt, manche Dinge gehören einfach erzählt. Man begreift nicht, was es bedeutet, wenn eine Bombe neben einem Krankenhaus runterkommt, solange man nicht zeigt, was vom Krankenhaus und seinen Insassen übrig geblieben ist. Oder was passiert, wenn sich jemand mitten in einer Menschenmenge in die Luft sprengt. Das kann man nicht begreifen. Weder was passiert, noch warum es passiert. Wenn man nur davon berichtet, ist das wie ein Film. Ein ganz schlechter allerdings.«

Eine ganze Weile sieht sie mich schweigend an. Sie greift nach einer Haarsträhne und lässt sie langsam durch die Finger gleiten.

»Die Menschen haben Angst und lassen die anderen dafür bezahlen«, sagt sie schließlich. Es ist fast ein Flüstern. Sie scheint zu etwas tief in sich drin zu sprechen.

Dann senkt sie den Blick und hängt einem fernen Gedanken nach, der den Ausdruck auf ihrem Gesicht fahl werden lässt. Am liebsten würde ich ihn fotografieren, diesen Ausdruck. Vielleicht würde ich dann verstehen, was ihn auslöst. Und welchen Geschmack sie auf der Zunge hat, wenn sie ihn kommen spürt.

Er dauert nur kurz. Und als er verschwunden ist, fährt sich Sara mit den Händen übers Gesicht und versucht zu lächeln.

»Das ist bestimmt kein Zuckerschlecken.«

»Vor allem muss man lernen, möglichst schnell zu kapieren, wen man vor sich hat.«

»Und was hast du bei mir kapiert?«

Meine Antwort kommt so schnell, dass mir fast scheint, ich hätte sie nur gedacht.

»Du wirkst traurig.«

Sie versucht überrascht zu tun.

»Traurig?«

»Ja.«

»Und weshalb?«

»Vielleicht entwickelt man durch das Fotografieren so ein Gespür.«

»Einen sechsten Sinn?«, fragt sie, und ihre Stimme klingt herausfordernd.

»Schon möglich. Oder vielleicht bekommt man einen Blick dafür, wie die Augen das Licht auffangen oder die Sonne widerspiegeln. So was in der Art.«

Wieder spielt sie mit einer Haarsträhne und dreht sie um den Finger.

»Und wie sieht es aus?«

»Bei deinen Augen?«

»Ja.«

»Als läge ein Schleier darüber. Als hättest du etwas davorgezogen, damit man nicht sieht, welche Farbe sie haben.«

Sie wickelt die Strähne noch fester um den Finger.

»Welche Farbe haben sie?«

»Ich weiß es nicht. Aber es kommt mir so vor, als würdest du glauben, ihre Farbe könnte schöner sein.«

Ohne zu antworten wirft sie mir einen flüchtigen Blick zu, den Kopf ein wenig nach links geneigt. Giulia machte es genauso, wenn sie sich nicht sicher war, ob ich sie gerade auf den Arm nahm oder nicht. Ich musste mich abwenden.

Die Tunnel liegen hinter uns, und allmählich drosselt der Pendolino das Tempo. Ich stehe auf. Plötzlich habe ich das dringende Bedürfnis, mich zu bewegen, meine Sachen zu schnappen, wegzukommen. Vor der Tür zu warten, bis sie sich öffnet, wie ein Gefangener, der seine Strafe endlich abgesessen hat.

»Ich muss gehen«, sage ich und weiß nicht, wie meine Stimme klingt. Doch sie lächelt mir zu. Diesmal liegt keine Traurigkeit darin.

»Viel Glück, Nicola.«

Ohne sie anzusehen, hieve ich meine beiden Taschen herunter.

»Dir auch viel Glück.«

»Hoffentlich. Ich kann's gut brauchen.«

Ich will etwas sagen, doch überlege ich es mir anders. Stattdessen setze ich das x-te dämliche Gesicht auf, drehe mich um und gehe den Gang zwischen den Sitzen hinauf.

Das Tageslicht vor dem Bahnhof ist zu stark und zu schön für das, was ich mit mir herumschleppe. Ich halte ein vorbeifahrendes Taxi an, sage dem Fahrer die Adresse und setze mich stumm und ohne auf die Straße zu sehen nach hinten.

Eine Weile lang hängt mir das Bild von Sara nach und vermischt sich mit Abdel, mit seinem Tod, mit dem, was ich weiß und nicht wissen sollte. Und mit Giulias Stimme, die sich überall einschleicht wie ein lästiger Ohrwurm.

Zu Hause angekommen, betrete ich das Dunkel meiner Wohnung. Ich stelle die Taschen im Flur ab, ziehe mich aus und lasse mich aufs Bett fallen. Dann schließe ich die Augen und falle in bleiernen Schlaf.

Die Sonne bedrängt ihn.

Sie dringt durch die geschlossenen Jalousien seines Büros, die die Hitze, den Sommer und diesen Augustnachmittag, an dem Bologna ihn abermals vergessen zu haben scheint, aussperren sollen.

Kommissar Giovanni Marra sitzt an seinem Schreibtisch und spielt mit dem Druckknopf eines Kugelschreibers, um der Stille nicht das Feld zu überlassen. Seit gestern lässt sie ihn nicht mehr los. Seit dem in Regen und Schlamm versunkenen Wäldchen.

Beklemmend wie die Augen von Paola Vigliani.

Wie die lachenden auf dem Foto, das in allen Zeitungen zu sehen war, auf dem das Sonnenlicht weiße Reflexe in ihr Haar malt.

Wie die blicklosen, weißlich überschlierten, die beim Öffnen des ersten Plastiksackes flüchtig zum Vorschein gekommen waren.

Den zweiten hatten sie wenig später gefunden. Es hatte gereicht, ein paar Meter rund um die erste Stelle zu graben. Die Beine des Mädchens lagen auf der Seite. Wie blasse Kartoffeltriebe staken sie aus der Erde und waren knapp unterhalb der Leiste abgetrennt. Den Rest, das Schambein, den Beckenknochen, den ganzen Ansatz der unteren Gliedmaßen, haben sie nicht gefunden.

Den gesamten Park haben sie auf den Kopf gestellt wie eine Schublade, in der man sein wertvollstes Schmuckstück vermutet.

Sie werden ihn nicht finden. Wer auch immer den Körper dieses elfjährigen Mädchens in drei Teile gehackt hat, wollte auf Nummer sicher gehen.

Bei einem Kind dieses Alters ist der Beckenknochen kaum breiter als zwanzig Zentimeter und nur unwesentlich höher.

Das hat ihm Doktor Giorgi heute Morgen erklärt.

Nachdem er die Autopsie durchgeführt hatte, soweit das überhaupt möglich war. Unter Umständen wurde sie unter Drogen gesetzt, ehe man sie umgebracht hat. Eine Schulter ist ausgerenkt, die Nasenscheidewand gebrochen, ein Knöchel verstaucht. Womöglich war sie gefesselt und ist ungefähr im Februar verscharrt worden. Der kalte Winter, der Märzschnee und der Sommer, der bereits Herbst ist, ehe er überhaupt richtig begonnen hat, haben dafür gesorgt, dass etwas übrig geblieben ist.

»Man hat ein großes Messer benutzt. Vielleicht ein kleines Beil«, hat Giorgi gesagt. »Eine gerade, glatte Klinge. Keine Sägen, keine Jagdmesser.«

Er hat versucht, sachlich zu bleiben, doch selbst durchs Telefon war seine Betroffenheit zu hören.

Marra hat seine Großmutter vor sich gesehen, wie sie mit einem kleinen Beil ein Kaninchen auf dem Küchentisch zerlegt. Sauberes Fleisch in einer Rose aus Knochensplittern. In dem Sack waren keine Knochensplitter gewesen. Und auch kein Blut. Nicht ein Tropfen. Nicht der winzigste Fleck. Wer auch immer diese Arbeit gemacht hat, er hat sie gründlich gemacht. Er hat die Leiche in Ruhe ausbluten lassen, sie gewaschen und von jeder Spur befreit.

Ohne Hast.

Nur etwas hat er übrig gelassen, das der Schlamm rein zufällig freigegeben hat. Etwas, das man der Mutter zurückgeben kann.

Er erinnert sich noch genau an Daniela Vigliani. Eine zierliche Frau mit venezianischem Tonfall, der in jedem Wort der in sämtlichen Nachrichten gezeigten drei Fernsehappelle mitschwang.

»Sie ist mein kleines Mädchen«, sagte sie immer wieder. Die Vokale erschienen wie zu hohe Stufen, auf denen der Atem schluchzend ins Stolpern geriet. Er sieht sie ganz deutlich vor sich. Ihren Mann, der schweigend ihre Schultern umfasst, während sie um jedes Wort ringt. Das Foto in der Hand. Die kleine Paola im Sonnenschein, mit diesem Lächeln.

Die kleine Paola, die er hingegen nie mehr anders vor sich sehen wird, denn als grauen, toten Klumpen, der in zwei Plastiksäcken in der Erde liegt.

Er steht auf, lehnt sich ans Fenster und sieht hinaus. Grell teilt die Sonne den Platz entzwei und zwingt einen, zu blinzeln. In der Ferne fährt ein Bus vorbei, das einzig reale Geräusch in der Stille, in der dieser Tag zu ersticken droht. Er dreht das Radio an. Ein alter Eagles-Song, der es auch nicht besser macht.

Unendlich müde setzt er sich wieder hin.

»Wer weiß, ob je einer begriffen hat, wie es in dir drin aussieht«, hatte Marzia ihm einmal gesagt. Er kann sich noch genau an den Tag erinnern. Ein Sonntag Mitte Januar.

Er hatte nicht geantwortet und bei sich gedacht, dass die Stadt, in die er zum Studium aus Rimini gekommen war und die er nicht mehr verlassen hatte, im Grunde genauso war wie er. Große Palazzi, mächtige rote, scheinbar unverwüstliche Ziegelsteine. Und darunter Wasser, das alles umspült, unsichtbar und lautlos. Als sollte es niemand bemerken, so entsetzlich schwach, wie es eigentlich ist. Hin und wieder taucht es auf, an einer Schleuse oder in einem vergessenen Kanal hinter einem Fenster, holt Luft und verschwindet wieder.

Wer weiß, ob Marzia begriffen hatte, wie es in ihm drin aussah. Ob ihr das wirklich gelungen war oder ob sie es nur so dahingesagt hatte. Ob sie ihn je betrogen hatte, ob sie jemals bereut hatte, ihn geheiratet zu haben, obwohl sie ihn kaum kannte. Ob ihr sein Leben gefiel. Und wieso sie ihm, als ein Auto sie auf der Via San Vitale überfuhr, noch nicht gesagt hatte, dass sie schwanger war.

Hätte er sie zum Untersuchungstermin begleitet, wäre das nicht passiert. Es war auch ein Mädchen. Heute wäre es neun Jahre alt. Manchmal versucht er, es sich vorzustellen. Manchmal träumt er sogar von ihm. Niemand hat je erfahren, dass Marzia ein Kind erwartete. Vielleicht ist es auch besser so, denn nur so kann er sich auf das konzentrieren, was ihm als Einziges geblieben ist.

Aufs Vergessen.

Marzia, seine Tochter, den Wunsch, wieder glücklich zu sein, der ihm die Kehle zuschnürt, die Sonntagnachmittage, das schlechte Gewissen, das ihn packt, wenn es ihm gelingt, wieder zu lachen und so zu tun, als wäre nichts geschehen. Wenn er eine Frau in den Armen hält und ihre Haut schmeckt.

Alles vergessen, nur für einen Moment. Auch Paola Vigliani im Plastiksack.

Im Grunde macht er seit neun Jahren nichts anderes, auch wenn es keiner bemerkt. Hätte er diesen Pakt mit sich selbst nicht geschlossen, wäre er verrückt geworden. Doch jetzt scheint alles wieder auseinanderzubrechen, aufgerissen von den Fingern eines Mädchens, die aus der nassen Erde staken. Sein Körper in zwei Plastiksäcken. Der dritte Sack unauffindbar.

Um den Grund zu verbergen, weshalb jemand sie in der Erde verscharrt und vor den Augen der Welt versteckt hat.

Die Straße ist dünn wie Pergamentpapier.

Michele Ferrari geht darüber hin und hört, wie sie mit jedem Schritt reißt. Die Risse durchlaufen den Asphalt wie feine, mit den Jahren ergraute Äderchen.

Eigentlich müsste ihm diese zerbrechliche Oberfläche Angst machen. Angst, irgendwo hinabzustürzen, in eine Finsternis, die schwärzer ist als der mondlose Himmel über ihm.

Doch das schreckt ihn nicht.

Er hat Angst vor dem Monster.

Dort oben am Ende der Steigung, wo die Straße eine Kurve macht und in der Nacht verschwindet, wird es auftauchen. Er weiß es. Es wartet auf ihn. Er geht ihm entgegen. Ganz ohne Hast.

Sie sind verabredet.

Er weiß es von Anfang an, obwohl er diesen Traum zum ersten Mal träumt.

Und er weiß auch, dass er nicht ausweichen kann. Er kann es nicht umgehen. Er kann sich nicht auf die Straße legen und sich klein machen wie ein Marienkäfer. Wenn er es täte, würde die Erde ihn Stück für Stück verschlingen.

Die Erde ist hier für ihn und für das Monster.

Für Superman.

Von weither hört er ihn kommen.

Ein leises Zittern des Asphalts, der unter seinen Fußsohlen kitzelt. Es kommt und geht. Es kommt und geht, während sein Atem zu einem Segel im Sturm wird.

Er versucht stehenzubleiben. Genau auf der Mittellinie.

Jetzt ist er nicht mehr weit. Er hört ihn jenseits der Kurve, direkt hinter dieser falschen Mauer, die aussieht, als würde sie gleich einstürzen. Am Ende dieses Stücks Nacht, in dem sich die Bäume, der Hügel und weiter unten die ganze Stadt verbergen.

Niemand wird wissen, dass er dort ist. Nicht, ehe dieses Licht, das auf ihn zukommt, nicht direkt vor ihm ist. Und dann jenseits, sonst wo. Um andere wie ihn aufzusammeln.

»Von uns gibt es viele«, flüstert er.

Und das Auto taucht in der Kurve auf.

Er versucht sich zu rühren, die Füße zu heben, doch er schafft es nicht. Die Knie zu bewegen, zu drängen, zu treten, aber es geht nicht.

Er hat die Straße vergessen.

Und die Straße hat sich alles einverleibt.

Sie schmilzt unter ihm wie eine Praline in der Sonne und hält ihn fest. Sie umspült seine Knöchel, klammert sich an seine Füße.

Und das Auto kommt näher. Grau, glänzend. Schweres Blech, das kilometerschnell auf ihn zurast.

Es steuert auf die Fahrbahnmitte, die Reifen links und rechts der Linie.

Es schlingert, fängt sich wieder, nimmt ihn ins Visier, gibt Gas.

Es wird schneller.

Noch schneller.

Schneller.

Schneller.

Und Michele schreit.

Er schreit, als das Auto bremst und ebenfalls zu schreien anfängt. Ein Schrei, der ihm das Hirn von einem Ohr zum anderen durchschießt.

Dann versinkt alles in einem einzigen Knall.

Am Ende ist nur noch Dunkel.

»Mach die Augen auf.«

Ein Dunkel, so dünn wie die Straße.

»Hab keine Angst.«

Ein Dunkel, das anders ist als die Nacht. Weich. Salzig.

»Mach die Augen auf«, sagt jemand. Und Michele öffnet sie.

Er sitzt am Steuer. Ein langer Metallstab hat die zerborstene Windschutzscheibe durchstoßen, bohrt sich in seine rechte Schulter und nagelt ihn an den Sitz. Der Airbag ist explodiert, es riecht nach verschmortem Fleisch und verschmortem, geschmolzenem Plastik.

Seine Finger sind voller Blut.

Seine Lippen.

Alles ist voller Blut.

Und seine Augen sind schwer.

»Mach die Augen auf.«

Er versucht die Finger zu bewegen, den Kopf zu wenden, der schlaff an der Eisenstange lehnt. Doch er schafft es nicht. Es geht nicht. Er spürt seine Beine nicht. Er spürt seine Arme nicht. Er spürt seinen ganzen Körper nicht. Nur das kalte Metall im Fleisch.

Nur diese entsetzliche Müdigkeit.

Er schließt die Augen.

»Mach sie auf.«

Er ist da. Er weiß es.

Er hat kein Gesicht. Kein Aussehen. Keinen Körper.

Als hätte die Nacht Gestalt angenommen.

Seine Stimme ist zu dünn, um wirklich da zu sein.

»Tu mir nichts«, sagt er.

Dann wacht er auf.

Er sitzt auf dem Bett.

Der Spätnachmittag kriecht durch die heruntergelassenen Rollläden. Schweiß auf der Stirn. Der Rücken schmerzt. Er tastet nach einem Punkt zwischen den Schulterblättern. Der Schmerz lässt ihn fast aufschreien.

Ein Schmerz aus einem Traum.

Ein Schmerz, der mit einem anderen, viel unergründlicheren einhergeht.

Roberta wirft die Nudeln auf die Wage. Hundertzwanzig Gramm Rigatoni, auf die sie ihre ganze Aufmerksamkeit zu richten versucht.

Nebenan schläft Lisa.

Vor zehn Minuten hat sie das letzt Mal nach ihrer Tochter gesehen, die mit eng umschlungenen Knien daliegt, der verzweifelte Versuch, sich einen Panzer gegen alles und jeden zu schaffen.

Sie sieht nach dem Nudelwasser, öffnet eine Dose Thunfisch und nimmt mit der Gabel zwei Stücke heraus.

Lisa mag Nudeln mit Thunfisch. Also kocht sie sie. Damit ihre Tochter sich irgendwie zu Hause fühlt. Damit die Mauer, hinter der sie sich verschanzt hat, mit jedem Tag ein bisschen brüchiger wird. Granit, der zu Backstein wird, und eines Tages hoffentlich zu Staub.

Und dann zu Luft.

Luft, durch die wieder die Stimme ihrer Tochter klingt.

Seit sechs Monaten hat Lisa nicht mehr gesprochen.

Es war an einem merkwürdigen Februartag, mit einem Himmel so weißgrau wie Greisenhaar.

»Meine runde Kuschelmama«, hat sie gesagt und sie in die Wange gekniffen. Sie sagt das immer, um sie zu necken. Denn Roberta ist dünn, mit schmalen Schultern und zurückhaltendem Blick, der sich manchmal weit öffnet und der Welt kaum standzuhalten vermag.

»Meine runde Kuschelmama«, flüstert sie. Selbst jetzt meint sie es zu hören. Als geschähe es in diesem Moment.

Lisa hatte ein rotes Band im Haar, sie trug eine Jeans, die ihre Beine noch länger und dünner aussehen ließ. Zwei Stoffarmbändchen am rechten Handgelenk. Die Swatch, für die sie ihr letzte Weihnachten ewig in den Ohren gelegen hatte.

Und dieses lichtblaue Lächeln, das die ganze Welt zu umarmen schien und einen glauben machte, dass es sich in ihr noch zu leben lohnte.

»Schluss jetzt, raus mit dir. Sonst kommst du noch zu spät«, hatte Roberta mit dem gleichen Lächeln wie ihre Tochter gesagt und sich gefragt, ob sich ihre Mutter wohl auch so erschreckend deutlich in ihr gesehen hat, als sie dreizehn Jahre alt war.

»Ciao, Kuschelmama«, hatte Lisa gesagt und ihr einen schmatzenden Kuss auf die Stirn gedrückt. Dann war sie ausgestiegen, hatte die Autotür zugeschmissen und war mit einem vor Büchern berstenden Rucksack auf die Schule zu gerannt. Sie hatte ihr nachgesehen, bis sie hinter der großen Glastür verschwunden war.

Es war der zwölfte Februar.

An dem Tag war alles passiert. Ein Tag, der ihr jetzt, da die sinkende Sonne ein melancholisches Orange über Bolognas Dächer legt, unendlich weit weg erscheint. Ein Tag, den sie nie hinter sich gelassen hat.

Der zwölfte Februar.

Das Loch im Leben ihrer Tochter, die mit einem Lächeln davonging und nach zwölf ungewissen Stunden mit der Angst zurückkehrte. Sie sieht sie noch vor sich, wie sie an jenem Abend ausgesehen hat. Ein verletztes Tier, das mit geweiteten Augen verzweifelt nach Schutz sucht. Das sie ansieht, ohne ihre Kuschelmama zu erkennen; als wäre sie jemand, den sie zwar kennen müsste, an den sie sich aber nicht erinnert.

Das Wichtigste ist, dass ihr nichts passiert ist, hat sie sich später immer wieder gesagt. Das Wichtigste ist, dass sie ihr nichts getan haben, denkt sie jetzt wieder, während sie in den großen Badezimmerspiegel starrt und die Rigatoni in der Küche im Salzwasser schwimmen.

»Sie haben ihr nichts getan«, sagt sie. Sie weiß, dass das nicht stimmt.

Sie weiß, dass sie sich das nur deshalb jeden Tag aufs Neue einredet, um sich glauben zu machen, das Leben ginge weiter. Es ginge voran und könnte irgendwann wieder werden wie vorher.

Die wahren Verletzungen betreffen fast nie Haut und Fleisch. Vergeblich haben zahllose bemühte Ärzte den Körper ihres Kindes von außen und innen danach abgesucht.

Sie sind tief in ihr verborgen wie ein Wrack auf dem Meeresgrund. Versteckt im Dunkeln, vergraben in einem Winkel, in den niemand vordringen darf. Zum Verrotten verdammt, bis sie irgendwann an die Oberfläche steigen. Oder sie in die Tiefe ziehen.

Dennoch sagt sie sich diesen Satz immer wieder, wie ein Mantra. Um der Wirklichkeit etwas vorzugaukeln und zu glauben, alles könnte werden wie vorher. Man könnte weitermachen ohne die Erinnerung an jenes Grauen, das sich wie eine Klinge in ihr Herz gebohrt hat, kaum hatte sie ihr Kind gesehen. Barfuß, die Nase rotzverkrustet, die Augen tränenverklebt. Dieses Grauen, das nicht stattfand, da keiner ihr etwas angetan hat.

Niemand hat ihre Tochter angerührt. Auch wenn jener zwölfte Februar ihre Kindheit beendet hat.

Sie beugt sich über das Waschbecken und spritzt sich beißend kaltes Wasser ins Gesicht, um die Tränen zurückzudrängen. Dann kehrt sie langsam in die Küche zurück und sieht nach den Nudeln. Mit einer brüsken, männlichen Handbewegung gießt sie sie ab, rührt die Soße unter und füllt die Teller. Dann schleicht sie in Lisas Zimmer.

An der Wand hängt ein Robbie-Williams-Poster. Darunter, auf dem von einem Sonnenstrahl entzwei geteilten hellblauen Laken liegt ihre Tochter, überwältigt von einem Alptraum, der ihr den Atem nimmt.

»Du lieber Gott, nicht schon wieder …«, raunt Roberta und setzt sich aufs Bett.

»Wecken Sie sie nicht. Oder wenn, dann nur ganz sanft«, hatte ihr ein Kinderpsychiater einmal gesagt, den sie vergeblich aufgesucht hatte, um die Mauer des Schweigens zu durchbrechen.

Also weckt sie sie nicht. Sie sieht ihr zu, wie sie den Schatten der Vergangenheit zu widerstehen versucht. Zitternd, wie flatternde Flaggen am Strand, die Finger zu Klauen gekrümmt, die Halsmuskeln gespannt, den Kopf zurückgeworfen wie bei einem epileptischen Anfall.

Sacht streichelt sie ihr übers weiche, duftende Haar.

Sie versucht ihr etwas ins Ohr zu flüstern, kauert sich über Lisas langen, dünnen Körper, nimmt ihre Hand und will mit ihr fliehen, ganz weit weg. Wo nichts ihr mehr etwas anhaben kann.

»Ich bin ja da. Ich bin ja da, mein Liebling«, wiederholt sie immer wieder. Und ganz allmählich kehrt sie zurück. Die Hände öffnen sich, der Atem wird ruhiger, langsam strecken sich die Beine; ein Wasserspiegel, der sich nach einem Sturm wieder glättet.

Roberta setzt sich auf und sieht zu, wie ihre Tochter erwacht. Und sie fragt sich, welcher Schrecken sich von ihrem Schlaf nährt. Und was an jenem verfluchten Tag versucht hat, sich sie und ihr Leben einzuverleiben.

Ich erwache aus einem Traum, an den ich mich nicht erinnere, und versinke in Stille.

Rücklings aufs Bett gestreckt, beobachte ich die orangegelben Lichtflecken, die der Nachmittag an die Decke malt. Ich versuche mir vorzustellen, was draußen gerade los ist und merke, dass es mir scheißegal ist.

Alles ist gleichgültig geworden. Erst jetzt, wo ich wieder zu Hause bin und vor einem vorbeifliegenden Hubschrauber oder einem Fußgänger auf der Straße keine Angst mehr haben muss, wird mir das bewusst. Jetzt, wo ich mich endlich darüber wundern dürfte, liefe einer mit einer Pistole oder einem Gewehr durch die Gegend, jetzt, wo ich einfach ins Bad spazieren, den Wasserhahn aufdrehen und so lange duschen kann, wie ich will.

Zusammen mit Abdels Leben hat diese Autobombe auch all die lächerlichen farbigen Brillen fortgerissen, die ich mir aufgesetzt hatte, um alles positiv sehen zu können.

Ich stehe auf und ziehe den Rollladen hoch, stütze die Ellenbogen auf die Fensterbank und sehe hinaus. Der Asphaltstreifen der Via Saragozza zehn Meter unter mir sieht aus wie ein schmaler, menschenleerer Strom. Im Sommer vergisst Bologna alles und lässt dich fallen wie eine Geliebte, die die Nase voll von dir hat.

Draußen ist es fast Abend. Ich gehe vom Fenster weg, einen siedenden Schweißfilm auf der Haut. Ich schalte den Fernseher an, drehe eine Runde durch die Wohnung, öffne die Jalousien, stoße die Fenster auf und lasse ein wenig Licht herein.

Schluss mit dem Dunkel. Schluss mit der Trübsal, verdammt noch mal. Ich stelle mich unter die Dusche und lausche reglos dem Geräusch des Wassers, das mir die Glieder massiert. Dann trockne ich mich hastig ab und gehe ins Wohnzimmer.

In den Regionalnachrichten läuft etwas, das ich nicht verstehe, das mich aber dennoch aufhorchen lässt. Gebannt starre ich auf den Bildschirm.

Man sieht eine Bologneser Vorortstraße, möglicherweise im Mazzini-Viertel, wo ich als Kind gewohnt habe. Die Stimme des Berichterstatters erzählt von jemandem, der von der Nachbarin gefunden wurde. Den ganzen Tag über habe sie die Wohnungstür offenstehen sehen, doch nichts sei zu hören gewesen. Also ist sie hineingegangen und hat die Leiche gefunden.

Jetzt zeigen sie sie. Sie liegt auf einer Krankentrage, die von zwei Sanitätern weggebracht wird. Ein Fußknöchel lugt unter dem Leichentuch hervor, und einen Moment lang meine ich etwas zu sehen, das ich nicht sehen will. Ein seltsames Symbol, das wie eine längs geteilte Sonne aussieht. Dann nimmt das Foto den gesamten Bildschirm ein.

Ihr Lächeln ist ganz anders als das im Zug. Weniger traurig, weniger hoffnungslos.

»Sara Parmeggiani wurde vermutlich heute Nachmittag mit einem Küchenmesser ermordet«, erläutert der Berichterstatter, und ich stütze mich Halt suchend auf den Tisch.

»Viel Glück, Nicola«, hat sie gesagt. Und als ich ihr das Gleiche gewünscht habe, hat sie geantwortet, das könne sie gut gebrauchen, und es klang, als hätte sie es geahnt.

Als hätte sie es gewusst.

Ich mache den Fernseher aus und sehe dauernd ihren verstörten Blick vor mir. Dieser Blick, mit dem sie mich über ihr Buch hinweg gemustert hat, als ich die Augen öffnete.

Gedankenverloren und ohne mich anzuziehen, stelle ich eine der beiden Taschen aufs Bett und öffne sie.

»Scheiße«, flüstere ich, und irgendwo auf der Straße kläfft ein Hund aus voller Kehle.

»Scheiße«, sage ich noch einmal, und ziehe eine Packung Binden und einen schwarzen Spitzentanga aus der Tasche.

Die Nike-Tasche sieht genauso aus wie meine. Das gleiche, fast schwarze Dunkelblau. Der gleiche weiße Klecks des Logos auf der Seite, der aussieht wie ein Farbspritzer. Ich packe sie ganz aus, stehe da und starre auf den Inhalt. Kleider, Unterwäsche, ein paar Bücher, ein hellblauer Kulturbeutel voller Cremes und Parfums.

Ich weiß nicht, warum ich nicht die Polizei anrufe. Früher oder später wird die sowieso bei mir auftauchen, auch wenn in meiner Tasche keine Papiere sind. Nur der Kram, den ich aus dem Irak mitgebracht habe, und ein nicht unerheblicher Teil meiner jüngsten Vergangenheit.

Ich packe alles wieder in die Tasche zurück. Bestimmt sind jetzt überall meine Fingerabdrücke drauf. Schön dämlich von mir.

Da fällt mein Blick auf die Spieluhr. Sie ist nicht viel größer als ein Herrenportemonnaie. Rund. Obendrauf ist eine winzige Mädchenfigur mit einem Hula-Hoop-Reifen in der Hand. Ich ziehe sie auf und warte auf die Melodie.

Das Mädchen setzt sich langsam in Bewegung und hebt dabei ihren rosa Reifen. Doch es kommt keine Musik. Ich kurble in die entgegengesetzte Richtung und habe das Gefühl, das sich in der Dose etwas bewegt.

Ich stelle sie auf den Kopf. Das Unterteil ist nur aufgeschraubt, man kann es vorsichtig abdrehen. Unter dem Mechanismus klemmt eine Memorycard, eine für Digitalkameras. Ich schraube noch ein wenig weiter und ziehe sie heraus. Ein paar Sekunden halte ich sie zwischen den Fingern, dann gehe ich zum Computer.

Ich schalte meinen Mac an, lasse ihn hochfahren und hole ein längliches, notizbuchgroßes graues Gerät heraus: einen Kartenleser. Ich füttere ihn mit dem Inhalt der Spieluhr.

Es dauert ein paar Sekunden, dann sehe ich die Fotos.

Und mir wird klar, dass ich womöglich bis zu den Haarspitzen in der Scheiße stecke.

Sonntag, 22. August 2004

»Ich verstehe nicht, weshalb Sie mich sehen wollten.«

Aurelio Strazzari versucht, hart zu klingen. Er weiß nicht, wie er sonst auf das Schweigen des Mannes reagieren soll, der neben ihm sitzt und seit ihrem Zusammentreffen kein einziges Wort von sich gegeben hat.

Es ist Sonntagmorgen, neun Uhr, und die Baustelle ist menschenleer. Nur wenige hundert Meter neben dem Autobahnring soll der zigste Riesensupermarkt entstehen. Überall stehen Bagger, Aluprofile und Fertigbauteile im staubfeinen weißen Sand. Ihre Autos parken hinter einer der Baubaracken.

»Ich weiß nicht, was Sie von mir wollen«, beharrt er. Doch er lügt. In Wirklichkeit weiß er es ganz genau. Seit anderthalb Tagen weiß er es. Und seitdem hat er sich ständig gefragt, wann er wohl bei ihm auftauchen würde. Und wie er reagieren sollte, wenn er schließlich vor ihm stünde.

»Verplempern Sie nicht meine Zeit. Geben Sie mir, was mir gehört. Sie haben schon genug Mist gebaut.«

Die Stimme ist scharf wie ein Messer. Genau wie der starre, kalte Blick, der Aurelio zu durchbohren scheint. Als wollte er ihm unter die Haut fahren und ihn umkrempeln wie einen Handschuh. Als er ihn das erste Mal sah, hatte er das gleiche Gefühl.

Dieser Mann könnte ihn in der nächsten Sekunde umbringen. Einfach so, weil ihm danach ist. Es gibt nur eine Möglichkeit, hier heil wieder rauszukommen. Die einzige, die er von Anfang an im Kopf hatte.

»Es war eine Dummheit«, sagt er und holt das Kettchen hervor.

Seine Freundin Laura hat es als Fußkettchen getragen. Er hat alles auf den Kopf gestellt, um es zu finden. Sie wird glauben, sie hätte es im Fitnessstudio liegen lassen. Und er wird ihr ein neues schenken.

Der Mann hält es prüfend ins Gegenlicht, als hätte er einen Diamanten vor sich. Dabei ist es nur aus Silber, völlig wertlos.

»Es war eine Dummheit«, sagt er noch einmal, und diesmal klingt seine Stimme schwächer, dünner. Das Sonnenlicht spiegelt sich flüchtig auf dem Silber und fährt Aurelio wie eine Nadel ins Auge.

Der Mann lässt das Kettchen in die Jackentasche gleiten. Erst jetzt bemerkt Aurelio die Baumwollhandschuhe. Es ist das Letzte, was er sieht.

»Eine Dummheit«, meint er noch zu hören, doch er weiß nicht mehr, was das heißen soll.

Dann folgt der Schuss. Aurelio kippt vornüber aufs Lenkrad.

Umgeben von der Stille der verlassenen Baustelle steigt der Mann aus dem Auto. In der Ferne ist das Brummen eines Lastwagens zu hören. Er steckt die Pistole weg und steigt in seinen Wagen.

Auf seiner Wange klebt ein Klecks Blut. Er wischt ihn mit dem Finger weg. Dann legt er den Gang ein und fährt in einer Staubwolke davon.

»Zanardi, Nicola, sechsunddreißig Jahre.«

Kommissar Marra liest meine Personalien vor und sieht mich lachend an.

Gestern Abend habe ich die Polizei angerufen. Am Ende war es das einzig Vernünftige. Die Irakfotos in meiner Tasche hätten sie so oder so auf meine Spur gebracht. Oder die mit Kreditkarte bezahlte Zugfahrkarte.

»Ich hatte ganz vergessen, dass du Zanardi heißt«, sagt er und gibt mir meinen Personalausweis wieder. Ich stecke ihn ins Portemonnaie zurück und werfe ihm einen verstohlenen Blick zu.

»Hast halt ein schlechtes Gedächtnis. Muss das Alter sein.«

»Pass bloß auf, was du sagst! Nur, weil du das Protokoll unterschrieben hast, heißt das noch lange nicht, dass ich dich ungestraft davonkommen lasse.«

»Und was wirfst du mir vor?«

»Beamtenbeleidigung.«

»Weil ich dich senil genannt habe? Als Polizeibeamter müsstest du eine fundierte Zeugenaussage doch zu schätzen wissen.«

Er zündet sich eine Zigarette an und steht auf. Seit neun Jahren habe ich ihn nicht mehr gesehen, seit jenem Novembermorgen, als der Bologneser Certosa-Friedhof im Schnee versank. Doch zwei Schritte durchs Zimmer genügen, und schon habe ich seinen leicht schwankenden Gang wieder vor mir, der mir von Anfang an sympathisch war. Marra ist groß und kräftig. Und trotzdem sieht er so aus, als müsste er jeden Moment hinfallen, weil irgendetwas seinen Füßen oder seinem Blick ein Schnippchen schlägt.

Bei unserer ersten Begegnung vor fünfzehn Jahren war es genau so. Als noch alles in Ordnung war und er nicht alle Brücken hinter sich abgebrochen hatte, um zu überleben. Damals war er noch nicht Kommissar und ließ sich Tennisstunden von einem langhaarigen Jungen geben, der nicht wusste, ob er die Uni fertig machen, Vor- und Rückhand unterrichten oder sich hinter seine einzige wirkliche Leidenschaft klemmen sollte: Die Fotografie.

Trotz all meiner Bemühungen hatte er nie gelernt, beim Schlagen die Schultern richtig zu drehen. Doch weil er nur fünf Jahre älter war, hatten wir uns angefreundet.

Er zieht an seiner Zigarette und hockt sich halb auf den Schreibtisch.

»Bist du sicher, dass sie dir nichts gesagt hat?«

Er fragt mich das schon zum zweiten Mal. Ich habe ihm alles erzählt, was im Zug passiert ist. Wort für Wort.

»Wie gesagt, sie wirkte verstört.«

»Und als du dich verabschiedet hast, hat sie dir mit diesem Satz geantwortet.«

»Genau. Aber weil ich es so eilig hatte, wegzukommen, hab ich nichts drauf gegeben. Mir ist noch nicht mal aufgefallen, dass sie in Bologna ausgestiegen ist.«

»Aber die Tätowierung hast du bemerkt.«

»Hör mal, ich mag zwar nicht so über eine Tote reden, aber hast du sie dir mal genau angeschaut?«

»Eine schöne Frau.«

»Eben. Eine schöne Frau. Bei so einer kann ich mich an solche Kleinigkeiten erinnern.«

Er bläst den Rauch aus dem Mundwinkel. Man könnte meinen, er öffnet die Lippen gar nicht dabei.

»Mit Kleinigkeiten bist du schon immer gut gewesen. Du siehst Dinge, die sonst keiner sieht, und kannst dir noch einen Reim darauf machen. Und genau deshalb habe ich dir diese Frage gestellt. Glaubst du, mir macht es Spaß, am Sonntag hier anzutanzen?«

Er macht eine Pause und starrt auf den Zigarettenstummel zwischen seinen Fingern, als versuchte er, seine Gedanken zu ordnen.

»Aber sie ist ebenfalls in Rom zugestiegen. Sie hatte seit einer Woche reserviert. Wir versuchen noch herauszubekommen, wo sie bis dahin gewesen ist.«

Ich sehe ihn nur an und versuche, gleichgültig zu wirken. Er macht das Gleiche, und sein Gesichtsausdruck könnte beruhigend sein, wäre da nicht dieser Blick. Für den Bruchteil einer Sekunde bleibt er an meinem hängen, dann setzt sich Marra auf dem Schreibtisch zurecht.

»Möchtest du was trinken?«

»Gern einen Schluck Wasser. Du weißt doch, wenn man mit der Polizei spricht, bekommt man eine trockene Kehle. Und hier drinnen krepiert man vor Hitze.«

»Der Staat zahlt uns weder eine Klimaanlage noch die Feiertagsüberstunden. Außerdem sind alle in Urlaub, die Glücklichen. Und an mir bleiben wieder die vertracktesten Fälle hängen. Möchtest du dein Wasser mit oder ohne Kohlensäure?«

»Ohne. Die Blasen überschreiten womöglich euer Budget.«

Er grinst und geht hinaus. Nach kaum einer Minute kommt er mit einer Halbliterflasche und einem Glas zurück, die Kippe noch immer im Mund. Er stellt alles auf dem Schreibtisch ab, tritt einen Schritt zurück und sieht mir beim Eingießen zu. Dann drückt er die Zigarette aus, macht sich sogleich die nächste an und wechselt das Thema.

»Wie ist es da unten?«

»Da unten?«

Er fährt sich mit der Zunge über die Lippen.

»Im Irak.«

»Hast du Informationen über mich eingeholt, Giovanni?«

»Du weißt doch, wie so etwas läuft, oder? Und du weißt auch, was in deiner Tasche war.«

Er schiebt sich die Zigarette in den Mundwinkel. Dann klemmt er sie fest zwischen die Finger und zieht abermals daran, als würde er einen Joint rauchen statt eine Marlboro.

Einen Moment lang bin ich kurz davor, ihm zu sagen, dass ich darauf keine Antwort habe. Und dass er und alle anderen, die meinen, es gäbe da irgendetwas zu wissen oder zu fragen, mich mal sonst wo können. Dann besinne ich mich wieder, wo ich bin, und versuche, etwas Differenziertes von mir zu geben.

»Es ist nicht so wie es scheint«, sage ich und spüre in mir etwas aufsteigen, das der Schwermut nach einem heftigen Besäufnis verdammt ähnlich ist.

Giovanni sieht mich an und zieht an seiner Zigarette.

»Das habe ich auch nie geglaubt«, entgegnet er nach einer kleinen Ewigkeit.

»Du vielleicht nicht. Aber man muss es schon mit eigenen Augen sehen, um zu kapieren, was da abgeht. Keiner hier erzählt einem, wie es wirklich ist.«

Ich mache eine Pause. Verschränke die Arme vor der Brust. Für einen winzigen Moment sehe ich Abdel vor mir, wie er mir von der anderen Straßenseite aus zulächelt. Das blaue Papier meines Geschenks, das in der Sommersonne leuchtet. Die Geschichte, die er mir am Tag vor der Bombe erzählt hat. Sein Blick dabei, der Ton in seiner Stimme. Und das Foto, das ich gemacht und mich noch immer nicht anzusehen getraut habe.

»Das kann man einfach nicht kapieren«, flüstere ich.

Giovanni steht auf. Mit seiner Pranke gibt er mir im Vorbeigehen einen Klaps auf die Schulter.

»Der Kreuzzug gegen den Terror, mein lieber Nicola. Und wir müssen San Petronio und das Collegio di Spagna bewachen, weil das mögliche Anschlagsziele sind.«

Er sieht einen Moment lang aus dem Fenster. Das Morgenlicht umstrahlt sein Gesicht. Würde ich ihn jetzt fotografieren, sähe er aus wie von einer Art Aura umgeben.

Ich stehe auf.

»Weshalb wird einer wie du Kommissar?«

Er dreht sich um, stützt die Hände aufs Fensterbrett und versucht zu lächeln.

»Ein solider Posten. Der Wunsch nach Ordnung, nach Sicherheit. Der ganze Schwachsinn.« Er hält inne. »Und du, weshalb gibst du Kindern und ihren schönen Müttern nicht Tennisunterricht?«

»Ich hab empfindliche Haut, Giovanni. Wenn ich den ganzen Tag in der Sonne zubringe, lande ich im Krankenhaus.«

»Deshalb bist du auch in den Irak gegangen.«

Ich halte ihm die Hand hin. Ich will weg von hier. Weg von all diesen Fragen. Er ergreift sie sofort. Vielleicht hat er auch den Eindruck, alles sei vor zehn Jahren stehengeblieben.

»Du hast dir nicht vielleicht einen schwarzen Spitzentanga unter den Nagel gerissen?«, sagt er plötzlich, und alles ist anders.

Sara. Die Tasche. Einen Augenblick lang hatte ich vergessen, weshalb ich hier bin.

»Nein. Ich hab meine eigenen«, sage ich so lässig wie möglich. Doch Giovanni sieht mich an. Vielleicht schwang in meiner Stimme etwas mit, oder vielleicht ist es reine Gewohnheit.

Es dauert nur einen Moment.

»Dieses Mal lasse ich dich noch laufen. Aber nicht verschwinden«, sagt er an der Bürotür. Und ich bin nicht sicher, ob er das wegen des Falls sagt oder weil er mich wiedersehen möchte.

Ich versuche zu lächeln, nicke halb und drehe mich um. Den ganzen Weg den Flur hinunter spüre ich seinen Blick im Nacken und zwinge mich, mich nicht umzudrehen und zu kontrollieren, ob er wirklich noch in der Tür steht und mir nachsieht.

Draußen spült das blendende Sonnenlicht für kurze Zeit alle Gedanken fort. Ich steige ins Auto und schaue als erstes ins Handschuhfach, ob der iPod noch da ist. Dabei kommt mir in den Sinn, dass sich bisher niemand den Inhalt von Saras Tasche genauer angesehen hat. Und dass dies möglicherweise nicht das letzte Schwätzchen unter alten Freunden gewesen ist, wenn es schließlich jemand tut.

»Ich habe davon geträumt«, sagt Michele Ferrari.

Seine Frau sitzt ihm gegenüber und will gerade die Gabel zum Mund führen. Es ist das erste gemeinsame Essen, seit ihr Mann wieder zu Hause ist. Ein Tropfen Tomatensauce rinnt von den Zinken und fällt auf den Tellerrand.

»Wovon?«, fragt sie. Aber nur, um Zeit zu schinden.

Michele sieht sie an.

Falls er sie noch kennen sollte, weiß er, dass das da in ihren Augen Angst ist. So dicht an Panik, dass er einen Moment zögert, ob er antworten oder sie noch ein wenig hinhalten soll.

Superman.

»Vom Unfall«, sagt er schließlich, und das Klirren, mit dem Mirella das Besteck auf den Tellerrand legt, klingt wie eine Kapitulation.

Genau den Eindruck macht sie auf ihn. Sie wirkt wie ein Soldat, der versucht hat, sich in den feindlichen Reihen zu verstecken, und nun einsehen muss, dass er sich umsonst bemüht hat.

Niemals hätte er geglaubt, ihr eines Tages zu misstrauen, sie eines Tages anzusehen und sich zu fragen, welches Geheimnis sich hinter ihren plötzlich ausdruckslosen Augen verbirgt. Niemals hätte er geglaubt, sie hassen zu können.

Und doch ist es so. Und als er ihr schließlich die Wahrheit sagt, tut es ihm fast leid, sie aus dieser Angst zu retten.

»Mein Traum hat nichts Reales«, sagt er und schluckt die letzte Nudel hinunter.

Mirella lächelt. Hoffnung gemischt mit einer seltsamen Resignation. Als wäre der Moment nur aufgeschoben und nicht für immer vorüber. Sie scheint ebenfalls zu denken, dass sie beide auf derselben Straße unterwegs sind, an deren Ende unweigerlich ein bodenloser Abgrund wartet. Egal was kommt, er wird sie beide verschlingen.

»Früher oder später kannst du dich wieder an alles erinnern, du wirst schon sehen«, flüstert sie und trinkt ein randvolles Glas mit Wasser aus. Sie stürzt es geradezu hinunter, der erste Atemzug, nach dem die Lungen nach einem zu langen Tauchgang lechzen.

Ich setze mich hin und sehe die Fotos an.

Die Kamera ist auf ein halbdunkles Zimmer gerichtet. Es

sieht aus wie ein Zimmer in einem großen Hotel. Die Digitalkamera steht in einer Ecke auf einem Möbel. Ich kann sie im Spiegel sehen, halb versteckt zwischen einer Tischlampe und einem Fernseher, der in jeder Aufnahme zu sehen ist und einen Teil des Bildausschnittes verdeckt.

Die Einstellung ist immer die gleiche. Sie hat den Apparat dort hingestellt und ihn in regelmäßigen Abständen diese Fotos machen lassen, ungefähr alle zwanzig Sekunden. Während ich sie ansehe, versuche ich mir das Zimmer vorzustellen.

In der Wand, vor der die Kamera steht, ist eine Tür. Ich kann sie im Spiegel sehen. Hinter der Tür brennt Licht und zeigt etwas Helles, das ich nicht erkennen kann. Das Bad vielleicht. In einer Ecke steht ein Schrank. Die eine Tür scheint ein wenig aufzustehen, doch vielleicht ist das nur eine optische Täuschung.

Das alles ist nebensächlich. Das Bett beherrscht das Bild.

Und Sara Parmeggiani, die vögelt.

Beim ersten Durchsehen habe ich die Fotos für einen Spaß gehalten, für eine dieser trostlosen Amateurknipsereien, die man sich zu Hause im Wohnzimmer ansieht, um sich selbst zu beweisen, wie unglaublich verrucht man doch ist.

Dann ist mir die Spieluhr wieder eingefallen, die Memorycard, die so gut versteckt war, dass sie den Mechanismus blockierte. Ihr verstörter Blick, der ein Quäntchen Glück erflehte. Die tätowierte halbe Sonne, die im Nachrichtenbeitrag unter dem Leichentuch hervorlugte.

Und schon sah die Sache ganz anders aus. Schon war klar, dass hinter diesen Bildern kein Spaß steckt.

Jetzt, wo sie riesig und gestochen scharf den Bildschirm meines Macs einnehmen und das dunkle Zimmer mit langen, weichen Farben erfüllen, bin ich mir noch sicherer. Jetzt, wo ich sie mir eines nach dem anderen ansehe, ist es mehr als naheliegend, dass Sara wegen dieser Fotos ermordet wurde. Und dass es irgendwo noch andere gibt, die es wert waren, sie für immer zum Schweigen zu bringen.

Auf denen, die ich mir ansehe, ist das Gesicht des Mannes nicht zu sehen. Dabei ist er die Hauptsache. Nicht Saras geschmeidiger, glatter Körper, der über die Laken rutscht.

Der Mann.

Er allein.

Eine Figur, die sich aus Bruchstücken und zusammenhangslosen Einzelteilen zusammensetzt, wie ein Puzzle, von dem man noch nicht weiß, was daraus werden soll.

Er nimmt sie von hinten, krallt sich in ihre Hüften und stößt zu. Er trägt keinen Ehering. Die Fingernägel sind kurz, die Hände gepflegt. Die Haut gebräunt. Er hat einen ganz leichten Bauchansatz, die typische kleine Alkoholwampe. Er streckt eine Hand aus, um ihre Brustwarzen zu berühren, ihre Brüste zu kneten. Ich hatte sie mir weniger groß, weniger prall vorgestellt.

Dann setzt sie sich auf ihn, die Schenkel straff, die Arme hinten aufgestützt. Sie wirft einen Blick in die Kamera. Ganz kurz. Dann stößt sie zu. Das Licht und die Muskeln zeichnen die Kurven ihrer Hüften und Brüste nach, Geilheit und Lust verzerren ihr Gesicht.

Er streckt die Arme aus. Er könnte vierzig oder fünfzig sein. Oder auch älter. Wenige Haare auf der Brust. Dunkle Haut.

Noch ein Bild. Die Haare sind womöglich schwarz.

Dann nichts mehr.

Also fange ich wieder von vorn an. Ein Foto nach dem anderen, Bild für Bild. Und versuche nicht daran zu denken, was ich vor mir habe. Die Details sieht man nur, wenn man sie nicht sehen will. Als wären sie scheu und versteckten sich vor der Aufmerksamkeit des Betrachters.

Ich sehe sie mir alle noch einmal an, dann lasse ich mich in den Stuhl zurückfallen und hantiere mit der Maus. Sofort füllt sich der Bildschirm mit kleinen farbigen Rechtecken. Ich starre sie an und fahre mir mit den Händen übers Gesicht. Einen winzigen Moment lang glaube ich sogar, sie sind nicht mehr da, wenn ich die Augen wieder öffne. Rechtecke aus Licht und Farbe, die verschwinden wie Seifenblasen an einem windigen Tag.

Aber sie sind noch da, jedes einzelne, entsetzlich real.

Keine Ahnung, warum ich eine Kopie davon gemacht habe. Vielleicht, weil ich glaubte, ich könnte noch etwas für Sara tun. Das, was ich für Abdel nicht habe tun können. Oder für mich und Giulia. Eine mutige Geste, die mir erlaubt, sie mit dem Lächeln in Erinnerung zu behalten, das ich im Fernsehen gesehen habe. Das keinen Platz hat für Schatten und Schmerz. Oder für Angst.

Ich denke an diese Angst und überlege, weshalb ich abgehauen bin, ohne sie etwas zu fragen, den Kopf wie immer in den Sand gesteckt habe.

Dann fällt mein Blick auf ein Detail.

Es sieht aus wie ein winziger Lichtfleck. Ich vergrößere ihn um das fünffache. Es ist ein Fotoapparat.

Jetzt gibt es keinen Zweifel mehr, dass das Gesicht des Unsichtbaren irgendwo auf irgendeinem Foto existiert.

Und dass in den Bildern, die ich vor mir habe, noch viel mehr steckt, als ich mir vorstellen kann.

Giovanni Marra schiebt die CD in den CD-Spieler.

Noch ehe die Stimme von George Michael das Zimmer erfüllt, wirft er sich aufs Sofa und schließt die Augen. Sofort ist Paola Vigliani da, ein Duft, der einen in der Küche begrüßt, wenn man abends nach Hause kommt. Seit er die Leiche des kleinen Mädchens ausgegraben hat, kann er an nichts anderes mehr denken. Mit ihr sind Dinge ans Tageslicht gekommen, mit denen er leben zu können glaubte.

Aus derselben Tiefe taucht nun auch Nicola Zanardi auf, sein zufälliges Zusammentreffen mit Sara Parmeggiani, und das Gefühl, dass er ihm etwas verheimlicht hat. Er denkt an Nicolas Blick, an den leicht feuchten Händedruck beim Abschied, an den Tonfall, in dem er ihm alles erzählt hat, und kann nicht anders, als an den Worten seines alten Freundes zu zweifeln. Der Gedanke erscheint ihm wie Betrug an sich selbst und an seiner Vergangenheit.

Als er die Augen wieder öffnet, fällt sein Blick auf den Dalì-Druck an der Wand, und plötzlich kommt er sich entsetzlich nutzlos vor. Wie die leere, musikerfüllte Wohnung. Wie seine Hände, die seine Frau und seine Tochter nicht vor einem dämlichen Auto hatten bewahren können. Nutzlos, weil er für Paola Vigliani gewiss nichts mehr tun kann.

Es ist zu viel Zeit vergangen. Und wer auch immer sie dort im Wäldchen fortgeworfen hat wie eine leere Coladose, hinterlässt ohnehin niemals Spuren.

»Du hast es schon einmal gemacht«, denkt er. Das war nicht das erste Mal. Und er fragt sich, ob Staatsanwalt Terzi mit der Vermutung, hier versuche der x-te Wahnsinnige seine perversen Neigungen zu befriedigen, nicht Recht haben könnte.

So einen würde er gern mal zwischen die Finger kriegen. Spüren, wie der Kehlkopf in seinen Händen bricht wie eine Eiswaffel. Ihm in die Augen schauen, während er nach Atem ringt und nichts mehr mitbekommt. Nur das Dunkel, das ihm die Lungen füllt und ihm das Leben nimmt. Denn trotz seines Berufs – oder gerade deswegen – ist er überzeugt, dass manche Menschen nichts als den Tod verdienen.

Vielleicht würde ihm ein Gespräch mit dem Staatsanwalt von Venedig, der mit dem Fall betraut ist, auf die Sprünge helfen. Ihm direkt gegenüberzusitzen und die Sache aus seinem Mund zu hören, brächte ihn vielleicht auf eine mögliche Spur. Deshalb wird er morgen zu Paolas Beerdigung fahren. In der Hoffnung, dass sich doch noch etwas tut. Und sei es nur, dass er seine Gespenster zusammen mit dem entstellten Körper des Mädchens begraben kann.

Er steht auf und zündet sich eine Zigarette an. Auf die Fensterbank gelehnt, starrt er in den Sommer hinaus. Es ist schon wieder zu heiß. Irgendwo lacht eine Frau. Ein sattes, tiefes Lachen, das nicht aufhören will. Wer weiß, was für eine Geschichte sie derartig zum Lachen gebracht hat. Er hat keine Zeit, darüber nachzudenken. Vom Klingeln seines Handys gerufen, kehrt er ins Wohnzimmer zurück.

»Hallo.«

»Bitte verzeihen Sie, dass ich Sie außerhalb der Dienstzeit störe.«

Am anderen Ende der Leitung ist die zitternde Stimme von Inspektor Francesco Carta. Francesco ist ein hervorragender Polizist, auch wenn er ständig Schiss hat, zu sagen, was er denkt. Vielleicht, weil er erst kürzlich befördert worden ist.

»Schieß los.«

»Also … nun ja, wir haben da etwas gefunden, Commissario.«

»Was?«

»In den Sachen von der Parmeggiani. Da war eine Spieluhr. Nur, dass sie keine Musik gemacht hat.«

»Und soll ich mir jetzt auch noch anhören, was für Musik sie hätte machen sollen und warum?«

»Nein, Comissario. Da waren Fotos drin.«

»In der Spieluhr?«

»Nicht direkt. In der Spieluhr steckte eine Memorycard. Sie wissen schon, diese Dinger, die man in Fotoappar…«

»Ich weiß, was das ist. Und?«

»Na ja, die Fotos sollten Sie sich ansehen. Am besten sofort.«

»Hör mal, Carta. Wenn du mich wegen irgendeinem Scheißdreck antanzen lässt, kannst du in Zukunft jeden Abend bei den albanischen Nutten Razzia machen und über ihre Menstruation Buch führen, haben wir uns verstanden?«

»Auf den Fotos ist die Parmeggiani zu sehen. Mit einem Mann.«

»Mit einem Mann?«

»Ja. Nur, dass man ihn nicht sieht.«

»Du willst mir sagen, unter den persönlichen Habseligkeiten von Sara Parmeggiani befindet sich eine Reihe Digitalfotos, auf denen sie mit einem Mann fickt, den man nicht sieht?«

»So ist es, Commissario.«

»Und wer hat diese verdammten Fotos gemacht?«

»Das weiß ich nicht. Doch die Kamera scheint hinter einem Möbelstück versteckt gewesen zu sein.«

»Na schön, Carta. Wenn diese Neuigkeit das Präsidium verlässt, mache ich den Menstruationskalender für die Nutten wahr, verstanden?«

»Verstanden.«

»Lass nichts aus den Augen, ich bin gleich da.«

»Da wäre noch etwas.«

Er stöhnt. Er hasst Cartas Art, mit allem stückchenweise rauszurücken. Als hätte er Angst, man könnte ihm einen Strick daraus drehen, würde er es in einem Schwung ablassen.

»Na, sag schon. Und diesmal spuck es alles aus.«

»Aurelio Strazzari, der mit diesem Bekleidungsgeschäft im Zentrum. Man hat ihn tot in seinem Auto gefunden …«

»Es ist Paola«, schreit die Schlagzeile der *Repubblica*, und Roberta blättert hastig um, um das dazugehörige Foto nicht sehen zu müssen.

Sie sieht das Mädchen noch genau vor sich. Und die Tränen der Mutter im Fernsehen, überall. Nass und warm, ganz anders als ihre eigenen. Sie hat das Gefühl, Steine zu weinen. Glassplitter, die unter der Haut stecken und ihr Augen und Gedanken zerschneiden. Winzige, kaum wahrnehmbare Schmerzen, die sich durch den Tag ziehen und sie niemals verlassen.

Wie das Schweigen von Lisa, die auf dem Sofa sitzt und den neuesten Harry Potter liest. Auch Roberta hat ihre Kindheit schweigend mit Lesen verbracht. Mit Büchern ohne Zauberer und Hexen, die ihr halfen, die Zeit zu vertreiben, bis sie endlich zu dem Mädchen würde, das nur darauf wartete, aus ihr herauszubrechen.

Vielleicht hat auch Lisa all das, was sie ist, in irgendeinen entlegenen Winkel gequetscht wie Klamotten, die man in den Reisekoffer presst. Vielleicht musste sie das tun, um in jener Nacht, die sie niemals vergessen wird, wieder nach Hause zurückkehren zu können.

Die Polizistin trank ihren Kaffee und hörte sich alles an, was ihr durch den Kopf schoss, als es an der Haustür klingelte. Sie hatte aufgemacht, und als sie die Schritte im Treppenhaus hörte, hatte sie sofort gewusst, dass Lisa zurückgekommen war.

Seit halb zwei hatte sie auf diese Schritte gehorcht, in der duftenden, warmen Küche gestanden und im Topf mit der Bolognese herumgerührt.

Die Soße stand noch immer auf dem Herd, verbrannt und kalt. Denn die Verspätung war in Warten umgeschlagen, die Sorge in Angst und schließlich in Panik. Die Zeit war lang geworden und hatte alles ausgefüllt. Und die Stille hatte sich in die Fragen der Polizistin verwandelt, in ihre Blicke, mit denen sie sie ansah ohne zu sagen, was sie selber nur zu gut wusste.

Wenn man eine Tochter hat, die jeden Tag ein bisschen mehr zur Frau wird, wachsen mit den Hoffnungen auch die Ängste. Und obwohl sie versucht hatte, sie zum Schweigen zu bringen, wurde sie den Gedanken nicht los, dass diese Stimmen ihr vielleicht als einzige die Wahrheit sagten. Zumindest bis spät in die Nacht, bis zu diesen Schritten. Bis der rosa Wollpulli ihr auf dem Weg zur Treppe von den Schultern rutschte. Bis die Haarsträhne ihr die Sicht nahm, als sie auf den Lichtschalter drückte. Bis Lisa am Treppenabsatz auftauchte, barfuß und in einer zu kleinen weißen Bluse, einem schwarzen dünnen Pullover und einer dunklen Jeans.

Sie hatte niemandem von diesen Sachen erzählt. Sie hatte sie in eine Badezimmerecke geworfen, erdverdreckt und urindurchtränkt wie sie waren. Voller Angstgeruch, den sie an ihrer Tochter wahrgenommen hatte, als sie sie in die Arme geschlossen hatte. Eine Angst, die sie sogar daran hinderte, die Arme zu rühren und sie an sich zu drücken, zu weinen.

Als sie Lisa mit eisigen, schwarzen Füßen und tränenverkrusteten Wangen, an denen das blonde Haar klebte, hereingetragen hatte, war ihr einziger Gedanke gewesen, dass sie wieder zu Hause war. Was zählte es schon, dass die Sachen, die sie trug, nicht ihre waren. Das Einzige, was zählte, war, dass sie wieder da, dass sie am Leben war. Sie hatte sie ausgezogen und sich als allererstes vergewissert, das niemand ihr wehgetan hatte.

»Alles in Ordnung, Lisa? Alles in Ordnung?«

Wieder und wieder hatte sie gefragt und als Antwort nur ein winziges Kopfnicken erhalten. So winzig, dass es fast eingebildet schien.

Dann hatte sie ihr eine heiße Badewanne eingelassen und ihr das Haar und den ganzen Körper gewaschen, als hätte sie sie noch einmal zur Welt gebracht. Die Finger von Erde befreit, das Gesicht gereinigt, bis es wieder weich und sauber war. In der Hoffnung, das alles verschwinden und mit dem Dreckwasser den Abfluss hinuntergespült würde.

Dann hatten sie sich wie immer in die Küche gesetzt und gegessen. In einem unwirklichen Schweigen, das dieser Wohnung noch vollkommen fremd war und das Roberta zu brechen versucht hatte, indem sie ihr von ihrem Tag erzählte. Sie sagte ihr, wie sehr sie ihr gefehlt hatte, und hin und wieder hielt sie inne und küsste sie aufs Haar.

In dem Moment hatte Lisa es zum ersten Mal getan. Und Roberta hatte es viel schmerzhafter empfunden als jetzt. Nach all der Angst musste sie einfach die Haut ihres Kindes spüren. Es ganz nah bei sich haben, mit Worten und vertrautem Geruch erfüllen. Doch Lisa hatte sich abgewandt, die Augen zusammengekniffen und die Wange hinter beiden Händen verborgen. Als wäre eine Hand nicht groß und stark genug. Und Roberta hatte verdattert dagestanden. Gefangen in diesem Kuss, den sie ihr nicht gegeben hatte, halb in der Geste erstarrt.

Es hatte noch andere halb erstickte Gesten gegeben, doch keine wie diese. Wenn Roberta darüber nachdenkt, kommt es ihr vor, als wäre sie noch immer dort, auf halbem Weg gebannt zwischen Küchentisch und ihrer Tochter, der sie einen Kuss aufs Haar geben möchte. Eine winzige, vielleicht niemals überbrückbare Distanz, die sich an einem Winterabend mit einer zurückgewiesenen Liebkosung aufgetan hat und in dem bitteren, grimmigen Schweigen fortsetzt, das in ihrem Leben klafft.

»Willst du denn gar nicht mit mir reden?«, hatte sie in der ersten Zeit gefragt. Dann hatte sie aufgegeben und versucht, auf anderem Weg mit Lisa zu kommunizieren. Über Blicke, Gesten, Bewegungen. Etwas wie das halbe Lächeln, das ihre Tochter inzwischen erwidert, wenn sie mit ihr Besorgungen machen geht. Ein langes, trauriges Lächeln, das wieder wachzurufen sie Monate gekostet hat.

Inzwischen ist alles in ihrem Leben wie dieses Lächeln. Die Gedanken, die Ferien, die bald zu Ende gehen, die Schule, die wieder bevorsteht wie eine entsetzliche Strafe. Die Zeit, die niemals vergeht und sich niemals ändert. Lisas Gesten, wie sie sich die Schuhe anzieht, auf sie zukommt und ihr über die Wange streichelt. Hin und wieder tut sie das. Und das sind die schönsten Momente.

Die einzigen vielleicht.

Er will sich gerade eine Krawatte aussuchen, als das Telefon klingelt. Er sieht auf die Nummer. Unbekannt.

»Einen Moment bitte«, sagt er zum Verkäufer. Dabei hebt er den rechten Zeigefinger. Er drückt die schwere Glastür auf, tritt aus der Galleria Cavour und bleibt wie ein x-beliebiger Passant vor dem Luis-Vuitton-Laden stehen.

»Hallo.«

»Alles klar?«, sagt die Stimme, und er lächelt.

Insgeheim nennt er ihn den Grauen. So würde er ihn auch in seinem Handy speichern, wenn er ein Adressbuch hätte und nicht jeden getätigten und erhaltenen Anruf sofort löschen würde.

»Seit gestern gibt es nichts Neues«, erwidert er. Der Ton ist immer der gleiche. Jeder, der ihn reden hörte, würde glauben, es handele sich um eine Geschäftsbesprechung. Und im Grunde hätte er Recht.

Das war mit das Erste, was man ihm vor vielen Jahren eingebläut hatte. Und das Erste, was er seinem ersten Rekruten beigebracht hat. Jede Emotion hinter einer kalten, steinernen Maske zu verbergen. Eine Methode, die ihm schon so manches Mal das Leben gerettet hat.

»Die Transaktion scheint mir nicht so ausgegangen zu sein wie erwartet. Zumindest nicht so, wie von Ihnen vorhergesagt.«

Der Graue ist schlau. Einer der wenigen, dem er nie hat erklären müssen, wie man am Handy zu reden hat. Manche Dinge hat er richtig gut drauf. Darin sind sie sich ähnlich.

»Wir werden jedes Detail bestmöglich regeln«, sagt er und lässt den Blick über ein Portemonnaie gleiten, das mehr kostet als alles Geld, was man je hineinstecken könnte.

»Sind Sie sicher, dass das Produkt im Handel erhältlich ist? Es ist absolut unabdingbar, dass …«

Er unterbricht ihn sofort. »Ja.«

Er steckt eine Hand in die Tasche seiner maßgeschneiderten weißen Leinenhose und unterdrückt ein Lächeln. Manchmal hat er den Eindruck, der Graue unterschätzt ihn. An seiner Stelle würde er das lassen.

»Gut.«

Das Gespräch endet abrupt. Das letzte Wort klang hastig, als hätte er schnell auflegen müssen. Auch verabschiedet hat er sich nicht. Vielleicht, um seine Enttäuschung und Verunsicherung mit einer Geste der Überlegenheit zu überspielen. Es gibt immer eine Erklärung für das Verhalten der Leute. Für den Ton der Stimme. Dass der Graue Angst hat, hört man zehn Kilometer gegen den Wind.

»Sie sind ein netter Junge, Nicola«, sagt meine Mutter. Und obwohl ich es inzwischen kenne, muss ich mir auf die Zunge beißen, um die Tränen zurückzudrängen.

Sie sitzt im Park des Pflegeheims auf der gewohnten Bank im Schatten. Sie strickt. Vor zweieinhalb Jahren hat sie wieder damit angefangen. Vorher hat sie so gut wie nie gestrickt. Ungefähr zur selben Zeit hat sie mich gesiezt, ohne zu wissen, wen sie vor sich hat. Ein winziger Moment, die Dauer eines Satzes. Es war, als würde man sich den Finger in einer Panzertür klemmen. Der Schmerz kam nicht sofort, sondern erst hinterher, als ich auf dem Heimweg war und begriffen habe, dass das, was die Ärzte mir erzählt hatten, nun Wirklichkeit wurde.

Ich setze mich neben sie und halte ihr eine Tüte hin.

»Ich habe dir Kekse mitgebracht«, sage ich. Sie lächelt. Ich habe genau das gleiche Lächeln. Und auch die dunkelgrünen Augen, die helle Haut. Und die Hände, die manchmal aus unerfindlichen Gründen ein wenig feucht werden.

Auch Kekse hat sie nie gegessen. Jetzt hingegen bittet sie mich darum, als wären sie ein seit je gehegtes heimliches Verlangen, das mit einem Mal hervorgebrochen ist.

Am Morgen des 11. September 2001 wurde bei ihr Alzheimer diagnostiziert. Und wenn ich höre, dass dieser Tag die Welt verändert hat, denke ich immer, dass das stimmt.

»Du hast ein bisschen Sonne abgekriegt.«

Prüfend legt sie sich beide Hände auf die Wangen. Das ist die einzige Antwort, die ich bekomme. Sie beißt in einen Keks und sammelt die Krümel in einem Papiertaschentuch. Dann wickelt sie sie sorgfältig ein, als wären sie ein Geschenk.

»Für die Spatzen, die armen Piepmätze. Du weißt ja, ich hab sie immer gefüttert, bis die Tauben kamen.«

Da, jetzt hat sie mich geduzt. Sofort ergreife ich die Gelegenheit.

»Ja, ich weiß ... Mama.«

Ich streichle mit der Stimme über dieses Wort, lasse es über die Lippen gleiten und bekunde damit eine Zugehörigkeit, die mit jedem Tag schwächer wird. Früher habe ich sie beim Namen genannt. Heute kann ich das nicht mehr.

Sie bröselt zwei Kekse ins Taschentuch und steht auf.

»Wollen wir ihnen was zu essen geben? Na los!«

Sie geht auf den Rasen und streut die Krümel aus. Es ist ein guter Tag. Vielleicht liegt es an der Sonne, die hinter den Hügeln verschwindet, oder am Sommer, der heute nicht allzu glühend ist und sie atmen lässt. Oder vielleicht ist es nur Zufall, wie bei so vielen Dingen.

Das letzte Mal, ehe ich nach Bagdad geflogen bin, ohne es ihr zu sagen, hat sie so gut wie keinen Ton gesagt. Reglos und schweigend saßen wir nebeneinander auf der Bank, blinzelten in die Sonne, die in den Bäumen funkelte, und warteten darauf, dass die Zeit verging.

Ich nehme sie in den Arm, und sie legt ihren Kopf an meine Schulter, allerdings nur ganz kurz. Ihre Aufmerksamkeit ist ganz auf den Rasen gerichtet. Sie steckt die Hände in die Hosentaschen und beobachtet die Spatzen, die ihre Krümel vertilgen.

»Wollen wir uns setzen?«, frage ich, und sie kehrt zur Bank zurück. Ihre Schritte auf dem Gras klingen wie das Rascheln der Bettdecke in der Nacht.

Sie setzt sich und sieht mich an. Das Nachmittagslicht verleiht ihren Augen eine seltsame Tönung, die ich erst begreife, als sie zu reden anfängt.

»Ihre Familie wartet sicher schon auf Sie, Nicola. Sie sollten jetzt besser gehen, als ihre Zeit mit einer alten Frau wie mir zu vergeuden.«

»Meine Familie …«, flüstere ich und weiß noch nicht einmal, ob ich es wirklich ausgesprochen oder nur gedacht habe. Einen Moment lang fürchte ich, ich schaffe es nicht, doch schließlich antworte ich ihr.

»Du hast recht, ich muss gehen. Es ist schon spät. Aber ich will nicht mehr hören, dass du alt bist, verstanden?«

Ich stehe auf. Sie lächelt, ein Ausdruck wie ein Messerstich.

»Sehen Sie mich doch an. Was bin ich denn sonst? Wem bin ich denn noch nütze?«

»Mir«, antworte ich, küsse sie auf die Wangen und überlege, wie schrecklich egoistisch das doch klingt.

Ich sehe zu, wie sie die Stricknadeln hervorholt und wieder zu stricken anfängt. Dann gehe ich durch den Park davon.

Während ich auf die Fernbedienung drücke, mustere ich einen Typen auf der anderen Straßenseite. Er steigt von einem Motorrad, und seine Augen durchbohren mich wie ein Schaschlikspieß. Unwillkürlich schaue ich nach, ob der iPod noch an meinem Gürtel hängt. Dann sehe ich wieder zu ihm hinüber, reglos steht er in rund zehn Meter Entfernung.

Er hat stoppelkurzes, höchstens zwei Zentimeter langes Haar. Wie in Zeitlupe und ohne seinen Blick von mir abzuwenden setzt er sich die Sonnenbrille auf.

Ein Lieferwagen fährt vorbei, und als ich wieder freie Sicht habe, sehe ich ihn auf den Klinikeingang zugehen. Mit der unguten Ahnung, es nicht abgeschlossen zu haben, steige ich ins Auto, starte den Motor und gebe Gas.

Ich habe ein mulmiges Gefühl im Magen, als wäre mir übel. Aber es könnte auch Angst sein.

Michele Ferrari hat sich in eine Ecke des Bettes verkrochen und versucht, seinen Gedanken zu entkommen. Inzwischen lassen sie ihm keine Ruhe mehr. Sie lauern in jedem Augenblick, in jeder Geste. Eine Sonde, die bohrt, sucht, gräbt und außer einem seltsam ranzigen Geruch nichts zutage fördert.

Heute hat er in seinen Sachen herumgewühlt. Fotos, Unterlagen, Anziehsachen, Parfums. Er hat festgestellt, dass er das letzte Aftershave, das er sich gekauft hat, scheußlich findet und eine krankhafte Schwäche für dunkelgraue Doppelreiher zu haben scheint. Er findet Grau düster. Er hat sogar einen anprobiert, und als er sich im Spiegel des geräumigen Ankleidezimmers betrachtete, stand ihm ein müder, gebückter und entsetzlich trauriger Mann gegenüber.

»Ich sehe darin unmöglich aus«, hat er zu Mirella gesagt, die lächelnd in der Tür stand und ihm zusah.

»Das hab ich ja schon immer gesagt, aber du wolltest nie auf mich hören«, hat sie geantwortet, und sie mussten beide lachen. Einfach so. Wie früher.

Michele hat sie angesehen, und einen Moment lang ist es ihm so vorgekommen, als hätte er sich alles nur eingebildet. Wenn es so ist, dann kann er versuchen, ganz von vorn anzufangen und sich an den Menschen, der er jetzt ist, zu gewöhnen.

Ein schöner Gedanke. Doch allzu flüchtig. Den Rest des Tages hat er damit zugebracht, auf ein Bild, ein Echo, eine noch so kleine Erinnerung zu warten, die ihm seine jüngste Vergangenheit zurückbringt.

Jene Nacht, die Vollbremsung.

Und Superman.

Bis nach dem Abendessen hat er so gut wie kein Wort mehr gesagt.

Bevor er sich in seinen Sessel gesetzt hat, hat er gesehen, wie Mirella in einer Schublade mit Unterwäsche herumkramte. Eine banale Geste, die nur dazu diente, einen schwarzen BH hervorzuziehen, den sie sich mit dem Rücken zu ihm und ohne ihn überhaupt zu beachten, angezogen hat.

Doch Michele musste sofort daran denken, dass etwas in der Schublade versteckt ist. Ein Foto, ein Tagebuch. Etwas, das zwischen all der Baumwolle und Spitze auf ihn wartet und das er morgen suchen wird, wenn Mirella zur Arbeit gegangen ist und die Wohnung wieder ihm allein gehört.

Während er zusah, wie die Finger seiner Frau am BH nestelten, hat er sich für einen kurzen Augenblick gewünscht, sie würde sich umdrehen. Sie würde das bittere Feixen in seinem Gesicht sehen, das offen zeigte, wie es in ihm aussah.

Doch sie tat es nicht. Also ist er ins Bad gegangen, hat sich die Zähne geputzt und versucht, mit dem Spülwasser auch die ganze Wut ins Becken zu spucken. Er muss auch weiterhin so tun, als wäre alles in Ordnung, um endlich hinter die Wahrheit zu kommen.

Als er wieder herauskam, hat Mirella ihn in einen weißen Seidenmorgenrock gehüllt genüsslich angelächelt. Er hat den Gedanken verscheucht, sie gleich dort zu nehmen, zur Kommode gewandt, mit hochgeschobenem Morgenrock, verrutschtem Tanga und dem Spiegel als Zeugen. Er hat ihr lediglich einen halb grausamen, halb lustvollen Blick zugeworfen, den sie an der Türschwelle stehend parierte.

Dann hat er sich erschöpft aufs Sofa gelegt. Als er vor dem Fernseher eingeschlafen ist, hat er von einem unendlich sanften, angsterfüllten Augenpaar geträumt, das ihn aus einem riesigen, raumlosen Dunkel anstarrte.

Ein Blick ohne Gesicht.

Dann ist er aufgewacht, und jetzt, da er den Schlaf kommen und einen weiteren Tag mit sich nehmen spürt, hofft er, noch einmal von diesen Augen zu träumen.

Früher oder später werden sie ihm gewiss alles erzählen.

Montag, 23. August 2004

Die Kirche ist lang und schmal wie die Finger einer Hand.

Wie das Dorf, das sich unversehens an den Flusslauf schmiegt und ihn mit Häusern und einem seltsam grünlichen Farbton sprenkelt, den der Nebel im Winter verschluckt. An einem Tag wie diesem, an dem die Sonne auf dem Brenta tanzt, sieht es aus wie eine bunte Verpackung, die irgendjemand im Vorbeifahren aus dem Autofenster geworfen hat.

Die Verpackung ist leer, denn alle sind in der Kirche. Giovanni Marra hat sie sofort gefunden, er ist einfach der Bundesstraße entlang des Flusses gefolgt und auf die ferne Kirchturmspitze zugesteuert. Die Busse der Fernsehsender waren bereits da, zu viele, um nicht das Wenige, was ein derartiges Geschehen in Daniela Viglianis Leben noch heil gelassen hat, auch noch niederzuwalzen.

Als sie hereinkam, sah sie aus wie einer dieser kleinen, kahlen Bäume, die an einen Stützpfahl geschnürt sind, damit sie wachsen können. Doch Daniela mit ihren dunklen Sachen und den stets weit aufgerissenen Augen im schlichten Gesicht wird immer so klein bleiben. Wenn überhaupt etwas wachsen wird, dann der Schmerz.

»Der Herr hat's gegeben, der Herr hat's genommen«, sagt der Pfarrer.

Erst jetzt wird Giovanni bewusst, dass die Messe bereits angefangen hat. Neben ihm wispert eine alte Frau ein Gebet und quittiert sein Schweigen mit schiefem Blick. Doch Giovanni bemerkt nur den kleinen weißen Sarg, ebenso weiß wie Danielas Gesicht und die Hände ihres Mannes. Und die modrig grauen Worte des Pfarrers.

Der Herr hat's gegeben, der Herr hat's genommen.

Auch bei ihm hat er gegeben und genommen, und vielleicht kann er manchen Worten auch deshalb nicht mehr glauben. Der blinde, dumpfe, raue Schmerz, den er an genau so einem Winternachmittag in sich gespürt hat, ist das Einzige, dem er noch glauben kann.

Er blickt sich um, und alles wirkt wie erstarrt. Selbst die ordentliche Reihe, die nach vorn zum Abendmahl schreitet und kilometerweit weg zu sein scheint. Selbst der gebrochene Schrei Daniela Viglianis, der die Stille zerfetzt und sich gegen Hostie, Kommunion, Vergebung und Trost stemmt.

Er sieht, wie sie sich krümmt unter dem Schrei, wie ihr Schluchzen am kleinen Blumenkranz auf dem Sarg zerspringt. Wie sie sich nach den Leuten umdreht, die ihr etwas zuflüstern, das ihr völlig sinnentleert erscheinen muss. Denn nichts hat mehr Platz in ihrem Leben, außer diesem Schrei und dieses Lächeln, das ihr nunmehr nur noch von einem Foto entgegenstrahlt.

Er bleibt noch einen Augenblick, dann geht er hinaus. Der Sommer nimmt ihm blendend die Sicht. Er zündet sich eine Zigarette an und starrt auf den leeren Uferdamm.

»Der Herr hat's gegeben, der Herr hat's genommen.«

Er stößt eine kleine Rauchwolke aus und fragt sich, was der Herr wohl von Paola Viglianis Mörder hält. Und von der Methode, mit der er sein beschissenes Verlangen befriedigt hat.

Es gibt kein Tagebuch von Mirella.

Mit der Präzision eines Uhrmachers hat Michele Ferrari die gesamte Wohnung auf den Kopf gestellt. Erfolglos.

Aber etwas war doch in der Schublade. Versteckt hinter einem

Stapel Unterhosen, die fein säuberlich aufeinandergelegt auf ihren Einsatz zu warten schienen.

Ein Kalender.

Aus dunklem Leder, voller Namen, Nummern, Daten und vollgekritzelten Zettelchen, die er sich einen nach dem anderen angesehen hat.

Und zwei Zugfahrkarten.

Pendolino Bologna–Rom. Hin- und Rückfahrt. Eine für Mitte Januar und eine für Anfang Februar, ein paar Tage vor seinem Unfall. Abfahrt früh morgens, Rückfahrt abends. Nur ein ganz normaler Arbeitstag, an dem es ein bisschen länger wurde. Zu gern würde er sich erinnern können, welche Ausreden sich Mirella für diese Zugfahrten hat einfallen lassen.

Er nimmt die Fahrkarten in die Hand und mustert sie. Im Gegenlicht sehen sie aus wie zwei wertlose Stücke dickes Papier. Das ist mit vielen wichtigen Dingen so. Eigentlich mit allen. Stinknormale Gegenstände, die erst dann bedeutsam werden, wenn sie einen überrumpeln wie ein Lastwagen mit Vollgas.

Zwei Zugfahrkarten.

Es ist nicht Mirellas Art, alles aufzuheben. Aber diese beiden Tickets hat sie aufgehoben. Ausgerechnet diese. Und vielleicht ist sie noch öfter nach Rom gefahren. Vielleicht, während er im Koma lag. Sie hätte hinfahren können, so oft sie wollte, ohne dass er je davon erfahren hätte.

Wenn er darüber nachdenkt, bekommt er es mit der Angst zu tun. Weil ihm die Kontrolle entgleitet. Über seinen Kopf, über sein Leben, über seine Frau, die nicht nur nach Rom gefahren ist, um sich vögeln zu lassen. Dafür braucht es nicht so viele Kilometer. Je länger er darüber nachdenkt, desto sicherer ist er sich.

Und dann ist da dieser Halbsatz. Er blättert durch den Kalender, bis er ihn wiederfindet. 29. Februar. Ein Tag, den es nicht immer gibt.

Private Venus?

Am Fragezeichen ist Mirella hängengeblieben und hat es dick nachgezeichnet.

Private Venus. Er erinnert sich dunkel an ein Buch von Scerbanenco, das er vor zig Jahren einmal gelesen hat. Aber Mirella liest solche Krimis nicht. Das einzige, was ihm dazu einfällt, ist eine schwarz gekleidete Frau, die in einer Frühlingsnacht an der Haustür klingelt und unter ihrem schwarzen Mantel nichts als winzige Fetzchen Spitze trägt.

Er steht auf, um nachzudenken, und das Adressbuch fällt zu Boden. Er hebt es auf und verstaut es sorgfältig wieder in den Tiefen der Unterwäschenschublade. Dann schleicht er barfuß ins Wohnzimmer. Auf das Balkongeländer gestützt, lässt er den Blick über den kastanienbewachsenen Hügel gleiten. Auf der anderen Seite des Hauses knattert ein Motorrad mit zu großem Auspuffrohr vorbei und zerreißt die Stille.

Er geht wieder hinein, und alles hält inne, selbst die vom Sommer gesättigte Luft. Nichts ist so, wie er es sich vorgestellt hat. Und wenn er noch irgendetwas vermuten kann, dann nur, dass alles noch viel schlimmer ist.

Er dreht das Radio an und geht in die Küche.

Was er auf halbem Weg hört, lässt ihn fast in Ohnmacht fallen. Er lehnt sich an die Wand, um nicht zusammenzubrechen, doch es hilft nichts. Langsam sacken ihm die Beine weg. Er hockt mitten im Flur, die Wand im Rücken, die Augen geschlossen, und versucht, das Karussell in seinem Kopf nicht wahrzunehmen.

Das Lied durchdringt alles. Unerbittlich bohrt es sich in seine Gehörgänge. Es überschwemmt seinen Körper und seine Erinnerungen.

»*It's not easy to be me*«, sagt der Refrain.

Und Michele Ferrari denkt, dass es auch für ihn nicht einfach ist, er selbst zu sein. Er lässt seinen Gedanken freien Lauf, und die Welt beginnt sich im sanften Rhythmus der Musik zu drehen.

Superman von Five for Fighting.

Das Lied, das er im Autoradio gehört hat, als der Wagen von der Straße abgekommen ist und ihm Körper und Leben in Stücke gerissen hat.

Und die Erinnerung.

»Und, bist du mit deinem künstlichen Barbados-Urlaub fertig?«, frage ich und stemme die Hände in meine Bermudataschen.

Andrea schnaubt und macht ein gespielt genervtes Gesicht. Wir waren um elf Uhr vor der Feltrinelli-Buchhandlung unter den beiden Türmen auf der Piazza Ravegnana verabredet.

»Vorher gehe ich noch ins Solarium in der Via Zamboni«, hatte sie mir gesagt. Allerdings hat es wohl ein bisschen länger gedauert, denn als ich sie um die Ecke biegen sehe, das Handy fest ans Ohr geklebt, ist sie eine Dreiviertelstunde zu spät.

Ich kenne sie seit zehn Jahren. Sie und ihren Männernamen, der mit dem zerbrechlichsten Blick einhergeht, den ich je im Leben gesehen habe. Sie und ihre heillosen Fluchtiraden, die einem wie ein Silvesterfeuerwerk um die Ohren fliegen. Sie und ihre Unsicherheiten, Risse und Sprünge in der Haut, durch die der schneidend kalte Wind pfeift, gegen den sie sich oft nicht zu wehren weiß.

Wäre sie meine Schwester oder meine Freundin, ich könnte sie nicht lieber haben.

Sie lächelt über das ganze Gesicht.

»Wartest du schon lange?«

Ich tue so, als müsste ich scharf nachdenken.

»Hmm … 'ne Stunde?«

»Dann bist du wohl zu früh gewesen …«

Ich grinse.

»Nein …«

»Wieso, wie viel Uhr ist es denn?«

»Wenn wir noch weiter reden, ist es Mittag.«

Ehrlich überrascht schaut sie auf die Uhr.

»Du weißt doch, dass ich schnell mal die Zeit vergesse.«

Ich nehme ihren Kopf in beide Hände und drücke ihr einen Kuss auf den Scheitel.

»Ich weiß, dass du 'ne echte Nervkuh bist.«

»Genug gelabert. Lass uns gehen, ich hab gleich Schicht«, sagt sie. Sie setzt sich in Bewegung, und wenige Minuten später hocken wir in einer kleinen Bar in der Via Giudei vor einem Brötchen, von dem eine ganze Heerschar von Flüchtlingen satt werden würde, und ihrem üblichen Salat ohne alles. Ich lege den iPod auf den Tisch und vergewissere mich, dass alles in Ordnung ist.

»Was soll das denn sein?«, fragt sie und nimmt einen Schluck aus ihrer Coladose. Light, versteht sich.

»Ein MP3-Player.«

»Und den schleppst du wie ein Hündchen mit dir herum?«

»Nein. Aber es ist eben nicht nur ein MP3-Player, sondern eine Art tragbare Festplatte. Zurzeit kann ich die gut gebrauchen.«

Sie angelt sich eine Scheibe Brot aus dem Brotkorb, reißt ein Stück davon ab und schiebt sich kleine Fitzel Krume in den Mund. Sie sieht mich an. Mit einem Mal hat sich ihr Blick verändert.

»Mach so etwas ja nicht noch mal, verstanden?«

Ich würge das Stück Schinken hinunter, das mir die Kehle mit Salz paniert, und schaue ihr direkt in die Augen. Sie sind traurig, erleichtert und verzweifelt zugleich.

»Was soll ich nicht noch einmal machen?«, frage ich.

Ich weiß ganz genau, was sie meint. Kaum hatte der Flieger seinen riesigen Hintern in Bagdad auf die Landebahn gesetzt, habe ich sie angerufen. Sie hatte wohl damit gerechnet, dass ich sie ins Kino oder zum Essen einlade oder wir uns wie immer ein bisschen die Köpfe über irgendetwas heiß reden. Stattdessen musste sie sich anhören, dass ich, ohne jemandem etwas davon zu sagen, in den Irak gegangen war, um an einem der gefährlichsten Orte der Welt Fotos zu machen.

Sie hatte es übel aufgenommen. So lange das Satellitentelefon die Verbindung halten konnte, hat sie mich zusammengeschissen, und es brauchte zahllose E-Mails und eine kleine hölzerne Eulenfigur, die ich für ihre Sammlung in einem Restaurant hatte mitgehen lassen, um die Beziehung wieder zu kitten.

Dennoch war der Austausch eine ganze Weile lang spärlich und die Distanz groß gewesen. Zwischen den kurzen Sätzen, die wir per Telefon oder E-Mail wechselten, lag langes Schweigen. Das Schweigen ist ihre Art, sich gegen die Angst zu wehren: Die Türen und Fenster gegen alles verriegeln und verrammeln, was ihrem Leben und allem, was ihr lieb ist, gefährlich werden könnte.

Sie sieht mich an und malträtiert weiter das Brot. Als würde sie erst jetzt begreifen, dass ich wahrhaftig hier in Bologna bin und vor ihr sitze.

»Ich weiß, das war blöd von mir. Aber das habe ich erst jetzt kapiert.«

»Du bist ein Arschloch, weißt du das eigentlich?«

»Schon seit 'ner ganzen Weile.«

Ich hebe das kleine Bier.

»Na komm, stoß mit mir an. Manche kehren auch zurück.«

»Leck mich doch«, zischt sie und stößt ihre Coladose gegen mein Glas. Dann nimmt sie einen winzigen Schluck und widmet sich ihrem Salat. Allerdings nur kurz. Mit halb erhobener Gabel sieht sie mich an.

Ich schlucke das letzte Stück Brötchen hinunter. Ich werde einen ganzen Kanister Wasser brauchen, und zwar intravenös, um die Verdauung zu überleben.

Mit spitzen Fingern schiebt sie den halbvollen Teller zur Seite. Ich will einen Kommentar zu ihren Essensgewohnheiten machen, aber sie kommt mir zuvor.

»Weißt du, was mich fuchsig macht? Ständig hast du mir lange Vorträge gehalten, man müsse sich den Dingen stellen und Verantwortung übernehmen, und dann bist du abgehauen und hast den Kopf in den Sand gesteckt wie das größte Weichei. Mit deiner Mutter in diesem Zustand.«

Sie hat recht, ich sehe es ganz genauso. Aber ich will es mir nicht anhören müssen.

»Willst du, dass ich mich scheiße fühle? Soll ich dir sagen, dass ich ein Arschloch bin und mich danebenbenommen habe? Bitte, kannst du haben. ICH BIN EIN ARSCHLOCH. Zufrieden?«

»Nein, du bist kein Arschloch. Du bist ein dummes Kind.«

Ich stürze das Bier in einem Zug hinunter. Sofort treibt die Hitze es mir in zahllosen winzigen kitzelnden Tropfen aus den Poren.

»Ein dummes Kind …«, wiederhole ich und versuche, meine Wut mit einem schiefen Lächeln zu unterdrücken. Es führt ja zu nichts. Ich würde mich nur noch schlechter fühlen.

»Lass uns gehen, es ist spät«, sage ich nur, und ihr knappes Nicken ist wie ein Faustschlag.

Vor dem Parkhaus, in dem sie geparkt hat, bleibe ich stehen und nehme sie bei den Schultern. Sie schüttelt sich, als wären meine Hände Regen.

»Hey, Andrea, ich bin's. Ich hab Scheiße gebaut, aber ich bin hier. Und ich kenne Leute, die es nicht geschafft haben. Die sich noch nicht einmal ein schlechtes Gewissen machen können. Verstehst du?«

Sie sieht mich an und stößt einen seltsamen Laut aus, eine Art spöttisches Grunzen. Dann holt sie das Portemonnaie hervor und geht zur Kasse.

Ich folge ihr bis zum Auto, und als ich sie eingeholt habe, hat sich ihr Gesichtsausdruck verändert. Das ist oft so bei ihr. Wie ein Gewitter, das bis zum letzten Regentropfen über einem niedergeht und einen dann in der Sommersonne zurücklässt.

»Ich liebe dich, alter Dickschädel«, sage ich lächelnd.

»Ich dich auch. Aber du hast mir echt weh getan.«

Ich schließe sie sanft in die Arme, und zum ersten Mal, seit ich wieder in Italien bin, fühle ich mich zu Hause. Ich sehe zu, wie sie ins Auto steigt, und höre, wie beim Anlassen die Stereoanlage losbrüllt. Sie kurbelt das Fenster runter und streckt den Kopf heraus.

»Ich mach heute Abend bei mir ein Essen. Und du kommst auch.«

»Ich weiß nicht, ob ich das schaffe. Ich hab noch …«

Sie setzt ihre Lausbubenmiene auf und schneidet mir das Wort ab.

»Ich hab dich nicht gefragt, ob du kommen kannst. Ich hab gesagt, du kommst. Oder geht das in dein Köpfchen etwa nicht rein?«

»Du kannst mich mal. Um wie viel Uhr?«

»Na bitte, geht doch. Um neun?«

Ergeben breite ich die Arme aus.

»Um neun.«

»Weise Entscheidung«, sagt sie, zieht den Kopf wieder ein, macht winke winke und gibt Gas.

Das Büro von Staatsanwalt Luigi Orsi, der im Fall Paola Vigliani ermittelt, befindet sich im dritten Stock der Fabbriche Nuove.

Giovanni Marra ist vom Campo della bella Vienna gekommen, hat sich durch die Touristenmassen auf der Rialtobrücke geschoben und an den Obstständen vorbei zum Eingang gedrängt, den zwei Polizisten mit Maschinengewehren bewachen.

Orsi ist dünn wie ein Lichtstrahl. Wie er da mit weißem Hemd, beigefarbenen Hosen und herzlicher, offener Miene hinter seinem Schreibtisch sitzt, gleicht er eher einem Immobilienmakler als einem Staatsanwalt.

»Sie haben sie während des Karnevals entführt«, sagt er und kommt gleich zur Sache. »Sie war als Prinzessin verkleidet. Irgendjemand hat den Vater angerempelt, und er und die Kleine wurden getrennt. Als er wieder nach ihrer Hand greifen wollte, konnte er sie nicht mehr entdecken. Er erinnert sich nur noch an eine Bauta, diese klassische Karnevalsmaske, die sich in der Menge umdreht und ihn einen Moment lang anstarrt. Das war's. Als hätte sie sich in Luft aufgelöst.«

In Luft aufgelöst, echot es in Giovannis Kopf. Er denkt an den Parco Talon und ihm wird klar, wie falsch diese Floskel doch ist. Denn Paolas Leben hat nicht plötzlich aufgehört, als sie gewaltsam von der fest umklammerten Hand des Vaters fortgerissen wurde, sondern es wurde langsam gebrochen, vorsätzlich und bedacht. Und mit einem erschreckend klaren Motiv.

»Klingt verrückt.«

Mit einer schnellen Bewegung lässt Orsi die Finger knacken.

»Ach, Commissario, es gibt so viel Verrücktes in der Welt, mich überrascht nichts mehr.« Er macht eine Pause. »Dennoch haben wir keinen einzigen Hinweis gefunden. Wer immer es gewesen ist, hat die Sache bis ins kleinste Detail geplant und wusste genau, was er tat.«

»Also mehr als eine Person.«

Der Staatsanwalt legt seine magere Hand auf die Maus und fängt an, die Tasten zu malträtieren. Er hat einen merkwürdigen Ausdruck in den Augen. Eine Mischung aus Leid und der Resignation eines Lehrers, der einem besonders begriffsstutzigen Schüler etwas ganz Einfaches zu erklären versucht.

»Sehen Sie, Commissario, während des Karnevals sind hier etwa dreißigtausend Menschen unterwegs. Die ganze Stadt Venedig – und zwar nicht nur der Lagunenteil – hat zweihundertfünfzigtausend Einwohner. Man kann sich das Verhältnis also ausrechnen. Außerdem laufen die Leute maskiert herum, eine Identifikation ist also so gut wie unmöglich. Paola war klein. In der Menschenmenge war jemand, der es auf sie abgesehen hatte. Und schon hat die Menge sie verschluckt.«

»Sie wurde vergewaltigt«, sagt Marra, kaum dass der Staatsanwalt ausgeredet hat.

Der Satz ist dermaßen wuchtig, dass er einen Augenblick meint, die alten Mauern des Renaissancepalastes müssten unter seinem Gewicht zusammenbrechen.

Orsi sagt nichts. Er wartet. Langsam bewegt er die Finger über die Maustasten und sieht ihn an. Er weiß, dass das nicht alles ist. In den Nischen des Satzes verbirgt sich noch mehr. Versteckt im Tonfall, in der zögernden Aussprache. Er hat noch nicht viele Polizisten wie Marra getroffen. Und von allen hatte er den gleichen Eindruck. Ein Leittier, das sein Rudel in Sicherheit bringt. Ohne Rücksicht auf sich selbst, um jeden Preis. Und sei die Spur, die auf einem schneebedeckten Pfad zum Vorschein kommt, noch so winzig.

»Sie wurde vergewaltigt«, wiederholt er halblaut, wie zu sich selbst. Sein Blick geht hinaus in den blauen Sommerhimmel, der mit der fast unmerklich dunkleren Linie des Meeres verschmilzt. Er holt Luft.

»Weshalb haben sie sonst das fehlende Stück verschwinden lassen. Das Schambein, den Beckenknochen. Sie wussten ganz genau, hätten wir die vollständige Leiche gefunden, wären wir auch dahinter gekommen, weshalb sie entführt wurde. Aber so werden wir niemals den Beweis dafür haben. Nicht einmal eine mögliche Spur.«

Marra hat hastig gesprochen, die Worte ausgespuckt. Und jetzt, wo er fertig ist, erscheint ihm die Stille des Zimmers schier erdrückend.

»Das ist nicht alles, stimmt's, Commissario?«

Giovanni hebt den Blick.

»Wie meinen Sie das?«

»Irgendetwas stimmt da nicht, oder irre ich mich?«

»Nein. Vielleicht bin ich auch deshalb zu Ihnen gekommen. Um zu sehen, ob mir die Sache klarer wird, wenn ich mit Ihnen rede. Manchmal gibt es für bestimmte Details keinen besonderen Grund, und ich räume dem Zufall stets einen gewissen Spielraum ein. Doch dieses Mal ist es merkwürdig, Dottore.«

Er hält inne. Orsi scheint es, als suche er nach den richtigen Worten. Und als wäre das, was er sagen will, dasselbe, was auch er bei der Nachricht von Paolas Entdeckung gedacht hat.

»Diese Leiche hätte dort nicht sein sollen«, sagt Marra schließlich.

»Ich möchte Ihnen etwas zeigen.«

Orsi klickt zweimal mit der Maus und dreht den Monitor um. Das Erste, was Marra auf dem Bildschirm sieht, ist ein lächelndes Mädchengesicht mit blauen Augen. Rechts davon zwei weitere Fotos, zwei kleine Jungen diesmal. Einer der beiden ist nicht älter als fünf. Auf der linken Seite steht das Logo der Abteilung Minderjährige der Staatspolizei. Der Titel im Explorer-Fenster lautet *Italy – Missing Children Website*, aber die Adresse ist einfach nur www.verschwundenekinder.it.

»Kenne ich«, sagt Marra. Bis vor ein paar Tagen stand auf dieser Seite noch das lächelnde Gesicht von Paola Vigliani.

»Jedes Jahr verschwinden in Italien rund tausend Kinder«, erklärt Orsi. »Drei Viertel davon sind Ausländer. Das sind die etwas älteren. Sie kommen als illegale Einwanderer ins Land und verschwinden dann aus den Aufnahmestellen. In den meisten Fällen weiß keiner, wo sie landen. Je nach Hautfarbe meist im Ausland.

Die Zahl der Mädchen ist kleiner. Dafür kommen sie hauptsächlich aus Italien. Das Alter variiert zwischen fünfzehn und achtzehn Jahren. Sie hauen von zu Hause ab, weil sie sich mit der Familie zerstritten haben oder es aus sonst einem Grund nicht mehr aushalten. Manchmal gibt es kaum vorstellbare Fälle von häuslicher Gewalt oder Missbrauch. Die Flucht ist dann die einzige Rettung. Manchmal ist es aber einfach nur Rebellion. Die Familie gibt eine Vermisstenanzeige auf, und wenn kein ernsthafter Grund vorliegt, taucht das Mädchen oft früher oder später wieder zu Hause auf. Manchmal teilen sie uns das nicht mit, und dann bleibt der Fall offen.

Dann kommt die Kindesentführung. Eheleute unterschiedlicher Nationalität, die sich trennen. Und der ausländische Vater nimmt die Kinder mit. Meistens sind sie noch klein, unter zehn. Oft auch viele, vier oder fünf. In manchen Fällen schließlich verschwinden beide Eltern und lassen ihr Kind einfach zurück.«

Orsi lässt seine letzten Worte in der Stille verhallen und setzt sich in seinem Stuhl zurecht.

»Übrig bleibt der ganze Rest«, sagt er noch, und es klingt wie eine Kapitulation. »Möchten Sie einen Kaffee?«

»Nein, lieber nicht. Meine Gastritis wäre darüber nicht glücklich.«

Der Staatsanwalt deutet ein Lächeln an. Er steht auf, öffnet die Bürotür, und kehrt nach ein paar Minuten mit einem Pappbecher zurück.

»Dieser ganze Rest«, sagt er, »macht mir am meisten Angst.«

»Und mittendrin ist Paola Vigliani.«

Orsi trinkt hastig, wie ein Taucher, der an die Wasseroberfläche kommt und nach Luft schnappt.

»So ist es. Sie sind nur ein winziger Bruchteil, Commissario. Statistisch gesehen verschwindend klein. Aber es sind die, die einen nicht mehr loslassen. Kinder, die aus irgendeinem Grund von ihren Eltern ermordet wurden. Verkauft, vielleicht sogar nur zu diesem Zweck in die Welt gesetzt. Wie eine Ware. Umgebracht von einem Bekannten oder einem Verrückten. Sachen in der Art.«

»Und normalerweise werden diese Fälle gelöst.«

»Richtig. Denn strenggenommen handelt es sich nicht um verschwundene Kinder. Jedenfalls nicht um *diese* Sorte verschwundener Kinder. Es sind Verbrechen, und entsetzlich banale noch dazu. Doch innerhalb dieses winzigen Bruchteils gibt es noch einen winzigeren. Und das sind tatsächlich verschwundene Kinder. Kinder, die sich in Luft aufgelöst haben.«

»Und hätten wir ihre Leiche nicht, würde Paola dazugehören.«

»Ganz genau, Commissario.«

»Es ist, als wäre mit dieser Leiche auch eine Art Geheimnis ans Licht gekommen. Etwas, das wir uns normalerweise nur vage vorstellen können und gegen das wir machtlos sind.«

Orsi steht auf. Er kippt den letzten Schluck Kaffee hinunter und wirft den Becher in den Papierkorb.

»Ich frage mich allerdings, weshalb die Leiche aufgetaucht ist.«

Marra drückt die Schultern durch und lässt das Rückgrat knacken.

»Es ist kein Verrückter. Sonst hätte er uns irgendwie auf die Spur gebracht. Die Leiche ist zufällig und nach allzu langer Zeit aufgetaucht. Jemand, der Kinder aus Zwang und zur Lustbefriedigung umbringt, lässt sie nicht verschwinden. Eher im Gegenteil. Und nach dem, was Sie mir über die Entführung gesagt haben, war es schwerlich ein Einzeltäter.« Er macht eine Pause, lässt den Blick durch das Zimmer wandern. »Es gibt keinen Mörder, Dottore. Ich glaube, es war ein Versehen.«

»Ein Versehen?«

»Ja. Nicht, dass sie versehentlich gefunden wurde. Sie wurde versehentlich verscharrt. Aus irgendeinem Grund mussten sie es tun. Und da wollten sie das Risiko nicht eingehen, dass sie sofort entdeckt wird. Das ist der einzig plausible Grund, der mir für das Verschwinden dieses Teilstückes einfällt.«

Er hebt die Hände. Der Abstand zwischen den Handflächen ist sehr klein.

»Dieser Beckenknochen ist ungefähr so groß. Man kann ihn ohne weiteres zusammen mit seinen Essensresten in einen Müllsack stecken und wegwerfen, und niemand würde es je merken. Keine Überwachungskamera im Müllwagen würde ihn je erfassen. Vielleicht haben sie ihn sogar zerhackt. Wenn jemand einem Mädchen so etwas antun kann, dann schreckt er auch davor nicht zurück.«

Orsi steht reglos vor dem Schreibtisch, die Hand mit den spinnenlangen Fingern in die Seite gestützt. Es scheint, als habe er das, was der Kommissar ihm soeben erzählt hat, genau vor sich gesehen.

»Allerdings verstehe ich nicht, weshalb sie nur dieses Teilstück verschwinden lassen mussten. Das Risiko, dass man Paolas Leiche zweihundert Kilometer vom Ort der Entführung entfernt finden könnte, sind sie eingegangen. Aber dass man sie vollständig findet, nicht.«

»Weil es Spuren gab.«

Orsi setzt sich. Er beugt sich vor und stützt das Kinn in die Hände.

»Aber auch wenn man Körperflüssigkeiten und DNA-Spuren findet, braucht man einen Anhaltspunkt. Einen Namen, ein Indiz.«

Marra sieht ihn an. Er zieht die Brauen hoch und nickt.

»Und wenn es einen Anhaltspunkt gäbe?«

»Wenn es tatsächlich …«, setzt der Staatsanwalt an, doch er kann den Satz nicht zu Ende bringen.

Marras Telefon klingelt. Eine mehrstimmige, verzerrte Melodie. Orsi meint, Mahler darin zu erkennen.

»Entschuldigen Sie«, sagt der Kommissar und geht ran.

Es ist Carta mit seinem üblichen schüchternen Singsang.

»Erzähl. Und zwar dalli«, sagt er. Dann hört er schweigend zu. Diesmal drückt sich der Inspektor klar aus.

Marra legt auf und sieht Orsi an. Der Staatsanwalt muss an eine Hyäne denken, die gerade etwas zu Fressen gefunden hat.

»Schießen Sie los, Commissario.«

Ohne den Blick auch nur eine Sekunde von ihm abzuwenden, fängt Marra an zu erzählen.

Kaum habe ich die Wohnung betreten, da rieche ich es. Auch wenn der Geruch dünn ist wie Nylonfaser. Eine Mischung aus Aftershave, Schweiß und brandneuem Maßanzug. Ich bin mir nicht sicher, ob ich ihn mag oder nicht. Aber ich weiß, dass er da ist. Und dass es nicht mein Geruch ist.

»Ich habe nichts Maßgeschneidertes«, denke ich, schleiche in den kleinen Flur, von dem alle Zimmer abgehen, und lasse die Wohnungstür auf, zur Sicherheit. Mein Schrank ist voll mit Jeans und bunten T-Shirts. Mit Hemden und ein paar Anzügen, die ich höchstens dreimal im Jahr anziehe. Aus denen ist der gute Duft neuer Anziehsachen schon längst gewichen.

»Papa?«, rufe ich halblaut in die leere Wohnung hinein.

Mein Vater hat zwar keinen Wohnungsschlüssel von mir, aber er trägt solche Anzüge. Und der Geruch erinnert mich an meine Kindheit, als er abends nach der Arbeit nach Hause kam. Nur dass er anstelle des Aftershaves Anteus trug, das alles wärmer und weicher erscheinen ließ.

Nein.

Mein Vater ist nicht hier.

Ich weiß es schon, bevor ich eine Runde durch die Zimmer mache und feststelle, dass niemand da ist. Bevor mir die Angst als Schweißfilm aus jeder Pore bricht.

Ich bleibe stehen, auf halbem Weg durchs Wohnzimmer. Mit weit aufgerissenen Augen. Den Blick auf eine Blechdose geheftet, die Giulia mir vor einer gefühlten Ewigkeit einmal geschenkt hat. Seit sie fort ist, hebe ich darin Rechnungen auf. Vielleicht aus Rache, oder um sie mit etwas Unerfreulichem in Verbindung zu bringen, auch wenn mir das nicht gelingen will.

Heute Morgen war sie noch auf.

Ich weiß es ganz genau: Ich muss eine Rechnung zahlen und wollte sie herausnehmen und damit zur Post gehen, bevor ich Andrea traf. Aber dann bin ich zu spät losgekommen und habe es nicht mehr geschafft. Und ich habe gedacht, wenn ich die Dose offenlasse, vergesse ich es beim nächsten Mal nicht.

Und jetzt ist sie zu.

Ich wirbele herum und verriegele die Wohnungstür. Jetzt ist sie kein Notausgang mehr, sondern ein aufgerissenes Maul, durch das wer weiß was eindringen kann.

Dann haste ich ins Schlafzimmer.

Das noch ungemachte Bett. Der hochgezogene Rollladen, der die Frühnachmittagsluft hereinlässt. Der Mac, der sich wie eine Sonnenblume über den mit Zetteln, Notizen und hüllenlosen CDs vollgekramten Schreibtisch beugt. Ich lege die Hand auf seinen halbrunden Fuß und spüre, dass er lauwarm ist. Ich habe ihn heute Morgen nicht angemacht. Er müsste kalt sein.

Mein Gesicht verzieht sich zu einem Grinsen, als ich den iPod sicher an meiner linken Hüfte spüre. Ich ziehe ihn vom Gürtel, lege ihn auf den Schreibtisch, schalte den Computer ein und gehe ins Bad. Ich halte mein Gesicht unters Wasser und kehre ins Schlafzimmer zurück. Ich reiße den Kleiderschrank auf, dann die Schubladen, die Küchenschränke. Die bunten Nudelpakete. Das Badezimmerschränkchen. Die Fotoapparate.

Fieberhaft öffne ich jeden Gegenstand, der etwas enthalten könnte, und jedes Mal wird mir der Magen flau. Auch wenn nichts fehlt, weiß ich mit absoluter Sicherheit, dass jemand in meiner Wohnung war.

Ich gehe zurück zur Wohnungstür und reiße sie auf. Einen kurzen Moment lang bin ich mir sicher, dass er davor steht, mit einem boshaften Grinsen im Gesicht, bereit, sich das zu holen, was er vergeblich gesucht hat.

Aber da ist niemand. Nur die Stille des Treppenhauses und der Gummibaum meiner Nachbarin, der sich jeden Tag ein Stückchen weiter nach der Decke reckt.

Ich bücke mich und untersuche das Schloss. Es sieht aus, als wäre da ein schwarzer Strich neben der Einbuchtung für den Holm in der Wand. Aber der könnte genauso gut seit Ewigkeiten dort sein, ohne dass ich es je bemerkt habe.

Abgesehen davon, keine Spuren von Gewalt, nichts, gar nichts.

Ich sollte Marra anrufen und ihm alles erzählen, aber ich bin mir nicht sicher, ob ich ihm wirklich traue. Vor allem bin ich mir nicht sicher, ob er mir traut. Vielleicht bin ich paranoid.

Ich schließe die Tür und drehe alle Schlüssel bis zum Anschlag. Dann kehre ich zum Computer zurück. Ohne mich zu setzen, gehe ich die gesamte Festplatte durch, Datei für Datei, Dokument für Dokument, Mail für Mail. Doch es fehlt nichts.

Schließlich setze ich mich. Der gewohnte Platz, auf dem ich zigtausend Mal gesessen habe, versetzt mich jetzt in helle Panik. Ich drehe den Bildschirm und ziehe den Stuhl herum, so dass ich die gähnende Zimmertür nicht mehr im Rücken habe. Als ich mich zurücklehne, fühle ich mich schon ruhiger. Ich atme tief durch.

Eine lange, dünne Scheibe Sommer schiebt sich durch das Fenster und zerbricht am Schrank. Ich schließe den iPod an und frage mich, weshalb ich die Fotos darauf gespeichert habe. Warum ich den ganzen Kram nicht einfach Marra gegeben und mich um meinen eigenen Scheiß gekümmert habe.

Ein einfacher Gedanke, der sich im Klick, mit dem ich die gestohlenen Bilder des toten Mädchens auf die Festplatte importiere, verliert. Während der Computer die Daten kopiert, trommle ich mit den Fingern etwas auf die Tischplatte, das nach Stadiongesang klingt. Als der Vorgang beendet ist, kommt mir wieder deutlich dieser Geruch in die Nase.

Ich fahre hoch und sehe nichts. Nur meine leere Wohnung, die ich noch einmal Zimmer für Zimmer, Winkel für Winkel kontrolliere. Doch da ist nichts als Stille, ein bisschen Staub und all meine Zweifel. Also fasse ich mir ein Herz, greife zum Telefon und rufe Marra an.

Er ist nicht da. Ich hinterlasse eine Nachricht, dass er mich zurückrufen soll, mit deutlicher Betonung auf dem Wort *dringend*. Dann versuche ich, die Angst zu unterdrücken und mich auf den Bildschirm zu konzentrieren. Auf das, was ich sehe.

Auf Sara Parmeggiani und ihren geheimnisvollen Mann. Und auf all das, was sich hinter jedem fotografierten Schatten jenes Zimmers verbergen könnte.

Das Büro ist kahl und lichtdurchflutet.

Michele Ferrari sitzt vor Professor Righi und fühlt sich wie ein Schüler, der zum Schulleiter gerufen wurde.

»Ich möchte mit ihm reden«, hat er Mirella vor der Tür gesagt. »Allein«, hat er beim Anklopfen hinzugefügt. Und sie hat nur einen kleinen Schritt rückwärts gemacht und die heitere Miene ausgeknipst, mit der sie ihn ansah.

»Ich möchte Ihnen nicht Ihre wertvolle Zeit rauben, Professore«, hat er gesagt und ihm die Hand gedrückt. »Nur eine Sache würde ich gern wissen, und ich komme mir ziemlich blöd vor, Sie das zu fragen.«

Righi hat Platz genommen und sich die Hände gerieben. Wie ein Priester, der darauf wartet, dass eines seiner Schäfchen ihm endlich ein ihm schon längst bekanntes Geheimnis beichtet.

»Bitte. Und machen Sie sich bloß keine Gedanken.«

»Ich kann das nur Sie fragen, Professore. Ich … ich erinnere mich nicht.«

Der Arzt hat die Fingerspitzen beider Hände aufeinandergelegt.

»Wie ich Ihnen bereits sagte, das ist völlig normal. Die Erinnerung kehrt zurück, wenn …«

Sofort hat er ihn unterbrochen. Er hat nicht die Zeit, sich zum millionsten Mal das gleiche Gerede anzuhören.

»Ich möchte wissen, was meine Frau getan hat, als sie am Unfallabend hier eintraf«, hat er gefragt.

Und jetzt, wo er in der Stille des Büros auf die Antwort wartet, meint er zu hören, wie das Herz des Professors für einen winzigen Moment stehenbleibt. Mit einem seltsamen metallischen Geräusch, wie das Klicken einer ungeladenen Pistole.

Righi blickt ihn an. Ein Zeuge, der nach den richtigen Worten sucht, um nicht als Angeklagter zu enden.

»Ich weiß nicht, ob ich …«, sagt er schließlich, und dann: »In der Nacht des Unfalls ist ihre Frau gar nicht ins Krankenhaus gekommen.«

Michele umklammert die Armlehnen seines Stuhls. Die Fingerknöchel werden weiß, die Finger schmerzen fast.

»Wir haben sie umgehend angerufen, doch sie ist erst am nächsten Morgen gekommen«, sagt er noch.

Wie ein Revolverschuss, der mitten in seine Gedanken trifft.

Das Logo des Hotels, in dem Saras Fotos entstanden sind, ist rot mit zwei Kronen. Ich habe es zufällig entdeckt, als ich eines der Bilder um hundertachtzig Grad gedreht habe, um einen Reflex im Spiegel besser erkennen zu können. In Wirklichkeit war da gar nichts, doch durch diesen Blickwinkel ist mir das Zeichen auf einem herumliegenden Notizblock ins Auge gesprungen.

Zuerst habe ich an ein Hotel in Bologna gedacht, Le due Corone, doch dann ist mir eingefallen, dass die ein anderes Logo haben. Ich sollte es googeln, das Internet nach irgendwelchen nützlichen Details durchstöbern. Aber nicht jetzt.

Ich bin hundemüde. Zu müde, um weiterzumachen. Ich lehne mich aus dem Schlafzimmerfenster und lasse den Blick ziellos die Straße entlangwandern. Und plötzlich steht die Welt wieder in Flammen, durch einen Adrenalinstoß in Brand gesetzt, der mir in die Augen schießt und mich von Kopf bis Fuß durchfährt.

Er ist da.

Auf dem Bürgersteig in Via Saragozza.

Wie ein Wachtposten steht er direkt gegenüber, an der Haltestelle des Vierzehnerbusses. Der Mann aus der Klinik. Der mit dem Motorrad. Die stoppelkurzen Haare, derselbe Anzug. Derselbe, von der Sonnenbrille beschirmte Blick.

Ich habe ihn nur ganz kurz gesehen. Bis der heranfahrende Bus das Haltestellenhäuschen verdeckt hat. Als er wieder losgefahren ist, war er weg. Nur seine Silhouette hat sich in meine Netzhaut eingebrannt. Wie die Umrisse der Sonne, in die man an einem Sommernachmittag zu lange hineingesehen hat.

»Wo habt ihr die gefunden?«, fragt Giovanni Marra und lässt sich in seinen Stuhl zurückfallen.

Inspektor Francesco Carta wischt sich mit dem Handrücken den Schweiß von der Stirn. Eigentlich war Regen vorhergesagt, doch der Nachmittag hat nur drückende Schwüle gebracht, die einen kaum atmen lässt. Er deutet auf einen Karton voller CDs. Es müssen um die hundert sein.

»In seinem Büro, Commissario. Er hat sie noch nicht mal versteckt. Steckten fein säuberlich in CD-Ständern. Ohne Beschriftung, versteht sich.«

Marra greift nach einer CD. Er nimmt sie aus der durchsichtigen Plastikhülle und betrachtet die glänzende Oberfläche, auf der sich das violette Nachmittagslicht in Regenbogenfarben bricht. Jede CD ist mit einer fortlaufenden Nummer versehen, in großen, blauen Filzstiftziffern.

Die höchste Zahl, die er gesehen hat, ist hundertzehn.

»Ein ganz Ordentlicher, unser Strazzari. Du weißt doch Bescheid, Carta. Wie viele sind es insgesamt?«

»Mal sehen. Eine CD hat mindestens sechshundertfünfzig Megabite. Über den Daumen gepeilt sind das um die tausend, tausendfünfhundert Fotos pro CD. Alles in allem macht das rund zweihunderttausend.«

»Mich interessieren nur die kleinen Mädchen, Carta. Die Nutten, die er beim ficken geknipst hat, gehen mir, ehrlich gesagt, am Arsch vorbei.«

»Verzeihen Sie die Bemerkung, Commissario, aber vielleicht hat er sie erpresst. Und eine dieser ... Damen ... hatte die Nase voll und hat ihn umgebracht. Dann ist da auch noch seine Lebensgefährtin Laura, seine Verkäuferin. Vielleicht hat sie ...«

Marra steht auf. Er legt die Hände auf den Schreibtisch und stemmt sich mit dem ganzen Gewicht darauf.

»Das weiß ich, verdammt noch mal! Wir müssten sie alle identifizieren, jede einzelne. Aber wir haben hier ein zerstückeltes, verscharrtes Mädchen. Und einen ermordeten Typen, der Pornobilder sammelte, von denen einige Minderjährige oder fast Minderjährige zeigen. Ich war heute Morgen auf der Beerdigung von Paola Vigliani. Und ich möchte ihrer Mutter etwas sagen können, jetzt, wo ich gesehen habe, zu welcher widerwärtigen Scheiße dieses Arschloch Strazzari abspritzte, wenn ihm gerade danach war.«

Giovannis Stimme hallt von der Bürodecke wider und erstirbt in einem ewig langen Schweigen.

»Tut mir leid, Commissario. Ich dachte nur ...«

»Nein, mir tut es leid«, flüstert er kaum hörbar. Er fährt sich mit der Hand übers Gesicht, als wollte er ein wenig Gelassenheit darauf verteilen. »Aber bestimmte Dinge ertrage ich einfach nicht.«

Carta nickt. Er lässt den Blick aus dem Fenster zu den schwarzen Wolken wandern, die sich zusammen mit dem Abend auf die Dächer senken.

»Was soll ich tun, Commissario?«

Marra antwortet nicht. Er greift nach dem Hörer und wählt eine Nummer.

»Anselmi? Ciao, ich bin's, Marra. Hör mal, ich hab hier was, das ich dir gern schicken würde … Fotos noch mal … Nein, also, ich habe weder Zeit noch Nerven für blöde Witze. Da sind Kinder dabei … Ganz genau. Ich will die Bilder datieren können. Und ich will wissen, ob es sich um Originaldateien einer Digitalkamera handelt oder ob sie kopiert wurden. Ein paar stammen ganz offensichtlich von Pornoseiten. Bei anderen bin ich mir nicht sicher. Und das alles bitte bis gestern.«

Er legt auf. Man hört noch ganz kurz, dass jemand auf der anderen Seite der Leitung etwas zu erwidern versucht.

»Du musst mir einen Gefallen tun, Carta.«

Sofort reckt der Inspektor die Schultern.

»Ich höre, Commissario.«

»Es tut mir leid, dass es dich trifft, aber du weißt ja, wie es gerade aussieht. Drei Mordfälle an ein und demselben Tag. Und hier sind alle in den Ferien.«

»Keine Sorge, Commissario.«

»Angesichts dessen, was ihr gefunden habt, besteht die Möglichkeit, dass es zwischen dem Mord an Strazzari und dem Fund der Kinderleiche einen Zusammenhang gibt. Deshalb möchte ich, dass du sämtliche CDs kopierst. Jede einzelne. Es ist mir egal, wie lange du dazu brauchst. Mach es einfach. Dann nimmst du die Originale und bringst sie Anselmi von der Spurensicherung. Und dann setzt du dich vor den Rechner und suchst von jeder Frau mindestens ein brauchbares Foto heraus. Von jeder.«

»Aber ein paar Fotos sind aus dem Internet heruntergeladen, das haben Sie doch selbst gesagt …«

»Genau, die kannst du überspringen. Aber wenn auch nur die

geringste Möglichkeit besteht, dass ein Foto nicht aus dem Netz kommt, sortierst du es aus. Und dann legst du noch einen Ordner für die mutmaßlichen Kinder an. Ebenfalls mit jeweils einem brauchbaren Foto. Einem möglichst *sauberen* dazu. Okay?«

Das Lächeln, um das sich Carta bemüht, wird von dem riesigen Berg Fotos begraben.

»Ja, Commissario.«

Er verharrt noch ein paar Sekunden vor Marras Schreibtisch, doch der hat sich schon abgewandt. Er steht am weit geöffneten Fenster und raucht. Ein fernes Donnern ist zu hören. Vom Wind getrieben, erfüllt der Geruch nach Regen den Raum.

Marra saugt das Tabakaroma in seine Lungen. Dann drückt er die Zigarette im Aschenbecher aus, der auf dem Fensterbrett steht. Ein Regentropfen klatscht auf seinen Finger. Er wischt ihn an der Hose ab und dreht sich zum Zimmer um.

Carta ist bereits verschwunden. Zusammen mit sämtlichen CDs. Erst beim Blick in das leere Zimmer fällt ihm auf, dass er ihn einfach hat stehen lassen. Er sieht auf die Uhr. Fast acht Uhr abends an einem viel zu langen Tag. Und nur die leere Wohnung, die auf ihn wartet.

Als er das Polizeirevier verlässt, bleibt er unter den Arkaden stehen und starrt in den tropischen Platzregen, der Feuchtigkeit ablässt und neue bringt. Ein Mädchen hastet Richtung Via d'Azeglio, das geblümte Kleid klebt an ihren zu dünnen Beinen. Ein Blitz zerreißt den Himmel über der Via Rizzoli. Der Donner, der folgt, ist lang, wie das Geräusch von Konservenbüchsen, die eine Treppe hinunterpoltern. Als er verebbt und nur noch der Regen bleibt, verlässt Giovanni Marra die Arkaden. Sofort fällt das Wasser über ihn her, dringt überall ein. Doch er beachtet es nicht.

»Hast du mal wieder was von Giulia gehört?«

Es hätte ein schöner Abend werden können, hätte Andrea

mir nicht diese Frage gestellt. Ich habe ein Thunfischtramezzino in der Hand und den Geschmack von Gewürztraminer auf der Zunge. Ich esse das Sandwich nur auf, weil es nicht höflich wäre, es angebissen auf den Tisch zurückzulegen.

Andreas Wohnung ist schön, einladend. Sie liegt in einer der winzigen Kapillaren, die sich durch das Zentrum von Bologna schlängeln. Der Blick aus dem Fenster geht auf die beiden Türme, die unvermutet aus dem Dächermeer ragen.

Aber die Frage, die sie plötzlich mitten im Gespräch auf mich abfeuert, lässt eine zerbrochene Erinnerung zu viel in Scherben niedergehen.

»Hast du mal wieder was von Giulia gehört?«

Ich weiß es nicht, wäre die richtige Antwort. Für mich bedeutet etwas von jemandem zu hören mehr, als nur dessen Stimme im Ohr zu haben. Oder zu sehen, wie er sich bewegt, geht, einen ansieht.

»Sie hat mich angerufen, als ich gerade aus dem Irak wiederkam. Dabei wusste sie gar nicht, dass ich weg war.«

»Ah«, sagt sie. Ein knappes Geräusch, wie ein kurzes Husten.

»Nur drei Worte. Im wahrsten Sinne. Ich möchte nichts mehr mit ihr zu tun haben.«

Andrea zupft das Weiche aus einem Brötchen und nickt. Sie kaut bedächtig und lässt mich dabei keinen Moment aus den Augen. Sie muss nichts sagen, um mich wissen zu lassen, dass sie sich Sorgen um mich macht.

Ich versuche zu lächeln. Und es gelingt mir sogar, gelassen zu erscheinen. Es ist nur ein kurzer Augenblick.

Dann klappe ich den Deckel wieder zu und wische alles zur Seite. Ich zwinkere Andrea zu und schenke ihr zwei Finger Wein ein.

»Na komm, noch ein Schlückchen Gewürz.«

Ich will ihr gerade das Glas reichen, als mich etwas mit der

Sanftheit einer Planierraupe anrempelt und den Wein auf die Knopfleiste der Jeans befördert. Andrea sieht mich an und lacht. Ich weiß nicht, ob ich ebenfalls lachen oder laut fluchen soll.

»Entschuldige«, sagt das Panzerfahrzeug. Und dreht sich nach mir um

Es ist eine junge Frau. Sie trägt Jeans und ein weißes Tank-Top. Sie hat rotbraunes, schnittlauchglattes Haar, das ihr vorne männlich kurz in die Stirn fällt und sich zum Nacken hin in einem sanften Schwung verlängert. Eine wohlüberlegte Unordnung, die sie lässig und zugleich perfekt aussehen lässt.

Vielleicht würde sie ebenfalls am liebsten loslachen, so wie sie mich ansieht und sich halb zerknirscht, halb amüsiert auf die Unterlippe beißt. Ich sehe auf den Fleck, der sich auf der Jeans ausbreitet und mir zwischen die Schenkel kriecht.

»Wird schwer sein, die Reinigung davon zu überzeugen, dass ich mir nicht in die Hosen gemacht habe.«

Jetzt lacht sie. Etwas, das ihre Augen unerwartet strahlen lässt. Sie greift sich ein paar Papierservietten und macht Anstalten, mich abzutrocknen. Gerade noch rechtzeitig bemerkt sie, an welcher Stelle sie wischen müsste, und hält inne. Unschlüssig steht sie da, die Papierservietten in der Hand.

Jetzt bin ich derjenige, der loslacht, und schüttle den Kopf. Ich nehme ihr die Servietten ab und tupfe auf meiner Hose herum. Dann fahre ich mir mit dem Zeigefinger über den Schenkel und rieche daran.

»Weiß, würde ich sagen.«

»Schon klar.«

Andrea steht hinter mir. Sie gibt mir einen Klaps auf die Schulter, zieht die Augenbrauen hoch und grinst.

»Keine Sorge, er tut nichts«, flüstert sie dem Mädchen gespielt heimlich zu und geht zu jemandem, der sie gerufen hat. Als ich mich wieder umdrehe, hält mir die Verursacherin des Unfalls ihre Hand hin.

»Roberta«, sagt sie.

Sie hat braune Augen, olivfarbene Haut. Ihr Gesichtsausdruck, dieses Lächeln, das ihre Züge umspielt und ihren Blick weich werden lässt, ist unglaublich klar und vertraut.

»Nicola«, antworte ich.

Und der Abend ist gelaufen.

Obwohl nichts passiert.

Obwohl ich esse, herumblödele, lache, Andrea auf den Arm nehme und mich wie fast immer mit ihr streite. Obwohl zwischen Roberta und mir nur haufenweise Worte hin- und hergehen, während wir uns in der musikerfüllten Wohnung Spaghetti auf die Gabel drehen. Obwohl ich mich auch noch mit Eiscreme bekleckere. Und diesmal ist es meine Schuld.

Dieses Lächeln, dieser von zahllosen haarfeinen Rissen durchzogene Ausdruck ihrer braunen Augen, auf deren Grund sich vergangener Schmerz zu verbergen scheint, genügt. Die schnellen, gewandten Schritte, mit denen sie sich hin und wieder zum telefonieren zurückzieht, das sanfte, entrückte Lächeln dabei, das mich hirnverbrannt eifersüchtig macht. Diese seltsame, kindliche Schüchternheit. Diese leise Unsicherheit, die in ihrer Stimme mitschwingt und plötzlich verschwindet, wenn sie lauter wird und mir beipflichtet.

Und dann der kleine Innenhof von Andreas Haus, auf den der letzte nächtliche Wolkenbruch niedergeht. Und der dämlich krächzende Tonfall, in dem ich sie aus unerfindlichen Gründen frage, ob ich sie anrufen darf. Vielleicht, weil mit ihr zu reden bedeutet, alles zu vergessen und doch vor nichts wegzulaufen. Ich habe keine Lust mehr wegzulaufen.

Sie drückt mir noch einmal die Hand, bevor sie sich von mir verabschiedet. Aber diesmal, ohne sie festhalten zu wollen.

»Ciao«, sagt sie. Es ist nur ein Flüstern. Dann geht sie weg, ohne sich noch einmal umzudrehen, und ich blicke ihr nach und sehe zu, wie ihr das Licht der Straßenlaternen helle Reflexe ins

Haar tupft. Die schmalen Schultern in dem ärmellosen Shirt. Der ein wenig männliche Schritt, mit dem sie eilig in die Arkaden eintaucht und dabei die x-te Zigarette raucht. Und hinter der Ecke verschwindet, wer weiß, wohin.

Also gehe ich auch. Ich schlendere unter den Arkaden entlang, und der Regen spaziert neben mir her.

Als ich an mein Auto komme und es aufschließen will, funktioniert die Fernbedienung nicht. Ich stecke den Schlüssel ins Schloss und merke, dass die Tür offen ist. Und dass, wenn ich sie zu schließen versuche, das Schloss nicht mehr einrastet.

Dienstag, 24. August 2004

Es ist noch nicht sieben, als der Anruf des Grauen kommt.

Er ist gerade wieder hereingekommen und war schon fast unter der Dusche. Nackt steht er im Zimmer und sieht auf Bologna hinab, das abermals menschenleer erwacht und auf das Ende des Sommers wartet.

Er greift nach dem Handy, das auf dem Nachttisch summt, und geht ran.

»Alles unter Kontrolle«, sagt er, ohne Zeit zu verlieren.

»Deshalb rufe ich nicht an. Ich wollte nur wissen, wie Sie vorzugehen gedenken.«

»Ein erstes kleines Problem habe ich aus dem Weg geräumt. Das sollte für eine Weile reichen. Jetzt muss man alles unter die Lupe nehmen. Das, was er sucht, kann sich nicht einfach in Luft aufgelöst haben.«

»Ich frage mich noch immer, ob das nötig war.«

Die Stimme des Grauen scheint von weither zu kommen. Er stellt sich ein Zimmer mit hohen Decken vor. Und einen stillen, einsamen Morgen. Wie der seine.

»Es gab keine andere Wahl. Unser Angebot wurde unwiderruflich abgelehnt. Das hätte gefährlich werden können, und diese Art von Werbung hätte Ihnen bestimmt nicht gefallen.«

»Ganz bestimmt nicht. Aber wie dem auch sei, beeilen Sie sich.«

Das Gespräch ist zu Ende. Er wirft das Handy auf das zerwühlte Bett, und ein seltsamer Schauder läuft ihm über den Rücken. Vielleicht eine Erinnerung. Oder eine Vorahnung, die er nicht benennen kann.

Er geht ins Bad, ohne die Tür hinter sich zu schließen, und dreht die Dusche auf.

Das Wasser ist kalt, aber nicht kalt genug.

Der Morgen ist himmelblau wie ein Kinderlächeln.

Die Nacht hingegen war allzu lang. Randvoll mit heftigem Regen, der unablässig gegen die Scheiben trommelte.

Giovanni Marra sitzt im Büro an seinem Schreibtisch und lauscht. Coldplay, langsam wie ein Gedanke. Jenseits der geschlossenen Tür ruft irgendjemand nach einem Kaffee. Ein Auto startet mit quietschenden Reifen. Und Sara Parmeggianis Stimme in seinem Kopf, auch wenn er sie nie gehört hat.

Man weiß nichts von ihr. Die Eltern sind schon lange tot. Die Nachbarin ist in Mexiko bei ihrer Familie. Der einzige Verwandte ist ein Stiefbruder, der verschwunden ist, als die Eltern sich getrennt haben. Seit zwanzig Jahren weiß keiner, wo er ist. Und so bleiben nur ihre Habseligkeiten, um etwas herauszubekommen.

Er hat gerade ihren Taschenkalender durchgeblättert. Ein einfacher Timer, wie ihn Geschäftsleute benutzen. Der Einband aus schwarzem Leder, die Seiten mit grauer Kopfzeile und schwarzen Zahlen. Alle gleich.

Und auch die Adressen darin scheinen alle gleich zu sein.

Namen gibt es nicht. Nur Anfangsbuchstaben. Und keine einzige Telefonnummer.

A. Via Alessandrini, 13 – 17:00 Uhr

Z. Via dei Mille, 44 – 15:20 Uhr

Sie wollen sie alle, diese Großbuchstaben. Menschen, die sich mit ein paar Hundert-Euro-Scheinen den weichen, duftenden Körper einer Frau wie Sara leisten können.

Edelnutte von Beruf.

Es wird eine Weile dauern, bis man sie ausfindig gemacht hat, all die As und Bs, die seitenweise die Terminspalten füllen. Diese Buchstaben, die alle gleich aussehen.

Bis auf einen.

S. Via S. Stefano, 15.

Die Adresse von Aurelio Strazzari.

Er ist das einzige männliche *S*, das dort wohnt. Unter den Vornamen wie unter den Nachnamen. Diese Hausnummer, diese Adresse und dieser Anfangsbuchstabe tauchen in Saras Terminkalender zwischen August und September 2003 ständig auf. Dann werden sie weniger und sind Ende Februar plötzlich wieder da. Der letzte Termin ist am 20. Juni dieses Jahres vermerkt. Immer um drei Uhr nachmittags, wie eine lästige Gewohnheit.

Er klappt den Kalender zu. All das ist äußerst merkwürdig. Und der Beruf hat ihn gelehrt, dass man sich oft allzu gern hinter Zufällen versteckt, um der Wahrheit nicht ins Auge zu blicken.

Paola, die spurlos verschwindet und in diesem Wäldchen wieder auftaucht. Anfangs hatte er auch an einen Triebtäter gedacht. Der Wahnsinn eines Einzelnen, der alles, was er in sich angestaut hat, an einem elfjährigen Mädchen ablässt. Dann hat sich das Bild geändert. Die Autopsie, die perfekt gesäuberte Leiche, der dritte Sack, der nicht aufzufinden ist. Die Schilderung der Entführung, vorgetragen in Dr. Orsis ruhigem, klarem Ton.

Wenn er versucht, sich den Entführer vorzustellen, denkt er an einen kaltblütigen, skrupellosen Menschen. Er mischt sich unter die Menge, wartet einen Augenblick, schnappt sie sich, dreht sich um und nimmt sie mit. Ohne zu zögern. Er weiß, was er tut, warum er es tut, und er tut es nicht allein. Wenn Marra an diesen Mann denkt, stellt er sich unweigerlich einen zweiten vor, der irgendwo wartet. Vielleicht auf einem Motorboot. Um ihn unbemerkt fortzubringen.

Und Paola Vigliani dazu.

Dann nehmen die Dinge ihren Lauf. Oft versucht er sich einzureden, dass sie nicht vergewaltigt wurde. Dass sie das falsche Mädchen entführt und es am Ende umgebracht haben. Vielleicht durch Gift. Der Gerichtsmediziner hat den Verdacht auf Drogeneinfluss geäußert.

Dann muss er an das fehlende Körperteil denken, und die Wahrheit, die er sich im Stillen zusammengereimt hat, gewinnt wieder die Oberhand. Ohne Zufälle.

Je mehr er darüber nachdenkt, desto absurder erscheint es ihm, dass die Überreste des Mädchens am selben Tag gefunden wurden, an dem Sara Parmeggiani ermordet wurde. Dann Strazzari, der es mit der jungen Frau wild getrieben hat. Und der eine Sammlung von Pornobildern besaß, um die viele ihn beneiden würden. Bilder von jungen Mädchen. Sehr jungen Mädchen. Einige davon zu jung.

Noch zwei Tote.

Einer nach dem anderen, wie zwei Dominosteine.

Und das Fädchen, was sie verbindet, ist so dünn, dass man es noch nicht einmal im Gegenlicht sieht. Und dahinter etwas, das man einfach nicht ignorieren kann. Das Gefühl, dass der kalte, skrupellose Kerl, der Paola Vigliani an einem Februarabend mitgenommen hat, nicht die geringste Ähnlichkeit mit Aurelio Strazzari hat.

Er reibt sich mit den Fingern die Augen, dann fällt sein Blick auf die Fotos von Sara Parmeggianis Leiche. Eine Nahaufnahme der Kehle. Von links mit einem sehr scharfen Messer durchschnitten. Ein klarer, gekonnter Schnitt. Von einem Rechtshänder. Eine einzige Bewegung von hinten. Nichts für einen Anfänger.

Er hat sie auf allen Vieren aufs Sofa gedrückt. So ist kein Blut auf die Erde gespritzt. Nur an die Wand und auf den Stoff. Und er musste nicht reintreten.

Wenn er sich den Mann vorzustellen versucht, der Sara Parmeggiani umgebracht und dann ihre Wohnung auf den Kopf gestellt hat, sieht er einen vor sich, der Ähnlichkeit mit Paolas Entführer hat. Einen, der eine Frau lautlos absticht. Der durch ihre Wohnung schleicht und alles anfasst, ohne einen Fingerabdruck zu hinterlassen. Und der völlig unbemerkt verschwindet. Genauso wie er gekommen ist.

Einen, der ebenfalls keinerlei Ähnlichkeit mit Aurelio Strazzari hat.

Und der auf Saras Fotos drauf sein könnte.

Er greift nach dem Hörer und ruft Anselmi von der Spurensicherung an. Er hat die Fotos. Marra weiß, dass Carta ihm auch Strazzaris CDs gebracht hat. Heute Morgen auf dem Weg ins Büro ist er ihm begegnet, und er hat ausgesehen wie jemand, der die ganze Nacht vorm Bildschirm zugebracht und literweise Kaffee ins sich hineingekippt hat.

Carta ist ein fähiger Bursche, denkt Marra während er Anselmis Nummer wählt. Dann geht jemand ran.

Und beansprucht Marras ganze Aufmerksamkeit.

Ich erwache mit Giulias Gesicht im Kopf. Ein Fluch, den ich nicht abschütteln kann.

Ich stehe auf, reiße alle Fenster auf und lasse Licht in die Wohnung. Während der Kaffee auf dem Herd langsam nach oben brodelt, warte ich darauf, dass die Erinnerung an Robertas Lächeln alles andere fortwischt. Stattdessen vermischt es sich mit dem, was ich mit mir herumtrage, und die zarte Leichtigkeit des gestrigen Abends verschmilzt mit der Schwermut des gerade Vergangenen, das manchmal unendlich süß und manchmal nichts als sinnlos und hässlich ist.

Das, was bleibt, ertränke ich zusammen mit zu viel Zucker im heißen Kaffee. Dann holt mich die Wirklichkeit wieder ein, und ich muss an mein Auto denken, dass weggeschlossen in der Garage steht. Mit der Tür, die sich beim besten Willen nicht mehr verriegeln lässt. Hastig werfe ich mir etwas über und verlasse das Haus in der Hoffnung, dass mein Automechaniker nicht noch immer wie alle anderen in den Ferien ist.

Als ich zu ihm komme, steckt er kopfüber in einem Audi A4, und seine Haut ist so braun gebrannt, als hätte er sich in zwei Wochen die Sonnenration fürs ganze Jahr abgeholt. Ich gebe ihm die Schlüssel und eine knappe Erklärung und gehe.

Auf dem Rückweg nach Hause kaufe ich mir die *Repubblica*, und während ich die fast menschenleeren Arkaden der Via Saragozza hinaufschlendere, beschleicht mich plötzlich eine seltsame Panik. Etwas ohne Namen und ohne Grund ist mir auf den Fersen und lässt mich immer schneller werden, bis ich schließlich renne, durch die Haustür und die Treppen hinaufstürze und mich angstvoll nach dem Echo meiner Schritte umblicke, die klingen, als wäre jemand hinter mir her.

Mit dem Rücken gegen die Wohnungstür gelehnt, bin ich mir ganz sicher, dass draußen jemand auf mich wartet. Dann, dass er mit mir in der Wohnung ist.

Ich lasse mich neben der Tür auf den Fußboden gleiten und warte auf etwas, das nicht eintritt. Den Blick starr auf den finsteren Winkel zwischen Diele und Bad gerichtet.

Eine Finsternis, aus der nichts hervorspringt und die ich durchquere, bevor ich die Zeitung aufs Bett schmeiße und einen Kontrollgang durch die Wohnung mache, wie als Kind, wenn ich allein zu Haus der Stille und meiner Phantasie ausgeliefert war.

Schließlich setze ich mich vor den Mac.

Ein paar Stockwerke tiefer fährt der Bus vorbei, und ich zwinge mich, nicht an den Mann zu denken, den ich gestern an der Haltestelle gesehen habe. Ich checke meine Mails und versuche, Kopf und Atem zu entspannen.

Ich lösche die millionste Viagra-Werbung, laut der mein Penis auf die Größe einer Liane anwachsen soll, den Sommer-Newsletter eines Elektronikmarktes und ein paar Viren.

Dann bin ich wieder bereit für die Fotos.

Ich öffne das Bild, auf dem man das Hotellogo sieht, zoome es heran und starre es an. Jetzt, wo ich es wieder vor Augen habe, bin ich mir nicht mehr so sicher, dass es sich um zwei Kronen handelt. Es könnten auch zwei ineinander verschlungene Schlangen sein. Oder auch nur eine, mit zu vielen Kringeln.

Ich schließe den Ausschnitt, und während ich darauf warte, dass sich der Browser öffnet, fällt mein Blick auf Sara Parmeggianis weiche Haut. Im matten Lampenschein sieht sie aus wie zartes Abendrot. Ich lasse meinen Blick den Rücken hinaufwandern, als würde ich ihn streicheln. Als ich dem winzigen Schimmer ihrer Augen begegne, halte ich inne.

Ich frage mich, weshalb ich mich in etwas hineinbegebe, das kilometerweit gegen den Wind nach Gefahr riecht. Und ob ein in ein Buch versenkter oder zufällig herübergeworfener verstörter Blick genügt, vor dem ich grundlos weggerannt bin. Vor ihm und vor dem Gefühl, das er mir jetzt unversehens wieder gibt.

Das geht mir im Kopf herum, während die Google-Seite auf dem Bildschirm erscheint.

Dann kommt eine SMS, und alles ist vergessen.

Ich habe mich gefragt, was du so machst.

Roberta.

Meine Gedanken bedienen die Tasten.

Ich habe daran gedacht, wie gut ich gestern Abend gegessen habe.

Ich lehne mich zurück und strecke die Beine unter den Tisch. Google wartet auf meine Frage. Aber es hat bestimmt Zeit.

Die Stille der Wohnung macht ihm Angst.

Michele Ferrari denkt das immer öfter.

Sie gleicht der Stille des Komas. Dem Fehlen der Erinnerungen, denen er verzweifelt nachläuft. Und die ständig auf der Lauer zu liegen scheinen, bereit, ihn immer weiter in die Tiefe zu ziehen.

Sein Leben ist nichts anderes als eine Abfolge von Resultaten. Und je mehr er in der Vergangenheit nach den Ursachen wühlt, desto unbegreiflicher und unerreichbarer erscheinen sie ihm.

Er greift nach dem Portemonnaie und zieht einen Zettel hervor. Aus dem Schlitz für die EC-Karte. Auf der einen Seite hat er die Tage notiert, an denen Mirella in Rom war. Auf der anderen stehen nur zwei Worte: *Private Venus*.

Das Fragezeichen hat er nicht übernommen. Aber er hat es noch genau im Kopf. Für einen kurzen Moment ist er fast versucht, es aus ihrer Unterwäsche herauszukramen, um es noch einmal zu sehen. Doch er weiß, dass das nicht nötig ist. Es kommt nicht aufs Sehen an. Sondern aufs Verstehen.

Er setzt sich vor den Computer und öffnet die Seite der Staatlichen Eisenbahn. Der Eurostar 9463 fährt morgens um acht Uhr zweiundzwanzig vom Hauptbahnhof Bologna ab. Zwei Stunden und dreiundvierzig Minuten später ist er am Bahnhof Termini in Rom. Eine Fahrt zweiter Klasse kostet knapp vierzig Euro. Der Eurostar 9446 fährt um sechzehn Uhr dreißig aus Termini ab. Aus irgendeiner albernen Laune der Technik heraus braucht er für die Rückfahrt zwei Minuten weniger. Zum gleichen Preis.

Er schließt die Augen.

Er versucht, sich Mirella vorzustellen, die im Abteil sitzt. Vielleicht liest sie ein Buch. Eines von Sheldon, von denen die ganze Wohnung vollsteht. Sie ist nervös. Hin und wieder knabbert sie an den Fingernägeln und sieht sich um. Sie würde gern schlafen, aber sie kann nicht. Jemand holt sie am Bahnhof ab. Er stellt ihn sich groß und braungebrannt vor. Im Zweireiher. Dunkles Auto. Er meint eine Mischung aus Waggon und Desinfektionsmittel zu schmecken.

Er klickt das Explorer-Symbol an und öffnet eine neue Seite. Eine Suchmaschine. Er legt die Finger auf die Tasten und tippt. Er klickt auf *Mit Google suchen*. Dann lässt ihn das Klingeln des Telefons zusammenfahren.

»Hallo«, sagt er. Und seine Stimme ist flach wie ein Eisplättchen.

Auf der anderen Seite hört man nur Rauschen.

»Hallo«, sagt er noch einmal.

Er meint, jemanden atmen zu hören. Etwas kurzes, feines, das sich kaum von der Stille abhebt und sich sofort wieder darin verliert.

Er versucht es ein drittes Mal.

»Hallo.«

Mit einem seltsamen mechanischen Geräusch bricht die Verbindung ab. Er legt das Telefon neben den Computer und starrt auf den Bildschirm. Sein Suchergebnis wartet auf ihn. Google sagt, die Suche habe weniger als eine halbe Sekunde beansprucht. Und es gebe mehr als neuntausend Resultate.

Das, was ihm als Erstes ins Auge springt, steht am Fuß der Seite. Er zögert kurz und zieht den Pfeil über den Bildschirm. Dann klickt er darauf, und die Seite öffnet sich.

Von Roberta wird keine SMS mehr kommen. Ganz plötzlich wird mir das klar, und die Gewissheit senkt sich auf das Zimmer wie eine schwere Wolke.

Ich lese die letzte Nachricht – *Wie sieht man die Welt durch einen Fotoapparat?* – und denke an das, was ich ihr geantwortet habe. Eine spontane Schwachsinnsbemerkung, die mich furchtbar eingebildet erscheinen lassen muss.

Vielleicht hat sie deshalb nicht mehr geschrieben. Manchmal geht es mit SMS wie mit Blicken. Plötzlich ist eine dazwischen, die alle anderen falsch aussehen lässt.

Ich lege das Telefon neben die Maus und starre es herausfordernd an, um es zum klingeln zu zwingen. Doch es passiert nichts. Ich ertrage die Stille nicht mehr.

Ein Doppelklick, und Aimee Mann sagt mir mit unglaublich weicher Stimme harte Dinge, die knarzen wie Möbel in der Nacht.

»It's not what you thought when you first began it.«

Als ich *Wise Up* das erste Mal gehört habe, abwechselnd gesungen von sämtlichen Charakteren in *Magnolia*, habe ich mich gefragt, welche Bedeutung das Lied wohl für sie, für ihre Leben, für ihre miteinander verwobenen Geschichten hat, die der Film aufeinanderprallen lässt. Heute dagegen überlege ich, was es wohl für mich bedeutet.

Was ich erwarte, wenn etwas in meinem Leben beginnt. Was ich danach erwarte. Ob ich das, was sich zusammen mit der Zeit in meinen Tagen bewegt, überhaupt bemerke. Oder ob alles einfach auf mich zurollt, bis es plötzlich zu spät ist.

Mit Giulia war es so. Ich habe einfach nicht sehen, begreifen und glauben wollen, dass es mit uns beiden nicht funktionieren konnte.

Ich atme tief durch.

Dann fällt mein Blick auf die Suche, die ich während meiner letzten SMS an Roberta gestartet hatte.

Hotel. Krone. Rom.

Fast zwanzigtausend Kombinationen, die alles Mögliche sein könnten. Vom Porno bis zu dem, was ich suche: Das Zimmer von Sara Parmeggianis Fotos. Zwanzigtausend winzige Bruchstücke der Welt, die ich mir nicht alle ansehen kann und die ich nur überfliege, den Blick auf die Zeilen geheftet, die Google dem Titel und der Webadresse der Seite hinzufügt.

Es gibt ein Hotel, bei dem eine Übernachtung plus Frühstück zweiunddreißig Euro kostet. Ein Hotel Rom in einem Kaff namens Corona. Dann kommt eine lange Reihe von vollkommen identischen Touristeninformationsseiten. Ellenlange, unverlinkte Seiten voller Namen und Telefonnummern. Ich sehe mir ein paar an, nur der Genauigkeit halber. Doch da ist nichts, was mir weiterhelfen könnte. Es gibt kein Luxushotel mit solch einem Namen oder Logo. Keinen Ort, der als unfreiwilliger Schauplatz der seltsamen Pornostrecke hergehalten haben könnte, die Sara kurz vor ihrem Tod von sich selbst gemacht hat.

Während ich die völlig gleichen Seiten voller Namen hinauf- und hinunterscrolle, kommt es mir fast so vor, als gäbe es solch einen Ort gar nicht. Vielleicht ist all das, was ich gerade erlebe, ein Alptraum, den sich mein Leben ausgedacht hat, weil die Wirklichkeit zu unerträglich und makaber ist.

Ich lehne mich zurück. Automatisch klicke ich die Nummern zum weiterblättern an. Derweil läuft ein Stück von Aerosmith, und Steve Tylers Stimme klingt wie ein langes, harmonisches, sinnentleertes Miauen.

Und da sehe ich es. Ich muss zweimal hinschauen, um sicher zu sein. Der Effekt ist der gleiche wie bei diesen bunten Bildern, in denen sich eine Form versteckt. Man muss einen Schritt zurücktreten, und den Blick nach innen kehren. Dann wird plötzlich alles scharf. So ähnlich wie bei impressionistischen Gemälden.

Ich klicke auf die Seite. Das erste, was ich sehe, ist dieses Logo. Zwei Kronen, ineinander verwoben wie olympische Kreise. Eine Papiermanufaktur – Fratelli Corona, Luxusprodukte für Leute, die einen Haufen Geld für ihre Einkaufszettel ausgeben können. Und in der Kundenliste finde ich das Hotel.

Die Weiss-Kette ist eine Schweizer Hotelkette. Fünf-Sterne-Luxushotels auf der ganzen Welt. In jeder großen Stadt eines. Auch in Rom. Ich klicke auf den Link und lande direkt auf der Seite. Das Hotel in Rom liegt gegenüber der Villa Borghese, einen Steinwurf von der Via Veneto entfernt. Als ich die Bilder sehe, verfliegt jeder Zweifel wie morgendlicher Märznebel.

Das Zimmer ist dasselbe. Die Blumen. Der Spiegel. Das milde Licht, das die Möbel umschmeichelt.

Etwas zwischen Lächeln und Schaudern zuckt über mein Gesicht. Aber nur kurz. Nur bis die Türklingel ertönt und ich mich automatisch in Bewegung setze, um aufzumachen.

Ohne daran zu denken, dass sonst wer vor der Tür stehen könnte.

Ohne überhaupt etwas zu denken.

Bis ich die Klinke in der Hand halte und öffne und das Herz mir in die Kehle springt. Erst da fällt mir ein, dass ich Saras Fotos und die Seite des Hotels auf dem Bildschirm habe. Und dass ich allein lebe, in einem Haus, in dem die meisten noch in den Ferien sind.

»Hallo Zanardi«, sagt die Stimme auf der Schwelle.

Und es ist zu spät, um einen Rückzieher zu machen.

Ich schreibe dieses Tagebuch, damit etwas bleibt. Damit ein Bruchstück überdauert, auch wenn alles schief geht. Damit irgendjemand, der es einmal liest, vielleicht begreift.

Die Seite ist hellblau wie ein Fetzen Himmel.

Michele Ferrari kann den Blick von all diesen Worten nicht losreißen.

Schwarz. Schrifttyp Verdana. Größe zwölf.

Und von diesem Himmelblau.

Ich habe nicht den Mut, das zu tun, was ich tun müsste. Alles hinter mir zu lassen, einen sauberen Schnitt zu machen. Schon als Kind hatte ich keinen Mut.

Die Private Venus schreibt Sätze, an denen sich die Augen festsaugen. Seit über einer Stunde sitzt er da und liest, ohne sich auch nur einen Moment von diesem Blog genannten Internet-Tagebuch abwenden zu können.

Ich hätte schreien mögen. Ich hatte das Gefühl, mein Kopf würde bersten, ich wäre nicht mehr derselbe Mensch. Hätte es doch einen Ort gegeben, an dem ich mich hätte verstecken, ein anderes Leben, in das ich hätte hineinschlüpfen können.

Auch Michele wünscht sich ein anderes Leben. Einen Schalter für die Erinnerungen und einen für die Tage, um alles wieder auf Null zu setzen. Ein Systemneustart, mit dem er so tun könnte, als wäre nichts geschehen. Und sich wieder genauso lebendig fühlen könnte wie diese Worte.

Der Blog der Privaten Venus umfasst neun Monate. Vor jedem Abschnitt steht das Datum. Und am Ende in kleinerer Type die Uhrzeit der Niederschrift.

Private Venus deshalb, weil ich eine Frau im Verborgenen bin, ohne dass irgendjemand meine Gedanken und Ängste kennt. Ohne dass irgendjemand weiß, wie es in meinem Inneren aussieht und wie schwer ich daran trage.

Auch Michele trägt schwer an etwas. An einem Leben, das sich unversehens in Luft aufgelöst hat. Und jetzt noch an der Süße dieser Worte, die sich in ihm verknoten und die fernen Erinnerungen, die ihm noch geblieben sind, mit nahen, schmerzhaften Empfindungen mischen.

Einfache, wahre Worte.

Mirellas Worte.

Das war ihm mit dem ersten Satz klar. Auch wenn er ein bisschen hat weiterlesen müssen, um ganz sicher zu sein. Ein Tag im Dezember, an dem sie in wenigen Zeilen von einer gemeinsamen Reise nach Mexiko erzählt, die sie vor zwei Jahren gemacht haben. Von dem entsetzlichen Sonnenbrand, den er sich geholt hat, und der scheinbar spontanen Idee, ein Kind zu adoptieren.

Das ist die einzige authentische Schilderung. Das einzige Stück Leben in einem Tagebuch, das nur aus Empfindungen statt aus Erinnerungen besteht. Keine Namen, keine Orte, keine gelebten Tage. Nur dieser eine. Während er liest, hat er kurz das Gefühl, sie hätte diese winzige Episode nur geschrieben, um erkannt zu werden.

Ich will mit vierzig kein Kind mehr zur Welt bringen, hab ich ihm klarzumachen versucht. Ich sehe noch sein Lächeln vor mir, als ich es ihm sagte. Es war wie eine Antwort. Und eine Weile habe ich gehofft, es sei eine. Doch dann ist nichts passiert, und heute bin ich froh darüber, denn ich könnte es nicht ertragen.

Auch Michele erinnert sich an sein Lächeln. Und er erinnert sich, dass er ein Kind wollte. Dass er darüber nachgedacht hatte wie über nichts sonst in seinem Leben. Doch er kann sich nicht mehr daran erinnern, weshalb es am Ende nicht zu diesem Kind gekommen ist.

Ich bin froh darüber, denn ich könnte es nicht ertragen.

Michele liest den Satz noch einmal und zerbricht mit einem trockenen Knacken den Stift in seiner Hand.

»Hure«, raunt er. Und die leere Wohnung antwortet mit einem Knistern, das wie eine Warnung klingt.

»Hure«, sagt er noch einmal, diesmal lauter.

Schnaubend atmet er aus. Dann scrollt er die Seiten bis Februar hinunter.

Der Tag nach dem Unfall.

Ich wünschte, alles wäre vorbei, und zugleich habe ich Angst, dass alles vorbei ist. Ich wünschte, man könnte die Vergangenheit gänzlich auslöschen, als hätte es sie nie gegeben. Ich wünschte, dies wäre meine zweite Chance, ein neuer Anfang. Alberto sagt, es wäre möglich.

Sie hat es kurz vor Mitternacht geschrieben. Während er in einem Krankenhausbett lag, ohne zu wissen, ob es für ihn noch eine zweite Chance geben würde. Eine, wie sie sie für sich wünschte. Vielleicht mit Alberto. Dem Mann vom Bahnhof. Dem Mann mit dem dunklen Auto und dem Zweireiher.

Dem Mann, der seine Frau hat hoffen lassen, er stürbe, zerquetscht im Straßengraben wie eine lästige Fliege, die man platthaut.

»Du spielst mit dem Feuer, Nicola.«

Mitten im Zimmer steht er vor mir und scheint jeden Winkel darin auszufüllen.

Ich habe Angst.

Ich sage es ihm und er sieht mich an. Er macht einen Schritt auf mich zu. Eine schwere Bewegung, gefolgt von einem dumpfen Geräusch auf dem Parkett. Aus dieser Entfernung müsste er nur ausholen, um mir eine runterzuhauen.

Hinter ihm füllen Sara Parmeggianis Fotos als schachbrettartig angeordnete Vorschau den Monitor. Er hat sie sich alle angesehen, eines nach dem anderen. Er greift sich den Stuhl und setzt sich vor den Computertisch. Dabei wird die Pistole unter seiner Jacke sichtbar.

»Du bist wirklich ein Arschloch«, flüstert er.

»Ein Arschloch, das dir offenbar nützlich sein könnte.«

Giovanni Marra sieht mich an und scheint unschlüssig, ob er mich wegen Unterschlagung von Beweismaterial verhaften oder mir dafür danken soll, dass ich einen Weg gefunden habe, der ihm den Kopf retten könnte. Er deutet mit dem Kinn in Richtung Bildschirm.

»Ob du mir nützt, weiß ich nicht. Aber diese Bilder ganz bestimmt.«

»Vielleicht nützt es dir auch zu wissen, was auf den Fotos drauf ist.«

Er stützt die Ellenbogen auf die Knie.

»Hör mal, Nicola, spiel nicht den Deppen …«

»Nein, jetzt hör du mir mal zu. Okay, ich habe Mist gebaut.

Ich weiß noch nicht mal, weshalb ich sie behalten habe, aber ich hab's gemacht, und jetzt ist es zu spät. Willst du mich verhaften? Bitte sehr.«

Ich strecke ihm meine überkreuzten Handgelenke entgegen. Er lässt mich machen. Ich halte die Arme noch einen Moment lang in der Luft, dann rede ich weiter.

»Die andere Möglichkeit wäre, ich erzählte dir den Rest.«

»Welchen Rest?«

»Den ganzen Rest. Ich habe diese Fotos nicht als makabres Andenken an eine Frau behalten, die ich nie kennengelernt habe. Ich habe sie mir genau angesehen.«

»Und?«

»Willst du wissen, wo sie gemacht worden sind?«, frage ich. Doch seine einzige Reaktion ist ein winziges Zögern, ehe er antwortet.

»Das bekomme ich schon selber raus.«

Ich stecke die Hände in die Taschen und lehne mich gegen die Wand.

»Ich habe keine Lust mehr auf Spielchen, Giovanni. Hättest du nur die Fotos gewollt, hättest du sie dir genommen und wärst gegangen. Vielleicht hättest du mich nicht festgenommen, um der guten alten Zeiten willen, oder weil ich dir leid tue, ich weiß es nicht. Aber du hast es nicht nur auf die Fotos abgesehen. Also, lassen wir den Scheiß. Ich hab dir gesagt, ich hab Angst.«

Er steht auf. Er sieht mich einfach nur an, als hätte er den letzten Satz nicht gehört.

»Ich glaube, ich kann niemandem trauen. Ich weiß noch nicht mal, warum ich dir das sage. Offenbar tappe ich genauso im Dunkeln wie du. Aber so ist es nun mal, ich kann niemandem trauen. Bei der Spurensicherung gibt es einen Typen, den ich schon eine Ewigkeit kenne. Ein echter Profi. Er hatte die Fotos. Und jetzt sind sie, wie gesagt, verschwunden. Sowohl die Originale als auch die beiden Sicherheitskopien. Sie waren auf drei verschiedenen Computern, mit drei verschiedenen Passwörtern. Zwei davon sogar in verschiedenen Räumen. Verstehst du?«

»Red weiter.«

»Als ich ihn heute Morgen angerufen habe, hat er mir erzählt, was passiert ist. Auf den Festplatten gibt es keinerlei Spuren eines unerlaubten Zugriffs. Aber die Fotos sind weg. Er meinte, er glaube nicht, dass es einer von seinen Kollegen gewesen sei. Und das absurde ist, ich glaube ihm.«

»Und?«

»Oft genug tritt man in einen Scheißhaufen, der ein paar Nummern zu groß für einen ist. Man rennt mit dem Kopf ein paarmal gegen die Wand, doch dann merkt man, dass man ihn sich besser nicht zerbrechen sollte. Die Wand wird niemals nachgeben. In diesem Fall ist es anders. Ganz anders. Man kann glauben, was man will, aber es ist nicht so einfach, Beweismaterial auf diese Weise verschwinden zu lassen. Dazu braucht man die richtigen Mittel. Und einen guten Grund.«

Ich frage noch einmal.

»Und?«

»Und damit wären wir wieder am Anfang. Ich kann keinem trauen.«

»Nur mir.«

Er seufzt.

»Nur dir.«

Ich verschränke die Arme und sehe ihn an. Er lehnt am Fensterbrett und hat denselben Gesichtsausdruck wie früher. Denselben zerknirschten Blick, den er hatte, wenn ihm eine allzu simple Rückhand versprang.

»Und wenn ich keine Lust hätte?«

Er verzieht keine Miene.

»Deine Fingerabdrücke sind auf allem, was in der Tasche war.

Auf der Memorycard, der Kleidung, auf allem. Auf dem Glas, aus dem du getrunken hast, als wir uns das letzte Mal gesehen haben.«

»Versuchst du mich zu erpressen, Giovanni?«

»Nein, ich versuche nur, dir zu erklären, dass es zwei ganz einfache Wege gibt, sich gegenseitig zu helfen. *Do ut des*. So heißt es doch, oder? Du bist derjenige, der auf der Uni war. Im Grunde biete ich dir nur an, etwas zu tun, was du sowieso tun wolltest. Sonst hättest du die Fotos nicht behalten. Und vor allem hättest du nicht darin herumgeschnüffelt.«

»Und was wäre das?«

Er dreht die Handflächen nach oben und breitet die Arme aus.

»Verstehen.«

Ich hole tief Luft und schüttele langsam den Kopf. Ich fühle mich wie ein Autofahrer, der gegen die Fahrtrichtung in ein Autorennen hineinfährt, fest davon überzeugt, dass nichts ihn aufhalten kann.

»Es ist ein Hotel in Rom«, sage ich. »Das Weiss.«

Er schnellt auf den Bildschirm zu.

»Wie hast du das rausgekriegt?«

Ich reibe mir die Augen und setze mich an die Tastatur. Dann zeige ich ihm alles Stück für Stück. Das Logo. Die Bruchstücke. Die Seite der Fratelli Corona und die des Hotels. Und zum Schluss den Ausschnitt mit dem kleinen Leuchtpunkt im Schrank. Der zweite Fotoapparat.

Er sagt nichts. Er sieht mich noch nicht einmal an. Er hört sich alles an wie ein Vorzeigestudent, der eine vertrackte Beweisführung verstehen will. Wie so oft bei Theoremen ist die Lösung ganz einfach, hat man erst einmal die Methode begriffen.

»Es gibt noch andere Fotos«, sagt er schließlich.

Das ist keine Frage. Und das ist einer der Gründe, weshalb

ich mich fürchte. Ich sage es ihm noch einmal. Und diesmal scheint er es zu hören.

»Ich saß in diesem Zug, Giovanni. Wenn Sara wegen dieser Fotos gestorben ist, die sie dir gestohlen haben, dann könnte ihr Dieb ebenfalls den kleinen Lichtpunkt der anderen Kamera bemerken. Und zu demselben Schluss kommen wie wir: dass man auf diesen Fotos auch das Gesicht von dem Typen sehen kann. Glaubst du, einer, der gerissen genug ist, dir das Belastungsmaterial für einen Mord unter der Nase wegzuschnappen, käme nicht drauf, wem die Tasche gehört, die Sara im Zug verwechselt hat? Und was käme ihm deiner Meinung nach in den Sinn, wenn er es rausbekommt?«

Mir fällt auf, dass ich fast schreie. Also stehe ich auf und lehne mich wieder gegen die Wand neben dem Fenster. Ich atme lange aus. Ein Schnauben, das kurz im stillen Zimmer hängt und dann verhallt.

»Ich habe meine Tasche mit der von Sara Parmeggiani verwechselt, Giovanni. Es war ein Versehen, aber ich habe es getan. Diese Leute suchen Fotos. Heimlich gemachte Fotos, dazu noch mit gewissem technischen Geschick. Und ich bin Fotograf. Ist dir klar, wie das Ende vom Lied lauten muss?«

»Du warst im Irak. Und in der Tasche war nichts, was dich identifizieren könnte.«

Ich lache. Ein hysterisches Gackern, das meiner Kehle wie eine gestrichelte Linie entweicht.

»Die haben dir Beweismaterial im Polizeipräsidium geklaut, Commissario. Du selbst hast mir eben gesagt, du könntest keinem trauen. Weißt du, wie lange solche Leute brauchen, um mich ausfindig zu machen?«

Er starrt mich an. Versucht, überzeugend zu klingen. Seine Stimme rutscht eine Oktave tiefer und klingt fester.

»Sie werden dich niemals finden.«

»Ich werde verfolgt.«

Ich sage es ihm direkt ins Gesicht. Die einzige Antwort, die ich erhalte, ist ein fragendes Zucken der Augenbrauen.

»Ich bin mir so gut wie sicher.« Und ich erzähle ihm von dem Typen mit den kurzgeschorenen Haaren, von der Schachtel mit den Rechnungen, die zu war, als ich wiederkam, und von dem kleinen Strich an der Tür, der allerdings schon eine Ewigkeit da sein könnte.

»Du bist paranoid«, sagt er.

Doch das ist eine rein mechanische Reaktion, die nichts mit dem Rest zu tun hat. Dahinter arbeitet das Hirn auf Hochtouren. Er dreht sich zum Mac um. Er will etwas sagen, doch mein Handy unterbricht ihn. Ich gehe ran und horche hinein. Dann nehme ich es vom Ohr und halte die Hand übers Mikro.

»Das ist mein Automechaniker. Bei meinem Auto ging die Tür nicht mehr richtig zu, und ich habe es zur Reparatur gebracht. Es ist aufgebrochen worden.« Ich mache eine Pause. »Glaubst du noch immer, ich sei paranoid?«

Der Sheriff macht den Computer aus und greift nach dem Handy. Eine sichere Verbindung, die sich nicht zurückverfolgen lässt. Sie alle haben so eine.

Auf der anderen Seite hebt jemand nach dem dritten Klingeln ab. Wie immer ohne etwas zu sagen.

»Ich habe noch einen gefunden.«

»Bist du sicher?«

Varo Borjas Stimme ist freundlich. Ein seltsamer Name, aber er kennt keinen anderen. Nur diesen, der aus einem Roman stammt. Und vielleicht ist das auch besser so.

»Bist du sicher?«, wiederholt er.

Eine überflüssige Frage.

»Ja.«

Varo Borja schweigt.

Der Sheriff hört das Geräusch eines vorbeifahrenden Busses, dann sagt jemand etwas in einem Dialekt, den er nicht versteht. Schließlich kommt die Antwort.

»Schick mir das Material.« Und das Gespräch ist beendet.

Dem Sheriff bleibt noch nicht einmal die Zeit zu sagen, dass bereits alles auf dem Weg ist. Übliche Mailadresse, übliches Verfahren. Er legt das Handy auf den Tisch und tritt auf die Terrasse.

Eine Frau aus dem Nachbarhaus winkt ihm grüßend zu. Er winkt zurück, zieht den Pulli aus und lässt sich in den Liegestuhl fallen. Die Sonne schmiegt sich wie eine warme Decke an seine Haut. Er schließt die Augen und versucht sich auszumalen, was passieren wird. Und ehe der Schlaf ihn fortträgt, lächelt er bereits.

»Das ist alles, was ich weiß, Commissario.«

Giovanni sieht Aurelio Strazzaris Verkäuferin Laura Campi an und denkt, dass irgendetwas an dieser Frau ihm nicht gefällt. Er hat ihr über eine halbe Stunde zugehört, und jetzt, da sie mit ihrer Erzählung fertig ist, kann er sich nicht entscheiden, ob sie wirklich gerissen oder einfach beängstigend dämlich ist.

Sie ist hier als Faktenkundige, aber in Wirklichkeit hat sie nichts von sich gegeben. Sie hat einfach nur die Zeit totgeschlagen, wie eine unvorbereitete Schülerin, die versucht, ihrem Lehrer was vorzumachen.

Giovanni klappt eine hellblaue Mappe auf und blättert langsam ein paar Papiere durch. Sie sind alles, was er über Aurelio Strazzari hat. Die Konten des Ladens und die Eigentumsurkunde für eine Wohnung. Ein paar dürftige Notizen, die er sich bei einem Gespräch mit einem Kontaktmann bei der Bank gemacht hat. Offiziell ist bisher kein Kreditinstitut auf seine Bitte um Informationen eingegangen. Inoffiziell hatte Aurelio Strazzari bis Jahresbeginn keinen Pfennig mehr. Alles, was ihm gehörte, gehörte auch irgendeiner Bank. Gegen Ende Februar ist dann etwas geschehen. Und ein paar Hypotheken sind verschwunden. Frisches Geld, von dem er noch nicht weiß, woher es stammt. Aber besonders sauber riecht es nicht.

Und dann sind da die Fotos. Die, von denen Laura Campi nicht gesprochen hat. Ebenso wenig wie über die Tatsache, dass sie mit Aurelio Strazzari oft und gern ins Bett ging. Und dass er inzwischen bei ihr ein und aus ging, wie er lustig war. Nein, Laura Campi ist wirklich nicht gerissen. Und jetzt muss sich zeigen, ob sie wenigstens eins und eins zusammenzählen kann.

Er sieht sie an. Ihre Augen sind müde.

Er stützt die Ellenbogen auf den Schreibtisch.

»Erzählen Sie mir keine Märchen, Signorina.«

Sie sagt nichts. Sie sieht aus, als warte sie auf etwas, von dem sie schon immer wusste, dass es ihr früher oder später blühen würde. Ein zum Tode verurteilter, der die Guillotine anstarrt und hofft, dass das Beil nicht herabsaust.

»Erzählen Sie mir keine Märchen«, sagt Marra noch einmal. Und mit einer brüsken Geste hält er ihr die Fotos unter die Nase. Auf dem ersten verschwindet ihr Gesicht zwischen Strazzaris Beinen, der sie beide im Spiegel hinter dem Mädchen fotografiert. Auf den weiteren sieht man, was folgt.

»Bitte, das ist genug«, flüstert sie. Und dreht die Fotos auf den Tisch. Sie scheint den Tränen nahe.

Marra zieht irgendein Foto heraus und schiebt es ihr wieder hin. Strazzari, der sie von hinten nimmt.

»Sagen Sie mir nicht, das sind nicht Sie«, sagt Giovanni und hält das Foto fest, damit sie es nicht umdrehen kann.

»Ja, das bin ich. Sind Sie jetzt zufrieden, Commissario?«

Ihre Stimme ist laut geworden, aber nur beim ersten Satz. Jetzt weint sie wirklich. Sie ist nicht dumm. Nur entsetzlich verängstigt.

Giovanni lehnt sich in seinen Stuhl zurück.

»Wie lange ging das schon?«

»Ich kannte ihn seit drei Jahren.« Jetzt klingt ihre Stimme flach. Der Verurteilte hat jede Hoffnung aufgegeben. Marra weiß, dass er jetzt nichts sagen darf. Damit alles, was heraus muss, endlich an die Oberfläche kommt.

»Ich glaube, ich habe ihn geliebt, zumindest am Anfang. Er hatte mich gerade eingestellt. Sein Geschäft war eines der renommiertesten in ganz Bologna, und er war stark, sah gut aus. Er überschüttete mich regelrecht mit Geschenken und Aufmerksamkeiten. Er tat das, was alle immer mit mir getan hatten, aber bei ihm war es anders. Es schien so zu sein, anders, meine ich. Es war, wie Liebe sein sollte. Und er war frei. Ich hatte gerade eine Affäre mit einem verheirateten Mann hinter mir und hatte die Nase voll davon, unglücklich zu sein. Ich arme Irre.

Bis vor einem halben Jahr lief alles gut. Dann hat das mit den Fotos angefangen. Das erste Mal aus Spaß. Wir waren am Meer. Dann passierte es immer öfter. Ich wehrte mich dagegen. Ich wollte das nicht, verstehen Sie? Es kam mir so … sinnlos vor.«

Sie hebt den Kopf und sieht Giovanni an. Mit dem Finger wischt sie sich die Tränen aus den Augen.

»Verstehen Sie, Commissario? Ich war nicht … ich bin nicht so … Eine Zeitlang wollte ich ihn sogar verlassen. Doch dann hab ich's nicht geschafft. Ich habe Angst, allein zu bleiben, Commissario. Ich hatte Angst. Und so habe ich mich fotografieren lassen. Ich hab gedacht, im Grunde ist doch nichts dabei. Auch wenn ich es … ekelig fand. Ich glaube, das trifft es am besten.«

Giovanni sieht sie an und denkt, dass das Wort *ekelig* perfekt zu seiner Bedeutung passt. Es schlüpft über die Lippen wie fauliger Glibber. Und wenn es einmal an einem klebt, wird man es nicht mehr los.

Laura Campi senkt den Blick. Sie kramt ein Papiertaschentuch hervor und tupft sich das Gesicht trocken. Zweimal zieht sie die Nase hoch. Ihre Schminke ist zerlaufen und sie hat dunkle Ringe unter den Augen. Trotzdem ist sie noch immer sehr schön.

Giovanni steht auf. Er gießt ein Glas Wasser ein und hält es ihr hin. Sie versucht zu lächeln.

»Danke.«

Sie trinkt einen winzigen Schluck und stellt es auf den Schreibtisch. Dafür schiebt sie die Fotos zur Seite. Nur mit einer Fingerspitze, als hätte sie Angst, sie zu berühren.

»Entschuldigen Sie meine Direktheit, Signorina. Aber ich muss Ihnen ein paar Fragen zu Signor Strazzari stellen. Um zu wissen, was passiert ist, muss ich in einigen Dingen klarsehen.«

Laura nickt. Sie weint nicht mehr. Sie versucht, Giovanni in die Augen zu sehen, doch ihr Blick fällt immer wieder auf die Fotografien, die umgedreht auf dem Schreibtisch liegen.

Marra greift danach und legt sie in die Mappe zurück.

»Haben Sie eine Ahnung, weshalb man ihn umgebracht hat?«

»Nein«, antwortet sie. Ganz direkt, genau wie die Frage.

»Wissen Sie, ob er Feinde hatte?«

»Aurelio, Feinde? Nein. Keinen. Er war ja Geschäftsmann.«

»Geschäftsmann«, denkt Giovanni. Und einen Moment lang geht ihm der Geruch vom Parco Talon durch den Kopf. Und das, was von Paola Viglianis Leiche übrig war. Doch schon hört er sich die nächste Frage stellen.

»Und gingen diese Geschäfte gut?«

»Der Laden nicht mehr. Die Leute können eben nicht mehr so viel ausgeben. Der Euro, die Wirtschaft, solche Sachen. Die Zeitungen sind ja voll davon, nicht wahr? Ich habe sogar versucht, ihm unter die Arme zu greifen, um die Dinge wieder ins Lot zu bringen.«

»Wie?«

»Er hatte Schulden bei der Bank. Und ich hatte ihm angeboten, ihm Geld zu leihen. Letztes Jahr sind meine Eltern gestorben und haben mir ihr Haus vererbt. Ein kleines Häuschen, nichts Besonderes. Aber eine sichere Sache. Ich habe ihm gesagt, er könnte es sanieren und versuchen, es zu verkaufen. Das hätte vielleicht nicht alle Schulden gedeckt, aber es war besser als nichts. Meinen Sie nicht?«

»Natürlich«, erwidert Giovanni und will noch etwas sagen. Doch sie kommt ihm zuvor.

»Doch am Ende hat es nichts gebracht. Er hat das Haus nie verkauft. Eines Tages ist er zu mir gekommen und hat mir gesagt, das mit dem Geld sei geregelt. Er hat mich sogar zum Abendessen eingeladen, um zu feiern. Bei Grassilli.«

»Und wann war das?«

»Ungefähr Anfang März. Ich glaube, ein Freund hat ihm geholfen.«

Sie schnaubt sich die Nase. Dann atmet sie tief durch, als wäre sie durchs Reden außer Atem gekommen.

»Er nannte ihn den Lamba«, sagt sie.

Und Giovanni muss hysterisch auflachen. Der Erste mit diesem Spitznamen, der ihm in den Sinn kommt, ist Fabio Lamberti. Und den kennt er gut. Jeder in seinem Metier weiß, dass er ein Halsabschneider ist. Einer von der schweren Sorte. Mit einem Haufen Geld, das er zu schwindelerregenden Zinsen verleiht. Und genug Rückendeckung, um sie auf die üble Tour einzutreiben, wenn die freundliche Tour nicht mehr zieht.

Aber das ist nicht alles. Vor rund zehn Jahren hatte er plötzlich eine Anklage wegen Vergewaltigung einer Sechzehnjährigen am Hals. Doch bis auf die Aussage des Mädchens gab es keine Beweise. Ehe Lamberti vor Gericht landen konnte, nahm sie alles zurück. Und ihre Eltern kauften sich eine größere Wohnung.

»Und haben Sie diesen Lamba jemals gesehen?«

»Nein. Nie. Ich weiß noch nicht mal, wie er richtig heißt. Ich weiß nur, dass er ihn so genannt hat. Den Lamba.«

Marra hat Schmacht nach einer Zigarette. Etwas Körperliches, das ihn einfach nicht in Ruhe lässt. Doch er muss hart bleiben. Es ist fast geschafft.

»Wissen Sie, ob er Sie jemals betrogen hat?«, fragt er. Und das schwache Leuchten, das Laura Campis Gesicht noch erhellen konnte, verlischt wie ein nasses Streichholz.

»Wenn Sie meinen, ob ich weiß, dass er mich betrog, dann ist meine Antwort nein. Wenn Sie aber wissen wollen, ob ich es vermute, dann sage ich: ja. Seit über einem Jahr, glaube ich. Gewisse Dinge spürt man einfach. Ich weiß nicht, ob Sie das nachvollziehen können, Commissario. Aber Aurelio gehörte zu den Männern, die einfach nicht treu sein können.«

Sie hat die Vergangenheit benutzt. *War.* Und beim letzten Satz und dem schroffen Ton kommt Giovanni der Verdacht, dass das Mädchen vielleicht gar nicht so unglücklich über Strazzaris Tod ist. Dass ihre Tränen und die zugeschnürte Kehle vielleicht eher ihr selbst als ihrem Kerl gelten.

»War er jemals gewalttätig?«

»Wollen Sie wissen, ob er mich geschlagen hat?«

»Zum Beispiel.«

Sie antwortet ohne zu zögern.

»Nein. So einer war er nicht. Er wurde nur ganz selten laut, und ich weiß, dass ich ihn nur einmal wütend erlebt habe, wegen irgendeiner geschäftlichen Sache. Er war nicht gewalttätig. Jedenfalls nicht bei mir. Bei den anderen Frauen weiß ich es nicht. Aber ich glaube nicht.«

»Haben Sie eine Ahnung, wer die anderen sein könnten?«

»Aurelios andere Frauen?«

Marra nickt.

»Nein, keine Ahnung. Und ich will es auch gar nicht wissen.«

Giovanni überlegt kurz, ob er ihr von den CDs erzählen soll. Ihr die anderen Fotos unter die Nase halten soll. Allesamt. Um zu sehen, wie sie reagiert. Und einen Moment lang ist er kurz davor, sie zu fragen, ob sie ihn jemals Kommentare zu sehr jungen Mädchen hat machen hören. Dann überlegt er es sich anders.

Laura Campi weiß nichts. Nur, dass ihre Gefangenschaft beendet ist und vor ihr eine neue liegen könnte.

Doch da ist noch eine Sache.

»Ich muss Sie um einen Gefallen bitten, Signorina. Sollten Sie ablehnen, bin ich gezwungen, mir einen Durchsuchungsbefehl zu besorgen.«

Laura Campi wird starr und umklammert die Armlehnen.

»Ich höre.«

»Ich möchte gern einen Blick in Ihr Haus werfen.«

»In das meiner Eltern?«

»Ganz genau.«

»Aber bitte. Es ist nur ein leeres Haus.«

Und Giovanni denkt, dass das, wonach er sucht, sich allzu oft in der Leere verbirgt. In einem Zimmer, in einer Menschenmenge, in einem Satz.

In unseren Gedanken.

Mirella bewegt sich sacht unter den Laken und steht auf. Die Nacht strömt in einem langen, bläulichen Lichtstrahl durchs weit geöffnete Fenster. Sie durchschneidet das Zimmer und zerschellt auf dem Ehebett, auf Micheles Beinen, der zu drei viertel auf der rechten Seite liegt.

Mirella lehnt sich an die Wand und sieht ihn an. Die beiden Schritte bis dahin legt sie so behutsam zurück, dass sie völlig lautlos bleiben. Würde sie das Parkett nicht unter den nackten Füßen spüren, könnte sie schwören, sie wäre in einem Traum und schwebte wenige Zentimeter über dem Fußboden, während sie ihren schlafenden Mann im gemeinsamen Bett betrachtet.

Es ist seltsam, ihn dort zu sehen. Dies ist die dritte Nacht, doch Mirella scheint erst jetzt zu begreifen. Kehrt ein Mensch aus dem Koma zurück, gleicht das jeden Tag dem Tod ein bisschen mehr. Erst wenn es vorbei ist, sieht man klar, erst, wenn man die Stufe hinaufgestiegen ist, die die Zeit einem gehauen hat, wenn der Abstand sich vergrößert und die Stille sich ausgedehnt hat.

Und erst jetzt, während sie die Arme vor der Brust verschränkt, um die Welt fernzuhalten, hat Mirella wirklich Angst. Jetzt, wo alles überstanden scheint, aber eigentlich – das weiß sie genau – erst richtig losgeht.

Irgendwo in der Ferne knattert ein Moped vorbei. Ein gedehntes Geräusch, das plötzlich aussetzt, wie ein Husten. Doch sie hört es nicht. Alles, woran sie denken kann, ist der Anblick von Micheles Passat nach dem Unfall. Und der Gedanke, der ihr den Atem durchschnitten hat, schnell und scharf wie ein Rasiermesser, ohne dass sie sich dagegen hätte wehren können.

»Von ihm kann einfach nichts übriggeblieben sein.«

Dann kam das Krankenhaus, das schummrige Zimmer, in das sie ihn nach dem dritten Eingriff gelegt hatten. Die farbigen Lichter auf den Monitoren und das beklommene Lächeln der Ärzte und Schwestern, denen sie jeden Tag begegnete und die ihr zu verstehen geben wollten, wie sehr sie mit ihr litten. Wie gut sie verstünden, was sie empfand.

In Wirklichkeit verstanden sie nichts, wie sollten sie auch. Sie wussten ja nichts. Sie würden es nie verstehen. Und selbst, wenn sie sich mitten auf den Flur der Intensivstation gestellt und ihnen das, was sie wirklich brauchte, in die zerknirschten Gesichter geschrien hätte, hätte sich daran nichts geändert.

Michele rührt sich im Schlaf. Vielleicht ist er genau so aus dem Koma erwacht. Er hat sich einfach sacht bewegt, auf die Seite gedreht und ist einem neuen Alptraum nachgejagt.

Ohne den Blick von ihm abzuwenden, schlüpft Mirella ins Bett zurück. Als er tastend den Fuß nach ihr ausstreckt, rückt sie weg, entfernt sich, umklammert das Kissen und kauert sich wie ein Fötus zusammen.

Sie hofft nur, dass der Schlaf sie fortträgt. Fort aus diesem Bett, fort von Michele, fort von allem.

Die Nacht ist mal wieder zu heiß. Sie drückt mich nieder wie eine schwere Decke. Groß und plump liegt sie auf meinen Schultern. Mit diesem Schweißfilm, der hartnäckig an mir klebt.

Ein bisschen wie meine Gedanken, die mich nicht in Ruhe lassen. Seit Giovanni weg ist, raunen sie mir ständig ins Ohr.

Ich sehe zu den Fotoapparaten hinüber, alte Puppen in einer Zimmerecke. Vielleicht bleibt mir eines Tages nichts anderes übrig, als sie aufzumachen und nachzusehen, was noch darin ist. Die Fotos von dem Tag, an dem Abdel gestorben ist.

Heute hätte ich es fast gemacht. Als die Angst für einen kurzen Moment verschwunden war, habe ich die Nikon genommen und sie angeschaltet. Doch eine Sekunde bevor die Fotos auf dem Display erschienen sind und ich sie hätte durchgehen können, habe ich davon abgelassen. Ich habe alles ausgeknipst und mit dem Leben weitergemacht, das ich seit meiner Rückkehr führe.

Jeden Morgen Zeitung kaufen und sie erst ab Seite vier lesen. Die Nachrichten erst zehn Minuten später einschalten, um die Kriegsmeldungen nicht sehen zu müssen. Versuchen, die Nummer von Abdels Mutter zu wählen und nie bis zur letzten Zahl kommen. So tun, als wären die wenigen übriggebliebenen Friedensfahnen, die noch von den Fensterbrettern hängen, nichts weiter als bunte Farbkleckse im sommerlichen Bologna. Vergessen, dass ich vielleicht etwas hätte tun können.

Ich erzähle Roberta von diesem Gefühl.

Seit einer halben Stunde hört sie mir am Telefon zu, in ein seltsames Schweigen gehüllt, das ich nicht zu deuten weiß.

»Ich kenne die Angst, Nicola«, sagt sie am Ende. Und ich weiß nicht, was ich antworten soll.

Ein merkwürdiges Telefonat. Bruchstücke von Erzählungen, denen andere folgen. Als bräuchten wir beide jemanden, der unsere Gefühle versteht. Und vor dem wir endlich das Ventil aufdrehen können, ohne fürchten zu müssen, uns zu verbrennen.

»Die Angst ist hässlich, Nicola.«

»Und wovor hast du Angst?«

Stille. Ein Krankenwagen fährt durch ihre Nacht. Ein Moped startet in meiner.

»Vor meiner Tochter. Ich habe Angst vor meiner Tochter.«

Jetzt bin ich derjenige, der nichts sagt. Ich hatte sie nicht als Mutter gesehen. Ich hatte die Möglichkeit noch nicht einmal in Betracht gezogen. Keine Ahnung, warum. Vielleicht, weil wir uns nicht vorstellen können, dass es im Leben eines Menschen, der uns fasziniert, jemanden geben könnte, der wichtiger ist als wir.

»Wie alt ist sie?«, frage ich und versuche mich zu erinnern, ob sie einen Ehering trägt. Als sie mir den Wein über die Hose gekippt hat, meine ich, keinen gesehen zu haben. Und auch, als ich ihr die Hand gedrückt habe, war keiner zu spüren gewesen.

»Dreizehn. Sie heißt Lisa.«

Ich höre sie atmen. Ein schönes Geräusch. Wie ein Streicheln.

»Und weshalb macht sie dir Angst?«

Zuerst sagt sie nichts.

»Meine Tochter ist schön, weißt du?« Ich stelle mir vor, wie sie auf einem Sofa liegt, in einem Wohnzimmer, das ich nie gesehen habe. Die offenen Fenster lassen den Sommer hinein. Im Zimmer herrscht eine überschaubare Unordnung. Während sie spricht, ist ihr Blick traurig und hoffnungsvoll zugleich. Ich spüre ihn tief in mir drin, eine warme Flüssigkeit, die mir durch die Poren dringt.

»Sie ist schön«, sagt sie noch einmal. »Sehr schön. Aber es scheint, als würde sie davon nichts mitbekommen. Sie lebt völlig abgekapselt in einer Welt, in die noch nicht einmal ich vordringe. Es ist alles so unerreichbar. So … schwierig.«

Sofort muss ich an ein autistisches Kind denken, das ich vor Jahren einmal gesehen habe. Es war, als hinge ein Leinenlaken zwischen seinen Augen und der Welt.

Ich sehe dieses Kind vor mir, während Roberta mir von Lisa erzählt, ohne mir etwas zu erklären. Lediglich winzige Empfindungsbruchstücke streichen wie ein vager Duft an ihren Worten entlang. Eine unglaubliche Zärtlichkeit, die sich mit niemandem teilen lässt.

Ich müsste ihr Fragen stellen. Sie unterbrechen und verhindern, dass ihre Stimme sich so tief in mich eingräbt. Dass ihr Schmerz und ihre Angst sich mit meiner vermischen und sich in meiner Welt einen Platz suchen. Vielleicht sollte ich eine Ausrede erfinden und das Gespräch beenden. Ihr sagen, dass das, was hier gerade vor sich geht, zu gefährlich ist, als dass ich es einfach annehmen oder abhauen könnte. Sie fragen, ob meine Worte, meine Ängste, auf ihrer Haut das gleiche Gefühl auslösen.

Doch ich traue mich nicht, sie zu unterbrechen. Ich will nicht. Nicht einmal, als ein zweites Gespräch anklopft und ich kurz das Telefon vom Ohr nehme, um nachzusehen, wer es ist.

Giulia.

Wie eine Erscheinung starre ich die sechs Buchstaben an, dann halte ich mir wieder den Hörer ans Ohr und kehre zu Roberta zurück.

Ich höre, wie das Klingeln aufhört. Ein Zug, der einen Moment lang angehalten hat, und in den ich dieses Mal nicht eingestiegen bin.

Mittwoch, 25. August 2004

Via di Casaglia ist ein schmaler Streifen Asphalt. Sie schlängelt sich die Hügel hinauf, und an manchen Stellen scheint es, als existierte die Welt ringsum nicht mehr. Als wäre die Stadt, die man soeben verlassen hat, für immer hinter der ersten Kurve verschwunden.

Giovanni Marra steigt aus dem Dienstwagen und betrachtet das Haus. Ein Einfamilienhaus aus rotem Backstein, leicht versteckt hinter einer Hecke. Davor ein schmiedeeisernes Gartentor. Und dahinter Bologna Ende August, das noch für ein paar Tage wie ausgestorben sein wird.

Er steckt die Hand in die Tasche und spürt die Schlüssel zwischen den Fingern.

Er spielt ein wenig damit und bleibt am Straßenrand neben dem Auto stehen. Er versucht sich klarzuwerden, was ihn da drin erwartet.

Es ist still. Etwas Riesiges, in dem sich die winzigen Gedanken verlieren. Unmöglich, sie alle wieder einzufangen.

Dann kommen das andere Auto und der Kleintransporter der Spurensicherung. Und der Bann ist gebrochen.

Im Haus von Laura Campis Eltern riecht es nach abgestandener Luft, nach Feuchtigkeit und Putzmittel. Nicht die geringste Spur eines Möbelstücks. Die Fenster sind verschlossen. Durch die Rollläden sickert ein kaum wahrnehmbarer Schimmer.

Giovanni Marra bleibt auf der Schwelle stehen. Er wartet, bis die Augen sich ans Zwielicht gewöhnt haben und das Haus nach und nach Gestalt annimmt. Dann geht er leise durch die leeren Zimmer.

Hinter ihm hustet jemand. Jemand anders geht zum Fenster und zieht den Rollladen hoch. Er bleibt in der Tür stehen und blickt in das große, lichtdurchflutete Zimmer. Da sind Spuren auf dem Parkett. Von den Möbeln, unter denen das Holz nicht nachgedunkelt ist.

Einen Moment lang fragt er sich, ob das alles ist, was an den Orten, die man bewohnt, von einem bleibt. Flecken auf dem

Fußboden. Nagellöcher an den kahlen Wänden. Schatten von Bildern und Rahmen, die nicht mehr hängen.

»Darf ich mal dort hineingehen, Commissario?«, fragt jemand hinter ihm, und Giovanni dreht sich um.

Es ist einer von Anselmis Männern. Alessandro, meint er sich zu erinnern. Und er sollte nicht hier sein. Keiner von der Spurensicherung sollte hier sein. Nur ein Gefallen, den Anselmi ihm nach dem Debakel mit den Fotos zu schulden meint. In Wirklichkeit ist dies keine Hausdurchsuchung.

Marra sagt nichts. Er sieht ihn nur einen Augenblick lang an und tritt in den Flur.

»Was ist das, was Sie da in der Hand haben?«, fragt er.

Alessandro hebt eine große weiße Stableuchte hoch. Er hält sie fest in der rechten Hand. In der linken hat er eine schwarze Ledertasche. Sie scheint sehr schwer zu sein.

»Eine Luminollampe. Ein ganz neues Modell, wir haben sie gerade erst bekommen. Die Strahlung ist noch stärker und effektiver. Jetzt, wo die ganze Welt *C.S.I.* guckt, glauben alle, dass wir uns damit sogar die Zähne putzen, dabei braucht man sie nur sehr selten und in ganz bestimmten Fällen.«

Giovanni nickt. Er hat Luminol erst einmal zum Einsatz kommen sehen. Ein seltsames bläuliches Licht, das einen Fleck, nicht größer als eine Zwei-Euro-Münze, auf den Boden gemalt hat. Auch das eine Erinnerung. Das Echo eines Blutflecks, den das menschliche Auge niemals entdeckt hätte.

Er biegt um die Ecke und sieht sich um. Der Flur, der zu den Schlafzimmern führt, ist klein und hoch. Das Licht kommt von einem Fenster ganz hinten. Ein bis zum Boden reichender Rollladen, zwei Fingerbreit geöffnet. Zwischen Giovanni und dem Fenster liegen vier Zimmer ohne Türen.

»Wo fangen wir an?«, fragt Alessandro, und Giovanni versucht sich vorzustellen, wie das Haus in bewohntem Zustand ausgesehen hat. Das Einzige, was er vor sich sieht, ist Laura

Campi, die barfuß den Flur hinuntergeht. Als hätte sie keine Eile, müsste nirgendwo hin.

»Hier lang«, sagt er. Er betritt das erste Zimmer.

Er hat gerade einen Schritt hinein gemacht, als er ein Geräusch hört. Er fährt herum und reißt die Hand vors Gesicht. Die Luminollampe liegt neben Alessandro am Boden. Beim Aufprall ist sie angegangen, und Marra weicht zurück, um nicht geblendet zu werden.

»Ich muss über etwas gestolpert sein«, sagt Alessandro und rappelt sich hoch. Er bückt sich und mustert den Boden zwischen seinen Füßen. Zwei Parkettstäbe fehlen. An ihrer Stelle ist eine Art rechteckiges Loch. Der Beamte tritt mit der Fußspitze danach.

»Drecksfußboden«, zischt er und stellt die Ledertasche in der Tür ab.

Giovanni sieht ihn an.

»Alles in Ordnung?«

»Ja, alles …«, aber er kann den Satz nicht zu Ende bringen.

Er hat aufgeschaut.

In seinem Gesicht eine Mischung aus Überraschung und Schrecken. Sein Blick ist nicht auf den Kommissar, sondern auf etwas hinter ihm gerichtet. Hinter seiner linken Schulter.

Giovanni Marra dreht sich um.

Dabei verdeckt er für einen Sekundenbruchteil den Strahl der Luminollampe, die noch immer am Boden liegt. Dann reißt etwas Eisiges an seinen Haaren und entlädt sich in einem allzu langen Schauder, der ihm durchs Rückenmark fährt.

Der Boden hinter ihm ist blau.

Der Fleck zerschneidet das Halbdunkel des Zimmers und öffnet sich wie ein monochromes Fraktal. Er sieht aus wie der Schirm einer gigantischen Qualle.

Die Wand ist bis in rund ein Meter Höhe von Flecken derselben Farbe übersät. Hier und da scheint das Blau bis auf den Boden zu rinnen. An anderen Stellen ist es knapp ein Meter über dem Boden jäh unterbrochen.

»In diesem Zimmer stand ein Bett«, sagt Alessandro.

Erst da wird Giovanni klar, dass der Medusenschirm auf dem Boden an einer Stelle dunkel ist, weil das Luminol keine Hämoglobinspuren gefunden hat.

Ein rechteckiger, fransiger Abdruck, der sich genau dort die Wand hinaufzieht, an dem die übrigen Flecken unerklärlicherweise aufzuhören scheinen.

»Ein Doppelbett«, denkt Giovanni. Einen kurzen Augenblick sieht er es sogar vor sich. Und der süßliche Geruch von Blut durchflutet seinen Atem.

»Sie ist hier gestorben«, sagt er.

Das erste, was Michele Ferrari beim Anblick seines Büros denkt, ist, dass er es kleiner und weniger hell in Erinnerung hatte. Doch es ist ganz anders. Die Glasfront, die steil zur Via Masini abfällt. Die weißen, sterilen Flure. Der geleckte Schreibtisch mit Mirellas Foto, das in besagten Ferien in Mexiko entstanden ist.

Das war das Erste, was er weggepackt hat. Und seine Sekretärin hat gelächelt, vielleicht, weil sie dachte, er wollte es mit nach Hause nehmen.

Sie heißt Gioia. An den Namen erinnert er sich. Und auch an das weiche, wohlgeformte S, das ihr Körper zwischen Busen und Hintern beschreibt. Sie ist braungebrannt, und wenn sie geht, zeichnen sich unter dem kurzen Rock die prallen, festen Schenkel ab. Er tut so, als wäre nichts, doch er sieht sie an. Und er weiß, dass sie es merkt.

Eine schöne Art, wieder mit der Arbeit in Berührung zu kommen. Heimlich nach der sonnenbraunen Gioia blinzeln, die gerade aus dem Urlaub zurückgekommen ist und ihm andauernd zulächelt. Ein seltsamer Blick. Als wolle sie ihn zur Seite nehmen und ihm etwas furchtbar Versautes sagen.

»Kaffee, wie üblich?«

Michele sieht sie an. Das Adjektiv *üblich* ist er gar nicht mehr gewohnt. Doch es klingt gut.

»Ja, danke.«

Gioia geht hinaus. Und zum ersten Mal seit seiner Rückkehr ist Michele allein. Er stützt die Ellenbogen auf und bewegt zögernd die Maus. Als Explorer aufgeht, tippt er die Webadresse, ohne auf die Tasten zu sehen.

Private Venus ist noch genau so, wie er sie verlassen hat. Niemand hat mehr etwas geschrieben. Und vielleicht passiert das auch nicht mehr. Der letzte Eintrag ist älter als zwei Monate. Während er durch die x-mal gelesenen Seiten blättert, fragt er sich, wie er es ihr am besten heimzahlen könnte. Wie er Mirella für all das büßen lassen könnte, was sie in seiner Abwesenheit getan hat. Und auch davor.

Ich wünschte, dies wäre meine zweite Chance.

Der Satz geht ihm einfach nicht aus dem Kopf. Hin und wieder muss er ihn sogar noch einmal lesen, ihn schwarz auf weiß auf dem Bildschirm sehen, um zu begreifen, dass er wahr ist. Es gibt ihn. Er ist keine Ausgeburt seiner Phantasie oder das Echo eines Traumes, der zusammen mit seinem Körper dem Koma entkommen ist.

Sie hat ihn wirklich geschrieben. Auch jetzt hat er ihn vor sich, und er hat den gleichen Effekt wie beim ersten Mal. Zwei eisige Finger bohren sich in seinen Brustkorb.

Er schließt die Seite und atmet tief durch.

Er blickt aus dem Fenster und sieht auf die Stadt hinunter, jenseits der klimatisierten Luft und der Glasscheibe, auf die Straße, die Dächer, aus denen die Türme aufragen wie Wegweiser nach Sonstwohin. Er blickt ins Leere und denkt, dass es vielleicht besser wäre, alles hinter sich zu lassen. Es hat keinen Sinn, mit Mirella zu streiten, es ist fast so, als stritte er mit seiner Vergangenheit. Seit Tagen hat er nicht mehr das Gefühl, gelebt zu haben.

Besser alles aufgeben und von vorn anfangen. Das Buch zuklappen und es ins Regal zurückstellen, bis es völlig verstaubt ist und man vergisst, es je gelesen zu haben.

Wer weiß, ob es mit den Gedanken genauso funktioniert. Ob man sie irgendwo begraben und so tun kann, als gäbe es sie gar nicht.

Er denkt gerade darüber nach, als sein Blick auf das Päckchen fällt. Es lag schon auf seinem Schreibtisch, als er hereingekommen ist. Gioia hat ihm bestimmt auch erklärt, was es ist und weshalb es nach seiner langen Abwesenheit noch immer nicht geöffnet wurde. Er nimmt es in die Hand und schüttelt es. Es macht kein Geräusch.

Ein zwanzig mal zwanzig Zentimeter großes Quadrat. Ein stinknormaler, gefütterter Umschlag. Der Poststempel ist von Januar. Es trägt keine Adresse, nur den Namen des Empfängers, mit der Hand geschrieben. Sein Herz bleibt kurz stehen, als er die Schrift wiedererkennt.

Als er den Umschlag aufreißt, kommt Gioia mit seinem Kaffee herein. Sie bleibt vor dem Schreibtisch stehen und starrt auf den gelben Papierschnipsel in Micheles Hand. Dann stellt sie den Plastikbecher ab.

»Es ist zwei Tage vor dem … na ja, vor dem, was passiert ist, bei mir zu Hause angekommen«, fängt sie an.

Michele hält inne und sieht sie an.

»Bei dir zu Hause?«

»Ja. Da war auch ein Brief dabei. Nur ein paar Zeilen. Darin stand, ich solle das Päckchen aufbewahren und abwarten, bis Sie mich bitten, es mit ins Büro zu bringen.«

Noch einmal mustert Michele seinen Namen auf dem Umschlag. Akkurate Druckschrift. Großbuchstaben. Er hat schon immer so geschrieben, schon in der Schule. Aber er kann sich nicht erinnern, ihr dieses Päckchen geschickt zu haben. Und ihm fällt beim besten Willen kein Grund dafür ein. Er überlegt kurz, dann reißt er mit einer energischen Bewegung den Umschlag auf. Nur eine CD ist darin, in einer durchsichtigen Plastikhülle. Die CD ist unbeschriftet.

Er schiebt sie ins Laufwerk.

»Ich gehe dann mal, sollten Sie etwas brauchen …«

Gioia. Einen Moment lang hatte er sie vergessen. Er sieht vom Bildschirm auf, lächelt. Versucht es zumindest. Sie macht ein wehmütiges Kleinmädchengesicht.

»Du hast mich geduzt, stimmt's?«, fragt er. Und es gibt keinen Grund für diese Frage. Nichts als ein weiteres Detail, das an die Oberfläche steigt. Zusammen mit dem Strahlen, das plötzlich Gioias Gesicht erhellt.

»Ja.«

»Dann bleib dabei.«

»Gern. Und du rufst mich, wenn du mich brauchst.«

Michele sieht ihr nach, bis sie aus der Tür verschwunden ist.

Dann sind alle seine Sinne auf die CD gerichtet. Auf den Namen, mit dem sie gebrannt ist. Und auf die einzige Datei darauf.

Jedes Mal, wenn ich nach Rom komme, denke ich das Gleiche: Ein allzu schöner Ort, an dem ich niemals bleiben wollte.

Genauso war es auch heute Morgen, als ich aus dem Pendolino gestiegen bin und ein Taxi zur Redaktion der Zeitschrift genommen habe, die mich in den Irak geschickt hat. Ich bin ohne Vorankündigung hingefahren, um mein Honorar abzuholen und eine Kopie der Fotos dazulassen, die ich dort unten gemacht habe.

Hunderte hoch aufgelöster Dateien, die ich gebrannt habe, ohne sie auch nur anzusehen. Und am Ende sind es nur zwei Plastikhüllen mit DVDs. Die Gefühle, die Angst, Leben und Tod, zusammengeschrumpft zu einem winzigen Gegenstand.

Die ganze Fahrt über habe ich sie zwischen den Fingern gedreht. Wie einer dieser abergläubischen Ticks, die ich beim Tennisspielen hatte. Eine sinnlose, alberne Ausrede, mit der man sich vor sich selbst rechtfertigen will. Auch die Fotos und das Honorar sind eine Ausrede. Ich hätte sie per Kurier schicken und auf die übliche Überweisung warten können.

Das eigentliche Ziel dieser Reise ist ein anderes. Ich nähere mich ihm, als ich zu Fuß die Via Veneto hinaufgehe und mich durch eine Traube kreischender Mädchen drängle, die vor dem Excelsior warten. Eine riesige schwarze Limousine mit dem Schriftzug einer großen amerikanischen Produktionsfirma erinnert mich daran, dass sie gerade die Fortsetzung von *Ocean's Eleven* drehen. Ohne es zu merken, lege ich einen Schritt zu.

Das Rom, an das ich mich erinnere, hat mit diesem hier nichts zu tun. Es hat die klaren, ein wenig melancholischen Farben des Campo de' Fiori, und nichts von Flitter und Pailletten. Und auch nicht den fürchterlichen Abgasgestank, der mir die Kehle zuschnürt, als ich an der Porta Pinciana stehenbleibe und hinter mir der Verkehr den Muro Torto entlangdröhnt.

Da ist das Hotel. Ein seltsamer graublauer Bau, der sich wie ein Wachturm aus dem Asphalt reckt. Ich überquere die Straße und bleibe davor stehen. Ich stecke die Hände in die Taschen und berühre das Foto von Sara Parmeggiani, das ich aus der *Repubblica* ausgeschnitten habe. Sie lehnt an einem Baum und lächelt, in irgendeinem Park, der überall sein könnte. Auch hier, nur einen Steinwurf entfernt, bei der Villa Borghese.

Ich erwarte nicht, dass sie mir verraten, mit wem sie hier war. Nur, dass sie sie gesehen haben. Ich versuche, die letzten Tage eines Lebens zu rekonstruieren, indem ich dessen Spuren im Sand zurückverfolge.

»Wenn wir diese Sache lösen wollen, müssen wir herausbekommen, mit wem es Sara Parmeggiani getrieben hat. Und wie gesagt, du bist der einzige, dem ich trauen kann.«

Das war das letzte, was Giovanni mir im Weggehen gesagt

hat. Und ich glaube, das hat mich überzeugt. Die klare, fraglose Einsamkeit dieses Satzes.

Ich stecke das Foto in die Tasche zurück, atme tief durch und gehe hinein.

Die Eingangshalle des Hotel Weiss ist eine klimatisierte Marmorkathedrale. Während ich mich auf den Empfangstresen zubewege, mustert der Concierge scheinbar teilnahmslos meine Jeans, mein Polohemd, die Marke meiner Schuhe, mein müdes, frisch rasiertes Gesicht. Als ich vor ihm stehe, knipst er ein freundliches, entgegenkommendes Lächeln an und begrüßt mich.

»Ich suche eine Freundin.«

»Wie ist der Name?«

Er hat die typische Hotelportiersstimme. Sie soll weich und angenehm klingen, aber trotzdem hat man das Gefühl, sich auf frisch gebohnertem Parkett zu bewegen.

»Sara Parmeggiani«, sage ich und mustere ihn durch meine dunklen Gläser. Er verzieht nicht die leiseste Miene. Sofort sieht er im Computer nach.

Es dauert nicht lang.

»Es tut mir leid, mein Herr. Bei uns wohnt kein Gast dieses Namens.«

Ich mache ein erstauntes Gesicht, was mir nicht recht gelingt und völlig unnötig ist.

»Sind Sie sicher? Vielleicht ist sie früher abgereist ... Ich habe vor ein paar Tagen mit ihr gesprochen, da sagte sie mir, sie wohne hier. Tja, also ...«

»Wie gesagt, es tut mir leid, mein Herr. Aber eine Sara Parmeggiani gibt es hier nicht.«

Ich hole das Foto heraus.

»Vielleicht erinnern Sie sich nicht an den Namen«, fange ich an. Und ich habe das Gefühl, das meine Stimme plötzlich zu hart klingt. »Doch an so eine Frau werden Sie sich bestimmt erinnern.«

Ich drehe das Foto um. Sein Blick fällt auf Saras Lächeln, und seine Augenbrauen scheinen seltsam zu zucken. Nur ganz kurz, aber das reicht mir.

»Nein, bedaure, mein Herr. Ich habe Ihre Freundin nie gesehen.«

Er legt eine besondere Betonung in das Wort *Freundin* und sieht mich dabei mit einem widerlichen, kumpelhaft verschwörerischen Lächeln an.

Ich weiß, dass er sie kennt. Vielleicht weiß er nicht, wie sie heißt, aber er hat sie gesehen. Wie gern würde ich ihm jetzt eines von den Fotos zeigen. Nicht auf dem iPod, sondern als richtigen Abzug, um ihm dieses dämliche, überhebliche Grinsen auszutreiben.

Ich bin kurz davor, ihm zu sagen, dass ich mich nicht gern verarschen lasse und lediglich wissen will, wann er Sara das letzte Mal gesehen hat und ob sie oft hier war.

Doch ich komme nicht dazu. Sein eisiger, knallharter Blick, der in eine Ecke der Halle schnellt, lässt meinen Zorn verpuffen.

Dort ist ein Gepäckträger. Ein junger, dunkelhaariger Kerl. Er wuchtet zwei riesige Koffer auf einen Trolley, die so groß sind wie meine Küche. Er stemmt die Hände dagegen, damit sie nicht herunterkippen.

Und er sieht mich an, ohne dass ich sagen könnte, ob aus seinen Augen Angst oder ein verzweifelter Hilfeschrei spricht. Als er den Blick des Concierge bemerkt, macht er sich wieder an die Arbeit.

»Es tut mir leid, nichts für Sie tun zu können«, höre ich den sagen, während ich noch zu dem Jungen hinübersehe.

Er schiebt das Foto über den Tresen. Wie einen Hundert-Euro-Schein, den man heimlich jemandem beim Händedruck zusteckt. Ich stopfe es in die Tasche und gehe ohne zu grüßen davon.

Auf meinem Weg durch die Halle spüre ich den Blick des Kofferträgers im Nacken.

»Hier ist es passiert«, sagt Giovanni Marra. Staatsanwalt Antonio Terzi nickt leise, wie ein schwungloses Pendel.

Um sie herum ist überall Blut.

Das Luminol verwandelt es in seltsame, allzu blau leuchtende Flecken.

»Kommen Sie.«

Giovanni macht noch einen Schritt in das Zimmer hinein. Die Fachleute sind soeben mit ihrer Untersuchung fertig. Nachdem Alessandro die Lampe zu Boden hat fallen lassen, ist die Sache offiziell geworden, und das ganze Haus ist voller Menschen wie ein Hotel im Hochsommer.

Um die Spuren zu fixieren, haben sie ein Spray benutzt, und jetzt geben Wände und Boden wieder, was bis vor wenigen Stunden unsichtbar war.

»Hier stand ein Bett drin, Commissario.«

»Der Größe der Spuren nach zu urteilen ein Doppelbett. Auf dem Parkett sind Umrisse. Sie sind zurückgeblieben, als sie es fortgeschafft haben.«

Terzi nickt abermals. Wie schon im Park fällt das Sprechen hier sehr schwer. Er seufzt. Und schleudert nur einen wütenden Satz hinaus.

»Sagen Sie mir, was Sie denken.«

Giovanni holt tief Luft. Er denkt so einiges und würde es am liebsten alles loswerden. Hübsch der Reihe nach und haarklein. Doch er ist sich nicht sicher, ob das wirklich eine gute Idee ist. Denn vieles davon sind nur Splitter von Gedanken, die er nicht begründen kann. Und doch spürt er, dass sie wahr sind. Allesamt.

Er unterdrückt die verzweifelte Gier nach einer Zigarette und versucht, ganz vorne anzufangen.

»Das ist nur ein Teil der Geschichte«, sagt er. Sein Blick wandert über die fransigen blauen Spuren, wie der tastende Schritt eines Bergsteigers auf einem schmalen Grat. »Ich würde sie Ihnen gerne ganz erzählen, aber ich kenne sie nicht.« Er macht eine Pause. Sein Herz rast wie Techno. »Zumindest noch nicht.«

Er räuspert sich.

»Nachdem sie das Mädchen in Venedig entführt haben, haben sie es hierher gebracht. Womöglich sofort. Keine Nachbarn, ein einziger Eingang, vor dem man mit dem Wagen halten kann. Ein perfekter Ort. Dann ist es passiert. Sie haben sie vergewaltigt. Und sie haben versucht, die Sache zu Ende zu bringen. Doch sie haben es nicht geschafft.«

Giovanni wendet sich um. Eine feine blaue Linie führt aus dem Zimmer in den Flur, wie ein Baumwollfaden, den jemand am Eingang zu einem Labyrinth gelassen hat. Er mustert sie einen Moment von der Türschwelle aus, dann folgt er ihr und biegt nach links ins Badezimmer.

»Hier haben sie den Rest erledigt«, sagt er. Und er spürt, dass seine Kehle schmerzt. Ganz plötzlich und ohne Grund. Er verschränkt die Arme vor der Brust und schluckt mühsam.

Terzi betritt den Raum und bleibt sofort stehen. Ein Schritt genügt. Hier sehen die Spuren ganz anders aus. Wenige blaue Flecken sprenkeln die Badewanne. Einige rinnen den Rand hinab und verjüngen sich wie Stalaktiten. Den Boden berühren sie nicht. Sie enden nur wenige Zentimeter darüber. Die Kacheln sind sauber und dunkel.

Während er sie ansieht, wird Giovanni wieder das Atmen schwer, wie beim ersten Mal, als er den Raum gleich nach den Männern von der Spurensicherung betreten hat. All das ist entsetzlich faul. Als würde man eines Morgens das Fenster aufmachen und feststellen, dass die Sonne nicht aufgegangen ist.

»Sagen Sie mir, was passiert ist, Commissario.«

Giovanni Marra folgt einem der feinen blauen Rinnsale auf

dem Badewannenrand. Und er sieht ihn rot, warm und dickflüssig hinabtropfen. Blut, das das Emaille hinabkriecht. Ganz langsam, ohne Hast. Er hört es prasseln, wie Regen, den die Bäume nach einem Gewitter abschütteln. Dann hebt er den Blick und sieht Terzi an.

»Na schön, Dottore«, sagt er. »Gehen wir hinaus, und ich erzähle Ihnen alles.«

Auf das Fensterbrett seines Büros gelehnt, sieht der Graue auf den Platz hinaus.

Früher war das einmal ein Stadion. Eine langgestreckte, über zweihundertfünfzig Meter lange Arena, in der Kaiser Domitian Spiele zu Ehren Jupiters abhielt. Jedes Mal, wenn er ihn so daliegen sieht, halb in Sonnenlicht getaucht, muss er daran denken, wie es wohl ausgesehen hat, als diese riesige Fläche, statt mit Licht, mit Wasser bedeckt war. Die Schiffe, die gegeneinander kämpfen, und die Menge, die ungefähr aus der gleichen Höhe, auf der er jetzt steht, das Spektakel verfolgt.

Er hat sich sogar die alten Fundamente angesehen. Verborgen in den Kellern von Sant'Agnese in Agone. Und als er wieder aus der Kirche herausgekommen ist, erschien ihm Piazza Navona plötzlich erdrückend groß. Ein bisschen wie jetzt, da die Sonne direkt unter ihm auf dem Wasser der Fontana dei Fiumi tanzt.

Ein junges Mädchen lässt sich vor der Figur des Nil mit dem verhüllten Gesicht fotografieren.

Manchmal würde er am liebsten alles hinschmeißen und einfach nur hier an diesem Fenster stehen und nachdenken. Sich die antiken römischen Spiele vorstellen, in all ihrer manichäischen Grausamkeit, die keine Halbheiten zulässt.

Doch es geht nicht. Denn er muss dafür sorgen, dass die Halbheiten sich gegenseitig die Waage halten. Dass das Gerüst steht und man von außen nicht merkt, wie dünn und zerbrechlich es ist. Und dass niemand jemals und unter keinen Umständen merkt, was im fauligen Sumpf dahinter passiert.

Er wendet sich ab und sieht auf die Uhr. Es ist ihm völlig gleich, ob die Uhrzeit stimmt. Das Handy mit der sicheren Verbindung liegt auf dem Schreibtisch. Er muss nur eine Taste drücken. Nach zweimal Klingeln hebt jemand ab.

»Ich hoffe, Sie haben Neuigkeiten für mich.«

Die Stimme am anderen Ende ist vollkommen tonlos. Sie könnte sich überall auf der Welt unter die Menge mischen, und man würde sie nicht erkennen.

»Erachten Sie jede von Ihnen für notwendig befundene Aktion als genehmigt«, sagt er und stellt sich vor, wie sein Gesprächspartner lächelt. Dann drückt er eine Taste, und das Telefonat ist beendet.

Er dreht sich zum Fenster. Das Mädchen ist noch immer da. Sie taucht eine Hand ins Wasser und fährt sich damit übers Gesicht. Der Junge, der sie fotografiert, lacht. Und der Graue lächelt mit ihnen.

Wieder klappt er das Handy auf. Da ist noch jemand, den er anrufen müsste. Einer, von dem er sich Antworten erhofft.

Doch zuerst lehnt er sich mit dem Rücken gegen die Wand und hört seiner kleinen Enkeltochter zu, die ihm von dem blauen Badeanzug erzählt, den die Mama ihr gerade gekauft hat.

Er sieht sie auf der Terrasse stehen. Das Meer füllt den Horizont, die blauen Augen funkeln wie das sonnenglitzernde Wasser. Die Augen seiner Frau hatten dasselbe Leuchten. Bis zum Schluss. Von derselben Farbe ist die Einsamkeit seines Herzens.

Er sieht auf den Platz hinaus. Jetzt ist die Fontana dei Fiumi menschenleer.

Für einen Moment ist der Graue wieder ein Mann wie jeder andere. Dass, was er sein ganzes Leben zu sein vorgegeben hat. Obwohl er es nie gewesen ist.

»Ich kannte sie.«

Der Kofferträger ist sehr viel jünger, als er mir in seiner Hoteluniform erschienen ist. Aus der Nähe – Auge in Auge auf einer Parkbank der Villa Borghese – sieht er aus wie die Jungs, die man samstagabends in der Disko trifft.

Ich habe gewartet, bis er Feierabend hatte, und bin ihm gefolgt. Ich hatte Glück, er ist fast sofort rausgekommen. Als ich ihn anhielt, schien er fast weglaufen zu wollen.

Er wirkt total verängstigt. Ständig blickt er sich um und wiederholt den Satz wie ein Gebet.

»Ganz ruhig, ich will dir weder was tun noch dich in Schwierigkeiten bringen.«

Auch ich sage immer wieder das Gleiche. Aber es scheint nichts zu nützen.

»Ich bin kein Bulle«, habe ich ihm als allererstes erklärt. »Nur ein Freund von Sara, der wissen will, was mit ihr passiert ist.«

Er hat mich angesehen und ist auf die Bank gesunken, genauso, wie er jetzt dasitzt, mit dem gleichen versteinerten Gesichtsausdruck.

Ich kenne ihn. Ich habe ihn tausendmal im Irak gesehen. In den Gesichtern der Soldaten. Angst, auf eine Einbahnstraße geraten zu sein, auf der es kein Zurück mehr gibt.

»Sie kam hin und wieder ins Hotel«, sagt er und hört endlich auf, sich auf die Turnschuhe zu starren. »Aber ich hab nicht gewusst, wie sie heißt, bis ich sie im Fernsehen gesehen habe … Du weißt schon, an dem Abend, als …«

»Ich weiß.«

»Na ja. Ich habe sie sofort wiedererkannt. Sie war … na, an so eine erinnert man sich halt.«

»Und mit wem kam sie?«

Der Junge holt tief Luft. Er späht verängstigt zu einer Hecke jenseits des Weges hinüber. Dann dreht er sich um, sieht mir in die Augen und antwortet knapp und hastig.

»Ich weiß es nicht.«

»Wie, du weißt es nicht?«

»Ich weiß es nicht und basta. Ist halt irgendwie ’ne komische Geschichte. Aber *so* komisch auch wieder nicht, für einen Laden wie den. Verstehst du?«

»Nein. Wieso erklärst du’s mir nicht?«

Er glotzt mich an und scheint wirklich nicht zu begreifen, dass ich nicht kapiere, was er mir sagen will. Er überlegt kurz und sucht nach den richtigen Worten für eine komplizierte Sache.

Dann startet er mit einer Gegenfrage. Die Worte kommen zögernd, als würde ihm erst jetzt klar, dass er ein entscheidendes Detail für selbstverständlich vorausgesetzt hat.

»Du weißt schon, was für einen Job deine Freundin hatte, oder?«

Ich lächle. Seine Verlegenheit rührt mich.

»Ja, keine Sorge. Das weiß ich.«

Jetzt lächelt er ebenfalls. Um die Spannung zu lösen, doch es wirkt nicht.

»Frauen wie sie, die so schön sind und diesen Job machen, kommen ständig ins Hotel. Normalerweise kommen sie mit ihrem Kunden und fahren mitten in der Nacht allein mit dem Taxi wieder weg. Aber dann gibt es noch solche wie Sara.«

Sara. Bei ihm klingt das seltsam.

»Und wie sind die?«

»Sie kommen allein und gehen allein. So ein Luxushotel weiß, wo es eine Frau herkriegt, wenn ein Gast danach fragt. Vor allem, wenn es ein ganz besonderer Gast ist. Und das Weiss hat solche Gäste.«

»Wie meinst du das?«

Er räuspert sich und beugt sich zu mir. Plötzlich erscheint er sehr viel gelöster. Als hätte er beschlossen, dass er mir trauen kann. Ein bisschen so, wie es mit Sara im Zug passiert ist.

»Besonders in vielerlei Hinsicht«, erklärt er. »Doch am Ende läuft es nur auf eines hinaus. Auf einen Haufen Geld und möglichst wenig Publicity.«

»Und?«

Er senkt die Stimme.

»Normalerweise weiß ich noch nicht mal, wer sie sind. Sie kommen durch den Hintereingang, ohne am Concierge vorbeizumüssen, und gehen direkt auf ihr Zimmer. Man weiß, dass sie da sind, weil am Eingang einer von diesen Kleiderschränken in Schlips und Kragen steht und grimmig auf alles schaut, was sich bewegt. Dann verschwindet er plötzlich, und man weiß, sie sind wieder weg. Wenn man nicht gerade mit ihrem Gepäck unterwegs ist oder zufällig den Flur entlangläuft, wenn sie aus dem Zimmer kommen, erfährt man gar nicht erst, wer sie sind oder wie sie aussehen.«

»Und du glaubst, Sara traf sich mit einem von denen?«

»Keine Ahnung. Ich weiß nur, dass sie jedes Mal, wenn ich sie gesehen habe, allein gekommen ist. Und jedes Mal ist sie auch allein wieder gefahren.«

Ich denke nach. Über das, was er mir gesagt hat, über Sara und diese Fotos. Und alles ergibt auf einmal einen Sinn, doch deshalb hat der Typ auf den Fotos noch immer kein Gesicht.

»Ich brauche dich wohl nicht zu fragen, ob du etwas über die Männer weißt, mit denen sie sich traf.«

»Ich kann dir nur sagen, dass sie in letzter Zeit ziemlich häufig kam. Ein paar Mal die Woche. Normalerweise dienstags und freitags.«

»Und woher weißt du das so genau?«

»Weil ich an den Tagen Schicht habe. Und Mittwoch natürlich. Es ist nur ein Nebenjob, um mir die Uni zu finanzieren.«

»Das heißt, in letzter Zeit hast du sie jedes Mal gesehen, wenn du Schicht hattest.«

»Ja, mehr oder weniger. Seit ein paar Monaten.«

»Und du hast nie mit ihr geredet? Du hast nie versucht, sie anzusprechen?«

»Nein.« Er senkt den Blick. »Was könnte ich denn so einer schon erzählen?«

Ich tue so, als hätte ich ihn nicht gehört.

»Bist du ihr jemals gefolgt?«

Er reißt den Kopf hoch.

»Gefolgt? Warum hätte ich ihr folgen sollen?«

Er wirkt nicht überzeugt. Er hat die Vokale des letzten Wortes in die Länge gezogen, als müsse er nachdenken. Also warte ich.

»Ich glaube, am Schluss ist sie immer wegen demselben Typen gekommen«, sagt er.

»Wie kommst du darauf?« Ungeduldig spucke ich die Silben aus.

»Weil es immer zur gleichen Uhrzeit war. Als wäre es ein fester Termin. Und einmal hat jemand sie abgepasst, als sie das Hotel verließ.«

»Hast du ihn gesehen?«

Er sieht weg und starrt sich wieder auf die Schuhspitzen.

»Er hat auf der anderen Straßenseite auf sie gewartet. Sie ist rübergegangen, und sie haben ein bisschen geredet. Dann hat er sie zum Auto gebracht. Er hat kehrtgemacht und den Kofferraum geöffnet. Und er hat mich angesehen. Ich hab Angst gekriegt.«

Er spricht fast im Flüsterton. Als wäre der Typ irgendwo in der Nähe und würde ihn belauschen.

»Er hatte kurzes Haar und eiskalte Augen. Wie tot waren die. Nur wenn er sie angesehen hat, hat er gelächelt. Es war nur kurz, aber … es war zu lang.«

Er atmet heftig, als müsste er nach Luft schnappen.

»Und dann war er heute morgen da.«

»Heute morgen?«

Die Frage huscht mir über die Lippen, zusammen mit einem Schauder. Er sieht auf und rückt näher. Seine Stimme ist nur ein Wispern.

»Heute morgen«, sagt er. »Bevor du gekommen bist. Er war da, auf der anderen Straßenseite.«

Die Sonne ist entschieden zu heiß.

Giovanni Marra wischt sich mit dem Handrücken über die Stirn und sieht über den Gartenzaun des Hauses auf die Stadt hinab, die reglos unter einer grauen Glocke aus Smog und Schwüle daliegt.

»Sie wissen schon, dass in diesem Haus sonst wer gestorben sein könnte, nicht wahr, Commissario?«

Er zündet sich eine Zigarette an und sieht Terzi in die Augen. Doch nur den ersten Zug lang.

»Es ist nun mal Ihr Job, zu zweifeln, obwohl es keine Zweifel geben sollte. Mein Job ist es, eine Fährte zu finden, wo keine zu sein scheint. Und die DNA wird mir Recht geben. Sofern das Luminol nicht alles vernichtet hat.«

Ein weiterer Zug an der Zigarette. Diesmal länger, wie der letzte Regenguss eines Gewitters.

»Woran denken Sie, Marra?«

»An das, was ich Ihnen erzählen muss.«

»Wieso sagen Sie es mir nicht einfach, statt darüber nachzudenken? Das ist einfacher.«

Giovanni dreht sich um. Er sieht ihn an.

»Für Sie vielleicht.«

Er nimmt noch einen Zug. Dann fängt er an.

»Ich glaube, Strazzari ist da in etwas hineingeraten, das ein paar Nummern zu groß für ihn war. Er hat einen Sack voller Schulden bei den Banken und begleicht sie mit Hilfe eines Freundes, diesem Lamba, der höchstwahrscheinlich Fabio Lamberti ist. Doch dann soll er ihm das Geld wiedergeben. Wir wissen noch nicht, wie viel, aber die Kontoauszüge werden uns da weiterhelfen. Wie dem auch sei, ein Mensch wie Lamberti macht sich nicht wegen Kleingeld strubbelig. Und wenn es darum geht, sich zurückzuholen, was ihm gehört, ist er allemal überzeugend.«

»Glauben Sie, Lamberti steckt hinter dieser Geschichte?«

»Ich hatte es erwogen, Dottore. Unsinnigerweise. Ein Blick in dieses Bad genügt, um das zu erkennen.«

»Zu ordentlich.«

»Auch, aber nicht nur.« Er zieht ein letztes Mal an der Zigarette und schnippt sie über das schmiedeeiserne Törchen auf die Straße. Er seufzt. »Lamberti ist ein Halsabschneider. Vielleicht einer der schlimmsten. Aber er ist kein Mörder. Das hier trägt eine andere Handschrift. Das Mädchen stirbt im Schlafzimmer. Ich habe keine Ahnung, ob sie sie absichtlich umgebracht haben oder ob es ein Unfall war. Auch wenn mein Instinkt mir sagt, dass sie das nicht geplant hatten. Wie auch immer, Paola Vigliani stirbt in diesem Zimmer. Und an dem Punkt muss man die Leiche verschwinden lassen. Doch das ist gar nicht so einfach wie gedacht. Vielleicht hat das ganze Blut ihnen einen Schrecken eingejagt. Vielleicht haben sie jemanden um Hilfe gebeten.«

»Den Mann aus dem Badezimmer.«

»Ganz genau. Dieser Typ kommt also an und sieht überall Blut und eine Leiche, die verschwinden muss. Womöglich wäre es das Beste, das Haus einfach niederzubrennen. Aber das geht nicht. Zu viel Aufmerksamkeit, zu viel Lärm. Zu wahrscheinlich, dass man danach doch noch was findet.

Die Leiche muss verschwinden, ohne dass jemand etwas merkt. Er deckt den Badezimmerfußboden ab, die Wanne, das Becken, die Kacheln. Alles. Vielleicht mit Nylonplanen. Und dann bringt er die Sache zu Ende. Er weiß, wie das geht. Er hat es schon oft gemacht. Und während die anderen überall Spuren hinterlassen, bleiben bei ihm nur ein paar winzige Flecken zurück. Dann säubert er das Haus. Auch darin ist er Profi. Mit bloßem Auge darf man nichts sehen. Ich glaube, so ist es gelaufen, Dottore.«

Terzi sagt nichts. Er sieht ihn nur für einen kurzen, ewig erscheinenden Augenblick an. Dann blinzelt er zweimal, als würde er aus einem bösen Traum erwachen.

»Schon möglich, Commissario. Nur dass diese Geschichte nichts als Fragen aufwirft.«

»O ja. Zweifellos. Wer ist dieser Kerl, der kommt und aufräumt? Und vor allem, weshalb tut er es? Ist es ein Freund von Strazzari? Und wie ist Strazzari in diesen Schlamassel hineingeraten?«

»Mir scheint, als hätten Sie eine Antwort, Commissario.«

Marra bewegt sich bedächtig. Ein Schritt auf den Staatsanwalt zu. Eine kurze Distanz, die ihn dessen Aftershave riechen lässt.

»Ich glaube, Aurelio hat jemandem sein Haus gegen Geld zur Verfügung gestellt. Gegen viel Geld. So viel, wie er braucht, um seine Schulden bei Fabio Lamberti abzuzahlen. Ich glaube, der Mann, der Paola Vigliani zerstückelt hat, ist derselbe, der Aurelio Strazzari umgebracht hat. Vielleicht befürchtete er, der Fund der Leiche könnte Strazzari zum singen bringen. Und ich glaube auch, dass unser Mann aus dem Bad einer von denen ist, die am Karnevalsabend in Venedig waren. Gewisse Dinge überlässt man nicht dem Zufall, Dottore.«

»Und die Fotos, die bei Strazzari gefunden wurden?«

Jetzt flüstert Giovanni. Plötzlich fällt ihm alles erschreckend schwer. Selbst das atmen.

»Nun, bei dieser ganzen Geschichte gibt es eine Sache, die ich nicht weiß und die zu erfahren mir Angst macht.« Er holt Luft. »Wie ist Paola Vigliani gestorben. Und wer und wie viele haben sie vergewaltigt.«

Roberta legt das Telefon aus der Hand und öffnet den Kühlschrank. Sie holt eine Tafel Lindt-Bitterschokolade heraus und steckt sich ein Stück in den Mund. Und obwohl sie ganz verrückt danach ist, reicht es diesmal nicht aus.

Es gibt Dinge, die sind stärker als alles. Erlebnisse und Stimmen, von denen man hofft, dass sie einen niemals einholen werden. Die man schweigend und mühselig begraben hat. Und wenn sie dann wieder an die Oberfläche kommen, tun sie umso mehr weh.

»Das Leben ist zum Kotzen«, flüstert sie.

Sie nimmt sich noch ein Stück Schokolade. Dann leckt sie sich die Finger ab, wie früher als Kind, einen nach dem anderen, und sieht sich in der Glastür des Küchenschranks dabei zu. Ein zufriedener, verschmitzter Blick, über den sie sich gar nicht bewusst ist und den sie überrascht in ihrem Spiegelbild entdeckt.

Er verblüfft sie jedes Mal. So sieht sie sich gar nicht. So fühlt sich ihr Ich gar nicht an. Noch nie hat sie etwas Weibliches in ihrer harten Stimme gehört, in den Schimpfwörtern, die ihr ständig rausrutschen, wenn sie wütend ist oder sich einfach wohl fühlt mit jemandem. In ihrer hastigen Art zu gehen, als liefe sie dauernd vor etwas weg. Vielleicht genau vor dieser Seite an sich, die sie zu verstecken sucht.

Trotz allem gefällt ihr diese Seite. Und sie fehlt ihr. Die Frau, die sie seit Februar verbannt hat, um nur noch Mutter zu sein. Und die Nicola auf wundersame Weise wieder hervorlocken kann.

Darüber hat sie nachgedacht, als das Telefon klingelte. Bevor sie drangegangen ist, hat sie kurz geglaubt, er sei es. Hin und wieder erreichen Wünsche nun einmal ihr Ziel.

Doch sie hat sich geirrt. Und plötzlich war alles von einem seltsamen grauen Schleier überzogen, die Gegenwart, der Blick, die Gesten. Und alles schmeckte nach Angst.

Sie steckt sich das letzte Stück Schokolade in den Mund und geht ins Wohnzimmer. Lisa liegt auf dem Sofa. Harry Potter neigt sich dem Ende zu, und sie scheint die Seiten zu verschlingen, wie man es eben mit schönen Dingen macht, ehe man merkt, dass ihr Zauber unwiederbringlich ist.

Roberta geht zu ihr und sieht sie an. Sie hat ihr ein in Stanniolpapier gewickeltes Stück Schokolade aufgehoben und hält es ihr hin. Lisa lässt den Blick von der Schokolade zu ihrer Mutter wandern. Derselbe seltsame Ausdruck, den sie immer hat und den Roberta weder zu deuten noch zu ändern weiß. Sie nimmt die Schokolade und verkrümelt sich wieder hinter ihr Buch.

Roberta bleibt im Wohnzimmer stehen. Das Licht, das ins Zimmer fällt, wärmt ihr das Gesicht. Eine gute Wärme, etwas Echtes, das ganz einfach nur ihr gehört, ohne Hintergedanken.

Nicht wie der Anruf von eben.

Giovanni Marra fährt schweigend, ohne Musik. Da sind nur der Polizeifunk und seine Gedanken, die auf unbekanntes Gefilde zusteuern. Auf Orte, die mit denen, die er gleich aufsuchen wird, nichts gemein haben.

Fabio Lambertis Wohnung ist nur eine Durchgangsstation, eine Raststätte, an der man zu Beginn einer langen, mühseligen Reise zum tanken anhält. Ein Ort, an dem man sich abholt, was man braucht, und dann wieder verschwindet.

Als er an den Mann im Haus denkt, sieht er nicht Fabio Lamberti vor sich. Der Mann, der das Blut von diesen Wänden gewischt hat, ist kein Zahlenmensch, er hat keine dicken Metzgerhände wie der Lamba. Und auch nicht die Rotznäsigkeit eines Menschen, der weiß, dass niemand ihm etwas kann.

Der Mann, der das Blut von den Wänden gewischt hat, hat kein Gesicht. Er ist flink und lautlos. Er blickt einen mit einem ehrlichen Lächeln an und überlegt dabei, wie er einen am besten umbringen kann. Und man kann nichts dagegen unternehmen.

Als er den Wagen im Vicolo del Falcone direkt hinter dem Hotel San Mamolo parkt, springen zwei Streifenbeamte unter den schattigen Arkaden hervor und kommen ihm entgegen. Ein dritter bleibt als Wache bei der Hausnummer zwölf zurück. Giovanni will etwas fragen, doch sein Handy hält ihn davon ab.

»Wir haben Strazzaris Kontoauszüge«, sagt Terzi, und Giovanni erwischt sich bei dem Gedanken, dass er mit Cartas Stimme gerechnet hat.

»Und was steht drin?«

»Das er die Hypotheken bei den Banken Ende letzten Jahres getilgt hat. In bar. Und ab da hat er bis Februar nichts mehr angerührt. Seitdem hat er Geld ausgegeben wie vorher. Vielleicht ein bisschen mehr. Sieht nach hohem Lebensstandard aus.«

»Gut, Dottore. Vielleicht ist das eine gute Nachricht.«

»Ja, vielleicht. Und noch etwas. Aurelio Strazzari hatte keine genetischen Krankheiten. Nichts, weshalb man dieses … die Leiche verschwinden lassen müsste. Langsam glaube ich, Sie haben wirklich recht, Marra.«

»Entschuldigen Sie, ich rufe Sie später zurück.«

Er legt auf. Die Sonne ist zu stark. Er setzt sich die Sonnenbrille auf und schiebt sie so dicht wie möglich an die Augen.

»Ich weiß nicht, ob ich Recht haben will, Dottore«, flüstert er.

Draußen ist es Nacht, und niemand ist da.

Eine stille Nacht, die auf Lisa wartet, kaum hat sie einen Fuß aus der Tür gesetzt. Eine Nacht, die sie ängstigt und von der sie sich trotzdem nicht losreißen kann.

Behutsam macht sie zwei kleine Schritte zurück, den Blick starr auf das Dunkel gerichtet, das sie umgibt, auf die tintenschwarze Luft, die mit jedem Atemzug dicker zu werden scheint. Mit starren Fingern tastet sie hinter sich nach der Haustür, aus der sie soeben herausgekommen ist.

Die Tür ist nicht mehr da.

Es geschieht in ihren Träumen, und Lisa weiß das. Noch ehe sie sich umdreht weiß sie, dass das Haus verschwunden ist. Um sie herum ist nichts als die Nacht. Und irgendwo darin die Stimme.

Sie hat keinen Namen.

Die Stimme hat keinen Körper.

Die Stimme ist überall und man entkommt ihr nicht. Sie hat sie im Kopf, wenn sie aufwacht. Sie und ihr Lachen, den Geruch ihrer Kleidung. Die Schritte hallen in ihrem Kopf wider und scheinen alles zu zertreten. Die Gedanken, den Atem, ihre Worte, an die sie sich nicht mehr erinnert.

Komm mit.

Lisa reißt die Augen auf und fährt herum.

Erst nach rechts, dann nach links, dann wieder nach rechts. Und nach links.

Sie sucht.

Inmitten dieses Nichts sucht sie den Punkt, von dem die Stimme kommt. Ein winziger Schimmer in der Nacht. Sie weiß, dass er da ist und wohin er sie führt. Zum einzigen Ort, an dem die Stimme sie nicht erreichen kann. Zur einzigen Rettung.

Komm mit, sagt sie wieder, und Lisa sieht sie.

Ein seltsames Zittern in der Luft. Als wäre sie weniger dicht, als hätte das Dunkel eine Form angenommen. Hände, Beine, Mund, alles, was nützlich ist, um sie zu fangen.

Da dreht sich Lisa um und beginnt zu laufen.

Nackte Füße auf kaltem Zement. Nackte Haut, von Schaudern überlaufen und von der Nacht umweht. Und etwas Großes, Undefinierbares, das hinter ihr her ist. Eine riesige Woge Finsternis, die sie verfolgt.

Komm mit.

Immer schneller, immer näher.

Hab keine Angst.

Die Stimme flüstert. Sie flüstert wie eine zischelnde Schlange, wie der Wind an den Fensterläden, wie eine fauchende Katze, die das Fell aufstellt.

Sie flüstert, aber es ist, als würde sie schreien.

Ein zu heftiges, zu großes Geräusch.

Größer als die Kälte, die ihr den Atem zerreißt. Größer als die Straße, die schier unendlich erscheint. Größer als das Dunkel, das sich plötzlich auftut.

Eine hohe Straßenlaterne, die der Finsternis einen grauen, feinen Lichtkreis entreißt. Ein seltsamer steinerner Korridor mit einer schwarzen Statue in der Mitte.

Ein riesiger Marmorengel.

Die Flügel hoch über dem Kopf.

Die Augen geschlossen, die Züge hart.

Die Arme ausgebreitet, die Handflächen erhoben.

Lisa bleibt stehen. Das Licht streichelt ihr Gesicht. Es fährt ihr durchs Haar und lässt es seltsam rötlich schimmern.

Hinter ihr das atmende Dunkel.

Es verharrt einen Schritt vor dem Licht, das es nicht überwinden kann.

Ohne sich umzudrehen, wendet Lisa den Kopf. Sie meint etwas zu sehen, etwas, das sich regt und die Luft vor ihrem Gesicht in Bewegung bringt.

Etwas, das merkwürdig richt, süß und salzig zugleich.

Doch es flüstert nicht mehr. Es atmet nur. Ein lauerndes Tier.

Sie dreht sich um.

Den Korridor vor Augen.

Dreißig Meter grauer, blanker Marmor. Die Decke, die sich im Dunkeln verliert, könnte noch höher sein. Oder vielleicht gibt es sie gar nicht.

In der Mitte der Marmorengel.

Reglos.

Und Lisa weint.

Harte, bittere Tränen, die ihr bei jedem Schritt über die Wangen rinnen.

Die den Atem der Nacht abhängen, bis sie ihn nicht mehr hört.

Die auf den Marmorboden tropfen und die Sekunden einer Zeit zählen, die sie nicht aufschieben kann.

Die den Blick des Engels näher kommen lassen. Bis sie ihm nicht mehr ausweichen kann. Bis sie nicht weiterlaufen kann und vor der Statue stehen bleiben muss. Ein marmorner Wächter, der ihr den Weg versperrt.

Schweigend.

Und da hört sie das Rauschen.

Langsam, weit weg. Das Echo von etwas, das näher kommt und in ihrem Kopf zu sein scheint.

Es kommt immer stärker, Tausende Schmetterlingsflügel, die die Luft bewegen, sie wecken, sie töten.

Und Lisa will schreien, aber sie kann nicht.

Das Rauschen ist zu stark.

Das Geräusch ist zu groß, die Statue ist zu groß, alles ist zu groß für sie.

Sie reißt den Mund auf und versucht so viel Luft einzusaugen wie sie kann. Sie hebt den Kopf und beginnt zu zittern.

Sie kommen.

Sie kommen.

Sie kommen.

Lisa reißt den Mund zu einem stummen Schrei auf, und da passiert es.

Da endet alles.

Der Engel hebt den Kopf und sieht sie an.

Er breitet die Flügel aus, nimmt den Raum um sich ein,

durchbricht die Wände des Korridors und füllt die Luft mit dem süßlichen Geruch von Blut.

Komm mit.

Und Lisa wacht auf.

An einem orangefarben leuchtenden Sommernachmittag.

Mit dem Geruch ihrer Mutter in der Nase, die ihr übers Gesicht und durchs Haar streichelt.

Mit dem Geschmack der zurückgehaltenen Tränen zwischen den Lippen.

Mit etwas Kaltem, das fortkriecht und sich im Atem verbirgt.

Und das wiederkommen wird, ob sie will oder nicht.

Fabio Lamberti gehört zu den Menschen, die stets so aussehen, als sei der Raum, in dem sie stehen, zu klein für sie.

Es ist das zweite Mal, dass Giovanni ihn trifft. Das erste Mal liegt rund fünf Jahre zurück. Es ging um die Wäsche von Drogengeld. Zwei Leichen waren auch noch dabei. Doch Lamberti kam aus der Sache so sauber heraus wie das Wasser in manchen Flüssen: Stinkend und verdreckt, aber dem Anschein nach glasklar.

Jetzt, wo er vor ihm steht – Leinenhemd, schwarze Hose, barfuß auf dem Parkett der Mansarde, die das gesamte obere Stockwerk des Palazzos einnimmt, in dem er wohnt – sieht er aus wie einer jener neureichen Kerle, die vor Geld nur so strotzen.

»Welch eine Ehre, einen Kommissar zu Gast zu haben.«

Alles am Hausherrn ist schmierig. Der Tonfall, die Pause zwischen den Wörtern, die Art, die Vokale in die Länge zu ziehen. Die lächerliche Ruhe, als würde er die fünf Männer, die sein Haus umkrempeln wie eine alte Socke, überhaupt nicht bemerken. Die gewollte Lässigkeit, mit der er auf Giovanni zukommt, vor einem offenbar sehr antiken Holzmöbel stehen bleibt und sich eine Praline von einem großen Glasteller angelt.

»Bitte, greifen Sie zu.«

»Nein danke.«

»Die sind von Amedei, die besten der Welt. Siebzig Prozent Kakao. Sind sie ein Schokoladenkenner, Commissario?«

»Nein, Menschenkenner zu sein, reicht mir.«

Lamberti hebt die Augenbrauen. Eine kurze, gedankenverlorene Geste. Dann wickelte er die Praline aus und lutscht bedächtig darauf herum.

»Ich habe keine Ahnung, was Sie suchen«, sagt er. Er wendet sich zur Glastür, die auf die Terrasse führt.

Eine beeindruckende Stille dringt von draußen herein. Die reglose, heiße Luft scheint nur darauf zu warten, den Schutzwall der Klimaanlage zu durchbrechen und ins Zimmer einzufallen.

»Sie sehen mir nicht sonderlich beunruhigt aus, Signor Lamberti. Und traurig auch nicht.«

Der Hausherr dreht sich um. Er lächelt wie jemand, der über einen Witz zu lachen versucht, den er nicht verstanden hat.

»Traurig?«

»Soweit ich weiß, ist kürzlich ein Freund von Ihnen gestorben. Aurelio Strazzari.«

»Aurelio war kein Freund. Nur ein Bekannter. Mehr nicht. Und nicht einmal ein besonders angenehmer. Solche Leute lasse ich nicht in den Genuss meiner Freundschaft kommen.«

»In den ihrer Freundschaft nicht, Signor Lamberti. Aber in den ihres Geldes.«

Jetzt lacht er tatsächlich. Ein fettes, tiefes Lachen. Reines Vergnügen. Er will sogar etwas sagen, aber einer der Beamten hält ihn davon ab. Er schaut zur Tür herein und ruft Giovanni heran.

»Da ist etwas, das Sie sich ansehen sollten«, flüstert er. Dann kehrt er in den Flur zurück, passiert zwei Türen und bleibt schließlich in einem großen, quadratischen Zimmer stehen.

Darin thronen auf einem Tisch ein Computer mit einem zwanzig Zoll großen LCD-Bildschirm, ein Scanner, eine Webcam und ein hochauflösender Laserdrucker. In einem Regal an der Wand steht eine winzige, kaum Handtellergroße Digitalkamera.

Fabio Lambertis Spielzimmer ist vollgestopft mit Technologie, die mehrere normale Monatsgehälter kostet. Doch Giovanni hat dafür keinen Blick. Auch den leuchtenden Bildschirm beachtet er nur flüchtig.

»Es lag ganz unten in einer Schublade. Versteckt unter Frauenunterwäsche«, sagt der Beamte. Und zeigt auf etwas neben der Maus.

Giovanni tritt näher, stützt die Hände auf den Tisch und mustert es.

»Glauben Sie, es ist …«, setzt der Beamte an, doch Marra lässt ihn nicht ausreden.

»Ich will, dass ihr die ganze Wohnung auseinandernehmt«, sagt er. »Alles. Und sei's nur eine winzige Stecknadel in einem Puppenarsch, ich will, dass ihr sie rauszieht.«

Mit schnellen Schritten kehrt er zum Hausherrn zurück. Und als Lamberti ihn kommen sieht, erstirbt das Lächeln auf seinem Gesicht wie das Echo des letzten Feuerwerkskörpers in der Silvesternacht.

»Probleme, Commissario?«

»Und was für welche, Lamberti. Für Sie«, hebt er an. Dann klingelt das Telefon.

Als Bono *»All I want is you«* zu singen anfängt, geht das Licht plötzlich aus und der Zug verschwindet im ersten Tunnel.

Ich schließe die Augen und denke an einen anderen Tag, an eine andere Reise in einem Waggon wie diesem, mit der Klimaanlage auf vollen Touren und dem Sommer hinter den Fenstern, ausgesperrt wie ein ungebetener Gast.

An den Tag, an dem ich Sara getroffen habe.

Ich lausche dem gedämpften Rattern des Zuges und versuche mich zu erinnern, wann genau ich damals eingeschlafen bin. Ich versuche mir klarzuwerden, ob es, ehe ich eingeschlafen bin, einen winzigen Moment gab, in dem ich Saras Gegenwart wahrgenommen habe. Kaum hatte ich mich hier im zweiten Wagen des Zuges ans Fenster gesetzt, musste ich darüber nachdenken.

Ob es kurz vor dem Einschlafen einen Moment gegeben hat, an dem ich sie Platz nehmen hörte. Ich versuche mich wirklich zu erinnern. Seit ich mit dem Gepäckträger gesprochen habe, bin ich überzeugt davon, dass das wichtig ist. Seine Worte haben eine merkwürdige Kettenreaktion ausgelöst, die mich zwingt, nach diesem Moment zu forschen, herauszubekommen, ob sie beim Anfahren des Zuges auf ihrem Platz saß oder nicht.

Doch das Einzige, was mir einfällt, ist ein seltsames Gefühl von Bewegung, wie ein sachtes Schaukeln, das mir den Rücken streichelt, ehe mir die Augen zufallen.

Das Wiegen des Waggons. Sonst nichts.

Vielleicht war Sara in Rom noch gar nicht im Zug.

Vielleicht ist sie gar nicht dort eingestiegen.

Vielleicht war sie bereits auf er Flucht, ohne zu ahnen, dass ihre Reise rückwärts ging und sie der Gefahr mit jedem Kilometer, jedem Meter, jedem Tunnel näher kam. Mit jedem Wort, das ich bei dem blöden, albernen Versuch, ihr ein Lächeln zu entlocken, von mir gegeben habe, war sie dem Ende ein Stück näher.

Ich mache die Augen wieder auf und lasse den Blick in die Ferne gleiten. Die Landschaft rast viel schneller als meine Gedanken vorbei, doch auch sie wird jäh in schwarze Tunnel gerissen, die alles verschlucken.

Ich frage mich, ob Giovanni weiß, was los ist, oder ob er auch auf der Suche nach einer verborgenen Fährte ist. Ich versuche ihn anzurufen, doch ein monotones Klingeln ist alles, was ich zu hören bekomme. Es ist das zweite Mal. Das erste Mal war ich gerade aus dem Park der Villa Borghese raus und wollte ein Taxi zum Bahnhof nehmen.

Auch da keine Antwort. Seitdem sind drei Stunden vergangen, stelle ich fest, als ich auf die Uhr sehe, ehe der Zug im nächsten Tunnel verschwindet.

Ich habe es eilig. Ich will nach Bologna zurück und erfahren, weshalb er nicht drangeht. Ich will mich ans Telefon hängen und ihm alles erzählen, was der Junge aus dem Hotel mir gesagt hat. Und auch das, was er mir nicht gesagt hat, aber was ich aus seiner Stimme, dem verschreckten, flehenden Blick, den er mir in der Halle zugeworfen hat, und dem seltsamen Tonfall, in dem er mir seine Geschichte erzählt hat, herauszulesen meinte.

Und diesen Satz, knapp wie ein Todesurteil.

»Er war da, heute Morgen, bevor du gekommen bist.«

Ich sehe ihn gegenüber dem Hotel auf dem Gehsteig stehen, genau wie an der Bushaltestelle unter meinem Fenster. Reglos, unbeteiligt, scheinbar gleichgültig, ein alter Klassenkamerad, den man nach dem Kino zufällig auf der Straße trifft.

Er nimmt die Sonnenbrille ab und sieht mich an. Er verzieht das Gesicht zu einem Grinsen. Wie ein sadistischer Chirurg, der drauf und dran ist, einen ohne Betäubung zu operieren. Ich versuche, die Erinnerung an diesen Blick zu vertreiben, und die Angst, die sich wie ein Maßanzug an mich schmiegt.

Wicked Game löst U2 ab, und Chris Isaaks Stimme umspült meine Gedanken. Eine heftige Hustenattacke zerreißt mir den Atem. Meine Augen tränen, und als es vorüber ist, ziehe ich ein Taschentuch aus der Jeans und wische sie trocken. Der Zug verschwindet im zigsten Tunnel und kommt genau in dem Moment wieder heraus, als ich hinter dem Taschentuch hervorluge und zur Sitzreihe am anderen Waggonende hinüberstarre.

Er ist da.

Das Gesicht über ein Taschenbuch gebeugt, in makellos weißem Hemd, das in der Sommersonne leuchtet. Die elende schwarze Sonnenbrille vor den Augen.

Ich sitze da, ohne mich zu rühren. Sein Anblick hat mir den Atem in den Lungen gefrieren lassen, meine Muskeln und meinen Blick gelähmt.

Heute Morgen war er auch da.

Bevor du gekommen bist.

Ich muss nachdenken, verdammt. Ich muss nachdenken.

Die Sitzplätze sind reserviert, wie hat er in meinem Waggon reservieren können, einen Platz direkt vor meinen Augen, und wieso habe ich ihn nicht vorher bemerkt, ich hätte etwas tun, mich verstecken, aussteigen, woanders hingehen können, wie hat er dort reservieren können, er konnte, er durfte es nicht wissen, und auch ich konnte nicht …

Ich balle die rechte Faust und schlage mir mit aller Kraft auf den Oberschenkel, direkt unter der Hüfte. Der Schmerz lässt mich zusammenfahren, und einen Moment lang kommen meine Gedanken wieder auf die Schiene und scheinen sich geradeaus zu bewegen.

Ohne den Blick von ihm abzuwenden, rücke ich Richtung Gang. Ich versuche, vollkommen geräuschlos zu sein, das leiseste Rascheln könnte ihn auf mich aufmerksam machen.

Ich umklammere den iPod und setze mich auf den linken Sitz. Die automatische Tür zum nächsten Wagen ist nur zwei Schritte hinter mir. Ich weiß, dass sie beim Öffnen ein Geräusch macht. Ein leises Schnaufen, wie ein Gähnen. Aber ich habe keine andere Wahl.

Er ist da. Er zieht ein Bonbon aus der Hemdtasche, wickelt es aus und steckt es mit einer endlos langsamen Geste in den Mund.

Ich verharre kurz, mit einem Fuß bereits im Gang, und warte den richtigen Moment ab. Dann springe ich auf und stürze durch die zischende Tür. Ohne mich umzusehen, ohne anzuhalten. Vorwärts, zur nächsten Tür mit dem gleichen Geräusch, und nach wenigen Schritten bin ich im Verbindungsstück zwischen zwei Waggons.

Geschützt durch die Doppeltür drehe ich mich um. Ein heftiges Ruckeln des Zuges lässt den Wagen unter meinen Füßen schwanken. Ich lehne mich zurück, um das Gleichgewicht nicht zu verlieren, und sehe ihn.

Genau auf der anderen Seite des Wagens. Das Taschenbuch in der Hand, schwarz wie die Sonnenbrille, wie sein Blick. Wie die Panik, die sich als Elektroschock in meiner Wirbelsäule entlädt.

Ich drehe mich um, und die Tür öffnet sich. Ich stürze hindurch und haste den Gang entlang. Der dritte Wagen. Eine Mutter mit zwei Kindern. Ein Geschäftsmann, der etwas in seinen silbernen Laptop tippt.

Er ist noch immer hinter mir. Wenn ich den Kopf zur Seite drehe, kann ich ihn sehen.

Die Glastür. Schneller.

Noch ein Wagen.

Gerade, als ich vorbei will, steht eine Frau auf. Ich remple sie an, sie fällt in den Sitz zurück, der Mann ruft etwas, ich gehe weiter. Ein Junge starrt mich an, vielleicht sagt er etwas.

Er hat die Brille abgesetzt, in die Hemdtasche gesteckt. Er wird schneller. Zu schnell.

Ich lege einen Schritt zu. Noch eine schnaufende Tür.

Ein Tunnel. Lang, zu lang. Dunkel vorn und hinten, durchbrochen vom falschen Licht des Waggons. Ich will hier raus. Ich will Licht.

Jemand lacht. Ein schönes, herzliches Lachen. Ich weiß, dass ich mich daran erinnern werde.

Raus aus dem Tunnel.

Meine Hände schwitzen.

Er ist zu nah. Verdammt zu nah. Er lacht. Als würde er meine Angst riechen, meinen Schweiß.

Noch ein Wagen. Und noch einer. Wenige Menschen, zu wenige. Ein Kontrolleur, verdammte Scheiße. Es wird doch wohl einen Kontrolleur geben. Einen Polizisten. Das Schnaufen der Tür.

»Trezeguet«, sagt irgendwo jemand.

Als ich an ihm vorbeikomme, merke ich, dass ich renne. Er starrt mich an. Alle starren mich an.

Meine Hände schwitzen.

Ich umklammere den iPod noch fester und das Lied zerkracht wie ein Pistolenschuss. Ich drehe mich um. Vier Meter, vielleicht weniger.

Die Glastür ist meine einzige Rettung. Noch ein Wagen, noch mehr Zeit, noch mehr Raum, noch mehr hastig zurückgelegte Schritte, und vielleicht hält der Zug an, und ich kann aussteigen, etwas tun.

Die Glastür. Ein Schritt, sie öffnet sich, schnauft, schließt sich.

Und dahinter ist nichts mehr.

Nur der letzte Wagen.

Aus dem Augenwinkel sehe ich ihn kommen. Schritte, eine Stimme, die etwas sagt.

Nah. Zu nah.

Die Tür schnauft und ich schlüpfe in die Toilette. Ich schließe ab und lehne mich gegen die Tür. Dann zerre ich an der Klinke, um zu sehen, ob sie wirklich abgeschlossen ist, und weiche hastig zurück.

Ich setze mich halb auf das Waschbecken. Mein Bein tut weh. Das Wasser fängt an zu laufen.

Das ist das einzige Geräusch, das ich höre.

Ehe mein Blick auf die Türklinke fällt. Und sieht, wie sie sich bewegt und sich jemand von außen gegen die Tür stemmt, um hereinzukommen.

Mirella wendet sich zum Fenster und sieht hinaus. Das Abendlicht ist lang und orange wie die Mauern der Häuser. Sie sieht es hinter der geschlossenen Scheibe, während in einer Ecke des Büros die tragbare Klimaanlage surrt. Gleich wird sie nach Hause gehen. Und so müde sie auch ist, weiß sie nicht, ob das eine gute Idee ist.

Wieder hat sich alles viel zu rasch geändert, just in dem Moment, als es schien, als würde sich kein Lüftchen regen, als würde nicht das Geringste passieren. Doch dann hat sich ihr Leben wieder Stück für Stück auf den Kopf gestellt. Eine Reihe jäh umstürzender Dominosteine, die man beim besten Willen nicht einholen kann.

Sie legt die Finger auf die Maus und kontrolliert ihre Mails. Mit halbem Auge überfliegt sie ein paar Dokumente, die sie gerade geschrieben hat, und druckt sie aus. Reine Routine, sonst nichts. Der Versuch, die Angst in Alltäglichkeiten zu ersticken. Etwas Sinnloses, Verzweifeltes, das sie nur noch tiefer in den dunklen Tunnel zieht, aus dem es nur einen Ausweg gibt.

Ihr bleibt keine Wahl. Die einzige, die sie noch hatte, ist verpufft, ehe sie sie überhaupt in Betracht ziehen konnte. Ehe sie den Mut aufbringen konnte, sie im rechten Moment zu ergreifen und festzuhalten. Ihr Leben ist eine Abfolge verfehlter Augenblicke. Steinchen, die einen Platz im Mosaik fordern, sich an die falschen Stellen schieben und das Gesamtbild verzerren.

Mit flinken Fingern tippt sie die Webadresse. Private Venus ist noch da. Genau so, wie sie sie zurückgelassen hat. Sie fragt sich, ob es zu etwas nütze war und lässt die Fingerspitzen über den Monitor gleiten, als wollte sie die Farbe des Bildschirms, die Worte, das Echo eines Satzes streicheln, dessen Sinn unterwegs verlorengegangen ist.

Sie staubt den Bildschirm mit einem Taschentuch ab, knüllt es zusammen und wirft es in den Papierkorb. Rechts hinter der geschlossenen Tür hört sie ihren Chef telefonieren. Dann ist es im Zimmer plötzlich erdrückend still.

Schließlich geht die Tür auf.

»Du kannst nach Hause gehen, Mirella. Ich muss noch hierbleiben, aber heute brauche ich dich nicht mehr.«

»In Ordnung, Doktor Terzi. Bis morgen.«

Die Tür geht wieder zu.

Sie lächelt.

Ohne einen Funken Freude.

Die Tür öffnet sich plötzlich, und ich stürze nach vorn, ramme das Plastik, den Türgriff und den, der hereinzukommen versucht. Ich höre ihn hinfallen, fluchend, mit einem dumpfen Geräusch.

Ich versuche die Tür zuzudrücken, und diesmal bin ich derjenige, der weggestoßen wird. Mein Kopf prallt gegen die Wand, und einem Moment lang füllen sich meine Augen mit seltsamen leuchtenden Formen. Ich klammere mich irgendwo fest, um nicht hinzufallen, und während alles wieder scharf wird, sehe ich ihn hereinkommen.

»Was soll das, verdammt noch mal? Sind Sie übergeschnappt?«

Der Kontrolleur steht dort, wo die Tür einst war, die jetzt verbogen und mit geborstenen Scharnieren am Waschbecken lehnt. Er ist um die fünfzig, mit breiten Bodybuilder-Schultern und dunkler, sonnenverbrannter Haut. Blut tropft ihm über die verschwitzte Stirn. Es rinnt durch ein Netz feiner Falten, auf dem sich eine veilchenblaue Beule abzeichnet.

»Ist alles in Ordnung mit Ihnen?«

Ich starre ihn an und bringe kein Wort heraus. Es ist das gleiche Gefühl wie früher, wenn ich als Kind in der Nacht das Licht anknipste. All die im Dunkeln lauernden Schemen sind zu Möbeln, Puppen, einem Tisch, dem Schulranzen in der Ecke geworden.

Ich komme mir wahnsinnig dämlich vor. Doch genau wie früher sagt mir auch jetzt etwas in meinem Kopf, dass ich nicht ganz beruhigt sein kann.

Ich nehme ein paar Papierhandtücher und halte sie ihm hin. Der Kontrolleur greift verständnislos danach, und ich zeige auf seine Stirn. Vorsichtig tupft er darüber, und als seine Finger und das Papier die lädierte Stelle berühren, macht er eine schmerzverzerrte Miene, die ihn mit einem Mal zehn Jahre älter aussehen lässt. Dann mustert er den kleinen rötlichen Fleck auf dem Papier.

»Was hat Sie denn geritten, verdammt noch mal?«

»Da war so ein Typ hinter mir her«, sage ich. Und irgendjemand auf dem Gang prustet los. Der Kontrolleur fährt wütend herum, und das Lachen verstummt.

»Wie sah der Typ aus?«, fragt er.

Ich beschreibe ihn. Er starrt mich an, als wäre mir auf der Nasenspitze gerade ein drittes Auge gewachsen.

»So einen gibt's in diesem Zug nicht.«

Ich lache los. Ich bin ein zum Zerreißen gespanntes Gummiband.

»Er war da. In meinem Abteil. Ganz hinten, neben der Tür zu Wagen zwei.«

Er glotzt mich noch immer an.

»Kommen Sie mal raus da.«

Er tritt zur Seite und wartet, dass ich mich rühre. Einen Moment lang bin ich mir sicher, ich schaffe es nicht. Meine Füße verweigern jede Bewegung. Doch kurz darauf bin ich draußen.

»Alles in Ordnung?«

Ich weiß nicht, was ich antworten soll. Alles, was ich sage, wird gegen mich verwendet werden.

»Ich weiß nicht.«

Er versucht zu lächeln.

»Wo haben Sie den Mann gesehen?«

»Das sagte ich Ihnen doch schon. Vorne im Zug, ihm zweiten Wagen. Ganz hinten, am Gang.«

Er bleibt noch einen Moment stehen. Vielleicht ist er sich nicht sicher, ob ich mich wirklich wieder gefangen habe.

»Kommen Sie mal mit«, sagt er und geht den Gang hinunter.

Schweigend durchqueren wir alle Wagen. Ich vorneweg, die Blicke der Reisenden auf mich geheftet. Ich erwidere sie alle. Ich will keinen auslassen.

Er ist irgendwo unter ihnen.

Versteckt zwischen den wenigen Fahrgästen, zwischen den Frauen mit Kindern und den Geschäftsleuten. Zwischen den Heimreisenden und Wegfahrenden. Zwischen denen, die mich neugierig anschauen, und denen, die sich fragen, ob mir nur die Hitze zu Kopf gestiegen ist oder ob ich komplett verrückt bin.

Nach diesem langen Spießrutenlauf erreichen wir endlich meinen Waggon. Vor der Tür zögere ich einen Moment, und der Kontrolleur legt mir die Hand auf die Schulter. Eine kleine, aber bestimmte Geste. Der Sitz ganz hinten ist leer. Ich sehe den Kontrolleur an und deute darauf.

»Da saß er.«

»Nein.«

»Und weshalb sind Sie sich so sicher? Sie waren nie hier, um die Fahrkarten zu kontrollieren. Ich habe Sie nicht gesehen.«

»Hören Sie, ich bin hereingekommen, als Sie gerade auf dem Weg in den dritten Wagen waren. Das hätten Sie doch bemerken müssen, schließlich haben Sie mich angesehen. Und hinter Ihnen war niemand.«

Ich versuche mich zu erinnern. Mir den Blick ins Gedächtnis zu rufen, dem ich begegnet bin, als ich mich nach meinem Verfolger umgedreht habe. Für einen winzigen Augenblick verschmelzen die Augen des anderen mit den seinen. Derselbe rohe Ausdruck, dasselbe Grinsen.

»Er hat mich bis zur Toilette verfolgt, ganz bestimmt«, stammele ich. Doch es ist nur ein Flüstern.

Der Kontrolleur seufzt. Sein Atem riecht nach Pfefferminzkaugummi.

»Das war ich. Zuerst hab ich gedacht, Sie hätten keine Fahrkarte. Dann, dass Sie sich nicht gut fühlen.«

»Und was denken Sie jetzt?«

Er antwortet nicht sofort. Als würde er nach den richtigen Worten suchen.

»So etwas passiert schon mal, machen Sie sich keine Gedanken.«

Jetzt bin ich derjenige, der zu lächeln versucht.

»Ich habe nur eine Bitte.«

Er nickt.

»Ich würde gern noch den ersten Wagen sehen.«

Ohne etwas zu sagen, dreht er sich um, und schnaufend gibt die Tür den Weg frei.

Im ersten Wagen sitzen drei Fahrgäste. Eine ältere Dame mit einem Taschenbuch von Agatha Christie. Ein schlafender Junge mit halboffenem Mund und eine Frau um die vierzig mit langen roten Haaren und weichen Lippen. Dahinter kommt nur noch die Lok. Und die weit geöffnete Toilettentür, die den Blick auf den Spiegel freigibt.

Ich begegne kurz meinem verschreckten, wirren Blick, dann drehe ich mich um und kehre in den zweiten Wagen zurück.

Ich sehe aus dem Fenster. Die Tunnel liegen hinter uns, und die ersten Vorstadthäuser von Bologna rasen vorbei.

Im Keller hängt ein eigenartiger Geruch. Wie in einem Stall, der seit langem nicht mehr gelüftet wurde.

Giovanni hat sich durch eine winzige Maueröffnung quetschen müssen, und das Gefühl hat ihn an seine Kindheit erinnert, als er in den Hügeln von Marciano auf den Baum neben seinem Elternhaus geklettert ist.

Doch am Ende dieser Forschungsreise wartet kein Baumhaus auf ihn. Nur ein Raum mit unverputzten Wänden. Rundum geschlossen.

Sie haben ihn gefunden, als sie die Garage untersucht haben. Als sie die frisch gestrichene Rückwand gesehen haben, die wie nachträglich hineingebaut aussieht. Und jetzt, wo er darin steht, mit den Lampen der Spurensicherung, die alles ausleuchten, und diesem modrigen Geruch in der Nase, ist Giovanni immer mehr davon überzeugt, dass die Wirklichkeit sich in einen Alptraum verwandelt. Etwas Aberwitziges, das vor deinen Augen abläuft und voll offensichtlicher Fehler steckt.

Hier hat keiner saubergemacht.

Keiner hat sich um die Spuren geschert. Was in diesem Raum passiert ist, hat man mit einer Ziegelwand vermauert. Wie eine Gruft.

»Haben Sie gesehen, da hinten?«, fragt Alessandro, und Giovanni dreht sich um. Er nickt.

Alles in diesem Raum hat er bereits registriert. Den Gestank nach Kot und Urin. Den Stuhl mit den Metallbeinen, der wie in einer verlassenen Schule in einer Ecke steht. Einen Eimer. Grau, aus Aluminium. Eine Blutspur auf dem Boden. Eine Art Spritzer, wie das Logo einer amerikanischen Firma. Nur ist es diesmal echtes Blut, das die Zeit in eine Art Rost verwandelt hat.

Und dann die Ecke.

Eine Art winziges, dunkles Verließ. Ein Ort an dem man eine Folter erleidet. Geronnenes Erbrochenes auf dem Fußboden.

Und dieser Schuh. Nur einer. Ein metallgrauer Adidas-Schuh. In diesem Licht sieht es aus, als würde er schweben.

Das Licht des Bildschirms erhellt das Zimmer.

Mehr wagt Michele nicht anzumachen, um Mirella nicht zu wecken, die im Nebenzimmer schläft.

Er streckt die Beine unter dem Schreibtisch aus und starrt die Bilder auf dem Monitor an. Den ganzen Tag tut er das schon. Seit Gioia ihm diese CD gegeben hat. Seit er sie ins Laufwerk geschoben und den Namen gesehen hat.

Mirella 1001.

Sie nennt sie alle so. Ihr Name und vier Zahlen, die das Datum anzeigen. Nicht mehr, nicht weniger. Diese hier enthält nur einen Ordner. Siebenhundert Megabyte, um ein paar hundert KBs abzuspeichern.

»Ich hab sie bekommen, bevor das passiert ist, was passiert ist«, hat Gioia gesagt. Aber wann genau, hat sie nicht gesagt. Er muss sie danach fragen. Es ist wichtig. So wichtig, dass er kurz versucht ist, nach dem Telefon zu greifen und sie anzurufen.

Aber er tut es nicht. Er beginnt nur wieder von vorn, wie ein Kind, das versucht, ein Gedicht auswendig zu lernen. Verse, die zu kompliziert sind, um sie sofort zu begreifen. Und am Schluss, als er wieder mit allem durch ist, schaltet er den Computer aus und lässt sich im Dunkeln in den Stuhl zurückfallen.

Erst da hört er Mirella.

»Wieso bist du denn noch wach?«

Er rollt den Bürostuhl herum und sieht sie an. Sie steht barfuß im Türrahmen, das Licht im Rücken. Unter dem kurzen, seidenen Nachthemd zeichnen sich die Hüften und der Busen ab. Brustwarzen, die man berühren, zwischen den Lippen, unter den Händen spüren will. Ohne den Blick von ihr abzuwenden, zieht er die CD aus dem Laufwerk.

Mirella, in der Tür. Ihr Blick wandert von Micheles Gesicht zur CD, zur linken Hand ihres Mannes, die langsam über den Gummibund seiner Boxershorts fährt, ehe sie die CD in die Hülle steckt und in die Schreibtischschublade schließt.

Der Schlüssel funkelt matt im Dämmerlicht. Michele steckt ihn in seine lederne Aktentasche und stellt sich ganz dicht vor sie. Starrt sie an.

Er legt ihr die Hände auf den Busen und fängt an, ihre festen Brüste zu massieren, die Warzen, die sofort steif werden. Er schmeckt ihre Zunge, ihren Mund, ihre Lippen, wie Orangensaft, wie frisches Quellwasser im Sommer. Er dreht sie gegen die Wand und schiebt ihre Beine auseinander, zieht sich die Boxershorts herunter und rammt ihn tief hinein, mit Wucht, bis zur Wurzel.

Sie stöhnt, und Michele weiß nicht, ob vor Schmerz oder vor Lust.

Und im Grunde ist es ihm egal.

Die Nacht macht mir Angst. Sie frisst sich in mich hinein, saugt wie ein Blutegel das letzte bisschen heraus, was von mir noch geblieben ist. Nach diesem Tag, nach dieser Zugfahrt weiß ich nicht mehr, was wahr ist und was nicht.

Vielleicht sollte ich von vorn anfangen. Bei jenem Tag in Bagdad. Bei Abdels Worten, die mir immer und immer wieder im Kopf herumgehen.

Ich greife nach der Kamera, schalte sie ein und fange an, die Fotos durchzugehen.

Ein kleines Kind.

Es hockt neben einem Schutthaufen. Sein Gesicht ist staubbedeckt, doch es lächelt, als wäre es das glücklichste Kind auf der Welt.

Eine Frau.

Schreiend drückt sie ein Bündel an sich. Nicht mehr als ein

Ballen schwarzroter Fetzen, aus denen die Zehen eines Fußes hervorschauen. Und Blut, rot wie der Stoff, das an ihnen klebt.

Ein Marinesoldat.

Er kniet und hält einem kleinen Jungen eine weißblau schimmernde Plastikwasserflasche hin. Der Junge sieht ihn an.

Ich halte inne. Wie angehaltener Atem schwebt mein Finger über der Cursortaste der Digitalkamera. Das nächste Foto ist das von Abdel. Ich lasse die Nikon aus den Händen gleiten und werfe mich aufs Bett.

Vor Jahren habe ich einen alten Fremdenlegionär kennengelernt. Einer, der Vietnam in den Tiefen des Dschungels und nicht auf der Leinwand eines Großstadtkinos erlebt hat. Er erzählte mir, dass die Gefahr einen verändert, die Sinne schärft und einen das kleinste verdächtige Geräusch, das leiseste Pfeifen oder Knarren wahrnehmen lässt.

»Man schläft nur noch mit einem Auge«, sagte er.

Erst im Irak habe ich begriffen, dass das Auge, das offen bleibt, der Körper ist, der niemals schläft und einen erst weckt, wenn es wirklich nötig ist. Die Wirklichkeit verändert sich, und mit ihr das eigene Ich. Und wenn man wieder nach Hause kommt, hat man Mühe zu begreifen, wer man geworden ist. Was man von seinem einstigen Ich im Krieg zurückgelassen, und was er bei einem selbst zurückgelassen hat, wie eine vergangene Liebe, die man weiter mit sich herumschleppt.

Ich habe einmal gelesen, Kriege enden nicht auf dem Schlachtfeld, sondern vergehen ganz langsam in den Krankenhäusern, den Büros, den Verkehrsstaus, dem alltäglichen Leben. Vielleicht stimmt noch nicht einmal das. In Wirklichkeit hören Kriege niemals auf, weil der, der in ihnen gekämpft und von ihnen erzählt hat, sie für immer in sich trägt, versteckt in einer alten Schublade, wie Fotos, die man sich nicht mehr erinnert, gemacht zu haben, wie Sätze, die man nicht mehr weiß, gesagt zu haben. Alles bleibt, irgendwo vergraben, um zu verrotten. Und wenn man

Glück hat, kommt der Gestank nie an die Oberfläche, und man kann sein Leben wie gewohnt weiterführen, ohne dass jemand etwas merkt. Ohne dass man selbst es weiß.

Vielleicht ist es so. Doch nicht für mich.

Ich greife zum Telefon und wähle Andreas Nummer. Sie kann mir auf die Sprünge helfen, ob das, was ich im Kopf habe, real ist, ob ich es wirklich erlebt und gedacht habe, und sei es nur für einen Moment.

Donnerstag, 26. August 2004

»Na gut, ich hab eben eine Schwäche für kleine Mädchen. Was soll ich machen!«

Nach einer Nacht in Polizeigewahrsam ist Fabio Lambertis Stimme voller Feuchtigkeit und kaltem Rauch. Ans Fensterbrett gelehnt, sieht Giovanni Marra ihn an. Das Rauschen eines plötzlichen Gewitterregens erfüllt das Schweigen, das sich immer wieder im Zimmer auftut.

Jedes Mal zögert Giovanni den Moment hinaus, ehe er die nächste Frage stellt. Von seinem Fensterplatz aus sieht er Lamberti einfach nur an, mustert ihn von Kopf bis Fuß. Ohne die geringste Miene zu verziehen. Eine Methode, die er sich vor langer Zeit angeeignet hat und an die er sich eisern zu halten versucht, auch wenn es schwerfällt.

Wie jetzt, da der Halsabschneider den Satz einfach so herausgehustet hat, obwohl sein Anwalt ihn beim Unterarm gepackt hat, um ihn zurückzuhalten. Zu spät.

Giovanni ballt die Hände in den Hosentaschen, um nicht die Beherrschung zu verlieren.

»Was hast du gesagt?«

»Seit wann sind wir zum Du übergegangen, Commissario?« Er grinst.

»Ich vergaß, dass Ihr Klient ein bedeutender Mann ist, Avvocato, genau wie Sie.«

Rechtsanwalt Franzoni ist braun wie ein Mahagonitisch. Er kommt geradewegs aus Kuba. Beim Anruf seines Mandanten hat er womöglich im Traum noch nicht daran gedacht, sich aus dem Bett zu wälzen. Jetzt, im dunklen Anzug, der aussieht wie frisch von der Stange, und in Gedanken noch nicht ganz wieder daheim, scheint er völlig Herr der Lage zu sein.

»Ich habe gefragt, was Sie gesagt haben … Signor Lamberti.«

Der Lamba nickt dem Rechtsanwalt beschwichtigend zu. Franzoni lässt den Unterarm seines Klienten los und faltet die Hände wie ein Priester im Beichtstuhl.

Lamberti zieht die Nase hoch und sieht Giovanni an.

»Sie haben mich gefragt, ob ich junge Frauen mag, Commissario. Und ich habe Ihnen geantwortet, ich hätte eine schwäche für kleine Mädchen.« Er macht eine Pause. Er beugt sich über den Tisch. »Sie etwa nicht?«

Giovanni dreht sich um. Die zur Faust geballten Finger schmerzen. Am liebsten würde er hören, wie sie gegen Lambertis Wangenknochen krachen und das dämliche Lächeln, das dieser Satz auf dessen Gesicht gemalt hat, zusammen mit der eigenen Wut in Stücke hauen. Am liebsten würde er Lambas Blut sehen, hier und jetzt.

Er starrt in den grauvioletten Himmel und atmet tief durch. Er braucht eine Zigarette, oder besser gleich ein ganzes Päckchen. Eine nach der anderen, bis er alles vergessen hat. Weg von hier, irgendwohin, wo man nichts als den Regen hört, der gegen die Scheiben trommelt, durch die Regenrinnen strömt und in die Gedanken sickert.

»Wir reden hier nicht über meine sexuellen Gewohnheiten, Signor Lamberti, sondern über Ihre.«

Der sagt nichts. Er grinst einfach nur und starrt Giovanni an. Eine Schlange, die sich überlegt, wie sie ihre Beute am besten zu fassen kriegt. Endlich durchbricht Franzoni das Schweigen.

»Unseres Wissens sind die Kontrollen, die Sie hier durchführen, finanzieller und nicht sexueller Natur, Commissario.«

»Ihres Wissens vielleicht. Meines Wissens sind sie nur eines, und zwar geheim. Doch ich bin sicher, dass sich im Dunstkreis von Signor Lambertis Konten nicht ein einziger Euro bewegt, ohne dass irgendein, sagen wir ›netter‹ Bankangestellter es Sie umgehend wissen lässt.«

»Ach, kommen Sie, Commissario. Sie wissen doch ganz genau, wie es läuft.«

Giovanni macht einen Schritt auf ihn zu. Er greift nach dem Stuhl, setzt sich rittlings darauf und kehrt Lamberti halb den Rücken zu.

»Ich denke schon, Avvocato.«

»Dann wissen Sie auch, dass mein Mandant ein äußerst respektabler Mann ist, der mit dieser Geschichte um Aurelio Strazzari nicht das Geringste zu tun hat.«

Marra lächelt.

»Ich möchte Ihnen ein Geheimnis verraten, Franzoni. Aurelio Strazzari ist nicht der einzige Grund, weshalb wir Ihren Mandanten heute Nacht beherbergt haben. In dem Fall hätten wir ihn tatsächlich nur schwerlich festhalten können.«

Einen Moment lang sagt Franzoni nichts. Abwesend rückt er seine Krawatte zurecht. Dann sieht er Lamberti an. Der sitzt da, bequem zurückgelehnt, ein unbeteiligter Zuschauer in einer langweiligen Vorstellung.

»Ich verstehe nicht, Commissario«, sagt er schließlich. Und seine Stimme klingt wie ein sich langsam auflösender Rauchkringel.

Marra rückt den Stuhl zurecht. Jetzt ist Lamberti wieder dran. Er sieht ihn an. Das zerknitterte Hemd in die Hose gestopft, die Augen schmal von einer schlaflosen Nacht.

»Wissen Sie noch, wo Sie zwischen dem zehnten und dem dreizehnten Februar waren?«

Eine leere, sinnlose Frage. Marra weiß das. Doch er hat es auf die Reaktion abgesehen, nicht auf die Antwort.

»Wie soll ich das denn noch wissen, Commissario?«

Der Lamba klingt wie ein genervter Vater, der auf die immer gleichen Fragen seines Sohnes antworten muss.

»Keine Ahnung. Doch ich glaube, Sie sollten lieber scharf darüber nachdenken.«

Franzoni steht auf und stützt sich auf den Tisch.

»Und ich glaube, wir sollten jetzt erfahren, weshalb wir eigentlich hier sind, Commissario.«

»Wir warten noch auf den Staatsanwalt, das wissen Sie ganz genau. Und Sie wissen ebenfalls ganz genau, dass alles, was Ihr Mandant jetzt sagt, null und nichtig ist, wenn er es nicht vor ihm bestätigt.«

Franzoni nimmt Platz. Giovanni breitet die Arme aus.

»Es gibt keinen Grund, nervös zu werden, Avvocato. Das hier ist nur eine läppische Unterhaltung zwischen Männern von Welt, wie Sie sagten.« Er sieht Lamberti an. »Zwischen ehrenwerten Leuten. Das sind wir doch alle hier, nicht wahr?«

Lamba streicht sich mit der Hand übers Kinn.

»Aber sicher, Commissario.«

»Schön, dann erzählen Sie mir vielleicht einmal, was ein ehrenwerter Mensch wie Sie zwischen dem zehnten und dem dreizehnten Februar getrieben hat?«

»Ich hab's Ihnen gesagt, Commissario. Ich erinnere mich nicht. Aber wahrscheinlich war ich hier in Bologna. Sie wissen ja, ich habe ein ziemlich bekanntes Lokal.«

Giovanni tut so, als fiele ihm plötzlich ein wichtiges Detail ein. In übertriebener Überraschung reißt er die Augen auf.

»Sie haben Recht. Das Tetris. Schöne Diskothek, wie man so hört. Voller Weiber. Und junger Mädchen.« Er macht eine Pause, sieht Franzoni und dann wieder seinen Klienten an. »Doch eigentlich interessiert mich vor allem der zehnte Februar. Ein Dienstag.«

»Sagt mir nichts.«

»Wie merkwürdig, Signor Lamberti. Denn, wissen Sie, der zehnte Februar war Faschingsdienstag. Da haben Sie doch bestimmt ein Fest gemacht, einen besonderen Abend, irgendwas. Sagen Sie mir nicht, dass Sie ausgerechnet am letzten Karnevalstag geschlossen hatten.«

Lamberti atmet tief durch. Eine ungeduldige Geste, die Giovanni fast zum Lachen reizt.

»Schon möglich«, antwortet Lamberti. »Am Karnevalsdienstag machen wir immer was Besonderes.«

Jetzt lacht Giovanni wirklich.

»Etwas Besonderes, aber klar. Vielleicht mit einer von diesen – wie haben Sie die genannt – kleinen Mädchen? Für die Sie eine so große Schwäche haben. Hatten Sie am letzten Karnevalstag vielleicht ein spezielles? Eines, das niedlicher war als die anderen? Ein blondes vielleicht.«

»Jetzt reicht es, Commissario.« Franzoni wird laut. »Ehe der Staatsanwalt eintrifft, werden wir keine Ihrer Fragen beantworten. Das ist doch …«

Giovanni lässt ihn nicht ausreden. Er steht auf und stemmt die Fäuste auf den Tisch.

»Nein, Avvocato. Ich sage, wann es reicht. Und ich sage Ihnen noch etwas. Auch wenn Ihr durch und durch anständiger Mandant mir nicht antworten will, wird er früher oder später nicht drumherum kommen. Denn so wie es aussieht, wird er ein ganzes Weilchen auf Staatskosten leben, und zwar an einem Ort, an dem gewisse Delikte nicht besonders gut ankommen.«

»Ich verstehe nicht, Commissario. Ich verstehe wirklich nicht.«

»Sie verstehen nicht? Dann fragen Sie doch mal ihn. Fragen Sie ihn. Hat er nicht gerade gesagt, dass er eine Schwäche für kleine Mädchen hat? Fragen Sie ihn, ob er sich an ein blondes erinnert. Ob er sich mit einem blonden …«

Diesmal unterbricht Lamberti ihn. Sein Gesicht ist kaum zwanzig Zentimeter von dem des Kommissars entfernt.

»Ja, vielleicht war es blond. Ich weiß es schon gar nicht mehr. Die hüpfen mir reihenweise ins Bett, diese kleinen Nutten. Sie wollen Geld, schöne Autos, ein schönes Leben. Und von mir kriegen sie's. Ein Weilchen jedenfalls, bis ich sie über bin. Ich mag sie jung, mit weicher Haut und strammen Titten und diesem welthungrigen Blick. Ich mag kleine Mädchen, Commissario. Siebzehn, achtzehn. Zwanzig ist meistens schon zu alt. Aber ich mache nichts Böses. Ich hab nie eine vergewaltigt. Ich hab nie eine umgebracht. Ich hab nie was von dem getan, was in den Zeitungen über mich behauptet wird. Nichts. Ich bin ein ganz normaler Mann. Ein ehrenwerter Bürger. Einer wie viele. Ich ficke sie nur. Mehr nicht. Und seien Sie versichert, es macht ihnen sogar Spaß.«

In der Stille, die Fabio Lambertis Worten folgt, ist noch nicht einmal das Rauschen des Regens zu hören. Er ist keinen Moment laut geworden. Wie ein leicht gelangweilter Uniprofessor, der seinen vernagelten Studenten zum hundertsten Mal eine kinderleichte Formel erklärt.

Einen Augenblick lang sieht Marra ihn durch die Stille an. Dann greift er in die Hosentasche und zieht ein kleines, durchsichtiges Plastiksäckchen hervor. Er legt es auf den Tisch, zwischen seine Hände und Lambertis.

Darin ist ein Silberkettchen.

Der Anwalt greift nach der Tüte und mustert sie. Ein Kettenglied ist kaputt, der kleine Ring ist ein bisschen aufgebogen.

»Und wo kommt die plötzlich her?«

»Aus dem Haus Ihres Mandanten, Avvocato. Aus einer Schublade, in der wir vielleicht gar nicht hätten nachschauen sollen.«

Lamberti hat für das Tütchen nur einen flüchtigen Blick übrig.

«Die muss jemand verloren haben«, sagt er. »Keine Ahnung mehr, wer. Ich hab sie wohl gefunden und weggelegt.«

»Vielleicht die kleine Blonde vom letzten Karneval.«

»Ja, vielleicht genau die, Commissario.«

Marra verzieht unmerklich den Mund. Er zieht ein Foto aus einer farbigen Mappe. Ein Mädchen. Es lächelt, die Sonne streichelt sein Haar. Sie hat ein Silberkettchen um den Hals, mit einem kaputten Glied, genau wie dieses.

»Paola Vigliani«, sagt Giovanni und tritt abwartend einen Schritt vom Tisch zurück.

Das Foto liegt da, ohne dass es jemand berührt.

Fabio Lamberti setzt sich.

Und das Schweigen, das diesmal den Raum erfüllt, ist ein völlig anderes.

Das Morgenlicht ist düster wie eine Drohung.

Ich sitze in Andreas Küche und lausche dem Gewitter und Kim Carnes' Stimme, die *Bette Davis eye*s singt.

Andrea rührt in ihrem Tee, mustert mich von Kopf bis Fuß und versucht zu verstehen, ob das, was ich ihr gerade erzählt habe, etwas mit der Wirklichkeit zu tun hat oder ein erstes Indiz für meinen schleichenden Irrsinn ist.

»Sag doch bitte was.«

Die Stille bringt mich um. Ich habe sie schon vorhin gespürt, wie sie meine Worte umgab, als ich die Szene im Zug beim Erzählen noch einmal durchlebte, die Angst, die eingerannte Tür, den leeren Platz, das Mitleid, mit dem mich der Kontrolleur am Bahnhof verabschiedet hat.

Andrea trinkt einen Schluck Tee.

»So wie ich dich kenne, kann ich mir kaum vorstellen, dass du dir so etwas nur einbildest. Aber klinisch ist das möglich.«

»Das ist keine Antwort.«

Sie seufzt.

»Doch, Nicola. Das ist eine Antwort. Nur nicht die, die du hören willst. Und ich bin nicht nur deine Freundin, sondern auch Ärztin. Also muss ich dir als Ärztin antworten, auch wenn ich kein Psychiater bin.«

Wenn ich etwas nicht ausstehen kann, dann ist es, ihr Recht geben zu müssen. Zugeben zu müssen, dass etwas in mir oder in meinem Leben außer Kontrolle ist.

Sie trinkt wieder von ihrem Tee. Jedes Mal, wenn sie die Tasse wieder auf dem Tisch abstellt, scheint sie um keinen Tropfen leerer geworden zu sein. Als sei es die Idee von Tee, an der sie nippt, und nicht der Tee selbst.

»Es ist möglich, dass das Hirn bei enormem Stress oder bei starken Traumata mit solcherlei Sinnestäuschungen reagiert. Eine ziemlich heftige Methode, ein Trauma zu verarbeiten. Als würde eine Wunde vernarben.«

Wieder setzt sie die Tasse an die Lippen, ohne den Blick von mir abzuwenden. Ich merke, dass ich mir auf der Lippe herumknete. Ich verschränke die Arme vor der Brust.

»Vor ein paar Jahren«, fährt sie fort, »habe ich einen fünfundzwanzigjährigen Typen kennengelernt. Waise seit der Kindheit. Er war bei der Großmutter aufgewachsen, eine Kriegswitwe. Sie lebten zusammen. Dann ist sie gestorben. Ein Autounfall. Vom folgenden Abend an, hörte er jeden Abend, ehe er einschlief, ihren schlurfenden Schritt auf dem Flur. Nach ein paar Monaten hat es aufgehört. Einfach so.«

»Wie eine Droge.«

»So ungefähr. Vor ein paar hundert Jahren hätte man gesagt, der Geist der Großmutter habe sein Haus heimgesucht. Vielleicht würde manch einer das auch heute noch sagen.«

Sie steht auf, nimmt die Tasse und stellt sie ins Spülbecken. Sie hat so gut wie nichts getrunken. Nur genippt. So ist es oft, auch mit dem Essen. Wie gern würde ich sauer werden wie sonst, wenn sie so drauf ist, aber das, was ich sage, ist etwas ganz anderes.

»Du meinst also, eine Sinnestäuschung ist nichts als eine Art Trauerverarbeitung. Eine etwas heftige zwar, aber eine von vielen.«

»Ja, mehr oder weniger.«

Ich stehe auf und lehne mich ans Fenster. Ein Moped knattert durch die stille Gasse. Der Stadtverkehr ist nur einen Steinwurf entfernt, doch selbst wenn das Zentrum in Autos erstickt, erscheint diese kleine, ziegelrote Straße wie unbewohnt.

»Aber es war, als wäre es real.«

Sie setzt sich halb auf den Spülbeckenrand.

»Ich hab nicht gesagt, dass es das nicht ist. Ich hab dir nur erklärt, dass man sich unter starkem Stress etwas einbilden kann. Doch wenn es wahr ist, muss es einen Grund dafür geben. Und den musst du mir erklären. Ich hab den Eindruck, du glaubst nur, dass es diesen Mann gibt, weil es ihn geben könnte. Weil es einen Grund gibt, weshalb er dich verfolgen könnte.«

Ich antworte nicht, aber mein Blick sagt genug. Andreas Stimme wird hart, als sie ihn sieht.

»Was für Scheiße hast du gebaut?«

Diesmal antworte ich ohne nachzudenken.

»Ich hab etwas gesehen, was ich nicht sehen sollte.«

Sie atmet heftig aus und verschränkt die Arme.

»Und was?«

»Fotos.«

»Im Irak?«

Ich nicke.

Sie schweigt. Sieht hinaus. Eine Taube setzt sich aufs Fensterbrett und sie klatscht in die Hände, um sie zu verscheuchen.

»Und jetzt?«

Ich sehe der Taube nach, die durch den Wolkenbruch segelt und auf dem Hausdach gegenüber landet.

»Das ist jetzt eine Sache der Polizei. Ein alter Kumpel von mir, der mit mir Tennis gespielt hat, ist Kommissar. Ich habe ihm alles erzählt.«

»Und du glaubst, das bringt was?«

Ich lächle. Ein hilfloser Versuch, die Spannung zu lösen und sie zu beruhigen.

»Das hoffe ich zumindest. An wen soll ich mich sonst wenden, wenn die Polizei nichts ausrichten kann?«

Sie stößt sich vom Spülbecken ab, nimmt sich einen Stuhl und lässt sich darauffallen. Das Gewitterlicht malt rötliche Reflexe in ihr Haar.

Ich antworte nicht. Ich sehe sie einfach nur an und warte. Von irgendwo höre ich ein Lied, das mir bekannt vorkommt, und ich versuche mich auf die Melodie zu konzentrieren. Dann holt Andrea mich in die Wirklichkeit zurück.

»Komm vom Fenster weg. Das blendet, ich kann dich nicht sehen. Wie geht es dir?«, fragt sie, als ich mich ihr gegenüber setze.

Ich fahre mir mit der Zunge über die Lippen. Spröde, wie meine Haut, wie meine Gedanken.

»Ich habe Angst. Und ich weiß nicht, ob ich hoffen soll, dass es diesen Typen wirklich gibt oder dass er nur Einbildung ist. Keine Ahnung, was besser ist.«

»Und Giulia?«

»Das mit Giulia ist vorbei. Das war es schon, bevor es überhaupt angefangen hat, und das weißt du. Ich will nicht mehr darüber nachdenken.«

»Und worüber willst du nachdenken?«

»Über mich. Ich will wissen, ob es mich irgendwo noch gibt.«

Jetzt lächelt sie. Ein warmes Lächeln, das mir gefällt. Ich frage mich, wie lange ich sie nicht so habe lächeln sehen. Und ich merke, dass es mir gefehlt hat.

»Pass auf dich auf, ja?«

»Mach ich.«

Ich stehe auf und küsse sie auf den Kopf. Ihre Haare riechen gut.

An einem Morgen, der eigentlich dienstfrei sein sollte, schluckt Inspektor Francesco Carta bedächtig seinen vierten Kaffee hinunter.

Als er aufgestanden ist, war es noch nicht einmal sechs Uhr, doch er konnte einfach nicht mehr schlafen. Angela hat gehört, wie er wach geworden ist, und hat ihn umarmt, ihm das Bein um die Hüfte geschlungen und ihn in den Nacken geküsst. Einen Moment lang hat er versucht, sich ihrer warmen, nach Schlaf und Vanilleduschgel riechenden Haut hinzugeben, doch es ging nicht.

Also ist er barfuß durchs graublaue, regenschwere Morgenlicht getappt. Er hat die Kaffeemaschine auf den Herd gestellt und sich vor den Computer gesetzt.

Jetzt, da der Wolkenbruch sich in ein wäscheleinendünnes Seufzen verwandelt hat, wird Carta bewusst, dass er mit seiner Arbeit endlich durch ist. Auf dem Boden des Kartons, den er mit nach Hause gebracht hat, liegt nur noch eine CD. Die anderen liegen neben dem Schreibtisch in einem Behälter, der sich nach und nach gefüllt und ihn vom Schlafen, vom Essen, von Angela, von seinem Leben abgehalten hat.

Er zieht den Mauspfeil über den Monitor und klickt zweimal auf den Ordner. Darin, unterteilt in andere Ordner, sind sämtliche erkennbaren Gesichter jener endlosen Bilderflut. Gesichter, die nach einer Weile alle gleich aussahen, der gleiche, abwesende Ausdruck, der gleiche Blick, die gleichen Lippen. Gesichter, gegen die er sich hat wehren, für die er eine brauchbare Methode hat entwickeln müssen, um sie wiederzuerkennen, wenn sie ein zweites oder drittes Mal auftauchten.

Es sind Frauen, junge Mädchen, mehr oder weniger bekannte Pornodarstellerinnen. Einige werden wahrscheinlich nie einen Namen haben.

Er stellt das leere Kaffeeglas neben die Maus und schiebt die letzte CD ins Laufwerk. Er fährt sich mit der Hand übers Gesicht und wartet, dass sie sich öffnet. Sein Bart ist ein bisschen lang, und sähe er in den Spiegel, würde er feststellen, dass seine Augen unter der Last der Müdigkeit eingesackt sind.

Er muss dringend duschen, sich rasieren, das Gehirn ausschalten und die Augen zumachen. Er überlegt, wann er wohl endlich dazu kommen wird. Dann klickt er zweimal auf den einzigen Ordner der letzten CD.

Eine leise Melodie ertönt, und der Bildschirm füllt sich mit einem seltsamen weißen Licht, in dem weibliche Figuren schweben. Es ist eine Flash-Animation, wie es sie inzwischen auf fast jeder Internetseite gibt. Sie hat sogar einen Titel. In blauer Schrift, auf einem der ersten Bilder.

Der Elfentanz.

Inspektor Francesco Carta betrachtet die weißgekleideten Wesen, die aussehen, als wären sie einem Kinderbuch oder Tolkiens Elbenstadt entsprungen. Er hält den Film an und zieht den Ordner auf den Desktop. Das ist was für Angela. Sie hat ihn gezwungen, jeden Teil der *Herr-der-Ringe*-Trilogie zweimal zu sehen. Und zu Weihnachten hat sie sich die DVD mit den Extended Versions gewünscht. Sie und ihre Freunde sind ganz verrückt nach solchen Sachen.

Er wirft einen Blick in den leeren Karton und steht auf. Plötzlich ist sein Körper wie Blei, die Müdigkeit zu stark, um ihr zu widerstehen. Er lässt sich aufs Sofa fallen, legt den Kopf auf die Armlehne, schließt die Augen, und schläft sofort ein, wie ein erlöschendes Licht. Als Angela sich für die Nachmittagsschicht fertigmacht, liegt er noch immer dort, in derselben Position. Mit einem seltsamen Lächeln auf den Lippen.

Giovanni trifft kurz nach dem Gewitter ein.

»Ich habe nicht viel Zeit«, sagt er beim Eintreten. Das gleiche hat er mir schon vor zwei oder drei Stunden am Telefon gesagt, als ich ihn gefragt habe, ob er vorbeikommen könne, weil ich ihm etwas zeigen möchte. Er hat das müde Gesicht und den verlorenen Blick eines Menschen, der nicht geschlafen hat.

Ich erzähle ihm die Geschichte aus dem Zug und versuche zu begreifen, ob er meinen Worten zuhört oder dem ständigen Strom seiner Gedanken, den er nicht anhalten kann und der ihn mit sich fortträgt, an einen dunklen, entlegenen Ort.

Schließlich zieht er ein Feuerzeug und eine Zigarette hervor. Er fragt mich noch nicht einmal, ob er rauchen darf, gerade so, als wäre ich gar nicht da.

»Was zum Teufel hat dich denn geritten?«

Seine Stimme ist ein Stein, der ins Wasser fällt. Rasch und ohne Umwege zieht er mich hinab. Ich verschränke die Arme, die Hände unter den Achseln. Um mich zu schützen.

»Ich hatte keine andere Wahl.«

Lächelnd zieht er an seiner Zigarette.

»Das ist eine richtige Scheißantwort, Nicola. Was bist du, ein Kind? Spielst du Cowboy und Indianer?«

»Ich wollte etwas für sie tun.«

Er drückt die halb gerauchte Zigarette auf dem Fensterbrett aus.

»Ihr seid alle verrückt«, raunt er. Er sieht in die Ferne. Ich tue so, als hätte ich ihn nicht gehört.

»Vielleicht baue ich nur Scheiße, Giovanni. Jedes Mal, wenn ich das Gefühl habe, etwas tun zu müssen, geht es nach hinten los. Aber ich fühle mich schuldig. Sie saß mir gegenüber. Es war, als erhoffte sie sich eine Reaktion. Sie hat sich zu mir gesetzt und mich um Hilfe gebeten. Und ich habe mich verdrückt. Und das nur, weil ich ihr nicht aufmerksam genug zugehört habe, um zu kapieren, was abgeht.«

»Du hättest nichts tun können, Nicola. Nichts, verstehst du?«

»Weißt du, wie oft ich mir das gesagt habe? Ich konnte nichts tun. Aber das ist eine Scheißentschuldigung. Dauernd suche ich mir Scheißausreden, um den Kopf in den Sand stecken zu können und nichts mitkriegen zu müssen. Ich hätte etwas tun können. Und deshalb bin ich hingefahren.«

»Weil du dich schuldig fühlst.«

»Ja. Ist dir das noch nie passiert? Hast du noch nie gedacht, du hättest etwas für jemanden tun können, obwohl es gar nicht stimmt?«

Ich merke erst hinterher, was ich gerade gesagt habe. Giovanni macht einen Schritt auf mich zu. Die Augen weit aufgerissen. Die Fäuste an den starr herabhängenden Armen geballt.

»Doch, das passiert mir. Jeden Tag.«

Er sieht mir in die Augen. Ein Blick voller Schmerz, Wut und allzu vielen Erinnerungen.

Schließlich macht er sich noch eine Zigarette an. Er raucht sie aufs Fensterbrett gelehnt, mit dem Rücken zu mir. Ich folge dem Rauch, der sich im tropfnassen Nachmittag verliert. Ich sehe ihn über Giovannis regloser Silhouette aufsteigen und versuche mir auszumalen, woran er gerade denkt.

»War er verängstigt?«

Erst als er spricht, merke ich, dass er mich ansieht. Die Erinnerungen scheinen wie weggewischt, der Schmerz mit dem Zigarettenrauch verflogen.

»Der Typ im Zug?«

»Der Typ aus dem Zug ist mir scheißegal, Nicola. Zumindest im Augenblick. Nein, der Junge aus dem Hotel.«

»Eher panisch als verängstigt. Wie gesagt, er hat sich umgeschaut, als müsste jeden Moment jemand auftauchen.«

Er steckt sich die Zigarette zwischen die Lippen und zieht daran.

»Doch eigentlich hat er nichts gesehen. Nur die Parmeggiani, an ganz bestimmten Wochentagen.«

Er sagt, die Parmeggiani. Ehe ich antworte, denke ich kurz, dass das sein Trick ist, um weitermachen zu können. Entpersönlichen. Aus einem Opfer einen Fall, eine Leiche, eine Summe von Indizien machen, die zu einem Schuldigen führen.

»Nein, er hat nichts gesehen. Aber jetzt wissen wir, dass sie da war. Und wir wissen, wann.«

Er raucht zu Ende und sieht sich suchend nach einem Aschenbecher um. Ich halte ihm den Müllbeutel hin.

»Sag schon, Giovanni. Ich verstehe gar nichts mehr. Allmählich kriege ich Angst. Vor allem, auch vor dem, was ich sehe. Und das gefällt mir nicht.«

Er lehnt sich gegen das Sofa.

»Ich glaube, die Parmeggiani hat einen ganz dicken Fisch erpresst. Und sich verschätzt. Vielleicht glaubte sie, sie müsste einfach nur die Fotos zeigen, um richtig viel Geld zu machen. Oder vielleicht hatte sie zu Hause noch andere. Vielleicht steckten sie im anderen Koffer, und ihr Mörder hat sie gefunden. Durch die Verwechslung des Gepäcks kam dann plötzlich die Polizei ins Spiel. Und du. Bis gestern konnten sie noch glauben, die Fotos gingen dir am Hintern vorbei und du hast sie uns gegeben. Sollten sie tatsächlich hier drin und in deinem Auto herumgewühlt haben, müssen sie zu dem Schluss gekommen sein, dass du sie nicht mehr hast. Niemand wird auf die Idee gekommen sein, dass du sie ständig in diesem MP3-Ding mit dir herumschleppst. Und damit warst du aus dem Schneider.«

»Bis gestern.«

Meine Stimme ist nur ein Flüstern.

»Bis gestern«, wiederholt er. »Doch hier wird die Sache ein wenig dubios. Für mich zumindest. Aber für dich offenbar auch. Bist du sicher, dass du diesen Typen wirklich gesehen hast?«

»So, wie die Dinge gerade liegen, ist Sicher ein großes Wort.«

»Na schön. Wenn er also gestern Morgen nicht da war, hat sich an deiner Lage nichts geändert. Niemand weiß, dass du in diesem Hotel warst, und alles ist in Butter. Mal abgesehen davon, dass du völlig durchgeknallt bist.«

»Und wenn es den Kerl aus dem Zug wirklich gibt?«

Er antwortet sofort, als wäre es sonnenklar.

»Wenn er dich umbringen wollte, dann hätte er das längst getan.«

»Das ist keine Antwort.«

Er zieht ein seltsames Gesicht. Ein betrübtes Lächeln.

»Doch, das ist es, und ich sag's noch einmal. Hätten sie dich umbringen wollen, hätten sie's längst getan.«

»Das beruhigt mich kein bisschen.«

Wortlos sieht er mich an. Vielleicht müsste er sagen, es sei nicht seine Schuld, dass alles so gekommen ist. Niemand hat mich darum gebeten, die Fotos anzuschauen, sie zu behalten und einen Haufen Halbwahrheiten zu erzählen, die zu einer verzerrten Wahrheit geführt haben. Vielleicht müsste er etwas Beruhigendes sagen, irgendeine Floskel, die man für kleine Kinder oder Todkranke übrig hat.

Alles wird gut. Mach dir keine Sorgen.

Doch er tut es nicht. Er steht einfach nur da, ans Sofa gelehnt. Und ich werde das Gefühl nicht los, dass er noch eine Menge zu sagen hätte. Und dass er mir alles verschweigt.

Ich bin kurz davor, es ihm zu sagen. Doch sein Handy hält mich davon ab. Ein unbekannter Klingelton, irgendetwas zwischen Bach und einem Werbejingle. Er fährt hoch und tritt ans Fenster. Geht ran.

»Was für eine Krankheit?«, höre ich ihn fragen. Gleich darauf ist das Telefonat beendet.

»Ich muss los«, sagt er und geht zur Tür. Auf der Schwelle bleibt er stehen und sieht mich an.

»Und was soll ich jetzt machen?«, frage ich ihn.

»Ganz normal weiterleben. Arbeite, wenn du kannst, ruh dich aus, wenn du müde bist, geh vögeln, betrink dich. Tu, was du willst.« Er macht eine Pause. »Und mach dir keine Sorgen.«

Zu spät. Jetzt ist der Satz nutzlos. Er ist nur eine hohle, falsche Entschuldigung. Ich tue so, als hätte ich ihn nicht gehört.

»Und du?«

»Ich werde dich Tag und Nacht im Auge behalten. Auch, wenn du es nicht merkst.«

»Macht man das mit Ködern so?«

»Mit dir macht man das so.« Er zwinkert mir zu. Es wirkt ehrlich.

»Und dieser Anruf?«

Auf der ersten Stufe dreht er sich um.

»Bist du deine Neugier nicht endlich mal leid?«

Grinsend schüttele ich den Kopf.

»Erinnerst du dich an Paola Vigliani? Vielleicht haben wir den Kerl geschnappt, der sie umgebracht hat.«

Das Telefon klingelt zum dritten Mal, und Michele Ferrari beschließt abzunehmen.

Am anderen Ende ist nur Schweigen.

Er steht in der Küche, das Schnurlose in der Hand. Plötzlich erscheint ihm die Stille der Wohnung unerträglich.

»Hallo«, sagt er zum vierten Mal. Einen Moment lang ist er sicher, dass am anderen Ende jemand Luft holt, um zu antworten. Dann wird die Verbindung beendet.

Seit drei Tagen geht das so. Nicht mehr als zwei oder drei Anrufe täglich. Und immer, wenn er allein zu Hause ist.

Er lehnt sich gegen die Wand. Mit dem Rücken zum leeren Zimmer zu stehen, macht ihm Angst. Er versucht, seinen Herzschlag zu beruhigen, indem er immer langsamer mitzählt, in der Hoffnung, dass Puls und Atem sich seinem Zählrhythmus anpassen.

Schließlich geht er zum Kühlschrank und trinkt einen Schluck Wasser direkt aus der Plastikflasche. Als er wieder ins Wohnzimmer zurückkehrt, fühlt er sich auf einmal sehr müde. Selbst halbtags wieder zu arbeiten, war keine gute Idee. Aber er hatte keine Wahl.

Seine Wohnung ist ein Gefängnis. Der Käfig, in den Mirella ihn einsperren will, um alles zu überwachen, was er tut und denkt. Wer weiß, ob sie mitgekriegt hat, dass er, als er sie gestern gefickt hat, an Gioias Hintern gedacht hat. An das feine, scharfe Lächeln, mit dem sie ihn ansieht. An das Muskelspiel ihrer festen Schenkel, wenn sie geht. Wer weiß, ob sie es bemerkt hat, wo sie doch meint, ihr entginge nichts. Ihr mit ihren Geheimnissen.

Ihr, die ihn tot sehen wolle.

Drecksweib.

Suchend dreht er sich um. Dann geht er zu der kleinen Holzkommode in der Ecke. Eine Kristallfigur steht darauf. Eine Katze mit gebogenem Schwanz, die Schnurrhaare wie zwei Streichhölzer. Er nimmt sie in die Hand und betrachtet sie. Ein Geschenk von Mirellas Mutter. Etwas Antikes. Ein Familienstück. Mit der Fingerspitze zeichnet er das Katzenprofil nach. Es ähnelt seinen Gedanken. So zerbrechlich, obwohl es so hart erscheint.

»Leck mich am Arsch«, raunt er.

Er lässt los, und die Katze saust zu Boden.

Er hockt sich hin und mustert sein Spiegelbild in den Kristallsplittern. Dann steht er auf, geht hinaus und lässt die zerborstene Figur für Mirella zurück.

Im Eingang bleibt er stehen und sieht nach der Post. Die Telefonrechnung, die Sonderangebote eines Supermarktes, der Flyer einer Detektei. Kein Firlefanz, nur eine beigefarbene Karte mit schwarzer Schrift. Schlichte Typo.

AGENTUR LUIGI PETRI.

Er hält sie einen Augenblick lang zwischen den Fingern. Dann greift er zum Handy und ruft ein Taxi. Als der Wagen da ist, nennt er dem Fahrer die Adresse auf dem Flyer.

»Guten Tag, kleines Fräulein, waren wir heute schwimmen?«

Das Mädchen mit den Sommersprossen erkennt die Stimme und bleibt stehen. Sie lächelt über das ganze Gesicht. Etwas erfüllt sie mit einer plötzlichen, unbändigen Freude. Unbewusst stellt sie sich auf die Zehenspitzen um zu antworten. Selbst die Stimme lächelt.

»Ja, Gerry. Du weißt doch, dass ich jeden Tag baden gehe.«

Gerry ist der Bademeister des Strandabschnitts zweiundneunzig in Rimini. Eigentlich ist er gar kein richtiger Bademeister. Eher eine Art Aushilfe, jemand, der sich während der Ferien etwas dazuverdient, um übers Wintersemester zu kommen. Er ist dreiundzwanzig Jahre alt, unglaublich groß und braungebrannt. Und das Mädchen mit den Sommersprossen denkt, dass sie ihn heiratet, wenn sie groß ist. Auch wenn sie weiß, dass das nicht stimmt.

Francesca kommt vorbei. Die vom Sonnenschirm ganz hinten. Und Gerry verschlingt sie mit den Augen, während sie ihren runden Hintern über den Zementlaufsteg schwingt.

Irgendwann wirst du mir auch so nachsehen.

»Ich muss mir jetzt die Haare waschen gehen. Sonst kriegen die Spliss«, sagt sie und sieht Gerry an. Der lächelt zurück, und etwas in ihr löst sich. »Morgen habe ich Geburtstag.«

»Und wie alt wird mein hübsches kleines Mädchen?«

»Dreizehn. Ich bin gar nicht mehr klein.«

Gerry wuschelt ihr durchs Haar. Sie macht ein genervtes Gesicht, obwohl sie wünschte, er würde nie damit aufhören.

Mit einer Bewegung, die pikiert wirken soll, aber nur komisch ist, wendet sie sich brüsk von ihm ab. Wer weiß, ob er ihr nachsieht. Am liebsten hätte sie hinten Augen, um zu sehen, ob der

Blick, den sie im Rücken spürt, Wirklichkeit oder nur Einbildung ist.

Darüber denkt sie nach, während sie in der Schlange vor den Duschen steht und darauf wartet, dass eine deutsche Urlauberin damit fertig wird, einen ebenso mageren wie störrischen Jungen unter den Wasserstrahl zu drücken. Sie atmet tief durch und fährt sich mit den Händen durchs Haar. Nur mit den Fingerspitzen, um sie glattzustreichen und über die Schultern zu legen.

Während sie die Geste noch ein wenig hinauszögert, ahnt sie nicht, dass nur dreißig Meter weiter rechts das Teleobjektiv einer Digitalkamera die Bewegung ihrer Finger, ihren Gesichtsausdruck und das leuchtende Goldbraun, das die Ferien auf ihre Haut gezaubert hat, in einem Foto bannt.

Und dass das Bild, auf dem ihre Augen zu leuchten scheinen, nicht das einzige ist, das heimlich von ihr gemacht wurde, seit sie vor ein paar Stunden an den Strand gekommen ist.

Die Detektei befindet sich im obersten Stock eines Palazzos im Stadtzentrum. Ein Aufzug bringt den Besucher direkt in das nach Putzmittel und Klimaanlage riechende Foyer. Es gibt keinen Eingang. Das Büro nimmt das gesamt oberste Stockwerk ein.

Michele Ferrari geht auf den Empfangstresen zu und begegnet dem Blick der jungen Frau dahinter, der auf ihm ruht, seit er den Aufzug verlassen hat wie ein Flüchtling, der Feindesland betritt.

»Haben Sie einen Termin?«

Die Stimme der Sekretärin ist hart. Sie reckt das Kinn wie ein Model und starrt ihn an.

»Nein, aber ich würde gern mit dem Inhaber sprechen.«

Er hält inne. Aus irgendeinem unerfindlichen Grund kommt er sich entsetzlich dämlich vor. Dass er das erst jetzt merkt, unter dem Blick dieser Ziege, die ihn mustert wie eine sadistische Lehrerin, macht es ihm nicht leichter, die richtigen Worte zu finden.

»Es handelt sich um etwas sehr Wichtiges … Dringendes«, sagt er schließlich.

Die Sekretärin antwortet nicht. Sie scheint mit einer schwierigen Entscheidung zu hadern. Er zwingt sich, ihrem Blick standzuhalten, bis sie ihn endlich nach seinem Namen fragt.

»Michele Ferrari«, antwortet er und lässt wie immer den akademischen Titel beiseite.

Endlich reißt sie den Blick von ihm los und greift nach dem Telefon. »Signor Michele Ferrari ist hier und fragt nach Ihnen. Er sagt, es sei dringend.« Sie lauscht in den Hörer und legt auf. Unglaublicherweise schenkt sie ihm ein Lächeln und deutet auf einen Punkt hinter sich.

»Bitte sehr!«

Als er eintritt, entspricht das, was er vor sich sieht, nicht im Mindestens seinen Erwartungen.

»Doktor Ferrari, nehme ich an.«

Hinter dem großen, massiven Holzschreibtisch sitzt eine Frau und sieht aus dem Fenster auf die Glocke aus Feuchtigkeit und Smog, die Bologna im Sommer umschließt.

»Es muss sich wohl um ein Versehen handeln«, hebt Michele an und spürt, wie seine Füße sich Richtung Tür wenden.

»Nein, warten Sie, es ist kein Versehen. Sie hatten bestimmt mit einem Mann gerechnet. Mit meinem Vater.«

Jetzt, wo die Frau den Schreibtisch umrundet hat und auf ihn zukommt, wirkt sie sehr viel jünger. Höchstens dreißig. Sie trägt eine Bluse und Hosen in einem tiefen Schwarz, das ihr langes blondes Haar zum leuchten bringt wie ein unerwartetes Geschenk. Auch ihre kastanienbraunen Augen hinter den rechteckigen Brillengläsern leuchten.

»Ich bin Raffaella Petri. Mein Vater kann leider nicht hier sein.

Ich leite jetzt die Agentur. Ich hoffe, ich kann Ihnen genauso behilflich sein.«

Sie hält ihm ihre Hand hin. Sie wirkt wie ein Topmanager. Und doch sind die Stimme und die Bewegungen der jungen Frau alles andere als kalt, arrogant oder distanziert. Er drückt ihre Hand und nimmt vor dem Schreibtisch Platz. Michele ist sich sicher, am richtigen Ort bei der richtigen Person zu sein und endlich etwas zu tun, was ihm hilft, sein Leben wieder in den Griff zu bekommen.

»Also, Doktor Ferrari. Angelica hat mir gesagt, es sei dringend.«

Michele unterdrückt ein Lachen.

»Sie heißt Angelica?«

»Ja. Würden Sie sie näher kennen, wüssten Sie, dass der Name sehr viel passender ist, als es den Anschein hat. Doch ich verstehe Sie. Allerdings sind Sie ohne Termin hier aufgekreuzt und wirken, sagen wir mal, einigermaßen verwirrt.«

Micheles Stimme übertönt den letzten Satz.

»Es handelt sich um meine Frau«, sagt er. Und in dem Moment erscheinen ihm seine Worte blöd und banal.

»Erzählen Sie mir alles. Es stört Sie doch nicht, wenn ich mir Notizen mache?«

Er schüttelt den Kopf, sucht nach einem Fixpunkt, an dem er beginnen kann, etwas, das alle Details zusammenhält.

»Anfang des Jahres habe ich einen Unfall gehabt«, fängt er an. »Ich habe sechs Monate im Koma gelegen. Und seit ich daraus erwacht bin, kann ich mich nicht mehr an mein früheres Leben erinnern.«

Das klingt ganz einfach. Ein paar Worte, die alles sagen. Doch das ist nur der Anfang. Der Rest, der aus ihm herausbricht, als hätte er nur auf diesen Augenblick gewartet, ist der Versuch, etwas zu erklären, das sich nicht erklären lässt. Die Hoffnung, dass sich alle Einzelheiten in seinem Kopf zu einem genauen

Bild zusammengefügt haben und ihm jetzt, da sie seinen Mund als Worte verlassen, etwas Neues offenbaren. Ein Detail, einen tieferen Sinn, der sich hinter der Geschichte verbirgt. Vorausgesetzt, es gibt einen.

Als er alles gesagt hat, lässt er sich mit seinem ganzen Gewicht gegen die Lehne sinken. Raffaella Petri sieht von ihrem Notizbuch auf. Während der gesamten Schilderung hat sie nicht ein Wort gesagt. Sie hat ihn nur angesehen, hin und wieder genickt und sich mit leichten, flinken Bewegungen ein paar Sätze notiert.

»Möchten Sie etwas trinken, Doktor Ferrari?«

Michele versucht zu lächeln, doch er kann nicht.

»Ja, gern. Wasser.«

Raffaella Petri steht auf und geht hinaus. Sie hätte Angelica bitten können, doch sie möchte, dass Michele allein im Büro zurückbleibt. Um dem Echo seiner Worte zu lauschen, ehe er weiterredet.

Er tritt ans Fenster. Es nimmt die gesamte Rückwand ein. Er legt die Stirn ans Glas. Ein kalter Schweißtropfen rinnt ihm über die Schläfe. Er wischt ihn mit dem Finger fort und sieht hinaus. Die Straße jenseits der Ampel erscheint endlos. Sie ändert ihren Namen, zieht sich in die Länge, wird unter den Türmen schmal und schattig und fächert sich auf wie die Beine einer Spinne. Kleine, harte Steine, die zu etwas Riesigem ineinander verschachtelt sind, in dem jedes noch so winzige Detail einen Sinn, eine bestimmte Rolle, eine eigene Bedeutung zu haben scheint, die über den Zufall hinausgeht.

Der tiefere Sinn hinter der Geschichte eben. Der Grund, weshalb er in diesem Büro steht und mit dieser Frau spricht, die soeben mit einem Pappbecher und einer beschlagenen kleinen Mineralwasserflasche wieder hereingekommen ist.

Michele greift danach und trinkt direkt daraus, ein hastiger Schluck.

»Leider bleibt sie nicht mehr lange so.«

Er sieht sie an. Raffaella steht neben ihm, den Blick aus dem Fenster gerichtet.

»Wie bitte?«

Sie lächelt. Der traurige Ausdruck eines schweigsamen Mädchens.

»Ich meine die Stadt. Ich mag Bologna im Sommer. Ich war lange Zeit fort, und es ist alles genau so, wie ich es in Erinnerung hatte. Die Stille in den sonnigen Straßen. Die riesig erscheinenden Plätze, der Geruch von Feuchtigkeit am Abend.« Sie macht eine großzügige Handbewegung. »All das. Noch ein paar Tage, und die Leute sind aus den Ferien zurück. Dann ist es vorbei.«

Michele sagt nichts. Ihm macht diese Stille nur Angst. Vielleicht, weil er der Stille gerade entkommen ist. Er leert das Wasser in einem Zug und setzt sich wieder.

»Ich habe mich gefragt, was mit Ihrem Vater ist«, sagt er. Und sofort wünscht er sich, ihm wären diese Worte nie über die Lippen gekommen.

Raffaella Petri scheint völlig unbeeindruckt. Sie rückt sich lediglich die Brille zurecht.

»Entschuldigen Sie, ich wollte nicht aufdringlich sein.«

Sie sieht ihn an. Und für einen kurzen Moment durchbricht die Trauer ihre Stimme. Ein winziger Augenblick nur.

»Sie müssen sich nicht entschuldigen. Die Antwort ist, *ich weiß es nicht*. Vor ungefähr sechs Monaten sollte er sich mit einer Person treffen. Ich war damals nicht in Italien. Ich wohnte noch in den Vereinigten Staaten. Nach diesem Treffen hat er mich angerufen. Ich erinnere mich noch, dass es schneite und ich am Fenster stand und hinaussah. Genau wie vorhin, als Sie hereingekommen sind. Er sagte mir, er müsse eine wichtige Entscheidung treffen, doch ich weiß nicht, was für eine, und auch nicht, weshalb. Doch er schien verstört. Und das hatte ich noch nie erlebt.«

Sie verstummt. Ihr Blick hinter den Brillengläsern wird schmal.

»Das war das letzte Mal, dass ich von ihm gehört habe. Nach diesem Telefonat ist er spurlos verschwunden.«

»Vielleicht sollten Sie die Person ausfindig machen, mit der er verabredet war.«

»Das habe ich.«

»Und was hat sie gesagt?«

»Ich weiß es nicht, Signor Ferrari. Die Person, die mein Vater an jenem Nachmittag getroffen hat, sind Sie.«

Sara Parmeggianis Telefonlisten sind zwei Finger hoch. Als Giovanni Marra von Fabio Lambertis Verhör zurückgekehrt ist, lagen sie genau da, wo sie jetzt liegen, fein säuberlich geordnet auf einer Schreibtischecke. Er hat sie Stück für Stück durchgesehen, und alles, was dabei herausgesprungen ist, ist ein Fluch auf das Datenschutzgesetz, das sie zu einem endlosen Papierkrieg mit den Telefongesellschaften zwingt, um statt einer Reihe von Sternchen die letzten Ziffern der Telefonnummern zu bekommen.

Es sind die letzten zwölf Monate dieser jungen Frau, sämtliche Nummern die sie angerufen hat und von denen sie angerufen wurde. Sternchen inbegriffen. Es wird einen weiteren Tag brauchen, um sie verschwinden zu lassen. Die Telefongesellschaft hat so getan, als wäre ihr der Grund der Anfrage nicht klar, und es brauchte einen Anruf des Staatsanwalts, um ihr auf die Sprünge zu helfen. Als Entschädigung hat sie sämtliche Daten sowohl auf Papier als auch elektronisch geschickt. Eine riesige Excel-Datei, die exakt dem dicken Papierstapel entspricht. Er hat sie auf seinem Desktop.

Er klickt zweimal auf das Icon. Dann nimmt er sich die Liste des ersten Monats ganz oben auf dem Stapel vor.

September 2004.

Die Telefonrechnung. Die Kosten der im August getätigten Telefonate und ihre Dauer.

Die Excel-Datei. Er scrollt bis ganz oben hinauf, isoliert und kopiert die Zeilen der ausgehenden Anrufe. Dann fügt er sie in eine neue Datei ein. Es dauert nur einen Augenblick, bis am Ende der Liste die Summe der Minuten auftaucht. Er nimmt die Finger von der Maus und betrachtet die Ziffern. Dann markiert er die entsprechende Summe auf der Papierrechnung mit einem roten Stift.

Danach nimmt er sich den Oktober vor. Neuer Monat, neues Kopieren und Einfügen von Daten. Neue Markierung. Es folgen November und Dezember und sämtliche anderen Monate bis zu ihrem Todestag. Zwölf Rechnungen, zwölf Markierungen mit dem roten Stift neben den zwölf Gesamtsummen.

Als er mit dieser Durchsicht angefangen hat, lag ihm nur daran, bei der nutzlosen, stumpfsinnigen Tätigkeit nicht an Paola Vigliani denken zu müssen. Auch nicht an das Verhör des Halsabschneiders oder an die Logik, nach der er vergeblich sucht in dieser Geschichte, die sich wie von Geisterhand vor seinen Augen zusammenfügt, Mosaiksteinchen für Mosaiksteinchen.

Als Letztes kam die Mittelmeeranämie von Fabio Lamberti hinzu. Diese genetische Krankheit, die geradezu perfekt zu sein scheint, um einen Haken hinter das zu machen, was sich in jenem Haus abgespielt hat. Der mögliche Grund, weshalb man den Körperteil des Mädchens hat verschwinden lassen.

Zu einfach, zu schnell.

Doch jetzt, mit diesen Nummern vor Augen, braucht er keine Entschuldigung mehr, um sich auf etwas anderes konzentrieren zu können. Abermals geht er die Excel-Datei durch und überprüft alles noch einmal. Zwei Durchgänge. Das Ergebnis ist immer dasselbe: in etlichen Monaten ist die in Rechnung gestellte Gesamtzeit der von Sara getätigten Telefonate höher als die Summe der einzelnen Gespräche.

Das kann kein Versehen sein. Er greift nach dem Hörer und ruft Terzi an.

»Wir haben ein Problem mit den Telefonlisten der Parmeggiani. Einige Nummern fehlen.«

»Mein Vater hat Sie am zwölften Februar um sechs Uhr nachmittags getroffen«, sagt Raffaella Petri, und Michele stemmt sich in seinen Stuhl. Plötzlich ist alles zu groß, zu gewaltig. Und sein Leben erscheint ihm wie eine Parallelwelt, die ein Fremder an seiner Stelle bewohnt hat.

»Wie können Sie da so sicher sein?«

Sie antwortet nicht sofort. Sie steht auf, geht von ihrem Sessel langsam zur anderen Seite des Schreibtisches und setzt sich auf die Kante.

»Ich will Ihnen eine Geschichte erzählen«, sagt sie. »Immerhin bin ich jetzt mal dran, finden Sie nicht?«

Michele nickt. Für Worte ist kein Raum. In diesem Moment ist für nichts Raum. Die unheimliche Stille vor dem Niedergang einer Lawine.

»Irgendwann zwischen acht Uhr abends des zwölften Februar und zehn Uhr morgens des sechzehnten Februar ist mein Vater verschwunden. Nachdem er mit Ihnen gesprochen hatte, ist er nach Hause gefahren. Von dort hat er mich angerufen, deshalb weiß ich es. Es war kurz nach acht. Ich weiß noch, dass ich mir gerade etwas zum Mittagessen machte und fasziniert in den Schnee hinausstarrte.«

Sie hält inne. Sie sieht nicht Michele vor sich, sondern jenes Fenster. Dann redet sie weiter.

»Mein Vater war ein äußerst reservierter Mensch. Einer, den alles kalt zu lassen schien, Schmerz, Angst, Freude. Ich sage Ihnen das alles, weil ich ziemlich sicher bin, dass Sie sich wirklich an nichts erinnern. Und es ist wichtig, dass Sie begreifen, wie er war. Wichtig für das, was ich Ihnen jetzt erzähle.«

»Woher wissen Sie, dass er zwischen diesem Telefonat und zehn Uhr morgens des folgenden Montag verschwunden ist?«

Der Satz entschlüpft ihm ohne Hintergedanken. Nichts als ein mentaler Reflex.

»Um zehn Uhr am Montagmorgen hatte er einen Termin mit dem Klempner. An einem Waschbecken war die Leitung kaputt. Als der Handwerker klingelte, machte ihm niemand auf. Und mein Vater hat niemals einen Termin platzen lassen. Wenn er sich überhaupt verspätete, und sei es nur um zehn Minuten, rief er auf jeden Fall an.«

Sie macht eine Pause. Streicht sich bedächtig eine Strähne zurecht. Es scheint, als hätte auch ihre Geschichte schon lange darauf gewartet, erzählt zu werden. Und jetzt, wo endlich der Moment gekommen ist, muss alles genau so sein, wie sie es sich ausgemalt hat. Jede Kleinigkeit, jeder Satz, jedes Detail.

»Doch das Problem ist nicht nur dieser Termin, Doktor Ferrari.«

Doktor. Er hätte es von vornherein wissen müssen. Der Sekretärin hatte er sich ohne Titel vorgestellt. Und trotzdem hat Raffaella Petri ihn sofort so angesprochen. Doktor Ferrari. Er krallt sich in die Armlehnen seines Stuhls.

»Die anonymen Anrufe, das waren Sie, nicht wahr?«

Die junge Frau deutet ein Lächeln an. Sie hebt die Hand. Gepflegte Finger, perfekte, lange, lackierte Nägel.

»Lassen Sie mich ausreden.«

Michele schweigt. Mit übermenschlicher Anstrengung zwingt er seinen Körper, sich der Form des Stuhls anzupassen. Raffaellas Lächeln erlischt leise, ehe sie wieder zu sprechen anfängt.

»Ich weiß nicht, ob mir von Anfang an klar war, dass etwas nicht stimmte. Vielleicht erst am Ende des Telefonats. Normalerweise redete er nie über seine Arbeit. Es war eben nur *Arbeit*. Er liebte sie, sie war sein Leben, doch er hütete sich davor, sie auch zu meinem werden zu lassen. Doch dieses Mal war es anders.

›Da ist etwas, das ich nicht verstehe‹, hat er mir gesagt. ›Dabei ist es bestimmt ganz einfach. Und sobald ich dahinter komme, muss ich eine wichtige Entscheidung treffen.‹ Ich habe ihn gefragt, worum es geht, doch ich wusste, dass das zwecklos war. Er hätte mir nie geantwortet. Dann ist die Spannung aus seiner Stimme verschwunden und er hat von etwas anderem geredet. Genau da hätte ich es vielleicht merken müssen. Als sich sein Ton änderte. Dieser Unterschied war so verblüffend. Nachher war er der Vater, den ich seit jeher kannte. Vorher nicht.

Nur einmal hatte ich diesen Tonfall bei ihm gehört. Am Tag der Beerdigung meiner Mutter. Er war im Wohnzimmer und hörte Chet Baker. Er hatte mich schlafen geschickt, als wäre ich noch ein kleines Mädchen. Ich war sechzehn, und ich weiß noch, dass ich eine Stunde lang hinter meiner Zimmertür hockte und gelauscht habe. Weinend saß ich hinter der Tür und hörte ihn im Wohnzimmer schluchzen. So haben wir meine Mutter beweint. Jeder für sich, als ließe sich der Schmerz nicht mischen, als wäre es nicht derselbe. Genau ein Jahr später bin ich nach New York abgereist und nicht mehr wiedergekommen. Zwei Jahre lang haben wir uns so gut wie nicht gesprochen.«

Sie steht auf und tritt ans Fenster. Michele stellt sich vor, wie sie die Augen zusammenkneift, um eine Träne zurückzuhalten. Als sie sich umdreht, lächelt sie, als hätte sie den kurzen Augenblick dazu genutzt, sich eine Maske überzustreifen.

»Danach habe ich, wie gesagt, nichts mehr von ihm gehört. Am Montag darauf habe ich einen Anruf von Angelica erhalten. Der Klempner hatte versucht, meinen Vater in der Agentur zu erreichen. Dann hat sie ihn zu erreichen versucht, und schließlich die Polizei. Als sie in seine Wohnung gegangen sind, haben sie alles in bester Ordnung vorgefunden. Keine aufgebrochene Tür, keine Kampfspuren, kein Blut, kein Diebstahl. Als hätte er einfach das Haus verlassen und wäre nicht wiedergekommen.«

»Und das genügt Ihnen nicht.«

»Natürlich nicht. Zwei Tage später habe ich mich beurlauben lassen und bin nach Italien zurückgekehrt. Nach siebzehn Jahren. Als ich seine Wohnung betreten habe, war mir, als würde ich in meine Kindheit zurückkatapultiert. Wie gesagt, alles war an seinem Platz. Der Kühlschrank war voll, die Anzüge aus der Reinigung noch in ihrer Plastikfolie. Eine Miles-Davis-CD in der Anlage, ein Glas in der Spüle. Ein Mann wie mein Vater hätte sich niemals so aus dem Staub gemacht.

Ich habe eine Vermisstenanzeige aufgegeben, doch es gibt keine Beweise, dass ihm etwas zugestoßen ist. Nichts. Dann habe ich mit Angelica gesprochen. Wir sind zusammen groß geworden. Sie ist die Tochter eines früheren Partners meines Vaters, der vor Jahren wegen Krankheit ausgeschieden ist. Als ich mit ihr gesprochen habe, ist mir klargeworden, dass mein Vater nichts von seiner Arbeit archivierte. Er hatte nur ein schwarzes Notizbuch, das er stets in einer dunklen Lederaktentasche bei sich trug. Keine Adressen, keine Karteien, keine Computer. Kein gar nichts. Nur das Notizbuch und die Tasche. Wie Sie sich denken können, haben wir beides nie gefunden.«

»Und ich?«

»Sie sind der Erste gewesen, dem ich nachgespürt habe. Das Einzige, was von der Arbeit meines Vaters geblieben war, waren die Termine. Die hat natürlich Angelica verwaltet. Namen, sonst nichts. In Bologna gibt es nur fünf Michele Ferraris. Davon sind nur zwei Ingenieure. Sie waren der Erste, dem ich nachgegangen bin. Und sofort war mir klar, dass ich ins Schwarze getroffen hatte. Noch ehe ich auf den Rest gestoßen bin.«

Zum ersten Mal, seit Raffaella Petri zu erzählen begonnen hat, stemmt Michele sich aus dem Stuhl. Das Gewicht ihrer Worte hat sämtlichen noch erträglichen Raum eingenommen.

»Welchen Rest? Was soll das heißen, Sie haben ins Schwarze getroffen?«

Sie antwortet nicht. Mit einem merkwürdigen Gesichtsausdruck sieht sie ihn an, als wäre sie sich nicht ganz sicher, wie weit sie bei ihm gehen kann, ob er sich tatsächlich nicht an das erinnert, was ihm zugestoßen ist.

»Zwei Tage nachdem ich erfahren hatte, dass Sie aus dem Koma erwacht sind, habe ich in der Wohnung meines Vaters etwas gefunden. Im Bad, hinter dem Medizinschränkchen. Eine Schraube hatte sich gelöst, und dahinter lugte die Ecke eines Umschlages hervor. Als ich ihn aufmachte, habe ich erst mal nichts verstanden. Es waren nur Fotos und Zugfahrkarten darin. Unterschiedliche Ziele. Mailand, Rom, Florenz, Venedig. Sonst nichts. Erst als ich ein paar Informationen über Sie eingeholt habe, wurde mir klar, dass auf einigen der Fotos ihre Frau zu sehen war.«

Einen Moment lang stockt Michele der Atem. Das Licht, das zum Fenster hereinfällt, ist plötzlich zu hell. Es tanzt in zahllosen winzigen, bunten Pünktchen vor seinen Augen und reißt seinen Kopf in seltsam kreisenden Bewegungen mit sich. Mit geschlossenen Lidern lässt er sich gegen die Stuhllehne sinken, und sofort rückt alles wieder an seinen Platz. Nur ein flaues Gefühl in der Brust bleibt zurück.

»Meine Frau«, flüstert er.

Raffaella Petri steht abermals auf. Sie bleibt neben dem Schreibtisch stehen. Diesmal wartet sie nicht ab, bis er sich wieder gefangen hat. Das, was sie zu sagen hat, drängt zu sehr. Das lange Warten, das hinter ihr liegt, und das Verlangen nach einer Erklärung sind wichtiger als alles andere. Auch als Micheles verstörtes Gesicht.

»Anfangs dachte ich, Sie hätten meinen Vater um Hilfe gebeten, um herauszufinden, ob Ihre Frau Sie betrügt. Nach dem, was Sie mir heute erzählt haben, glaube ich das immer noch ein bisschen. Vom Blog Ihrer Frau wusste ich nichts, aber Sie können sicher sein, kaum sind Sie weg, werde ich ihn sofort lesen. Wie auch immer, ich dachte, Sie hätten meinen Vater beauftragt. Deshalb die Fotos Ihrer Frau. Ich kann Ihnen nicht genau sagen, wo sie aufgenommen wurden. Sie ist immer allein, nur auf einem nicht, aber der Mann, der neben ihr herläuft, könnte auch ein x-beliebiger Passant sein.«

»Alberto«, unterbricht Michele sie und öffnet die Augen.

»Sie kennen ihn?«

»Könnten Sie ihn mir bitte beschreiben?«

»Dunkelhaarig, nach dem, was man sieht. Schwarz gekleidet. Kräftig. Wahrscheinlich dunkler Teint.«

»Alberto.«

Raffaella hockt sich vor ihn auf die Schreibtischkante.

»Wer ist Alberto?«

»Ich weiß es nicht.«

»Doktor Ferrari, wer ist Alberto?«

»Ich weiß es nicht!«

»Doktor …«

Michele springt auf. Noch ehe er begreifen kann, was er tut, übernimmt sein Körper die Regie. Er packt Raffaella Petri bei den Schultern. Schüttelt sie. Ihr Parfüm in seinem Gesicht, der sanfte Shampoogeruch in der Nase.

»Wie oft soll ich es Ihnen noch sagen, ich weiß es nicht! Ich weiß es nicht! ICH WEISS ES NICHT!«

Kurz bevor Michele den Satz beendet hat, kommt Angelica herein. Raffaella sieht sie an und schüttelt langsam den Kopf. Michele lockert den Griff, seine Hände gleiten über die Ärmel der jungen Frau.

»Ich weiß überhaupt nichts mehr«, wispert er, den stieren, erschöpften Blick auf den Boden gerichtet.

Raffaella streichelt ihm die Hand.

»Alles in Ordnung, Angelica, bring uns doch ein bisschen Wasser, bitte.«

Angelica bleibt kurz in der Tür stehen, dann verschwindet sie, ohne die Tür zu schließen.

»Es tut mir leid, Raffaella. Es tut mir leid. Ich wollte nicht ...«

Sie schneidet ihm das Wort ab.

»Es macht nichts, Doktor Ferrari. Ist schon gut.«

»Hier.«

Angelicas Stimme kommt von rechts. Noch härter als vorher. In seinem Augenwinkel eine kleine Plastikflasche. Michele trinkt sie in einem Zug aus. Ein kleines Rinnsal tropft ihm übers Kinn aufs Hemd. Er hört, wie sich ihre Schritte entfernen und die Tür sich schließt. Vorher eine unverständliche Geste von Raffaella. Sie sitzt vor ihm auf dem Schreibtisch. Als er wieder zu ihr aufschaut, hat sie ihre Brille abgenommen und ordnet sich das Haar.

»Alberto ist der Mann, den Mirella in ihrem Blog erwähnt«, sagt er, während sie mit einem Tuch ihre Brillengläser poliert. »Gesehen habe ich ihn wohl nie, aber ich habe ihn mir immer so vorgestellt. Dunkel, olivfarbener Teint, dunkler Anzug, schickes Auto. Nach dem, was Sie mir erzählt haben, weiß ich nicht mehr, was ich denken soll. Vielleicht kenne ich diese Fotos, und deshalb stelle ich ihn mir so vor.«

Raffaella Petri seufzt tief. Die Luft, die ihr in die Lungen dringt, scheint verschmutzt. Sie hält ein Husten zurück.

»Ja, es ist durchaus möglich, dass mein Vater Ihnen die Fotos gezeigt hat. Doch das Problem ist ein anderes, Doktor Ferrari. Wenn Sie meinen Vater beauftragt haben, um herauszufinden, ob Ihre Frau Sie betrügt, weshalb hat er dann auch Sie verfolgt?«

»Verzeihung, aber ich verstehe nicht ganz.«

»Auf einigen dieser Fotos sind auch Sie zu sehen, Doktor Ferrari. Wie Sie vor Ihrem Büro ins Auto steigen, wie Sie aus einem Haushaltswarengeschäft kommen, mit etwas, das aussieht wie eine blaue Muranoglasvase. Weshalb hat mein Vater sie beobachtet?«

Michele antwortet nicht. Er fühlt sich wie ein restlos geplündertes Schubfach.

»Und vor allem, wenn es bei Ihnen nur um eheliche Untreue ging, weshalb hat mein Vater die Fotos versteckt, und wieso war er so verstört, nachdem er Sie getroffen hatte? Verstehen Sie, das all das keinen Sinn ergibt?«

Michele nickt. Und einen Moment lang ist er kurz davor, Raffaella von der CD zu erzählen. Von dem anonymen Päckchen an Gioias Adresse und von seinem Inhalt. Es ist das Einzige, was er ihr vorhin nicht erzählt hat. Das Einzige, was er für sich behalten hat und was plötzlich unerklärlich bedeutsam wird. Doch er sagt nichts. Eine andere Frage schwirrt ihm im Kopf herum.

Die dringendste, wichtigste.

»Was wissen Sie von meinem Unfall?«

Raffaella räuspert sich.

»Er hat sich gegen ein Uhr nachts ereignet.«

Michele unterbricht sie sofort.

»Um eins?«

»Ja, wieso?«

»Mir wurde gesagt, um elf.«

»Nein, ungefähr um eins. Die Polizeiprotokolle sind eigentlich ziemlich eindeutig. Der Anruf des Hausbesitzers ist mehr oder weniger um diese Zeit eingegangen. Da besteht kein Zweifel.«

Micheles Kopf beginnt zu schmerzen.

»Reden Sie weiter.«

»Aus irgendeinem unerfindlichen Grund sind Sie in den Zaun eines Villengrundstücks gerast. Drei chirurgische Eingriffe. Sie haben mehr oder weniger sechs Monate im Koma gelegen.«

»Das klingt nicht besonders neu.«

Raffaella überhört ihn.

»Amnesie, was den Unfall und einen ziemlich langen Abschnitt Ihres Lebens betrifft. Angeblich ist das in Fällen wie Ihrem üblicher als man glaubt. Normalerweise gibt sich das mit der Zeit. Doch bei manchen bleibt es für immer.«

»Und weshalb bin ich in diesen Zaun gerast?«

»Gute Frage. Vor allem, weil Sie mich das fragen. Am Auto wurde nichts manipuliert. Das Wahrscheinlichste ist, dass Sie eingeschlafen sind oder das Auto auf vereister Fahrbahn ins Rutschen gekommen ist. Es hat geschneit, und Sie waren nicht gerade langsam. Natürlich müsste man wissen, wohin sie zu dieser Stunde unterwegs waren, immerhin fuhren Sie von zu Hause weg.«

Michele sieht sie erwartungsvoll an.

»Ich kann mich nicht im Geringsten an diesen Abend erinnern. Nur an den Traum.«

»Was für einen Traum?«

»Er ist immer anders, aber trotzdem immer gleich. Am Ende sitze ich eingequetscht von den Blechtrümmern im Auto. Vorher ist da nur dieses panische Gefühl von Gefahr, der ich nicht entrinnen kann. Etwas Riesenhaftes, das auf mich zukommt und gegen das ich mich nicht zu wehren wage, erst ganz zum Schluss. Aber ich weiß nicht, was es ist. Und da ist noch etwas. Eine Stimme. Ich sitze so gut wie bewusstlos im Auto, und ich höre sie etwas sagen. Immer das gleiche. *Tu mir nicht weh.* Ich weiß nicht, wem sie gehört, ich sehe ihn nie. Ich weiß noch nicht einmal, ob es ein Mann oder eine Frau ist, die Stimme verrät es nicht. Doch sie sagt immer nur das.«

»Tu mir nicht weh«, wiederholt Raffaella leise. »Das würde ein älterer Mensch sagen. Oder ein Kind.«

Michele schüttelt langsam den Kopf. Diese Stimme hat kein Gesicht. Nur Angst.

»Ich weiß es nicht. Ich begreife wirklich nichts.«

»Und was wissen Sie von Ihrem Unfall? Ich meine, was haben Sie *danach* herausgefunden?«

»Das, was ich Ihnen erzählt habe. Dass meine Frau an jenem Abend nicht da war. Dass sie erst am nächsten Morgen gekommen ist.«

»Gegen zehn, um genau zu sein. Die Leute reden, man muss sie nur dazu bringen. Als ich erfahren habe, was Ihnen zugestoßen ist, habe ich versucht, die Puzzleteile zusammenzusetzen. Ich hatte Ihr ganzes Koma lang Zeit dazu. Ich habe Nachforschungen über Sie angestellt, über Ihre Arbeit und Ihre Familie.«

»Wie bitte?«

»Sie haben vollkommen richtig gehört. Über ihr ganzes Leben. Die Uni, Psychiatrie, dass Ihre Frau nie den Abschluss gemacht hat. Die sechs Monate, die Sie beide nach den Nato-Bombardements im Kosovo verbracht haben, um beim Wiederaufbau zu helfen. Die Rückkehr nach Bologna, die Firma für Videospiele, für die Sie arbeiten, die Stelle Ihrer Frau am Gericht. Ich bin ihr gefolgt, habe sie fotografiert. Monatelang, im Krankenhaus und außerhalb, ohne dass etwas passiert wäre. Ohne einen Tag auszulassen. Ohne dass sie irgendwo jemanden getroffen hätte. Als Sie dann schließlich aus dem Koma erwacht sind, habe ich gehofft, Sie könnten sich zumindest teilweise daran erinnern, was passiert ist. Ich habe versucht, Sie mit den Anrufen zu erschrecken. Es heißt, die Angst hilft, wie eine Art Gegentrauma. Dann habe ich Ihnen den Flyer in den Briefkasten geworfen, und Sie sind vielleicht aufgrund einer unbewussten Erinnerung zu mir gekommen.

Seit ich Ihre Geschichte gehört habe, kommt es mir so vor, als gäbe es letztlich gar nicht so viel zu enträtseln. Sie haben meinen Vater getroffen und ihm etwas mitgeteilt, was ihn aus irgendeinem Grund beunruhigt hat. Dann ist mein Vater nach Hause zurückgekehrt und verschwunden. Sie hingegen haben das Haus mitten in der Nacht verlassen und sind in diesen Zaun gerast. Das kann doch kein Zufall sein, finden Sie nicht?«

»Es war Mirella.«

»Genau, ihre Frau. Sie verdächtigen also Ihre Frau. Sie haben das Gefühl, Ihre Frau verheimlicht Ihnen etwas. Sie war nicht da, als Sie den Unfall hatten. Und sie ist noch nicht einmal sofort ins Krankenhaus gekommen. Vielleicht hatte sie wirklich einen Liebhaber. Doch sofern sie mich nicht ganz geschickt an der Nase herumgeführt hat, kann ich Ihnen versichern, dass sie seit Ihrem Unfall niemanden getroffen hat. Es ist natürlich möglich, dass es da jemanden gab, und dass mein Vater es herausgefunden und sie mit den Beweisfotos konfrontiert hat. Und während er versucht hat, Ihre Frau zu überführen, ist er möglicherweise auf etwas anderes gestoßen. Auf etwas, das Sie betrifft, Dottore, und nicht Ihre Frau. Etwas, das ihn in die Defensive gedrängt hat. Oder vielleicht ist alles viel einfacher.«

»Bitte sagen Sie mir, worauf Sie hinauswollen.«

»Wissen Sie, was ich als Erstes gedacht habe, als ich von Ihrem Unfall erfuhr? Dass Sie auf der Flucht waren, nachdem Sie die Leiche meines Vaters haben verschwinden lassen. Vielleicht waren Sie auf dem Weg zu ihrer Frau, um kurzen Prozess mit ihr zu machen.«

»Wollen Sie damit sagen …«

»… dass Sie vielleicht ein Mörder sind, Doktor Ferrari, auch wenn Sie sich nicht mehr daran erinnern. Sie oder irgendjemand anders aus ihrem früheren Leben.«

Roberta trinkt einen Schluck von ihrer Margarita und stürzt sich gierig auf das Schälchen mit den Erdnüssen.

»Hey, lass noch eine übrig. Wenigstens für die Optik!«

Sie lacht, verschluckt sich fast, hustet mit halb geschlossen Augen und hält sich die Hand vor den Mund, die fast ihr ganzes Gesicht bedeckt. Dieser spontane Aperitif, zu dem ich sie vor knapp einer Stunde eingeladen habe, scheint nur die Fortsetzung unserer nächtlichen Telefonate zu sein. Ihre Stimme ist genauso samtig. Und auch das Gefühl von Ruhe, das mir jedes Mal, wenn ich sie höre, über Nacken und Schultern streicht, ist dasselbe.

Ich strecke die Hand nach dem Schälchen aus, und unsere Finger berühren sich. Es ist der erste körperliche Kontakt, seit sie mir bei Andreas Abendessen das Weinglas über die Hose gegossen hat.

»Wie geht es Lisa?«

Ihre Augen lugen über den Glasrand. Es kommt mir vor, als würde sie das Glas extra lang an die Lippen halten, um nicht sofort antworten zu müssen.

»Eine Freundin von mir ist bei ihr. Ich habe sie heute Abend zu uns zum Essen eingeladen und sie gebeten, ein bisschen früher zu kommen. Mit ihr fühlt sie sich wohl. Einigermaßen zumindest.«

»Einigermaßen?«

Sie zieht die Schultern hoch und sieht plötzlich noch dünner aus. Ihr Blick gleitet in die Ferne, als könnte sie von hier aus sehen, was ihre Tochter gerade macht.

»Mehr kann ich nicht erwarten. So kommt es mir zumindest vor. Es ist noch zu früh.«

Ich lasse sie ihren Gedanken nachhängen. Ich nippe an meinem Mojito und sehe zu, wie das Abendlicht im eisgefüllten Glas funkelt.

»Zu früh für was?«

Sie sieht jäh auf, als hätte ein lautes Geräusch sie aus dem Schlaf gerissen.

»Zu früh, als dass alles wieder … ist wie es sein sollte.«

Wieder Schweigen. So ist es jedes Mal, wenn sie von ihrer Tochter redet.

Sie beißt sich auf die Lippe und sieht mich an. Ich versuche mir auszumalen, was das für ein verborgener Schmerz ist, der an ihren Gedanken zerrt und ihre Stimme und Gesten dämpft. Wortlos sitze ich da, spiele mit dem Glasrand und sehe zu ihr hinüber, und ab und zu erfüllt ein flüchtiger Hauch von Minze die Luft. Dann höre ich sie tief Luft holen, als wollte sie auf Tauchgang gehen.

»Es gab einen Unfall«, sagt sie. Sie redet hastig, als hätte sie Angst, den Satz nicht beenden zu können. Ich will etwas sagen, doch Roberta hebt die Hand und bietet meinen ungesagten Worten Einhalt.

»Es gab einen Unfall, im Februar. Am zwölften. Damals ist es passiert.«

Wieder hält sie inne und nippt an ihrer Margarita, um sich zum Weiterreden zu ermutigen.

»Wenn du nicht willst … echt. Ist völlig in Ordnung.«

Sie knallt das Glas auf den Tisch. Ihre Stimme ist nur noch ein Zischen.

»Irgendjemandem muss ich es schließlich erzählen, Nicola. Sonst verrotte ich langsam von innen, verstehst du? Kannst du das verstehen? Willst du mir helfen?«

Ich nicke. Sie lächelt flüchtig. Nippt abermals an ihrem Glas. Diesmal stellt sie es gar nicht erst ab. Sie hält es halbhoch, mit beiden Händen.

»Es war ein Tag wie jeder andere. Der Februar war saukalt, erinnerst du dich? Ich habe sie zur Schule gebracht. Wie jeden Morgen. Wir fuhren mit dem Auto hin.«

Sie setzt das Glas an die Lippen und nimmt es sofort wieder herunter. Sie trinkt nicht. Sieht mich an.

»Sie gab mir einen Kuss. Oder sie sagte irgendwas Albernes. Du weißt, wie die in dem Alter sind. Irgendeinen Quatsch.«

Sie starrt in ihre Margarita. Ihre Gedanken mischen sich mit der klaren Flüssigkeit, der sauren Limone, dem Salz. Wieder wird ihre Stimme klein.

»Mir fehlt dieses Rumgealbere. Es fehlt mir so sehr.«

Langsam sieht sie wieder auf.

»An dem Morgen saß sie mit mir im Auto«, sagt sie. Und etwas Eiskaltes läuft mir den Rücken herunter. Ich stelle mir den kalten Februarmorgen vor. Eine falsche Bewegung, ein abgelenkter Fußgänger, die Straße vielleicht vereist. Ich stelle mir

Roberta vor, die die Kontrolle verliert. »Es gab einen Unfall«, hat sie gesagt. Ich sehe ihn vor mir. Allerdings nur kurz. Gerade so lange, bis sie wieder zu sprechen anfängt. Und wieder verstehe ich nichts.

»Ich habe sie vor der Schule rausgelassen. Vielleicht habe ich noch mit jemandem telefoniert, ehe ich weitergefahren bin. Vielleicht auch nicht. Aber sie war schon drin, verdammt. Ich bin sicher, dass sie schon drin war. Und ich bin zur Arbeit gefahren. Zurück kam sie normalerweise allein. Ich wartete zu Hause auf sie. Ich hab immer versucht, schon zu Hause zu sein, wenn sie kam. Auch an dem Tag. Es war Februar, das hatte ich dir schon gesagt, oder? Nur, dass …«

Sie stockt, senkt den Blick. Ihr Atem wird langsamer, als hätte sie zu viel geredet. Sie stellt das Glas ab. Hebt langsam den Kopf.

»Es ist danach passiert. Nach der Schule. Und ich war nicht da.«

Sie reißt den Kopf in die Höhe, presst die Augen zusammen, um einen kaum erträglichen Gedanken zurückzudrängen. Dann sieht sie mich mit einem leisen Lächeln auf den Lippen an. Ein schrecklicher, zugleich schrecklich banaler Gesichtsausdruck.

»Ich war nicht da, verstehst du? Und das werde ich mir nie verzeihen. Es geht nicht. Ich bin ihre Mutter, verdammt.«

Diesmal trinkt sie wirklich. Ein langer Schluck, der nicht eine Sekunde auf ihren Lippen verharrt.

»Seit jenem Tag hat sie kein einziges Wort mehr gesprochen. Mit niemandem. Nicht einmal mit mir.«

In dem Schweigen, das ihrem Satz folgt, suche ich ihren Blick. Ich wünschte, ich könnte sie mit meinem berühren, ihr halblaut etwas Beruhigendes sagen, das ihr das Atmen erleichtert. Ich wünschte, ich hätte den Mut, meine Hand auszustrecken und ihre zarten Finger zu berühren, die sich an den Fuß des Glases klammern.

Aber ich habe ihn nicht.

Und so machen sich ihre Hände davon. Langsam rutschen sie in ihren Schoß, Äste eines vom Sturm gefällten Baumes.

»Morgen wollte ich mit ihr nach Riccione fahren. Für ein paar Tage. Eine Freundin von mir fliegt nach Costa Rica. Sie überlässt uns ihre Wohnung.«

Sie sieht mich wieder an. Dunkle Augen, die sich in die Gedanken bohren.

»Ich würde gern mit euch mitkommen«, sage ich. Und habe im selben Moment das Gefühl, etwas Blödes gesagt zu haben. Sie hebt die Augenbrauen und trinkt ihren Drink aus. Dann stellt sie das Glas ab. Mein Blick ist auf ihre Hand geheftet.

»Wieso?«

Ich sehe auf. Sie knabbert auf ihrer Lippe herum. Nur ganz leicht, als wollte sie sie mit ihren Zähnen streicheln. Sie sieht aus wie ein Kind.

»Ich weiß nicht.«

Plötzlich wird sie ernst. Sie nickt, als hätte sie durch meine Antwort etwas Entscheidendes begriffen.

»Ich muss gehen, meine Freundin wartet auf mich.«

»Na klar.«

Sie steht zwanzig Zentimeter vor mir. Wartet. Doch ich mache nichts, kriege nur ein linkisches Lächeln und eine halb geflüsterte Floskel zustande.

»Also dann, tschüss.«

»Ruf mich nachher an, wenn du magst.«

Dann dreht sie sich um und geht weg.

Wie sie auf dem Sofa sitzt, auf dem sie schon als Kind gesessen hat, fühlt sich Raffaella Petri wirklich erwachsen. Zu sehen, welchen Raum ihr Körper auf diesem Sofa einnimmt, beweist ihr, wie rasend schnell die Jahre verflogen sind, wie ein Gewitter, das die Septemberluft reinigt und den Sommer mit sich fortträgt.

Sie streckt die nackten Beine aus, lässt den Kopf zurücksinken und schließt die Augen. Aus der Anlage klingt die Stimme von Peter Gabriel, *Blood of Eden*. Sie hat ihn sogar einmal kennengelernt, an einem regnerischen Abend in einem japanischen Restaurant in New York. Ein ganz normaler Mann mittleren Alters, grau gekleidet, mit den ausdrucksvollsten Augen, die sie je bei einem Menschen gesehen hat. Es sind die Augen, die einen Menschen ausmachen.

Das gilt auch für das Foto, das umgedreht auf dem Couchtisch vor ihr liegt und das ihr einfach nicht aus dem Kopf geht.

»Wer bist du?«, flüstert sie und dreht es um.

Ein Mädchen, das Haar im Wind, das Lächeln offen und lebendig wie ein Sommermorgen. Sie steht unter einer Arkade, an einem sonnigen Tag, der ihren Schatten auf die rote Ziegelmauer malt. Darüber ist gerade noch ein seltsames Zeichen sichtbar. Vielleicht eine gekrümmte Linie.

Raffaella nimmt das Foto und hält es sich dicht vor die Augen. Als sie es das erste Mal gesehen hat, hielt sie es für einen Irrtum. Dieses kleine Mädchen zwischen all den anderen Fotos im Umschlag ihres Vaters. Mirella Ferrari, ihr Mann, der dunkel gekleidete Herr. Und sie.

»Wer bist du?«

Fast sechs Monate lang hat sie nach ihr gesucht. Sie hat sich bei der Polizei erkundigt, bei einem Kommissar, einem alten Freund ihres Vaters. Aber niemand hat sie je gesehen. Den ganzen verregneten, drückend feuchten Sommer ist sie durch die Straßen gewandert, um die Mauer mit dem Zeichen zu finden. Etwas, das ihr einen Hinweis geben könnte, weshalb ihr Vater dieses Foto dort aufbewahrte, mit den Splittern anderer Leben, die scheinbar rein gar nichts damit zu tun hatten.

Doch sie hat nichts gefunden, und heute, als Michele Ferrari vor ihr saß, war sie kurz davor, ihm das Foto unter die Nase zu halten, um zu sehen, wie er reagiert. Sie hat sich gerade noch zurückgehalten. Und jetzt, wo sie darüber nachdenkt, weiß sie noch nicht einmal, wieso. Sie legt es auf den Tisch zurück. Betrachtet es im gelben Licht der einzigen Lampe im Raum.

Dann hört Peter Gabriel auf zu singen. Raffaella steht auf. Sie dreht das Bild wieder um, um es zu schützen, knipst die Lampe aus und geht ins Bett.

Als sie im blauen Halbdunkel die Augen schließt, sieht sie wieder das Lächeln des kleinen Mädchens vor sich. Es bewegt sich, ändert die Farbe, den Ton, den Ausdruck. Bis es sich auflöst und auf dem Bild zerläuft wie die Schminke eines boshaften Clowns, dessen wahres Gesicht ein Gewitterregen zum Vorschein bringt.

Ich werfe das Telefon aufs Kissen und lasse mich aufs Bett fallen.

Nach einem beschissenen Tag wie diesem hat so ein Anruf gerade noch gefehlt. Der Chefredakteur der Zeitschrift, der ich die Fotos verkauft habe. Morgen ist er in Bologna und will mich treffen.

»Wir müssen uns über das unterhalten, was du mir geschickt hast«, hat er gesagt. Und der Ton war alles andere als vielversprechend.

Ich war kurz davor, ihn zum Teufel zu jagen. Er zwingt mich, an Dinge zu denken, an die ich nicht denken will. Dinge zu sehen, für deren Anblick ich noch nicht bereit bin.

»Wir sehen uns um eins, an unserem Stammplatz«, hat er zum Schluss gesagt. Und ich habe nichts von dem geantwortet, was mir durch den Kopf ging. Nur zugesagt, um das Telefonat schnellstmöglich zu beenden.

Als er aufgelegt hat, habe ich eine Weile mit dem Hörer in der Hand dagesessen und an Roberta gedacht.

Ruf mich nachher an, wenn du willst.

Ich bin einfach nicht mehr fähig, anderen zu zeigen, was ich wirklich fühle, was ich bin. Das gelingt mir schon lange nicht mehr. Nur Giulia hat es einen kurzen Moment geschafft, etwas in mir zu entdecken, das mir wirklich ähnelt. Nur ihr habe ich gesagt, »ich liebe dich«, mit der wahren Inbrunst, mit der man es immer sagen sollte. Voller Überzeugung, dass einem, ließe man diesen Moment verstreichen, die Worte für immer fehlten.

Mit geschlossenen Augen sehe ich ganz kurz ihr Lächeln vor mir. Ein seltsam verhaltener Ausdruck, der ihre Augen und ihre Haut zum Strahlen brachte.

Meine Versuche, anderen etwas zu geben, sind so kalt und distanziert wie die Berührung einer Porzellanpuppe. Ich kann es in Robertas Augen erkennen, jedes Mal wenn sie mich ansieht.

Deshalb landet das Schnurlose auf dem Kissen. Deshalb ist das Handy aus und hängt an seinem Ladegerät. Deshalb schiebe ich eine CD von Ani DiFranco in die Anlage und lasse mich aufs Bett fallen. Die Augen geschlossen. Die Gedanken still. Die Tasche mit dem Fotoapparat in der Ecke, wie eine Bedrohung.

Mein Vater hat Sie am zwölften Februar um sechs Uhr nachmittags getroffen.

Mit Raffaella Petris Worten im Kopf öffnet Michele Ferrari die Augen. Die Uhr zeigt zehn nach vier, draußen bricht jeden Moment ein Gewitter los, und er hat keine Sekunde geschlafen.

Doch diesmal halten ihn nicht die Alpträume wach. Diesmal ist es die Wirklichkeit, die plötzlich in Form einer jungen Frau über ihn hereingebrochen ist, die versucht hat, ihm ihrem Wissen nach sein Leben zu erzählen – zerstückelt und den Trümmern der Zeit und der Erinnerung entrissen – und ihn mit einem Meer von Fragen zurückgelassen hat, in dem er zu ertrinken droht.

Mirella bewegt sich im Schlaf. Sie murmelt etwas, ein leises, katzenhaftes Stöhnen. Er dreht sich nicht zu ihr um. Er schließt die Augen und versucht sich vorzustellen, wie sie ist, ihr Gesicht vor sich zu sehen, wie es war, als sie sich kennenlernten. Zu verstehen, wann alles anfing, in die Brüche zu gehen.

Und das Erste, was ihm in den Sinn kommt, ist der Kosovo. Seitdem sind sechs Jahre vergangen, und doch erscheint es wie ein anderes Leben. Er konnte sich noch nicht einmal daran erinnern, bis Raffaella es ihm erzählt hat. Sie waren ganz plötzlich aufgebrochen, ohne lange darüber nachzudenken, ihrer Arbeit überdrüssig und mit der Vorstellung, etwas Nützliches tun zu können und dabei ein bisschen Geld zu verdienen.

Das ist alles, woran er sich erinnert. Der Rest ist in einem Nebel verborgen, aus dem ein paar wenige Details glasklar hervorstechen.

Das Gesicht einer Frau mit ihren sieben Kindern. Die Soldaten, die sich wie Mimen in Zeitlupe bewegen, um ein Feld zu entminen. Eine Morgendämmerung über den regennassen Flüchtlingslagern, während das Radio ein Lied von Jackie De Shannon spielt. Mirella im Rot-Kreuz-Camp, ihr erschöpftes Lächeln, wenn sie abends einschlief. Ein Ausdruck, den sie bis zum Morgen beibehielt und der sich inzwischen in ihre Züge, in ihre Augen eingegraben hatte.

Bruchteile eines glücklichen Bildes, das sich jedoch kreischend an seiner inneren Stimme reibt.

Alles Verkehrte, was bis hin zu dem Unfall und seinem verstörten Gedächtnis über sein Leben hereingebrochen ist, hat dort seinen Anfang genommen. Bei diesem beendeten und noch schwelenden Krieg, den sie durchschritten hatten, überzeugt, unbeschadet aus ihm zurückzukehren.

»Von solch einem Ort kann man nicht unbeschadet zurückkehren«, denkt er. Und einen Moment lang meint er sogar, es geflüstert zu haben. Vielleicht ist das, was man sieht und ahnt zu stark, als dass es nicht an einem haften bliebe und einen für immer veränderte. Eine Art Virus, den man einatmet und der einen von Innen her verfaulen lässt, Tag für Tag, derweil man glaubt, man lebe sein Leben gemütlich weiter.

Vielleicht hat dort tatsächlich alles angefangen. Mit der ersten Leiche, die er in seinem Leben gesehen hat. Ein Junge um die zwanzig. Groß, helles Haar. Die Uniform des serbischen Militärs. Er hatte kein Mitleid für diesen Soldaten empfunden. Bei seinem Anblick hatte er nur gedacht, dass er hatte überleben wollen und es nicht geschafft hatte. Wie die vergewaltigten Frauen im Kosovo, die missbrauchten kleinen Mädchen, die mit Kindern feindlicher Soldaten schwangeren Mütter. Lebendig zwar, aber innerlich tot. Ein Tod, der vielleicht noch schlimmer ist. Er hatte nichts für diesen Soldaten empfunden. Und so sollte es sein. Es gibt die richtige und es gibt die falsche Seite.

Zumindest war er damals davon überzeugt. Doch nun, da er erneut daran zurückdenkt, kommt ihm ein Satz in den Sinn, den er irgendwo gehört hat. Eine Frage, von der er nicht weiß, wer sie gestellt hat, die ihm aber jetzt, in seinem Bett, mit dem ersten Blitz, der die Nacht durchzuckt und gleißend ins Zimmer bricht, erschreckend wahr erscheint.

Was ist, wenn das, was du tust, um zu überleben, das umbringt, was du liebst?

Was hat er in all den Jahren getan, um zu überleben? Von jenem Soldaten bis in dieses Bett? Was ist geschehen, was ist aus ihm geworden? Vielleicht ein Mörder? Einer wie dieser Soldat oder wie der, der ihn umgebracht hat. Oder vielleicht schlimmer noch. Ein Mann, der nicht aus Überzeugung getötet hat, sondern aus Wut, aus Rache, aus Eifersucht oder aus Hass. Einer, der ihm fremd ist, der er nicht sein will. Doch den er zugleich bis zum letzten Gedanken ans Licht zerren will.

Wieder rollt ein Donner über die Hügel, und seine Frau wird wach. Mit langsamen, schläfrigen Schritten geht sie zum Fenster und schließt es.

Es war Mirella, hat er zu Raffaella Petri gesagt. Und hätte sie ihn gefragt, was sie getan hat, hätte er gesagt, *alles*.

Michele sieht sie an. Eine schemenhafte Silhouette im nächtlichen Halbdunkel. Er spürt ihren Geruch, ihre weichen Schritte, die Wärme ihres Körpers, der unter das Laken zurück gleitet und sich ihm zuwendet.

Dem Mann, den sie vielleicht betrogen hat. Dem Mann, den sie laut Raffaella hingegen jeden Tag seiner Krankheit wie ein hilfloses Kind gepflegt hat. Dem Mann, der nach dem Mord an einem anderen das Haus verlassen haben könnte, um sie aufzuspüren und sie für ihren Ehebruch büßen zu lassen. Wie ein räudiges Tier. Wie einer der Soldaten jenes Krieges, der ihm erneut in der Brust brennt.

»Schläfst du?«, fragt sie ihn mit allzu nahen Lippen.

Michele antwortet nicht. Er hält die Augen geschlossen, den Körper reglos.

Dann ein weiterer Donner. Der Regen, hart und schwer wie seine Gedanken. Drohend und Einlass gebietend trommelt er gegen die Scheiben.

Mirella rührt sich kaum, und wieder diese Frage, derselbe weiche, schleppende Ton.

Er wird nicht antworten.

Er will seine Stimme nicht hören, die sich mit dem Regen, seinem Leben, seinen Ängsten mischt.

Freitag, 27. August 2004

»Das wird uns noch leidtun.«

»Sagen Sie mir wieso, Commissario.«

Giovanni Marra lehnt sich ans Fensterbrett.

»Weil er's nicht gewesen ist«, antwortet er schlicht, und ein seltsames Schweigen erfüllt das Büro.

Der Polizeichef Mario Lodoli sieht ihn an. Es ist acht Uhr morgens, und die Hitze ist bereits unerträglich. Vor ihm auf dem Schreibtisch liegen die Unterlagen zu Fabio Lamberti. Im gleichen Ordner stecken die Fotos von Paola Vigliani. Lodoli hat ein Papier darübergelegt, als wären sie ein Geheimnis, das man vor neugierigen Blicken schützen müsste. Besonders vor seinen eigenen.

»Überzeugen Sie mich, Commissario.«

Giovanni macht einen Schritt ins Zimmer. Seit zwei Stunden sitzt Fabio Lamberti in einer Einzelzelle des Dozza-Gefängnisses.

Als sie ihm die Anklage verlesen haben, ist er aufgesprungen und hat die Faust so heftig auf den Tisch geknallt, dass die Beschichtung geborsten ist und er sich die Hand gebrochen hat. »Ihr Drecksäue!«, hat er gebrüllt, dann hat er sich in ein absurdes Schweigen gehüllt.

Marra steht vor dem Schreibtisch und verschränkt die Arme, die geballten Fäuste unter den Achseln.

»Lamberti ist ein Hurenbock, kein Mörder. Der hat's nicht nötig, sich ein elfjähriges Mädchen zu kaufen. Die jungen Mädchen rennen ihm die Bude ein.«

»Aber die Mittelmeeranämie.«

Giovanni nickt bedächtig.

»Ich weiß, es sieht alles perfekt aus. Lamberti vergewaltigt das Mädchen. Er bringt es um, ohne es zu wollen. Dann wird ihm klar, dass man ihn mit einer einfachen Datenbankrecherche überführen könnte. Doch er weiß nicht, wie er die Leiche loswerden soll. Also verbuddelt er sie und lässt nur den fehlenden Teil verschwinden. Und alles scheint vollkommen.«

»So ist es.«

»So ist es nicht. Der, der dieses Haus saubergemacht hat, ist an den Tod gewöhnt und daran, seine Spuren zu beseitigen. Lautlos und grausam zu kommen und noch ehe sein Opfer überhaupt merkt, dass es tot ist, wieder zu verschwinden.« Er macht eine Pause. »Der würde diese Fotos nie bei sich zu Hause aufbewahren.«

Lodoli schlägt die Aktenmappe zu. Ein Foto von Paola Vigliani lugt hervor. Marra streckt die Hand aus und schiebt es hinein. Ohne Hast.

»Wie viele Fotos habt ihr in Lambertis Wohnung gefunden?«, fragt der Polizeichef. Und Giovanni kommen andere Fotos in den Sinn, die, die er Carta gegeben hat. Die Bilder von Aurelio Strazzari. Noch ein Toter, den Lodoli dem Lamba unterschieben will, um die Sache rund zu machen.

»Worauf wollen Sie hinaus?«

»Er hat ihn erpresst. Und Lamberti hat ihn umgebracht.«

Giovanni lacht.

»Wir wissen doch noch nicht einmal, ob er überhaupt auf den Fotos drauf ist! Fabio Lamberti hat niemanden umgebracht, Doktor Lodoli. Der Revolver, für den er einen Waffenschein besitzt, hat noch nicht einmal einen Schuss abgefeuert. Und derjenige, der Strazzari ermordet hat, hat das aus zwanzig Zentimetern Entfernung getan, ohne dass der sich überhaupt hätte wehren können. Ich sagte es Ihnen bereits. Es wird uns noch leidtun. Lamba ist nur ein Schatten, eine Larve.«

Wieder Schweigen.

Er beugt sich vor und stemmt die Fäuste auf die Tischplatte.

»Kennen Sie Hunderennen? Damit die Biester noch schneller laufen, hält man ihnen einen falschen Hasen vor die Nase. Ein elektronisches Stofftier. Über die ganze Bahn hecheln sie dem hinterher, ohne zu kapieren, dass sie es nie einholen werden. Ohne zu begreifen, das irgendjemand irgendwo auf einen Knopf gedrückt hat, um es lossausen zu lassen. Zu dem einzigen Zweck, sie zu verarschen und zu etwas anzustacheln, das sie sonst vielleicht niemals täten.«

Auf Lodolis Gesicht steht die säuerliche Verdutztheit eines

Vaters, dessen Sohn ihn gerade auf einen eklatanten Fehler aufmerksam gemacht hat.

»Das Mädchen hat er umgebracht, und das ist alles, was im Augenblick zählt.«

Giovanni Marra schüttelt langsam den Kopf, ein alter Baum im Regen.

»Ich kann ihn nicht laufen lassen, Commissario.«

»Nein. Das können Sie natürlich nicht.«

»Und jetzt?«

Er hebt eine Faust. Streckt den Zeige- und Mittelfinger.

»Zwei Tage.«

»Wir sprechen uns am Montagmorgen wieder«, antwortet Lodoli.

Ein Grabstein, der sich auf jedwede Antwort legt.

Giovanni geht hinaus. Das Echo seiner Schritte im Korridor lässt ihn an die Faust denken, mit der Fabio Lamberti seine Worte besiegelt hat. Der mächtige Knall auf dem Plastik. Der Riss, den der Schlag auf dem Tisch hinterließ. Das Geräusch, mit dem er sich auf den Stuhl hat zurückfallen lassen, wie ein schlaffer Sack.

Vielleicht klingt es bei ihm genauso, wenn er sich zu Hause aufs Sofa setzt und aus dem Fenster starrt. Wenn er mit Marzias Augen allein ist und ihr Lachen aus den Möbeln, den Vorhängen, dem Rascheln der Laken dringt, in denen er Ruhe sucht. Ein kraftloser Körper, ein Hampelmann, den ein Bänkelsänger achtlos aus der erweckenden Hand gelegt hat.

Wie Fabio Lamberti, der perfekte Schuldige. Dermaßen perfekt, dass es ihm bei nüchterner Überlegung schwerfällt, nicht von seiner Schuld überzeugt zu sein. Fabio Lamberti hat Paola Vigliani umgebracht. Es ist klar wie die Sonne. Und wen kratzt es schon, wer die Leiche hat verschwinden lassen und was sonst noch alles daran hängt.

Schade nur, dass er nicht daran glauben kann.

»Sie haben genau verstanden, was Sie zu tun haben, oder?«

Die Stimme des Grauen ist fest. Ohne sie auch nur einmal zu heben, hat er gerade alles wiederholt, was er erwartet.

»Das war eine der von mir einkalkulierten Unwägbarkeiten.«

»Dann machen Sie weiter. Ich will, dass diese Fotos auftauchen. Und zwar dalli.«

»Keine Sorge.«

Er steckt das Telefon in die Tasche. Die Straßen der Innenstadt sind feucht und glutheiß. Eine Taube landet schlingernd vor einem Fußgänger auf dem Gehsteig und flattert sofort verschreckt wieder auf. Er lächelt. Jedes Mal fragt er sich, wie ein derart plumpes Tier überhaupt fliegen kann. Und jedes Mal denkt er, dass auch er völlig anders erscheint, als er tatsächlich ist.

Er überquert die Straße und biegt in die Marktgassen ein. Es riecht nach Regen, Obst und Gewürzen. Auf der Piazza Maggiore, jenseits dieser schattigen Luft, sieht alles anders aus. Der lichtüberflutete Platz erscheint weit und entrückt. Er folgt den Arkaden und kommt wieder an der Straße hinaus, neben einer riesigen, zweiteiligen Plexiglaskonstruktion namens Le Gocce. Obwohl es ihn einen Dreck schert, was darinnen ist, geht er auf den Eingang zu und heuchelt lebhaftes Interesse.

Was ihn wirklich interessiert, befindet sich nicht direkt vor ihm, sondern ein paar Meter weiter oben: Die Fenster des Gastraums einer Bar.

Gesten Abend ist er bis dort oben in den zweiten Stock gestiegen. Und während er einen eiskalten Wodka getrunken hat, hat er herauszufinden versucht, ob es außer der schmalen Tür, durch die er hereingekommen ist, und der Hintertür zur Rückseite des Platzes noch einen anderen Ausgang gibt. Von seinem jetzigen Standort aus hat er beide genau im Blick. Und es sind die einzigen.

Er sieht auf die Uhr. Es ist noch sehr früh. Doch wenn er

eine Mission zu erfüllen hat, achtet er auf das kleinste Detail. Genau deshalb entgeht ihm so gut wie nie etwas.

Ohne nachzudenken tippt Michele Ferrari Benutzername und Passwort in die Anmeldemaske. Sofort tauchen die verschiedenen Zugangsebenen für das Netzwerk der Firma auf, für die er arbeitet. Die GDA Electronics ist ein amerikanisches Unternehmen. Es stellt hochmoderne Videospiele her. Die neue Dimension elektronischen Zeitvertreibs, wirklicher als die Wirklichkeit. Vor ungefähr drei Jahren sind sie auf dem italienischen Markt gelandet.

Auf der Seite, die er jetzt vor sich hat, kann er das Geschehen im gesamten Unternehmen überblicken, jeden Zugangsberechtigten, der gerade angemeldet ist, jede Uhrzeit, bis auf die Zehntelsekunde genau, jede von den Benutzern ausgeführte Tätigkeit. Vom Download eines Urlaubsantrags bis zum Remote Access für die Vertragshändler und die registrierten Kunden, die AI haben wollen, das meistverkaufte Videospiel der Welt. Das einzige, bei dem der Spieler seiner Spielfigur die eigenen Züge geben kann.

Es gibt fünf verschiedene Versionen. Völlig unterschiedliche Spiele, die jedem Anspruch und jeder Altersstufe gerecht werden. Vom Kind bis zum Erwachsenen. Über einen bestimmten Netzwerkzugang können Vertragshändler und Benutzer drei Fotos an die Firma senden. Eine Vorderansicht, eine Rückansicht und ein Porträt. Der Vertrieb sammelt die Fotos und sortiert sie für die Produktion. Bei einem Online-Kauf wird das Spiel ohne Lieferkosten nach Hause geschickt. Und der Besteller ist der Held des Spiels.

Eine ganz simple Idee. Ein perfektes Datennetzwerk, mit dem sich Michele Ferrari bestens auskennt, zumindest mit der europäischen Version. Als er es entwickelt hat, hat er nicht damit gerechnet, dass es in so kurzer Zeit derart effektiv werden könnte. Mit einer verschwindend geringen Fehlerquote. Einer wurde heute Morgen von einem Laden in Brescia angezeigt. Ein Problem bei der Kategorieeingabe. Deshalb hat sich Michele Ferrari zum ersten Mal seit dem Unfall im Netzwerk angemeldet. Sein Passwort ist das einzige mit unbegrenztem Zugriff. Nicht einmal der Geschäftsführer darf auf einen Schlag das ganze System überblicken. Die Macht des Datenverwalters über die Daten.

Mit einem Doppelklick auf eine Ecke des Bildschirms startet er einen Befehl, der den Fehlerstand anzeigt. Der Fehler ist deutlich zu sehen. Ein Vorgang, der mitten in der Ausführung hängengeblieben ist. Vielleicht eine Netzunterbrechung. Zwei einfache Mausklicks genügen, die ihm nach all der Zeit in der Finsternis endlich wieder das Gefühl von Macht und Lebendigkeit geben. Er lebt und ist noch immer auf seinem Platz. Auf dem, der ihm zusteht.

Dann kommt Gioia herein, mit klackernden Absätzen und einem Lächeln, das strahlt wie der Sommertag vor dem weit geöffneten Fenster. Und die Wirklichkeit hat ihn wieder.

»Ich bring dir deinen Kaffee«, sagt sie, doch Michele antwortet nicht. Er sieht sie nur an, während sie auf den Schreibtisch zukommt und das Plastikbecherchen neben der Maus abstellt. Erst dann sagt er etwas. Einen Satz, den er seit vergangener Nacht im Kopf hat und von dem er nicht wusste, ob er je wagen würde, ihn auszusprechen.

»Ich brauche deine Hilfe, Gioia. Um herauszufinden, wer ich bin.«

Der Sheriff kratzt sich am Spitzbart. Haut und Bart sind salzverkrustet. Hin und wieder fährt er sich mit der Zunge über die Lippen, um das Meer zu schmecken. Sein Bad, kurz bevor das Handy klingelte, war der schönste Moment des Tages.

»Schieß los.«

Varo Borjas Stimme klingt genau wie immer. Und trotzdem stimmt irgendetwas nicht. Er merkt es an den langen Pausen zwischen den Sätzen.

»Der Käufer hat akzeptiert.«

Varo Borja blickt sich um. Der Gang, der zum Innenhof führt, ist menschenleer. Er behält die Hintertür hinter der Glasscheibe im Auge.

»Bist du vor Ort?«

»Ja, seit gestern. Hab ich dir doch gesagt.«

»Und welchen Eindruck macht dir das Produkt?«

Der Sheriff greift nach der Digitalkamera. Sein Finger streicht übers Objektiv.

»Besonders hochwertig.«

Er lauscht dem Schweigen, das seinen Worten folgt, und wartet. Auf eine Störung, ein Rauschen, irgendein Geräusch, das Varo Borja aufschrecken könnte. Doch da ist nichts, nur der übliche flache, monotone Klang.

»Wie viel?«

»Mehr oder weniger das Doppelte.«

»Wir reden von zwanzig?«

»Sogar ein bisschen mehr.«

Varo Borja lächelt. Er kennt diesen Ausdruck und nimmt ihn sogar durchs Telefon wahr. Als hätte er ihn vor Augen. Ein langer Atemzug, der brüsk unterbrochen wird.

»Hast du ihm gesagt, dass wir's eilig haben?«

»Aber klar.«

»Gut.«

»Sonst alles okay?«

Varo Borja antwortet nicht sofort. Er wartet, bis er das Geräusch hinter seinem Rücken zuordnen kann, hinter dem Zugang zum Innenhof. Jemand geht grüßend vorbei.

»Ja, wie gesagt, alles okay«, sagt er, als er sich weit genug entfernt hat.

»Dieses Mal gibt es kein…«

Er lässt ihn nicht ausreden.

»Dieses Mal gibt es kein Problem, vertrau mir.«

Am anderen Ende Schweigen. Ein Moped, das über die Strandpromenade knattert.

Der Sheriff sieht einer Familie zu, die ihr Gepäck in einen Kombi lädt. Die Ferien sind vorbei.

»Ich sag dir Bescheid, wann es soweit ist. Ich werd' mit dem Slawen reden.«

»Nächste Woche würde dem Kunden am besten passen.«

»Wie gesagt, ich red mit dem Slawen. Ich ruf dich heute Abend oder morgen an.«

Am anderen Ende hört man Schritte. Dann eine ferne Stimme.

»Ich muss Schluss machen.«

Er legt auf.

Der Sheriff rückt die Sonnenbrille zurecht und steckt das Handy in den Bauchbeutel. Ein glitzernder Schweißfilm bedeckt seine magere, braungebrannte Brust. Er versucht, sich Varo Borja im normalen Leben vorzustellen. Beim Einkaufen im Supermarkt, auf der Post, beim Espressotrinken in der Bar.

Bei der Arbeit.

Er weiß nichts vom Alltag dieser Stimme. Nichts, was über ihre Geschäfte hinausgeht. Nicht einmal beim letzten Mal, als so viel schiefgegangen ist, hat er mehr herausbekommen.

Das, was er weiß, hat er sich selbst zusammengereimt. Egal, welcher Arbeit Varo Borja nachgeht, sie erlaubt ihm, alles unter Kontrolle zu haben. Alles zu wissen, ehe es die anderen erfahren. Und es lautlos zu tun. Ein Raubtier, das sich harmlos gibt, um sich von deinem Fleisch zu ernähren.

Er stellt das ans Handy angeschlossene Diktiergerät ab. Dann spult er zurück und hört sich die Aufnahme an. Die Qualität ist erstklassig. Die Hintergrundgeräusche lassen sich von der Stimme trennen und verstärken. Es ist ein bisschen so, wie im Müll herumzuwühlen. Mit ein wenig Übung kann man immer sagen, von wem er stammt. Man braucht nur etwas Geduld. Die gleiche Geduld, mit der er das Aufnahmegerät in seinen Rucksack zurücksteckt und seine Gedanken ordnet.

Genug der Improvisation. Genug des Vertrauens. Inzwischen hat er genügend Aufnahmen, um sich ein klares Bild zu machen. Die wahre Identität von Varo Borja ist ein Geheimnis, das es nicht mehr lange geben wird.

Die Zeit ist mir wie ein Jagdhund auf den Fersen. Ich bin spät aufgewacht, mit einem von langen, wirren Träumen wattigen Kopf. Ich habe das Fenster aufgerissen und Licht und Luft ins Zimmer gelassen, in der Hoffnung, ich bräuchte nur die Welt nur zu mir hereinlassen, um es wieder mit ihr aufnehmen zu können.

Dann habe ich mich unter die Dusche gestellt. Kühles Wasser auf den Schultern, in den Haaren, am Körper. Um alles fortzuwaschen, die Nacht, die Gedanken und den, der ich nicht mehr sein will.

Auf meinem Weg am Schlafzimmerfenster vorbei habe ich die Straße nach dem Mann abgesucht, den Giovanni mir vors Haus gestellt hat. Wie ein Kind, das, ohne das Licht anzumachen, in den Keller schleicht, um zu sehen, wie lange sein Mut stärker ist als die Angst vor dem Dunkel.

Es war niemand zu sehen. Nur ein sonniger Tag wie viele andere, das Brummen eines gerade vorbeifahrenden Busses, eine Hupe in der Ferne, das Rauschen der Bäume, ein paar geparkte Autos, das Morgenlicht, das sich in den Fenstern spiegelte.

Ich habe mich gefragt, ob er vielleicht in einem der Autos sitzt. Und ob mein Bewacher – wenn es ihn denn gibt – mich beschützen oder beobachten soll. Ich meinte ihn vor mir zu sehen. Verborgen hinter einem Autofenster mit einem Fotoapparat, der klickend jede meiner Bewegungen festhält wie in einem alten amerikanischen Film. Dann ist mir der Mann mit den Borstenhaaren in den Sinn gekommen, und sofort bin ich einen Schritt ins leere Zimmer zurückgewichen und habe versucht, den Gedanken zu verscheuchen.

Ich weiß noch immer nicht, ob es ihn wirklich gibt, ich begreife es einfach nicht. Doch ich muss weitermachen. Ich habe keine andere Wahl, keine andere Möglichkeit. Das ist das Einzige, dessen ich mir sicher bin.

Auch jetzt, da ich mit dem Fotoapparat vor mir neben dem Kopfkissen sitze und auf den richtigen Moment warte, um endlich die Bagdad-Fotos anzusehen. Ich glotze die Nikon an, nur ein schwarzer Apparat, der das noch ungemachte Bett befleckt.

Ich nehme sie fest in beide Hände und stehe auf. Ich greife nach dem Kabel und stecke es in den Mac. Ich schalte den Rechner ein, warte, bis er hochgefahren ist, und starte das Fotoprogramm. Es dauert nicht lang, aber lang genug, um mich fast wieder davon abzubringen.

Doch diesmal nicht.

Bilder vom Gerät importieren?

Ich starre auf die Frage. Das kleine weiße Fenster. Die blaue Taste mit der Aufschrift *OK*. Die andere, weiße, die den Vorgang abbricht.

Klick.

Und plötzlich sind die Fotos auf dem Bildschirm. Ein Bildergitter auf grauem Hintergrund. Bunte Briefmarken, die ich sofort wiedererkenne. Ich ziehe die Maus auf den Scrollbalken. Dann auf eine der kleinen Vorschauen. Das Foto des Marinesoldaten mit dem Kind füllt das Fenster. Ich vergrößere es, bis es den ganzen Bildschirm einnimmt. Das, was ich suche, kommt danach. Ohne die Taste loszulassen, drücke ich auf den Vorlaufpfeil.

Ich hole Luft.

Dann lasse ich los.

Klick.

Immer wieder würge ich mosaiksteinchengroße Erinnerungsbruchstücke hinunter.

Abdel hat ein seltsames Lächeln. Er streckt die Hand mit dem blauen Päckchen aus, zeigt es mir. Die Schleife ist aus glänzendem Papier. Sie scheint sich in einer leichten Brise zu bewegen. Doch an jenem Tag ging kein Lüftchen.

Und Abdel hat ein seltsames Lächeln. Ein schwaches Feuer, das verglüht, ein Bergbach, der langsam austrocknet. Wasser, das zu fließen aufhört, Von einem Moment auf den nächsten, ohne Vorwarnung. Das gleiche Lächeln, mit dem er mir am Vortag etwas erzählt hatte, das ich einfach nicht vergessen kann.

Er sieht nicht in die Kamera. Er schaut nach links. Hält im Schritt inne. Ein Schuh wird dort liegenbleiben, genau dort, auf dem Bürgersteig, und seinen letzten Schritt bekunden. Ein Leben, das mitten auf seinem Weg erlischt.

Klick.

Der Tod kommt als farbiger Fleck am Himmel. Der Luftdruck hat ihn nach links geschleudert. Die kaffeebraune Haut ist ein verwischter Schatten auf dem leeren, morgendlichen Blau. Die Züge sind nicht zu erkennen. Eine Haarsträhne vielleicht. Eine erhobene Hand. Die Silhouette des Körpers ist gekrümmt. Sein Oberkörper scheint auf die Schockwelle zuzufliegen. Die Beine hängen in entgegengesetzter Richtung in der Luft. Das Hemd zerreißt wie ein riesiges Segel.

Das Auto hinter ihm stemmt sich auf die Vorderreifen. Etwas ist von rechts ins Bild gekommen. Rot und grau. Es stößt winzige Teilchen aus, wie Farbspritzer, und etwas größere, wie Würfelchen aus Porphyr.

Das Päckchen fliegt weg. Es saust gen Boden und wird vor dem Aufprall vom Luftdruck mitgerissen. Es bläht sich wie ein Quallenschirm. Ein blauer Fleck, leuchtend wie Blut.

Klick.

Der geborstene Boden. Sein Schuh, reglos auf einem Zementflecken. Das Auto, das sich einen halben Meter vom Boden überschlägt. Ein brennender Busch, der wie ein Komet durchs Bild zieht. Fragmente von etwas, das allzu schnell ist, um nicht schemenhaft zu sein. Der Rest seines orangefarbenen Hemdes. Ein winziges Stoffdreieck. Wie ein Rochen schwebt es am äußeren linken Bildrand.

Klick.

Am Ende bleibt nur Rauch. Das letzte Bild der Fotosalve, die ich im Hinfallen geschossen habe. Die Einstellung verdreht. Meine linke Hand, die vors Objektiv rutscht. Außer meinem Finger ist nichts zu erkennen. Abdel ist nicht mehr da. Er ist im Rauch verschwunden. Wie eine Erinnerung.

Ich lasse die Hand von der Maus gleiten. Und merke, dass die Tischplatte von zahllosen Tropfen übersät ist. Tränen, die mir zusammen mit dem Schweiß übers Gesicht gelaufen sind. Ich habe gar nicht bemerkt, dass ich weine.

Ein Tropfen fällt, ohne meine Haut zu berühren. Leise landet er neben der Tastatur. Und etwas in mir explodiert. Es schmeckt nach dem Rauch dieser Bombe, nach dem süßlichen Tod, den ich ihn im Krankenhaus habe sterben sehen. Es stinkt wie die von der Detonation aufgewirbelte Erde, wie das verschmorte Blech, wie das Fleisch, das verbrennt, die Haut die verbrennt, das Leben, das hinter einem grundlos erlöschenden Blick verbrennt. Es schmeckt nach Wut, nach Bitterkeit, nach Hass, nach Wahrheitshunger, der niemals befriedigend gestillt werden wird. Ich umklammere den Monitor, die Lippen an den Bildschirm gepresst. Ich schreie.

»Du hättest mir dieses Geschenk nicht machen sollen, du blöder Arsch! Du hättest mich einfach fahren lassen sollen! Wieso hast du mich nicht einfach fahren lassen? Wieso hast du mir nicht einfach tschüss gesagt? Wieso nicht, du Dreckskerl? Was soll ich mit deinem Scheißgeschenk? Was soll ich jetzt damit? Sag es mir! Sag es mir!«

Ich lehne die Stirn gegen den Bildschirm und rühre mich nicht. Nichts ist zu hören. Ich höre nichts von dem, was sich jenseits des Fensters abspielt. Die Sonne, die Straße, die Stadt. Nichts außer meinen Atem, der immer langsamer kommt und geht. Die Muskeln entspannen sich, die Tränen versiegen. Die Hände lassen den Monitor los und fallen auf die Tischplatte.

Ein kurzes Geräusch durchschießt meinen Kopf und zerrt mich an den Haaren in die Wirklichkeit zurück. Ich beiße mir auf die Lippe und sehe auf. Das Foto mit dem Rauch ist noch immer da. Ich fahre mit dem Finger über den Bildschirm und suche den Umriss meiner abgelichteten Hand. Dann stehe ich auf. Eine Sache muss ich noch erledigen. Die letzte vielleicht. Ich greife zum Telefon.

Abdels Mutter hebt nach dem vierten Klingeln ab. Dieselbe weiche Stimme, mit der sie sich zu Hause in der Küche mit meiner Mutter unterhielt, als sie noch in Bologna lebte. Sie, die immer lächelte, auch wenn das Leben ihr keinen Grund dazu gab. Wer weiß, ob sie noch an jene Tage denkt. Wer weiß, ob ich sie um dieser Tage willen noch um einen Gefallen bitten darf.

»Honorine? C'est Nicola.«

Ich flüstere. Und während ich mir zuhöre, erkenne ich endlich meine Stimme wieder.

Das Telefon klingelt im denkbar schlechtesten Moment des Tages. Der Graue sitzt im Auto, mit einem Geschenk für seine Enkeltochter auf den Knien. Das von den dunkel getönten Scheiben gefilterte Sonnenlicht schafft eine irreale Welt fern der Wirklichkeit.

Er hebt ab, ohne nach der Nummer zu sehen. Als er die Stimme hört, wird ihm klar, dass dies nicht der Anruf ist, den er erwartet hat. Und plötzlich ist alles, was er vorhat, wie weggewischt, wie eine Seifenblase, die an einer Mauer zerplatzt.

»Wann ist es passiert?«, fragt er. »Ist es schon an die Öffentlichkeit gedrungen?«

Schweigen. Das Auto schwenkt nach links und reiht sich vor einer Ampel ein.

»Umso besser. Versucht es so lange wie möglich geheimzuhalten.«

Wieder eine Pause. Das Geräusch vorbeifahrender Autos. Eine fremde Sprache, die er nicht kennt. Dann die Antwort. Genau die, die er hören wollte.

»Wir machen alles wie gehabt«, sagt der Graue. »Ich übernehme das.«

Er legt auf. Starrt auf das Geschenk. Denkt an das Lächeln der Kleinen, an die Händchen, die das Papier aufreißen, an ihre zärtliche Umarmung. An den Teil seiner selbst, der einzig für diese Momente lebt und dem er so gerne nachgeben würde. Doch er kann es nicht.

»Wir kehren um«, sagt er dem Fahrer.

Und während der Wagen wendet, tippt er hastig eine Nummer ins Handy. Handgriffe, die er bereits getan hat und die er eigentlich nicht noch einmal wiederholen wollte.

An die Mauer neben dem Tabakladen gelehnt, blickt der Mann zum Fenster im zweiten Stock hinauf und wartet.

Er hätte es schon vorher tun können, ehe Nicola Zanardi zu seiner Verabredung gekommen ist. Doch das wäre nicht der richtige Moment gewesen. Für jede Sache gibt es den richtigen Augenblick. Genau dann muss sie erledigt werden. Nicht vorher und nicht nachher.

Er steckt die Hände in die Taschen und starrt durch das spiegelnde Glas. Seine Zielperson trinkt ein Bier. Sie sitzt am Fenster. Von den zwei Personen, die essen, kann er nur eine erkennen. Sie greift nach einem Handy. Spricht. Der Gesichtsausdruck ändert sich rasch. Plötzlich steht sie auf und verschwindet. Zusammen mit dem Typen, mit dem sie gekommen ist, taucht sie in der Tür der Bar wieder auf und geht in Richtung Piazza Maggiore davon. Nicola Zanardi sitzt noch immer an seinem Tisch. Er dreht sich zum Fenster und blickt Richtung Via Rizzoli in die Ferne.

Gegen die Mauer neben dem Tabakladen gelehnt, sieht der Mann auf die Uhr.

Es ist fast soweit.

»Wir haben uns für dieses entschieden«, sagt Antonio Righi.

Er ist der Chefredakteur der Zeitschrift, der ich die Fotos verkauft habe. Ich kenne ihn gut, habe oft mit ihm gearbeitet. Er zeigt mir das Cover der morgigen Ausgabe. Und zum zweiten Mal binnen weniger Stunden sehe ich Bilder aus Bagdad. Sie haben das dritte genommen. Das von der Explosion, mit dem sich überschlagenden Auto und dem Schuh, der reglos auf dem zerfetzten Gehsteig liegt. *Friedensmission?* steht darunter. Buchstaben im selben Rot des Zeitschriftentitels.

»Hut ab«, sagt der Typ neben Righi zu mir.

Er heißt Fabrizio Vincenzi. Er ist Journalist bei einem anderen Verlag, mit einer anderen politischen Ausrichtung. Seit zwei Jahren leitet er eine Fernsehsendung im Abendprogramm eines nationalen Senders. Ich habe es nie geschafft, eine Ausgabe bis zu Ende zu sehen. Es ist das zweite Mal, dass ich ihn treffe. Beim ersten Mal habe ich ihn für ein Arschloch gehalten. Und sein Kommentar zum Coverfoto hat nicht gerade dazu beigetragen, meine Meinung zu ändern.

Sie sind zusammen gekommen, weil sie bei einer der letzten von der Stadt organisierten sommerlichen Kulturveranstaltungen heute Abend ein Buch vorstellen sollen. Schon die Vorstellung, mit Antonio zu Mittag zu essen, hatte mich nicht gerade in Begeisterung versetzt, doch zu dritt hier zu sitzen, am üblichen Tisch im üblichen Café hinter der Piazza Maggiore, erscheint mir ungefähr genauso spannend wie eine Konferenz über die Sexpraktiken des Riesenpandas.

Ich trinke einen Schluck Bier.

»Sag mir, weshalb wir hier sitzen, Antonio.«

»Ich will dir einen Job anbieten.«

»Einen Job?«

»Ja, das ist das, womit man Geld verdient.«

Ich mache eine Kopfbewegung Richtung Vincenzi.

»Normalerweise bespricht man Jobangebote nicht mit der Konkurrenz am Tisch.«

Righi lächelt. Der andere ebenfalls.

»Es sei denn, die Konkurrenz ist keine mehr.«

Ich nehme noch einen Schluck. Einen längeren. Dann stelle ich das Glas auf den Tisch, stütze die Ellenbogen auf und warte. Diesmal ergreift Vincenzi das Wort.

»Antonio hat mir angeboten, einmal im Monat einen Artikel zu schreiben. Über ein brandaktuelles Thema. Wir möchten, dass du die Fotos machst. Die Bilder, die du von da unten mitgebracht hast, sind wahnsinnig … wahr. Anfangs läuft es wahrscheinlich eher auf eine Art Zusammenfassung der Gründe hinaus, die zum Irakkrieg geführt haben. Zum Krieg gegen den Terror ganz allgemein.«

Ich mache große Augen. Einen Moment lang habe ich den Eindruck, in einer seiner Talkshows zu sitzen. Ich sehe Antonio an.

»Der Krieg gegen den Terror?«

Der andere antwortet mir.

»Ja, der Krieg gegen den Terror.«

Jetzt bin ich dran mit lächeln. Halb erstaunt, halb spöttisch.

»Hör mal, Antonio, haben sie euch ins Gehirn geschissen? Seit wann glaubt ihr den ganzen Dreck übers weltweite Terrornetzwerk, den gerechten Krieg, die Massenvernichtungsmittel? Kannst du mir das bitte mal verraten?«

Und wieder redet Vincenzi.

»Das Attentat auf die Zwillingstürme hat nun mal alles verändert. Nichts ist mehr wie es war. Es ist ein Angriff auf die Demokratie, wie wir sie kennen und aufgebaut haben.«

Ich komme mir vor, wie in einer Folge der *Versteckten Kamera*. Ich will etwas sagen, beschließe aber, erst mein Bier auszutrinken. Das kühle Getränk sorgt für einen klaren Kopf. Und dann gebe ich die einzige Antwort, die mir sinnvoll erscheint.

»Schwachsinn.«

»Schwachsinn?«

»Und was für welcher. Denn während du und deine Kollegen daheim im Trockenen saßt, war ich dort. Um Fotos zu machen, aber vor allem, um hinzusehen.«

Ich nehme das Cover von morgen in die Hand.

»Siehst du dieses Foto? Bei der Explosion sind Leute draufgegangen, die ich kannte. Ich nehme an, die Tatsache, dass es Araber waren, interessiert einen wie dich nicht. Die Amis nennen das *casualties of war*. Das bekam ich zumindest zu hören, als ich versucht habe, Fragen zu stellen. Im Krieg passiert so etwas nun mal. Nur schade, dass wir nicht mitmachen dürfen. Wegen der Verfassung, falls du weißt, was das ist.«

Vincenzi starrt mich an. Antonio sagt noch immer nichts. Es ist, als würde ich eine Fernsehserie sehen und hätte die entscheidende Folge verpasst, in der sich der Gang der Ereignisse durch einen genialen Coup ins Gegenteil verkehrt.

»Wir haben nicht mitgemacht, das weißt du«, antwortet Vincenzi. »Und der Irak war eine unmenschliche Diktatur, die Terroristen bei sich aufnahm und das Volk ermordete.«

Jetzt grinse ich nicht mehr, ich lache.

»Der Terror hat einen Scheiß mit diesem Krieg zu tun. Seit zwanzig Jahren war Herr Hussein am Ruder und hat sein Volk umgebracht. Er hat es vor dem Krieg des alten Bush getan und auch noch Jahre danach. Doch keiner von euch Schlaumeiern hat auch nur eine Folge seiner Pseudo-Hintergrundsendungen dem ›Drama des irakischen Volkes‹ gewidmet. Nicht eine. Und auch nicht dem Sudan oder Saudi-Arabien. Oder dem Völkermord in Ruanda. Oder Pinochet und den argentinischen Militärs, als es die noch gab. Und wer weiß, wer die an die Macht gebracht hat.

Und ich sage dir noch etwas, solltest du es noch nicht wissen. Der Krieg hat al-Quaida in den Irak gebracht. Der hat das Fass aufgemacht und den ganzen Dreck der Welt reingeschmissen. Ein Krieg, der nichts mit den Zwillingstürmen zu tun hat. Der nur angefangen wurde, weil die irakischen Herrschaften so dermaßen in Öl schwimmen, dass es ihnen zur Klospülung herauskommt, wenn sie scheißen gehen. Bei mir zu Hause nennt man das Kolonialkriege. Aber im Fernsehen kann man so was natürlich nicht sagen.«

»Du verstehst das nicht.«

»Ich verstehe nur zu gut. Wie gesagt, ich bin dort gewesen. Hast du dich mal gefragt, weshalb die Franzosen dermaßen gegen diesen Krieg waren? Vielleicht, weil sie befürchteten, dass Bushs Bomben ihnen ihre Mordsgeschäfte mit den irakischen Ölgesellschaften gründlich vermasseln würden. Oder denkst du etwa immer noch, dass Kriege aus noblen Beweggründen wie Freiheit und Gleichheit geführt werden? Du glaubst doch wohl nicht im Ernst, wir seien aus humanitären Gründen dorthin gegangen, um den Menschen die Demokratie zu bringen, weil uns plötzlich klarwurde, dass vor unserer Haustür die Terroristen bereitstehen, um sich in die Luft zu sprengen? Oder dass Saddam die Kurden mit Nervengas umbringt und auf die Menschenrechte scheißt?

Antworte mir: Glaubst du das wirklich, oder hältst du nur deshalb die Klappe, weil sie dir auf deinem hübschen Posten vor den Kameras nicht erlauben, gewisse Dinge auszusprechen? Hast du auf Sendung niemals den Drang verspürt, zu sagen, dass wir deren Infrastruktur zerstört haben und dass es nach einem Jahr in zahlreichen Gegenden noch immer weder Wasser noch Strom gibt?«

Er glotzt mich mit einem halben Lächeln an. Schweigend warte ich darauf, dass er etwas sagt. Doch er starrt mir nur in die Augen.

»Ich nehme an, diese Ansprache war nur eine umständliche Art, um zu sagen, dass du den Job ablehnst.«

Ich sehe Antonio an. Ich kann nicht glauben, dass er das gerade gesagt hat. Und dass er auch nur eine Sekunde geglaubt hat, ich könnte den Job annehmen. Ich klopfe mit dem Zeigefinger auf das Cover, dann richte ich ihn auf Vincenzi.

»Schau dir diese Zeitschrift an, Antonio. Kannst du mir mal sagen, was zum Teufel er damit zu tun hat?«

»Die Dinge ändern sich«, ist die einzige Antwort, die er mir geben kann. »Und vielleicht glaube ich ja auch, dass es keine ganz schlechte Idee war, dorthin zu gehen und Saddam abzusägen.«

Ich starre ihn an. Hin und wieder frage ich mich, ob wir nicht all vollkommen verblödet sind.

Ob *Dschungelcamp* oder *Big Brother* uns inzwischen so weich gekocht haben, dass wir das Leben auch für eine irre Reality-Show halten, die sich irgendjemand ausdenkt.

Ob die ständige Beballerung mit Titten, Ärschen, Quizshows und Teleshopping uns die Neuronen mit klebrigem Sirup verstopft hat.

Ob wir jede Lüge, die man uns auftischt, selbstverständlich für bare Münze nehmen, von einem Krieg über ein Attentat bis zur Wahrheit über den Heiligen Gral.

Ob wir vergessen haben, dass man sich eine Meinung bilden kann und die Dinge nicht einfach hinnehmen muss. Dass sie durch endloses, tägliches Wiederholen nicht automatisch wahr werden.

Wir haben aufgegeben. Vom Alltag, den Problemen, den Verletzungen, den immer wieder enttäuschten Erwartungen übermannt, haben wir vergessen, uns wirklich für das zu interessieren, was um uns herum passiert. Wir haben das Denken jemand anderem überlassen, der uns sagt, wer wir sind, was wir essen, denken, wünschen sollen, was richtig und was falsch ist. Wir sind mitten in einem schlechten Fantasy-Film, den sich keiner freiwillig anschauen würde, den wir aber treudumm für die Wirklichkeit halten.

»Du hast recht, Antonio. Die Dinge ändern sich. Und zwar so sehr, das Kollateralschäden nun mal nicht ausbleiben.«

Er will etwas erwidern, doch sein Handy klingelt. Noch ehe er dran ist, klingelt auch das von Vincenzi.

»Ich komme sofort«, sagen beide und legen wieder auf.

»Probleme?«, frage ich.

Vincenzi kippt den Rest seiner Coke hinunter. Antonio steht auf.

»In Bagdad sind zwei italienische Journalisten entführt worden. Der *RAI*-Korrespondent und der vom *Corriere della Sera*.«

Ich halte in Gedanken inne. Ich erinnere mich an den Berichterstatter von der *RAI*. Wenige Worte und ein offener Blick auf eine Wirklichkeit, die sich nicht gänzlich beschreiben ließ. Ein bisschen wie seine Zigaretten, die er immer nach der Hälfte ausmachte. Dann sind sie weniger ungesund, hatte er mir einmal erklärt. Und wir hatten gelacht.

»Wann ist das passiert?«

Antonios Stimme ist gedämpft. Er sucht etwas in seinem Nylonrucksack.

»Noch weiß ich es nicht. Ganz früh heute Morgen oder gestern Nacht.«

Er legt mir eine Hand auf die Schulter. Ich bin nicht aufgestanden, ich habe nicht die geringste Lust, mich zu bewegen.

»Wir müssen gehen.«

Ich nicke wortlos.

»Ich hab was übrig für Idealisten wie dich«, sagt Vincenzi auf dem Weg zur Treppe. »Darüber reden wir noch mal.«

Ich sehe zur Via Rizzoli hinaus. Eine Frau mit einem Kind an der Hand überquert die Straße.

»Nein, das glaube ich nicht.«

Er antwortet nicht. Ich höre ihre Schritte auf den Stufen, und als ich mich umdrehe, ist der Gastraum im ersten Stock leer. Ich lasse meinen Stuhl nach hinten kippen und lehne mich an die Wand in meinem Rücken. In der Stille dieses Raumes fühle ich mich plötzlich gut. Mit leerem Kopf, ohne Angst und von einer seltsamen Euphorie erfüllt, die die Diskussion in mir zurückgelassen hat.

Doch sie währt nur kurz.

Ich höre Schritte auf der Treppe. Eine Person. Ich schnaube; vielleicht haben sie was vergessen. Oder vielleicht kommt ein neuer Gast, um mir meinen kurzen Frieden zu rauben.

Dann werden die Schritte schneller und kommen näher. Ehe er nicht um die Ecke biegt und den Saal betritt, kann ich nicht sehen, wer heraufkommt.

Kaum ist es soweit, springe ich auf. Suchend sehe ich mich nach einem nicht vorhandenen Ausgang um. An die Rückwand gedrängt, starre ich den Mann mit den Stoppelhaaren an, der mit allzu schnellen Schritten auf mich zukommt.

Terzis Büro ist ein großer, von Licht, Musik und einer peinlichen, alles beherrschenden Ordnung erfüllter Raum. Jedes Mal, wenn er ihn betritt, denkt Marra, dass er nie an so einem Ort arbeiten könnte. Er lässt sich in den Sessel vor dem Schreibtisch fallen und wartet, bis der Staatsanwalt seine Mail fertig geschrieben hat. Der Bericht über die Fotos kommt ihm in den Sinn. Er liegt in seinem Büro, bereit, gelesen zu werden. Mehrere Seiten, auf denen Carta das Resultat seiner schlaflosen Nächte zusammengefasst hat.

Er hat sie nur überflogen, mehr nicht. Im Augenblick ist anderes wichtiger. Er lässt den Blick schweifen und hört zu. Den entfernten Geräuschen der Straße. Terzis Fingern, die hastig über die Tasten klappern.

Hinter dem weit geöffneten Fenster im obersten Stock prangt ein Stück allzu blauer Himmel, das eine insulinspritzendünne Wolke durchteilt. Der nächtliche Regen hat alles fortgespült und ein aufdringlich intensives Licht zurückgelassen, das in den Augen schmerzt. Das gleiche Licht wie auf dem Foto, das hinter Terzi hängt. Er ist sicher, dass es sich um ein Foto von Sebastião Salgado handelt und dass das, was sich darauf halb verdeckt durch einen riesigen, farblosen Schleier erahnen lässt, der Blick eines Kindes ist. Unter dem Foto steht in grauen, schmalen Lettern ÄTHIOPIEN 1984.

»Ein Geschenk meiner Frau. Gefällt es Ihnen?«, fragt Terzi.

»Ich bin mir nicht sicher.«

»Ein portugiesischer Schriftsteller hat einmal gesagt, könnte Dante heute in die Hölle zurückkehren, würde er einen Fotoapparat mitnehmen.«

»Das war Saramago, glaube ich.«

»Kennen Sie ihn?«

Marras Lippen öffnen sich leicht, halb Seufzen, halb Lächeln.

»Wenn Dante in die Hölle zurückkehren wollte, gäbe es bei uns auch ein paar interessante Orte, die wir ihm zeigen könnten.«

Der andere antwortet nicht. Einen Moment lang scheint er ihn zu ignorieren. Dann wechselt er das Thema.

»Paola Vigliani«, sagt Terzi.

»Ja, genau die.«

»Ich will alles von Ihnen wissen, Commissario.«

Giovanni holt Luft. Er versucht, alles, was er weiß, in wenige, präzise Sätze zu fassen.

»Den ersten Untersuchungen der aus dem Hämoglobin gewonnenen DNA zufolge, das wir mit Hilfe des Luminols entdeckt haben, ist das Mädchen tatsächlich im Haus von Strazzaris Verkäuferin umgebracht worden. Wie gesagt, das ist nur ein erstes Ergebnis, aber wenn sich Doktor Anselmi nicht sicher wäre, hätte er mir nicht einmal das verraten.«

»Ein guter Anfang.«

»Vielleicht auch ein Ende, Dottore. Denn in der Spurensicherung haben sie mir auch gesagt, dass es auf dem bei Lamberti gefundenen Kettchen keinerlei Fingerabdrücke des Hausherrn gibt.«

»Wie, es gibt keine!«

»Merkwürdig, nicht? Doch das Schönste kommt noch. Es sind nämlich die von Strazzari drauf. Und das offenbar ganz eindeutig. Ohne einen Zweifel. Und nicht nur seine, sondern auch die von Laura Campi.«

Mit verdutztem Gesicht stützt Terzi die Ellenbogen auf die Tischplatte.

»Die Verkäuferin?«

»Genau die. Ich habe mir erlaubt, nach dem Verhör ihre Fingerabdrücke zu sichern. Sie hat meinen halben Schreibtisch damit übersät. Also habe ich sie vergleichen lassen.«

»Sagen Sie mir, was Sie denken, Commissario.«

»Lassen Sie mich erst zu Ende erzählen. Vor einer Stunde habe ich Lambertis Kontoauszüge bekommen. Zumindest einen Teil davon. Es sieht so aus, als hätte er mindestens fünf verschiedene Konten. Von Mitte Februar bis Ende März hat er fast hunderttausend Euro in Bar eingezahlt. Natürlich auf unterschiedliche Konten und zu verschiedenen Zeitpunkten. Die größte Einzahlung ist auf das Konto des Tetris, seines Lokals, gemacht worden. Exakt einen Monat nach Paola Viglianis Entführung. Und der Betrag, den Strazzari den Banken schuldet, ist ungefähr ein Drittel davon.«

»Wenn man die Zinsen des Wucherers in Betracht zieht, würde ich sagen: Volltreffer.«

»Sagen wir mal, fünf Richtige, Dottore. Oder vielleicht vier. Denn da ist noch einiges, was keinen Sinn ergibt. Ich will ehrlich sein. Heute Morgen habe ich dem Polizeichef gesagt, dass es uns noch leid tun wird, Lamberti mit diesen Anschuldigungen festgenommen zu haben. Und auch die Untersuchungsergebnisse haben an meiner Meinung nichts geändert.«

»Ich glaube, ich weiß, worauf Sie hinauswollen.«

Marra steht auf. Das, was er im Kopf hat, verlangt nach Bewegung. Wäre er ein Professor, würde er nie hinterm Pult sitzen.

»Alles muss einen Sinn ergeben, Dottore. Sonst geht das Spiel nicht auf. Ein paar Dinge sind inzwischen zwar sicher, aber ein Haufen anderer ist es ganz und gar nicht. Und wir haben noch nicht mal den winzigsten Fitzel eines Beweises.«

Er macht eine Pause.

»Lamberti hat Strazzari das Geld geliehen, das der brauchte, um sich aus dem Schlamassel zu ziehen, und Strazzari hat seine Schulden zurückgezahlt. Zwar wissen wir nicht, ob er es innerhalb der verabredeten Frist getan hat, aber das Geld ist zurückgekommen.

Alles geritzt und in bester Ordnung. Bis die Leiche des Mädchens auftaucht. Am Tag darauf stirbt Strazzari. Lamberti besitzt einen Revolver, aber er hat nicht geschossen. Noch nicht einmal das Kaliber stimmt. Und ich bin noch immer davon überzeugt, dass er kein Mörder ist, nur ein Betrüger. Er braucht die Menschen lebend. Wie ein Dealer. Von einem toten Kunden sieht er kein Geld mehr. Und einer wie Strazzari wäre früher oder später wieder angekrochen gekommen.«

»Aber da sind die Fotos.«

»Genau. Soweit ich weiß, ist auf einigen von Strazzaris Bildern ein Mann zu sehen, der Lamberti sein könnte. Man müsste erst ein paar Vergrößerungen machen, einen Leberfleckvergleich anstellen, aber nehmen wir einmal an, er ist es. Na und? Lamberti ist nicht verheiratet, er vögelt alles, was bei Drei nicht auf den Bäumen ist. Und auch Strazzari und das Fräulein Campi hatten eine, sagen wir, recht lockere Beziehung. Das hat sie uns selbst bestätigt. Nichts, was darauf schließen ließe, dass der Wucherer ihn umgebracht hat, weil er von ihm erpresst wurde.«

»Bleiben noch die Bilder der kleinen Mädchen, die man bei Strazzari gefunden hat.«

»So ist es. Der Großteil stammt offenbar aus dem Internet. Fast ausschließlich von Pornoseiten mit mehr oder weniger volljährigen Mädchen, die extra auf Lolita getrimmt sind. Aber es gibt auch Fotos von kleinen Mädchen. Insgesamt zwar relativ wenige, aber es gibt sie. Zu drei oder höchstens vier verschiedenen Gelegenheiten aufgenommen. Wir müssen herausfinden, wo er sie erworben hat, ob er der Fotograf ist und ob er sie auch vergewaltigt hat. Ob er sie bei jemandem in Auftrag gegeben hat.«

»Schwierig herauszufinden.«

»So gut wie unmöglich. Besonders dann, wenn die Mädchen aus dem Ausland stammen und niemand ihr Verschwinden oder den Missbrauch angezeigt hat. Und vor allem, wenn er die Fotos nur gekauft hat. Vielleicht stammt der Fotograf aus dem familiären Umfeld. Wir wissen noch nicht einmal, wo er sie heruntergeladen hat. Wir haben weder den Server, auf dem sie gesichert waren, noch den Provider, noch die Domain. Und auch die Frauen zu identifizieren, die Strazzari gefickt und dabei fotografiert hat, wird schwierig. Wir werden uns in ein paar Clubs in der Gegend umhören, um vielleicht etwas herauszufinden. Und sei es nur ein Gerücht, wer weiß.«

»Normalerweise ist einer, der solche Etablissements frequentiert, nicht sonderlich froh, wenn das die Runde macht.«

»Und deshalb erzählt er vielleicht lieber, was er gehört und mitbekommen hat, als in einen Skandal hineingezogen zu werden.«

»Lassen wir's drauf ankommen. Aber das löst das Problem nicht.«

»Richtig, Dottore. Das löst das Problem nicht. Oder vielleicht doch. Nehmen wir tatsächlich einmal an, Strazzari hinge in irgendwelchen Pädophilenkreisen mit drin. Oder hätte jemanden kennengelernt und ihm seine Mitarbeit angeboten. Dem Geld nach zu urteilen, läuft alles prima. Doch Paola Vigliani stirbt in diesem Haus. Die Leiche wird im Park verscharrt. Monate vergehen. Dann taucht sie wieder auf. Und irgendjemand schießt Strazzari in die Stirn und macht ihn kalt. Aus nächster Nähe. Auf einer Baustelle. Nicht Lamberti bringt ihn um. Er lässt ihn auch nicht umbringen. Er hat kein Motiv. Schlimmstenfalls können ein paar Fotos auftauchen, die ihn bei irgendwelchem Gruppensex zeigen. Auf den Bildern, auf denen wir ihn vermuten, sind keine Minderjährigen zu sehen. Weshalb also?«

»Ich habe das Gefühl, Sie werden es mir gleich verraten, Commissario.«

Giovanni grinst.

»Bis heute morgen war die Frage ungelöst. Doch jetzt glaube ich, die Antwort zu kennen. Das Kettchen.«

»Das Kettchen?«

»Ganz genau. Aurelio war dort, als Paola gestorben ist. Vielleicht ist es aus Versehen passiert. Sie wollten sie nicht töten. Doch Aurelio hat das Kettchen eingesteckt. Und es Laura geschenkt. Eine Art Fetisch vielleicht. Wir wissen, dass der gute Strazzari etwas merkwürdige sexuelle Gewohnheiten hatte.«

»Und als das Mädchen wieder hochgespült wurde, hat jemand sich nach dem Kettchen erkundigt.«

»So ist es. Und ihn umgebracht, um weiteren Ärger zu vermeiden. Aurelio Strazzari gehörte nicht zu denen, die die Klappe halten können, wenn man sie unter Druck setzt.«

Eine kleine Ewigkeit sagt Terzi nichts.

»Wenn das wahr wäre, Commissario, dann würde das bedeuten …«

»… dass jemand versucht, Fabio Lamberti dranzukriegen. Jemand, der Strazzari umgebracht, sich das Kettchen geschnappt und es in Lambertis Schublade geschmuggelt hat. Jemand, der nicht wusste, das Aurelio sie sich unter den Nagel gerissen hatte, der jedoch drauf gekommen ist, als wir die Leiche gefunden haben.«

»Wollen Sie damit sagen, dass …«

Marra stützt sich auf Terzis Schreibtisch, sieht ihm in die Augen und beendet den Satz.

»… jemand genauestens verfolgt, was vor sich geht, Doktor Terzi. Er hat Zugang zu den Akten, den Ergebnissen der Spurensicherung und des Gerichtsmediziners. Vielleicht sogar zu den Vernehmungsprotokollen. Er weiß, was passiert, und zwar genau dann, wenn es passiert.«

Die Stimme des Staatsanwalts scheint vom Grund eines Schwimmbeckens zu kommen.

»Es könnte jeder sein.«

»Nein, eigentlich nur ganz wenige, Dottore. Ich zum Beispiel.«

Marra senkt die Stimme und beugt sich zu Terzi hinunter.

»Oder Sie.«

»Komm mit.«

Der Mann mit dem Bürstenschnitt bleibt stehen und sieht mich an. Er trägt ein weißes Hemd über der Hose. Ein paar schwarze Straßenschuhe. Seine rechte Hand steckt in der Hosentasche, nicht tief genug, um nicht etwas darin festzuhalten.

»Beweg dich, wir haben keine Zeit zu verlieren.«

Mein Rücken klebt an der Wand, eine Rettungsweste, die zu nichts nütze ist.

»Wer bis du?«

Er zieht eine Pistole hervor. Klein, handlich. Instinktiv hebe ich die Hände hoch. Die Geste gefällt ihm nicht. Er hält mir die Waffe ins Gesicht, packt meinen Arm und zieht mich in den Gastraum.

»Komm vom Fenster weg, nimm die Hände runter und hör mir zu.«

»Wer bist du?«

Er drückt mir den Lauf auf die Stirn.

»Ich hab gesagt, hör mir zu. Siehst du den Typen da unten vor dem Tabakladen?«

Ich will ans Fenster gehen, doch er hält mich zurück. Seine Stimme ist vollkommen tonlos. Kalt wie das Blau seiner Augen.

»Von hier, Mann. Siehst du ihn oder nicht?«

Ich drehe mich um. An der Mauer lehnt ein schwarzhaariger Mann mit olivfarbener Haut. Er trägt einen Leinenanzug, helle Jacke und blaue Hosen. Er raucht eine Zigarette. Und sieht hinauf.

»Ich weiß nicht, wer das ist.«

Er heißt Simone Mariani. Eine Art Söldner. Brandgefährlich. Seit Tagen ist er dir auf den Fersen.«

»Und woher kennst du ihn?«

Die Worte purzeln aus mir heraus wie Münzen aus einer löcherigen Tasche. Der Mann mit dem Bürstenschnitt überhört mich. Er streckt den Kopf unmerklich vor, um nach dem Typen vor dem Tabakladen zu spähen. Dann sieht er mich wieder an.

»Er ist wegen dem da hier.«

Mit dem Pistolenlauf deutet er auf den iPod an meinem Gürtel. Ich will etwas sagen, doch er schneidet mir sofort das Wort ab. Mit der Antwort auf die Frage, die ich nicht habe stellen können.

»Ich weiß es einfach. Und ich weiß, dass der Kerl hier ist,

um sich diese Fotos zu holen. Egal wie. Haben wir uns verstanden?«

Ich nicke. Ich überlege, was ich tun soll. Was ich tun kann. Doch alles, was mir über die Lippen kommt, ist eine Frage. Wieder dieselbe.

»Wer bist du? Weshalb sollte ich dir trauen?«

Der Mann mit dem Bürstenschnitt steckt die Pistole weg und greift nach seinem Hosensaum. Wenn ich schnell wäre, könnte ich an ihm vorbeischlüpfen und die Treppe hinunterrennen. Doch ich bleibe reglos stehen und sehe zu, was er tut.

Er zieht das Hosenbein hoch und zeigt mir eine Tätowierung. Es ist eine halbe Sonne. Die Hälfte, die auf Sara Parmeggianis Knöchel fehlte.

»Ich heiße Antonio. Sara war meine Schwester. Er hat sie umgebracht.«

Ich starre auf die Sonne, zu dem Mann auf der Straße und dann wieder in sein Gesicht. Plötzlich macht er mir nicht mehr solche Angst.

»Na, dann los«, sage ich. Und gehe zur Treppe.

Wieder hält er mich zurück, wie ein Tau umklammern seine Finger meinen Unterarm.

»Warte. Hör genau zu, was du zu tun hast.«

Der Sand knirscht glühend unter ihren Fußsohlen. Mit zwei nervösen Schritten ist Roberta am Wasser.

»Ich hab dir doch gesagt, es ist mir scheißegal«, faucht sie ins Telefon.

Für das Telefonat ist sie vom Sonnenschirm weggegangen. Es darf sie niemand hören. Am wenigsten Lisa. Sie reißt die Augen von der scharfen Bruchkante des Horizonts los und dreht sich um. Ihre Tochter ist immer noch da, im sacht bewegten Schatten. Den Blick in die Ferne gerichtet.

»Daran hättest du früher denken sollen«, zischt sie, doch der

Ton ist der eines Schreis, den sie der Person am anderen Ende der Leitung, die sich in ihr Leben zu drängen versucht und dafür nur eine Masche kennt, ins Gesicht schleudert.

»Nein, ich will nicht mal darüber nachdenken. Das hab ich bereits.«

Beim ersten Satz ist sie laut geworden. Instinktiv senkt sie den Kopf, um sich vor all den neugierigen Blicken zu schützen. Sie spürt sie, als würden sie ein Urteil fällen über alles, was sie bisher im Leben gemacht hat. Das gleiche, mit dem auch die Person am anderen Ende der Leitung ihr zum x-ten Mal in den Ohren liegt.

Wütend beendet sie die Verbindung, das Telefon so fest umklammert, dass die Fingerknöchel weiß hervortreten. Sie schließt kurz die Augen. Die Sonne lässt das dunkle Blickfeld orange leuchten. Als sie sie wieder öffnet, kommt Lisa auf sie zu. Sie bleibt einen Meter vor ihr stehen, neigt leicht den Kopf und sieht sie an. Dann geht sie schweigend davon.

Sie schwimmt, als wäre das Wasser ihr Element, durchpflügt die größten Wellen. Fern vom Ufer, von allem.

Als Nicola Zanardi kurz am Fenster im zweiten Stock erscheint, ahnt der Mann, dass etwas faul ist.

Die beiden Typen, die mit ihm zusammen waren, sind hastig in Richtung Piazza Maggiore verschwunden. Er hat sie fast im Laufschritt herauskommen sehen und sich die letzte Zigarette angezündet. Er braucht sie, um wachsam zu bleiben. Doch es ist nichts passiert. Zanardi ist am Fenster sitzengeblieben. Dann ist er plötzlich aufgestanden. Und der Mann an der Mauer hat einen Schritt nach links gemacht. Er hat hinaufgespäht und gesehen, dass seine Zielperson ins Innere des Saales verschwunden ist. Er war sich sicher, dass der Moment gekommen war. Stattdessen ist der Fotograf einen Augenblick später wieder am weit geöffneten Fenster aufgetaucht. Nur ganz kurz, als hätte ihn etwas wieder zurückgerufen. Ohne ersichtliches Motiv.

Und jetzt, während er darauf wartet, ihn aus einer der beiden Türen kommen zu sehen, die er im Blick hat, überlegt er, was dort im Café wohl vor sich geht. Vielleicht ist er aufs Klo gegangen oder zahlt. Vielleicht hat er jemanden getroffen und plaudert ein bisschen. Wenn er nicht allein ist, wird es schwierig. Aber er hat keine Wahl. Jetzt nicht mehr. Ohne einen der beiden Ausgänge aus den Augen zu lassen, kontrolliert er tastend, ob alles an seinem Platz ist. Da hört er ein Geräusch.

Und dann passiert es.

Giovanni Marra überquert die Via dei Marescalchi in Richtung Piazza Maggiore. Langsam steigt er die Stufen von San Petronio hinauf und hockt sich auf die Treppe. Doktor Terzi krempelt sich die Hemdsärmel auf und setzt sich neben ihn. Es ist kaum jemand da. Nur ein japanisches Touristenpärchen ein paar Meter weiter.

»Erzählen Sie mir, was Sie mir im Büro nicht sagen konnten.«

»Vor ein paar Tagen ist in den Labors der Spurensicherung etwas gestohlen worden.«

»Ein Diebstahl? Wieso haben Sie mich nicht inf…«

Giovanni unterbricht ihn mit einer Handbewegung.

»Jemand hat die Fotos mitgenommen, die in Sara Parmeggianis Tasche waren. Doktor Anselmi ist ein alter Freund von mir. Und unter Freunden hilft man sich.«

»Und das Beweismaterial?«

»Sagen wir mal, ich hatte eine Kopie davon. Und ich füge hinzu, dass es keinerlei Spuren von Gewaltanwendung und auch keine Fingerabdrücke gab. Nicht die kleinste Kleinigkeit.«

»So einen Diebstahl könnte nicht jeder durchführen.«

»Ganz genau. Man braucht die entsprechenden Mittel. Und einen guten Grund.«

»Wie weit seid ihr mit der Fahndung?«

»Ganz am Anfang, und wir kommen nicht vom Fleck. Zumindest noch nicht.«

»Machen Sie weiter.«

»Die Geschichte von Sara Parmeggiani überzeugt mich nicht. Sie kannte Strazzari, er war einer ihrer Stammkunden. Möglicherweise wollte sie irgendein hohes Tier erpressen, zu hoch für sie. Dem Hotel von den Fotos und der Aussage des Kofferträgers nach zu urteilen, einer mit Geld. Dann ist sie auf diese Weise ums Leben gekommen. Einen Tag nach dem Wiederauftauchen von Paola Vigliani. Abgestochen in der eigenen Wohnung, ohne Blutspuren, eine Tatwaffe oder irgendwelche Zeugen, die etwas bemerkt hätten.«

»Und glauben Sie, das hat etwas mit dem kleinen Mädchen zu tun?«

»Glauben Sie an Zufälle?«

Terzi stützt die Ellenbogen auf die Schenkel.

»Normalerweise nicht.«

»Und finden Sie nicht, dass das ein paar zu viele sind?«

Er nickt.

»Sehen Sie, Dottore, wir haben eine Leiche, die nach Monaten wieder an die Oberfläche kommt. Und wir haben zwei weitere Tote unmittelbar danach. Einer der beiden hat die Bude voller Pornofotos und eine hübsche Pädo-Sammlung. Die andere ist Edelnutte, der Tote ist ihr Stammkunde, und ihre Reisetasche ist vollgestopft mit heimlichen Schnappschüssen aus einem römischen Hotel, auf denen ein Typ drauf ist, den man nie erkennt.

Was das Mädchen betrifft, deutet alles auf den Lamba hin. Der, welch merkwürdiger Zufall, Strazzari Geld lieh, bei sich zu Hause das Kettchen und ein eigenes Fotokontingent hat und dazu noch eine hübsche genetische Krankheit, die das Fehlen des Leichenteiles erklärt. Darüber hinaus gibt er ohne viel

Aufhebens zu, dass er eine Schwäche für junges Gemüse hat. Der Kreis schließt sich. Schade, dass das, was wir im Haus der Verkäuferin gefunden haben, auf eine völlig andere Person hindeutet. Auch völlig anders als Strazzari.«

»Sie glauben, es handelt sich um denselben Mann?«

»Sagen wir mal, ich habe den Eindruck, dass sie sich verdammt ähnlich sind. Und dass derjenige, der das Haus saubergemacht hat, auch das Zeug dazu haben könnte, Beweise aus einem Labor der Spurensicherung verschwinden zu lassen.«

»Ein Profi.«

»Um sich so etwas leisten zu können, braucht man Geld. Viel Geld.«

»Der Typ aus dem Hotel.

»Einer, der weiß, wie man sich Kontakte bei der Polizei verschafft. Und uns verarschen kann, ohne dass wir etwas dagegen unternehmen können.«

Das Schweigen, was diesem Satz folgt, ist rau wie Schmirgelpapier. Von der Via Rizzoli her tönt das Dröhnen eines Motorrades herüber. Vielleicht zwei. Und eine Polizeisirene, wie ein Echo.

»Wem trauen Sie, Commissario?«

»Niemandem.«

»Nicht einmal mir.«

Es ist eine Feststellung, keine Frage.

»Ich kann nicht. Das ist ein Luxus, den ich mir nicht erlauben darf.«

Er streicht sich mit der Hand übers Kinn.

»Ich will mein Büro überprüfen lassen. Und das meiner Mitarbeiter. Telefone, Computer. Das Diensthandy. Alles. Auch Ihres.«

»In Ordnung, wenn Ihnen das Ihr Vertrauen wiedergibt.«

»Womöglich hilft selbst das nichts. Wie gesagt, ich kann's mir nicht erlauben.«

Terzi sieht ihn lange an.

»Weshalb sind Sie mit mir hierhergekommen und haben mir das alles erzählt?«

»Weil es, sollten Sie nichts damit zu tun haben, nur richtig ist, Sie in Kenntnis zu setzen, fernab von neugierigen Ohren. Damit Sie wachsam sind. Egal, wem gegenüber.« Er macht eine Pause. »Und sollten Sie doch etwas damit zu tun haben, wissen Sie jetzt, dass ich ein Auge auf Sie habe, Dottore. Und das rund um die Uhr.«

Terzi will etwas erwidern, doch Marras Handy ist schneller. Der Kommissar drückt eine Taste und horcht hinein. Während des gesamten Telefonats lässt er ihn nicht aus den Augen.

»Neuigkeiten?«

»Erinnern Sie sich an die Spuren, die wir in dem versteckten Raum gefunden haben?«

Der Staatsanwalt nickt.

»Sie haben einen DNA-Test gemacht und die Größe des Schuhs überprüft. Beides stammt nicht von Paola Vigliani.«

»Großer Gott.«

Giovanni überhört ihn. Er steht auf.

»Ich muss los, Dottore.«

Während Marra die Stufen hinabgeht, bleibt Terzi sitzen.

»Seien sie vorsichtig, Commissario«, ruft er ihm halblaut hinterher, und Marra fragt sich unwillkürlich, ob das ein Rat oder eine Drohung war.

Kurz vor dem Ausgang der Bar, der auf die Via dell'Archiginnaisio hinausgeht, warte ich darauf, dass das passiert, was mir der Mann mit dem Bürstenschnitt angekündigt hat.

Er wird von rechts kommen, vom Platz her. Und ich muss bereit sein und handeln, ehe der andere reagieren kann.

Das hat er mir gesagt. Und ich weiß nicht, was mich dazu gebracht hat, ihm zu glauben. Vielleicht war es das Tattoo. Die andere Hälfte von etwas, das mir fehlt. Das Stück, das alle Fragen mit Sinn erfüllt und die Angst vertreibt. Wenn ich all das wirklich für Sara tue, dann muss auch er auf der gleichen Seite sein. Es gibt keine andere Möglichkeit. Ich darf keine Zweifel haben. Nicht einen einzigen. Gerade bin ich dabei, sie systematisch auszulöschen, als ich das Geräusch höre.

»Lauf!«

Das ist der einzige Gedanke, den ich habe. Dann setzen sich meine Füße in Bewegung. Aus dem Augenwinkel sehe ich den Typen vorm Tabakladen, der die Zigarette wegwirft und losrennt.

Jemand schreit.

Und alles geht los.

Wie eine Revolverkugel rast Antonio Parmeggianis Ducati durch die Via Rizzoli. Die Luft presst mir die Schläfen zusammen, drückt auf die Augen und zwingt mich, zu blinzeln.

Ich darf nicht loslassen. Ich kann an nichts anderes denken. Nur an dieses beschissene Motorrad, das so schnell fährt, dass es bestimmt gleich im Graben landet. Ich versuche, den Kopf zur Seite zu drehen, um nach hinten zu sehen. Es fühlt sich an wie eine Ohrfeige, die mir den Hals verreißt.

Doch ich sehe ihn. Den Typen vom Tabakladen, ebenfalls auf einem Motorrad. Ich habe ihn losfahren sehen, als wir an ihm vorbeigerast sind. Er hängt uns an den Fersen.

Ich schaue nach vorn über die Schulter von Saras Bruder, der sich über den Lenker kauert. Via Ugo Bassi fliegt wie ein einziger Farbspritzer an mir vorbei. Das Motorrad kippt seitwärts, um einem Bus auszuweichen, der an einer Haltestelle steht. Wir biegen links ab. Das andere Motorrad bleibt kreischend an uns dran. Es lässt nicht locker.

Hilflos klebe ich an Antonios Rücken, während das Motorrad in die Via Saragozza einbiegt und einen Jungen auf einem

Fahrrad fast über den Haufen fährt. Trotz doppeltem Motorenlärm und Polizeisirenen höre ich ihn stürzen.

Vor dem Bahnhof sehe ich mich um. Simone Mariani auf seiner Honda ist weniger als zwei Meter von uns entfernt. Für den Bruchteil einer Sekunde treffen sich unsere Blicke. Die Anstrengung verzerrt sein Gesicht zu einem seltsamen Grinsen.

Dahinter folgen zwei Polizeiwagen. Ich habe keinen Schimmer, wie wir die loswerden sollen. Ich habe gerade sowieso keinen blassen Schimmer von gar nichts. Noch nicht einmal, ob ich auf der richtigen Seite bin.

Ich sehe nach vorn.

Hoffentlich hat dieser Ausflug ein Ende. Und zwar bald.

Wie ein pfeilgerader Sonnenstrahl ist die Ducati aus der Via Oberdan in Richtung Via Irnerio davongeschossen. Als er aus den Arkaden kommt, kann er sie am Ende der Straße sehen.

Er biegt nach links. Mitten auf der Kreuzung bremst jemand. Gerade als er wieder anfahren will, setzt er sich vor ihn und kassiert einen Schwall Flüche. Er hört sie nicht.

Via Irnerio ist gerade lang genug, um zwei Gänge raufzuschalten. Dann biegt die Ducati nach rechts zum Montagnola-Park ab. Der Typ dreht sich einen Moment lang um. In den Park kann die Polizei ihnen nicht mit dem Auto folgen.

Eine Privatsache.

Endlich.

Das Kind ist direkt hinter der Kurve. Es rennt mitten auf den Schotterweg, der den Park durchquert, und glotzt uns entgegen.

Antonio Parmeggiani hält die Bremse und versucht verzweifelt zu lenken. Dann kippt das Motorrad zur Seite. Das Hinterrad saust über den Schotter wie ein in die Tiefe geworfener Kieselstein.

Ich fliege davon. Meine Schulter kracht auf die Steine und ich finde mich plötzlich auf dem Rasen wieder, überschlage mich mehrere Male und pralle gegen etwas sehr Hartes. Einen Moment lang flimmern mir Millionen graue Pünktchen vor Augen, dann sehe ich wieder klar.

Ich höre einen Schrei. Ein rennendes Mädchen mit zwei Kindern an der Hand. Ich will aufstehen.

»Halt«, sagt jemand.

Und alles wird mir klar.

Gioias Haut schmeckt nach Sonntagen. Als er in sie eingedrungen ist, nach einem Glas kühlem Wein und einer Autofahrt ohne Radio und ohne Worte, hat sich Michele zum allerersten Mal wieder zu Hause gefühlt. Und jetzt, nach einem langen Schweigen, das keiner der beiden brechen mochte, geht ihm nur eine Frage im Kopf herum.

»Wie lange ging das schon?«

Lächelnd legt Gioia ihm eine Hand auf die Brust. Das nachmittägliche Halbdunkel gleitet über ihre Schulterblätter und lässt ihr Haar rötlich schimmern.

»Fast zwei Jahre.«

Mit feuchten, weichen Lippen küsst sie seinen Unterarm.

»Zwei Jahre«, raunt Michele. Mit einem Finger streichelt er ihr über den Rücken.

»Es ist absurd.«

»Was denn?«

»Dass ich mich an nichts erinnere.«

Sie beißt ihn sanft in die Seite.

»An gar nichts? Den Eindruck hatte ich aber nicht.«

Sie lacht. Ein kindliches Lachen.

»Nein, an nichts. Ernsthaft. Ich hatte nur so eine Art Ahnung. Wer weiß, vielleicht eine ferne Erinnerung. Dann, als ich dir heute diese Frage gestellt habe, ist mir alles klargeworden. Und jetzt, na ja … es ist, als hätte ich ein Stück meines Lebens wiedergefunden, das in einer Schublade verkramt war.«

»Du hast mir gefehlt.«

Er nimmt ihren Kopf und küsst sie.

»Ich weiß nicht, ob ich dir dasselbe sagen kann. Doch ich weiß, dass du mir jetzt fehlen würdest.«

Er legt den Kopf aufs Kissen. Gioias Geschmack zwischen den Lippen. Er fährt mit der Zunge darüber. Er ist süß und salzig zugleich, genau wie ihr Blick.

»Es tut mir leid, was passiert ist«, flüstert er.

»Aber du kannst doch nichts dafür. Es war ein Unfall.«

»Erzählt mir von uns, bitte.«

»Was möchtest du wissen?«

»Keine Ahnung. Hatten wir Pläne? Hatte ich dir etwas versprochen?«

»Du hättest deine Frau nie verlassen. Das hast du mir immer wieder gesagt. Du hast nur ungern darüber geredet, und ich habe dich nichts gefragt. Aber du hattest es mir gesagt. Inzwischen hatte ich mich damit abgefunden. Ich weiß nicht wie, aber es war so. Und in der letzten Zeit kamst du mir irgendwie … nervös vor.«

»Nervös?«

»Vielleicht ist das nicht der richtige Ausdruck. Dieses Päckchen, weshalb hast du das zu mir geschickt?«

»Ich kann mich nicht daran erinnern.«

»Aber es musste doch einen Grund dafür geben. ›Ich habe ein großes Problem‹, hast du mir gesagt, ›einen Verdacht, dem ich auf den Grund gehen muss, danach wird alles anders werden, vielleicht auch zwischen uns.‹ Ich erinnere mich noch ganz genau. Es war hier, in diesem Bett. Nur dass es draußen geregnet hat und du nicht diesen Gesichtsausdruck hattest wie jetzt.«

»Und wie ist der?«

Sie tippt ihm mit dem Finger auf die Nasenspitze.

»Du siehst aus wie jemand, der versucht, sein Leben wieder in die Hand zu nehmen. Und der froh darüber zu sein scheint.«

Michele sieht sie an. Dunkle, weite, tiefe Augen. Kleine, schmale, leichte Hände. Ein strahlendes Lächeln, das durch seine Gedanken bricht.

Er wünschte, es wäre so. Er wünschte, Gioia hätte recht und er nähme sein Leben tatsächlich wieder in die Hand. Wie gerne würde er das schaffen. Alles ans Licht bringen, jeden Eindruck, selbst die abwegigsten, die er sich nicht erklären kann.

Mirellas CD zum Beispiel. Und den Verdacht, den er Gioia gegenüber geäußert hatte und der ihm jetzt wieder in den Sinn kommt, in Verbindung mit diesem Päckchen, das verschickt zu haben er sich nicht erinnert. Und dessen Inhalt ihm völlig schleierhaft ist.

»Du musst Geduld habe, Gioia.«

Jetzt küsst sie ihn. Sie stützt sich auf die Ellenbogen und sucht seine Lippen, ihre vollen, festen Brüste liegen auf seiner Brust.

»Die habe ich, das weißt du«, flüstert sie ganz dicht an seinem Mund.

Er drückt sie an sich und spürt ihre Zunge, nimmt den Duft ihres Haares wahr, ihre Hände auf seinem Gesicht, auf seinen Hüften. Dann herrscht wieder Stille, so sanft wie die winzigen Kreise, die sie mit ihrem Finger auf seine Brust malt.

»Weißt du, wann ich wirklich Angst um dich hatte?«

Michele sieht sie an. Sie macht ein seltsames Gesicht. Als wäre sie unentschlossen, ob sie ihm ein weiteres Stück Vergangenheit erzählen soll, das sich an irgendeinem Punkt in seine Gedanken bohrt.

»Wann?«

»Als du aus dem Koma erwacht bist, kurz bevor sie dich aus dem Krankenhaus entlassen haben, und dein Freund gestorben ist. Ich dachte, du würdest zusammenbrechen.«

Michele stützt sich auf die Ellenbogen.

»Wer?«

»O Gott, ich hoffe, ich hab jetzt nicht …«

Er versucht, ruhig zu bleiben. Er spürt, wie seine Gesichtsmuskeln hart werden. Doch zum Glück verrät seine Stimme kaum etwas davon.

»Von wem redest du, mein Schatz?«

»Sie haben es auch in der Zeitung und im Fernsehen gebracht. Aurelio Strazzari.«

Gioia scheint die Luft anzuhalten. Und in den Tiefen seines Gedächtnisses lässt dieser Name etwas aufflackern, was er kennen müsste. Ein Gesicht. Eine Stimme. Eine jahrealte Erinnerung.

Ein seltsamer Schmerz drückt ihm auf die Augen, ohne dass er wüsste, weshalb.

»Runter mit dem Helm.«

Der Ducati-Fahrer liegt vor ihm auf einer Seite, die Hose am Knie zerfetzt. Zanardi liegt ein paar Meter dahinter, zwischen dem Eintrittskartenhäuschen für die Karussells und der Grundschulmauer. Einen Moment lang hält Simone Mariani die Pistole auf ihn gerichtet.

»Halt. Wehe, du rührst dich«, sagt er und lenkt die Waffe wieder auf den Motorradfahrer.

Er hat noch den Helm auf. Er hört seinen Atem hinter dem Visier, doch seine Augen kann er nicht sehen. Nur das rhythmische, schnelle Heben und Senken der Brust.

»Runter mit dem Helm«, wiederholt er. Und drückt ihm die Pistole an den Hals. Der Mann bewegt die Hände. Also macht er einen Schritt zurück. Nimmt die Waffe herunter.

»Eine falsche Bewegung, und ich schieß dir die Eier weg.«

Der andere antwortet nicht. Er trägt Motorradhandschuhe. Schwarz, glänzend. Er hockt sich nur auf die Knie und nimmt den Helm ab. Als er ihn sinken lässt, sieht Mariani, dass er lächelt. Und plötzlich schießt dieser Gesichtsausdruck aus seiner Erinnerung empor wie ein unter Wasser gehaltener Korken.

»Das Grinsen wird dir bald vergehen«, denkt er.

»Was machst du hier?«

Wortlos sieht Antonio Parmeggiani ihn an. Die Hände in Schulterhöhe erhoben, die Handflächen nach vorn gedreht. Schweiß rinnt ihm in langen Bächen über die Schläfen.

Mit vorgehaltener Pistole tritt er näher.

»Wie du willst.«

Der andere hebt langsam den Kopf. Sieht ihn an.

Er drückt ihm den Lauf auf die Stirn.

Das Lächeln erstirbt auf seinen Lippen. Die Brust hebt sich langsamer als vorher. Sein Atem geht normal, ruhig.

Er spürt den Abzug unter seinem Finger.

Dann bewegt sich Antonios Hand. Er merkt es erst, als Antonio sich den Pistolenlauf aus der Stirn schlägt und den Kopf wegreißt.

Die Kugel, die sich löst, ehe ihm die Waffe aus der Hand fliegt, bohrt sich die Mauer der Grundschule. Irgendetwas trifft ihn hart zwischen die Augen und wirft ihn mit Wucht nach hinten. Ein gleißender Schmerz erfüllt seinen Blick. Der Ducati-Fahrer springt auf ihn. Rammt ihm ein Knie in den Magen und drückt ihm die Luft ab. Vom Parkeingang tönt eine Sirene herüber. Doch das Einzige, was zählt, sind Parmeggianis Augen. Kalt wie der Pistolenlauf, den er ihm an den Hals hält. Damit muss er ihn getroffen haben.

»Erklär ihm, dass sich diese Sache so nicht regeln lässt«, zischt er und schlägt noch einmal zu. Diesmal zwischen die Beine.

Atemlos vor Schmerz krümmt er sich zusammen und sieht ihn davonrennen. In die gleiche Richtung, in die zuvor Zanardi verschwunden ist.

Langsam bewegt Kommissar Giovanni Marra die Maus und sieht sich die Daten auf dem Bildschirm an. Die Telefonlisten von Sara Parmeggiani, die mit den wahren Zahlen, ohne Sternchen. Sie lagen auf seinem Schreibtisch, als er von seiner Unterredung mit Terzi zurückgekommen ist. Als Allererstes hat er jemanden die Inhaber der Nummern herausfinden lassen. Und jetzt hat er sie vor sich.

Darunter sind die von Aurelio Strazzari und dem Hotel Weiss. Gleich beim ersten Überfliegen der langen Zahlenliste sind sie ihm ins Auge gesprungen. Und ein Lächeln ist auf seinem Gesicht aufgetaucht und sofort wieder verschwunden, kaum hatte er die endlose Nummernflut den entsprechenden Namen zugeordnet.

Er greift nach dem Hörer, und nach weniger als einer Minute steht die Person, die er sehen wollte, vor ihm. Er dreht den Monitor und tippt mit einem Stift auf den Bildschirm.

»Was zum Teufel hat das zu bedeuten?«

Gelassen schaut der Beamte auf die von Marra angezeigte Zeile. Schon als er die Liste zusammengestellt hat, wusste er, dass die Frage kommen würde.

Unter sämtlichen Nummern, die Sara Parmeggiani gewählt hat und von denen sie angerufen wurde, lassen sich zwei nicht zurückverfolgen. Die Telefongesellschaften sind zur vollständigen Herausgabe nicht berechtigt. Nicht einmal an die Polizei. Sie stehen ganz oben auf der Liste, mit Sternchen statt Nummern und dem Wort *Anonym* im Namenskästchen. Genau die, die auch schon bei den ersten Listen fehlten.

»Man kriegt sie beim besten Willen nicht raus«, schließt der Beamte seine Erläuterung ab.

Giovanni sieht ihn an. Er scheint darauf zu warten, dass der junge Mann noch etwas sagt. Einen Satz, ein Wort, das ihn zum Volltrottel erklären würde, eine Kleinigkeit, die plötzlich durchblicken lässt, dass er seinen Job nicht beherrscht. Doch er schweigt. Er steht einfach nur vor dem Schreibtisch, nervös und mit hängenden Armen, als warte er auf ein Donnerwetter. Marra holt tief Luft.

»Geh schon, geh. Und mach die Tür zu.«

Als er wieder allein ist, greift er zum Telefon. Unentschlossen hält er den Hörer in der Hand, einen Moment zu lang. Das Handy klingelt, er legt den Hörer weg und greift danach.

»Wir haben ihn verloren«, sagt die Stimme am anderen Ende. Und Giovanni beißt sich auf die Lippen, um nicht laut loszufluchen.

Antonio Parmeggiani lässt den Pistolenknauf auf den Typen niedersausen. Ein gezielter Schlag, der mit einem bösen Krachen mitten zwischen den Augen landet.

Ich kann meinen Blick nicht losreißen. Wie in einer Wiederholung im Schnellvorlauf sehe ich die Bewegung vor mir, mit der er sich die Waffe aus der Stirn gefegt hat. Gesten, die schneller waren als der Finger auf dem Abzug. Als hätte er sie schon tausendmal ausgeführt und als kämen sie jetzt wieder zum Zug.

»Wer bist du?«, denke ich, während ich zusehe, wie er sich auf den anderen hockt und ihm das Knie in den Magen drückt. »Wer bist du?«, wiederhole ich leise, während ich aufspringe und losrenne.

Ohne mich umzusehen, haste ich den Montagnola-Hügel hinauf und versuche, den Schmerz, der meine Schulter bei jedem Schritt durchfährt, zu ignorieren. Ich renne weiter, renne ohne nachzudenken, ohne mir Fragen zu stellen, ohne zu wissen, wo ich hinlaufe und weshalb oder vor wem ich auf der Flucht bin.

Ganz oben bleibe ich stehen. Links von mir ist die Marmortreppe, die zur Via Indipendenza hinabführt. Ich drehe mich um. Ganz unten sehe ich Antonio Parmeggiani in meine Richtung laufen. Hin und wieder wird er langsamer und blickt sich um.

Er kann mich nicht sehen, die Sonne fällt ihm direkt in die Augen, und ich stehe im Schatten der Bäume. Ich lasse ihn noch zwei Schritte tun, dann laufe ich los. Ehe ich mich's versehe, habe ich eine Entscheidung getroffen. Ich nehme die Treppe und sehe aus dem Augenwinkel, dass er einen Haken nach links schlägt, um mir zu folgen. Ich laufe ein Dutzend Stufen hinunter, dann springe ich über die Brüstung und schlage mich ins Wäldchen. Hinter dem Stamm einer dicken Eiche kauere ich mich nieder.

Ein paar Meter weiter oben taucht Antonio auf der ersten Stufe auf. Er rennt die Treppe herunter, und in seiner Hosentasche zeichnet sich die Form der Pistole ab. Ohne zu wissen, in welche Richtung ich gelaufen bin, hastet er an mir vorbei. Unten angekommen, bleibt er stehen. Sein Blick wandert suchend über den Passantenstrom, der sich die Via Indipendenza entlangschiebt. Dann hört man eine Sirene. Sie klingt sehr nah. Er tritt unter die Arkaden und verschwindet.

Und ich steige den Hügel auf der entgegengesetzten Seite hinab. Knapp fünf Meter oberhalb der Straße lehne ich mich an einen Baum und atme tief durch, fest davon überzeugt, dass ich mich übergeben muss und mein letztes Restchen Durchhaltevermögen gleich mit auskotze. Doch es passiert nichts. Nur mein Herzschlag beruhigt sich allmählich.

Ich durchquere die Gasse eines Altenwohnheims. Via Pallone ist menschenleer. Nicht einmal der Wachmann ist da, der sonst immer vor dem Telecom-Gebäude steht. Ich sehe mich zweimal um, dann laufe ich zum Hintereingang des Busbahnhofs, halte ein Taxi an und lasse mich zum Flughafen bringen.

Ich folge dem Plan, den mein Hirn wie ein Roboter für mich ausgearbeitet hat. Ohne genau zu verstehen, worum es eigentlich geht. Ich miete ein Auto. Ohne Eile fahre ich auf die Autobahn. An der ersten Raststätte halte ich an und frage nach einem Eisbeutel. Fluchend binde ich ihn mir auf die Schulter. Die sinkende Sonne färbt den Asphalt rosa. Ich werfe einen Blick in den Rückspiegel. Niemand folgt mir. Noch nicht.

Die Stimme des Grauen ist wie eine Marmorplatte, auf die der Regen trommelt. Wie ein übler Geruch dringt sie in seine Gedanken. Simone Mariani hört zu und legt den Kopf aufs Kissen. Die frischen, kühlen Laken beleben ihn. Trotz des Schmerzes an der Nasenscheidewand, den er mit zwei Tampons und Tabletten in Schach hält.

»Sie wussten es.«

Das ist keine Frage. Nur eine Feststellung. Die perfekte Ergänzung zu dem Satz, den der Mann ihm zugeraunt hat, als er ihm die Nase brach.

Erklär ihm, dass sich diese Sache so nicht regeln lässt.

Er wiederholt ihn jetzt. Und der Graue scheint zu lächeln.

»Auch das weiß ich.«

Es folgt Schweigen.

Er versucht, Luft zu holen, und Tränen schießen ihm in die Augen. Mit der Fingerspitze fährt er sich an dem violetten Bluterguss entlang, der wie eine Maske über seinen Augen liegt, und wischt sie weg.

»Wir müssen reden. In Ruhe.«

Der Graue antwortet sofort.

»Morgen.«

»Ich erwarte Sie.«

»Wie geht es Ihnen?«

Er begegnet seinem Blick im Spiegel und grinst.

»Ich lebe. Und genau so soll es sein.«

Der Graue legt auf.

Simone Mariani greift über den Tisch nach den Schmerztabletten. Er schließt die Augen. Er denkt an das Gesicht des anderen, an die seit allzu langer Zeit offenen Rechnungen. An seine einmalige Chance, sie allesamt zu begleichen. Endlich.

»Ich muss Ihnen etwas zeigen.«

Raffaella Petri fährt auf dem Sofa hoch. Sie umklammert den Hörer. Antwortet, ohne nachzudenken.

»Ich Ihnen auch.«

»Morgen?«

Es scheint, als würde er sprechen, ohne die Lippen zu bewegen. Nur die Kehle scheint Laute zu produzieren. Bedeckt und gedämpft, entsetzlich düster und kalt. Furchterregend.

»In Ordnung.«

Michele Ferrari antwortet nicht. Ein Knacken wie ein trockener Ast, und das Gespräch ist beendet. Raffaella lässt das Telefon fallen und setzt sich auf die Fersen.

Surrend streicht ihr die klimatisierte Luft über die Stirn. Doch sie hört es nicht. Genauso wenig wie die Musik aus der Stereoanlage, die das Zimmer erfüllt, oder wie das frisierte Moped, das durch die abendliche Stille knattert.

Sie hat nur das Foto des Mädchens im Kopf. Und die Furcht vor dem, was geschieht, wenn sie es endlich Ferrari zeigt.

Giovanni Marra drückt eine Taste, und das Telefonat ist beendet. Seit mehr als zehn Stunden ist Nicola jetzt verschwunden, und er weiß nicht mehr, wie oft er seine Nummern gewählt hat. Seine Wohnung ist leer, achtlos zurückgelassen. Das Bett ungemacht, die Frühstückstasse in der Spüle. Er hat sie heute Morgen verlassen, um irgendwohin zu gehen, und ist nicht mehr zurückgekehrt.

»Wir haben ihn verloren«, hat der für diesen Tag eingeteilte Überwachungsbeamte gesagt. Und dann hat er ihm noch von der Verfolgungsjagd der beiden Motorräder erzählt, ehe Giovanni seine ganze Wut und einen großen Teil seiner wachsenden Furcht an ihm abgelassen hat.

Noch wusste er nicht, dass die beiden Motorräder geklaut waren. Und dass auf dem Rahmen, der Verkleidung, dem Lenker und auf all den anderen verdammten Einzelteilen, die er hatte untersuchen lassen, keinerlei Fingerabdrücke zu finden waren, bis auf die von Nicola.

Auch hatte er die Zeugenaussage eines Mädchens noch nicht gehört, das die Gesichter der beiden Typen gesehen hat, wenn auch nur aus der Ferne. Und die einen Mann mit Bürstenschnitt beschrieben hatte. Den, der das Motorrad mit Nicola fuhr. Den, der in die gleiche Richtung geflohen war wie Nicola. Und der eine verdammte Ähnlichkeit mit dem Mann aus dem Zug hatte, von dem Nicola sich ständig und überall beobachtet fühlte und der seinen düstersten Alpträumen entstiegen zu sein schien, um Bologna in eine Rennstrecke zu verwandeln und ihn mitzunehmen.

Das Mädchen hatte sich drei Stunden lang Fahndungsfotos angeschaut und sie angefleht, den Eltern der beiden Rotzlöffel, die das Büro auf den Kopf stellten und die sie babysitten sollte, nichts zu sagen.

»Die sahen aus wie zwei ganz gewöhnliche Leute«, hatte sie am Ende gesagt, mit glasigen, müden Augen, aus denen der Schreck noch nicht gewichen war.

»Total normale Typen«, hatte sie wiederholt. Und Giovanni musste lachen bei dem Gedanken, wie viele schreckliche Dinge er in seinem Leben schon zu Gesicht bekommen hatte, die auf das Konto total normaler Typen gingen.

Leute wie die beiden, deren Phantombilder er gerade vor sich auf den Tisch legt. Sie könnten sonst wer sein. Wenn er sie auf der Straße träfe, würde er sie nicht wiedererkennen. Zwei anonyme Gesichter, hinter denen sich alles verbirgt, was er wissen will.

Er steht auf. Barfuß geht er in die Küche und trinkt einen großen Schluck Wasser aus der Flasche. Die nächtliche Hitze und Feuchtigkeit kleben ihm das T-Shirt auf die Brust. Er zupft daran.

Der Mann mit dem Bürstenschnitt hat Nicola aus der Bar und von dem Typen weggeholt, der ihnen draußen auflauerte und sie dann verfolgt hat. Giovanni greift nach dem Phantombild. Schwarzes, glattes Haar. Ebenmäßige, braungebrannte Züge. Er hält das papierne Gesicht zwischen den Fingern und muss unwillkürlich denken, dass es dieser und nicht der andere Kerl ist, vor dem Nicola hätte Angst haben sollen. Dass der Bürstenschnittige ihn vielleicht bewacht hat, um sicherzugehen, dass ihm nichts zustößt. Genau das, was er auch hätte machen sollen und nicht geschafft hat. Er greift nach dem Handy und wählt zum x-ten Male Nicolas Nummer.

»Die von Ihnen gewählte Rufnummer ist zurzeit nicht erreichbar. Bitte versuchen Sie es später noch einmal.«

»Leck mich«, knurrte er.

Er tritt auf die Terrasse hinaus. Wie einen sanften Schauder spürt er die dunkle, leere Wohnung im Nacken. Es ist, als würden sich im nächsten Moment Marzias Hände sanft und zärtlich auf seine Schultern legen und ihn massieren. Und ihm dann die Kehle zudrücken und ihn weit fortbringen. Er würde sich nicht wehren.

Er zündet sich eine Zigarette an. Der einzige Lufthauch dieser drückenden Nacht trägt den Qualm des ersten Zuges mit sich fort. Irgendwo dudelt ein Radio. Noch viel weiter weg in seiner Blickrichtung liegt das Haus, in dem Sara Parmeggiani gestorben ist. Ein Leben, dem man den Atem abgeschnitten hat, um ein Geheimnis zu bewahren.

Die Identität eines Mannes.

Einen Moment lang folgt er dem Leuchtpunkt eines Autos mit den Augen, dann wandern seine Gedanken zu Terzis Blick. Die Sonne, die ihm einen seltsamen Ausdruck ins Gesicht malt. Der anständige, präzise, immer pünktliche Terzi. Der über jeden Verdacht erhaben ist.

Die Person, die ihm vorschwebt, hat mit dem Staatsanwalt

nicht die geringste Ähnlichkeit. Die Person, die ihm vorschwebt, könnte hinter einer der beiden verschlüsselten Telefonnummern stecken, die die Telefongesellschaft ihm nicht verraten will. Vielleicht sogar hinter allen beiden. Jemand, dem es Einiges wert ist, das Geheimnis dieser Sternchen zu hüten.

Er raucht die Zigarette zu Ende und kehrt in die Wohnung zurück. Drinnen wirft er sich aufs Sofa und schaltet den Fernseher ein. Die Lokalnachrichten zeigen das übergroße Foto von Fabio Lamberti. Sofort schaltet er das Gerät aus. Wie gern würde er das Gleiche mit seinen Gedanken machen.

Er steht auf. Gibt ein paar Tropfen Schlafmittel in ein Glas mit Wasser. Dann wandert er langsam ins Bett. Sein letzter Gedanke vor dem Einschlafen gilt dem Mädchen ohne Gesicht, das sich mit Paola Vigliani in dem versteckten Raum befand. Zusammengekauert in einer Ecke, den silberfarbenen Schuh fest umklammert.

Das Hotelzimmer ist klein, still und voll klimatisiert.

Seit Jahren hat Marco mich gebeten, ihn einmal zu besuchen. Die zwei Wochen, die ich ihm beim Entzug geholfen und ihn wie einen streunenden Hund in das leere Haus seiner Tante gesperrt habe, sind so weit weg, dass sie mir vorkommen wie aus einem anderen Leben. Als ich mich heute Abend ins Auto gesetzt und überlegt habe, wo ich hinfahren könnte, war dies das Einzige, was mir eingefallen ist.

Hoffentlich hatte kein anderer die gleiche Idee.

Als ich die Lobby betreten habe, stand er da, mit seinem runden Gesicht und dem stämmigen Körper, den er bekommen hat, als er das Tennisspielen für die Leitung des elterlichen Hotels an den Nagel gehängt hat, und strahlte mir entgegen. Ich habe ihm nichts gesagt, nur, dass ich einen Ort brauchte, an dem mich die Welt nicht findet. Und er hat mich nur angelächelt, mich das Auto in der Tiefgarage parken lassen und mir ein Zimmer gegeben, ohne meine Personalien aufzunehmen.

Ich stehe auf und spähe durch die gläserne Balkontür hinaus. Die Straße vor dem Hotel ist kaum handtuchbreit. Ohne das Licht anzumachen, vergewissere ich mich, dass niemand da ist, um den üblen Nachgeschmack einer plötzlichen Panikattacke verschwinden zu lassen, die mich jäh an das erinnert hat, was heute passiert ist.

Ich sollte hinausgehen, mich unter die wenigen Touristen mischen, die am Ende der großen Ferien noch nach Riccione gekommen sind, und eine Telefonzelle suchen, von der aus ich Giovanni anrufen und ihm alles erzählen kann. Doch ich tue es nicht. Ich weiß nicht mehr, wem ich trauen kann und wem nicht. Ob ich ihm noch trauen kann, der mich beschützen wollte und es nicht getan hat. Oder Antonio Parmeggiani, der mir das Leben nur gerettet hat, weil er etwas von mir wollte.

Ich bleibe am Fenster hocken.

Die Straße ähnelt der, in der ich die Sommer meiner Kindheit verbracht habe, so sehr, dass es mir einen Moment lang scheint, als wäre seitdem nichts geschehen. Als wäre mein Leben nur ein langer Traum gewesen. Schrecklich und schön zugleich, wie die gelebten Tage.

Ich ziehe die Vorhänge zu. Knipse die Lampe an. Werfe mich aufs Bett. Ich muss für ein paar Stunden den Stecker ziehen. Mich überzeugen, dass da draußen niemand auf mich wartet. Dass das Dröhnen des Motorrads und das Schwarz des Pistolenlaufs nur eine Erinnerung an etwas sind, das mich zwar einholen wird, das ich aber soweit abgehängt habe, dass ich mich erst morgen wieder damit befassen muss.

Ich bewege mich zwischen den frischen Laken, und meine Schulter antworte mit einem stechenden Schmerz. Ein schwarzblauer Bluterguss zieht sich vom Trizeps bis zum Schulterblatt. Ich öffne die Minibar, nehme eine eiskalte Coladose heraus und rolle sie mir über die Schulter. Die Kälte fährt mir wie eine Kralle über die Haut.

Ich stelle ein Kissen gegen die Wand, lehne mich dagegen und schalte den Fernseher ein. Die Kussszene aus *Cinema Paradiso* flimmert über den Bildschirm. Jaques Perrin allein im dunklen Kinosaal. Der erwachsen gewordene Totò. Und vor ihm die Ausschnitte der Filme seiner Kindheit, die herausgeschnittenen, weil unmoralischen, fast pornografischen Küsse. Und die Tränen um ein vertanes Leben. Um all das, was war und niemals wiederkehrt. Und um all das, was nicht war, weil einem der Mut fehlte, die Hand danach auszustrecken.

Niemals möchte ich vor den Filmausschnitten meines nicht gelebten Lebens sitzen. Eines Winterabends mit müden Armen, müdem Kopf und müdem Körper ins Kino kommen und spüren, wie mit den Tränen all jene Tage aus mir herausströmen, die ich verpasst habe. Es sind schon zu viele, als dass ich sie alle beweinen könnte.

Ich schalte den Fernseher aus, stelle die Dose in den Kühlschrank zurück und strecke mich aus. Ein paar Sekunden lang starre ich an die Decke und spüre, wie sich Angst und Stille in meinen Atem schleichen. Ich schließe die Augen und versuche, an nichts mehr zu denken. Keine Alpträume heute Nacht. Bitte.

Irgendwo knattert ein Moped vorbei, und Lisa wacht auf. Summend erfüllt die Nacht das Zimmer und sickert in ihre Gedanken. Sie wirft sich auf eine Seite und presst sich das Kissen aufs Ohr, um allein zu sein.

Sie hat wieder von ihr geträumt. Von der Stimme. Doch zum ersten Mal ist sie mit dem Gefühl aufgewacht, etwas mitgenommen zu haben. Ins Bett dieses Zimmers, das sie mit ihrer Mutter teilt. In die Wirklichkeit, ins Hier und Jetzt. Etwas Lebendiges, das nicht mit der dumpf zuschlagenden Tür verschwunden ist, die sie regelmäßig aus dem Alptraum wirft. Etwas, das ihr geblieben ist, auf ihrer Haut.

An diesen Traum kann sie sich nie erinnern. Er ist nicht wie der Engel. Er ist etwas ganz anderes. Der Engel ist ein Gespenst, das ihrer Angst entspringt. Das hier hingegen ist eine Erinnerung, die ihr Gedächtnis sie immer und immer wieder durchleben lässt, wie im Film *Und ewig grüßt das Murmeltier*. Nur dass sie über den lachen konnte.

Jedes Mal, wenn sie aufwacht, weiß Lisa, dass sie in dem Traum gerade stirbt. Sie hat keine Angst davor, nicht mehr. Es ist zu viel Zeit vergangen, und Tag für Tag hat sie gelernt, dass man mit der Angst leben kann, dass sie Teil von einem wird, ein Gefühl wie jedes andere. Auch wenn sie alles erfüllt, selbst den Atem.

»Der Tod ist Teil des Lebens«, ist ihr einmal in der Schule gesagt worden. Doch damals hatte sie noch nicht begriffen, was das bedeutet. Jetzt, nach dieser Tür, nachdem sie sie das erste Mal hat zuschlagen hören, weiß sie es. Und auch, dass es kein bisschen stimmt. Der Tod *ist* ihr Leben. Gestern und noch lange davor. Heute, im Bett des Zimmers, das sie mit ihrer Mutter teilt. In der Wirklichkeit, im Hier und Jetzt.

Sie weiß nicht, wann es geschehen wird oder wie. Vielleicht erwacht sie eines Tages aus einem ihrer Träume und stellt fest, dass alles vor sechs Monaten stehengeblieben ist, und dass alles, was sie seitdem durchlebt zu haben glaubte, nur ein weiterer Traum im Traum war. Eine Geschichte, in der sich eine andere verbirgt, in der sich wiederum eine andere verbirgt, wie bei diesen russischen Holzpuppen.

Sie nimmt das Kissen vom Ohr und lauscht. Das Summen ist fort, nur der Atem ihrer schlafenden Mutter geht irgendwo in der Stille. Sie mag die Stille, sie gibt ihr das Gefühl, wie die anderen zu sein.

Manchmal, wenn sie den Klang ihrer eigenen Stimme hört, erkennt sie sie nicht mehr. Ihre Stimme, die echte, ist vor langer

Zeit verschwunden. Als sie noch ein Kind war. Das einzige Geräusch, was sie noch erträgt, ist das des Wassers. Im Schwimmbad, wenn sie den Kopf untertaucht, die Augen schließt und meint, zu fliegen. Stoß um Stoß ins Nichts. Alles verschwindet, selbst die Angst. Und dann das Meer, wie heute. Die Wellen, die mit ihr tanzen wollen, die Strömung, die in ihrem Haar spielt, der Geschmack des Wassers, mal warm, mal kalt, mal salzig, mal süß.

Wie das Blut. Sie hatte gedacht, es schmecke anders. Es wäre weniger dick. Weniger lebendig. Stattdessen erinnert es an Pfirsichnektar, den jemand aus Spaß gesalzen hat. Genauso eklig schmeckt es auch. Ein Geschmack, den man einfach nicht wegkriegt. Genau wie diese Augen. Sie sieht sie noch vor sich. Sie wirkten lieb, aber waren es nicht. Sie waren nur böse. Sie haben ihr die Luft abgeschnürt. Haben ihr die Worte genommen, sie in einen Sack gesteckt und weggeworfen. An sie muss sie denken, wenn sie vor den Berührungen ihrer Mutter flieht, vor ihren Fingern im Haar, vor ihrem Lächeln und diesem Ausdruck, den sie nicht zu deuten weiß.

Sie liebt ihre Mutter. Sie ist alles, was sie hat, was sie immer hatte und wonach sie sich jetzt sehnt. Vor allem nachts, wenn die Stille kommt. Wenn es keine Gesichter gibt, in die sie prüfend blicken muss, aus Angst, sie könnten wieder auftauchen und sie holen. Wenn ihr keine Schauer über den Rücken laufen, weil eine Stimme, ein Lied, ein Geräusch sie an etwas erinnert.

Die Augen werden wiederkommen. Ganz allein für sie. Und wenn es so weit ist, wird Lisa sich umbringen. Um sie nicht zu sehen, nicht zu spüren, vor nichts fliehen zu müssen.

Sie beißt sich auf die Lippe und dreht sich auf den Rücken. Sie schließt die Augen, denkt ans Meer und fühlt sich völlig schwerelos. Sie lächelt.

»Hab dich lieb, Mama«, flüstert sie.

Sie tut das jede Nacht, doch ihre Mutter schläft. Und hört sie nie.

Zweiter Teil

IM LICHT

Und er begreift, dass er sich keine Fragen stellen darf. Fragen nützen nichts. Es gibt Dinge, die man tun, und Entscheidungen, die man treffen muss. Wie an einer Weggabelung, an der man entweder die eine oder die andere Richtung einschlagen und dann weiterlaufen muss, ohne zurückzuschauen.

Simona Vinci, *Nachmittags, wenn alle schlafen*

Samstag, 28. August 2004

Er erwacht bei Tagesanbruch.

Das Licht, das durch die Rollläden sickert, ist eine Hand mit zu vielen Fingern. Es fällt auf die Bettdecke und bringt die winzigen Staubkörnchen in der Luft zum leuchten. Es verheißt Hitze, große Hitze.

Einen Moment lang sieht Varo Borja zu, wie sich der Morgen durchs Zimmer tastet. Er versucht, seine Gedanken aus dem Traum zu reißen, aus dem er soeben aufgeschreckt ist. Der Tag, an dem er dem Slawen begegnet ist.

Das ist der eine seiner beiden Alpträume, an den er sich nach dem Aufwachen kaum noch erinnern kann. Der andere hingegen hat sich ihm nur allzu deutlich ins Hirn gebrannt. Mitsamt seinem ranzigen, kranken Geruch, den er nie loswird.

»Die Vergangenheit«, denkt er, »ist eine schwarze Rauchsäule, die aus dem Wald aufsteigt. Man kann nur zusehen, wie sie den Himmel verfärbt. Denn versucht man, einzudringen und sie ausfindig zu machen, verliert man sich womöglich darin.«

Auf Zehenspitzen schleicht er ins Bad. Er will kein Geräusch machen. Er schließt sich ein und dreht den Wasserhahn auf. Als es endlich kalt ist, fährt er sich damit übers Gesicht, um alles fortzuspülen. Dann erst sieht er auf und betrachtet sich im Spiegel. Hätte er es sofort getan, er hätte sich nicht wiedererkannt.

Er lebt zwei Leben, doch das wird ihm nur in manchen winzigen Momenten klar. Das ist die einzige Möglichkeit, um nicht vollkommen durchzudrehen.

Das Bologneser Polizeipräsidium ist rein wie die erste Morgensonne.

Giovanni Marra sieht sich in seinem Büro um, das die Spurensicherung soeben freigegeben hat. Sie haben alles umgekrempelt. Keine Wanzen, keine Mikros. Die Telefonleitungen und die Mails werden nicht angezapft. Sie haben sein Handy aufgemacht und alles überprüft. Das gilt für ihn und seine Mitarbeiter. Und für Doktor Terzi.

Auf dem Rand seines Schreibtisches sitzend, die Sommerhitze auf der Haut, fühlt er sich entsetzlich nutzlos und lächerlich. Trotzdem ist er sicher, recht zu haben. Wenn nichts abgehört wurde, dann ist es jemand, der mit dem Fall zu tun hat.

»Darf ich, Commissario?«

Inspektor Francesco Carta steht in der Tür. Das Gesicht von einer schlaflosen Nacht gezeichnet.

»Komm rein.«

Er setzt sich.

»Zanardi hat am Flughafen ein Auto gemietet.«

Das hat er über die Taxifahrer herausgefunden, die gestern Nachmittag Dienst im Stadtzentrum hatten. Er hat rund zwanzig befragt. Schließlich ist er auf einen mit einem kreisrunden Gesicht und einem Dreifachkinn gestoßen, der Nicola auf dem Foto sofort wiedererkannt hat.

»Der hat sich permanent umgesehen. Ständig hat der aus dem Fenster gestarrt. Aber ich habe keine Fragen gestellt. Es sind schon ziemlich üble Gestalten unterwegs, wissen Sie.«

Carta hat ihn angelächelt und noch eine Weile reden lassen.

»Ich musste nur beim Flughafen nachfragen«, erklärt er, während Giovanni Marra eine Stiftkappe malträtiert. »Das Auto hat er auf seinen Namen gemietet.«

»Wo er hingefahren ist, weißt du natürlich nicht.«

»Wenn man einen Wagen mietet, muss man das Reiseziel nicht angeben.«

Er hält Giovanni einen Zettel hin. Der Kommissar lässt seinen Blick sogleich zur Unterschrift unter dem Mietvertrag gleiten. Nicolas Handschrift, kein Zweifel. In zwei Tagen muss er das Auto zum Flughafen zurückbringen. Marra schnaubt. Greift nach dem Hörer. Tippt Terzis Handynummer wie im Schlaf.

»Dottore, ich brauche eine Vollmacht. Ich muss ein Handy mitsamt allen getätigten und empfangenen Anrufe orten ... Ja, sehr dringend, ... der Fall Parmeggiani ... So schnell es geht, danke. Ich schicke jemanden vorbei.«

Er legt auf. Sieht Carta in die Augen.

« Hol dir bei Terzi die Vollacht ab und geh Vodafone auf den Sack. Ich will wissen, wo zum Teufel Zanardi abgeblieben ist. Ist das klar?«

Carta nickt. Ohne etwas zu antworten, eilt er davon. Kurz vor der Tür ruft Giovanni ihn zurück.

»Hör mal, schick mir doch bitte Di Paola vorbei.«

»Sofort.«

»Du hast gute Arbeit geleistet, Francesco. Wenn du fertig bist, geh nach Hause und schlaf dich ein bisschen aus. Aber nicht das Telefon abschalten, okay? Und schau bitte bei mir rein, wenn du heute Abend wiederkommst.«

Carta lächelt. Selbst dieser Gesichtsausdruck scheint ihn Mühe zu kosten.

Keine Minute später kommt Di Paola herein. Wie eine Ehrenwache bleibt er vor dem Schreibtisch stehen.

»Wir müssen ein Auto finden. Einen grauen Renault Clio.«

Giovanni nimmt sich Stift und Zettel. »Hier ist das Nummernschild.«

»Und wo soll das Auto sein, Commissario?«

Marra fährt sich mit der Zunge über die Lippen und versucht, ruhig zu bleiben.

»Ich hab gesagt, wir müssen es finden, Di Paola. Hast du mich verstanden?«

»Ja, Commissario, aber…«

»Leite das an sämtliche Kommissariate weiter, an die Polizei, an alle Postämter, Bibliotheken, Tierheime. Muss ich dir deinen Job beibringen oder was, verdammt noch mal!«

»Nein, Signor Commissario.«

»Dann mach hinne. Und noch etwas. Ich will, dass jemand den Flughafen überwacht. Alle Eingänge, alle Parkplätze. Rund um die Uhr. Und wenn der Clio auftaucht, soll er sich den Typen hinterm Steuer schnappen und zu mir bringen. Und zwar schleunigst. Habe ich mich klar ausgedrückt?«

»Ja, Signor Commissario.«

Mit hallenden Schritten hastet er den Flur hinunter. Giovanni steht auf, schließt die Tür und kehrt hinter seinen Schreibtisch zurück. Er stützt die Ellenbogen auf, senkt den Kopf und verschränkt die Hände im Nacken. Etwas Eisiges pulsiert wie ein Herz an der Nackenwurzel. Er schließt die Augen, nur einen kurzen, endlos langen Moment.

Er muss etwas unternehmen. Und auch wenn ihm nicht klar ist, weshalb, weiß er, dass ihm dazu nur noch sehr wenig Zeit bleibt.

Ich verlasse Marcos Hotel, schlendere durch die Straßen von Riccione und fühle mich zu Hause. Aus einem unerfindlichen Grund bin ich mir sicher, dass an solch einem Ort nichts Böses passieren kann. Mit der Sonne, die dieselben Schatten wie eh und je auf die Straße wirft. Dem Geruch nach Sand und Meer, der alles erfüllt. Dem Geräusch der Flipflops, die faul über den Asphalt schlurfen. Der Erinnerung an einen langen, ungekannten Kuss an einem regnerischen Abend vor Millionen von Jahren. Der seltsamen Stille, die überm Viale Ceccarini liegt, wenn das Meer erwacht und manch einer mit von Alkohol, Musik und Bettschwere wattigem Kopf schlafen geht.

Ich betrete einen Laden, kaufe mir eine weißrote Badehose, ein T-Shirt, ein Fischerhütchen und ein Strandlaken. Ich ziehe mich direkt in der Kabine um, zahle und sehe nach, wie viel Bargeld mir noch geblieben ist. Genug, um mir keine Sorgen machen zu müssen. Zumindest heute nicht.

In der Green Bar setze ich mich an ein Ecktischchen. Ich lehne mich zurück und betrachte den Touristenstrom, der Richtung Strand unterwegs ist. Millionen Mal habe ich an diesem Tischchen gesessen, im Schatten der Veranda, den Blick auf das Treiben auf dem Viale Ceccarini gerichtet. Jetzt ist alles anders, selbst auf diesem Platz. Von meinen Erinnerungen ist fast nichts geblieben. Nur ein Kellner, der auf mich zukommt und so aussieht, als hätte er die Zeit unbeschadet überdauert, mit seinem Konterfei auf dem Dachboden, das an seiner Stelle heimlich altert.

Ich bestelle einen Cappuccino und ein Schokoladenhörnchen und schlage die Zeitung auf. Die Schlagzeile der *Repubblica* gilt den Geiseln im Irak. Dass ich den Artikel lese, bemerke ich erst, als ich damit fast durch bin, und mein erster Gedanke ist, dass sich tatsächlich etwas verändert hat. Abdels Fotos zu sehen, mit seiner Mutter zu sprechen, sie zu bitten, sich noch einmal an mich zu erinnern, und schließlich zu begreifen, dass all das wirklich geschehen ist, hat mir geholfen, endlich ein neues Kapitel aufzuschlagen. Ich kann die Zeit nicht zurückdrehen. Ich kann nur versuchen, für all das, was gerade geschieht, eine Erklärung zu finden. Sosehr ich mich auch an die Vergangenheit klammere oder den Kopf in den Sand stecke, sie wird mir immer zwei Schritte voraus sein.

Das mag banal und dämlich klingen. Doch es endlich begriffen zu haben gibt mir ein selten gutes Gefühl. Es erlaubt mir zumindest die Hoffnung, dass früher oder später alles wieder in Ordnung kommen kann. Und letztlich bin ich deshalb hierher geflohen. Um ein bisschen Zeit zu haben, alles zu begreifen, jetzt, da meine Gedanken allmählich wieder auf eigenen Füßen stehen. Um zu entscheiden, was ich tun, wem ich trauen und vor wem ich Angst haben soll. Um herauszufinden, was passiert, ohne hin und her geschossen zu werden wie ein Tennisball in einem schlechten Match.

Ich weiß nicht, wie viel Zeit mir bleibt, ehe sie mich finden. Ich weiß noch nicht einmal, ob sie mich überhaupt finden oder ob dieses mulmige Gefühl nur ein Rest meiner Angst ist, der mir noch in den Knochen sitzt.

Ich trinke meinen Cappuccino aus, stehe auf und setze mich auf das Mäuerchen der Strandpromenade. Auf der dritten Seite der Zeitung ist ein Foto von einem explodierten Auto. Ein Selbstmordattentäter, der sich vor einem Rekrutierungsbüro der irakischen Polizei in die Luft gesprengt hat. Ich meine eine Straße wiederzuerkennen, die ich tausendmal entlanggegangen bin. Eine riesige Kreuzung, an die sich Abdel häufig gestellt hat, um seine Beiträge aufzuzeichnen.

Unwillkürlich sehe ich von der Zeitung auf. Der Gedanke ist mir so schnell gekommen, dass ich ein komplett dämliches Gesicht mache. Ich habe keine Ahnung, ob die Idee völlig abwegig ist, ich weiß noch nicht einmal, ob ich dazu in der Lage bin, doch jetzt, wo ich sie im Kopf habe, scheint sie mir die einzige Lösung zu sein. Die, nach der ich gesucht habe.

Ich überfliege die Regionalseiten und stelle fest, dass sich jemand die Mühe gemacht hat, ein paar Zeilen über unsere gestrige Verfolgungsjagd zu schreiben.

Die beiden Motorräder sind am Morgen an zwei unterschiedlichen Orten der Stadt gestohlen worden. Man vermutet, dass die Verfolgung mit dem Drogenhandel in Verbindung steht, der wesentlich für den Verfall des Stadtzentrums und der Stadt im Allgemeinen verantwortlich ist.

Der Verfall. Da haben wir ihn. Als wäre er etwas Endemisches, das man mit der Trockenlegung eines Sumpfes beseitigen könnte. Als wären für den Verfall Bolognas nicht in erster Linie die Köpfe seiner Bewohner verantwortlich. Ihre gutherzige Phrasendrescherei, die ihnen so leicht über die Lippen geht, derweil jeder zusieht, wie er seine Schäfchen ins Trockene bringt. Ihr bedauerndes, wissendes Lächeln, hinter dem jeder nur versucht, möglichst unbehelligt weiterzukommen.

Ich falte die Zeitung zusammen und lasse sie auf die Knie sinken. Warm liegt sie auf meiner Haut. Ich hole tief Luft, suche mir eine Telefonzelle und wähle Robertas Nummer. Nur eine Frage.

»Sagst du mir bitte, wo du bist?«

Und als ich die Antwort höre, lege ich auf und setze mich langsam in Bewegung. Die Sonne im Gesicht, und ein seltsames Lächeln auf den Lippen.

Laura Campis Wohnung wirkt zu groß für eine Person. All dieser Platz, der auf den Parco dei Cedri hinausgeht, umschließt sie wie eine Muschel.

»Setzen Sie sich, Commissario.«

Lächelnd setzt sie sich aufs Sofa. Sie trägt Jeans und ein rosa T-Shirt. Und den offenen Blick eines Menschen, der keine Angst mehr hat.

»Ich habe Ihren Besuch erwartet.«

»Ich wollte wissen, wie es Ihnen geht.«

»Ein Anstandsbesuch also. Das hätte ich nicht gedacht.«

»Nein, nicht nur. Eigentlich wollte ich wissen, ob Ihnen noch etwas Neues eingefallen ist. Inzwischen.«

Laura Campi sieht ihn an. Dann geht ihr Blick an Giovanni vorbei. Es ist, als würde sie sich irgendwo verlieren, mitgerissen von einem allzu heftigen Gedanken. Am Ende werden ihre Augen wieder lebendig und kehren zu Marra zurück.

»Er hatte Angst.«

»Weshalb?«

Seufzend stützt sie die Ellenbogen auf die Schenkel.

»Ich weiß es nicht, Commissario. Wirklich nicht. Seit das passiert ist, habe ich es mich tausendmal gefragt. Es war etwas … etwas Wichtiges.«

»Und haben Sie eine Antwort gefunden?«

Sie hebt die Schultern.

»Haben Sie denn im Haus meiner Eltern keine gefunden? Ich dachte, sie wollten darüber mit mir sprechen. Über das, was sie gesehen haben und was niemand mir erklären will.«

Giovanni lässt den Satz ins Leere gehen. Er hält Laura Campis Blick nur mühsam stand. Die richtigen Worte zu finden, um ihr das zu erzählen, was sie noch nicht ahnt, raubt ihm die letzte Kraft. Schließlich zieht er ein durchsichtiges Plastiktütchen aus der Tasche und zeigt ihr das Kettchen.

»Ist das Ihres?«

Mit flatternden Lidern gibt ihm die junge Frau das Tütchen zurück.

»Wo haben sie es gefunden?«

»Sagen Sie mir bitte, ob es Ihnen gehört.«

»Ja, das ist ein Fußkettchen. Aurelio hat es mir geschenkt. Ich hatte es verloren.«

»Erinnern Sie sich noch, wann?«

»Genau weiß ich es nicht mehr. Ich glaube, ein paar Tage bevor …«

Sie hält inne. Doch es ist nicht der Gedanke an ihren ermordeten Freund, der sie den Satz unterbrechen lässt. Es ist etwas Ferneres. Und Entsetzliches.

»Es war im Haus meiner Eltern, stimmt's?«

Giovanni schüttelt langsam den Kopf.

»Nein, Signorina Campi.«

»Wo war es dann, Commissario?«

Marra starrt sie an. Das Tageslicht bricht sich in dem Plastiktütchen und zeichnet seltsame Farbreflexe auf Paola Viglianis Kettchen. Lauras Augen hingegen sind matt. Der abwesende Ausdruck eines Menschen, der weiß, dass ihm gleich etwas Schmerzhaftes widerfahren wird.

Giovanni hat zwei Tage gewartet, ehe er zu ihr gegangen ist. Er wollte erst eine möglichst klare Vorstellung davon haben, was genau in dem Haus geschehen ist. Er hat versucht, sie aus der Wahrheit, die vor seinem inneren Auge entstanden ist, herauszuhalten und ihr eine Rolle zu geben, um zu verstehen, ob sie Teil dieser Geschichte ist oder nur eine Außenstehende, die versucht, den umherfliegenden Splittern zu entkommen, die ihr Leben zerschneiden wollen. Am Ende hat er sich jedoch nur auf dieses Sofa setzen und der jungen Frau in die Augen blicken müssen, um die Gewissheit zu haben, dass Laura Campi nichts damit zu tun hat. Die Angst, die darin liegt, während sie auf das wartet, was er zu sagen hat, betrifft nicht die Gegenwart, sondern das, was bereits geschehen ist.

Und so erzählt er ihr von Paola Viglianis Vergangenheit, die als blau leuchtendes Wandbild zum Vorschein kam. Er erzählt ihr von Aurelio, von dem Grund, weshalb er das Haus nicht verkaufen musste, von Fabio Lamberti. Und von dem Kettchen.

»Ich habe ein Monster geliebt«, sagt sie am Ende. Und starrt auf einen unbestimmten Punkt an der Wand gegenüber. Giovanni sieht sie an und fragt sich, was sie wohl auf dieser Wand sieht. Und wie real es plötzlich für sie ist.

»Ein Monster«, wiederholt sie. Ihre Stimme ist ein Wispern. Eisiger Wind in einer Winternacht.

»Ich konnte Ihnen das nicht vorenthalten. Und selbst, wenn ich es gewollt hätte, hätten Sie es in ein paar Tagen in der Zeitung gelesen. Ich dachte, dass …«

Sie hebt die Hand. Giovannis Worte prallen daran ab und

versiegen. Einen Moment lang ist sie dahinter wie unsichtbar. Dann taucht sie wieder auf.

»Sie haben genau das Richtige getan, Commissario. Sie können nichts dafür. Das wäre ja noch schöner. Wahrscheinlich haben Sie gedacht, dass ich … irgendwie auch … O Gott …«

»Das denke ich nicht, Signorina. Das denke ich nicht.«

»Sie müssen sich nicht rechtfertigen. Ich müsste das tun. Vor allem vor mir selbst. Wie konnte ich bloß nichts begreifen, das ist Wahnsinn.«

»Vielleicht konnten sie es einfach nicht. Vielleicht sehen wir nur das, was wir sehen wollen. Oder können.«

Sie sieht ihn an. Eine lange Falte zieht sich über ihre Stirn. »Glauben Sie?«

»Ich weiß, dass wir immer nur einen winzigkleinen Ausschnitt dessen begreifen, was gerade geschieht.«

Er sagt das in einem Atemzug. Und verscheucht Marzias Lächeln aus seinem Kopf. Plötzlich ist sie allzu gegenwärtig.

»Hinterher sieht einiges vielleicht ganz anders aus.«

»Deshalb sind sie hier, stimmt's? Um zu sehen, ob mir angesichts dieser Geschichte nicht noch etwas in den Sinn kommt.«

»Schon möglich. Aber …«

»Wie gesagt, Sie müssen sich nicht rechtfertigen. Sie haben genau das Richtige getan. Das eine oder andere wäre da vielleicht wirklich.«

Giovanni bemüht sich, ruhig zu blieben.

»Ein Anruf«, sagt Laura. »Er hat ihn im Laden bekommen, einen Tag bevor es passiert ist. Er ist nach draußen unter die Arkaden gegangen. Er wirkte total aufgewühlt.«

»Und warum fällt ihnen das gerade jetzt ein?«

Laura lächelt. Eine hysterische Reaktion, die ihr Gesicht zu einer grässlichen Fratze verzerrt.

»Keine Ahnung. Vielleicht, weil es mir absurd erscheint, dass einer, der zu so etwas fähig ist, vor irgendetwas Angst haben kann. Vielleicht, weil ich in dem Augenblick dachte, es sei nur eine Lappalie. Und vielleicht war es das auch. Ich weiß es nicht. Jedenfalls war es das Erste, was mir in den Sinn gekommen ist, als Sie mit Ihrer Schilderung fertig waren. Aurelio, der aus dem Laden stürzt und sich telefonierend unter die Arkaden stellt. Als würde er nach jemandem Ausschau halten.«

Als würde er nach jemandem Ausschau halten.

Er sagt den Satz ein paar Mal vor sich hin und versucht sich Aurelio Strazzari vorzustellen, der suchend die Passanten mustert. Panisch, das Telefon in der Hand, mit zitternder Stimme.

Als würde er nach jemandem Ausschau halten.

Nach jemandem, den er kannte. Jemandem, der ihn einen Tag später auf diese Baustelle bestellt hat. Um ihn umzubringen.

Giovanni steht auf.

»Ich danke Ihnen sehr, Signorina, und … es tut mir leid.«

Laura Campi zwingt sich zu einem Lächeln. An der Tür drückt sie ihm die Hand.

»Wie gern würde ich von vorn anfangen, Commissario. Wenn ich das bloß könnte. Es wirklich schaffen könnte. Vielleicht sollte ich so nicht denken, aber …«

»Das werden Sie, Laura. Glauben Sie mir.«

Er sieht sie noch einen Moment lang an, dann geht er die Treppe hinunter. Kaum ist er auf der Straße, holt er das Handy hervor und verlangt nach den Telefonlisten von Strazzaris Laden. Nach der Nummer seines Mörders.

Ein Geständnis, gestochen scharf auf einem Blatt Papier.

»Eine Sache habe ich mich noch nicht getraut, dich zu fragen.«

Robertas Stimme ist dünn wie der Horizont. Etwas kaum Wahrnehmbares, das den Himmel mit dem Wasser verbindet, als wären sie aus einem Stück gemacht.

»Tatsächlich? Schieß los.«

»Wieso bist du in den Irak gegangen?«

»Ich dachte, das hätte ich dir erzählt.«

Sie schüttelt langsam den Kopf.

»Ich bin abgehauen, Roberta.«

Ich sage es hastig und merke, dass das eine lächerliche und furchtbar dämliche Wahrheit ist. Es ist an ihr, das fehlende Puzzleteil einzusetzen.

»Vor einer Frau.«

»Ja, vor einer Frau.«

»Und wieso bist du abgehauen?«

»Weil es offenbar das ist, was ich am besten kann.«

Es folgt ein langes Schweigen.

»Sie haben mir den Job genau in dem Moment angeboten, als es aus war. Wohl weil es sich totgelaufen hat. Oder weil es nie richtig angefangen hat und all das, was war, viel zu schnell und viel zu heftig passiert ist.«

»Und du?«

»Ich war schon im Kongo, im Kosovo und in Afghanistan. Also bin ich in den Irak gegangen.«

»Das war nicht meine Frage.«

»Ich weiß. Aber es ist nun mal die Antwort. Ich bin in den Irak gegangen. Und das war das Richtigste, was ich tun konnte. Und das Falscheste.«

»Wieso?«

»Weil ich gefahren bin, ohne jemandem etwas zu sagen. Ich habe mich entschieden, und nicht einmal eine Woche später war ich da. Meine Freunde habe ich von dort angerufen. Manch einer hat danach lange nicht mehr mit mir geredet. An die, die ich zurückließ, habe ich gar nicht gedacht. Nur daran, dass ich weg musste. Weg von einer Wirklichkeit, die an jeder Straßenecke nach Erinnerungen stank. Ich musste einen Schnitt machen.«

»Hat es was gebracht?«

Über die Antwort muss ich keine Sekunde nachdenken.

»Heute weiß ich, was ich will und was ich nicht will. Ich weiß, wen ich in meinem Leben haben will und wer eine Erinnerung bleiben soll. Als ich wiedergekommen bin, hätte ich dir vielleicht anders geantwortet. Aber jetzt nicht. Es hat Zeit gebraucht. Es musste erst etwas geschehen, damit ich … es begreifen konnte. Irgendwie Klarheit schaffen konnte.«

»Und ist es dir gelungen?«

Ich sehe ihr in die Augen. Ein sehr viel tieferes Meer als das blaue jenseits des Strandes.

»Ich weiß es nicht. Aber ich weiß, dass ich es versuchen will. Deshalb bin ich hier.«

»Ich weiß nicht, ob …«

»Ich weiß auch nicht, *ob*, Roberta. Und vielleicht will ich es auch gar nicht wissen. Ich scheiße auf eine Antwort. Ich bin es leid, mich Dinge sagen zu hören, die dann nicht eintreten. Es kommt wie es kommt. Oder eben nicht.«

Sie sagt nichts. Sie sieht mich nur mit diesen leuchtenden Augen an. Ein Blick der im Sonnenlicht riesig wird. Sie beißt sich auf die Zungenspitze, wie ein Kind.

»Du warst verliebt in sie, stimmt's?«

»Vielleicht war ich es um jeden Preis.«

Roberta lächelt. Ein unglaublich süßer Gesichtsausdruck. Die vor Sonnencreme glänzende Haut, das schwarze Kopftuch, zwei rötliche Strähnen, die darunter hervorlugen und ihr in die Stirn fallen.

Am liebsten würde ich sie unter das Kopftuch zurückschieben. Doch ich tue es nicht.

»Und du?«

Das Lächeln versickert in ihrem Gesicht wie eine Welle im Sand.

»Und ich was?«

»Du.«

Sie dreht sich nach ihrer Tochter um, und ihre Augen beginnen wieder zu glänzen.

»Ihr Vater hat sie noch nicht mal sehen wollen. Er wollte noch nicht einmal wissen, ob es ein Mädchen oder ein Junge ist.«

Sie verstummt. Holt Luft.

»Aber ich wollte sie haben. Sie wollte ich, ihn nicht.«

Lisa trägt das gleiche Kopftuch wie ihre Mutter. Sie sitzt auf einem Tretboot, das Gesicht in den Händen, und sieht aufs Meer hinaus. Ihre Beine sind lang und dünn, ihr Haar hat die Farbe des Sandes bei Sonnenuntergang und fällt ihr unter dem Kopftuch hervor auf die Schultern. So von der Sonne beschienen, wirkt sie sehr viel älter, als sie ist.

»Ich hab sie großgezogen, so gut ich konnte«, sagt Roberta ohne sich von ihrer Tochter abzuwenden. »Denn man muss kämpfen, Nicola. Man muss kämpfen, wenn man etwas wirklich will. Damit das Leben durch und durch dein eigenes ist, und nicht das, was andere dir vorschreiben.«

Die einzige Antwort, die mir einfällt, ist, ihr über den Nacken zu streicheln, über eine sommerfeuchte Haarsträhne.

Sie berührt leicht meine Finger, dann nimmt sie meine Hand. Sie drückt sie, küsst mich aufs Handgelenk. Sieht mich kurz an, dann lässt sie sie los. Sie seufzt, zieht die Nase hoch. Ihr Blick wandert zu Lisa.

»Was ist ihr passiert?«

Mit harter, überraschter Miene fährt sie herum. Als hätte meine Frage sie in eine Wirklichkeit zurückgeholt, die sie verdrängt hatte.

»Ich hab's dir doch erzählt.«

»Nein, du hast es nur versucht.«

Sie senkt kurz den Blick.

»Ich weiß es nicht, Nicola.«

»Du weißt es nicht?«

Ihre Antwort ist ein Wispern, das sich mit dem Geruch des Meeres vermengt.

»Nein. Ich habe sie eines Morgens zur Schule gebracht. Und dann ist sie nicht nach Hause gekommen. Sie war einen ganzen Tag lang verschwunden, und ich habe keine Ahnung, wo sie war, verstehst du? Ich habe sie in der Schule gesucht und dann überall. Sie hat kein Handy, ich hab's ihr nicht kaufen wollen. Ich bin eine echte Scheißmutter ... Dann habe ich die Polizei verständigt. Und habe mit einer Beamtin gewartet. Angela. Ich werde sie nie vergessen.

Ich saß da, im Wohnzimmer, und wünschte, es würde etwas passieren. Irgendetwas. Alles stand so entsetzlich still. Und dann ist sie zurückgekommen. Einen Moment lang habe ich sie gar nicht wiedererkannt, in diesen Sachen. Aber es war Lisa. Und sie hatten ihr nichts getan. Es ging ihr gut. Fast.

Sie redete nicht, Nicola. Sie hat es seitdem nicht mehr getan. Manchmal, wenn ich mich ihr nähere, zieht sie sich zurück oder schiebt meine Hand weg, sie will nicht, dass ich sie berühre. Und ich weiß nicht, was ich tun soll. Ich weiß es nicht mehr. Bald fängt die Schule wieder an, was soll ich dann machen? Wie kann ich sie in die Schule schicken, wenn sie kein Wort sagt? Wie soll ich wissen, wie es ihr geht, was sie braucht? Wie kann ich diese Nacht vergessen, wenn ich nicht weiß, was passiert ist, Nicola?«

Ich streichle ihr über den Kopf. Meine Finger gleiten hinunter bis zum Hals und wieder hinauf. Ein sanfter, leichter Rhythmus, mit dem ich ihren rasenden Atem zu beruhigen versuche. Dann nehme ich ihre Hand und streichle ihr über die Finger. Wenn ich sie ansehe, komme ich mir manchmal vor wie eine Figur aus *Es war einmal in Amerika*. Noodles, der Deborah heimlich durch einen Holzspalt zusieht, wie sie im Mehllager tanzt.

Wenn ich sie ansehe, wünschte ich manchmal, auch sie würde sich nähern und mir sagen, »mein Geliebter ist weiß und rot«.

Und wie gern würde ich sie ansehen können wie der kleine Noodles, mit demselben bedingungslosen Verlangen, irgendwo zwischen Augen und Lippen. Vielleicht würde das helfen. Vielleicht würde sie sich einen Atemzug lang geborgen fühlen.

Als sie aufsieht, haben sich ihre Tränen hinter einem schüchternen, traurigen Lächeln verschanzt, mit dem sie alles zu verschleiern versucht.

»Was war mit ihren Sachen? Du sagtest, du hättest sie fast nicht erkannt.«

»Als sie an dem Abend nach Hause gekommen ist, hatte sie fremde Kleider an. Wo ihre geblieben sind, habe ich nie erfahren.«

Als Michele aus dem Aufzug steigt, ist das Foyer der Detektei Petri wie ausgestorben. Die Tür zum Büro ist weit geöffnet. Raffaella sitzt an ihrem Schreibtisch vor einem gelben DIN-A4-Umschlag.

»Guten Tag, Dottore.«

Michele antwortet mit einem Lächeln und einem Kopfnicken. Er setzt sich. Auch er hat einen gewöhnlichen Umschlag in der Hand. Allerdings kleiner und gefüttert. Er legt ihn sich auf die Knie.

»Sie wollten mir etwas zeigen, Raffaella.«

»Sie mir auch, soweit ich weiß. Es klang, als sei es dringend.«

Michele wirft ihr einen langen Blick zu. Er weiß noch nicht einmal, ob er gerade das Richtige tut. Als er heute Morgen aufgewacht ist, war er drauf und dran, einen Rückzieher zu machen. Alles sein zu lassen und sich irgendwo zu verkriechen. Doch das wäre sinnlos. Es würde nur etwas aufschieben, um das er nicht herumkommt, etwas, das für ihn überlebenswichtig ist.

Mit knapper Geste reicht er Raffaella die CD. Einen Moment lang hält sie sie in den Händen, erwidert fragend Micheles direkten Blick. Sie kann sich nur mühsam davon losreißen, doch schließlich drückt sie auf die Taste ihres Computers und sieht sich den Inhalt der CD an.

Zum x-ten Mal hört Michele die Melodie des *Elfentanzes*. Er pfeift sie in Gedanken mit, immer ein paar Noten voraus, und folgt mit dem inneren Auge den dazugehörigen Bildern in seinem Kopf. Er kann nichts dagegen tun. Genauso wenig wie gegen den Schauder, der ihm über den Nacken kroch, kaum dass Raffaella die Datei geöffnet hatte.

»Was ist das?«

Sie sieht ihn erst wieder an, als die Animation zu Ende ist.

Aus dem Augenwinkel registriert sie den Namen, unter dem sie auf die CD gebrannt ist.

Mirella 1001.

»Ich weiß es nicht. Ich habe sie an eine Freundin geschickt. Kurz vor dem Unfall. Mit der Bitte, gut darauf aufzupassen. Und sie nur mir persönlich zurückzugeben.«

»Eine Freundin?«

Einen Moment lang sieht Michele weg.

»Ja, eine Freundin.«

»Wieso lügen Sie mich an?«

»Wie bitte?«

»Ich bin eine Frau, vergessen Sie das nicht. Märchen wie diese habe ich schon tausendmal gehört. Ich bedaure, dass Sie nicht ehrlich zu mir waren. Weder dieses Mal noch das letzte.«

Michele sucht ihren Blick.

»Letztes Mal wusste ich es noch nicht.«

Raffaella Petri lehnt sich zurück.

»Und was wissen Sie diesmal?«

»Dass ich ein Verhältnis mit meiner Sekretärin hatte. Sie heißt Gioia. Es lief seit zwei Jahren.«

Raffaella schweigt. Bei den Fotos, die sie gefunden hat, ist keines von einer Frau dabei. Abgesehen von Mirella, Micheles

Frau. Nichts, was darauf schließen ließe, dass ihr Vater von ihr gewusst hat. Doch da ist noch eine Frage, die sie stellen muss, um weiterzukommen.

»Haben Sie ein Foto von Gioia?«

»Glauben Sie wirklich, ich …«

»Ich meine, haben Sie zu Hause eines gefunden.«

»Nein.«

»Und wissen Sie, ob Sie vielleicht eines im Auto hatten, als der Unfall passiert ist?«

Wieder dieser Schauder. Etwas, das er wissen müsste, das er irgendwo in sich spürt. Zu tief vergraben, um es hervorzuziehen.

»Ich weiß es nicht.«

Das Surren der Klimaanlage erfüllt die Stille.

»Weshalb hätte Ihre Frau diese Datei brennen sollen?«

»Meine Frau?«

»Auf der CD steht ihr Name.«

»Ja, aber ich habe sie gebrannt.«

»Und weshalb sind Sie sich da so sicher?«

Michele stützt die Ellenbogen auf die Schenkel.

»Weil ich mich daran erinnere, Raffaella. Ich weiß nicht mehr, wann mir das eingefallen ist. Aber inzwischen bin ich mir sicher. Ich weiß, dass ich meinen Laptop benutzt habe, das könnten Sie sogar überprüfen. Ich war in der Küche und habe mir einen Kaffee gemacht. Ich glaube, draußen schneite es.«

»Sie können sich an nichts aus Ihrem Leben erinnern, aber sind sich sicher …«

»Ja, ich bin mir sicher. Ich weiß, es klingt absurd. Aber Sie müssen mir glauben. Diese CD stammt von mir.«

»Und Sie haben ihr den Namen Ihrer Frau gegeben.«

»Genau.«

»Um Sie ihrer Geliebten zu schicken. Mit der Bitte, sie eine Weile für Sie aufzubewahren.«

»Ja. Aber das ist auch schon alles, mehr weiß ich nicht. Nur das, was Gioia mir erzählt hat.«

»Und das wäre?«

»Ich habe ihr gesagt, es gäbe irgendetwas Wichtiges, das ich *regeln* müsse. Und dass danach zwischen ihr und mir alles einfacher werden würde.«

Raffaellas erster Gedanke ist, dass regeln ein entsetzliches Verb ist. Es klingt schmutzig und falsch. Der zweite Gedanke gilt der Stimme ihres Vaters am Telefon. Der Angst darin. *Ich muss eine wichtige Entscheidung treffen.* Sie fährt sich mit den Händen übers Gesicht. Langsam, um alles fortzuwischen. Um die Gedanken zu verdrängen, die sie jetzt nicht haben darf. Erst nachher, wenn sie allein ist.

Sie öffnet den Umschlag. Zieht das Foto heraus und hält es Michele hin.

»Das war bei den Sachen meines Vaters«, sagt sie. Dann stemmt sie die Ellenbogen auf den Schreibtisch und wartet.

Würde er seinem Instinkt folgen, ließe Michele Ferrari dieses Foto sofort fallen. Doch er tut es nicht, und die einzige Erklärung dafür ist das Lächeln des Mädchens. Offen, einer Welt zugewandt, die einfach wunderbar sein muss, um so viel Schönheit zu rechtfertigen. Er kann den Blick nicht von diesem Bild losreißen. Er würde gern wissen, was sie sieht, das sie so lächeln lässt. Wie gern würde er es sehen und das empfinden, was in ihrem Blick zu lesen ist. Um zu erfahren, wie es sich anfühlt, so glücklich zu sein.

»Wer ist das?«

Raffaella breitet die Arme aus.

»Ich weiß es nicht. Ich dachte, Sie könnten es mir sagen.«

»Wieso?«

»Auch das weiß ich nicht. Sie steckte zusammen mit den anderen Fotos im Umschlag meines Vaters. Es muss also einen Grund dafür geben.«

Michele fährt mit dem Finger über das Foto.

»Es ist beschnitten worden.«

»Wie, beschnitten?«

»Wenn Sie über die Ränder streichen, merken Sie, dass sie nicht ganz gerade sind. Als wäre es größer gewesen und proportional beschnitten worden.«

Raffaella fährt mit der Fingerspitze über die Ränder, dann gibt sie ihm das Foto zurück.

»Sie haben recht, das habe ich gar nicht bemerkt.«

»Reiner Zufall, nur weil ich es gerade so zwischen den Fingern hatte.«

Sie nickt.

»Darf ich es behalten?«

»Natürlich, ich habe eine Kopie davon gemacht. Sind Sie sicher, dass Sie nicht wissen, wer das Mädchen ist?«

Michele steckt das Foto in seinen Umschlag.

»Glauben Sie mir, ich würde es Ihnen sagen.« Er sieht auf die Uhr. »Es ist spät, ich muss ins Büro zurück.«

»Soweit ich weiß, arbeiten Sie ganz hier in der Nähe, Dottore. Mitten im Zentrum.«

»Ja, aber ich bin spät dran.«

Raffaella lächelt, ihre Stimme klingt ironisch und kühl.

»Natürlich.«

Sie sieht ihm nach. Als sie die Fahrstuhltür zugleiten hört, verlässt sie das Büro. Einen Moment lang bleibt sie in der dämmrigen Eingangshalle stehen. Sie hört, wie die Fahrstuhlkabine mit gedämpftem Brummen hinabgleitet. Als sie sie unten ankommen hört, kehrt sie ins Büro zurück. Aus dem Fenster sieht sie Michele davongehen. Er steigt in ein Taxi. Fährt weg.

Erst als der weiße Wagen in Richtung der beiden Türme verschwunden ist, kehrt sie zum Fahrstuhl zurück und drückt auf den Knopf. Vorher hat sie sich nicht sicher genug gefühlt. Vorher hat sie nur daran denken können, dass Michele Ferrari das Mädchen auf dem Foto sehr wohl kannte.

Auf das Waschbecken im Badezimmer gestützt, spritzt sich Mirella kaltes Wasser ins Gesicht.

Es ist zu heiß. Eine drückende, schwüle Hitze, die einem die Gedanken und den Atem lähmt. Dabei hätte sie ein bisschen Ruhe dringend nötig. Einen klaren Kopf. Um zu begreifen, was gerade geschieht. Wieder einmal.

Sie hat das Gefühl, als würde sie in Tage zurückkatapultiert, die sie bereits gelebt hat, in Ängste, die sie bereits durchlitten hat. Eine beklemmende Furcht, die ihr den Magen zuschnürt. Etwas, das sie von innen auffrisst und unaufhörlich wächst.

Als sie Michele zum ersten Mal im Krankenhaus gesehen hat – von Hämatomen und blutigen Schrunden übersät und an zahllose Schläuche angeschlossen, die wie Tentakel aus ihm herauszuwachsen schienen –, war sie sich sicher gewesen, dass all diese Angst früher oder später mit einem grausigen, gierigen Grinsen hervorbrechen würde, wie das Monster in *Alien*.

Dann ist alles anders gekommen. Und ihr wurde klar, dass das, was passiert war, wie eine Medizin war. Wie ein Schwammtuch, das alle Knoten löste, die Furcht fortwischte und selbst dem Warten und der Stille des Komas einen neuen Sinn gab und dem, was zuvor geschehen war.

Sie glaubte, es hinter sich gelassen zu haben. Sie glaubte, alles könnte von vorn beginnen und das Vergangene auslöschen. Doch sie hatte sich geirrt.

Sie fährt sich mit der Hand durchs Haar und fragt sich, an welchem Tag genau wohl alles angefangen hat, in die Brüche zu gehen. Es ist, als würde sie ihn hier und jetzt noch einmal durchleben. Als würde sich alles, was sie damals empfunden hat, durch den Spiegel wieder in ihr Leben drängen.

Ein sonniger Tag wie dieser. Genauso heiß. Und dieselbe

Angst. Identisch, aber nicht krank. Nur heftig und erregend. Die Panik, die einen überkommt, wenn einem etwas widerfährt, was man sich mehr als alles andere gewünscht hat. Da hat es angefangen. Der Rest folgte automatisch.

Und schließlich Michele. Michele mit dem verlorenen Gedächtnis und der Chance, von vorn anzufangen. Eine Hoffnung, die irgendwann dem Zweifel gewichen ist, der schließlich wieder angefangen hat, alles aufzufressen. Als wäre da etwas, das unter allen Umständen gelebt werden muss und das auch der Unfall nicht aufhalten konnte.

Das hat sie begriffen, als sie ihn wieder mit dieser CD in der Hand gesehen hat, am Abend, als er sie an der Wand gevögelt hat. Auf ihrem Weg aus dem Bad durch den Flur muss sie wieder daran denken. Und die Erinnerung ist so entsetzlich, dass es ihr fast die Beine wegzieht. Zum Glück ist niemand da, der sie so sieht. Nur irgendeine keifende Stimme in der Ferne.

Niemals hätte sie für möglich gehalten, dass es wieder passieren könnte. Dass Michele wieder damit anfangen könnte. Nicht, nachdem Aurelio gestorben war und er sich noch nicht einmal an ihn zu erinnern schien. Nicht, nachdem er wieder angefangen hatte, ihr Ehemann zu sein.

Im Grunde liebt sie ihn, sie hat nie aufgehört, ihn zu lieben. Vielleicht ist das ihre Grenze. Zu hoffen, dass es noch eine Möglichkeit gibt, ihn zu retten. An der Vergangenheit zu hängen wie an einem Teil von sich selbst, den es nicht mehr gibt. Und das sich von einem Moment auf den anderen auslöschen ließe.

Sie müsste nur die Hand von diesem Fensterrahmen nehmen, das Gesicht aus der Sonne, die ihre Haut streichelt, den Blick von der Straße. Ein paar Schritte in das Büro ihres Chefs gehen. Und ihren Mann endlich anzeigen.

Fabio Lamberti brüllt.

Und das seit fast drei Stunden. Seine Stimme hallt zwischen

den Wänden von Terzis Büro wider, als suchte sie nach einem Fluchtweg. Wie seine Hände, die nicht einen Moment stillhalten.

»Ich weiß nicht, wie ich es Ihnen noch sagen soll, Commissario. Ich habe kein Kind umgebracht!«

Giovanni tut so, als hörte er ihn nicht. Die Entrüstung, die Fäuste auf dem Tisch, die Stimme, die immer rauer wird, immer lauter, immer zerbrechlicher.

»Du hast sie gefickt, stimmt's? Und deshalb musstest du sie danach zerstückeln. Um keine Spuren zu hinterlassen, nicht wahr?«

Der Lamba umklammert die Tischkante und steht auf. Ein Hund, der an der Kette seines Gewissens zerrt und auf die Hinterbeine geht.

Marra sieht ihn an. Er tut ihm leid. Denn je mehr er fragt, je mehr er bohrt und ihm seine vermeintlichen Verbrechen unter die Nase reibt, desto überzeugter ist er, dass er unschuldig ist. Zumindest was Paola Vigliani betrifft.

Den Wucher hat er sofort zugegeben, kaum dass er in Begleitung seines braungebrannten, angespannten Rechtsanwaltes vor Giovanni und Terzi Platz genommen hatte.

Er hatte ein Notizbuch mitgebracht. Zahllose, dicht beschriebene, ledergebundene Seiten. Namen, Daten, Zahlen, Kontonummern. Geld, das ihm jahrelang aus den Taschen geflossen und verdoppelt wieder zurückgekommen ist. Drohungen, Schläge, in kürzester Zeit zerstörte Leben. Gleich auf den ersten Seiten hat Giovanni den Namen eines alten Geschäftsmannes entdeckt, der sich vor ein paar Jahren umgebracht hatte. Sein Wagen war auf der A 14 frontal mit einem Lastwagen kollidiert, damit seine Familie wenigstens in den Genuss der Lebensversicherung kam.

Es steht alles hier drin. Fabio Lamberti hat sich und sein Leben der Polizei übergeben, um nicht für immer an Paola Viglianis verwestem Blick hängenzubleiben, den ein Sommerregen an die Erdoberfläche zurückgebracht hat. Das kann nicht nur ein Schachzug seines Anwalts sein. Der Lamba zieht die Verteidigungslinie, nicht dieser Schnösel in Hemd und Krawatte.

Giovanni macht Terzi ein Zeichen. Bittet ihn, ihm zu folgen. Draußen, am Fenster, das zum Innenhof hinausgeht, bleibt der Staatsanwalt stehen.

»Und?«

»Er ist es nicht, Dottore.«

Terzis Stimme ist der letzte Stein auf einem mühselig errichteten Grab.

»Nein, er ist es nicht. Dann hätte er sich nicht einfach so gestellt. Und außerdem haben wir keine Beweise. Weder für die Vergewaltigung, noch für den Mord.«

»Wir könnten versuchen herauszufinden, ob Aurelio Strazzari ihm erzählt hat, woher das Geld stammte, mehr ist wohl nicht zu holen.«

»Das stimmt nicht. Wir haben das Notizbuch. Und all das, was es bedeutet. Für Lamberti und für diejenigen, die nie den Mut hatten, ihn anzuzeigen. Vielleicht haben wir dank dieses kleinen Mädchens am Ende doch etwas erreicht.«

Giovanni Marra sieht ihn an. Er würde gerne lächeln. Doch es gelingt ihm nicht. Plötzlich fühlt er sich wieder wie an jenem Tag im Parco Talon. Als stünde er vor etwas, das zu groß für ihn ist. Etwas, das so massiv und dick geworden ist wie eine Ziegelmauer. Ohne eine Tür, einen Pfeil oder ein Schild, die den Ausgang weisen.

»Ich will herausfinden, wer sie in diesem Wäldchen verscharrt hat, Dottore.«

Er dreht sich um. Macht ein paar Schritte auf Terzis Bürotür zu. Die Stimme des Staatsanwalts holt ihn ein.

»Haben Sie sich entschieden, ob Sie mir vertrauen können, Commissario?«

Giovanni bleibt stehen.

»Noch nicht, aber …« Das Handy unterbricht ihn. »Ja, Di Paola … Wie, einen Tag? Was soll der Scheiß, ich hab ihn schließlich nicht nach den Lottozahlen gefragt! … Ja, ich weiß. Lass nicht locker.«

Er legt auf.

»Probleme, Commissario?«

»Erinnern Sie sich an die Genehmigung für die Handy-Ortung, um die ich Sie gebeten hatte? Gerade habe ich erfahren, dass das einen Tag dauert, vielleicht zwei. Also wohl bis Samstag, und das heißt …«

»Glauben Sie, Zanardi hat etwas mit der Geschichte zu tun?«

»Ich glaube gar nichts mehr, Dottore. Schon lange nicht mehr.«

Er lässt das Handy in die Tasche gleiten und betritt das Büro des Staatsanwalts. An der Tür dreht er sich noch einmal um.

»Ich vergaß, Ihnen zu sagen, das in den Gästebüchern des Hotel Weiss keine Spur von Sara Parmeggiani zu finden ist. Natürlich nicht.«

Er hatte nicht damit gerechnet, dass es so schnell gehen würde. Und so hätte er um ein Haar verpasst, dass seine Zielperson das Büro verlässt.

Das ist erst sein zweiter Versuch, und die Gelegenheit ist ihm fast in den Schoß gefallen. In einem der Telefongespräche, die er aufgezeichnet hat, war jemand zu hören, der nach dem Weg fragte. Er hat das Signal nur verstärken und sorgfältig herausfiltern müssen, um die Worte zu verstehen. Dann hat er ein paar zeitgleiche Telefonate genommen und die Hintergrundgeräusche verglichen. Im ersten war ein Rollladen zu hören, der heruntergezogen wurde, und in vier anderen ebenfalls.

Eine kleine Recherche mit dem Satellitennavigator hatte genügt. Dann musste er sich nur noch überlegen, welcher Arbeit seine Zielperson in dieser begrenzten Zone mitten im Zentrum von Bologna nachgehen könnte. Das war nicht schwer.

Er tut so, als würde er telefonieren, und macht ein paar Fotos mit seinem Handy. Das Ergebnis kann sich sehen lassen. Als er sich in Bewegung setzt, ist seine Zielperson fast schon am Ende der Straße. Der Kiosk nebenan schließt über Mittag. Ein viel zu dicker Mann zieht schwitzend den Rollladen herunter.

Dann bleibt der Sheriff neben dem Schaufenster eines Taschenladens stehen. Und sieht Varo Borja in eine Bar gehen, mit dem Mobiltelefon am Ohr und einem seltsamen Lächeln im Gesicht.

Auf den Tresen einer Bar in der Via Rizzoli gestützt, trinkt Michele Ferrari einen Espresso. Mit nervösen, knappen Bewegungen hebt er die kleine Tasse, dann verharrt er wieder reglos.

Sein Blick hinter der Sonnenbrille fixiert die Bushaltestelle auf der anderen Straßenseite. Geweitete, leere Pupillen, in denen sich nur seine Gedanken spiegeln. Und das Foto des kleinen Mädchens.

Er spürt es in der Tasche, als wäre es lebendig. Als Raffaella es ihm hinhielt, hatte er regelrecht Angst, es zu berühren. Er war sich sicher, er würde sich die Finger daran verbrennen. Sie wegzustecken und nicht mehr ansehen zu müssen, war eine Befreiung. Doch nur für einen Moment.

Danach war da dieses Gefühl, beobachtet zu werden. Dieser Bildausschnitt, dieses Lächeln, das er mit sich herumträgt, begleitet ihn in Wirklichkeit nur, um ihn im Auge zu behalten. Um ihn in jedem Augenblick, bei jedem Schritt, bei jedem Atemzug an etwas zu erinnern.

Um ihn zu zwingen, sämtliche vergessenen, erstickten und von diesem verdammten Unfall unter Blut, Blech und gebrochenen Knochen begrabenen Erinnerungsbruchstücke hervorzukramen.

Um ihm ein für alle Male klarzumachen, dass er nicht so tun kann, als sei nichts geschehen. Was auch immer sein Kopf beharrlich für sich behält, der Moment ist gekommen, es auszuspucken. Und wenn er es ihm mit bloßen Händen entreißen muss.

Er holt das Foto hervor und sieht es an. Einen langen Augenblick, in dem der Kaffeegeschmack auf seinen Lippen verfliegt.

Als er es wieder wegsteckt, ist das Handy dran. Die Nummer des Vertriebsbüros hat er gespeichert. Es ist das dritte Mal, dass er versucht, anzurufen. Vielleicht ist das riskant, doch es ist ihm egal. Die Prioritätenliste seines Lebens ist inzwischen auf wenige Punke zusammengeschrumpft.

»Ciao Paolo, hier ist Michele. Ich muss dich um einen Gefallen bitten. Bei uns zu Hause ist eingebrochen worden … nein, nichts Schlimmes, keine Sorge. Mirella weiß es noch nicht einmal, sie war arbeiten. Aber dieser Freund von dir, der Polizist, mit dem müsste ich mal sprechen.«

»Ein seltsamer Treffpunkt.«

Simone Mariani schlendert die Wege des Certosa-Friedhofes entlang, eine schwarze Sonnenbrille auf dem geschienten Nasenbein.

»Finden Sie? Ich finde, Friedhöfe haben etwas Beruhigendes.«

Der Graue war auf die Minute pünktlich. Mit dem üblichen Maßanzug und dieser Stimme, die so scharf und fein ist wie ein Katzenschnurrhaar. Er ist ihm allein entgegengekommen, im Hof des ehemaligen Kartäuserklosters. Und als er ihm vor der Friedhofskapelle die Hand gedrückt hat, hat Simone Mariani sich gefragt, wie viele Augenpaare diese Begrüßung wohl verfolgen. Und wie viel Zeit sie wohl bräuchten, ihn umzubringen, wenn er nur eine falsche Bewegung machte.

»Sie wollten mich sprechen?«

Mariani steckt die Hände in die Taschen. Er sieht geradeaus den Weg hinunter, der zum ersten Abschnitt des Friedhofs führt.

»Ich fand, Sie seien mir eine Erklärung schuldig.«

Der Graue antwortet nicht. Er geht einfach weiter, wirft einen interessierten Blick auf die Grabsteine und bleibt hin und wieder stehen, um genauer hinzusehen. Er bückt sich und fährt mit dem Finger über die vergoldete Inschrift eines Kindergrabes. Dann dreht er sich ganz langsam um.

»Ja, ich glaube, das bin ich.«

Er richtet sich auf. Nach ein paar Metern biegt er in einen schmalen dunklen Korridor ein, der zu einem schummrigen, ungefähr sechs Meter breiten und doppelt so hohen Raum führt. Durch ein paar winzige Fensterluken direkt unter der Decke sickert der Sommertag hinein und taucht die Luft in ein seltsames graugrünes Licht.

Die Wand und der Fußboden gegenüber sind voller Urnen. Sie sehen sehr alt aus, dienen jedoch nur als eigenwillige Umrahmung für etwas anderes, das direkt vor ihnen am Eingang steht: Eine riesige Bronzestatue. Eine Frau.

Sie ist in eine weite, bodenlange Tunika gehüllt, die ihre Füße verdeckt. Die Arme hängen seitlich herab. Ihr Gesicht ist zur Decke gerichtet, das Kinn erhoben, der nackte Hals schlank und sehnig. Auf dem emporgehobenen Antlitz liegt ein harter, zorniger, resignierter Ausdruck. Die fest zusammengepressten Lider scheinen denselben Zwang auszudrücken wie die angespannten Arme mit den schmerzhaft geballten Fäusten.

Simone Mariani bleibt auf der Schwelle stehen, die Statue raubt ihm die Sicht. Sie scheint den ganzen Raum auszufüllen und ihm drohend den Eintritt zu verwehren. Als der Graue seine Schulter berührt, muss er die Zähne zusammenbeißen, um nicht laut aufzuschreien.

»Erschreckend, nicht wahr? Sie wurde 1918 bei Silverio Montaguti in Auftrag gegeben. Er war Bildhauer und lehrte an der hiesigen Kunstakademie. Es ist das Grab einer Frau, sie hieß Ascension. Viel mehr weiß ich nicht. Nur, dass sie die Frau des Auftraggebers war.«

Er sieht zur Statue auf.

»Ein unausweichliches, tiefes Grauen liegt auf ihrem Gesicht. Etwas, dem sie nicht entkommen kann und das ihren ganzen Körper lähmt. Wenn man so etwas überlebt, kann man nur auf Rache sinnen. Und alles zerstören, wenn niemand einen aufhält.«

Simone Mariani wendet sich von der Statue ab. Er muss es tun, wenn er ein Wort herausbringen will.

»Was wollen Sie mir damit sagen?«

Der Graue macht eine Handbewegung Richtung Ausgang. Draußen brennt die Sonne zu heiß, und der Schatten der Mauern, der sich ihnen in den Weg legt, reicht nicht aus, um die drückende Hitze zu mildern.

»Sara Parmeggiani war dumm. Sie musste aufgehalten werden, ehe es zu spät war. So wie jetzt alles aufgehalten werden muss, was sie in Gang gebracht hat. Es ist zu gefährlich.«

»Das war nicht der Grund, weshalb ich Sie treffen wollte, und das wissen Sie.«

»Der Rest ist schnell erzählt.« Die Stimme des Grauen scheint sich im Licht zu verlieren wie ein Fluss, der unter dem Straßenpflaster verschwindet. Dann beginnt er zu erzählen. Knappe, trockene, präzise Sätze. Es braucht nicht viel.

»Das Schicksal offenbart sich auf die merkwürdigsten Arten«, sagt er abschließend.

»Ich hätte nicht gedacht, dass ein Mann wie Sie an das Schicksal glaubt.«

»Ich glaube auch nicht daran. Das war nur so dahingesagt.«

»Und an was glauben Sie?«

»An die Willkür der Ereignisse und an das Böse im Menschen. Daraus ergibt sich das, was manch einer den *Willen Gottes* nennt.«

Simone Mariani blickt sich um. Er fragt sich, wie viele zwischen diesen Mauern den Willen Gottes angefleht haben. Wie viele ihn verflucht haben, wie viele ihn wie eine Erlösung von etwas noch Schlimmerem herbeigesehnt haben. Wie oft seine Hände den Willen Gottes getan haben. Der Gedanke daran lässt ihn erschauern.

Am Ende bleibt nur noch Antonio Parmeggiani. Und das, was der einzige Mann der Welt, von dem er sich etwas befehlen lässt, ihm soeben erzählt hat.

»Eine interessante Geschichte.«

»Finden Sie? Mir kommt sie so banal vor. Jetzt werden sich Ihre Beziehungen gewiss noch mehr verschlechtern. Sie war seine Schwester, verständlich, dass …«

Simone Mariani unterbricht ihn.

»Sicher. Aber das ändert nichts. Sara Parmeggiani musste gestoppt werden. Das haben Sie selbst eben gesagt.«

Der Graue sieht ihn an. Ein Blick wie ein Pistolenschuss.

»Und Sie haben es getan.«

Er sieht zu Boden. Aber nur kurz.

»Jawohl«, antwortet er. Und denkt an den Geruch, der ihm beim Betreten der Wohnung entgegengeschlagen ist. Der Geruch nach Tod, überall. Vom Blut des Mädchens auf dem Sofa in jedes Zimmer gesickert. »Es musste getan werden«, sagt er.

»Und Sie haben nichts gefunden.«

»Ich habe die ganze Wohnung durchsucht. Die Fotos waren nicht da. Nur Zanardis Rucksack. Aber das hatte ich Ihnen bereits gesagt.«

Der andere holt tief Luft, die Lippen zusammengepresst. Dann nickt er knapp.

»Sie werden verstehen, dass die Situation jetzt eine ganz andere ist als am Anfang. Wir dürfen keine Zeit mehr verlieren. Wir brauchen diese Fotos. Um jeden Preis. In der allgemeinen Lage, in der sich das Land gerade befindet, könnte das zumindest … peinlich werden.«

»Weniger für das Land als für eine bestimmte Person.«

»Die beiden Dinge lassen sich nicht trennen.«

»Und was habe ich davon?«

»Ich hätte nicht gedacht, dass Sie so geldgierig sind. Soweit ich weiß, steht Ihren Zusatzprämien nichts im Weg.«

»Ich rede nicht von Geld.«

Er lächelt.

»Die Vergangenheit ist mächtiger als jede Münze. Zwar teile ich diese Ansicht nicht, aber ich kann sie gut nachvollziehen.« Er macht eine Pause. »Sagen wir also, dass nach Abschluss dieser Sache ein Posten freiwerden könnte. Ein verantwortungsvoller Posten in einer für die nationale Sicherheit entscheidenden Mission, weit weg von hier. Schon seit geraumer Zeit habe ich beschlossen, unseren gemeinsamen Freund zu ersetzen. Mir fehlte nur noch die geeignete Person dafür. Sind Sie interessiert?«

Marianis Stimme lässt nichts durchblicken.

»Politische Probleme?«

»Die Regierung eines Landes ist viel zu wichtig, als dass man sie den Politikern überlassen könnte. Politik ist ein Geschäft. Und wenn das Geschäft stimmt, dann finden sich auch die richtigen Leute.«

»Manch einer ist da anderer Meinung.«

Der Graue lächelt.

»Und so soll es auch sein. Heute werde ich Ihren alten Freund treffen. Folgen Sie ihm und sie werden Zanardi finden. Und die fehlenden Fotos. Damit wäre der wichtigste Teil der Sache erledigt. Danach gilt es nur noch abzuwarten, bis die gerade eingetretene Situation sich von selbst löst. Und Sie erhalten Ihre Belohnung.« Er hält inne und mustert die Plastikschiene auf Marianis Nasenbein. »Zusammen mit Ihrer Genugtuung.«

»Und Zanardi?«

»Der interessiert mich nicht. Nur die Fotos. Allesamt. Ich halte es nicht für ratsam, ihn auszuschalten. Nicht nach dieser dämlichen Motorradverfolgungsjagd. Doch sollte es unumgänglich sein, bin ich der letzte der sich darüber aufregt.«

Auf dem Weg zurück ins Hotel gehe ich nur durch kleine Seitenstraßen. Es ist zu viel Polizei unterwegs, und ein Teil von mir ist überzeugt, dass sie mich suchen.

Nachdem ich mich mit Roberta zum Abendessen verabredet habe, brauche ich Abstand von den Menschentrauben, die sich den Viale Ceccarini entlangschieben. Ich muss einen Moment für mich sein. Ohne an irgendetwas zu denken, auch nicht an das, was ich als Nächstes tun werde und was mir vorhin beim Gedanken an Abdel unvermittelt in den Sinn gekommen ist.

Als ich die Lobby betrete, steht Marco mit einem Päckchen Zigaretten in der Hand an der Rezeption.

»Darf man denn in öffentlichen Räumen noch rauchen?«

»Ich glaube nicht. Aber eine Zigarettenschachtel in der Hand zu haben ist bisher noch kein Verbrechen. Wie geht's dir, Nicola?«

Ich stelle mich zu ihm. Es ist das erste Mal seit meiner Ankunft, dass wir wirklich miteinander reden.

»Noch ein bisschen durcheinander, aber besser.«

»Ich will mich ja nicht in deine Angelegenheiten mischen, aber hast du was ausgefressen?«

Ich sehe ihn an und überlege, was ich ihm sagen soll. Welches die richtige Antwort ist. Und vor allem, was die Wahrheit ist.

»Sagen wir mal, jemand ist der Meinung, ich könnte ihm ein großes Problem lösen.«

»Und du hast keine Lust dazu?«

Ich grinse. Lege eine Hand auf den iPod in der Tasche meiner Badehose.

»Ich kann's vor allem nicht, aber er glaubt trotzdem fest daran.«

Er zieht eine Zigarette heraus. Hält sie zwischen den Fingern und spielt damit.

»Hör mal, Marco, ich weiß nicht, wie ich dich fragen soll, aber du müsstest mir einen Gefallen tun.«

Er steckt die Zigarette ins Päckchen zurück.

»Ich höre.«

»Kennst du einen Fotografen, der mir für zehn Minuten seine Ausrüstung leihen würde?«

»Das ist alles?«

»Das ist alles.«

»Ich kann Enzo fragen.«

»Könnten wir das sofort machen? Vorher muss ich allerdings noch in einem Telefonladen vorbei.«

Er zieht die Zigarette wieder heraus.

»Na, dann los. So komme ich endlich zu meiner Zigarette.«

Er ruft etwas ins Büro hinterm Tresen. Ein dunkelhaariges junges Mädchen kommt heraus und übernimmt seinen Posten an der Rezeption.

»Gehen wir. Immerhin hast du es eilig.«

»Ziemlich. Ich muss nach Bologna fahren und zum Abendessen wieder hier sein.«

»Und das ausgerechnet am letzten Samstag im August? Hast du nicht mitgekriegt, was hier heute los ist? Ich möchte nicht wissen, wie's auf der Autobahn aussieht.«

Ich höre nicht hin.

»Kann ich diesem … Enzo trauen?«

»Der ist in Ordnung, keine Sorge.«

»Ich bräuchte noch etwas.«

»Ich hab mir schon gedacht, dass das nicht alles sein konnte. Na los, ich kann einiges vertragen.«

»Kannst du mir in den nächsten Tagen vielleicht dein Auto leihen?«

Er dreht sich noch nicht einmal nach mir um.

»Wenn du's dir nicht klauen lässt oder kaputt machst, ja. Sonst noch was?«

Ich grinse.

»Mal sehen. Könntest du mir zehntausend Euro schenken?«

Er nimmt die Kippe aus dem Mund.

»Ach, scheiß doch die Wand an, Alter.«

Anja Ramirez hat dasselbe offene, herzliche Gesicht, das Giovanni schon oft bei Südamerikanern gesehen hat. Als ließe sich der Schmerz, den das Leben unweigerlich mit sich bringt, mit einer neuen Falte quittieren und mit einem Lächeln mildern.

Sie wohnt im selben Stock wie Sara Parmeggiani, direkt nebenan. Und als sie ihn hereinlässt, stehen die Koffer noch in der Schlafzimmertür.

»Entschuldigen Sie die Unordnung, aber ich bin gerade erst von zu Hause zurückgekommen.«

Anja Ramirez' Zuhause ist Ciudad del Carmen in Mexiko. Sie ist dort geboren, lebt aber schon so lange in Bologna, dass man bei ihrem gelispelten S nicht mehr sagen kann, ob es dem Bologneser Dialekt oder ihrem spanischen Akzent geschuldet ist. Sie hat mit einem Medizinstudium angefangen und am Ende ein mexikanisches Restaurant aufgemacht.

»Sara war eine Freundin, Commissario. Als ich es erfahren habe, war das, als wäre ... mir hier etwas herausgerissen worden.«

Sie klopft sich mit der flachen Hand aufs Brustbein. Zwei kurze, schnelle Schläge, wie ein rasendes Herz.

»Wie lange kannten Sie sie schon?«

»Schon sehr lange. Ich bin hierhergezogen, als mein Mann und ich uns getrennt haben. Und Sara ist ungefähr zur gleichen Zeit gekommen. Das ist Jahre her.«

»Sie wussten, dass Sara ...«

Anja lässt ihn gar nicht erst ausreden.

»Eine Nutte war? Ja. Und glauben sie mir, mir sind die, die es des Geldes wegen tun, um Längen lieber, als die, die sich dazu berufen fühlen.«

Giovanni grinst.

»Erzählen Sie mir von Sara, Signora Ramirez.«

»Mit dem Gesicht und dem Körper hätte sie sonst was werden können. Zumal heute, wo nichts anderes gefragt ist. Hin und wieder habe ich ihr das auch gesagt. Dass sie Nutte war, war mir zwar völlig egal, aber ich mochte sie eben. Und ich hätte mir gewünscht, dass sie einen weniger gefährlichen Job macht.

Eine Zeitlang habe ich sie damit genervt, dann hab ich's gelassen. Sie hat mich nie ernst genommen. Sie sagte, früher oder später würde etwas passieren, das ihre Sicht auf die Dinge ändern würde. Auch aufs Leben. Vielleicht hatte sie recht.«

Das Schweigen, das folgt, ist zäh und düster. Giovanni wartet einen kurzen Moment, ehe er es bricht. Zusammen mit dem Schleier aus Schwermut, der sich über die Augen der Frau gelegt hat.

»Hat sie Ihnen nie von einem Mann erzählt? Von einem bestimmten.«

Sie senkt kurz den Blick. Zum ersten Mal lässt sie sich von ihrer Muttersprache mitreißen.

»*Hombre? Nada*, Commissario. Kein Mann. Das hätte ich gewusst.«

»Und halten Sie das für wahrscheinlich?«

»Was?«

»Dass eine Frau wie Sara niemanden hatte, der sie ganz für sich wollte.«

»Glauben Sie, sie wurde deshalb umgebracht? Weil jemand sie ganz für sich wollte?«

»Ich glaube, sie war zu hübsch, um allein zu bleiben.«

Anja Ramirez schnaubt.

»Sie wollen mir doch nicht sagen, dass Sie auch zu denen gehören, die glauben, eine Frau könne nicht ohne einen Mann auskommen? Wenn Sie das glauben, Commissario, dann lassen Sie sich von einer Expertin sagen: Es ist nicht so.«

Giovanni antwortet nicht. Er versucht sich den Brustton der Überzeugung zu merken, um den sie sich bemüht hat. Dann wechselt er das Thema.

»Wann haben Sie sie zum letzten Mal gesehen?«

»Am Tag meiner Abreise. Ende Juli. Wir haben zusammen gegessen. Wir haben uns eine Pizza kommen lassen, haben ein bisschen gequatscht. Sie wissen schon.«

»Und war sie so wie immer?«

»Sie wollen wissen, ob sie irgendwie verängstigt wirkte?«

Marra nickt.

»Wieso haben Sie das nicht gleich gefragt, Commissario. Sara wirkte immer verängstigt. Ich weiß nicht, ob Sie verstehen, was ich meine, aber sie war eine von denen, die hart wirken, aber eigentlich sehr fragil sind. Um sie zu zerbrechen, brauchte es nicht viel. Ich glaube, sie meinte, etwas Besseres verdient zu haben. Und sie hatte recht.«

»Vielleicht hätte sie auf Sie hören sollen, Signora Ramirez. Sie hätte mehr an sich selbst denken müssen.«

Die Frau spannt die Lippen zu einer Art Lächeln.

»Ich glaube, sie hat es sogar versucht. Vor ungefähr einem Jahr.«

»Inwiefern?«

»Sie hat versucht, ihr Leben zu ändern, Commissario. Zumindest glaube ich das. Fast acht Monate lang war sie verschwunden. Sie hat mir nie gesagt, weshalb. Ich weiß nur, dass sie sehr traurig schien, als sie zurückkam. Und Sara war sowieso kein besonders fröhlicher Mensch.«

»Wissen Sie, wo sie gewesen ist?«

»In Rom«, antwortet sie und rollt das R wie eine um den Finger gewickelte Haarsträhne. »Wo ändert man denn sonst sein Leben, wenn nicht dort?«

Der Kommissar sieht sie an. Dieser schlichte Satz kann die unterschiedlichsten Bedeutungen haben. Giovanni hat das Gefühl, dass Anja Ramirez sie alle kennt.

Und aus irgendeinem Grund eine Heidenangst hat, damit herauszurücken.

Der Park des Pflegeheims duftet nach Jasmin.

Als ich kam, saß meine Mutter neben einem Busch, betrachtete die großen, gelben Blüten und streichelte die Blätter wie die Haut eines Neugeborenen.

In den zweieinhalb Stunden, die ich für die hundert Kilometer zwischen Riccione und Bologna gebraucht habe, habe ich nichts anderes getan, als mir auszumalen, was ich ihr sagen würde, die Worte, die Gesten, die Pausen zwischen den Sätzen.

»Ich muss für eine Weile weg, weißt du?«

Ich streichle meiner Mutter übers Haar und frage mich, ob sie verstanden hat, was ich gesagt habe. Ob ihr auf dem Grund der Schwermut, die sich in ihren Augen spiegelt, ein wenig bang ist wegen meiner Worte oder ob sie weiß, dass nichts von dem, was ihr widerfährt, von längerer Bedeutung ist.

»Wieder beruflich nach Rom, wie das letzte Mal?«

Ich überlege kurz, ehe ich antworte. »Ja, beruflich.«

Sie blickt auf den Rasen und folgt ihren Schritten, die einen Sonnenstrahl kreuzen.

»Ich würde gern mal wieder nach Rom. Zwei Mal war ich da. Das letzte Mal mit meinem Mann und meinem Sohn. Das ist lange her.«

Ich erinnere mich an diese Reise. Papst Paul VI. in der Ferne. Die Straßensperren, um Moros Entführer zu schnappen. Meine Großmutter, die nicht wollte, dass wir fahren, aus Angst vor den Terroristen. Die Mautstation der Autobahn, die mir riesig erschien. Die Sonne an einem ganz normalen Osterwochenende, eines von vielen.

»Und wo sind dein Mann und dein Sohn jetzt?«

Sie sieht auf, bleibt stehen und sieht mich verständnislos an. Wie ein anschwellendes Raunen wird ihr Blick langsam feucht. Eine Träne rinnt ihr über die Wange, und sie hält sie nicht auf.

»Ich weiß es nicht, Nicola. Ich weiß es nicht.« Und sie scheint darauf zu warten, dass ich ihr eine Antwort gebe, die ich nicht habe und zum Verrecken nicht finde.

Ich fahre ihr mit dem Finger übers Gesicht und trockne ihre Tränen. Sie sieht mich noch immer an, als würde sie etwas begreifen wollen, das sie nicht benennen kann. Dann setzt sie sich wieder in Bewegung.

»Sie sehen traurig aus, Nicola.«

»Nein, ich bin nicht traurig, Mama. Ich bin doch mit dir zusammen, wie könnte ich da traurig sein?«

Sie lächelt, und ich lächle mit. Ein Ausdruck, in dem Ungesagtes und nunmehr Vergessenes liegt. Und anderes, das unweigerlich auf mich zurast und sich meines Blickes, meiner Worte, meiner Gesten bemächtigt. Etwas, das hier beginnt, beim Abschied von meiner Mutter, die mich ansieht, ohne zu wissen, wer ich bin. Ich streichle ihr bedächtig über die Wange. Dann lege ich ihr etwas um den Hals, was ich ihr gekauft habe.

»Das ist ein Geschenk«, flüstere ich und strecke die Hände aus, um das schmale Kettchen zu schließen, an dem ein Herz aus Weißgold hängt. Es ist nicht viel größer als eine Zwei-Euro-Münze und innen hohl. Ehe ich es loslasse, sehe ich nach, ob es wirklich zu ist. Dann trete ich zurück und sehe sie an.

»Steht dir gut. Wirklich.«

Sie sagt nichts. Sie sieht mich nur flehend an, als könnte ich ihr helfen, ihre Worte endlich hervorbrechen zu lassen. Doch ich kann es nicht. Ich habe keinen Trick, mit dem ich sie aus dem Gefängnis, zu dem ihr Körper geworden ist, befreien könnte. Ich kann die Siegel nicht brechen, unter denen sich die Erinnerungen eines ganzen Lebens verbergen. Ich kann nur zusehen, wie die Wirklichkeit die Vergangenheit nach und nach auffrisst, bis nichts mehr davon übrig ist.

»Ich muss jetzt gehen.«

Langsam stehe ich auf. Das Gewicht dessen, was ich gerade tue, lastet mir auf Schultern und Lidern.

Sie legt den Kopf zur Seite und sieht mich kurz an, und ein Schauder läuft mir über den Nacken. Es ist der gleiche Blick, den ich im Rückspiegel gesehen habe, ehe ich aus dem Auto gestiegen bin. Die gleiche Angst, die ich in ihren Augen lese, liest sie in meinen.

Ich drücke ihr einen Kuss auf die Stirn. »Ciao, Mama.«

Im Gehen drehe ich mich kurz um. Sie hält das Herz zwischen den Fingern und betrachtet es freudig und besorgt zugleich. Selbst wenn sie es öffnen würde, begriffe sie nicht, was darin ist. Ebenso wenig wie sie begreifen wird, was es mit dem Paket auf sich hat, das Honorine versprochen hat, ihr zu schicken.

Giovanni Marra zündet sich eine Zigarette an und fährt mit den Fingerkuppen über den Papierstoß auf seinem Schreibtisch. Eine Liste sämtlicher Kinder, die seit dem letzten Dezember als vermisst gemeldet wurden. Er hat sie in Auftrag gegeben, nachdem ihm das Ergebnis des DNA-Tests des Blutes und des Schuhs vorlag. Und jetzt, da sie endlich vor ihm liegt, fühlt er sich wie ein Radfahrer am Fuße eines langen Anstiegs.

In einem Gebiet, das auch Österreich, Deutschland, Frankreich und Slowenien umfasst, sind in einem Jahr über dreihundert Kinder verschwunden. Name für Name, Fall für Fall muss überprüft werden, um schließlich auf die zu stoßen, deren Schicksal bis heute unbekannt ist. Mit den Mitarbeitern, die ihm gerade zur Verfügung stehen, den Ferien und dem täglich anfallenden Verwaltungskram wird das Tage dauern. Zu lang.

Wütend drückt er die Zigarette im Aschenbecher aus. Plötzlich fühlt er sich unendlich müde. So geht es ihm oft, meist abends. Er setzt sich an den Küchentisch, einen Teller Nudeln vor der Nase. Das Fernsehen berieselt ihn mit irgendwelchen Belanglosigkeiten. Ein Gedanke, eine Erinnerung oder ein Zweifel zermartert ihm das Hirn. Und das klare, deutliche Gefühl, dass das, was er tut, völlig zwecklos ist. Ein winziges Tröpfchen, das einem Ozean entrissen wurde, über dem es ständig regnet.

Er schließt die Augen. In Gedanken singt er den Refrain eines alten Fossati-Liedes vor sich hin. Etwas, das aus irgendwelchen Winkeln des Gedächtnisses auftaucht und mit einer fröhlichen Erinnerung verbunden ist, wenngleich er sie nicht recht benennen kann. Er ist fast damit fertig, als das Telefon klingelt. Ohne die Augen zu öffnen, hebt er ab, und als er die Stimme am anderen Ende der Leitung hört, ist die Musik mit einem Schlag verstummt.

»Hier ist Nicola. Ich rufe dich in zehn Minuten in der Bar gegenüber an.«

Gegen die Plexiglasscheibe der Telefonzelle gelehnt, beobachte ich den Verkehr, der sich vom Zubringer Richtung Bologna schiebt. Ich versuche, die Silhouetten der Autos, ihre Farbe, die Anzahl der Insassen, das Gepäck auf dem Gepäckträger, die vom Urlaub entspannten und vom Stau gestressten Gesichter zu erfassen. Alles, um die Zeit totzuschlagen, bis ich Giovanni endlich anrufen kann. Schließlich sehe ich auf die Uhr und lasse ihn ans Telefon holen.

»Ich muss dir zwei Namen geben.«

Wie zu erwarten, hört er gar nicht zu. »Wo zum Henker bist du?«

»In Bologna, wo sonst? Aber ich habe keine Zeit. Willst du wissen, wer die beiden Typen auf den Motorrädern waren, oder soll ich wieder auflegen und wir spielen weiter verstecken?«

»Was, bitte, weißt du von den beiden Typen?«

»Nichts, bis auf die Namen. Vielleicht interessieren die dich.«

Schweigen. Seine Art, mir zu sagen, dass ich weiterreden soll. Im Hintergrund bestellt jemand einen Kaffee. Ich sehe auf die Uhr. Ich muss mich beeilen.

»Der mit der Honda heißt Simone Mariani. Der andere Antonio Parmeggiani.«

»Parmeggiani?«

»Der Bruder. Zumindest hat er mir das gesagt.«

»Und glaubst du ihm?«

»Erinnerst du dich an das Tattoo der Schwester? Diese halbe Sonne auf dem Knöchel? Er trägt die andere Hälfte.«

Giovanni antwortet nicht. Schweigend wartet er darauf, dass ich weiterrede. Aber das ist alles. Ich habe ihm nichts weiter zu erzählen. Noch nicht.

»Überprüf diese Namen, Giovanni. Find heraus, ob sie echt sind, und ich erzähl dir den Rest. Ich muss wissen, mit wem ich reden kann.«

»Irgendjemandem musst du schließlich trauen.«

»Genau. Deshalb habe ich dich ja angerufen. Beweise mir, dass ich nicht schon wieder Mist gebaut habe.«

»Wir haben ein Problem.«

Varo Borjas Stimme ist schroff. Ein Ton, den der Slawe nicht gewohnt ist und der ihm überhaupt nicht gefällt.

»Es gibt neue Untersuchungsergebnisse. Zuerst war es nur ein Verdacht, jetzt steht es fest. Im Haus war noch ein anderes Mädchen.«

Der Slawe antwortet nicht. Er versucht nachzudenken. Schnell. Doch Varo Borja redet weiter.

»Ich schicke dir die Datei wie üblich. Da steht alles drin.«

»Wann?«

»Sofort. Und …«

Er will noch etwas sagen, aber der Slawe hat aufgelegt. Einen Moment lang starrt er das Telefon an, dann verschickt er die Datei und löscht die Übertragungsspuren. Keiner wird es kontrollieren, aber es ist besser, kein Risiko einzugehen.

Jetzt gilt es das Loch zu finden und zu flicken. Nur ein Idiot wie Aurelio konnte so etwas Dämliches tun. Und vieles, was in jener Nacht passiert ist, zeigt erst jetzt seine wahre Bedeutung. Er hat den Tod verdient, nur schade, dass es so schnell gegangen ist und er kein bisschen gelitten hat.

Er atmet tief durch und spielt am Druckknopf eines Kugelschreibers herum. Jemand geht grüßend vorbei. Dann fährt er sich mit der Hand langsam und bedacht durchs Haar. Das Wahren der üblichen Fassade. Die alltägliche Routine, die über der Stille eines vollkommen anderen Lebens liegt. Eines aufrichtigen, schrecklich ehrenwerten Lebens.

Das Telefon klingelt vor sich hin.

Fünf, sechs, sieben Mal. Ich will gerade wieder auflegen, als Alessandro Neri endlich abhebt. Er leitet die Nachrichtenseiten der zweitgrößten Zeitung des Landes, ich kenne ihn seit fast zehn Jahren und habe ihn seit über dreien nicht mehr gesehen. Er hat mir meinen ersten Job verschafft, als er noch in der Bologneser Lokalredaktion arbeitete. Ich hätte nicht gedacht, dass er noch immer dieselbe Telefonnummer hat.

»Ich hab deine Irak-Fotos gesehen. Schön. Und … das mit Abdel tut mir leid.«

»Mir auch. Hör mal, Ale, und bitte entschuldige, wenn ich gleich mit der Tür ins Haus falle, nachdem ich mich Jahre nicht gemeldet habe. Aber ich muss dir etwas sagen.«

Im Hintergrund höre ich ein Kind. Es fragt etwas, das ich nicht verstehe, irgendetwas zu einem Wrestling-Griff.

»Störe ich? Wenn du willst …«

Er fällt mir ins Wort. Der Ton hat sich verändert. Offenbar

hat er den Lautsprecher ausgestellt und den Kopfhörer angelegt.

»Nein, keine Sorge. Ich höre.«

»Ich hab da eine möglicherweise brandheiße Story.«

»Wie heiß?«

»Meinem Gefühl nach richtig heiß.«

»Irak?«

»Ja.«

»Ich komme gerade aus Sardinien zurück. Bin erst vor einer Stunde in Mailand gelandet. Ich bringe meine Familie nach Hause und fahre nach Bologna. In drei Stunden kann ich bei dir sein. Höchstens vier.«

»Nein, noch nicht. Außerdem bin ich nicht in Bologna. Zuerst musst du … mir vertrauen.«

»Schieß los.«

»Hast du was zu schreiben?«

»Moment.« Ich höre ein gedämpftes Murmeln. Ich stelle mir vor, wie er seine Frau bittet, etwas mitzuschreiben. Wenn ich mich recht erinnere, hat sie blondes Haar und helle, fast durchsichtig erscheinende Augen.

»Ich bin soweit.«

»Ich gebe dir jetzt zwei Namen. Aber wir müssen einen Pakt schließen.«

»Was für einen Pakt?«

»Dass du nichts veröffentlichst, ehe ich es dir nicht sage.«

»Einverstanden.«

»Das ist noch nicht alles.«

»Nämlich?«

»Du musst in Umlauf bringen, dass ihr an der Sache dran seid.«

Er antwortet nicht sofort. Ein paar Sekunden höre ich nur das Brummen des Motors.

»In Ordnung. Die Namen.«

»Antonio Parmeggiani und Simone Mariani.«

Ich höre, wie er die Namen wiederholt. Stelle mir vor, wie seine Frau mitschreibt und dem *Cobra Clutch* des Juniors zu entgehen versucht.

»Parmeggiani? Wie die Frau, die umgebracht wurde?«

»Genau so.«

»Und was hat die mit dem Irak zu tun?«

»Fürs erste musst du dich mit den Namen zufriedengeben. Find heraus, wer sie sind. Wir sprechen uns morgen.«

Ich lege auf. Ziehe die Telefonkarte heraus und drehe sie zwischen den Fingern. Meine Gedanken müssen sich setzen. Das Taxi, das ich vorhin gerufen habe, kommt die Straße herunter. Ich verlasse die Telefonzelle und mache ihm ein Zeichen, sich noch einen Moment zu gedulden. Er parkt hinter dem Wagen, den ich zurückgeben muss.

Ich kehre in die Zelle zurück und rufe die Autovermietung am Flughafen an. Ich tue so, als wäre mir das Benzin ausgegangen, und erkläre ihnen, wo sie das Auto abholen können. Sie sind nicht gerade erfreut, machen aber keinen Ärger. Ich will mich noch entschuldigen, doch die Telefonkarte ist abgelaufen. Mit einem hysterischen Lächeln auf den Lippen verlasse ich die Kabine.

»Zur Feltrinelli-Buchhandlung bei den zwei Türmen«, sage ich dem Taxifahrer.

Als das Auto anfährt, fühle ich mich wieder verfolgt. Ein Gefühl, an das ich mich langsam gewöhne.

Das Mädchen hört nicht auf, ihn anzusehen.

Die Schere in den Händen, das Gesicht und die Kleider blutverschmiert. Im Mondlicht, das durch das Fenster fällt, ist es schwarz wie der Grund eines Brunnens. Als er den Korditgeruch wahrnimmt, atmet der Slawe tief ein. Er geht zur Lampe und macht sie an. Dann setzt er sich auf den Sessel neben dem Tischchen und betrachtet die Szene.

Es läuft immer gleich ab. Er schläft ein, und aus dem Dunkel taucht plötzlich die glänzende Schere auf. Dann das Mädchen.

Sie sieht ihn an. Sie tut es auch jetzt, da das Licht den dunkel geronnenen Blutfleck auf ihr Kleid stempelt. Dunkelbraun entfaltet er sich wie eine riesige Rose auf ihrer Brust. Sie liegt hingestreckt auf dem Fußboden, die Arme abgewinkelt, die Schere in den Händen, den Kopf seinen Augen zugewandt. In seinen Augen.

Er legt die Pistole aufs Sofa. Sieht den Mann an, der auf dem Bett liegt. Die Verletzungen am Hals, auf der Brust, im Gesicht. Das zusammengeschobene Laken, das sich um seine Beine windet. Einen Moment lang sieht er ihn vor sich, wie er ihn vor einer Stunde gesehen hat, mit dem kleinen Mädchen. Dann spürt er wieder ihre Finger auf seiner Haut. Er hat sie viele Male gespürt. Er sieht sie über die Kleider gleiten, den Hemdstoff zur Seite schieben.

Nur, dass sie nicht da ist. Sie liegt zwei Meter vor ihm, die Brust vom Pistolenschuss zerfetzt, den er auf sie abgefeuert hat. Es sind nicht ihre Hände, die ihn streicheln, nicht ihre Finger, die er unter der Haut sieht und spürt. Sie ist tot. Er hat sie umgebracht.

Er reißt sich das Hemd vom Leib und starrt mit entsetztem Blick auf seinen Brustkorb. Etwas kriecht darunter entlang. Etwas, das aussieht wie eine Hand. Es streicht die Brust hinauf, hebt die Brustwarzen, die Muskeln.

Plötzlich hält es inne. Zwei Meter vor ihm steht das Mädchen auf. Es wirft die Schere. Lächelt. Breitet die Arme aus. Etwas bohrt sich in seine Brust und explodiert.

Und der Slawe wacht auf. Im Halbdunkel seines Hotelzimmers öffnet er die Augen. Ein kleines Mädchen. Es war nur ein kleines Mädchen. In der Vergangenheit vergraben und bereit, jeden Moment hervorzuspringen. Etwas, mit dem man nicht rechnet, dass man nicht will.

Wie das Mädchen in dem Haus. Auch das war dort, obwohl es das nicht sein sollte. Vor allen Blicken verborgen. Er versucht sie sich vorzustellen, zu begreifen, wer sie ist, wie sie aussieht. Was sie für Augen, für Lippen hat. Wie sie redet, lacht, weint, schreit. Wie sie lächelt, wie sie geht. Wie er sie umbringt, wenn er sie endlich gefunden hat.

Das Zentrum von Bologna erscheint mir plötzlich zu groß. Trotz Sonnenbrille und Kappe fühle ich mich nackt. Also beeile ich mich, mustere die wenigen Passanten, die mir, in die Hitze des Tages und ihre Gedanken versunken, über den Weg laufen. In Wirklichkeit bemerkt mich niemand. Inmitten der schwitzenden Fauna aus Touristen und Bolognesen, fällt selbst mein gehetzter Laufschritt nicht auf.

Kurz vor der Piazza Maggiore halte ich an einem Geldautomaten. Ich atme tief durch. Schon seit ich telefoniert habe, bin ich nicht mehr unsichtbar, aber Geld zu ziehen ist wie ein bengalisches Feuer, das allen zeigt, wo ich bin. Genau das, was ich will.

Außerdem brauche ich Geld. Alles, was die Kredit- und EC-Karten hergeben. Ich weiß nicht, ob ich wieder untertauchen muss, ob das, was ich mir zurechtgelegt habe, funktioniert oder ob ich eine Notlösung finden und wieder im Dunkel verschwinden muss, so tief wie möglich. Das Einzige, was ich im Augenblick weiß, ist, dass ich mir den Rücken freihalten und meinen Arsch bewegen muss. Und zwar schnell.

Es braucht drei Automaten, ehe ich alles Geld zusammenhabe. Ich achte darauf, dass sie möglichst dicht beieinander liegen, damit nicht klar wird, in welche Richtung ich mich bewegt habe. Hergebracht hat mich ein Taxi, das mich an einer der belebtesten Ecken der Innenstadt abgesetzt hat. Von hier aus könnte ich sonst wo hingegangen sein.

Neben dem letzten Geldautomaten ist ein Tabakladen. Ich

gehe hinein und kaufe mir zwei gelbe Briefumschläge, einen Notizblock, einen Kuli und eine neue Telefonkarte. Ich biege in eine Gasse ein und hole das Handy heraus. Als ich nach Riccione gefahren bin, habe ich es als Allererstes auseinandergenommen und die Batterie, die SIM-Karte und das Telefon getrennt. Jetzt ist der Moment gekommen, es wieder zusammenzubauen. Das andere, das ich zusammen mit einer neuen SIM-Karte am Meer gekauft habe, habe ich im Hotel gelassen.

Kaum habe ich es angeschaltet, leuchten die Mitteilungen der Anrufe in Abwesenheit auf. Giovanni hat es rund zwanzigmal versucht. Andrea ebenfalls. Aber mir fällt die erste Nummer ins Auge. Sie ist nicht in meinem Adressbuch, und der Anruf ist ungefähr eine Stunde nach meiner Ankunft in Marcos Hotel eingegangen. Ich schreibe sie mir auf und stecke den Zettel in die Tasche. Alles ist genau so wie ich es mir vorgestellt habe, und diese Feststellung macht mir Angst.

Ich lösche das Adressbuch, die Liste der getätigten und erhaltenen Anrufe, die SMS. Dann schalte ich das Telefon wieder aus, baue es auseinander und stecke es in eine der Tüten.

Bleibt nur noch eins, ehe ich mich zum Bahnhof aufmache und den ersten Zug nach Riccione nehme. Ich schiebe die Telefonkarte ein, wähle ihre Nummer und bete, dass kein Notfall sie davon abhält, ans Telefon zu gehen. Dass Doktor Andrea Conti nicht ausgerechnet in diesem Moment einen Patienten operiert, näht, oder verarztet.

Es braucht sechs ewig lange Klingeltöne, ehe ich ihre Stimme höre.

»Ciao, ich bin's. Du musst mir einen Gefallen tun.«

Der Graue schlendert langsam durch die Hotelhalle und steigt die Treppe zur Bar hinunter. Auf der letzten Stufe hält er inne. Er hebt die Hand. Die beiden Männer, die ihm folgen, postieren sich am Treppenabsatz vor dem Eingang.

Er betritt den Saal, bleibt unter dem Jugendstil-Kronleuchter stehen und sieht sich um. Die Tischchen sind alle leer. Auf dem Tresen nur eine einsame Espressotasse mit einem Löffel auf dem Unterteller. Der Mann, den er sucht, sitzt in einem der Ecksessel. Er steht auf und drückt ihm die Hand.

»Endlich sehen wir uns wieder.«

Der Graue setzt sich. Mit der Entschlossenheit eines Menschen, der nicht gekommen ist, um einen kleinen Schwatz zu halten.

»Erzählen Sie mir, was Sie wissen.«

Antonio Parmeggiani streckt sich im Sessel aus. Sein Gesichtsausdruck ist noch immer derselbe. Eine seltsame Grimasse, die einem Lächeln ähnelt.

»Es dürfte keine politische Entführung sein. Aber sie haben sie nicht zufällig geschnappt. Ich glaube, sie kannten sie. Sie haben sie auf der Straße zum Hotel abgefangen. Auf dem Heimweg, mit ihrem Fahrer und zwei weiteren Journalisten. Die haben sie nicht angerührt. Sie wollten nur sie, das haben sie ganz klar zu verstehen gegeben. Ein vierköpfiges Kommando, Kalaschnikows.«

»Glauben Sie, sie halten sie in Bagdad fest?«

»Möglich. Bei all den Zonen, die der Kontrolle der Amerikaner entgehen, ist es nicht sonderlich schwer, zwei Leute in einem Haus zu verstecken.«

»Wie viel?«

Antonio Parmeggiani überlegt einen Moment.

»Dazu ist es noch zu früh.«

Der Graue nickt.

»Fristen?«

»Sie wissen, dass nicht wir die festlegen. Niemals und keinesfalls. Jetzt bleibt nur, abzuwarten und Augen und Ohren offenzuhalten.« Er macht eine Pause. Kratzt sich bedächtig an der Nase. »Und das tun wir bereits.«

Der Graue sieht ihn nur an und überlegt, ob sich hinter den Worten des anderen noch mehr verbirgt. Etwas, das er ihm nicht gesagt hat, das er ihm nicht sagen will.

»Ich weiß nicht, ob ich Ihnen trauen kann. Und das wissen Sie. Und Sie wissen auch, dass ich über das, was da unten passiert, Meldung machen muss. Ich bin nicht derjenige, der entscheidet. Vergessen Sie das nicht.«

Antonio Parmeggiani lächelt.

»Seit ich Sie kenne, kann ich mich nicht daran erinnern, dass Ihre Entscheidungen jemals nicht mit denen desjenigen übereinstimmten, der seine Unterschrift daruntersetzt. Und das Geld gibt.«

»Die Dinge ändern sich.«

»Aber sicher. Sie haben ja schon einmal versucht, sie zu ändern. Soweit ich weiß, hat die Rückkehr des Sarges in der Trikolore im Fernsehen ordentlich was hergemacht. Einen Tag nach der Entführung kaltgemacht. Die harte Linie ist immer eine gute Politik, vor allem, wenn die Entführer es nur auf eines abgesehen haben: auf Geld. Oder liege ich da falsch? Vielleicht hätte man noch etwas tun können. Wer weiß, wie oft sie darüber nachgedacht haben … Signore.«

Der Graue sieht ihn an. Ein winziges Handzeichen würde genügen, damit sich jemand um diesen Kerl kümmert. Er ist kurz davor, den Arm zu heben. Und der Sache in aller Stille und ohne großes Aufhebens ein Ende zu machen. Aber das ist nur eine blöde Idee, ein flüchtiger Impuls, der genauso schnell wieder geht wie er gekommen ist. Jetzt ist anderes wichtig. Alles hat seine Zeit.

»Ich will, dass Sie sofort verschwinden. Das Flugzeug wartet bereits.«

»Nein, noch nicht. Das wäre vollkommen sinnlos. Jetzt geht es darum, Informationen zu sammeln, Kontakte zu aktivieren. Meine Anwesenheit im Irak ist völlig überflüssig. Sogar kontraproduktiv. Sie wissen ganz genau, wie so etwas läuft. Wenn es so weit ist, steige ich in Ihr Flugzeug. Lassen Sie mich nur machen, Signore. Es war nie zu Ihrem Schaden. Und außerdem ist da noch eine Sache, die ich regeln muss. Das wissen Sie.«

»Reden wir darüber. Auch deshalb bin ich hier.«

»Ich glaube, sie sind *vor allem* deshalb hier. Aber ich weiß nicht, was sie von mir wollen.«

»Ihnen klarmachen, wie idiotisch es ist, uns auf diese Weise zu bekriegen. Es wäre alles sehr viel einfacher, wenn wir uns das, was wir suchen, zusammen holen würden. Im Grunde sind wir doch beide Geschäftsleute, die nicht lange fackeln. Und uns ist beiden daran gelegen, dass unsere Geschäfte ungestört weiterlaufen.« Er macht eine Pause, senkt die Stimme. »Welcher Art sie auch seien. Finden Sie nicht?«

»Und was habe ich davon?«

Der Graue lächelt. Es ist das zweite Mal an diesem Tag, dass er diese Frage hört. Er beugt sich im Sessel vor. Flüstert.

»Dass Ihr Leben weitergeht … wie vorher.«

»Sprechen Sie keine Drohungen aus, die Sie nicht wahrmachen können, Signore. Sie werden mich nicht umbringen. Nicht, ehe Sie nicht die Bilder haben. Und zwar alle, auch meine. Und nicht, solange es diesen Krieg gibt.«

»Doch früher oder später gehen Kriege zu Ende.«

»Nur, wenn irgendwo anders ein anderer losbricht.«

»Sie beschmutzen Ihr eigenes Nest.«

»O nein. Aber mit dem Mann, der meine Schwester hat umbringen lassen, lasse ich mich weder auf Drohungen noch auf Pakte ein.«

»Und wenn ich Ihnen sagte, dass ich sie nicht habe umbringen lassen?«

»Selbst wenn Sie's mir schwören würden, würde ich's Ihnen nicht glauben.«

»Sie irren.«

Antonio Parmeggiani scheint die Worte einzeln abzuwägen.

»Dann sollten Sie vielleicht anfangen, darüber nachzudenken, dass sich in Ihrer Entourage jemand verbirgt, der Ihnen verdammt gefährlich werden kann.«

Der Blick des Grauen wird schmal. In wenigen Stunden hat sich etwas, das ihm todsicher erschien, mit haarfeinen Rissen überzogen. Winzige Kleinigkeiten, die das Gesamtbild brüchig, fleckig, düster haben werden lassen. Vielleicht hat Antonio Parmeggiani recht. Irgendjemand in seiner Nähe ist äußerst gefährlich. Jemand, der einen Schritt weiter denkt, der ihm mit unglaublicher Präzision immer eine Nasenlänge voraus ist. Er versucht, den Gedanken zu verdrängen. Er kann sich keine Schwäche erlauben.

»Was die Bezahlung betrifft, gelten die üblichen Abmachungen, hoffe ich.«

»Ich wüsste nicht, weshalb man an einer perfekten Sache etwas ändern sollte.«

Der Graue steht auf, ohne zu antworten. Er hält ihm die Hand hin. Der Händedruck ist fest, die Kraft wohldosiert.

»Ich will zwei Berichte am Tag. Und ich will sämtliche Informationen haben, die Sie bekommen.«

»Keine Sorge. Sie werden alles erfahren, was ich weiß, und das eine Sekunde nach mir. Wie immer.«

Er nickt. Steckt die Hände in die Taschen, wendet sich zur Treppe.

»Signore?«

Den Fuß bereits auf der ersten Stufe, dreht der Graue sich um.

»Sagen Sie diesem Irren, den Sie mir auf den Hals geschickt haben, dass ich ihn nie mehr sehen will. Das nächste Mal breche ich ihm nicht nur die Nase.«

Michele Ferrari folgt einem Lied von Annie Lennox und betritt das Büro. Der Mann, den er sucht, sitzt in der Mitte des Raumes, umgeben von der Musik. Hier drin wirkt sie leiser. Ein melodisches Hintergrundgeräusch.

Giovanni Marra empfängt ihn mit einem warmen Lächeln auf den Lippen. Freundlich, aber distanziert, um die unterschiedlichen Rollen auf beiden Seiten des Händedrucks klarzumachen.

»Entschuldigen Sie, dass ich Sie so empfange, aber hier geht gerade alles drunter und drüber.«

»Ich muss mich entschuldigen, dass ich Sie so gedrängt habe.«

»Kein Problem. Bei all den Gefallen, die Paolo mir getan hat, kann ich ihm diese Bitte nicht abschlagen. Er hat Ihnen wahrscheinlich erzählt, dass wir zusammengewohnt haben.«

»Zu Unizeiten.«

Giovanni setzt sich hinter den Schreibtisch.

»Quasi in der Steinzeit. Alle beide von außerhalb. Er Apulier, ich aus Rimini. Was für ein Paar ...«

Michele nimmt auf der anderen Seite Platz. Er hat das gleiche Gefühl wie bei seiner ersten Prüfung in Ingenieurwissenschaften. Etwas Unerklärliches wird im nächsten Moment über ihn hereinbrechen, und er kann nichts dagegen unternehmen.

»Bei Ihnen zu Hause wurde also eingebrochen. Ich nehme an, Sie waren nicht zu Hause. Oder Sie sind nicht aufgewacht.«

Michele antwortet nicht. Das Foto brennt auf seiner Haut, drückt auf seinen Atem, sickert in seine Gedanken. Am Ende ist es, als würde letztlich dieses kleine Mädchen, dieses lachende Gesicht, an das er sich nicht erinnert, sein Handeln lenken.

»Eigentlich bin ich wegen etwas anderem hier, Commissario.«

Giovanni Marra rutscht auf seinem Sessel hin und her. Plötzlich scheint er sich sehr unwohl zu fühlen.

»Ich dachte, Paolo hätte von einem Einbruch gesprochen.«

»Das habe ich ihm auch gesagt. Manche Dinge kann man eben niemandem erzählen.«

Der Kommissar atmet tief durch. Die klimatisierte Luft erscheint plötzlich zu frisch, das Zimmer eiskalt. Der Schweiß ist ganz plötzlich verdunstet, wie ein Alptraum beim Aufwachen.

»Dann schildern Sie mir den eigentlichen Grund, Signor Ferrari.«

Michele schweigt noch einen Moment. Er hat keine Zeit mehr, sich darüber klarzuwerden, ob er Marra trauen kann oder nicht. Ob er es bereut, dieses Zimmer betreten zu haben. Nur um zu reden. Also erzählt er ihm von dem Unfall und dem Koma. Vom Erwachen und von der Angst. Er erzählt von Gioia, dem Liebhaber seiner Frau und von seinen Albträumen. Von diesem Satz der ihm ständig im Kopf herumgeht: *Tu mir nicht weh.*

Er erzählt genau das, was er sich immer wieder vorgesagt hat, seit er dieses Foto bei sich trägt. Dieselben Worte. Alles. Nur von Raffaella Petri und der CD nicht. Sie stehen auf einem anderen Blatt. Ehe er Mirella mit hineinziehen will, muss er alles über sich herausfinden, was er noch nicht weiß.

»Was halten Sie davon, Commissario?«

»Dass ich nicht ganz verstehe, weshalb Sie mir das alles erzählt haben. Und auch nicht, wieso sie damit zu mir gekommen sind.«

Michele holt Luft. Jetzt fehlt nur noch der letzte Schritt. Er holt das Foto hervor und hält es Giovanni hin. Es ist, als würde er sein Kind in die Hände eines Menschen geben, von dem er nicht weiß, ob er ihm wirklich trauen kann.

»Ich will wissen, wer dieses Mädchen ist, Commissario. Ich weiß, was ich Ihnen erzählt habe, klingt absurd, genau wie diese Bitte, aber ich muss einfach wissen, ob es ihr gutgeht.«

Giovanni sieht von dem Foto auf, doch es kostet ihn Mühe. In diesem Lächeln ist etwas, dass ihn sich gut und schlecht zugleich fühlen lässt. So viel Leichtigkeit muss einfach ein jähes Ende finden.

»Wieso, Signor Ferrari? Nennen Sie mir einen Grund, weshalb ich das tun und nicht glauben sollte, dass Sie völlig verrückt sind.«

»Wenn ich herausfinden kann, wer dieses Mädchen ist und wie es ihr geht, dann wird mir auch wieder alles andere einfallen, was ich wissen muss. Dann kann ich mein Leben wiederhaben.«

Giovanni Marra sieht ihn noch immer an. Seine Schilderung erscheint wahr und gelogen zugleich. Als hätte er nicht eine, sondern zwei Personen vor sich.

»Wie sind Sie an dieses Foto gekommen?«

»Es lag in einer Schublade, in meiner Wohnung.«

Marra fährt mit dem Finger über die Ränder.

»Es ist beschnitten worden. Wissen Sie, was auf dem fehlenden Teil zu sehen war?«

Michele schluckt, ehe er antwortet.

»Leider nicht, Commissario.«

Er legt das Foto auf den Tisch. Fast im selben Moment ist das Album von Annie Lennox zu Ende.

»Wann hatten Sie den Unfall?«

»Mitte Februar.«

Marra notiert etwas. Beim Zusehen kommt es Michele so vor, als hätte er eine Sekunde gezögert, als hätte dieses Datum ihn überrascht. Als er wieder von seinem Zettel aufsieht, wirkt er genauso heiter wie bei der Begrüßung. Lächelnd steht er auf.

»Ich hoffe, ich kann Ihnen bald etwas sagen. Allerdings müsste ich das Foto behalten. Zumindest bis zu unserem nächsten Treffen.«

Michele nickt. Es ist fast eine Befreiung. Er hält ihm die Hand hin. Der Händedruck ist zu kräftig. Die Finger groß und steif. Das war ihm vorhin nicht aufgefallen.

»Ich danke Ihnen, Commissario. Und es wäre natürlich schön, wenn das alles unter uns bleiben könnte und …«

»Seien Sie ganz beruhigt. Bei Ihnen ist doch eingebrochen worden, oder?«

Michele Ferrari lächelt. Giovanni sieht ihn den Flur hinuntergehen. Er kehrt in sein Büro zurück, stellt sich hinter seinen Schreibtisch und macht einen Kringel um das Datum des Unfalls. Dann fällt sein Blick wieder auf das Foto des Mädchens. Einen Moment lang bleibt er an diesem Lächeln hängen, dann greift er zum Hörer.

»Gib mir die Abteilung Minderjährige. Es gibt etwas, das ich schnellstens klären muss.«

»Spendierst du mir einen Aperitif?«

Varo Borja bleibt mitten auf dem Gehsteig stehen. Plötzlich sind seine Beine wie Blei. Einen Moment lang meint er, sich an einen der Poller lehnen zu müssen, die die Piazza San Domenico für den Verkehr sperren. Doch er dreht sich nur um, ohne dass etwas passiert.

Der Sheriff steht weniger als einen Meter hinter ihm. Er hat sich eine Baseballkappe tief in die Stirn gezogen. Eine Sonnenbrille verdeckt seine Augen. Ein dunkles T-Shirt, Jeans, kurz geschnittenes Haar, das ihn noch dünner aussehen lässt.

»Bist du verrückt geworden?«

»Freunde gehen doch oft einen Aperitif zusammen trinken, oder etwa nicht?«

»Wie hast du mich …«

»Nichts leichter als das. Man muss nur richtig suchen. Du solltest wissen, dass ich gut bin.«

Varo Borja sieht ihn an. Er versucht, rasch zu denken und seine Gedanken gut zu verbergen. Allesamt.

»Was willst du?«

Der Sheriff legt sich die Hand auf die Brust.

»Ich? Nichts. Ich will gar nichts. Nur dir endlich in die Augen sehen. Und sicher sein, dass diesmal alles glattläuft.«

Varo Borja zögert kurz, ehe er antwortet. Die Vorstellung, dass sich unter dem T-Shirt ein Mikrophon verstecken könnte, das jedes Wort aufzeichnet, erscheint ihm nicht völlig abwegig. Ehe er etwas sagen kann, kommt der andere ihm zuvor.

»Ich habe mich nicht verkauft. Das ist nicht mein Ding. Ich hätte auch nichts davon. Ich wollte nur sichergehen, dass es keine Schwierigkeiten gibt. Und dir klarmachen, dass ich im Zweifelsfall nicht der Einzige wäre, der was zu verlieren hätte.«

Er ist kurz davor, dem Sheriff von seinem heutigen Telefongespräch mit dem Slawen zu erzählen. Von dem anderen Mädchen, das niemand kennt. Und das sie alle reinreißen könnte. Aber er tut es nicht. Der Sheriff ist eine tickende Bombe, die man vom Feuer fernhalten muss.

»Meine Antwort habe ich dir bereits gegeben.«

Der Sheriff macht einen Schritt auf ihn zu. Sein Atem riecht nach Minze und Aftershave. Er flüstert.

»Schon, aber ich wollte dir dabei in die Augen sehen.«

Einen Moment lang steht er reglos vor ihm, so dicht, dass er seinen Blick hinter den schwarzen Gläsern sehen kann. Dann setzt er sich grinsend in Bewegung.

»Na schön, wenn du mir keinen Drink spendieren willst, kann ich ja wieder gehen.«

Er macht zwei Schritte auf die Arkaden zu, bleibt stehen und hält das Handy hoch.

»Du weißt, ich bin ein guter Fotograf.«

Varo Borja antwortet nicht. Jetzt werden seine Knie tatsächlich weich. Er setzt sich auf einen Poller. Langsam, damit niemand bemerkt, was gerade passiert. Er wartet, bis der Sheriff verschwunden ist, dann atmet er tief durch und ruft den Slawen an.

Raffaella Petri lehnt an der Brüstung ihrer Terrasse und trinkt den letzten Schluck aus ihrer Coladose. Selbst von hier aus kann sie die Melodie des *Elfentanzes* hören, die der Flash-Player als Endlosschleife abspielt.

Fast eine Stunde lang hat sie ihn sich angesehen. Sie könnte ihn nachmalen, vom ersten Bild bis zum letzten. Und sie hat nichts entdecken können, nichts, was sie hätte stutzen lassen. Gar nichts. Auch wenn sie weiß, dass das nicht sein kann. Irgendetwas muss ihr entgangen sein, ein Detail, eine Kleinigkeit. Winzig, kaum sichtbar. Etwas, weshalb dieser Film existiert und plötzlich wieder aus Micheles Erinnerung emporgestiegen ist.

Sie sieht ein paar Kindern zu, die auf der Wiese jenseits der Straße Fußball spielen. Dann geht sie wieder hinein. Stellt die leere Coladose auf den Tisch. Greift zum Handy. Tippt sich mit nervösen, knappen Bewegungen durchs Adressbuch. Drückt auf die grüne Taste, als wollte sie eine Fliege zerquetschen.

Die Person, die sie sucht, antwortet nach dem vierten Klingeln. Giulio Bernardi. Er ist Webdesigner. Einer, der das Flash-Programm im Schlaf beherrscht. Seit zwei Jahren hat sie ihn nicht gesprochen.

»Hier ist Raffaella«, sagt sie zögernd. Und merkt, dass ihre Stimme leicht zittert. »Du musst mir einen Gefallen tun. Es ist dringend.«

In der Pizzeria ist jeder Tisch besetzt. Wären wir zehn Minuten später gekommen, hätten wir keinen Platz mehr im Garten neben dem ehemaligen Kinderspielplatz bekommen, auf dem heute ein riesiger, vor Fischen überquellender Grill steht.

Hier habe ich oft gegessen. Riesige Tische voller Familien und kreischender Kinder, die sich sogleich auf die Trampoline stürzten und darauf herumhüpften, bis ihnen die Beine schmerzten und sich alles drehte. Vielleicht hätte Lisa das auch gefallen.

Das ist das Erste, was ich mich gefragt habe, als sich der Strom der Erinnerungen gelegt und der Wirklichkeit Platz gemacht hat. Ich versuche sie anzusehen, ohne dass sie es merkt, und so zu tun, als sei ihr Schweigen die normalste Sache der Welt, als sei sie genau wie die Kinder an den anderen Tischen, die keine Sekunde den Rand halten.

Roberta ist angespannt wie eine Flagge bei Sturm. »Es ist das erste Mal, dass ich mit ihr essen gehe ... seit es passiert ist«, hat sie mir vorher gesagt. Ich habe versucht, sie irgendwie zu beruhigen. Dann habe ich mich gefragt, wie ich mich an ihrer Stelle fühlen würde, und bin zu dem Schluss gekommen, dass man am besten so tut, als sei alles in schönster Ordnung.

Auch Lisa. Unsichtbar in ihren langsamen, gesetzten Gesten, mit denen sie die Pizza zerschneidet, die Roberta ihr bestellt hat. Eine Zurückhaltung, die ihr vielleicht immer zueigen war und der das Schweigen eine unnatürliche Starre verleiht. Das Kind, das zwischen mir und seiner Mutter sitzt und isst, ist die perfekte Kopie eines dreizehnjährigen Mädchens. Nur, dass sie nicht lebendig aussieht.

Hin und wieder versuche ich, mit ihr zu reden. Ich habe ihr von einem kleinen Jungen erzählt, den ich im Irak kennengelernt habe. Er hat mit seinem Vater Holzmöbel gebaut. Aber er träumte davon, Fußballer zu werden. Einmal haben wir gegen eine Gruppe englischer Soldaten gespielt. Und niemand war so schnell wie er. Man konnte machen, was man wollte. Er hat uns schier in den Wahnsinn getrieben.

Lisa hört zu. Sie sieht mir in die Augen, während ich rede, und das ist das einzige Zeichen, dass ich ihr Interesse geweckt habe. Am liebsten würde ich diesen Blick fotografieren. Das Licht darin einfangen. Und es ihr dann zeigen, um zu sehen, ob sie es wiedererkennt. Ob sie merkt, dass dort drin trotz allem noch mehr ist, als sie sich vorstellen kann.

Hin und wieder lächelt sie Roberta an. Ein Lächeln, das auf den Lippen beginnt, aber nie die Augen erreicht. Beim Anblick der beiden muss ich unwillkürlich an diese Treffen zwischen Gefangenen und ihren Familienangehörigen denken. An den

Versuch, sich mit Blicken zu verständigen. Hände legen sich gegen die kugelsichere Scheibe, streicheln einander, ohne sich zu spüren, und zeichnen eine alltägliche Geste nach, die sie nur imitieren können.

Bedächtig nippe ich an meinem bitteren Espresso, stelle die Tasse ab und begegne Lisas Blick. Sie singt etwas. Bewegt einfach nur die Lippen nach der Musik, ohne einen Ton herauszubringen. Den Eindruck hatte ich an diesem Abend schon öfter, jedes Mal, wenn im Hintergrund ein neues Lied erklang und sie sich einen Moment lang vollkommen abwesend an die Melodie zu erinnern versuchte. Ich will sie anlächeln, da sehe ich ihre Augen. Sie sind plötzlich viel zu groß. Die Pupille wird weit, sie scheint sich vor ihrer Seele aufzutun und ein Universum des Grauens einzulassen.

Superman, formt sie mit den Lippen. Immer wieder diese drei Silben, ein quälendes, lautloses Mantra, das einfach nicht enden will.

Dann steht der Mund still. Ganz abrupt. Der Löffel, mit dem sie den Nachtisch gegessen hat, klirrt auf den Teller. Erst langsam, dann immer schneller.

»Lisa, alles in Ordnung?«

Roberta beugt sich zu ihrer Tochter hinüber. Die sieht durch sie hindurch, als fixiere sie einen Punkt jenseits der mütterlichen Augen. Jenseits des Nebentisches, jenseits der Restaurantmauer und des Meeres auf der anderen Straßenseite. Etwas, das von zu weit herzukommen scheint, als dass jemand anders es wahrnehmen könnte.

Superman, formen ihre Lippen wieder.

Endlich erkenne ich das Lied der Five for Fighting im Hintergrund.

Superman, flüstere auch ich, während Lisa völlig unkontrolliert zu zittern anfängt.

Dann schreit sie. Sie reißt Mund und Augen auf. Ein tauber,

blinder, stummer Schrei, der in ihrer Kehle steckenbleibt, während sie sich in das Tischtuch krallt und sich die Fingernägel ins Fleisch bohrt.

»O Gott, so hilf ihr doch einer«, höre ich jemanden sagen, und Roberta ruft etwas, das ich nicht verstehe. Ich nehme Lisas Gesicht in beide Hände. Es ist eiskalt. Sie weint.

»Hilfe!«, ruft Roberta. Ich umklammere die Handgelenke ihrer Tochter, ziehe sie vom Stuhl und hebe sie hoch. Ich weiß nicht einmal, ob ich das Richtige tue. Aber ich weiß, dass ich sie von hier fortbringen muss. Fort von den Menschen, die sie anstarren. Von den tonlos gewisperten Silben. Von den auf den Lippen erstorbenen Schreien. Von dieser Musik, diesem Lied. So weit wie möglich fort von Superman.

Giovanni Marra legt Inspektor Carta die Hand auf die Schulter. Er spürt ihn starr werden. Dann dreht er sich um.

»Was machen Sie denn so spät noch hier, Commissario?«

»Hoffentlich hab ich dich nicht erschreckt. Ich gehe nach Hause, Francesco. Ich wollte nur sehen, wie's läuft.«

»Ich hab ein bisschen herumtelefoniert, um diese Liste zu überprüfen. Bis jetzt ist nichts dabei rumgekommen. Alle, die wir erreichen konnten, haben uns bestätigt, dass sie vergessen haben, die Vermisstenanzeige zurückzuziehen. Manche haben die Telefonnummer gewechselt, und wir müssen erst die neue herausbekommen. Aber kein verschwundenes Kind.«

Giovanni blickt ihn an. Francesco sieht aus wie ein von seinem Doktorvater in die Mangel genommener Examenskandidat. Einen Moment lang versucht er sich vorzustellen, wie er wohl reagieren wird, wenn er das erste Mal gezwungen ist, die Pistole zu ziehen. Ob er Zeit zum Nachdenken hat, ob er sie sich nimmt. Und was für ein Polizist er danach sein wird.

»Komm, begleite mich ein Stück.«

Schweigend gehen sie die Treppe hinunter. Marra hinter seiner Sonnenbrille verschanzt, Carta hinter seinen Gedanken, ratlos darüber, weshalb der Kommissar es zum x-ten Mal vermieden hat, ihn etwas in den vier Wänden seines Büros zu fragen.

»Wie heiß das noch ist.«

»Die Hitze hat mir nie was ausgemacht, Commissario. Dafür geht's mir im Winter schlecht. Angela sagt, ich hätte kein Blut. Aber da, wo ich herkomme, wird es nie so kalt.«

Marra lächelt.

»Und wo genau kommst du her?«

»Meine Familie stammt aus Isola Rossa. Aus der Gallura.«

»Also auch einer vom Meer.«

»Sie sind aus Rimini, stimmt's?«

»Genau.«

»Aber das ist doch kein Meer!«

»Ach nein?«

»Nein, man fährt doch nicht wegen des Meeres nach Rimini. Das müssten Sie doch am besten wissen.«

Giovanni nimmt die Sonnenbrille ab.

»Und weshalb fährt man sonst nach Rimini, Francesco?«

Inspektor Carta breitet die Arme aus, als wäre die Antwort sonnenklar.

»Wegen der köstlichen *piadina*, Commissario. Oder etwa nicht?«

»Ja, ja, Carta. Nimm mich ruhig auf den Arm. Wenn Angela dich hören würde … Wie lange seid ihr jetzt zusammen?«

»Seit sechs Jahren.«

»Sie arbeitet in der Abteilung Minderjährige, richtig?«

Carta nickt.

»Dann müsste ich dich um zwei Gefallen bitten, Francesco. Zwei Dinge, die unter unsere Abmachung fallen, hast du sie noch im Kopf?«

»Natürlich. Ich berichte nur Ihnen, Commissario.«

»Dann hör mir gut zu. Die Liste dieser Mädchen ist ellenlang, zu lang, um sie alle ausfindig zu machen. Aber ich möchte, dass du dir die Personenbeschreibungen verschaffst. Oder noch besser die Fotos. In manchen Fällen ist das bestimmt kein Problem. In anderen könnte es ein bisschen kniffliger werden. Denk dir was aus. Verstanden?«

Carta nickt wieder. Giovanni steckt eine Hand in die Tasche, holt das Foto hervor und hält es ihm hin.

»Und dann ist da noch das hier.«

Francesco wirft einen kurzen Blick darauf. »Wer ist das?«

»Gute Frage. Wer ist das? Ich hab bei der Abteilung Minderjährige schon angefragt, ob sie sie irgendwie identifizieren können. Ob wir aus irgendeinem Grund damit zu tun hatten. Vielleicht steht sie auf der Liste, wer weiß. Vielleicht hat sie aber auch rein gar nichts damit zu tun und wir werden sie nie finden. Und hol mir aus der Liste sämtliche Mädchen heraus, die in der Emilia Romagna, im Veneto, in der Lombardei und in der Toskana verschwunden sind. Aber nur bis Februar. In Ordnung? Was das Mädchen auf dem Foto betrifft, kannst du vielleicht auch Angela um Hilfe bitten.«

»Wenn es eilt, kann ich sie auch sofort anrufen und …«

»Und ob es eilt, Francesco. Aber morgen reicht auch. Kümmere dich zuerst um diese Liste.«

»Ist gut, Commissario. Darf ich Sie etwas fragen?«

Francescos Stimme ist ein vom Wind umgeblasenes Kartenhaus.

»Bitte.«

»Wieso haben Sie mich ausgesucht, Commissario?«

Giovanni sieht ihn an. Die drückende Hitze durchbohrt seinen Schädel wie ein Nagel. Kurz vor Sonnenuntergang ist sie noch unerträglicher als am Tage.

»Weil du einer bist, der noch an etwas glauben kann, Carta. Irgendwie bist du unverdorben. Einer, der zu wissen glaubt, wie man jeden Tag ein bisschen besser wird. Du bist ein Trüffelhund, einer von denen, die den ganzen Tag unterm Baum im Schatten liegen. Doch kaum setzt man sie auf eine Fährte, lassen sie nicht davon ab, selbst wenn man sie ankettet. Und wenn man es doch versucht, können sie laut knurren. Deshalb habe ich dich ausgesucht. Weil du kein Nullachtfuffzehn-Bulle bist. Und außerdem … waren alle anderen in den Ferien …«

Beide grinsen.

»Danke, Signor Commissario.« Er hält ihm das Foto hin. »Und das hier?«

»Behalt es, ich hab mir eine Kopie gemacht. Jemand hat es mir gegeben. Ein Freund von einem Freund. So was in der Art. Er hat mich gebeten, dieses Mädchen zu finden. Angeblich will er nur wissen, ob es ihm gutgeht. Aber wieso, kann er mir nicht erklären. Wie es aussieht, hat er das Gedächtnis verloren. Er hatte einen Unfall. Mitte Februar.«

Cartas Stimme ist nur ein Seufzer zwischen zwei Gedanken.

»Mitte Februar …«

»Ganz genau. In unserem Metier wird man misstrauisch und paranoid, Francesco. Aber das weißt du sicher. Der Typ heißt Michele Ferrari. Kriege heraus, wer er ist, was er macht, was ihm passiert ist. Ob er Vorstrafen hat. Alles, was du findest.«

»Glauben Sie, er hat etwas mit dem Mädchen zu tun, nach dem wir suchen?«

»Möglicherweise. Andererseits, wenn es so wäre, wieso sollte er dann zu mir kommen?«

»Weil er es vielleicht nicht weiß. Wenn er sich wirklich an nichts mehr erinnert …«

»Das ist genau der Punkt. Ich bin sicher, dass er etwas verschweigt. Das Problem ist nur, dass er es auch vor sich selbst zu verschweigen scheint.«

Angela lehnt sich in ihrem Stuhl zurück und betrachtet den Mann am Computer. Sie nennen ihn Ginko: er ist das exakte

Ebenbild von Diaboliks Gegenspieler. Er macht einen Doppelklick auf das Icon einer Datei. Der *Elfentanz* beginnt. Zum dritten Mal. »Scheiße noch mal, dieser Clip ist einfach super! Wo hast du den her?«

Angela denkt an ihren Freund. An ihren Chicco, der in diesem Augenblick irgendwo als Inspektor Carta unterwegs ist. An den Moment, als er ihr die CD geschenkt hat. An die rührende Geste, mit der er gegen eine Regel verstoßen hat. Und beschließt, zu lügen.

»Aus dem Internet. Ich hab einen Clip aus *Die Rückkehr des Königs* gesucht. Erinnerst du dich an die Flucht der Elben? Dabei bin ich auf das hier gestoßen.«

»Soll das heißen, ihr Bullen ladet euch Zeugs aus dem Netz runter? Ist das denn nicht illegal, Frau Polizistin?«

Der junge Mann, der gesprochen hat, ist ein alter Schulfreund von Francesco. Angela dreht sich um und lacht.

»Wer hat dir denn das Radiohead-Album gebrannt, Daniele? Pass auf, dass wir nicht eines Tages bei dir auf der Matte stehen.«

»Agente Angela Renzi, Sie sind richtig ätzend, wissen Sie das?«

Der Mann am Computer drückt auf eine Taste am CD-Laufwerk. Ein lila Lämpchen leuchtet auf, dann kommt die CD heraus.

»Darf ich die behalten? Die vom Forum werden Augen machen!«

Angela sieht ihn an. Ginko ist der größte Tolkien-Fan, dem sie je begegnet ist. Kaum hatte er erfahren, dass Peter Jackson die Trilogie verfilmen wollte, hat er ein Forum gegründet für Leute, die ebenso besessen sind wie er selbst. Inzwischen zählt es fast tausend Mitglieder.

»Das Original auf keinen Fall. Wenn du willst, kannst du dir eine Kopie machen.«

»Agente Renzi, Sie sind mein Held! Sagt man Held bei einer Frau?«

Angela gibt ihm einen Klaps auf den Hinterkopf.

»Nur weil Francesco Dienst hat, brauchst du dir noch lange keine Hoffnungen zu machen, Ginko. Du weißt doch, dass wir Bullen mordsmäßig eifersüchtig sind?«

Der Mann am Computer kratzt sich im Nacken.

»Sag deinem Kerl, dass er jederzeit mit mir darüber sprechen kann, wenn ihm danach ist.«

Er schiebt den Rohling ins Laufwerk. Klickt ins Startmenü. Der Brennvorgang dauert wenige Sekunden.

»Na los, lass uns essen gehen«, sagt Angela.

Als sie nach Hause kommt, sieht Andrea sich dreimal um, ehe sie die Treppe hinaufgeht.

Erst nachdem sie ein paar Mal hinter sich abgeschlossen hat, fühlt sie sich sicher.

Sie reißt das Päckchen auf. Sie hat es bei einer Nachbarin von Nicola abgeholt, die in einem Kino in der Innenstadt arbeitet.

Ein Handy ist darin. Zerlegt, ohne Akku und SIM-Karte. Die sind separat in ein Stück Zeitung eingewickelt. Und sein iPod. Und eine Karte.

Sie liest sie. Dann noch einmal, als wolle sie sie auswendig lernen. Schließlich zerreißt sie sie in kleine Streifen und dann in winzige Schnipsel.

Sie wirft sie ins Klo, geht in die Küche und holt sich eine Tafel Schokolade. Sie setzt sich vor den Fernseher, sieht sich ein Video von Evanescence an und bricht die Rittersport Bitter entzwei.

Bring me to life.

Das Stück beginnt sanft und langsam, mit einem Klavier, und explodiert dann ganz plötzlich. Ihrem Herz geht es genauso, und jetzt zerspringt es ihr fast in der Brust. So heftig, dass sie es gerade noch schafft, zu atmen.

Giovanni Marra betritt die Wohnung und macht sich ein Bier

auf. Mit den Ellenbogen stützt er sich auf das Fensterbrett im Wohnzimmer, trinkt einen langen Schluck und sieht auf den Verkehr hinab, der fünf Stockwerke tiefer die Via Emilia entlangkriecht. Obwohl es schon seit einer Weile dunkel ist, steht die Hitze noch immer in der Luft. Das Beck's verwandelt sich sofort in Schweiß, der auf seiner Haut verdunstet.

Er stellt die Flasche auf den Tisch und marschiert durch die Wohnung. Reißt sämtliche Fenster auf. Eine wütende, hysterische Reaktion, die für ein Fitzelchen Luft sorgen soll, aber nichts weiter bringt, als ein kurzes, müdes Flattern des gestrigen *Corriere della Sera*.

Wieder setzt er sich die Bierflasche an die Lippen. Beim trinken fällt sein Blick auf das rhythmische Blinken des Anrufbeantworters. Er hält mitten im Schluck inne, als würde ihm plötzlich die Luft abgeschnürt. Er hustet. Dann drückt er eine Taste am Telefon. Kaum hat er den ersten Satz der Nachricht gehört, sind Hitze und Durst vergessen.

»Ciao, Giovanni.«

Nicolas Stimme, gemischt mit Verkehrslärm. Eine befahrene Straße. Eine breite Allee vielleicht. Eine der großen Vorortstraßen Richtung Modena. Ein Autobahnzubringer. Er spult zurück. Um das *wo* kümmert er sich später. Jetzt interessiert das *was*.

»Ich hab beschlossen, die Sache selbst in die Hand zu nehmen. Und ich glaube, ich weiß auch schon, wie. Da ist etwas, das ich tun muss. Es sollte funktionieren und mir mein Leben zurückgeben. Gib mir Zeit. Und denk an die beiden Namen. Es ist wichtig. Ich melde mich morgen. Und glaub ja nicht, ich rufe in derselben Bar an. Hilf mir, bitte. Du bist der Einzige, dem ich trauen kann. Du brauchst dir nicht die Mühe zu machen, diesen Anruf zurückzuverfolgen. Ich stehe in einer Zelle an der Autobahnausfahrt zum Flughafen.«

Ende der Nachricht.

Er dreht sich um. Das Bier auf dem Tisch ist warm geworden. Er wirft einen Blick aus dem Fenster. Gäbe es das Mietshaus gegenüber nicht, könnte er exakt den Ort sehen, von dem aus Nicola ihn angerufen hat.

Roberta sitzt auf dem Sofa und starrt in den flimmernden Fernseher.

»Hast du gesehen, was passiert?«

Ihre Stimme ist wie Sternenlicht. Das Echo von etwas, das es einmal gab und das nun von ganz weit weg zu kommen scheint. Ich habe keine Antwort. Nicke. Langsam, passend zum Ton der Frage.

»Hin und wieder, ohne dass man es ahnt, versetzt irgendetwas sie in diesen Zustand.«

Ich muss an die Musik denken, die im Radio lief, als es losgegangen ist. Als ihre Augen sich plötzlich in einem Ausdruck unmenschlichen Grauens geweitet haben.

»Vielleicht hat sie dieses Lied an irgendetwas erinnert, das … ihr zugestoßen ist.«

Sie schweigt. Als müsste sie sich einen Weg durch die Worte bahnen. Sie dreht sich um und sieht mich an. Ihre Augen verengen sich zu hauchfeinen Schlitzen. Einen Moment lang sieht es so aus, als wollte sie lächeln, doch das ist nur ein Schatten, eine Wolke, die rasch vorbeizieht und verschwindet.

»Zum Glück warst du heute Abend da. Sonst hätte ich einen Krankenwagen rufen müssen. Von mir hätte sie sich nicht anfassen lassen. Und dann kriegen die Leute einen Mordsschreck. Die glauben, ich tue ihr wer weiß was an.«

»Die Leute sind dumm.«

Der Satz platzt einfach so aus mir heraus, und mir wird klar, dass ich in ihn einen Haufen Zeugs reingepackt habe, das nichts mit Lisa zu tun hat.

»Bist du mit ihr mal zu irgendeinem Arzt gegangen?«

Ihre Stimme wird ein wenig lauter, doch nur am Anfang.

»Ja, klar bin ich das. Aber sie spricht nicht. Sie haben einen Test nach dem anderen mit ihr gemacht. Neurologische Tests, sogar eine Computertomographie, man fragt sich, wieso. Aber es hilft nichts.«

Sie dreht sich zur Schlafzimmertür um, flüstert.

»Lisa ist nicht krank. Sie hat weder kaputte Stimmbänder, noch einen Virus oder eine Infektionskrankheit. Sie haben ihr nicht wehgetan. Sie hat nichts, verstehst du? Sie hat nur Angst. So sehr, dass sie noch nicht einmal sagen kann, wovor.

Als ich sie das erste Mal zu einem Kinderpsychologen gebracht habe, hat sie eine ganze Stunde lang mit dem Kopf zwischen den Händen dagesessen. Beim zweiten Mal hat sie sich danach zwei Tage lang nicht von mir anfassen lassen. Wenn ich ihr was zum Anziehen aufs Bett legte, hat sie die Sachen nicht angerührt und sich was anderes aus dem Schrank geholt. Als wäre ich … ansteckend, verstehst du?

Also hab ich's gelassen. Ich versuche ihr so nah wie möglich zu sein. Und hoffe, dass irgendwann etwas Erfreuliches geschieht. Ich bin so unendlich müde.«

Sie legt den Kopf zurück, schließt die Augen und lässt sich aufs Sofa zurückfallen. Tastend greift sie nach der Fernbedienung und schaltet den Fernseher aus, und auf einmal ist es zu still. Einen Moment lang bin ich mir sicher, dass gleich etwas passieren muss, um diese kranke Ruhe zu brechen. Ich horche gespannt auf ein Geräusch, einen Atemzug, eine plötzliche, falsche Bewegung aus dem Zimmer jenseits des Korridors. Aber es passiert nichts. Nur Roberta fängt plötzlich wieder zu sprechen an.

»Wieso bist du nicht abgehauen?«

Sie hält die Augen geschlossen.

»Wieso hätte ich denn abhauen sollen?«

»Weil jeder andere es getan hätte. Bisher sind sie alle abgehauen, schon allein, weil es Lisa gibt. Und nach so einer Szene erst …«

Etwas legt sich auf meine Stimme, lässt sie ein paar Silben lang heiser klingen.

»Ich weiß, wie du dich fühlst.«

»Nein, das kannst du nicht wissen.« Sie öffnet die Augen. »Du hast nicht die leiseste Ahnung.«

»Meine Mutter hat Alzheimer, Roberta. Sie erkennt mich nicht mehr, sie weiß nicht, wer ich bin. Nur hin und wieder ist sie einen kurzen Moment lang klar. Ansonsten starrt sie mich verständnislos an. Und sie Siezt mich, als wäre ich ein Fremder. Manchmal, wenn ich sie berühre, schlägt sie nach mir. Dann wieder redet sie mit mir, als wäre sie ein kleines Mädchen. Mein Vater und ich haben uns immer nur auf Distanz gut verstanden. Wir waren uns schon immer zu ähnlich, um einander anders als frostig zu begegnen. Sie war es, die alles zusammengehalten hat. Und jetzt scheint das alles … weg zu sein. Ich weiß sehr wohl, wie du dich fühlst. Ich weiß, was es heißt, jemanden zu verlieren, den man liebt, ihn nach und nach verschwinden zu sehen und nichts dagegen tun zu können.«

Schweigen senkt sich herab, verdrängt die Worte, sogar die Erinnerungen. Roberta schließt wieder die Augen, ein bitterer Ausdruck, der sie weit weg zu bringen scheint. Dann entspannt sie sich plötzlich mit einem seltsamen Lächeln.

»Woran denkst du?«

»An den Abend, als ich dir den Wein über die Hose gekippt habe.«

»Da bist du wohl noch stolz drauf, was?«

Sie öffnet die Lider und hebt den Kopf. Doch der Gesichtsausdruck bleibt.

»Würdest du mich besser kennen, wüsstest du, dass ich so was ziemlich oft mache. Geh mit mir aus, und ich lass dich von einer peinlichen Situation in die nächste stolpern.«

»Das heißt, ich muss dich im Auge behalten.«

Wieder legt sie den Kopf auf die Lehne und lächelt mich verhalten an.

»Wie hast du Andrea kennengelernt?«

Sie beißt sich auf die Unterlippe. Sie scheint das, was sie mir erzählt, noch einmal zu durchleben.

»Sagen wir mal so, sie hat einer Freundin von mir das Leben gerettet. Niemand hatte bemerkt, dass sie ein Aneurysma hatte. Schließlich wurde sie operiert, und heute geht es ihr prima. Nach dem Eingriff ist Andrea jeden Tag zu ihr auf die Station gekommen, um zu sehen, wie es ihr geht. Inzwischen ist sie nach Mailand gezogen, und Andrea und ich sind Freundinnen geworden. Und du?«

»Das ist schon eine Ewigkeit her. In den Ferien wollte sie mir *Die Rätselwoche* klauen, und das habe ich ihr nie verziehen.«

Es sieht kurz so aus als würde sie loslachen. Dann legt sie den Kopf auf der Sofalehne zurecht. Ich streichle ihr mit dem Finger über eine Haarsträhne. Sonnenwarmes Kupfer.

Sie öffnet die Augen. »Ich muss mal nachsehen, ob Lisa…«

Ich lege ihr eine Hand aufs Knie. Die nackte Haut unterhalb des kurzen Baumwollrocks ist warm und weich.

»Lass mal, ich gehe schon. Und mach dir keine Vorwürfe, verstanden?«

Sie nickt. Ihren Blick im Nacken, gehe ich den Flur hinunter. Langsam und auf Zehenspitzen schleiche ich zur angelehnten Tür. Lisa schläft, das Laken bis über beide Ohren gezogen.

Ich lehne mich an den Türrahmen und sehe sie an. Im schummrigen Dunkel des Zimmers hebt und senkt sich der blaue Baumwollstoff kaum merklich mit ihrem Atem. Eine Hand schaut halb unter dem Laken hervor. Kaum hatte ich sie aufs Bett gelegt, hat sie diese Position eingenommen.

Kurz nachdem wir das Restaurant verlassen hatten, ging der Anfall vorüber. Das Zittern ebbte genauso schnell ab, wie es gekommen war. Ein dünner Schweißfilm lag auf ihrer Haut und ich spürte, wie sie sich fallenließ, sich ganz auf mich stützte und einfach nur abwartete. Und kaum lag sie ihm Bett, hat sie sich vor allem verkrochen. Könnte ich ihr Gesicht sehen, läge darauf vielleicht das gleiche gebrochene Lächeln wie bei Roberta. Zwei Bruchstücke, die nicht recht zusammenpassen wollen.

Ich drehe mich um und kehre ins Wohnzimmer zurück. Roberta hat sich aufgesetzt, die Ellenbogen auf die Knie gestützt und sieht mich an. Sie hat mich keine Sekunde lang aus den Augen gelassen.

»Sie schläft«, flüstere ich. »Und du solltest das Gleiche tun.«

Sie nickt.

»Ja, vielleicht. Gleich .... Und du, wo ...«

»Hier, keine Sorge.«

Sie wirft mir einen fragenden Blick zu. Als hätte sie nicht verstanden, was ich gesagt habe. Dann legt sie den Kopf zurück und schließt die Lider. Sie sagt nichts mehr. Als ich wieder anfange, ihr Haar zu streicheln, schläft sie sofort ein.

Ich sollte sie auf den Arm nehmen und ins Bett tragen, wie man es mit Kindern tut. Aber ich will sie nicht wecken. Also lausche ich ihrem Atem und hoffe, dass meine Nähe wenigstens die Alpträume, die Angst und die Einsamkeit von ihr fernhalten kann. Und auch die Wirklichkeit.

An den Türpfosten gelehnt, betrachtet Lisa ihre Mutter.

Sie liegt auf dem Sofa, die Augen geschlossen, das Gesicht ihr zugewandt. Würde sie nicht schlafen, spränge sie bestimmt auf und liefe ihr entgegen, um zu wissen, wie es ihr geht. Und sie würde sofort kehrtmachen und ins Bett zurückkriechen. Unter die Decke. Unters Kissen, Ins Dunkel. Allein.

Sie will nicht, dass sie sie anfasst. Sie will nicht ihre Finger auf der Haut spüren, ihr Parfum riechen. Sie ist noch nicht sauber, noch nicht bereit.

Morgen wird sie es sein. Wenn sie aufwacht, die Augen noch geschlossen, die getrockneten Tränen eines Alptraums auf den Wangen. Morgen, wenn alles wieder einen Neuanfang sucht und sie glauben wird, vergessen zu können. Das wird schön, wenn auch nur kurz.

Dann öffnet sie die Augen, und alles ist vorbei. Aufstehen, sich in Bewegung setzen, sich kämmen, in die Küche gehen, frühstücken. Spätestens dann wird alles wieder da sein. Spätestens dann ist sie wieder auf der Flucht.

Stattdessen will sie nur schlafen, wie ihre Mutter, und aufwachen, wenn das, was passieren muss, bereits passiert ist. Den Gedanken hatte sie schon, als sie klein war und am nächsten Morgen in der Schule eine Prüfung anstand. *Mach, dass es vorbeigeht, ohne dass ich es merke.* Doch das ist nie passiert. Und das beten hat nie geholfen.

Sie setzt sich auf den Boden und sucht den Blick ihrer Mutter hinter den geschlossenen Lidern. Sie versucht, im Schatten zu bleiben, jenseits der messerscharfen Linie, die das Licht auf den Boden zeichnet. Hier kann ihr nichts passieren. Wenn sie im Dunkeln bleibt, wenn sie die Geräusche ausblenden kann, die die Nacht mit sich bringt, dann ist sie sicher. Vor allem. Auch vor dem Blick von Nicola, der das Profil ihrer Mutter betrachtet und ihr Haar streichelt. Ganz sacht, mit einem Finger.

Sie kann sich gut an Nicolas Finger erinnern. Sie spürt sie noch auf ihrem Arm, stark, fest, und doch sanft. Sie halten sie fest, als sie sich vor dieser Musik zu retten versucht. Als sie nur laut herausschreien will, er solle sie wegbringen von dort, irgendwohin, wo das nicht mehr passieren kann. An einen Ort, an dem einen niemand mehr sucht. In dem Moment hat Nicola sie hochgehoben. Sie in den Arm genommen, und es war wie damals, als kleines Mädchen, wenn sie mit dem Fahrrad hingefallen war.

Er hat sie weggetragen, während ihre Mutter sie nicht aus den Augen gelassen und ständig wiederholt hat, alles würde gut, alles käme in Ordnung, sie sei ja da. Für sie. Ich weiß, hätte sie am liebsten gesagt. Doch sie konnte nur warten, bis sie wieder Luft bekam, bis die Musik endlich aufhörte und verschwand. Bis das Dunkel nah genug war, um sich darin verkriechen zu können.

Wie jetzt, da sie zuschaut, wie das Licht das Gesicht ihrer Mutter berührt, und sie sie am liebsten umarmen würde. Aber sie kann nicht. Wenn sie ihr Versteck verlässt, werden sie sie schnappen. Sie hat genau verstanden, wie das läuft. Wenn sie spricht, hat sie Angst, sie könnten sie hören. Sie könnten sie am Ende finden.

Sie streckt die Beine auf dem Fußboden aus, und in dem Moment steht Nicola auf. Er bleibt neben dem Sofa stehen. Betrachtet ihre schlafende Mutter. Einen Moment lang sieht es so aus, als wollte er etwas sagen. Dann geht er zum Tisch und schreibt einen Zettel. Er dreht sich um, zu ihr.

Lisa zieht den Kopf noch mehr ins Dunkel zurück. Sie spürt seinen Blick, will lächeln, aber sie weiß nicht, ob sie es tut. Das Einzige, was sie weiß, ist, dass er sie sowieso nicht sehen würde.

Als Nicola sich wieder rührt, reckt sie den Hals und sieht ihm nach. Leise schleicht er davon. Und einen Moment lang würde sie am liebsten mitgehen. Mit seinen warmen Händen. Um zu sehen, ob es da draußen noch etwas anderes gibt. Außer der Angst.

Sonntag, 29. August 2004

Andrea steigt aus dem Auto, verlässt die klimatisierte Fahrerkabine und tritt in den stickigen Schatten der Arkaden in der Via Saragozza. Sie sehnt sich nach dem Meer, der Sonne, dem Wasser auf der Haut, sie möchte schwimmen, bis sie die Arme und Beine, bis sie die Gedanken, die ganze Welt nicht mehr spürt. Aber noch nicht. Jetzt steigt sie einfach nur die Stufen zu Nicolas Wohnung hinauf.

»Versuch, dich nicht allzu sehr umzuschauen«, hat er ihr gesagt. Und obwohl er ihr keinen genauen Grund genannt hat, weiß sie, dass irgendwo jemand ist, der sie beobachtet. Sie hat gar nicht erst überlegt, wo sie sich versteckt haben könnten. Vielleicht in einem Auto. Oder hinter einer der spaltbreit geöffneten Jalousien der Fenster zur Straße.

Sie kramt in ihrer Tasche nach den Schlüsseln. Einen Moment lang fürchtet sie, sie im Auto vergessen zu haben, und der Gedanke, zurück über die Straße gehen, sie aus dem Handschuhfach holen und wieder die Treppe bis hierher hinaufsteigen zu müssen, zieht ihr in blanker Panik die Eingeweide zusammen.

Irgendetwas da draußen hat tausend Augen. Es sieht alles, hört alles. Es spielt mit der Angst und braucht sie zum leben wie die Luft zum Atmen.

Sie hält inne und atmet tief durch. Dann sucht sie weiter. Diesmal findet sie sie sofort, und als sie das Metall berührt, entfährt ihr ein hysterisches Lachen, das klirrend im Treppenhaus widerhallt und verklingt.

Sie tritt ein.

Die Wohnung sieht nach hastigem Aufbruch aus. Die Jalousien noch hochgezogen, das Bett zerwühlt, ein Zahnpastafleck im Waschbecken. Die benutzte Kaffeetasse in der Spüle.

»Fass bloß nichts an«, hat Nicola gesagt. Dann hat er ihr erklärt, was sie tun soll. Und wie.

In Windeseile setzt sie das Handy wieder zusammen. Die SIM-Karte, den Akku, den Deckel. Sie macht es an. Tippt die Pinnummer ein. Stellt den Klingelton ab und legt es auf den Küchentisch. Neben den iPod. Sie geht in den Flur. Öffnet die

Wohnungstür. Schließt sie hinter sich sorgfältig wieder ab und lässt den Schlüssel in ihre Handtasche gleiten.

Auf der ersten Treppenstufe bleibt sie stehen und atmet heftig aus. Leert Kopf und Lungen. Die Angst ist da, lauernd. Springt sie hinterrücks an, ohne dass sie sie hätte kommen sehen.

Ohne sich umzusehen oder dem Echo ihrer Schritte zu lauschen, die in der sonntagmorgendlichen Stille verhallen, hastet sie die Treppe hinunter. Draußen überquert sie die Straße so schnell sie kann. Verflucht in Gedanken ihren Beobachter. »Verrecke, wer auch immer du bist.«

Dann steigt sie ins Auto. Der Schweiß ihrer kurzen Panikattacke brennt in der klimatisierten Luft. Sie zündet den Motor, parkt aus und fährt davon.

»Nicola Zanardi ist in Bologna.«

Inspektor Cartas Stimme zerschneidet den Refrain eines Ligabue-Liedes. Giovanni Marra steht am Fenster und fährt herum.

»Wo?«

»Gestern so um die Mittagszeit war er irgendwo zwischen den beiden Türmen und Via Marconi unterwegs.«

»Und heute?«

»Leider lässt sich das nicht ohne weiteres feststellen. Zumindest sagen sie das.«

Giovanni schweigt. Seine Gedanken rasen. Wenn er sie nicht zur Ruhe kommen lässt, droht alles in einer Nebelwand zu enden.

»Wir fahren in seine Wohnung«, sagt er schließlich. Und geht zur Tür.

Auf der Schwelle bleibt er stehen. »Warte unten auf mich, ich muss noch eine Sache machen.«

Inspektor Carta nickt und geht davon. Als er am Ende des Flurs verschwunden ist, schließt Marra die Tür, setzt sich hinter den Schreibtisch, greift nach seinem Handy und wählt bedächtig eine Nummer.

Nach einem Klingeln ist der Slawe am Telefon.

»Zanardi ist in Bologna.«

Varo Borjas Stimme ist ein Hauch. Im Hintergrund hört er ein Auto vorbeifahren, dann ein Moped. Möglicherweise steht er am Fenster und versucht, sich nicht sehen zu lassen.

»Wo?«

»Das weiß ich nicht.«

»Bei sich zu Hause?«

»Noch nicht«, antwortet er. Dann legt er auf.

Dem Slawen entwischt ein kurzes Lachen. Der Barmann hinterm Tresen sieht ihn an und grinst.

»Ja, ja, die Frauen.«

Er steckt sich den Rest seines Cremehörnchens in den Mund. Grinst zurück.

»Nein, viel besser.«

Er lässt einen Euro Trinkgeld da und geht hinaus. Vor der Tür setzt er die Sonnenbrille auf. Sieht auf die Uhr. Er hat noch genug Zeit, um das eine oder andere zu erledigen. Bestimmt ist Zanardi nicht so blöd, sich in seiner Wohnung schnappen zu lassen. Er hat der Polizei einiges zu erklären.

Trotzdem ist er nicht zufällig in Bologna. Auf seinem Weg unter den Pavaglione-Arkaden entlang fragt er sich, ob er etwas Bestimmtes im Sinn hat. Und wie er ihn dazu bringen kann, ihm alles zu erzählen. Er kennt da so einige Methoden. Und wenn es sein muss, wird er sie auch benutzen.

Irgendetwas hat sie aus ihrem Traum geholt. Sie sitzt im Bett und hat einen langen Moment das Gefühl, nicht mehr atmen zu können. Die Wirklichkeit rückt wieder in den Blick. Sie schlägt die Hände vors Gesicht und lässt sich zurück aufs Kissen fallen.

Es ist Morgen. Ein puderiges Orange sickert durch die Fensterritzen. Farbige Flecken, die über die Laken gleiten und den leichten Schweißfilm auf der Haut zum glitzern bringen. Lisas Gesicht, die ruhig atmend im Bett nebenan schläft. Das matte Licht, das ihr übers Haar zu streicheln scheint, als wollte es sie vor allem Übel, das sich in ihr verbirgt und hinter ihren Gedanken lauert, beschützen.

»Wie schön meine Tochter ist, wenn sie lächelt«, denkt sie. Und bemerkt, dass sie sich bemüht hat, den Satz nicht in der Vergangenheitsform zu formulieren.

Sie steht auf und schleicht leise in die Küche. Sie sieht den Zettel erst, als sie nach der Kaffeekanne greift und anfängt, Frühstück für ihre Tochter zu machen.

Ich muss nach Bologna, um etwas zu erledigen. Ihr werdet mir fehlen heute. Ich hoffe, Euch beiden geht's gut.

Sie lächelt, aber nur kurz. Das Telefon neben dem Herd summt. Hastig liest Roberta die SMS. Erst nach ein paar Worten begreift sie, was darin steht und wer der Absender ist. Sie schließt die Augen. Ihre Lippen formen einen wortlosen, tonlosen Satz.

Am liebsten würde sie es Nicola sagen. Vor dieser kranken Wirklichkeit fliehen und alles vergessen, als wäre es nicht passiert. Vielleicht ist es noch nicht zu spät. Sie müsste es nur versuchen, den Mund aufmachen und zu erklären versuchen, was gerade vor sich geht.

Einen Moment lang ist sie sich sicher, dass sie es kann. Aber sogleich ist er wieder vorbei. Alles scheint schon geschrieben zu sein. Versuchte sie, daran etwas zu ändern, würde die Wirklichkeit zusammenbrechen und sie unter ihren Trümmern begraben. Und mit ihr auch das wenige, was vom Lächeln ihrer Tochter noch geblieben ist.

Nicolas Wohnung sieht aus, als hätte es Fliegeralarm gegeben.

Ein Plastiktütchen mit dem iPod in der Hand, wandert Giovanni Marra durch die verlassenen Zimmer.

Er ist das einzig Brauchbare, was er gefunden hat, und kaum hat er ihn wie eine einsame Flaschenpost auf dem Tisch liegen sehen, war ihm klar, dass er nicht von ungefähr dort zurückgelassen wurde. Und dass sein Besuch in dieser Wohnung kein dummer Schnitzer ist, der Zanardi bei seinem verzweifelten Versuch, unsichtbar zu werden, unterlaufen ist.

»Deshalb hast du mich gebeten, dir zu vertrauen«, denkt er, den gedankenverlorenen Blick auf das weißglänzende Plastik des MP3-Players gerichtet.

»Er hat das Telefon nicht aus Versehen angemacht«, flüstert er in der leeren Küche, und Francesco Carta dreht sich um.

»Wie bitte?«

Er hat gerade einen Küchenschrank durchsucht. Teller, ein Päckchen Zucker, ein Päckchen Salz, ein paar Pakete Nudeln.

»Ich habe gesagt, Nicola hat das Telefon nicht von ungefähr angemacht. Er wollte, dass wir das hier finden.«

Er hält ihm den Beutel mit dem iPod vors Gesicht.

»Verzeihen Sie, aber ich verstehe nicht ganz.«

»Ah, ich auch nicht. Aber wie gesagt, das ist kein Zufall. Ich verwette meine Eier, dass hier noch immer die Fotos der Parmeggiani drauf sind. Und dass er sich eine Kopie davon gemacht hat, ehe er sie uns gegeben hat.«

»Und?«

»Jetzt hat er sie uns alle gegeben, Francesco. Er hat uns in seine Wohnung gelassen, damit wir rausschleppen können, was wir wollen. Und in seinen Sachen herumwühlen können, ohne dass er uns irgendetwas erklären muss.«

Inspektor Carta sagt nichts. Er sieht Giovanni nur mit leerem Blick an, als würde er über etwas nachgrübeln.

»Woran denkst du, Francesco?«

»An diese beiden Namen. Parmeggiani und Mariani. An die

Verfolgungsjagd auf den Motorrädern, an diese Fotos und an die anderen. An die Telefonnummern in Saras Listen. Das ist …«

Giovanni hebt die Hand. Er tippt sich mit dem Zeigefinger an die Nase. Sieht zur Deckenlampe auf.

»Nicht hier«, formen seine Lippen.

Inspektor Carta nickt langsam und versucht, den Kloß in seinem Hals herunterzuschlucken. Die Bilder von Sara blitzen vor seinem inneren Auge auf. Lebendig, auf diesem Mann. Und dann tot, mit durchgeschnittener Kehle, die Lippen zu einem Schrei aufgerissen, den niemand je gehört hat.

Er sieht sie direkt vor sich, in den harten, einsamen Augen des Commissario Giovanni Marra. Augen, die ihn anstarren, seine Gedanken zu durchbohren scheinen. Augen, die Angst machen.

Dann reißt ihn das Handy des Kommissars in die Realität dieser Küche zurück. Giovanni hebt ab, ohne etwas zu sagen. Verzieht kurz den Mund. Dann legt er auf.

»Wir müssen ins Gefängnis, Francesco. Fabio Lamberti hat sich am Gitter seiner Einzelzelle erhängt.«

Gegen die Brüstung meines Balkons gelehnt, spiele ich an den Tasten des Handys herum und versuche mich zu einem Anruf durchzuringen. Das erste Dominosteinchen, das gegen das nächste kippt. Der winzige Anfang von etwas, das gigantische Ausmaße annehmen kann.

Ich kehre ins Zimmer zurück und frage mich kurz, ob Andrea gemacht hat, worum ich sie gebeten habe. Ich versuche mir vorzustellen, wie sie die Treppe hinaufgeht. Der harte, in die Ferne gerichtete Blick, den sie immer hat, wenn sie die Angst zu verbergen versucht, lässt mich flüchtig lächeln.

Ich unterdrücke die Anruferkennung und wähle. Mit ein bisschen Glück gewinne ich dadurch Zeit. Die Person, die ich anwähle, hat gerade ein anderes Gespräch, das sie jedoch beim zweiten Klingeln unterbricht.

»Hallo.«

Antonio Parmeggianis Stimme ist genau so, wie ich sie in Erinnerung hatte. Eine eisige Klinge, die sich dir ins Hirn bohrt, um dir die Gedanken zu rauben.

»Hier ist Nicola Zanardi.«

»Wo bist du?«

Ich tue so, als hätte ich die Frage nicht gehört.

»Ich muss dich sehen. Heute Nachmittag.«

»Weshalb?«

»Ich habe etwas, das dich interessiert. Sag mir nur, ob du es noch willst.«

»Aber klar.«

»Beim Reptilienhaus in Riccione. Um vier.«

»Ich werde dort sein.«

Er legt auf.

Meine Hände sind eisig. Ein Schweißtropfen perlt von meiner Stirn und fällt mir aufs Bein. Ich merke, dass ich die Mauer anstiere, dass ich es das ganze Telefonat über getan habe. Mein Körper ist wie erstarrt, um unter dem Gewicht der Worte nicht zusammenzubrechen. Um die Kälte dieser Stimme nicht spüren zu müssen, aus der alle Freundlichkeit gewichen ist, die Erinnerung an diese Augen, die zu viel zu sehen schienen, und an die sicheren, routinierten Gesten, mit denen er Mariani außer Gefecht gesetzt hat.

Ich versuche, in seinen Augen den gleichen verzweifelten, ehrlichen Schimmer zu entdecken, den ich bei Sara gesehen habe, doch es gelingt mir nicht. Antonio Parmeggiani ist ein Raubtier. Und er ist überzeugt, dass ich seine Beute versteckt halte.

Ich stehe auf, mit pochendem Herzen und völlig benommen von der Gewissheit, einen dermaßen großen Schritt getan zu haben, dass er mich entzweireißen wird, ohne dass ich etwas dagegen tun könnte. Es ist noch Zeit, reichlich Zeit. Trotzdem könnte er schon hier sein. Vielleicht hat er mich schon längst gefunden.

Vom Balkon aus kann ich die Straße überblicken, den Hoteleingang, den Strand. Es kann nichts Falsches passieren, ohne dass ich es bemerken würde. Nichts. Ich muss Ruhe bewahren, darf mir keine Panik erlauben. Ich denke an das, was ich zu tun habe. Wie ich es zu tun habe.

Dabei kommt mir Abdel in den Sinn. Ich sehe ihn wieder in einem Hotelzimmer vor mir, das diesem hier kein bisschen ähnelt. Ich höre seine witzelnde Stimme, sehe seine lachenden Augen, seine sehnigen, flinken Hände. Ich versuche mich an jeden einzelnen seiner Handgriffe zu erinnern, und als ich sicher bin, alles genau verstanden zu haben, fange ich von vorne an, und dann wieder und wieder.

Er war es, der mir beigebracht hat, dass man sich niemals sicher fühlen darf: Selbst wenn man das Gefühl hat, alles bis zur kleinsten Kleinigkeit geklärt zu haben, kann einem trotzdem etwas entgangen sein, etwas, das man übersehen oder für unwichtig erachtet hat. Und das einem das Genick brechen wird.

Auch an jenem Tag hat er mir das vorgebetet, als wollte er sich mit dieser Leier selbst beruhigen. Dann ist er weggegangen und hat mich wartend zurückgelassen, wie abgestellt an einem Gleis, an dem vielleicht niemals ein Zug halten würde. Und bei seiner Rückkehr hatte sich alles verändert.

Ich weiß nicht, wann ich begriffen habe, dass sein Leben bereits dort zu Ende war. Dass er, während er sich fertigmachte und mir erklärte, was geschehen würde, sein eigenes Todesurteil unterschrieb. Ich weiß nicht, ob es ein kalkuliertes Risiko oder unvermeidlicher Leichtsinn war, um eine fixe Idee zu verfolgen.

Ich weiß einen Scheißdreck. Nur, dass er in jenem Moment gestorben ist, nicht später. Nicht, als die Bombe jene Straße in Bagdad umgekrempelt hat wie eine Socke. Sondern an jenem waschküchenfeuchten Morgen. Er ist mit einem Lächeln gestorben, das seine niemals ruhenden Hände in der Luft zerstäubten.

Und jetzt, hier, am Ende desselben Sommers, versuche ich, seine Gesten in mir wachzurufen und sie zu den meinen zu machen. Weil er mir trotz allem, was geschehen ist, vielleicht noch immer das Leben retten könnte.

Mit einer Tasse Milchkaffee zwischen den Händen beobachtet Anja Ramirez ihre Katze. Eine Freundin hat sie ihr gestern Abend zurückgebracht, und seitdem hat sie nichts anderes getan, als im Wohnungsflur auf- und abzuschleichen. Sie scheint die Entfernungen abzuschreiten, sich wieder in Bezug zu setzen zu den Dingen und zum Sommerlicht, das die Möbel und Gegenstände erwärmt. Im Grunde tut sie das Gleiche. Nur, dass sie sich auf die Vergangenheit bezieht.

Als sie sie anriefen, um ihr zu sagen, dass Sara tot ist, half sie ihrer Mutter gerade beim Kuchenbacken. Sie stand einfach nur da, mit teigverschmierten Händen, und spürte, wie sich ihre Augen mit Tränen füllten. Ihr Körper bröckelte, und tröpfchenweise sickerte der Schmerz hervor. Sie ist auf einen Stuhl gesunken, als bliebe der Atem weg, und hat gewartet. Gewartet, dass es vorbeiging, dass die Tränen aufhörten zu fließen, dass die Hände sich wieder bewegten und das Herz weiterschlug.

»Ich wusste es«, war das Erste, was sie hatte sagen können. Und ob der Tatsache, dass sie noch sprechen konnte, hatte sie sich lächerlich lebendig gefühlt.

Ein bisschen wie jetzt, während die Katze sie ansieht, und sie im Kopf noch immer bei diesem Tag ist, beim Geräusch des Meeres, das sich mit den Worten dieses Polizisten und dem letzten Satz mischt, den sie Sara vor ihrer Abreise nach Mexiko hat sagen hören, wohl ahnend, dass sie sie nicht wiedersehen würde.

Damals hat sie nichts unternommen. Nicht gelächelt, nicht geantwortet, nicht die Reise verschoben oder sie fortgebracht, sie hat nichts getan, um das Gleichgewicht dessen, was gerade geschah, zu verschieben und sie vor ihrem Sturz zu bewahren. Nichts. Sie hat schweigend abgewartet.

In einem Schluck trinkt sie ihren Milchkaffee aus und steht auf. Die Katze kommt ihr entgegen, und sie nimmt sie auf den Arm. Sie sieht, wie sie es sich bequem macht, miaut, die Augen schließt. Dann geht sie ins Schlafzimmer, öffnet die Schublade mit den Fotos und breitet sie auf der Bettdecke aus. Während der Morgen durch die zugezogenen Vorhänge sickert, liebkost Anja Ramirez ihre Erinnerungen.

Sie weiß ganz genau, was sie tun wird.

»Man versteht rein gar nichts mehr, Commissario.«

Inspektor Francesco Carta sieht zu, wie Giovanni Marra sich die zigste Zigarette anzündet. Seit sie aus dem Dozza-Gefängnis zurückgekehrt sind, hat er bereits vier geraucht. Offenbar scheint die Lösung dieser ganzen Geschichte im Tabak einer seiner Marlboro verborgen zu sein.

Er nimmt den ersten Zug, greift die Kippe mit zwei Fingern und verharrt damit dicht vor dem Mund. Er denkt an Fabio Lambertis fahlen Körper, aufgehängt in der Einzelzelle an seinen eigenen Hosen. Ohne dass irgendjemand etwas gehört hätte. Ohne dass irgendjemand die für seine Festnahme Verantwortlichen umgehend informiert hätte, und nicht erst Stunden später.

»Möglich, dass sie uns gelinkt haben. Glaubst du, dass er sich umgebracht hat?«

»Nein, Commissario.«

»Ganz genau. In meinen Augen ist das der x-te Beweis dafür, dass der Lamba einen Scheißdreck mit Paola Viglianis Tod zu tun hat.«

»Aber ich versteh's trotzdem nicht.«

Giovanni zieht an seiner Zigarette. Er greift nach einem Papier auf seinem Schreibtisch und überfliegt es hastig. Dann scheint er unvermittelt das Thema zu wechseln.

»Erinnerst du dich an die verschwundenen Mädchen?«

»Natürlich.«

»Hast du das Foto überprüft, das ich dir gegeben hatte?«

Carta nickt.

»Ich bin noch nicht ganz durch, aber ich glaube nicht, dass dabei irgendetwas rauskommt. Wo es keine Fotos gibt, stimmen die Beschreibungen der Mädchen nicht überein. Anderes Alter, andere Haarfarbe. Da ist immer etwas, das nicht passt.«

»Wie viele Fälle hast du überprüft?«

»Um die vierzig, in der Emilia, im Veneto, in der Toskana und in der Lombardei.«

»Und hast du das Foto Angela gezeigt?«

»Ich hab es ihr heute Morgen an ihren Platz geschickt.«

Giovanni nickt, doch in Wirklichkeit hört er ihm nicht mehr zu. Er denkt an das, was auf dem gerade gelesenen Zettel steht. Das Rechercheergebnis der Abteilung Minderheiten zu dem von Michele Ferrari erhaltenen Foto. Er denkt an die Antwort, die er soeben von Carta bekommen hat. Er denkt an dieses Mädchen, das es nicht gibt. Sie steht nicht auf der Liste der verschwundenen Kinder, sie ist nicht entführt worden, sie ist weder ein Fall für die Justiz noch eine geschlossene Akte, die in irgendeinem Karteischrank oder sonst einer vergessenen hintersten Schreibtischschublade verstaubt.

Sie ist nichts. Nur ein lächelndes, lebendiges Bild, das an seinen Gedanken, seinem Atem, seinem Blick und seinen Gesten nagt. Der verborgene Sinn eines Satzes, den man nicht versteht, der jedoch die Erklärung für all das enthält, was man wissen sollte.

Es ist hier, direkt vor seinen Augen. Er *muss* es sehen. Er weiß, dass er es kann. Man muss sich nur an die richtige Stelle stellen, und das Bild wird klar, wie auf einer Hologrammpostkarte. Doch es gelingt ihm nicht. Und so geht in seinem Kopf alles durcheinander, Marzias Lächeln und ihre Stimme werden die des Mädchens und Paola Viglianis und der Tochter, die er hätte, wäre er nur aufmerksamer, wacher, präsenter gewesen.

»Am Ende komme ich immer zu spät«, denkt er. »Ich bin ein Sekundenzeiger, der dem nächsten Augenblick hinterherrennt, ohne ihn je erreichen zu können.«

»Habe ich etwas Falsches gesagt, Commissario?«, fragt Carta und reißt Giovanni aus seinen Gedanken.

»Nein, nichts, Francesco«, antwortet er, und die Wirklichkeit kommt wieder aufs Gleis, bremst, setzt ihren natürlichen Gang fort. Im Grunde sind die Tage immer gleich. Nur die Kleinigkeiten ändern sich, nie die Substanz. Er will etwas sagen, doch es klopft an der Tür. Der eintretende Beamte sieht aus wie ein Kind in Uniform.

»Die Telefonlisten aus Strazzaris Laden, Commissario.«

Giovanni steht auf, greift nach dem Blätterstoß und wartet, bis der Beamte wieder gegangen ist. Dann fängt er an, die Liste zu überfliegen, doch schon bei der ersten Seite hält er inne. Der Anruf, von dem Laura Campi geredet hat, ist mit als letzter eingegangen. Am Tag darauf ist Aurelio Strazzari gestorben und der Laden seitdem nicht mehr geöffnet gewesen.

Giovanni zieht an seiner Zigarette, ohne von dem Blatt aufzusehen. Er hält den fast heruntergeglühten Stummel zwischen den Lippen wie einen rettenden Strohhalm.

Die Uhrzeit, die Dauer und der Hinweis auf den Anrufer. Der, wegen dem Aurelio Strazzari verängstigt wie ein Kind in einer Gewitternacht unter die Arkaden der Via Rizzoli hinausgestolpert ist. Der, mit dem er sich höchstwahrscheinlich am Tag darauf getroffen hat. Der, der ihn umgebracht hat. Dieselbe Person mit der verschlüsselten Nummer, die auch Sara Parmeggiani angerufen hat.

»Sie machen mir Angst, wissen Sie das?«

Das Büro des schwarz gekleideten Mannes ist ein riesiger, freskengeschmückter Saal im obersten Stockwerk eines uralten Palazzos. Der Graue nimmt im Sessel Platz und lächelt.

»Das meinen Sie nicht ernst.«

»In gewisser Weise doch. Sehen Sie, Leute wie ich sind nur vorübergehend da, auch wenn sie am liebsten für immer bleiben würden. Eine Tatsache, an die man sich gewöhnen muss, vor allem, wenn die Dinge schlecht laufen. Sie hingegen …«

»Ich?«

»Sie bleiben. Sie sind wie dieser Palazzo. Unverrückbar, was auch geschieht. Vielleicht traue ich Ihnen deshalb.«

Der Graue senkt leicht den Kopf, als würde er sich verneigen.

»Ich versuche nur, so gut es geht meine Pflicht zu tun.«

Der schwarzgekleidete Mann lächelt.

»Sie klingen wie ein Politiker.«

»Sie wissen, dass ich es so meine.«

Der andere sieht ihn an, plötzlich ernst.

»Ja, das weiß ich. Und Sie wissen, an was Sie vor allem denken müssen, nicht wahr?«

»Selbstverständlich. Das habe ich doch mehr als einmal bewiesen. Sie kennen die Situation. Und wenn Sie mir wirklich vertrauen, wissen Sie, dass wir dabei sind, sie zu lösen.«

Der Schwarzgekleidete greift sich eine der Zeitschriften, die perfekt gestapelt seitlich auf seinem Schreibtisch liegen. Er schlägt sie auf, wirft einen Blick auf die erste Seite und dreht sie dem Grauen hin.

»Sehen Sie, was die schreiben? Ich hoffe, dass das, was Sie sagen, stimmt. Haben wir dieses Mal auf die richtige Person gesetzt?«

Nicht eine Sekunde wendet der Graue den Blick von seinem Gegenüber ab. Unverwandt fixiert er die braunen Augen, die ihn ansehen, bis sie endlich zu Boden blicken.

»Ohne Zweifel, Signore«, antwortet er. Und ungeachtet der respektvollen Anrede schwingt in seiner Stimme nicht die leiseste Unterwürfigkeit mit. Beiden Männern in diesem Raum ist klar, wer am längeren Hebel sitzt.

»Also gut. Hoffen wir, dass diese Geschichte ein positives Ende findet. Und das möglichst rasch.«

»Die Schlagzeilen werden sich bald ändern.«

»Und dieser andere Zwischenfall?«

Er versucht, seine Sorge hinter einem Lächeln zu verbergen.

»Ich weiß, wie wir eine befriedigende Lösung finden.«

»Befriedigend für wen?«

»Für wen es sein muss, Signore.«

Der Schwarzgekleidete steht auf. Der Graue wartet, bis er zwei Schritte um seinen Schreibtisch herum gemacht hat, ehe er das Gleiche tut. Er drückt ihm die Hand.

»Sie wissen, dass Sie auf meine uneingeschränkte Mitarbeit zählen können. In allem.«

Der Schwarzgekleidete nickt. Die knappe, angespannte Geste eines Menschen, der nur ungern zugibt, bei jemandem in der Schuld zu stehen.

»Soweit ich weiß, habe ich Sie das niemals bereuen lassen.«

Der Graue lächelt.

»So ist es. Deshalb ist es ja auch ein Vergnügen, für Sie zu arbeiten.«

Staatsanwalt Terzi sitzt in einer Bar im Zentrum und trinkt bedächtig an seinem Bier.

»Arbeiten Sie auch Sonntags, Commissario?«

Giovanni Marra deutet ein höfliches Lächeln an und setzt sich auf seinem Stuhl zurecht.

»Ich kann es mir nicht erlauben jeden Feiertag in Feierlaune zu sein, Dottore. Und Sie?«

»Wo denken Sie hin, nach dem, was im Gefängnis passiert ist.«

»Ich möchte wissen, was Sie davon halten.«

»Ein Meinungsaustausch? Ich dachte, Sie trauen mir nicht. Trotz der Durchsuchung meines Büros.«

»Das können Sie sehen, wie Sie wollen, Dottore.«

»Und was halten Sie davon?«

»Ich muss Ihnen etwas sagen«, hebt er an. Dann verbirgt er das Gesicht in den Händen. Mit langsamen, massierenden Bewegungen versucht er, seine Gedanken zu ordnen, ehe er in einem Zug von seiner Entdeckung in den Telefonlisten aus Strazzaris Laden erzählt.

Terzis Blick fällt auf sein Bierglas. Auf die Tropfen Kondenswasser, die wie flüchtige Gedanken das beschlagene Glas hinabrinnen.

»Das ändert alles«, flüstert er schließlich. »Und Lambertis Tod ...«

Marra unterbricht ihn sofort.

»Das ist nicht alles, Dottore.«

Der Staatsanwalt blickt auf und sieht ihn an. Er wirkt erschrocken, doch es könnte auch Überraschung sein. Oder die Erkenntnis, dass Fabio Lambertis Tod eine Art Zäsur darstellt, die Karten neu mischt, einen zwingt, alles aufzudecken, was man auf der Hand hat. Denn es zurückzuhalten, könnte noch gefährlicher sein.

»Ich habe die Namen überprüft, die mir Zanardi gegeben hat. Simone Mariani ist Soldat. Fünfundvierzig Jahre alt. Wie es aussieht, hat er eine steile Karriere hinter sich. Zur Nato abkommandiert. Fünfundneunzig war er in Bosnien. Neunundneunzig im Kosovo. Da ist er eine Weile geblieben. Seit Februar Zweitausendzwei weiß man nichts mehr von ihm. Wie es scheint, war er völlig ausgebrannt, so dass man ihm nahelegte, eine Weile lang auszusteigen. Er ist nirgendwo eingewiesen und weder entlassen noch versetzt worden. Offiziell ist er noch nicht einmal in Italien gemeldet. Noch hat er seinen Wohnsitz in Brüssel. Ein

Postfach beim Hauptquartier der Nato. Seit mindestens drei Jahren will ihn niemand mehr dort gesehen haben.

Dann ist da noch Antonio Parmeggiani. Er und Sara sind noch nicht einmal richtige Geschwister. Sie haben denselben Vater, aber verschiedene Mütter. Die erste Frau des Vaters, die Mutter von Sara, ist ein paar Monate nach der Geburt gestorben, und das Jahr darauf hat er wieder geheiratet. Der Junge stammt aus dieser zweiten Ehe. Aufgewachsen sind sie allerdings wie Bruder und Schwester. Der Vater hatte eine Firma für Landmaschinen und einen Haufen Geld. Er war ständig unterwegs, mal hier, mal da. Muss ein ziemlich autoritärer Typ gewesen sein. Ein paar Mal hat die Frau ihn wegen Körperverletzung angezeigt, die Anzeige aber im letzten Moment wieder zurückgezogen. Sie meinte, er würde sie betrügen. Er beschuldigte sie, sie würde sich ein wenig zu viel amüsieren. Mit anderen Worten, sie würde seine Reisen dazu ausnutzen, in der Gegend rumzuvögeln. Eine glückliche kleine Familie.

Als Antonio sechzehn war, haben sie sich scheiden lassen, und der Vater ist nach Frankreich gezogen. Die Kinder sind bei der Mutter geblieben, aber Antonio ist eigentlich sofort abgehauen. Angeblich wollte er zum Vater nach Marseille, aber man weiß nicht, ob er je dort angekommen ist. Seitdem hat ihn niemand mehr gesehen. Den Militärdienst hat er nie gemacht, und er ist unter diesem Namen nie mehr nach Italien zurückgekehrt. Hat sich in Luft aufgelöst.«

Terzi leert sein Bier in einem Zug.

»Bis vor wenigen Tagen.«

Giovanni kann ein flüchtiges Lächeln nicht zurückhalten. Er winkt den Kellner heran und bestellt einen Espresso.

»Vorausgesetzt, dieser Mann ist wirklich Antonio Parmeggiani. Ich versuche gerade, Fotos von ihm und Mariani aufzutreiben, um vergleichen zu können. Es klingt absurd, aber von diesen beiden Typen ist nirgends ein Bild zu finden.«

»Und vorausgesetzt, der Simone Mariani, von dem Sie mir erzählt haben, ist derselbe, der Ihren Freund auf dem Motorrad verfolgt hat.«

»Natürlich. Das wäre allerdings ein merkwürdiger Zufall, finden sie nicht?«

Terzi nickt. »Darf ich Sie fragen, wie Sie an diese Informationen gelangt sind?«

»Ich habe auch meine Verbindungen, Dottore. Und der eine oder andere schuldet mir einen Gefallen.«

»Scheint ein etwas größerer Gefallen zu sein. Und dieser Freund von Ihnen, Commissario? Dieser Zanardi?«

»Nicola ist nur ein riesiger Trottel. Einer, der ein Talent dafür hat, in Dinge hineinzugeraten, die ein paar Nummern zu groß für ihn sind. Ich habe keine Ahnung, was er gerade anstellt, aber ich bin sicher, dass er mit dieser Geschichte nichts zu tun hat. Ebenso wenig wie Paola Vigliani und Sara Parmeggiani. Und wie Lamberti. Ich hoffe, dass er nicht das gleiche Ende nimmt. Er ist da nur zufällig hineingestolpert.«

»Ich verstehe nicht, woher Sie diese Sicherheit nehmen.«

Giovanni entfährt ein kurzes, herzhaftes Lachen.

»Das verstehen Sie nicht, Dottore? Ich will's Ihnen erklären. Diese Geschichte ist zu groß für uns. Für mich, für Sie, für alle, die mit drinhängen. Um einiges zu groß. Haben Sie das noch immer nicht begriffen?«

Terzi sieht ihn nur an. Der Kellner kommt mit dem Espresso und einem Glas Mineralwasser. Marra greift nach dem Tässchen und leert es in einem Zug. Es ist sein vierter Espresso heute. Vom Wasser nimmt er nur einen winzigen Schluck. Dann redet er weiter.

»Sara Parmeggiani hat diese Fotos. Sie will damit jemanden erpressen, da bin ich mir fast sicher. Offenbar einen von ganz oben. Von so weit oben, dass, kaum landen die Bilder bei uns, sie nach nur einer Nacht aus dem Labor der Spurensicherung verschwinden. Wer auch immer das war, er hat erstklassige Verbindungen. Doch weil Nicola sein Gepäck verwechselt, haben wir die Fotos trotzdem. Und nicht nur das: Er ist dermaßen besessen von dieser Frau, dass er unbedingt herausbekommen will, wer sie umgebracht hat. Oder zumindest, weshalb sie ermordet wurde. Also liefert er uns das Hotel, wo man sie natürlich gesehen hat, doch ohne dass es jemand offiziell zugibt. Und so stehen wir wieder am Anfang. Dann taucht eines Tages der Bruder auf, der Nicola auf sein Motorrad zerrt, mit ihm eine halsbrecherische Stadtrundfahrt macht, sich mit einem Typen im Montagnola-Park prügelt und verschwindet. Mit ihm Nicola und der andere Typ. Wenn wir Nicola finden, finden wir auch die anderen zwei. Aber keiner weiß, wo Nicola steckt. Plötzlich liegt sein angeschaltetes Handy in seiner Wohnung. Die Tag und Nacht überwacht wird, aber die niemand betreten hat. Daneben liegt dieser beschissene MP3-Player, den er sogar mit aufs Klo nimmt und in dem er die Kopien der Fotos gespeichert hat. Bingo. Aber nicht ganz. Denn hier geht es nicht mehr weiter. Zumindest im Augenblick.

Dann sind da noch die Anrufe. In Sara Parmeggianis Telefonlisten tauchen zwei Nummern auf, die uns keiner erklären will. Oder besser, die uns keiner erklären *kann*. Und wir sind nicht irgendein Inkassounternehmen. Eine davon hat Aurelio Strazzari am Tag vor seinem Tod angerufen. Eine ziemlich offensichtliche Verknüpfung zwischen den drei Fällen, wie mir scheint. Wenn wir dem Gefühl seiner Verkäuferin und Geliebten trauen wollen, so hat er sich bei diesem Telefonat möglicherweise mit seinem Mörder verabredet.

Dazu war er auch noch Saras Kunde und hatte eine beachtliche Sammlung von Pornofotos in seiner Wohnung. Ein echter Hurenbock eben, doch unter den Fotos sind auch einige von kleinen Mädchen. Und hier wird die Sache kompliziert, denn zufälligerweise haben wir just die Leiche eines kleinen Mädchens gefunden, nach der halb Italien gesucht hat, wie eine Salzstange in drei Stücke zerbrochen und in Plastiksäcke verpackt. Umgebracht und zerstückelt wurde sie im Haus von Strazzaris Geliebter. Die arme Frau hatte nicht die leiseste Ahnung, was sich dort abspielte, und erzählt uns alles, was sie weiß. Und so erfahren wir, dass – siehe da, zeitgleich mit Paola Viglianis Verschwinden – der gute Aurelio dem skrupellosesten Wucherer der Stadt ein hübsches Sümmchen zurückzahlen konnte. Nämlich unserem Fabio Lamberti.

In einer Schublade in Lambertis Wohnung findet sich Paola Viglianis Kettchen, versteckt zwischen Unterwäsche. Doch seine Fingerabdrücke sind nicht darauf, nur die von Strazzaris Freundin, denn er hat es ihr gleich nach dem Tod des Mädchens geschenkt. Lamberti hat eine hübsche Sammlung von Pädo-Bildern, doch das ist inzwischen nebensächlich. Auch ist er früher schon mal wegen Vergewaltigung Minderjähriger angezeigt worden und hat eine genetische Krankheit, die wunderbar zu Paola Viglianis verschwundenem Schambein passt. Der perfekte Schuldige. Nur dass er es nicht gewesen ist, und damit man ihm glaubt, schwärzt er sich selber an. Genug, um ein ganzes Weilchen einzusitzen, aber immerhin nicht mit einer solchen Anschuldigung. Allerdings bleibt er nicht lange im Knast, denn er wird sofort kaltgemacht. In seiner Einzelzelle.«

»Vielleicht hat Strazzari ihm was erzählt …«

»… und keiner wollte warten, bis er es uns weitersagt. Schon klar. Also wieder Endstation und Ende des Zweiten Teils. Dann sind da noch diese beiden Typen, Parmeggiani und Mariani. Beide sind schon ewig lange untergetaucht. Einer der beiden könnte heikel sein, mit dieser Militärvergangenheit. Der andere ist womöglich nur eine verkrachte Existenz. Oder er benutzt einen falschen Namen. Doch beide haben es auf diese Fotos abgesehen.«

»Einer der beiden deckt jemanden.«

»Den großen Unsichtbaren. Daran habe ich auch schon gedacht. Seit er sich von seinem Burn-out erholt hat, macht Mariani vielleicht den Bodyguard für ein hohes Tier. Wer es sich erlauben kann, lässt sich heutzutage von einer Art Privatarmee beschützen. Und sein Boss ist mit der Falschen im Bett gelandet. Wer weiß, vielleicht hat die Parmeggiani ihn gemeinsam mit ihrem Bruder erpresst. Oder der Bruder hatte keine Ahnung und will jetzt seine Schwester rächen. Er ist ein Draufgänger, der keine Scheu hat, sich die Hände schmutzig zu machen. Vielleicht ist er in Marseille sogar bei der Fremdenlegion gelandet, das machen viele.«

»Klingt perfekt.«

»O ja, das tut es. Die Erpressung der falschen Person. Sara wollte ein neues Leben beginnen und wird ermordet. Dieser Mariani nimmt sich im Auftrag des Typen auf den Fotos der Sache an, er ruft sie an, fängt an zu verhandeln, sie kommen ins Gespräch und treffen sich. Vielleicht sollte es zum Abschluss kommen, als er sie umgebracht hat. Sie macht ihm auf, sie fangen an zu reden, und kaum entspannt sie sich, schneidet er ihr die Kehle durch. Saubere Arbeit. Zuerst versucht er noch sie zu überreden, ihm zu verraten, wo die übrigen Fotos sind, die, die vom Schrank aus aufgenommen wurden. Dann kommen Nicola und Antonio Parmeggiani ins Spiel, und die Sache wird kompliziert. Ja, so könnte es funktionieren.«

»Doch da ist das Mädchen.«

»*Die* Mädchen. Wie gesagt, es war noch ein anderes in diesem Haus. Und wir wissen nicht, wer es ist noch wo es geblieben ist.« Wieder macht er eine Pause, holt Atem. Er will etwas sagen, überlegt es sich im letzten Moment aber anders.

»Der, der Aurelio Strazzari ermordet hat, hat eine erschreckende Ähnlichkeit mit dem, der das Blut des Mädchens in Laura Campis Haus beseitigt hat. Eine perfekte Arbeit. Wie der Mord an Sara. Dieselbe Handschrift, dieselbe präzise Kaltblütigkeit.«

»Dieselbe Telefonnummer.«

Diesmal lächelt Giovanni wirklich. Aber in seinem Blick liegt keinerlei Heiterkeit. Nur Frustration.

»Dieselbe Telefonnummer«, wiederholt er. Und leert das Wasserglas in einem einzigen, bedächtigen Zug. Ein bleiernes Schweigen legt sich auf die Veranda der Bar. Aufdringlich wie Krankenhausgeruch.

»Sie sehen müde aus.«

Marra scheint tief in seine Gedanken versunken.

»In letzter Zeit schlafe ich nicht sonderlich viel.«

»Und was machen Sie, wenn Sie nach Hause kommen?«

Er senkt kurz den Blick. »Ich denke nach.«

Das Telefon klingelt. Der Kommissar hebt sofort ab. Er spricht langsam, ohne den Staatsanwalt anzusehen. Als er wieder auflegt, ist die Müdigkeit wie weggeblasen.

»Ich muss jetzt los. Denken Sie über das nach, was ich Ihnen gesagt habe. Und lassen Sie mich wissen, was Ihnen dazu einfällt.«

Er steht auf. Terzi nickt. Er wirkt wie ein Mann mit dem Rücken zur Wand, der plötzlich erkennen muss, was er vor sich hat. Giovanni setzt sich die Sonnenbrille auf und dreht sich um.

»Verstehen Sie jetzt, weshalb ich beschlossen habe, mit Ihnen zu reden?«

»Ich höre.«

»Es gibt zwei Gründe. Erstens haben Sie eine Tochter. Ich habe arge Zweifel, dass jemand, der in diese Geschichte verwickelt ist, ein Kind bei sich zu Hause herumspringen haben kann. Aber ganz ausschließen kann ich es dennoch nicht.«

»Und zweitens?«

»Sie sind ein zu kleiner Fisch, Dottore. Selbst wenn Sie Ihre Finger im Spiel haben sollten, sind Sie nur eine Marionette, die fallengelassen wird, sobald man sie nicht mehr braucht. Denken Sie daran.«

Er macht eine Pause. Blickt zur Neptunstatue jenseits der Via Rizzoli hinüber, zu den Taxis, den Bussen, den Menschen, die bei der Alten Börse ein- und ausgehen.

»Und für mich gilt natürlich dasselbe.«

Der Sheriff parkt in zweiter Reihe und steigt aus. Er überquert die Straße, blickt sich um und weicht einem Moped aus. Er legt die Brieftasche aufs Telefon, schiebt die Telefonkarte ein und wählt eine Nummer. Beim dritten Klingeln hebt jemand ab.

»Montag ist es soweit.«

Auf der anderen Seite herrscht eine Weile Schweigen.

»Ja.«

»Die Einzelheiten lasse ich Sie morgen wissen. Denken Sie daran, dass Sie jetzt nicht mehr zurückkönnen.«

»Ich weiß.«

Er legt auf. Steckt die Telefonkarte in die Brieftasche zurück und die Brieftasche in die Jeans. Als er wieder im Auto sitzt, sieht er auf die Uhr. Ihm bleibt genug Zeit, um alles noch ein paar Mal durchzugehen. Doch zuerst greift er nach dem Handy und ruft Varo Borja an.

Oberst Ulivi fährt sich mit der Hand über den kahlrasierten Schädel.

»Das ist wirklich eine interessante Geschichte.«

Giovanni zieht an seiner Zigarette. Er macht ein paar Schritte durchs Zimmer und stellt sich ans weit geöffnete Fenster.

Die Wohnung des Obersts liegt im letzten Stock eines Palazzos am Anfang der Strada Maggiore. Obwohl der Kontakt zwischen ihnen nie abgerissen ist, war Marra seit Jahren nicht mehr hier.

Es ist schwer, weiterhin in den vier Wänden ein- und auszugehen, in denen die Frau, die man liebte, groß geworden ist, ihrem Vater ins Gesicht zu sehen und darin denselben altvertrauten

Ausdruck zu erkennen. So zu tun, als wäre nichts, derweil die Erinnerungen einem das Herz jedes Mal einen Millimeter weiter aufreißen, darauf bedacht dir möglichst weh zu tun.

»Ja, vielleicht. Nur schade, dass ich noch nicht begriffen habe, worum es darin eigentlich geht.«

Er bleibt am Fensterbrett stehen und sieht sich um. Die Wohnung hat nie nach einem Militär ausgesehen. Eher nach einem Gelehrten, einem Professor. Überall sind Bücher. Teilweise liegen sie aufgeschlagen herum, als würden sie darauf warten, weitergelesen zu werden. Wenige Bilder. Kein Foto. Nicht einmal eines von Marzia oder ihrer Mutter, die vor knapp einem Jahr gestorben ist. Nur diese aufgeschlagenen Seiten überall, als suchte der Hausherr darin vergeblich nach einer Antwort.

Giovanni fühlt sich hier wie diese vergessenen Bücher. Als wäre die Zeit eines Tages stehengeblieben und es bräuchte nur eine winzige Handbewegung, um weiterzublättern und dort weiterzumachen, wo alles aufgehört hat.

»Woran denkst du?«

Die Frage des Obersts reißt ihn aus dem düsteren Nichts seiner Gedanken.

»An meine Geschichte.«

Der Oberst trommelt mit zwei Fingern auf die Armlehne seines Sessels.

»Wieso setzt du dich dann nicht und erzählst sie mir noch einmal?«

Giovanni zieht abermals an seiner Zigarette.

»Du hast sie doch gerade gehört. Sag mir lieber, was du davon hältst. Oder sag mir zuerst, weshalb du mich sehen wolltest.«

»Seit dem, was ich dir gestern erzählt habe, hat sich etwas Neues ergeben. Und ich hab's zum Anlass genommen, dich herzubeten. Ich wollte sehen, wie's dir geht.«

Marra lächelt. Nicht einmal sein eigener Vater sorgt sich um ihn. Allerdings beruht das auf Gegenseitigkeit. Er setzt sich, obwohl er diese riesigen Sessel, in denen man sich fühlt wie eine Fliege in einer Suppenschüssel, immer gehasst hat.

»Die Person, die ich angerufen und um Informationen gebeten habe, hat sich heute Morgen zurückgemeldet. Und mir ein paar interessante Dinge erzählt.«

Er macht eine Pause. Nippt an seinem Whiskeyglas, das er auf den Knien hält.

»Du sollst doch nicht trinken, Oberst.«

»Wieso, was habe ich denn noch zu verlieren? Wie auch immer, dieser Typ ruft zurück und sagt mir, dass beim Namen Mariani irgendetwas bei ihm klingeln würde, aber er wüsste nicht, was. Schließlich ist es ihm eingefallen. Wie es scheint, hat er im Kosovo einen Waffenhandel mit dem beschlagnahmten Material der serbischen Armee aufgezogen. Viele im Umfeld nahmen an, er spielte ein doppeltes Spiel und verkaufte den Serben das, was ihnen vorher abgenommen wurde. Und das für teures Geld.

Offenbar hat er auch kein Burn-out gehabt, sondern einen Offizier umgebracht. Die Sache wurde als Unfall ad acta gelegt. Der Typ hat angeblich seine Waffe gereinigt und sich dabei erschossen. In Wirklichkeit hat Mariani ihn umgebracht, um zu verhindern, dass der andere ihn umbringt. Angeblich hat Mariani seine Schwester vergewaltigt. Sie war vierzehn. Angesichts der Geschichte, die du mir gerade erzählt hast, scheint mir das kein unerhebliches Detail zu sein.«

Giovanni saugt wieder an seiner Zigarette.

»Allerdings verstehe ich nicht, weshalb das Militär ihn gedeckt hat. Wieso ist er nie unehrenhaft entlassen worden?«

Der Oberst breitet die Arme aus.

»Es gibt eben Dinge, die nicht so sind, wie sie scheinen, und Bereiche, in denen Männer nicht nach ihrer Leistung sondern nach ihrem Nutzen beurteilt werden. Versteh mich nicht falsch, ich will damit nicht sagen, dass es beim Militär so ist. Beileibe nicht. Doch auch da gibt es Personen, die von der Norm abweichen, und Leute, die bei einem nicht ganz lupenreinen Betragen gern mal ein Auge zudrücken. Insbesondere unter schwierigen und außergewöhnlichen Umständen. Wie im Krieg beispielsweise.

Mariani war ein fähiger Soldat und ein hervorragender Ausbilder. Wie gesagt, eine außergewöhnliche Karriere. Es wurde als kleine Unannehmlichkeit abgetan. Ich weiß allerdings nicht, ob er seine Lektion gelernt hat, denn er wurde seitdem nicht mehr gesehen.«

»Und dieser Soldat, den er umgebracht hat?«

»Du würdest gern mit seiner Schwester reden, stimmt's? Es war ein Holländer, Van der Irgendwas. Mein Freund erinnert sich nicht an den Namen. Du könntest versuchen, im Internet was über den Fall herauszufinden. Aber selbst wenn du fündig wirst, musst du noch den Namen der Schwester rauskriegen.«

»Nein, das hat keinen Sinn. Nur dass …«

»… es ganz so aussieht, als wäre das dein Mann. Und genau das macht dich misstrauisch, richtig?«

Giovanni nickt.

»Was hältst du davon, Oberst?«

»Von diesem Mariani oder von dem, was du mir erzählt hast?«

»Von beidem.«

Ulivi fährt sich mit der Hand über den Mund.

»Deine Rekonstruktion erscheint mir schlüssig. Klingt durch und durch plausibel. Mariani könnte wirklich dein Mann sein. Vielleicht hat er sich, als er beim Militär eine Pause eingelegt hat, von irgendeinem Geschäftsmann als Bodyguard anheuern lassen. Große Industrieunternehmen geben Millionen für ihre Sicherheit aus. Wenn jemand mit viel Geld eine Art Privatkorps zu seinem persönlichen Schutz aufziehen wollte, dürfte Marianis

Lebenslauf ihm nicht entgangen sein. Vielleicht haben sie ihn auch nur angeheuert, um die Sache mit der Erpressung zu regeln.«

»Und vielleicht hat er sich inzwischen eingestehen müssen, dass seine kleine Schwäche für halbwüchsige Mädchen größer ist als gedacht. Und dass er diesen Zwischenfall gar nicht mal so sehr bedauert.«

»Auch das kann sein.«

»Sein Chef hat möglicherweise gar keine Ahnung, meinst du nicht?«

»Ich glaube nicht, dass dein Problem allein da liegt.«

Giovanni will etwas erwidern, doch ein Hustenanfall schneidet ihm das Wort ab. Der Oberst sieht ihn mit einem feinen Lächeln an und hebt das Whiskeyglas.

»Und du machst mir Vorwürfe wegen dem hier? Wie viele rauchst du am Tag?«

»Entschieden zu viele. Was wäre denn mein Problem?«

»Meiner Meinung nach hast du zwei. Mein Freund hat mir heute gesagt, ich sei nicht der Einzige, der sich dieser Tage nach Mariani erkundigt hat.«

»Wer noch?«

»Ein Journalist. Der Nachrichtendirektor einer führenden Tageszeitung. Er hat mir den Namen nicht genannt. Aber die Aussage ist glaubhaft. Weißt du etwas darüber?«

»Nicola«, flüstert Giovanni.

»Dieser Freund von dir? Glaubst du, er hat die Zeitungen eingeschaltet? Wozu sollte das …«

»Vergiss es. Und das zweite Problem.«

Der Oberst nimmt einen Schluck, setzt sich auf und stützt die Ellenbogen auf die Knie.

»Nun, dieser Mariani war kein Waisenknabe. Oder sagen wir's besser in der Gegenwart: ist kein Waisenknabe. Und nach dem, was du mir erzählt hast, ist er in wenigen Sekunden auf die Bretter gegangen, obwohl er eine Pistole in der Hand hatte und der andere unbewaffnet war.«

»Und?«

»Krav Maga. Weißt du, was das ist?«

»Keinen Schimmer.«

Der Oberst lächelt. Er sieht aus wie ein Kind, das seine Weihnachtsgeschenke auspackt und gerade genau das entdeckt hat, wonach es suchte.

»Eine Selbstverteidigungstechnik, ein Nahkampfsystem zum Schutz einer dritten Person. Haben die Israelis erfunden. Ein Mittelding zwischen Prügelei und Kampfkunst, um es grob zu vereinfachen. Sie dient größtenteils dazu, jemanden, der einen mit einer Pistole, einem Messer, einer Ahle, einer Machete oder sonst irgendetwas bedroht, zu entwaffnen. Auch Frauen werden darin unterrichtet, denn das Entscheidende dabei ist die Schnelligkeit, nicht die Kraft. Parmeggiani hat eine Krav-Maga-Technik angewandt.«

»Komm zum Punkt.«

»Nun ja, heutzutage gibt es Schulen, die einem so etwas beibringen. Wie gesagt, mit der Sicherheit lässt sich eine Menge Geld machen. Aber wir reden von einem, der einen erfahrenen Soldaten entwaffnet hat, der ihm eine Pistole an die Stirn hielt. Und der bereit ist, einiges in diese Sache zu investieren. Das hat der nicht in irgendeinem Frauenfitnessstudio gelernt. Mariani arbeitet möglicherweise für Dritte, der ist ein Söldner. Aber diesem Parmeggiani haben sie die Schwester umgebracht. Und der weiß, wie er sich Respekt verschafft. Hättest du ein Foto, könnte ich klären, ob er wirklich derjenige ist, der er zu sein behauptet. Ich könnte es an die richtigen Stellen weitergeben und sehen, was dabei herausspringt. Aber denk dran, dich in Acht zu nehmen, solltest du ihm über den Weg laufen. Vergiss das nicht, wenn du seine Rolle in dieser Geschichte zu ergründen versuchst.«

Giovanni steht auf. Sorgfältig drückt er die Zigarette im Aschenbecher aus.

»Ich werde dran denken, versprochen.«

Der Oberst stellt das Glas neben dem Sessel ab und steht ebenfalls auf.

»Ich weiß, schließlich bist du richtig gut. Das habe ich immer gewusst.«

Marra versucht zu lächeln, doch stattdessen kann er sich nur langsam auf die Tür zu bewegen und den Blick über jeden Zentimeter dieser Wohnung wandern lassen, verzweifelt bemüht, die Vergangenheit, die ihn aus jedem Winkel anspringt, zurückzudrängen.

Auf der Schwelle bleibt er stehen, um sich die weit und breit einzige Fotografie anzusehen. Sie steht auf einem niedrigen Schubladenschränkchen neben dem Telefon.

Auf dem Bild ist Oberst Ulivi mit Wesley Clark zu sehen, dem ehemaligen Oberbefehlshaber der NATO-Streitkräfte im Kosovo.

»Wir sind fast gleich alt, er ist nur unwesentlich jünger. Wir waren Freunde. Es ist kurz vor Dayton aufgenommen worden, du weißt schon, die Friedensvereinbarung in Bosnien. Er war maßgeblich daran beteiligt. Er ist wirklich gut.«

Giovanni nickt abwesend.

»Du wirst kein Foto von ihr finden, Commissario.«

Marra fährt herum. Der Blick, den er dem Oberst zuwirft, ist voller unwillkürlichem, ungewolltem Hass, der sich sogleich in eine merkwürdige Schwermut verwandelt.

»Ich habe meine Tochter nicht vergessen. Aber ich muss versuchen, weiterzuleben. Du hast recht, vielleicht trinke ich zu viel. Aber als ich dich kennenlernte, hast du auch nicht so viel geraucht. Unsere Leben haben sich binnen eines Tages geleert, Giovanni. Aber wir sind trotzdem noch da. Niemals wollte ich der Beerdingung meiner Tochter beiwohnen. Jedes Mal, wenn ich auf dem Certosa-Friedhof bin, fühle ich mich wie ein alter Baum, dem nach und nach die Wurzeln gebrochen werden. Wenn ich sterbe, dann, weil mein Herz auf dem Weg zurück zum Auto entzweibricht, dort auf dem Friedhof. Aber noch ist das nicht passiert. Und ich kann mir das nicht zum Vorwurf machen. Mein Bedürfnis zu überleben ist einfach zu groß. Verstehst du?«

Seine Stimme ist ein Flüstern. Ein hauchdünner Luftzug, der ihn wundersamerweise auf den Beinen und vom Weinen abhält. Für ein paar Sekunden klammert er sich an diese Sätze, dann kneift er die Augen zusammen.

»Ich habe nie verstanden, warum du dir nicht eine andere gesucht hast, Giovanni.«

»Weil ich nicht kann.«

Die Augenbrauen des Obersts ziehen sich jäh zusammen, als wollten sie seine Verständnislosigkeit noch unterstreichen.

»Es geht nicht, Oberst, ich kann mir einfach nicht verzeihen.«

»Blödsinn.«

»Ja, Blödsinn.« Er öffnet die Tür und lehnt sich gegen den Türrahmen. »Vielleicht. Aber was ist mir denn sonst noch geblieben?«

In einem Sträßchen hinter einem Hotelparkplatz stehe ich am Auto und blicke Richtung Strand, auf die Mütter mit Kindern, die vom Mittagessen zurückkommen, auf die Sonne, die sich auf den parkenden Autos spiegelt. Das Reptilienhaus ist rund hundert Meter entfernt.

Meine Aufmerksamkeit ist völlig von dem in Beschlag genommen, was mein Journalistenfreund Alessandro Neri, den ich um Informationen zu Mariani und Saras Bruder gebeten hatte, mir soeben am Telefon erzählt hat.

»Sag das bitte noch einmal.«

Er benutzt genau die gleichen Wörter wie kurz zuvor. Die Schilderung zweier Leben, eingedampft auf wenige knappe Sätze. Während ich ihm zuhöre, denke ich an Mariani, die Pistole in der Faust, den nadelspitzen Blick auf sein Ziel gerichtet. Dann sehe ich wieder die Gesten vor mir, mit denen der andere ihn entwaffnet hat, die rasend schnellen Bewegungen, das Geschick, mit dem er die Situation komplett umgedreht hat.

Zwei Menschen, die im Grunde gar nicht existieren dürften. Zwei Echos eines anderen Lebens, die Sara Parmeggianis Lächeln und diese Fotos wieder auf den Plan gerufen haben. Zwei Menschen, bei denen es sich nicht um eine lächerliche Namensverwechslung handeln kann.

»Alles in Ordnung, Nicola?«

Alessandros Stimme fährt mir durch den Kopf.

»Ja, danke«, fange ich an. Und lege, ohne noch etwas zu sagen, auf.

Vom anderen Ende der Strandpromenade schlendert der Mann, auf den ich warte, langsam auf das Reptilienhaus zu. Ich nehme ihn ins Visier und drücke auf den Auslöser. Vier schnelle Aufnahmen, die der Fotoapparat des Handys nicht so schnell verarbeiten kann.

Dann verlasse ich die Straße. Ich will nicht, dass er mich von hier kommen sieht. Ich will ihn auf keinen Fall auf die Idee bringen, dass ich ein anderes Auto haben könnte. Das ihn zu Marco und dessen Hotel führen könnte.

An der ersten Kreuzung biege ich nach links in die Parallelstraße zur Strandpromenade ein und gehe ein Stück. Dann nehme ich eine Seitenstraße, die sich um ein sechsstöckiges Mietshaus windet. Von dort aus gehe ich ruhig bis zum Strand weiter. Das Handy um den Hals, die Flipflops, die auf den Asphalt klatschen. Ich überquere die Fahrbahn und stelle mich auf das freie Stück Strand neben dem Reptilienhaus, möglichst weit entfernt von einer Gruppe Jugendlicher, die sich im Kreis auf ihren bunten Badetüchern räkelt. Mir direkt gegenüber auf der anderen Straßenseite liegt die Polizeistation.

Die drei Ruinen der alten Ferienkolonie hinter mir sehen aus wie ein riesiger, auf der Seite liegender Dinosaurier. Als Kind glaubte ich, darin lebten Gespenster. Heute hingegen habe ich das Gefühl, als lauere hinter diesen Mauern, die mir im Nacken sitzen, etwas sehr viel Schlimmeres.

Man hat sie eingezäunt. Davor, direkt an der Straße, wird gerade ein Gerüst aufgebaut. Ganz Riccione ist mit gelben Plakaten gepflastert, die das Fest zu ihrem Abriss ankündigen. Die Rede des Bürgermeisters, das Feuerwerk, das Konzert von Giorgia. Und mittendrin die Sprengung der drei Gebäude. Ein Sterbehilfespektakel für eine Vergangenheit, an die sich in ein paar Jahren niemand mehr erinnern wird.

Antonio Parmeggiani überquert die Straße genauso gelassen wie immer. Beim Anblick seiner Hände in den Jeanstaschen, muss ich unwillkürlich an den kleinen Revolver denken, den er mir in der Bar ins Gesicht gehalten hat. Und an all die Gründe, weshalb ich mich hier mit ihm treffen wollte, am Tag und in aller Öffentlichkeit.

Während er auf mich zukommt, ziehe ich mein T-Shirt aus, binde es mir um die Taille und schalte das Telefon aus. So warte ich auf ihn, am Strand, mit nacktem Oberkörper, ein x-beliebiger Tourist. Alessandros Worte tanzen mir im Kopf herum wie Bojen, die eine mögliche Gefahr signalisieren. Ohne zu grüßen bleibt er zwei Schritte vor mir stehen.

»Und jetzt?«

Ich halte ihm eine Memorycard hin. Hastig, mit einer fast mechanischen Bewegung, in der Hoffnung, dass er meine zitternden Hände nicht bemerkt.

Parmeggiani zieht einen weißen, quadratischen Media-Reader aus einem kleinen Rucksack und steckt sie hinein. Langsam geht er alle Bilder durch, die ich ihm gerade gegeben habe. Zweimal, ohne Pause. Dann sieht er auf. Und sein Blick verheißt nichts Gutes.

»Was zum Teufel soll das?«

Ich wusste, dass er mich das fragen würde. Er hatte das Gesicht des Mannes erwartet. Doch ich habe es nicht, habe es nie gehabt und habe auch nicht den leisesten Schimmer, um wen es sich handeln könnte. Ich sage es ihm, möglichst klar und direkt. In der Hoffnung, dass er mir glaubt.

»Verarsch mich nicht.«

»Ich verarsche dich nicht. Ich weiß, dass die Fotos von diesem Typen irgendwo sein müssen. Und ich kann dir auch sagen, in welchem Hotel in Rom die Bilder aufgenommen wurden. Außerdem weißt du, dass ich dort war. Aber niemand hat mir verraten, wer der Typ ist. Und inzwischen ist mir das auch scheißegal. Nimm die Fotos, und wir sind quitt. Wer weiß, vielleicht ist sein Gesicht auch nirgends zu sehen.«

»Du irrst dich. Und ob es zu sehen ist.«

»Und was willst du dann von mir?«

Antonio Parmeggiani starrt mich unvermindert an. Zum ersten Mal scheint so etwas wie Unsicherheit über sein Gesicht zu huschen.

»Verkauf mich nicht für blöd, Zanardi.«

Ich überhöre ihn.

»Du hast die Fotoapparate im Hotel installiert, stimmt's? Da waren zwei. Einer hat die Fotos gemacht, die ich habe. Der andere die, die du suchst. Die mit dem Gesicht des Typen, der mit deiner Schwester im Bett war. Ich glaube, du hast die Aufnahmen sogar gesehen. Vielleicht hat Saras Mörder die Bilder mitgenommen, und du hast gehofft, sie hätte eine Kopie davon, in der Tasche, die ich mit meiner verwechselt habe. Aber da war nichts. Und so bricht dein Kartenhaus plötzlich in sich zusammen, hier am Strand.«

Er lächelt. Das überhebliche Gesicht eines Menschen, der sich gerade einen Riesenblödsinn anhören musste. Sofort drückt die Panik mir die Luft ab, dringt mir unter die Haut. Ich spiele eine Rolle, für die ich nicht gut genug bin. Aber ich habe keine andere Wahl.

»Er hat sie nicht. Ich hätte dich für schlauer gehalten. Glaubst du, Mariani hätte sonst versucht, sie dir abzujagen?«

»Jetzt verkauf du mich nicht für blöd. Mariani glaubt, es gäbe noch eine Kopie der Bilder. Genau wie du. Und er wollte dafür sorgen, dass niemand sie benutzen kann. Er hat Sara umgebracht, stimmt's? Und er hat auch die Originale mitgenommen.«

Einen Moment lang lässt sein Blick von mir ab, wandert zu der Gruppe Jugendlicher, die in der Sonne liegen, dann zum Meer. Als er zu mir zurückkehrt, ist er wieder kalt wie der Winterhimmel.

»Mariani ist ein Tier. Einer, dem es Spaß macht, jemanden umzubringen. Sara war dumm. Ich hab immer wieder versucht, sie zu warnen, aber sie glaubte mir nicht. Ich kenne Mariani. Ich kenne ihn gut. Ich weiß, wozu er fähig ist.«

»Ja, ich hab davon gehört.«

»Ach, richtig, ich vergaß, dass du schon ein bisschen herumgeschnüffelt hast ... Nein, davon hast du nicht gehört. Und selbst wenn, man muss es mit eigenen Augen gesehen haben.«

Ich sage nichts. Wenn jemand dir etwas sagen will, halt den Mund und hör zu, hat Abdel immer gesagt. Wenn jemand redet, ist das wie eine Welle. Versucht man, sie zu beschleunigen, bricht sie. Und wenn man sie bricht, ist sie für immer verloren.

»Es ist schon viele Jahre her. Im Kosovo. Es hieß, er spielte ein doppeltes Spiel und verscherbelte heimlich Waffen, die die Nato bei den Serben beschlagnahmt hatte. Und er würde vor nichts zurückschrecken. Wenn man ihn reden hörte, konnte er glatt als einer von ihnen durchgehen. Ich weiß nicht, wo er die Sprache gelernt hat. Doch ich weiß, dass man sich besser nicht mit ihm anlegte.

Ich habe mal einen gesehen, der's getan hat. Sie haben ihn in einem Graben gefunden. Ohne Zunge und ohne Augen. Daneben lagen die Leichen seiner Frau und seiner älteren Tochter. Bei der jüngeren hat er sich damit begnügt, sie vor den Leichen der Eltern zu vergewaltigen. Sie war vielleicht zwölf Jahre alt. Danach folgten noch andere.«

»Andere?«

»Ja, sicher. Meist waren es Waisen. Dreizehn, vierzehn, einige auch jünger. Manche sind tot. Andere wären es vielleicht gern. Wer es erfahren sollte, hat es immer erfahren.«

»Und wieso …«

»Wieso hat nie jemand was unternommen? Weil es nur kleine Mädchen waren, Zanardi. Ohne Eltern, ohne Verwandte. Und selbst wenn, war das scheißegal. Sie brauchten Mariani. Seine Kontakte, seine Grausamkeit. Was glaubst du denn, wie manche Dinge funktionieren? Alles andere konnte irgendwie geopfert werden. Wenn man einen Tiger abrichtet, Tiger zu sein, darf man sich nicht wundern, wenn er beißt, sobald man ihn aus dem Käfig lässt. Schließlich hat man genau das von ihm gewollt.«

Er macht eine Pause. Er scheint etwas in meinem Blick zu suchen. Dann fährt er fort.

»Ich habe versucht, ihn aufzuhalten. Ich konnte einfach nicht die Augen verschließen. Damals war er mein Ausbilder. Es gab Gerüchte, Dinge, die jemand gesehen hatte. Er hat ein vierzehnjähriges Mädchen vergewaltigt, die Schwester eines holländischen Offiziers. Ich habe dafür gesorgt, dass der Bruder es erfuhr. Den hat Mariani ebenfalls umgebracht. Sie mussten ihn entlassen. Danach habe ich ihn nicht mehr gesehen, bis vor einigen Tagen.«

Ich sehe ihn an.

Ich habe einen merkwürdigen Geschmack im Mund. Etwas, das mehr ist als Angst. Es ähnelt dem Gefühl der Leere, das sich mir als Kind in Kopf und Magen ausbreitete, wenn es nachts still wurde und das Dunkel sich langsam zu regen begann. Ich atme tief durch und zwinge mich zum Sprechen.

»Was hast du im Kosovo gemacht?«

»Meine Arbeit.«

»Und was für eine Arbeit ist das, Antonio?«

»Berater. Import-Export. Ich stelle meine Erfahrung und meine Kontakte Leuten zur Verfügung, die sie in Anspruch nehmen wollen.«

»Du hast gesagt, Mariani war dein Ausbilder. Warst du Soldat? Bei der Nato? Ein Söldner?«

»Söldner, was für ein hässliches Wort. Und vollkommen unpassend. Ich stehe voll hinter dem, was ich tue. Und der Mehrwert dabei ist nicht das Geld. Wie gesagt, ich bin Berater.«

»Deshalb warst du während des Krieges im Kosovo ...«

»So ist es.«

»Und deshalb taucht dein Name auch in keinem italienischen Melderegister auf ...«

Er ist nicht überrascht. Er sieht mich nur scheinbar verständnislos an.

»Jeder hat das Leben, das er bekommen hat. Oder das er sich ergattert hat. Man ist kein anderer Mensch, nur weil man anders heißt.«

»Nein, das stimmt. Man bleibt immer man selbst, auch wenn man nicht dasselbe Spiel spielt wie die anderen. Doch wenn man sich versteckt, macht einen das schon verdächtig.«

»Ich habe meine eigenen Regeln.«

»Und nach denen hättest du mich umgebracht.«

»An dem Tag in der Bar habe ich dir das Leben gerettet. Du wärst nicht mehr nach Hause gekommen, Zanardi. Vielleicht hätte er dich auf der Treppe erwischt, beim Aufschließen der Wohnungstür. Oder abends, beim Weggehen. Die Zeitungen hätten von einem Überfall mit tödlichem Ausgang gesprochen, so etwas liest man täglich. ›Die Kriminalität breitet sich aus›, oder ähnlichen Mist. Ohne mich wärst du tot. Und das wäre doch sehr schade. Ich halte dich am Leben, denk dran.«

»Und wieso sollte er so lange gewartet haben? Wieso hat er mich nicht gleich nach meiner Rückkehr nach Bologna umgebracht, nach der Verwechslung der Gepäckstücke?«

»Dafür gibt es zahlreiche Gründe. Weil du mit diesem Kommissar befreundet bist und dein Tod verdächtig gewesen wäre. Weil er überzeugt war, dass du die Fotos hast, die richtigen. Er hat gewartet, dass du ihn zu ihnen führst. Hättest du alles bei der Polizei abgegeben, hättest du keine Probleme gekriegt. Marianis Freunde sind in der Lage, ihm alles zu besorgen, was er verlangt. Egal, wo es ist. Doch so hast du ihm den Eindruck vermittelt, du hättest etwas zu verstecken. Und dann hast du, soweit ich weiß, einen Einbruch in deiner Wohnung gemeldet. Er hat sie gesucht, sie nicht gefunden, und ist dann vielleicht darauf gekommen, dass du sie im iPod mit dir herumschleppst. An dem Punkt hat ihm schließlich jemand aufgetragen, sie sich zu besorgen. Ohne Rücksicht auf Verluste.«

»Deine Schwester hat diesen Mann geliebt, stimmt's?«

Ich weiß noch nicht einmal, weshalb ich in das gefragt habe, doch er reißt die Augen auf und nickt langsam.

»Ja. Und sie glaubte, er liebte sie auch. Ich habe versucht, ihr klarzumachen, wie es wirklich ist. Eine Weile lang glaubte ich, ich hätte es geschafft. Doch dann …«

»Wie viel Geld wolltet ihr von ihm haben?«

»Kein Geld. Sara brauchte kein Geld. Wie gesagt, sie war verliebt. Sie hätte ihm niemals weh getan. Nicht als Erste.«

»Aber wenn sie ihn liebte, wieso hat sie ihn dann erpresst?«

»Weil er es verdient hat. Und sie wollte ein anderes Leben.«

»Und?«

Er tritt nah an mich heran. Aus der Nähe wirken seine Augen noch härter.

»Kannst du dir das nicht vorstellen, Zanardi? Kapierst du's nicht? Weißt du's wirklich nicht?«

»Nein, ich weiß es nicht.«

Feixend tritt er einen Schritt zurück.

»Dann frag mal deinen Freund, den Kommissar. Du wirst sehen, der weiß es. Aber sei vorsichtig. Diese Geschichte schadet der Gesundheit. Und wenn dir deine Gesundheit am Herzen liegt, hältst du dich besser raus. Du hast die Fotos nicht. Du hast nicht den blassesten Schimmer, wer darauf sein könnte. Ich weiß es, und Mariani weiß es ebenfalls. Vielleicht sieht er sie sich genau in diesem Moment an. Du bist aus dem Schneider, Nicola. Und wenn ich du wäre, würde ich zusehen, dass das so bleibt.«

»Drohst du mir?«

Ich feuere den Satz heraus. Wenn ich auch nur eine Sekunde warte, kriege ich womöglich kein Wort mehr über die Lippen. Als Antwort erhalte ich das übliche ausdruckslose Lächeln.

»Ich bin keiner, der Drohungen ausspricht, Zanardi. Damit verliert man nur Zeit. Und es ist mir auch völlig wurst, ob du die Fotos gesehen hast oder nicht. Wenn sie dich umbringen, kümmert mich das einen Scheißdreck. Aber meine Schwester ist tot. Und es ist egal, was wir mit den Fotos vorhatten. Das Einzige, was zählt, ist, wer sie umgebracht hat.«

Ich sehe ihn an. Wie gerne hätte ich irgendetwas in Petto, das das Blatt zu meinen Gunsten wendet, doch dem ist nicht so. Ich habe kein Ass mehr im Ärmel. Das Einzige, das ich hatte, war nicht hoch genug.

»Mariani arbeitet für ihn, richtig? Für den Mann auf den Fotos? Der Mann auf den Fotos hat sie umbringen lassen, stimmt's? Wer ist er?«

Antonio Parmeggiani schüttelt den Kopf.

»Geh nach Hause, das ist besser. Und denk nicht zu viel.«

Vielleicht hat er recht. Im Grunde bin ich genau deshalb hier. Um mir mein früheres Leben zurückzuholen. Und den Rest anderen zu überlassen. Meine Hände sind nicht stark genug, um alles in Stücke zu hauen.

»Wieso hast du mir diese Geschichte erzählt?«

Er starrt mich an, als würde er mich zum ersten Mal sehen.

»Weil es Zeit ist, sie zu Ende zu bringen. Jedem sein Leben, genau wie du sagst. Und deshalb hatte ich beschlossen, dir im Tausch für die Fotos den Mörder meiner Schwester zu liefern. Damit du ihn deinem Kommissar übergeben kannst, falls der in der Lage sein sollte, ihn zu schnappen.«

»Und der Mann auf den Fotos? Hat er denn nicht …«

»Der Mann auf den Fotos lebt in einer Welt, an die nicht einmal dein Freund im Entferntesten herankommt. Und um deinen Satz zu Ende zu bringen, er hat meine Schwester nicht umbringen lassen. Gewisse Aufträge haben keinen Auftraggeber. Es gibt Menschen, die sie ausführen, auch ohne sie zu bekommen.«

Er zieht die Hände aus den Taschen. Zeigt mir den Memory-Reader mit der Memorycard im Schlitz.

»Die hast du allen gegeben, stimmt's? Mir, deinem Kommissar.«

Ich nicke.

»Deine Art, dich aus der Affäre zu ziehen. Du gibst allen die gleichen Karten, wie ein anständiger Kartengeber. Außer dem, der sie schon hat. Und dann weigerst du dich, mitzuspielen. Sehr gut. Aber du musst darauf hoffen, dass deine Mitspieler dir glauben. Und dass keiner sich in den Kopf gesetzt hat, du könntest schummeln.«

Ich sehe ihn nur an. Er kommt wieder näher. Ein langsamer Schritt, der geräuschlos im Sand versinkt. Ich versuche, seinem Blick standzuhalten. Für einen winzigen, ewig langen Augenblick starrt er mir in die Augen. Dann dreht er sich um und entfernt sich ein paar Schritte. Er sieht sich um.

»Clever von dir, dich in Badehosen an den Strand zu stellen. Keine Waffen, keine Mikros, das abgeschaltete Telefon um den

Hals. Die Leute am Strand, die Polizei auf er anderen Straßenseite. Nicht schlecht. Die Angst bringt deine Nervenzellen auf Trab, Zanardi.«

Er macht eine Pause.

»Ich glaube, wir sollten uns jetzt voneinander verabschieden. Solltest du nicht versucht haben, mich in den Arsch zu ficken, sehen wir uns hiermit zum letzten Mal. Solltest du aber diese Fotos aus irgendeinem Grund doch haben, kannst du sicher sein, dass ich es früher oder später erfahre. Und wenn ich dich dann besuchen komme, dann bestimmt nicht, um ein Schwätzchen zu halten. Habe ich mich klar ausgedrückt?«

Ich will ihm zum hundertsten Mal sagen, dass ich nicht den leisten Schimmer habe, wo das ist, was er sucht. Aber ich bin nicht schnell genug. Etwas hinter Antonios Rücken zieht meine ganze Aufmerksamkeit auf sich. Nur wenige Meter von mir entfernt stehen Roberta und Lisa vor dem Reptilienhaus auf dem Bürgersteig.

Die Augen des Mädchens mustern mich kurz, ein Aufleuchten, das sofort wieder hinter dem Schleier der Gleichgültigkeit verschwindet. Roberta hingegen starrt mich an. Sie kneift die Augen zusammen, die Muskeln angespannt. Dann dreht sie sich um und geht davon. Lisa folgt ihr mit gesenktem Kopf, das Haar fällt ihr ins Gesicht.

»Ich warte auf deine Antwort.«

»Ja, ich weiß. Aber ich habe nicht, was du suchst.«

Er breitet die Arme aus.

»Na, dann ist unsere Unterhaltung hiermit beendet. Grüß mir deinen Polizistenfreund.«

Ich nicke. Er will gerade los, als irgendetwas ihn zurückhält. Er dreht sich zur Straße um. Roberta und Lisa gehen hastig davon und verschwinden in einer der schmalen Straßen, die die Strandpromenade wie alte Narben kreuzen. Seine Lippen öffnen sich zu einem verschwörerischen Grinsen.

»Hübsche Frau und hübsches Mädchen. Die Kleine sah allerdings ziemlich traurig aus, findest du nicht?«

»Hab ich nicht drauf geachtet. Ich hab nachgedacht.«

»Ach ja? Du hast nachgedacht und nicht drauf geachtet. Ich aber schon, Zanardi. Ich habe drauf geachtet. Denk daran, sollte dir zufällig einfallen, wo diese Fotos sind.«

Umhüllt von der klimatisierten Luft in der Fahrerkabine, verfolgt Simone Mariani über Kopfhörer Worte, die nur ein paar dutzend Meter entfernt gesprochen werden.

Er versteht nicht jeden Satz. Das Richtmikrofon funktioniert einwandfrei, doch genau deshalb erfasst und verstärkt es Geräusche, die ihn eigentlich nicht interessieren. Sinnlose Gesprächsfetzen, die er herausfiltern muss, ehe er dem Grauen das Band gibt.

Der wird nicht sonderlich erfreut sein über das, was er herausgefunden hat. Nur der letzte Teil der Unterhaltung könnte von Interesse sein. Parmeggianis Anspielung auf eine Frau und ein Mädchen, möglicherweise die, die aus dem Reptilienhaus herauskamen. Nicola Zanardi hat viele Schwachstellen. Seine Mutter zum Beispiel. Seine Ärztefreundin. Und jetzt auch eine Frau. Und ein kleines Mädchen.

Wäre der Fotograf seine Zielperson, gäbe es tausend Möglichkeiten, ihn weichzukochen. Nur dass er die Wahrheit zu sagen scheint. Er hat die fehlenden Fotos nicht, er weiß noch nicht einmal, wo sie sind.

Er ist nur eine kleine Plastikkugel, die in ein schier endloses Roulettespiel hineingeraten ist. Ein Körnchen im Getriebe, das die Dinge, die ihn eigentlich interessieren, endlos verzögert: Die Mission beenden, die gestohlenen Fotos abliefern. Ein für alle Male die Vergangenheit auslöschen, die wieder an die Oberfläche zu steigen droht. Und Antonio Parmeggianis Tod als Prämie.

Bei Tage besehen, wirkt der Salon im *Il Diavolo in rosa* wie ein schäbiges Bordell aus einem schlechten Siebzigerjahre-Streifen. In der Mitte des großen, fensterlosen Raumes steht eine runde Plattform, die als Bühne dient. Im Zentrum eine goldfarbene Metallstange, vom Boden bis zur Decke. Ringsum an den Wänden ein einziges, feuerrotes Sofa, das nur von der Bar und der Tür ins obere Stockwerk unterbrochen wird.

»Wenn ich wollte, könnte ich den Laden morgen dichtmachen. Das ist Ihnen doch klar, Signor Gherardi?«

Der Besitzer des Lokals ist ein Typ um die vierzig, der als Joe Pescis Leibwächter in einem Scorsese-Film herhalten könnte. Zwischen seinen spitzen Koteletten hindurch glotzt er den Kommissar an, als hätte er keine blasse Ahnung, weshalb die Polizei unangekündigt und am helllichten Nachmittag in sein Lokal eingefallen ist, um die Reinigungsfirma, die im Hof wartet, von ihrer Arbeit abzuhalten.

»Das glaube ich nicht, Commissario. Dies ist ein privater Verein, ein Club für mündige Erwachsene, die sich keines Verbrechens schuldig machen.«

Giovanni lächelt. Einen Moment lang sieht er die mündigen Erwachsenen regelrecht vor sich, wie sie die Sofas belagern, ins obere Stockwerk verschwinden, einander über die Monitore beobachten, die er gleich hinter der Eingangstreppe gesehen hat.

»Sie wollen mir also sagen, dass das, was man so hört, nicht stimmt, Signor Gherardi. Dass jemand, der keine Lust hat, allein zu sein, hier immer irgendeine hübsche Russin oder Slawin findet. Oder eine Studentin, die ihre Studiengebühren verdienen muss. Und die Ihnen dazu dienen … sagen wir mal, diese mündigen Bürger zu unterhalten.«

»Das ist alles Quatsch, Commissario. Ich weiß gar nicht …«

»… wovon ich eigentlich spreche, natürlich. Dann haben Sie bestimmt auch nichts dagegen, wenn wir an einem der nächsten Abende mal jemanden vorbeischicken, um sich davon zu überzeugen. Sie wissen, dass Zuhälterei in Italien strafbar ist, nicht wahr?«

Gherardi schwitzt. Und dass die Klimaanlage in dem geschlossenen Lokal ausgeschaltet ist, trägt nicht gerade dazu bei, seine Lage zu verbessern.

»Lassen Sie uns reden, Commissario.«

»Nichts lieber als das. Deshalb bin ich hier.«

»Zum reden?«

»Natürlich, zum reden.«

Gherardi zieht ein Taschentuch aus der Tasche und wischt sich damit über die Stirn. Zweimal. Er lächelt, verlegen und erleichtert.

»Ganz schön heiß hier.«

Er steckt das Taschentuch weg und räuspert sich.

»Schießen Sie los, Commissario.«

»Sie kennen diesen Mann.«

Das Foto ist plötzlich in Marras Händen, ohne dass der andere es hat dorthin gelangen sehen. Und der Satz des Kommissars ist keine Frage. Gherardi bemüht sich, ruhig zu bleiben. Er nickt entschieden. Zu entschieden vielleicht. Selbst wenn ihm dieses Gesicht noch nicht untergekommen wäre, war es tagelang auf den Lokalseiten der Zeitung zu sehen. Seitdem war er sich ziemlich sicher, dass die Polizei irgendwann bei ihm auftauchen würde.

»Aurelio Strazzari«, sagt er. Und zwingt sich, Marra in die Augen zu sehen.

»Darüber gibt es keinen Zweifel.«

Er zieht das Foto weg und lässt ein anderes zum Vorschein kommen. Erst jetzt bemerkt Gherardi, dass sich unter dem ersten Bild ein ganzer Stapel Fotografien verbirgt. Marra blättert sie Stück für Stück durch. Immer ist Strazzari zu sehen. Dazu verschiedene junge Frauen. Einige davon blutjung. Gherardi fängt wieder an zu schwitzen.

»Die sind nicht hier gemacht worden.«

Giovanni blättert weiter. Auf dem letzten ist Strazzari zwischen zwei Mädchen zu sehen. Die eine ist blond und hat den Kopf zwischen seinen Beinen. Die andere nuckelt ihm an einer Brustwarze. Beide sehen noch nicht einmal volljährig aus.

»Hier ist er nie mit so jungen Mädchen aufgetaucht. Das schwöre ich Ihnen.«

Marra schüttelt den Kopf.

»Natürlich schwören Sie mir das. Was sollten Sie denn auch sonst tun? Aber das reicht mir nicht.«

Plötzlich werden Gherardis Pupillen weit.

»Das reicht Ihnen nicht?«

»Nein, das reicht mir nicht. Ich will mehr wissen. Ich will etwas über Aurelio Strazzari wissen.«

Der Besitzer des *Il Diavolo in rosa* holt tief Luft. Vergräbt die riesigen Hände in den Taschen. Lässt den Blick an den Wänden des Salons entlangwandern. Er scheint zu überschlagen, was er zu verlieren hat, wie er es verliert und was ihm am Ende bleibt.

»Er war ein guter Kunde. Er kam oft. Immer in Begleitung verschiedener Frauen. Ich habe ihn nie allein gesehen.«

»Wer?«

»Sie wollen wissen, wer die Frauen waren? Commissario, wollen Sie mich ruinieren? Wissen Sie überhaupt, wer hierherkommt? Können Sie sich vorstellen, was passiert, wenn sich rumspricht, dass ich Namen genannt habe? Und dann noch von Frauen …«

Giovanni hebt die linke Hand. Der Beamte, der neben dem Eingang steht, eilt herbei. Marra steckt die Fotos in eine Tüte und gibt sie ihm. Der junge Mann verschwindet wieder.

»Ich dachte, wir hätten eine Abmachung, Signor Gherardi.«

»Das ist zu viel verlangt, Commissario.«

»Ich habe noch gar nichts von Ihnen verlangt. Sie verlangen

von mir, eine Straftat zu ignorieren. So zu tun, als sei das hier wirklich ein Treffpunkt für Leute, die ficken und gefickt werden wollen.«

»Commissario!«

»Was denn, schockiert Sie etwa meine Ausdrucksweise? Ich könnte mir vorstellen, dass man hier drin so einiges zu hören bekommt. Das gehört doch zum Spiel dazu, nicht wahr? Und Sie sind bestimmt ein leidenschaftlicher Spieler.« Er macht eine Pause. Legt ihm eine Hand auf die Schulter. »Also spielen wir, und Sie werden sehen, sie werden es nicht bereuen. Die Regeln bestimme allerdings ich.«

Gherardi sieht zu Boden.

»Er hatte sie gerne jung. Sehr jung. Je jünger, desto besser. Aber die kamen nie über uns. Er hatte bereits seine … Bekanntschaften. Die hat er hier natürlich erweitert. Ich weiß nicht, wer die waren, mit denen er kam, aber es waren allesamt Italienerinnen. Das hört man schließlich am Akzent. Alle sehr schön, herausgeputzt, aber nicht vulgär. Und jung, wie gesagt. Sehr jung.«

»Kontrolliert ihr bei euren Kunden nicht die Ausweise?«

»Doch, immer. Außer in besonderen Fällen.«

»Und Strazzari war so ein besonderer Fall.«

»Er kam drei- oder viermal im Monat. Niemals in einer Gruppe, immer nur er und eine Frau. Ein Mädchen. Selten zweimal mit derselben.«

»Und Sie haben sich am Alter der Mädchen nicht gestört?«

Er scheint kurz darüber nachzudenken, unschlüssig, ob er sagen soll, was ihm durch den Kopf geht. Als er redet, wägt er seine Worte sorgfältig ab, um bloß nicht missverstanden zu werden.

»Sehen Sie, heutzutage ist es fast unmöglich, das Alter einer Frau zu bestimmen. Innerhalb einer gewissen Spanne, versteht sich. Aber zwischen sechzehn und fünfunddreißig besteht oft kein Unterschied. Die jungen Mädchen kleiden, schminken und benehmen sich, als wären sie über dreißig. Und die Dreißigjährigen wollen wie Teenager wirken. Aber Lolitas gibt es hier nicht. Nicht an der Tür zu meinem Lokal. Allenfalls könnten ein paar den Eindruck machen.«

»Sie haben mir nicht geantwortet.«

»Doch, Commissario. Ein bisschen hat es mich gestört. Aber sie waren einverstanden. Ganz offensichtlich, wenn Sie verstehen, was ich meine. Und bei einigen Kunden ist mir das mehr als genug.«

Giovanni sieht ihn einen Moment lang an.

»Und die Frauen, die er hier traf?«

Gherardi breitet die Arme aus.

»Das Eintrittsgeld ist hoch, Signor Commissario. Für Männer ohne Begleitung sogar sehr hoch, absichtlich. Das garantiert uns ein gewisses Niveau. Es kommen Paare jeder Couleur. Natürlich allesamt mit einer gehörigen Prise Exhibitionismus. Das ist das Wichtigste. Strazzari hatte allerdings besondere Vorstellungen.«

»Inwiefern?«

»Er wollte keine Männer dabeihaben. Er suchte sich Paare, bei denen der Mann sich damit zufriedengab, zuzuschauen. Manchmal mehr als eins. Und er zog sich mit dem Mädchen, mit dem er gekommen war, nach oben zurück.«

»Interessant.«

»Es gibt noch sehr viel Bizarreres, Commissario, glauben Sie mir. Sehr viel Bizarreres. Dermaßen bizarr, dass wir gar nicht erst darüber reden wollen.«

Marra nickt. Er muss keine Fragen stellen, um Gherardi zum Weiterreden zu animieren.

»Allerdings habe ich ihn nie auf der Bühne gesehen. Und auch nicht auf den Sofas. Vielleicht ein bisschen Oralsex, das ja. Aber mehr nicht. Und immer weit weg vom Licht.«

»Ein ganz Schüchterner also.«

»Machen Sie sich nicht lustig, Commissario. Eine Orgie ist eine Orgie. Aber deshalb kam Strazzari nicht hierher.«

»Verstehe. Oben sind Überwachungsmonitore. Die Aufnahmen?«

»Wenn die Kunden danach fragen, bekommen sie die am Ausgang gratis. Sonst werden sie jeden Abend gelöscht. Solche Dinge erfordern nun einmal Diskretion, wenn Sie verstehen.«

»Natürlich, ich verstehe.«

Marra steckt eine Hand in die Hosentasche und holt ein weiteres Foto hervor.

»Haben sie die mal mit Strazzari gesehen?

Gherardi starrt das Foto von Sara Parmeggiani an, als befände er sich in einem endlosen Alptraum.

»Sie kennen die Antwort bereits, Commissario. Ich glaube, das ist die einzige Frau, mit der er hier mehr als einmal aufgetaucht ist. Und ich weiß auch, was mit ihr passiert ist.«

»Sicher … Und jetzt muss ich Sie bitten, mit mir mitzukommen. Ich muss Ihnen ein paar Fotos zeigen. Eine ganze Menge sogar. Und ich will die Namen der Frauen wissen. Von allen. So war die Abmachung. Und wie immer halte ich mich daran.«

Gherardi atmet tief durch und nickt.

»Ich bin bereit.«

Auf Marras Wink geht der Mann voran zum Ausgang.

Im Auto sagt keiner ein Wort. Nur der Polizeifunk ist leise zu hören. Dann klingelt Marras Handy. Am anderen Ende ist Francesco Cartas Stimme zu hören.

»Ich muss ihnen etwas zeigen, Commissario. Es ist dringend.«

Mit auf die Tischplatte gestützten Ellenbogen betrachtet Angela das Foto.

Seit sie von der Schicht zurück ist, hat sie nichts anderes gemacht. Reglos sitzt sie in der Küche, bei geöffneten Fenstern, durch die die Nachmittagsbrise hereindringt, eine Tüte Brot vor sich, von dem sie hin und wieder ein Stück abreißt und es fast ohne zu kauen hinunterschluckt. Und ihre Gedanken hören nicht auf, um dieses Bild zu kreisen. Den Punkt ihrer Erinnerungen zu suchen, an dem das starke Gefühl entspringt, dieses Mädchen schon einmal gesehen zu haben.

Seit Francesco ihr das Bild gegeben hat, hat sie andauernd darüber nachdenken müssen. Sie ist Monate alte Anzeigen von spurlos vermissten Mädchen durchgegangen. Doch sie hat nichts gefunden, was ihr weitergeholfen oder ihr zumindest das Gefühl gegeben hätte, sich nicht in die völlig falsche Richtung zu bewegen. Sie müsste die Einsätze kontrollieren, die sie gemacht hat, als sie auf Streife war. Jeden einzelnen, auch die, die sich in Wohlgefallen aufgelöst haben. Aber das würde eine Ewigkeit dauern.

Sie sieht vom Tisch auf. Eine graue Wolke schiebt sich von fern über die Dächer.

Endlich kommt der Regen. Ein allzu spät ausgebrochener, unerträglicher Sommer, der sich in wenigen Wochen in graue Kälte verwandeln wird. Und in Morgennebel, der alles verhüllt wie eine traurige Erinnerung.

Nebenan rührt sich Francesco im Schlaf. Als sie nach Hause gekommen ist, hat er sie noch nicht einmal gehört. Er hat sich nur auf die Seite gedreht, einen Arm ausgestreckt und das Kissen noch fester an sich gedrückt, während sie ihm mit einem Finger durchs Haar gefahren ist.

Sie greift in die Tüte und steckt sich das letzte Stück Brot in den Mund, legt eine Hand auf den Bauch. Sie fühlt sich aufgebläht, hässlich, die Haut vor Müdigkeit gespannt, von den Stunden fehlenden Schlafs, die sich nie mehr wettmachen lassen. Sie kaut schneller und schluckt fast wütend herunter.

»Wenn ich so weitermache, werde ich fett wie eine Kuh«, denkt sie, als ihr Handys klingelt. Genervt hebt sie ab.

»Check sofort deine Mails.«

Ginkos ist kurz davor, die Fassung zu verlieren.

»Was hat dich denn gestochen?«

»Check deine Mails, verdammt noch mal! Tu es bitte einfach.«

Er schreit. Und hat Angst. Sie steht auf. Drückt irgendeine Taste, um den Bildschirmschoner abzustellen, klickt dann auf *Senden/Empfangen* und wartet.

Ginkos Mail ist die einzige neue Mail. Das Geräusch eines klingenden Glases bestätigt den Eingang.

»Hast du den Anhang gesehen?«

Wieder Ginkos Stimme. Sie klingt, als steckte er keuchend in einer Röhre.

Angela klickt zweimal auf die Datei. Als das Bild den Bildschirm füllt, schreckt sie zurück. Das, was sie sieht, ist ein Faustschlag mitten ins Gesicht.

»Was, zum Teufel, ist das für eine Scheiße? Soll das ein schlechter Witz sein, oder was?«

»Das wollte ich dich fragen, Angela. Immerhin hast du mir die Datei gegeben!«

»Was soll das heißen?«

»Es war in der Datei, verdammt! Eines der Fotogramme!«

Angela stockt der Atem. Vom Bildschirm strahlt ihr Paola Vigliani entgegen.

»Ich habe den *Elfentanz* aufgemacht, um ein paar Änderungen vorzunehmen. Und dabei habe ich es gefunden. Scheiße noch mal, Angela, wenn das ein Scherz sein soll, dann …«

»Sei still, Ginko. Und hör mir zu. Bist du zu Hause?«

»Ja.«

»In zehn Minuten bin ich bei dir, um die CD abzuholen. Solltest du eine Kopie davon auf der Festplatte haben, lösche sie. Und erzähl niemandem, was du gesehen hast.«

»Ja, aber …«

»Hab ich mich klar ausgedrückt, verdammt noch mal?«

»Ja, Angela … ja … Ich warte auf dich.«

Sie legt auf. Es ist Zeit, Francesco zu wecken.

An den Kühlschrank gelehnt, sieht Michele Ferrari zu, wie das Gewitter hinter dem Hügel aufzieht. Er stellt das leere Glas in die Spüle und geht ins Wohnzimmer. Das Echo seiner Schritte hallt in dem leeren Haus wider und er fragt sich, wie viel Zeit noch vergehen wird, ehe Mirella nach Hause kommt. Sie ist heute Morgen zur Arbeit gegangen, am Sonntag, doch seit Jahren schon ist er es gewohnt, sie an Feiertagen nicht zu sehen, weil im denkbar ungünstigsten Moment mal wieder etwas Dringendes zu erledigen ist.

Rückblickend fragt er sich, ob es vielleicht ihre ständige Abwesenheit war, die in ihm den Verdacht aufkeimen ließ, sie könne einen anderen haben. Ob das einer der Gründe war, die ihn in das Büro von Luigi Petri geführt und von dort gegen diesen Zaun gelenkt haben, um dann alles zu vergessen. Aber er hat keine Antwort gefunden. Nur Fragen, die wieder Fragen aufwerfen.

Er lässt sich aufs Sofa fallen. Schließt die Augen. Atmet langsam. In seinen Physiotherapiesitzungen hat er Tausende von Atemübungen gemacht. Selbst die Wiedererlangung seiner körperlichen Fähigkeiten erscheint ihm wie vergebliche Mühe. Er zieht die Nase hoch, und der Geschmack von Blut erfüllt seinen Mund.

Mit den Fingern tastet er nach seinen Nasenlöchern und spürt, wie das Blut in warmen Tropfen in seine Handfläche rinnt. Er legt den Kopf zurück, und hinter seinen geschlossenen Lidern beginnt sich die Welt zu drehen. Er presst sie fester zusammen, um alles anzuhalten. Die Angst, die Mutlosigkeit, das Blut. Schließlich steht er auf und geht ins Bad. Die Blutung hat aufgehört. Er nimmt ein Stück Watte und tupft sich sorgfältig sauber.

Inzwischen hat nichts von dem, was er tut, noch einen Sinn. Nur den Dingen in seinem Kopf auf den Grund zu gehen, hat noch einen. Und das Foto des Mädchens. Das, was Raffaella ihm gegeben hat. Der Blick, das Lächeln.

Das fehlende Stück, an das er sich gut erinnert.

An dem Abend, an dem er die CD mit dem *Elfentanz* gebrannt hat, hat er das Bild der Kleinen aus einem größeren herausgeschnitten.

Auf dem neben dem Mädchen er und seine Frau Mirella zu sehen waren.

»Ich will wissen, was du dir dabei gedacht hast! Ist dir klar, was du da getan hast, Francesco?!«

Kommissar Giovanni Marra lässt die Faust auf den Tisch niedersausen. Sogleich verklingt der dumpfe Schlag zwischen den vier Wänden seines Büros. Nur in Francesco Cartas Kopf hallt er noch nach.

»Ich muss Ihnen etwas zeigen«, hatte er am Telefon gesagt. Und jetzt steht er neben ihm, vor dem Monitor des Laptops, mit dem er gekommen ist. Ginkos Computer mit dem Programm, mit dem er den *Elfentanz* bearbeitet und das Fotogramm entdeckt hat.

»Ich weiß nicht … ich …«

Francesco will etwas antworten. Aber er schafft es nicht.

»Ist dir klar, dass diese scheiß CD seit Strazzaris Tod hier rumfliegt und wir nichts unternommen haben? Schlimmer noch, du hast sie deiner Freundin geschenkt. Wie einen Ring oder einen Blumenstrauß. Das ist ein Beweis, verdammt, kapierst du das? Ein Beweis!«

Giovanni zündet sich eine Zigarette an, und das Zimmer versinkt in plötzlichem, absurdem Schweigen.

»Ich hatte sie mir angesehen. Wir hätten da nie was drauf gefunden.«

Francescos Stimme ist dünn wie der Qualm der Marlboro.

»Was hast du gesagt?«

»Das ich einen Fehler gemacht habe, Commissario. Aber wir hätten sowieso nie was drauf gefunden. Es war …« Er starrt einen Moment lang auf den Bildschirm. Der *Elfentanz* im Standbild auf dem Titel. »Das ist ein ganz normaler Film. Mehr nicht.«

Marra nimmt einen tiefen Atemzug, der in einer Hustenattacke mündet. Dann bläst er die beiden letzten Züge seines Zigarettenstummels heraus. Und die überflüssigen Dezibel in seiner Stimme.

»Was hältst du davon, Francesco?«

Bedächtig legt Inspektor Carta die Hände neben den Laptop, wie eine Katze, die dem Inhalt ihres Fressnapfes nicht traut.

»Also, in meinen Augen … haben sie sie so verkauft.«

Giovanni nickt.

»Genau, so haben sie sie verkauft. Aber das ist noch nicht alles.«

»Es ist Routine.«

Marra antwortet nicht. Er denkt an den Staatsanwalt von Venedig, Dr. Orsi, und an das, was er ihm zur Website der Minderheiten-Abteilung der Staatspolizei gesagt hat. *Ein kleiner Teil von ihnen hat sich tatsächlich in Luft aufgelöst.* Vor ihm, versteckt in diesem Film, ist die Tür zu dem Abgrund, in dem einige davon verschwunden sind.

»Ja. Das haben sie schon vorher gemacht, und danach vielleicht wieder.« Er legt die Fäuste auf den Tisch und stützt sich mit dem ganzen Gewicht seines Körpers darauf. »Paola Viglianis Entführer wussten nicht, wer sie ist. Sie war einfach nur ein Gesicht. Etwas, das bereits verkauft war.«

Er drückt auf eine Taste, und der Film läuft weiter. Und dann noch einmal. Und noch einmal.

Beim Zusehen denkt Francesco, dass er beim ersten Mal

genau dasselbe getan hat. Eine endlose, ununterbrochene Wiederholungsschleife. Etwas Hypnotisches, das sich einfach nicht stoppen ließ, als würde irgendein verborgener Teil des Betrachters das Bild des Mädchens erahnen und zwanghaft und völlig aussichtslos versuchen, es aus dem Licht, von dem es verdeckt wird, herauszufiltern.

»Man müsste rauskriegen, wie sie es machen«, sagt Carta, und Giovanni scheint aus einem langen, mühevollen Traum aufzuschrecken.

»Eine Mail, ich glaube, das ist die einfachste Lösung. Die Datei ist klein, fällt kam auf. Lässt sich leicht verschicken. Man kann sie sogar offen auf dem Bildschirm lassen, man sieht sowieso nur diese bescheuerten Feen oder was auch immer das sein soll.«

»Ich meinte eigentlich nicht den Film, Commissario. Ich meinte, man müsste rauskriegen, wie sie sie verkaufen. Wie sie sie auswählen und sich absprechen.«

»Über Online-Foren, Francesco. Das ist der banalste und einfachste Weg. Und absurderweise der am besten überwachte. Die meisten Foren in Italien werden von der Onlinewache überprüft. Aber niemand kann die Teilnahme aus dem Ausland verbieten, wo uns die juristische Handhabe fehlt. Und möglicherweise versteht die dortige Kontrollinstanz die Sprache des Absenders gar nicht. Ohne einen irgendwie gearteten Hinweis, beispielsweise durch einen User, dem irgendetwas Merkwürdiges auffällt, sind die unmöglich dingfest zu machen. Von einem Chat in irgendein Messenger-Programm zu wechseln ist noch viel einfacher. Und da gibt es dann tatsächlich keine Grenzen mehr. Das Peer-to-Peer, der Datenaustausch zwischen Usern, lässt sich besser überprüfen.«

»Da kann man wenigstens was abfangen.«

»Ganz genau. Man kann zum Beispiel Stichproben durchführen. Man überprüft, was sie herunterladen und sieht, was es ist. Vielleicht pädophiles Material, das den Titel eines Liedes trägt. Wie dem auch sei, es ist einfacher.«

Francesco nickt. Genau diesen Vortrag hat er schon mehrmals in Angelas Version gehört, die er jetzt wiederum Giovanni darlegt. All das ist für den Kommissar nichts Neues, doch er muss es trotzdem loswerden, um sich leichter zu fühlen. Weniger hilflos vielleicht.

In Italien beläuft sich der Umsatz der Online-Pädopornografie auf über elf Milliarden Euro und betrifft mehr als zwei Millionen Kinder zwischen zehn und zwölf Jahren. Fotos, Videos, Prostitution. Eine riesige Geldmaschine. Doch in Paola Viglianis Fall sieht es noch schlimmer aus. Denn es gibt keinen illegalen Austausch. Sobald der Empfänger das Foto löscht, kann ihn nichts mehr mit dem Mädchen in Verbindung bringen. Das, was er geschickt bekommen hat, ist nur ein Foto eines zwölfjährigen Mädchens, das in die Kamera lächelt. Keine Gewalt, kein Übergriff, kein gar nichts. Nur ein besiegeltes Schicksal, für das Bit für Bit, Atemzug für Atemzug der Countdown läuft, bis es zur traurigen Wirklichkeit wird.

»Ehe das Mädchen verschwindet, kann das Verbrechen nicht vereitelt werden«, erklärt Giovanni. »Und danach ist es bereits zu spät. Was ich mich frage, ist, wie viele vor ihr im *Elfentanz* geendet sind. Oder wie viele Filme dieser Art im Umlauf sind und wie viele davon wir gesehen haben, ohne zu ahnen, was dahintersteckt. Wie viele Mädchen wir hätten retten können.«

»Wir können nichts machen, Commissario. Nichts, es sei denn, jemand macht einen Fehler.«

Giovanni nickt. Plötzlich hat er wieder den Geruch der Erde im Parco Talon in der Nase. Vermischt mit dem Geruch des Regens, den das dräuende Gewitter mit sich bringt. Und am Ende das Knistern des Plastiks, in dem Paola Viglianis Leiche steckt. Und ihre Augen, versunken in der dunklen Erde und überblendet von diesem Foto.

»Diesmal haben sie vielleicht einen Fehler gemacht, Francesco.« Er greift nach dem Telefonhörer und wählt eine Nummer. »Und ich habe nicht vor, abzuwarten, bis mir eines schönen Tages irgendjemand noch so einem Film anschleppt.«

Manchmal spricht man, noch ehe die Worte die Gedanken erreicht haben. Das ist das Erste, was er gedacht hat, als er sich diesen Satz hat sagen hören. Er ist ihm einfach rausgerutscht. Vielleicht hat er schon lange darauf gewartet und ihn einfach überrumpelt, einen unaufmerksamen Moment zwischen zwei Atemzügen ausgenutzt, um ihm zu entwischen.

»Ich verlasse dich, Mirella.«

Vielleicht ist das der einzige Weg, um eine auf alle Fragen passende Antwort zu erhalten. Ihn selbst und sein vergessenes Gestern betreffend. Und dieses verdammte Foto.

»Ich verlasse dich, Mirella«, wiederholt er noch einmal. Und sie sieht ihn an. Sie steht mitten im Wohnzimmer. Hat noch die Sonnenbrille auf und die Handtasche in der Hand. Versteinert, wie die Flüchtlinge von Pompeji. Wie gern würde er jetzt ihre Augen sehen. Sie wären aus Sand, aus Staub.

»Du bist verrückt, Michele.«

Das Flüstern, mit dem sie diesen Satz herausgebracht hat, ist ein Blatt Papier, das ihr leise den Atem abschneidet.

»Ja, mag sein. Vielleicht bin ich verrückt aus dem Koma erwacht. Vielleicht war ich es immer schon. Irgendwo in mir drin. Aber wie dem auch sei, ich will ich sein. Und das bin ich hier nicht.«

Mirella atmet heftig aus. Ihre Lippen pressen sich aufeinander, die Sehnen am Hals treten hervor. Eine Hand krallt sich wütend in die Tasche. Ihr Blick sinkt zu Boden.

»Ich hatte gehofft, es wäre vorbei.« Sie sagt es so leise, dass Michele sich nicht sicher ist, sie richtig verstanden zu haben. Dann hebt sie den Kopf, den Blick, die Stimme.

»Du tust es schon wieder.«

Sie reißt sich die Sonnenbrille herunter. Ihre Augen sind aus Sand und Staub. Und ihr Blick schmerzt.

»Du tust es schon wieder, nicht wahr, du Schwein?«

Michele steht auf. Macht einen Schritt. Sie streckt die Hände vor. Die Tasche fällt zu Boden, zusammen mit der Sonnenbrille. Ein dumpfer Aufprall, wie das Röcheln nach einem Fausthieb.

»Ich bin verliebt, Mirella. Ich glaube, ich bin es immer gewesen.«

Sie lacht ihm ins Gesicht. Ein fieser Klang, wie berstendes Glas.

»In wen, in diese … wie heißt sie noch … Gioia? Weißt du eigentlich, wie scheißegal mir das ist, dass du deine Sekretärin vögelst?«

»… und es …«

»Nein, Michele, es interessiert mich nicht. Inzwischen interessiert mich gar nichts mehr. Eine Weile lang hatte ich noch gehofft. Hatte *versucht* zu hoffen. Aber dann war Schluss.«

»Du wusstest es. Du hast es immer gewusst.«

»Dazu brauchte es nicht viel. Eine Ahnung. Und einen guten Privatdetektiv. Danach musste ich nur noch die Fotos verdauen, die er mir gezeigt hat. Und einen Batzen Geld ausgeben, in Bar, damit du es nicht merkst.«

Michele setzt sich wieder, stützt die Ellenbogen schwer auf seine Schenkel.

»Wann?«

Mirella lässt sich gegen die Wand sinken. Legt einen Stapel Akten, den sie sich wie so oft mit nach Hause gebracht hat, auf die Kommode neben sich. Verschränkt die Arme vor der Brust.

»Vor dem Unfall. Monate vorher. Und dann ist passiert, was passiert ist.«

»Was denn, verdammt noch mal? Was ist passiert? Ich weiß nichts, verstehst du? Ich kann mich an nichts erinnern!«

»Ach, du weißt nichts? Du weißt nicht, was du getan hast, du Schwein? Du weißt nicht, was ich getan habe, du Stück Dreck, um dich aus der Scheiße zu ziehen, in die du dich hineingeritten hattest? Daran kannst du dich wirklich nicht mehr erinnern?«

»Du hast dich ficken lassen, das hast du getan.«

Mirella reißt die Augen auf. Die Fassungslosigkeit verengt ihre Pupillen wie eine verrammelte Tür.

»Das glaubst du also? Du glaubst, während mein Mann im Koma im Krankenhaus lag, habe ich mich ficken lassen? Wofür hältst du mich, du widerliches Dreckschwein?«

»Ich habe den Blog gelesen, Mirella. Versuch nicht, mir etwas vorzulügen.«

»Komm mit.«

»Es ist zwecklos …«

»ICH HAB GESAGT, KOMM MIT!«

Einen Moment lang steht Michele wie vom Donner gerührt da und starrt sie an. Dann folgt er ihr ins Arbeitszimmer. Tastengeklapper. Der Bildschirm fährt herum. Darauf der Blog, genauso wie immer. Michele könnte es alles auswendig hersagen. Es ist das Erste, was er ihr sagt, als er es sieht. Aber sie hört ihm gar nicht erst zu.

»Glaubst du, ich weiß nicht, dass du es gelesen hast? Glaubst du, ich hätte das Notizbuch in der Unterwäscheschublade vergessen? Ist dir nicht in den Sinn gekommen, dass ich es vielleicht dort hineingesteckt haben könnte, damit du es findest? Auf genau das hier solltest du kommen.«

Michele starrt den Bildschirm an.

Die Worte von *Private Venus* steigen alle auf einmal an die Oberfläche.

»Ich wünschte, alles wäre vorbei, und zugleich habe ich Angst, dass alles vorbei ist«, liest er laut. »Ich wünschte, man könnte die Vergangenheit gänzlich auslöschen, als hätte es sie nie gegeben.

Ich wünschte, dies wäre meine zweite Chance, ein neuer Anfang.«

Er sieht auf. Sieht Mirella in die Augen und hält sie fest. Doch er empfindet nichts bei diesem Blick. Und das macht ihm Angst.

»Das hast du geschrieben. Während ich im Koma lag, verstehst du? Während ich im Krankenhaus war, hast du gehofft, dass ich sterbe, um eine *zweite Chance* zu bekommen.«

»Mein Gott …« Die Stimme seiner Frau ist der letzte Atemzug eines Todkranken. »Du weißt wirklich nichts. Du erinnerst dich an nichts … nichts von dem, was passiert ist, nichts, was gewesen ist. Du weißt nichts, Michele. Ich hätte nicht gedacht, dass …«

Mirellas Satz bleibt in der Luft hängen, dünn wie ein Spinnweb.

»Wer ist Alberto?«

»Alberto? Der Anwalt, den ich aufgesucht habe, um mir klarzuwerden, ob ich mich von dir scheiden lassen will.«

»Blödsinn. Als ich ins Krankenhaus eingeliefert wurde, warst du nicht da. Sie haben dich angerufen, aber du bist erst am nächsten Morgen gekommen. Wieso?«

»Es kann nicht sein, dass du das nicht weißt, es kann nicht sein, dass du das nicht weißt …«

»Wieso, Mirella? Wo warst du? Bei wem?«

»Sie meinten, du würdest dich an nichts erinnern, es sei das Trauma. Aber ich hab das nicht geglaubt, nicht eine Sekunde lang. Nie, verstehst du? Doch stattdessen …«

»Warst du bei Alberto?«

Einen Moment lang ist Michele überzeugt, seine Frau breche zusammen. Er sieht, wie ihre Hände vorschnellen. Wie ihr Körper nach vorn kippt. Sie die Handflächen auf den Schreibtisch stützt. Die Lippen halb geöffnet, die Augen verengt, als würde sie nicht genau erkennen, was sie vor sich hat.

»Du weißt nicht, wer Alberto ist, stimmt's? Du erinnerst dich nicht an Alberto.«

Michele springt auf. Ein entrüsteter Zuschauer, der beschließt, das Theater zu verlassen.

»Ich gehe, Mirella. Ich habe genug von dieser Geschichte. Es interessiert mich nicht mehr. Ich will nur wieder leben. Wenn ich es denn noch kann.«

Er geht in den Flur, der zum Schlafzimmer führt. Die Frage seiner Frau bremst ihn auf halbem Weg vor der Badezimmertür.

»Weiß sie, was du getan hast? Weiß sie, dass du drauf und dran bist, es wieder zu tun?«

Es ist das zweite Mal, dass sie ihn das fragt. Das erste Mal war er sicher, sie würde von seiner Liebschaft reden. Dass die Wut, der Schmerz und die Verachtung in ihrer Stimme die einer betrogenen Frau wären, die ihrerseits betrogen hat. Jetzt, im Halbdunkel seines Hauses stehend, ist er sich sicher, dass es sich um etwas völlig anderes handelt. Und er merkt, dass er Angst vor der Frage hat, die er sich stellen hört.

»Was habe ich getan? Was tue ich?«

Mirellas Schritte erfüllen den Flur. Michele dreht sich erst um, als seine Frau stehen bleibt.

»Mit wem hast du gestern telefoniert?«

Michele Ferrari antwortet nicht. Der Satz hallt in seinem Kopf wider. Er ist kurz davor, ihr von dem Gefallen zu erzählen, um den er Paolo gebeten hat, von Kommissar Marra, von diesem Foto, das er ihm gegeben hat, vom Lächeln dieses Mädchens, das ihm die Luft abschnürt. Aber er tut es nicht. Er war in der Bar, als er diesen Anruf getätigt hat, in der Via Rizzoli. Sie kann ihn nicht gesehen haben.

»Gestern Abend, nach dem Essen. Wen hast du angerufen?«

Er lügt. Ein spontaner Reflex. Das Erste, was ihm über die Lippen kommt, um dieser Frage auszuweichen.

»Gioia.«

Mirella lacht. »Nein, das stimmt nicht. Es war ein Mann. Da bin ich mir ganz sicher.«

»Hast du mir nachspioniert?«

»Ich bin zu früh aus dem Badezimmer gekommen.«

Michele kneift die Augen zusammen, der Blick seiner Frau leuchtet allzu sehr. Etwas, das beim Hinsehen schmerzt. Er will etwas antworten, dann dreht er sich um und geht ins Schlafzimmer. Er greift nach dem Handy. Geht erst die Liste der getätigten und dann der erhaltenen Anrufe durch. Und als er endlich findet, was er sucht, bleibt er reglos mitten im Zimmer stehen, das Telefon in der Hand.

Er kann sich beim besten Willen nicht an dieses Telefonat erinnern. Und er hat nicht den leisesten Schimmer, zu wem diese unbekannte Nummer gehört, die ihn gestern kurz vor Neun erreicht hat.

»Du weißt es nicht, stimmt's?«

Mirella steht auf der Schwelle, an den Türpfosten gelehnt. Ihre Augen sind müde, die Schminke zerlaufen. Er hat gar nicht bemerkt, dass sie geweint hat.

»Du bist krank, Michele. Sehr krank. Und das hat nichts mit dem Unfall oder dem Koma zu tun. Ich habe versucht, dir zu helfen, ich schwöre, ich hab's versucht. Aber jetzt reicht's. Geh. Hau ab.«

Er nickt. Es ist das einzig Richtige. Alles hinter sich lassen, das Leben ändern, von vorn anfangen. Ganz von vorn, mit Gioia.

Du bist krank, Michele.

»Was hast du da in der Hand?«

Mirella streckt den Arm aus.

»Den Kellerschlüssel. Der letzte Gefallen, um den ich dich bitte. Nimm ihn als Abschiedsgeschenk. Da ist ein Karton. Das ist dein Zeug vom Abend des Unfalls.«

Michele greift nach dem Schlüssel und steckt ihn in die Tasche. Dann sieht er Mirella an.

»Es tut mir leid, ich …«

»Sei still. Meine Geduld ist am Ende, Michele. Wenn ich nur daran denke, dass wir Kinder haben könnten … eine Tochter … Nimm den Karton, sieh dir an, was darin ist, und versuch dich zu erinnern.«

Sie wischt sich eine Träne weg, die letzte Erinnerung, die ihrem Blick entrinnt.

»Ehe du zu Gioia gehst, versuch zu begreifen, was für ein Mensch du bist. Und glaub mir, ich sag es zu ihrem Besten. Du ekelst mich sowieso nur noch an.«

Ich hole erst wieder Luft, als ich die Hotelzimmertür hinter mir zugemacht habe. Ich sehe nach, ob ich wirklich gut abgeschlossen habe. In der trügerischen Sicherheit, die ich mir verschafft habe, bete ich mir mehrmals vor, dass alles in Ordnung ist, ein Schlaflied, um die Angst zu betäuben.

Als ich soweit bin, ziehe ich mich aus und stelle mich unter die Dusche. Ins Handtuch gewickelt und in Duschgelduft gehüllt, kehre ich ins Zimmer zurück. Ich schneide das Gummiband meiner Badehose durch und ziehe es langsam heraus. Am anderen Ende hängt, befestigt mit einem winzigen Fitzel Klebeband, ein Lavaliermikrofon. Es ist nur unwesentlich dünner als das Gummiband und so flexibel, dass man es problemlos an jede Form anpassen kann.

In dem Laden in San Marino, in dem ich es besorgt habe, gibt es die in allen möglichen Ausführungen und Dimensionen und für jedweden Zweck. Und hätte ich dem Besitzer nicht Abdels Namen genannt, hätte er es mir womöglich nicht geliehen. Es ist zu teuer, als dass ich es hätte kaufen können. Um ihn rumzukriegen, habe ich ihm erzählt, ich wolle herauskriegen, was mit Abdel im Irak passiert ist, und das sei das richtige Gerät dazu.

Er hat nicht lange gezögert. Hat keine Fragen gestellt. Er ist einfach nur im Hinterzimmer verschwunden, und als er mit dem Mikro wieder aufgetaucht ist, hat er mir sofort erklärt, wie es funktioniert. Ich habe ihm gesagt, ich wüsste, wie man es benutzt, und auch, wann ich es gelernt hätte. Da hat er mir erzählt, wann er Abdel kennengelernt hat und was er ihm verkauft hat. Dass er niemals ohne eines seiner Geräte abreiste, wenn al-Dschasira ihn wieder einmal an irgendeinen gefährlichen Ort schickte. Ich habe ihm nicht gesagt, dass Abdel ohne eines seiner Spielzeuge vielleicht noch am Leben wäre. Aber ich habe es die ganze Zeit gedacht, die ich in seinem Laden stand.

Und ich denke es jetzt, während ich das Mikro wie eine schlafende Schlange aufs Bett lege. Ich habe Abdel das Gleiche tun sehen. Langsame, genaue Bewegungen und eine unglaubliche Härte, die plötzlich sein sensibles Gesicht erfüllte. Er hatte mir nicht erzählen wollen, was passiert war. Nicht in dem Moment. Erst später.

»Ich habe Ali Musab getroffen«, hatte er mir gesagt. Und ich hatte ihn angesehen wie einen Verwandten, der einem eröffnet, dass er an einer tödlichen Krankheit leidet.

»Du bist verrückt«, habe ich geflüstert, und danach war es eine lange Weile still.

Wir alle kannten Ali Musab. Der fundamentalistische Terrorismus, der es auf die neue irakische Polizei abgesehen hat, auf die amerikanischen Soldaten, die Zivilbevölkerung auf den Märkten oder in den Schlangen Arbeitssuchender, stammt von ihm. Ich weiß nicht, ob hinter ihm wirklich al-Zarqawi oder gar Osama Bin Laden steht. Ich weiß jedoch, dass al-Quaida für viele, die sich mit dem islamischen Terrorismus befassen, eine Art Spectre ist, ein unangreifbarer weltweiter Terrorkonzern, den es in der realen Welt so gar nicht gibt. Doch alle sind sich einig, dass die Selbstmordattentäter, die sich im Irak in die Luft sprengen, von Ali Musab in den Tod geschickt werden.

»Es war nicht schwer, Nicola.«

Abdels Satz, der das Schweigen endlich brach, wurde halb vom entfernten Geräusch eines Schusses verschluckt. Doch in einem Land, das sich im Krieg befindet, werden solche Dinge schnell zur Gewohnheit.

Er hatte recht, es dürfte nicht schwer gewesen sein. Jemanden aufzutreiben, der jemanden kennt, der einen mit jemandem bekannt machen kann, ist nur eine Frage des Willens. Den gefährlichsten Mann im Irak unter vier Augen zu treffen, ist da schon etwas anderes. Die Amerikaner hatten schon oft versucht, ihn aufzustöbern. Dreimal während meines Aufenthaltes in Bagdad wurden arabische Zivilisten tot aufgefunden. In den ausländischen Nachrichtensendungen wurde nie davon berichtet, jenseits der Stadtgrenzen hat keiner davon erfahren. Doch innerhalb der Stadt wussten alle ganz genau, dass es sich um amerikanische Verbindungsleute handelte. Und dass sie umgebracht worden waren, weil sie versucht hatten, das Versteck von Ali Musab zu finden.

Ich hatte tief durchgeatmet und einen großen Schluck warme Coca Cola getrunken. Und ihm eine Frage gestellt, von der ich wusste, dass er sie mir nicht beantworten würde.

»Wo ist er?«

»Zu Hause. Aber selbst, wenn ich es wüsste, würde ich dir bestimmt nicht verraten, wo das ist. Und außerdem, wo soll er sich schon verstecken? Du weißt doch, dass der stirbt.«

Beim letzten Satz hatte er mich angesehen, als sei ich ein Außerirdischer, der plötzlich in einer ihm vollkommen fremden Wirklichkeit gelandet war. Ali Musab hatte Lungenkrebs. Mehr als einmal war sogar von seinem Tod die Rede gewesen, doch am Ende war immer ein Dementi-Video aufgetaucht. Und die Eile der Amerikaner ließ sich teilst auch damit erklären, dass sie dem Krebs zuvorkommen wollten.

»Wie ist es gelaufen?«

Eine blöde Frage, die einzige, die mir eingefallen war. Vielleicht hatte ich einfach nur das Bedürfnis, meine Stimme zu hören, so zu tun, als wäre es eine ganz normale Unterhaltung, eine Vorahnung zu zerstreuen, die ich nicht recht einordnen konnte. Oder ihm die Gelegenheit zu geben, das Thema zu wechseln, was er dann auch tat, indem er den Digitalrekorder hochhielt.

»Wir haben ein bisschen geplaudert. Aber er hat es nicht gern, wenn man ihn aufnimmt.«

Ein Satz wie viele. Nicht eine Sekunde hatte er seine heitere Miene verloren, selbst dann nicht, als er richtig zu erzählen anfing. Nicht einmal, als sein Tonfall plötzlich weich und schleppend wurde. Er gab Ali Musabs Worte wieder und schien sich noch nicht einmal klar darüber zu sein, was er da gerade sagte. Doch in Wirklichkeit – und das begreife ich erst jetzt – wusste er es nur allzu gut.

Ich hatte nicht den Mut, ihn noch etwas zu fragen, und habe einfach nur zugehört. Und danach haben wir nicht mehr darüber gesprochen. Selbst dann nicht, als die amerikanischen Hubschrauber ein paar Gebäude am Stadtrand bombardiert und sie in Schutt und Asche verwandelt hatten. Ali Musab befand sich darin.

Ich habe mich immer gefragt, ob er wusste, dass sie ihm gefolgt waren, ob er es absichtlich getan hatte oder ob er benutzt worden war. Ob jemand, der den Platz des sterbenden Terroristen übernehmen wollte, Abdel einfach nur dazu benutzt hatte, ihn seinen Mördern ans Messer zu liefern. Oder ob er sich selbst für etwas hatte einspannen lassen, was er für richtig hielt.

Als die Bombe hochging und ich ihn fotografiert habe, wie er in die Luft flog, habe ich mich plötzlich gefragt, ob das ein Zufall gewesen ist oder ob jemand irgendwo beschlossen hatte, ihn dafür büßen zu lassen.

Jedenfalls muss er es geahnt oder gefürchtet haben, denn er

hat seiner Mutter Honorine das Original dieser Aufnahme geschickt, eingenäht in den Saum eines Gebetsteppichs. Eine Geste, die etwas von einem heimlich in einen Briefkasten gesteckten Testament hat, ehe man sich aus dem Staub macht und sein Leben für immer hinter sich lässt.

»Ich bin fast draufgetreten«, hat mir Honorine in ihrem schönen, französisch durchwirkten Italienisch am Telefon gesagt. »Und als ich begriffen habe, dass das etwas Wichtiges ist, habe ich es für ihn aufgehoben. Ich hatte keine Ahnung, was das war. Es sah aus wie ein winziges Metallkästchen.«

Honorine hat sich die Aufnahme nicht angehört. Niemand hat es getan. Al-Dschasira hat das Interview nie ausgestrahlt. Und jedes Mal, wenn ich mich frage, wieso, kommt mir eine andere Antwort.

Ich hole tief Luft und versuche, die Erinnerungen zu verdrängen. Der Digitalrekorder steckt in der Tasche meiner Badehose. Er ist nicht viel größer als ein Feuerzeug. Um ihn abzuhören, muss man ihn nur an einen kleinen Lautsprecher anschließen, den man in jedem Elektronikkaufhaus nachgeschmissen bekommt.

Ich drücke auf den einzigen Knopf und setze mich aufs Bett. Ich sitze da, nackt, mit nassem Haar, aus dem mir hin und wieder ein Wassertropfen über den Rücken perlt, und höre noch einmal Antonio Parmeggianis Stimme. Es ist, als stünde man lauschend hinter einer geschlossenen Tür, doch alles ist genau zu hören. Ich spule zum Anfang zurück und spiele alles auf eine Kassette, diesmal ohne zuzuhören. Dann ziehe ich mich langsam an.

Alles ist klar. Und nichts ist klar. Kommissar Giovanni Marra lehnt in seinem Sessel und hört leise Bruce Springsteen. Im Lied heißt es, es sei immer dasselbe, man mache einen Schritt nach vorn und zwei zurück. Und genauso fühlt er sich, mit den

Bildern des *Elfentanzes* im Kopf und all dem, was sie bedeuten und was plötzlich Form annimmt und sich in seine Gedanken drängt. Durch diesen Film ist ihm jetzt einziges klar, Fixpunkte, auf die er seine Beweisführung stützen kann. Aber mehr auch nicht. Denn jede dieser Stützen braucht ein Feld, das es mit einer Tatsache, einem Beweis, einem Namen auszufüllen gilt. Oder zumindest mit einem Indiz.

»Lassen Sie uns Montagmorgen noch mal darüber reden«, hat er dem Polizeichef Lodoli gesagt. Und während er am Sonntagnachmittag auf das Gewitter wartet, das mit dem Abend heraufzieht, fragt sich Giovanni, ob das, was er ihm erzählen wird, genug ist, um noch ein paar Tage herauszuschinden.

Bei ihrem letzten Treffen war Fabio Lamberti noch am Leben, der Film nur ein Geschenk, das Francesco seiner Freundin gemacht hatte, die Telefonlisten eine verzweifelte Hoffnung auf eine Spur, Nicola Zanardi ein Freund, den die Zeit völlig unerwartet aus einer Schublade hervorgezogen hatte. Nun sind zwei Tage vergangen, und nichts ist mehr wie es war.

Er zündet sich eine Zigarette an. Irgendwo – vielleicht genau in diesem Augenblick, da er den ersten Zigarettenqualm ausbläst – wandert genau so ein Film wie der auf seinem Desktop von einem Mailpostfach in ein anderes. Oder per Messenger von einem User zum nächsten. Und versteckt in einem Fotogramm das Bild eines Mädchens, das noch nicht einmal ahnt, dass jemand drauf und dran ist, ein hübsches Sümmchen Geld hinzublättern, um ihm das Lächeln vergehen zu lassen.

Geld, wie es Aurelio Strazzari für Paola Vigliani erhalten hat, so dass er seine Schulden beim Lamba bezahlen konnte. Das erscheint simpel, ist aber nur die äußere Schicht, die Fischhaut, die man nicht mitessen kann, auch wenn sie noch so perfekt schimmert. Was fehlt und was Giovanni will, ist das Fleisch.

Jetzt weiß er, wie es gelaufen ist. Und wieso. Er weiß, wer das Geld einkassiert hat, und er weiß auch, dass es vielleicht unmöglich ist zu erfahren, wer es lockergemacht hat. Aber mehr nicht. Aurelio Strazzari ist nur zufällig in ein Räderwerk hineingeraten, das ein paar Nummern zu groß für ihn war. Ein Räderwerk, dem er nützte und das ihm nützlich war. Und das ihn am Ende zerquetscht hat.

Aurelio Strazzari ist die Fischhaut. Dieser Film, der *Elfentanz*, ist die Gräte. Und je mehr er darüber nachgrübelt, desto überzeugter ist er, dass der Inhaber dieser verdammten verschlüsselten Telefonnummer das Fleisch ist. Fleisch, das unsichtbar und unglaublich schwer zu fassen ist und irgendwie auch mit Sara Parmeggiani und diesen Fotos zusammenhängt. Und mit Nicolas verzweifelter Flucht. Fleisch, das in seinem Kopf auch einen Namen und ein Gesicht hat, bis jetzt allerdings nur als Phantombild auf einem Blatt Papier.

Er drückt die Zigarette im Aschenbecher aus und muss an Oberst Ulivis Worte denken. *Du könntest recht haben.* Er setzt sich auf, greift nach dem Telefon und ruft die Spurensicherung an. Anselmi hat den *Elfentanz* schon vor ein paar Stunden bekommen.

Es ist Zeit für eine Antwort.

Als sie aus dem Schwimmbad kommt, ist es fast schon Abend. Das Mädchen hat nasses Haar und rote Augen. Sie läuft über die Straße. Auf dem Bürgersteig dreht sie sich um. Hebt die Hand, winkt einer Freundin, setzt sich die Kopfhörer des MP3-Players auf.

»Soll ich dich mitnehmen?«, ruft die Mutter ihrer Freundin, doch sie hört es nicht. Trotzdem weiß sie, was sie gefragt hat. Sie deutet auf das Fahrrad, das an einen Laternenpfahl angeschlossen ist. Die Frau lächelt und hebt die Hand. Die Geste gleicht eins zu eins der ihrer Tochter. Dann steigen sie ins Auto, ziehen die Türen zu und fahren ab. Das Mädchen sieht ihnen nach und öffnet das Fahrradschloss. Sie schiebt den Rucksack zurecht, steigt auf und radelt gemächlich los, Robbie Williams' Stimme in den Ohren.

Der Mann, der auf sie wartet, lehnt am Kofferraum eines parkenden Autos. Er tut so, als würde er telefonieren. Er redet mit einer gewissen Luisa und presst dabei das Handy fest ans Ohr. In Wirklichkeit folgt er ihr mit dem Blick. Die nackten Beine in den kurzen Hosen, die gebräunte Haut, die er so oft fotografiert hat, die sehnigen Schultern im ärmellosen T-Shirt, die sich wölben, als sie sich leicht vorbeugt, nach links abbiegt und hinter der Straßenecke verschwindet.

Er weiß, dass sie nach ein paar Metern anhalten wird. Sie muss das Gartentor öffnen, absteigen, im Rucksack nach der Fernbedienung kramen und den MP3-Player wegstecken, weil ihre Mutter nicht will, dass sie beim Radfahren Musik hört. Und darauf warten, dass das Tor aufgeht.

Dort wird er sie abfangen. Und in dem Moment, kurz, bevor es passiert, wird sie sich zu Tode erschrecken. Diesen Augenblick liebt er am meisten. Ein winziger Sekundenbruchteil der Panik, ehe alles passiert.

Es braucht dazu nicht viel. Nur Entschiedenheit und Willensstärke. Und an beidem hat es dem Sheriff nie gemangelt.

Was hast du getan?

Die Frage ist so lebendig in seinem Kopf, dass Michele einen Moment lang glaubt, sie im laufenden Fernseher des Hotelzimmers im obersten Stock des Hotel Carlton gehört zu haben.

Bei seiner Ankunft hat der Portier ihn begrüßt wie einen alten Freund. Michele erinnert sich dunkel an ein ewig langes Präsentationsmeeting für ein neues Spiel. An einen riesigen, hell erleuchteten Kongresssaal voll samtbezogener Stühle. An monatelange Verhandlungen und Vorbereitungen, an Dias, die nie so waren wie sie sein sollten, an Einladungen, die nie rechtzeitig verschickt wurden. Und an einen langen Applaus, mit dem alles endete.

»Ich lasse Ihnen das Gepäck bringen, Dottore«, hat er gesagt und ihm die Hand gedrückt. Und schien kein bisschen überrascht zu sein, dass er dort rein privat übernachten wollte.

Im Aufzug nach oben hat er sich tausendmal gefragt, ob er Gioia erzählen sollte, was passiert ist. Und jedes Mal ist sein Blick auf den mit zwei langen Streifen Gaffa-Tape zugeklebten Karton gefallen.

Er stand in einer Ecke des Kellers, ein seit langer Zeit lauerndes Tier, von dem man nicht weiß, wie es reagieren wird. Als er ihn angehoben hat, war er leichter als erwartet. Seine Vergangenheit ist leicht, fast schwerelos. Er war kurz davor, ihn gleich dort zu öffnen, inmitten von Staub und Feuchtigkeit. Das Klebeband herunterzureißen, ihn wütend auszukippen.

Doch er hat es nicht getan. Er hat sich nur die leinene Umhängetasche zurechtgerückt, ihn hochgehoben und ist ins Hotel gefahren. Manche Dinge müssen Schritt für Schritt getan werden. Ursachen, deren Wirkungen man nicht vorwegnehmen kann.

»Das Leben ist wie ein Algorithmus«, denkt er. »Alles lässt sich nur in einer ganz bestimmten Reihenfolge auflösen. Jede Ausnahme muss angepasst werden. Alles andere ist Chaos.«

Er dreht sich zum Zimmer um. Für einen kurzen Moment hat er noch das Bild im Kopf, das er bis vor wenigen Sekunden vor Augen hatte. Die Palmen mit den um die Stämme gewickelten Lichterketten, die jemand mit recht eigenem Geschmack im Zuge der Hotelsanierung vor einem Jahr neben den Eingang gepflanzt hat.

Dann wird alles wieder scharf.

Der kaputte Karton in der Ecke. Die Gegenstände, die sich über den Boden verteilt haben, als er ihn wütend auseinandergerissen hat.

Er zieht die Vorhänge zu. Die Nacht bleibt draußen, mitsamt dem drohenden Gewitter, das sich einfach nicht entladen will. Langsam hockt er sich auf den Teppichboden, wie ein Kind in einem merkwürdigen Spielzimmer. Da liegt es, das Spielzeug, vor seinen Augen. Nachdem er es ausgekippt hat, fehlt ihm der Mut, es anzufassen.

Das weiße Hemd, das er in der Nacht des Unfalls getragen hat. Das Blut auf der Baumwolle ist rostfarben. Der Fleck ergießt sich aus einer langen, fransigen Wunde in Schulterhöhe. Der Ärmel ist abgerissen, er lag einzeln und völlig durchtränkt im Karton.

Die Jeans, die Schuhe. Noch mehr Blut. Flecken, so groß wie Blumen oder so klein wie Regentropfen. Die Hosen sind auf einer Seite aufgetrennt. Vom scharfen Schnitt einer Schere zerteilt wie ein Stripperinnenkostüm.

Eine weiße Tüte. Darin die Fotos von ihm und Gioia. Auf einem küsst er sie unter irgendwelchen Arkaden. Auf einem anderen sitzen sie lächelnd Arm in Arm auf einer Parkbank. Vielleicht irgendwo im Parco Talon. Auf einem anderen schlafen sie miteinander. Es ist mit einem Teleobjektiv von einem entfernten Fenster aus aufgenommen. Sie haben die Vorhänge aufgelassen, sie sitzt auf ihm, die Hände auf seiner Brust, der Kopf zurückgelegt, das Haar fällt ihr über den Rücken.

Noch eine Tüte. Das fehlende Stück des Fotos von dem Mädchen. Mirella lächelt, und er hat ihr den Arm um die Schulter gelegt. Ein anderer Mann kneift ihn lachend in die Wange. Michele sieht ihm ebenfalls lachend in die Augen. Er weiß, wer das ist, doch er weiß nicht, weshalb er lacht.

Was hast du getan, Michele?

Er weiß nicht, womit Aurelio Strazzari ihn zum Lachen gebracht hat. Und er weiß auch nicht, weshalb auf dem fehlenden Stück neben Aurelio dieses Mädchen abgebildet ist.

Was hast du getan, Michele?

Mirellas Stimme gellt wieder in seinem Kopf. Sie dröhnt, drückt, stemmt sich gegen seine Gedanken und lässt ihn nicht in Ruhe, lässt ihn nicht leben. Sie nimmt alles ein, alles, was noch übrig ist. Er schließt die Augen, presst die Lider zusammen.

Im Fernseher liest jemand die Ergebnisse des ersten Spielsonntags der Fußballmeisterschaften vor. Dann Spülmittelwerbung, der Trailer einer neuen Reality-Show, der Tagesschaujingle, die Schlagzeilen, die dämliche Stimme des Sprechers mit schuhcremeschwarzem Haar, die im Irak entführten Journalisten, die Fotos, die Angehörigen, die um Zurückhaltung bitten.

Und er liegt noch immer mit geschlossenen Augen auf dem Teppichboden eines Luxushotels und verdrängt seine Vergangenheit, die allmählich aufsteigt, die Erinnerungen, die sich wie Messerstiche ins Fleisch bohren, die ihn von innen aufschlitzen, in seiner Brust bersten und nach Luft, Sauerstoff, Leben verlangen.

Blut.

Blut.

Und noch mehr Blut.

Was hast du getan, Michele?

Was bist du?

Er öffnet die Augen.

Dasselbe Blut, das er auf dem letzten Gegenstand sieht. Er hat das ganze Gewicht des Kartons ausgemacht und die Kettenreaktion von Bildern, Klängen, Worten, Geräuschen ausgelöst, die Mirellas Stimme aus seinem Hirn verdrängt haben.

Die Aktentasche von Luigi Petri. Die, die seine Tochter nie gefunden hat.

»Im Kofferraum«, sagt jemand in seinem Kopf.

Dann klingelt plötzlich das Handy.

Der Graue sieht seiner Enkelin dabei zu, wie sie ihr Spielzeug ordnet. Ihre Hände sind klein, die Worte, die sie hin und wieder an ihn richtet, hell und zart. Sie sind das Einzige in seinem Leben, das ihn von innen erwärmen kann.

Auf der Piazza Navona ruft jemand nach einer Gianna.

»Zanardi ist viel schlauer als gedacht«, sagt er. Am anderen Ende der Leitung herrscht einen Moment lang gespenstisches Schweigen.

»Sind sie sich da wirklich sicher, Signore?«

Simone Mariani geht noch einmal die Fotos durch, die er bei seinem Kontrollbesuch in Nicolas Wohnung gefunden hat. Die einzigen, die der Fotograf zu haben scheint. Das Klicken der Maus und das Zischen, mit dem das Programm von einem Foto zum nächsten wechselt, sind die einzigen Geräusche im Raum.

»Aber ja. Ich bin davon überzeugt. Im Grunde ist das ein alter Trick. Vielleicht hat er ihn unbewusst angewendet, aber so ist es. Allen Beteiligten die gleichen Informationen zu geben, ist das beste Mittel, um alle glauben zu lassen, er hätte nichts mehr.«

»Und Sie glauben das?«

»Dass das die einzigen Fotos sind, die er hat? Kann sein.«

Wieder Schweigen. Ein Klicken. Gianna taucht am anderen Ende des Platzes auf. Ein Labrador. Er tollt auf den Jungen zu, der ihn gerufen hat, springt an ihm hoch, leckt ihm übers Gesicht.

»Süßer Hund«, sagt das kleine Mädchen.

Der Graue lächelt und bedeutet ihr mit dem Finger, zu schweigen. Sie ist sofort still.

Simone Mariani klappt den Laptop zu.

»Wenn Zanardi sie nicht hat, wo sind sie dann? Sie wissen, dass es sie gibt, Signore.«

Der Graue nickt. Und ob er das weiß. Und er sieht den Gesichtsausdruck des Mannes, den alle suchen, genau vor sich. Und Sara Parmeggianis Lächeln. Im Moment der Aufnahme hat der Mann vielleicht geglaubt, das Mädchen würde es genießen. Aber wahrscheinlich hat sie nur daran gedacht, was sie danach mit diesem Foto machen würde.

»Um ehrlich zu sein, ich habe keine Ahnung. Sollte das Mädchen sie nicht vernichtet haben – und wir wissen beide, dass sie dafür keinen Grund hatte –, werden sie früher oder später irgendwo auftauchen.«

»Und was, wenn wir dann nicht an Ort und Stelle sind?«

»Diese Möglichkeit habe ich bereits seit einer Weile in Betracht gezogen. Wenn das eigene Leben zerstört wird, bleibt einem als einzig ehrenwerter Ausweg, von der Bildfläche zu verschwinden.«

»Sie meinen Selbstmord, Signore?«

»Ich meine nur, dass es in früheren Zeiten durchaus so gehandhabt wurde. Und dass es heute vielleicht manch einer ähnlich handhaben könnte.«

Er streichelt seiner Enkelin übers Haar, die sich die Nase an der gläsernen Balkontür platt drückt und gebannt jede Bewegung des Hundes verfolgt.

»Und was sagen Sie zu unserem Freund Parmeggiani?«

»Dass ich auf eine Anweisung warte, Signore.«

Der Graue wendet sich zum Zimmer um. Auf dem Tisch liegen die Pressestimmen von morgen. Und ein paar Leitartikel. Zum Glück liest in Italien niemand Zeitung. Was das Fernsehen zur besten Sendezeit betrifft, weiß er, was zu tun ist.

»Geduld«, sagt er und setzt sich an seinen Schreibtisch. »Und halten Sie die Augen offen, sollten die Fotos doch irgendwo auftauchen. Alles andere haben wir bereits besprochen.«

Er drückt auf eine Taste, und das Gespräch ist beendet.

»Komm her«, sagt er zu dem kleinen Mädchen. Und nimmt es in den Arm.

»Hättest du auch gern so einen Hund?«, fragt er.

Und das strahlende Lächeln auf ihrem Gesicht ist bereits die erhoffte Antwort.

Nichts im *Elfentanz* lässt auch nur im Entferntesten auf seinen

Urheber schließen. Beim vierten Anruf hat Anselmi kapituliert. Und während er durch die Straßen kurvt, schleudert Kommissar Giovanni Marra das Handy wütend auf den Beifahrersitz.

Draußen, jenseits des klimatisierten Wageninneren, trieft der Himmel vor Feuchtigkeit. Ein düsteres, stickiges Grau, das einen kaum atmen lässt. Das Gewitter lässt zu lange auf sich warten, und der Regen hat sich in eine Notwendigkeit verwandelt, die keinen weiteren Aufschub duldet. Doch er wird nicht kommen. Nicht vor Einbruch der Nacht. Giovanni weiß das. Sein Großvater hat ihm beigebracht, zu erkennen, wann sich das Wetter tatsächlich ändert. Und noch ist es nicht soweit.

Er rast über eine Ampel, ehe sie von Gelb auf Rot springt, und fragt sich, ob es in Paola Viglianis Fall wohl genauso ist. Ob er es wissen wird, wenn etwas passiert, oder ob er sich mit dem, was er bis jetzt herausgefunden hat, wird zufriedengeben müssen. Ein verschwommenes Bild, dessen Umrisse er nur erahnen kann, ohne jemals zu erfahren, was sich tatsächlich dahinter verbirgt.

Er parkt unweit seiner Wohnung und fühlt sich unendlich erschöpft. Während er einparkt, klingelt das Handy.

»Ich habe etwas Merkwürdiges gefunden, Commissario.«

Cartas Stimme, weniger zittrig als sonst. Er schließt das Auto mit der Fernbedienung ab.

»Merkwürdig?«

»Ja. Erinnern Sie sich noch an diesen Ferrari, der, der das Foto von dem Mädchen vorbeigebracht hat?«

Giovanni nickt. In der ganzen Aufregung um den wiedergefundenen Film hat er das fast vergessen. Ein Riesenpatzer.

»Und?«

»Also, ich bin gerade mit den Recherchen fertig, um die sie mich gebeten hatten.«

»Carta! Komm zum Punkt!«

»Michele Ferrari arbeitet als Informatiker bei einer Firma für Videospiele, der GDA Electronics. Sie wissen schon, die, bei der man der Spielfigur sein Aussehen geben kann. Er hat das europäische Netzwerk aufgebaut und leitet es jetzt.«

Giovanni macht das Eingangstor hinter sich zu und betritt den Hof des Mietshauses.

»Red weiter.«

»Er hatte einen Verkehrsunfall. Hat ewig lang im Koma gelegen, dann ist er wieder aufgewacht. Aber wie es aussieht, hat er sein Gedächtnis verloren. Der Unfall hat sich am zwölften Februar ereignet.«

Abrupt bleibt Marra hinter der Tür zu seinem Treppenhaus stehen.

»Am zwölften Februar dieses Jahres?«

»Ganz genau. Am zwölften Februar dieses Jahres.«

»Am letzten Karnevalstag macht man immer was Besonderes«, hört er Fabio Lamberti sagen. Und die Frage schießt ihm durch den Kopf, ob es dieses Jahr statt Lamberti nicht eher Ferrari war, der etwas Besonderes gemacht hat.

Er dreht den Schlüssel im Schloss und schiebt die Tür hinter sich zu.

»Sonst noch was?«

»Um ehrlich zu sein, eine Sache wäre da noch. Die Merkwürdige, wie gesagt. Michele Ferrari ist mit Mirella verheiratet, Doktor Terzis Sekretärin.«

Giovanni verharrt auf der ersten Stufe und will etwas sagen, doch er ist nicht schnell genug.

»Ich muss mit dir reden, Commissario«, sagt eine Stimme.

Und als er sich zur Treppennische umdreht, bleibt sein Herz fast stehen.

»Italien wird erpresst«, heißt es in den Nachrichten des ersten Fernsehprogramms, und Raffaella Petri lässt ihr Buch sinken. Vor ihren Augen laufen die Bilder der weiteren Titelthemen ab, dann kommen die Fotos der beiden italienischen Journalisten.

Der Sprecher sagt, dass sie höchstwahrscheinlich von ganz gewöhnlichen Kriminellen entführt wurden, und nicht von al-Zarqawis Anhängern. Weshalb, wird wie immer nicht erklärt. Dann folgt ein Beitrag über die Angehörigen. Man sieht Reporter und Fernsehtechniker, die vor einem Reihenhäuschen in einem Mailänder Vorort inzwischen regelrecht zu campieren scheinen. Zum Schluss die immer gleichen Kommentare der Politiker. Der eine, der die Truppen nach Hause holen will, der andere, der meint, die italienischen Soldaten erfüllten dort eine humanitäre Mission.

Raffaella schaltet den Fernseher aus. Sie steht vom Sofa auf, und das Buch, das auf ihren Knien lag, fällt zu Boden. Sie steckt ein Stück Papier zwischen die Seiten der italienischen Ausgabe von *American tabloid* und fragt sich, vor wie langer Zeit ihr Vater in genau diesem Zimmer gesessen und dieses Buch gelesen hat. Was er dabei gedacht hat.

Sie geht in die Küche und lauscht dem Geräusch ihrer nackten Füße auf dem Fußboden. Sie hat sich gerade einen Milchkarton an die Lippen gesetzt, als es an der Tür klingelt. An der Wohnungstür, nicht unten am Hauseingang. Sie geht aus der Küche und bleibt vorn im Flur stehen.

»Wer ist da?«

Ihre Stimme zittert, und ehe sie die Antwort hört, fragt sie sich kurz, ob sie richtig abgeschlossen hat.

»Ich bin's, Giulio. Mach bitte auf. Es ist ... es ist wichtig.«

Giulio Bernardi. Der Mann, dem sie die Datei mit dem *Elfentanz* geschickt hat. Sie macht einen Schritt auf die Tür zu. Dann bleibt sie wieder stehen.

»Woher weißt du, wo ich wohne?«

»Verdammt noch mal, Raffaella, du stehst im Telefonbuch. Dein Vater steht im Telefonbuch. Mach auf.«

Sie zieht sich den bunten Bademantel über T-Shirt und Unterhosen und öffnet die Tür.

Giulio Bernardi hat einen Zweitagebart und gerötete Augen.

Ohne sie anzusehen oder um Erlaubnis zu bitten, kommt er herein. Er wirkt völlig aufgelöst.

»Wo steht dein Computer?«

Einen Moment lang starrt Raffaella Petri diesen Mann an, den sie seit Ewigkeiten nicht gesehen hat, und versucht ihn mit ihren Erinnerungen in Einklang zu bringen. Er sieht sie an. Ein Schweißtropfen perlt ihm über die Schläfe. Er ist nicht auf einen Schwatz vorbeigekommen. Er ist gekommen, weil er Angst hat.

Sie führt ihn ins Wohnzimmer. Der Laptop steht angeschlossen an der Ladeschnur auf dem weißen Emaille-Tisch. Giulio Bernardi schiebt die CD, die er mitgebracht hat, ins Laufwerk.

»Ich konnte dich nicht anrufen, Raffaella. Ich musste es dir selbst zeigen.«

Seine Finger bewegen sich flink auf der Maus. Er klickt auf Arbeitsplatz, dann aufs CD-Laufwerk und öffnet ein Programm. Schließlich flimmert der *Elfentanz* zum tausendsten Mal über den Bildschirm.

»Dir ist wahrscheinlich nichts aufgefallen.«

Raffaella verschränkt stumm die Arme. Seine Stimme klang ziemlich vorwurfsvoll.

»Wie denn auch. Aber schau mal hier.«

Mit einem Programm, das er auf die CD gebrannt hat, öffnet er den Film in Einzelbilder zerlegt. Winzige weiße Rechtecke auf einer Zeitachse.

»Es muss das hier sein. Es ist nur ein einziges Einzelbild. Sieht man ihn in normaler Geschwindigkeit, fällt einem nichts auf. Aber es ist da.«

Wieder bewegt er den Mauspfeil und macht einen Doppelklick. Der Laptop summt, an Stelle des Pfeils erscheint die Sanduhr, dann leuchtet etwas Neues auf dem Bildschirm auf.

Der Inhalt des einzelnen Fotogramms.

»O mein Gott«, flüstert Raffaella.

»Finde Michele Ferrari, Carta«, sagt Giovanni. »Und wenn du ihn gefunden hast, ruf mich an. Egal um welche Uhrzeit.«

Er legt das Telefon auf den Wohnzimmertisch und sieht mich an. Seit ich ihn unten an der Treppe abgefangen habe, hat er kein einziges Wort an mich gerichtet. Nur ein Zeichen, um mir zu bedeuten, dass das Telefonat, das er gerade führte, wichtiger als alles andere ist. Also blieb mir nichts anderes übrig, als hinter ihm her durch die Wohnung zu schleichen. Und jetzt, wo er aufgelegt hat, versuche ich seinem Blick so gut wie möglich standzuhalten.

»Was zum Henker machst du hier?«

»Ich wollte dir etwas bringen. Und mit dir reden.«

Er macht sich eine Zigarette an. Trotz der weit geöffneten Fenster ist das Zimmer nach wenigen Zügen in Qualm gehüllt.

»Und was wolltest du mir bringen?«

Ich halte ihm die Kassette hin. Ehe er danach greift, mustert er mich mit einem seltsam fragenden Gesichtsausdruck.

»Hör sie dir an, Giovanni. Dann reden wir darüber.«

Er schiebt die Zigarette in den Mundwinkel und steckt die Kassette in die Stereoanlage. Ohne zu fragen, setze ich mich aufs Sofa. Und höre zum dritten Mal Antonio Parmeggianis Stimme. Als das Band zu Ende ist, hat Giovanni längst vergessen, dass ich da bin. Er spult zurück und hört es sich noch einmal an. Dann dreht er sich endlich um und schenkt mir wieder Beachtung.

»Wann hast du das aufgenommen?«

»Heute Nachmittag.«

»Ich nehme an, er weiß nichts davon.«

»Und er sollte es auch ja nicht erfahren.«

Er nickt. Greift nach Aschenbecher und Zigaretten. Setzt sich auf die Armlehne des Sofas.

»Du hast gesagt, du wolltest auch reden. Also reden wir.«

Ich lasse die Finger knacken.

»Vorher muss ich dir noch etwas geben.«

»Na, los.«

Ich halte ihm die Fotos des Mannes hin, den ich getroffen habe. Marcos Freund hat sie kurz vor meiner Abfahrt für mich ausgedruckt. Ich erkläre ihm, wer das ist und wie sie entstanden sind. Giovannis Blick gleitet hastig über die Bilder. Er scheint das Gesicht darauf irgendwie einordnen zu wollen. Dann legt er sie aufs Sofa.

»Ein Abend voller Überraschungen«, sagt er und versucht, die Verlegenheit in seiner Stimme nicht durchklingen zu lassen.

»Was hast du über die beiden Namen herausgefunden, die ich dir genannt habe?«

Er scheint unschlüssig, ob er mir antworten soll. Vielleicht überlegt er nur, wie viel von dem, was er weiß, er mir offenbaren kann. Er zieht an seiner Zigarette. Fängt an zu reden, den Rauch noch im Mund.

»Ich habe mit Oberst U gesprochen«, sagt er, und ich lache fast los. Der Satz scheint aus einer weit zurückliegenden Vergangenheit zu stammen. So hat er seinen Schwiegervater immer genannt.

»Ich nehme an, er hatte dir viel zu sagen.«

Er steht auf, greift nach dem Handy und legt es neben mich aufs Sofa. Dann nimmt er wieder auf der Lehne Platz. Und erzählt.

»Mehr oder weniger das gleiche habe ich auch erfahren«, sage ich, als er fertig ist.

»Ich vergaß, dass dein Journalistenfreund sich einen Spaß daraus gemacht hat, ein bisschen in der Gegend herumzuschnüffeln.«

Ich nicke. Offenbar sind die Ohren des Obersts noch äußerst hellhörig.

»Ich habe auch ein paar gute Quellen. Vom Burn-out wusste ich, aber nicht von diesem Mädchen. Dafür habe ich eine merkwürdige Geschichte über Waffengeschäfte und eine serbische Familie gehört, die erschossen wurde.«

Er raucht seine Zigarette auf. Spielt mit dem Päckchen und zieht die nächste heraus. Dann überlegt er es sich anders.

»Und weiter?«

»Während einer Patrouille werden bei den Serben Gewehre beschlagnahmt. Angeblich russische Fabrikate. Sie landen im Waffenlager, registriert und in Sicherheit gebracht. Einige Monate später folgt eine weitere Beschlagnahmung. Wieder eine Kiste Gewehre. Nur, dass sie Teil der ersten Lieferung war. Und dass, abgesehen von dieser zweimal beschlagnahmten Kiste die übrigen spurlos verschwunden sind. Einen Monat später tauchen sie in einer Scheune wieder auf. Simone Mariani findet sie, zusammen mit zwei anderen. Und bei der Aktion gibt es fünf Tote. Eine ganze Familie, wie gesagt. Darunter zwei Mädchen im Alter von siebzehn und neunzehn Jahren. Er hat erzählt, sie hätten auf ihn geschossen. Tatsächlich finden sich in der Scheune Spuren eines Schusswechsels. Und man glaubt Mariani.«

»Die Aussage eines Offiziers gegen fünf Leichen.«

»Wie sie die Waffen aus der Waffenkammer herausbekommen haben, ist bis heute ein Rätsel.«

Giovanni seufzt. Ein Schatten huscht über sein Gesicht. Es dauert nur einen Wimpernschlag, doch das reicht, um in mir den Verdacht aufkommen zu lassen, dass er mir etwas verschweigt. Vielleicht hat ihm Oberst U noch etwas anderes erzählt. Oder meine Schilderung hat ihn auf eine Idee gebracht, die er nicht mit mir teilen will.

»Wieso hast du mir dieses Zeug gebracht?«

Ich habe gar nicht mitbekommen, dass er sich eine Zigarette angezündet hat.

»Weil ich beschlossen habe, dir zu vertrauen.«

»Schwachsinn. Sag mir den wahren Grund.«

Ich lache ihm ins Gesicht. Eine hysterische Reaktion, die ich sofort bereue.

»Ich will mit dieser Geschichte nichts mehr zu tun haben.«

»Genau. Und deshalb hast du Parmeggiani die Fotos seiner Schwester gegeben.«

Ich antworte nicht.

»An deiner Stelle hätte ich das Gleiche getan.«

Plötzlich erscheint mir das Sofa entsetzlich unbequem. Ich stehe auf.

»Du musst mir einen Gefallen tun.«

»Noch einen?«

»Nein, im Ernst. Es ist dringend. Nur so kann es klappen.«

Ohne etwas zu erwidern zieht er an seiner Zigarette und wartet darauf, dass ich weiterrede.

»Bring in Umlauf, dass die Fotos von dem Mann existieren. Und dass ich sie nicht habe.«

»Meinst du, ich hätte dir nicht geglaubt?«

Ich hatte eine andere Frage erwartet. Als ich es ihm sage, wirkt er kein bisschen überrascht.

»Es gibt einen Maulwurf, Nicola. Das klingt wie aus einem Spionagefilm. Aber es stimmt. Und nach dem Telefonat von vorhin habe ich auch eine Ahnung, wie die Sache läuft. Irgendjemand kontrolliert alles, was wir tun. Wie du siehst, muss ich keine Gerüchte in Umlauf setzen, sie entstehen ganz von allein.«

Das aufgesetzte Lächeln, das seinen letzten Satz begleitet, wirkt wie die Kapitulation eines Verzweifelten. Wie er dasitzt und an seiner x-ten Zigarette saugt, sieht er aus wie ein auf dem Schlachtfeld zurückgebliebener Soldat, melancholisch und mit der einzigen Hoffnung, ein paar seiner Feinde mit sich in den Tod zu reißen.

»Diese Fotos hast du nie gehabt, Nicola. Das sehe ich dir an. Wenn du wüsstest, wer der Typ im Bett mit der Parmeggiani ist …«

»Du weißt es, stimmt's?«

»Wer auf diesen Fotos ist? Nein, Nicola. Ich weiß es nicht.« Er macht eine Pause. Sieht in die Nacht hinaus. »Manchmal glaube ich, es ist besser so. Manchmal wünschte ich, es wäre alles vorbei. Und zwar schnell.«

Er wendet mir den Rücken zu und drückt die Zigarette aus. Dann dreht er sich um. Er lächelt, in Gedanken vollkommen woanders.

»Nimm dich vor Parmeggiani in Acht, Nicola. Wenn ich du wäre, würde ich ihm nicht trauen.«

Ich stehe auf.

»Du traust niemandem, Giovanni. Nicht einmal mir.«

»Wenn ich dir nicht trauen würde, hätte ich dich schon längst verhaftet. Und hätte bei dem Zirkus, den du veranstaltet hast, um mich den iPod finden zu lassen, nicht beide Augen zugedrückt.«

»Du hast mich aus Freundschaft nicht festgenommen.«

Er lacht. Seine Augen sind wieder allzu hart, die übliche Maske, hinter der er all die Narben in seinem Blick versteckt.

»Wenn man so lebt wie ich, hat man keine Freunde mehr.«

Seine Stimme gleicht einem Rasiermesser mit gebrochener Klinge. Sie gleitet perfekt über die Haut, bis man merkt, dass sie einem tief ins Fleisch geschnitten hat.

»Ich bin hierhergekommen, weil ich beschlossen habe, dir zu vertrauen, Giovanni.«

Ich halte ihm einen zusammengefalteten Zettel hin. Ohne hineinzusehen nimmt er ihn zwischen die Finger.

»Was ist das?«

»Die Telefonnummer von Antonio Parmeggiani. So habe ich ihn gefunden. Er hatte mich auf dem Handy angerufen.«

Ganz langsam faltet er den Zettel auseinander. Er wirkt wie ein Kind, das Angst vor einem dunklen, von nächtlichen Geräuschen erfüllten Flur hat.

»Ich wusste es«, flüstert er.

»Was?«

Er ignoriert meine Frage. Und ich bin froh darüber. Er steckt den Zettel in die Gesäßtasche.

»Ich werde tun, worum du mich gebeten hast, Nicola. Ich werde die Sache sofort streuen. Und alles kommt in Ordnung. Solltest du irgendetwas brauchen – irgendetwas –, und ich sollte nicht da sein, frag nach Inspektor Francesco Carta. Ihm vertraue ich. Und dir auch.«

Ich nicke. Er geht zum Sofa und kontrolliert zum hundertsten Mal sein Handy.

»Wo finde ich dich, wenn's sein muss?«

»In Riccione. Im Hotel Jimmy, frag nach Marco. Er weiß, wo ich zu finden bin.«

Er fährt mit der Hand durch die Luft.

»Und jetzt ab mit dir. Ehe mir noch etwas einfällt, weshalb ich dich verhaften müsste.«

Er bringt mich zur Tür.

»Glaubst du, du kriegst ihn?«

Er öffnet die Tür.

»Wen?«

»Mariani. Schließlich ist er der Mör…«

Er legt mir eine Hand auf die Schulter.

»Geh nach Hause, Nicola, oder sonst wohin. Und wo immer du auch hin willst, bitte halt dich von dieser Sache fern.«

Michele Ferrari ist nach dem dritten Klingeln rangegangen.

»Wo sind Sie?«

Seine Antwort hingegen hat länger auf sich warten lassen. Im Hintergrund hat Raffaella das Gemurmel eines Fernsehers gehört, sonst nichts. Nur Stille, ohne jegliches Zeichen von Leben.

»Ich bin im Hotel. Ich habe meine Frau verlassen«, hat er geantwortet. Und Raffaella hat sich seinen leeren, fahlen Blick vorgestellt, passend zur flachen, emotionslosen Stimme. Sie wirft einen Blick auf den Monitor und kneift die Augen zusammen. Sie hat das Gefühl, weinen zu müssen, doch stattdessen ist ihre Stimme heiser vor Wut.

»Ich weiß, was Sie getan haben, Doktor Ferrari. Stellen Sie sich, und tun sie es bloß nicht noch mal.«

Einen kurzen Moment hat es den Anschein, als würde er lachen.

»Nein, Sie wissen es nicht. Sie können sich gar nicht vorst…«

Raffaella lässt ihn nicht ausreden. Und erzählt ihm alles. Hastig. Die Wahrheit, die aus ihr herausdrängt, braucht nicht viele Worte. Michele hustet. Er atmet heftig und röchelnd, eine Maschine, die nicht anspringen will.

»Ich fahre ins Polizeipräsidium, Doktor Ferrari. Dort warte ich auf Sie, in einer halben Stunde. Sollten Sie bis dahin nicht auftauchen, zeige ich Sie an. Haben Sie verstanden, was ich gesagt habe?«

»Ja, Raffaella, ich habe verstanden.«

»In welchem Hotel sind Sie?«, will sie noch fragen, aber Michele Ferrari hat bereits aufgelegt.

Wütend schlüpft sie in ein Paar Tennisschuhe, reißt die CD aus dem Laufwerk, läuft die Treppe hinunter und verlässt das Haus. Die Nacht ist finster wie die Stimme, die sie am Telefon gehört hat. Der erste Tropfen fällt vom schwarzen Himmel und kriecht ihr wie eine Träne übers Gesicht. »Alles hat seine Zeit«, denkt sie. Und das ist nicht der richtige Augenblick, um zu weinen.

»Verzeihen Sie, dass ich Sie zu dieser Stunde herbestelle, aber die Versammlung ist eben erst zu Ende gegangen.«

Das Büro des Schwarzgekleideten ist leer. Nur der Sekretär war noch da. Er hat den Grauen hereingeführt, dann ist er fortgeschickt worden.

»Machen Sie sich wegen mir keine Sorgen.«

Der Schwarzgekleidete lächelt.

»Stimmt ja, Sie arbeiten immer, selbst im Schlaf. Das hatte ich vergessen. Möchten Sie etwas trinken?«

»Nein, danke.«

Der Schwarzgekleidete schenkt sich zwei Finger Whiskey ein und stellt die Flasche auf ein Lackholzmöbel zurück, das genauso gesichtslos ist wie die meisten anderen Gegenstände im Raum.

»Ich habe Sie rufen lassen, um Ihnen zu sagen, dass Ihre Vorgehensweise gebilligt wurde. Sie können die Verhandlungen mit dem von Ihnen als vertretbar erachteten Spielraum weiterführen.«

Der Graue nickt, doch seine Gedanken sind ganz woanders. Er versucht sich kurz vorzustellen, was passieren würde, wenn sein Gegenüber die Wahrheit wüsste. Die ganze Wahrheit, und nicht nur die Oberfläche.

Direkt unter der Wasserlinie wird das Licht bereits trüb. Und je weiter man in die Tiefe vordringt, desto mehr muss man gegen die Dunkelheit, den Druck und die Stille gewappnet sein. Das, was am helllichten Tag passiert, ist nur der makroskopische Effekt zahlloser winziger, lautloser Phänomene, die zu weit weg und zu nebulös sind, als dass jemand, der um die wahren Ausmaße nicht weiß, sie erkennen könnte. Genau deshalb sind Menschen wie der Schwarzgekleidete auf Menschen wie den Grauen angewiesen. Sie sind nicht in der Lage, bis auf den Grund zu sehen.

»Es kann sich nur noch um Tage handeln. Ich habe soeben die Bestätigung erhalten, dass es sich um ganz gewöhnliche Kriminelle handelt. Sie haben eine Forderung gestellt.«

Der Schwarzgekleidete reißt die Lippen vom Glas.

»Wieso haben Sie mir das nicht gleich gesagt?«

»Ich habe es erst auf dem Weg hierher erfahren.«

»Wie viel?«

Der Graue hängt die Summe ans Ende der Frage.

»Die haben sich nicht lumpen lassen.«

»Verglichen mit den sonst üblichen Summen erscheint mir das ein Witz.«

»Sicher, sicher. Aber es geht ums Prinzip, verstehen Sie? Ums Prinzip.«

»Das ist nicht die einzige Möglichkeit, Signore.«

»Was denn?«

»Zu zahlen.«

Der Schwarzgekleidete stellt das Glas ab, nimmt eine Zeitung vom Schreibtisch und schlägt sie auf.

»Sehen Sie mal. Was, glauben Sie, würde passieren, wenn wir nicht zahlten?«

Die Stimme des Grauen bleibt genauso flach, monoton und einen Hauch beflissen wie immer.

»Das, was auch das letzte Mal passiert ist, Signore.«

Der Schwarzgekleidete wirft die Zeitung auf den Tisch zurück.

»Exakt. Nein, es gibt keine Alternative. Wir machen genauso weiter.«

Er hat recht. Genauso funktioniert es. Den ganzen Tag schon denkt er darüber nach, den ganzen Tag schon sucht er nach einem weniger krassen Ausweg, nach einer Straße mit einem klaren Ziel, einer festgelegten Route, einer vorhersehbaren Geschwindigkeit.

Doch den gibt es nicht. Eine Alternativlösung existiert nicht. Bei manchen Spielen wird der Einsatz einfach zu hoch. Und das Einzige, was einem dann bleibt, ist, die Spieler loszuwerden.

»Keine Sorge, alles wird laufen, wie es laufen muss«, sagt er. Und ist sich nicht sicher, ob er mit sich selbst spricht oder dem Mann, von dem er theoretisch Anweisungen entgegennehmen sollte, mit einer bedeutungslosen Floskel antwortet.

Sein Gastgeber kommt auf ihn zu. Die Unterhaltung ist beendet. An der Tür geben sie sich schweigend die Hand. Er hat noch nicht einmal die Sache mit den Fotos erwähnt. Zu viel Angst, auch nur darüber zu sprechen.

»Ich werde noch in diesem Büro ein und aus gehen, wenn du schon längst weg bist«, denkt der Graue. »Aber auch dann werde ich dich noch in der Zange haben, und ich habe nicht die Absicht, lockerzulassen, bevor es mir nicht in den Kram passt.«

Michele Ferrari wünschte, die Nacht brächte ihn weit fort. Er könnte wie Peter Pan das Fenster öffnen und davonfliegen. In die Vergangenheit flüchten. Und endlich wieder auf sich selbst treffen.

Statt dessen bleibt ihm nur das Echo der verstreichenden Sekunden im Kopf, das dumpfe Ticken, mit dem die Erinnerungen sich wieder eingestellt haben, sich wie Stecknadeln in das Fleisch der Zeit bohren. Die Schemen eines Mannes, den er kennen sollte, und dessen, was er getan hat, ehe alles weggefegt wurde. Flackernde Bilder, wieder zum Leben erweckt von Mirellas Worten, von den Gegenständen aus dem Keller, die jetzt auf dem Boden des Hotelzimmers liegen wie Brotkrumen, die ihn auf eine bekannte Straße zurückführen sollen.

Dieselbe, auf der er sich jetzt befindet, mit geschlossenen Augen und umgeben von der Wärme des Wassers. Es umspült seine Haut, sein Leben, das sich an den Wannenrand klammert und leise hin und her schaukelt.

Die Augen des Mädchens sind groß wie die Junisonne.

Das ist das Erste, was ihm wieder eingefallen ist. Ein endlos weiter Blick, der ihm den Atem genommen hat. Ihre Haut riecht gut, trotz der Kälte, der verdreckten Haare, der verkrusteten Tränen im Augenwinkel. Trotz der zitternden Lippen.

Tu mir nicht weh. Bitte.

Sie presst die Hände in den Schoß, ist barfuß. Die Finger

fest verschränkt. Ihr Atem verwandelt sich in Dampf und löst sich auf, wie der Schnee, der nicht recht fallen mag, als wüsste er nicht, was er tun soll. Genau wie sie.

Tu mir nicht weh.

Ihre Stimme ist dünn wie ihre langen Beine. Weit weg wie ihre Augen, die plötzlich trüb werden. Augen, in denen kein Leben mehr ist, in denen nichts mehr ist. Sie senkt sie auf den Asphalt. Und auch sie selbst ist nichts mehr. Sie gehört schon jemand anderem, nicht sich selbst. Deshalb ist sie jetzt hier, deshalb ist sie bei Michele.

Komm mit. Ich werde dir nichts tun. Ich werde dir nicht weh tun.

Er sieht sie an. Die offene Wagentür auf der menschenleeren Straße. Das zu kleine T-Shirt, das an den Schultern kneift. Und diese im Schoß verkrampften Hände, die sie nicht eine Sekunde lang löst.

Sie steigt ein. Sie muss.

Sie kann nicht dort bleiben. Sonst ist er geliefert. Und das kann er nicht zulassen. Er weiß es auch jetzt, da alles bereits passiert ist und er sie mit geschlossenen Augen vor sich sieht, derweil die Zeit bei Null beginnt und die Wirklichkeit sich verlangsamt, um sich von den Erinnerungen einholen zu lassen.

Ich werde dir nicht weh tun, wiederholt er. Und sie sieht wieder auf.

Die Augen des Mädchens sind kalt wie Schnee.

Hastig wie ein Herzschlag steigt sie ins Auto. Michele fährt los.

Es dauert nur ganz kurz. Gerade so lang, wie er die Hand ausstrecken und sie streicheln kann. Laue, eisige Haut.

Was hast du getan? Was hast du ihr getan?

Gerade so lang, wie sie an der Autotür rüttelt, ein Windstoß, der durch eine Fensterritze fährt. Gerade so lang, wie er an der roten Ampel stehen bleibt, ehe er auf die Ringstraße abbiegt.

Sie öffnet die Tür und läuft weg.

Michele steigt aus. Dreht sich um. Sieht sie die Straße hinaufrennen und in der Dunkelheit verschwinden. Sie ist zu Nacht und Schatten geworden. Schatten, der überall ist. Selbst an seinen Händen.

Was hast du getan? Was hast du ihr getan?

Irgendjemand hupt. Und überholt ihn. Die Ampel ist grün, die Straße eine Einbahnstraße. Er kann nicht wenden und zurückfahren. Er kann sie nicht suchen, zumindest nicht von hier aus. Er muss von der anderen Seite wieder hinauffahren. Er muss sie finden.

In der Stille des Hotelbadezimmers reißt Michele Ferrari die Lippen auseinander, um etwas zu schreien. Wie an jenem Abend, in jener Nacht. Und seiner von Panik zugeschnürten Kehle entweicht kein Ton.

Es ist zu still im Haus.

Es muss vor diesem Schrei an der Ampel passiert sein, aber die Erinnerung kommt später, der Rückprall von etwas, das man übersehen hat und das einen voll ins Gesicht trifft.

Er steht mitten im Zimmer, und überall ist Blut.

Es rinnt ihm aus den Augen und ist nicht wie das, was er sähe, wenn er jetzt die Lider öffnete, hier in der Badewanne. Es ist dunkel wie das durchtränkte Holz. Es ist eine gegen die Zimmerwand geschmetterte Rose. Es rinnt von ihren Blütenblättern hinab auf das Laken, auf den Boden. Dicke, zähe Tropfen. Ein schwarzer Regen.

Nur zu seinen Füßen erscheint das Blut noch rot. Neben seinen Schuhen. Im Abdruck des nächsten Schrittes, der im Dunkel der Vergessenheit versinkt. Dieselbe Dunkelheit, aus der ihre Hände herausleuchten.

Und das kleine Beil.

Wo ist sie?

Der Holzgriff ist kalt und rau.

Sag mir, wo sie ist.

Das Foto gleitet wie ein Vorhang vor seine Augen. Es taucht aus dieser CD auf und sieht ihn an. Er hat keine Ahnung, wie es dorthin gekommen ist, er hat es nicht mehr gesehen. Aber er weiß, dass es da ist. Er weiß, dass alles von dieser CD abhängt. Und von diesem Foto.

Paola Vigliani lächelt der Kamera, der Sonne und dem Leben zu. Langsam weicht sie zurück, und das Zimmer taucht wieder auf.

Er verfolgt die Spur eines Blutstropfens zurück. Der Fußboden, das Beil und dann weiter oben, jenseits der Klinge, jenseits dieses Schrittes, von dem er nicht weiß, ob er ihn je gemacht hat.

Schau hin. Und sag mir, wo sie ist.

Das Ding auf dem Bett grinst ein verzweifeltes Grinsen.

Ein Stück Isolierband baumelt ihm vom Kinn wie die graue Zunge eines müden Hundes. Das mehrere Nummern zu große Armband an ihrem Handgelenk ist ebenfalls aus Isolierband. Ein Arm liegt unter dem nackten Körper. Der andere hängt von der Matratze und berührt den Boden, die Finger sind zur Kralle gekrümmt. Im Halbdunkel der Nacht ist die Haut fast blau.

Was hast du ihr getan?

Paola Viglianis Haare sind blutverkrustet. Sie fallen ihr halb übers Gesicht, bedecken die Wange, berühren ihr Kinn, ihren Hals. Ein zickzackförmiger Schnitt zieht neben der Schläfe über ihre Stirn.

Ihre Augen sind weit aufgerissen, ihr Kopf liegt auf dem Laken. Ihr Blick ist hohl wie der einer Stoffpuppe. Ihre Lippen sind hab geöffnet, ein eisiges, leeres Lächeln. Etwas Heftiges, Scharfes hat ihr Becken durchschlagen. Ihre Beine sind gespreizt, der Rücken unnatürlich verdreht.

Das Ding auf dem Bett ist ein geknickter Ast, der nicht brechen will.

Wer bist du, Michele? Was hast du ihr getan?

Paola Vigliani ist ein blau getöntes Bild, das ihm die Netzhaut, die Gedanken, den Atem versengt. Es ist die Erregung der vom Licht berührten Haut, des schamlosen, nackten Todes, des süßlichen Geruchs von Blut, der Metallklinge, die nicht aufhört zu tropfen, wie die Erinnerungen, die aus seinem Hirn perlen.

In den Giardini Margherita scheint die Sonne.

Das Licht blendet so stark, dass er die Lider zusammenkneifen muss. Und während er sich erinnert, würde er sie gern öffnen, diesem Tag den Rücken kehren und sich in das Zimmer flüchten, in dem er jetzt ist. Doch es gelingt ihm nicht. Sie sind zu schwer.

Seinen Augen bleibt nichts anderes übrig, als zurückzuschauen. Er wusste, dass es so kommen würde. Der richtige Hebel genügte, damit sein Leben zurückkehrte. Und mit ihm das Bild des Mannes, der er war und den er nicht kennt. Des Mannes, der er ist und der ihm Angst macht.

Aurelio bremst ab und hält am Rand der schmalen Gasse. Er beugt sich vor. Legt die Hände auf die Knie. Er atmet heftig, das Haar fällt ihm ins Gesicht. Er nickt. Micheles Herz schlägt nicht sonderlich schnell. Micheles Herz ist ein Dieselmotor der niemals überhitzt.

Ich bin ruiniert, du musst mir helfen. Wenn du mir nicht hilfst, bringe ich mich um. Sonst bringt er mich um.

Aurelio Strazzari ist eine Vergangenheit, von der er nichts ahnte. Eine Vergangenheit, die Gioia als Erste aufgedeckt hat, die jedoch nicht durch die Fotos in den Zeitungen oder bei seiner Internetrecherche nach Berichten über seinen Tod an die Oberfläche gestiegen ist. Dazu hat es einen Bankbeleg in Petris Aktentasche gebraucht. Der Rest kam dann von selbst.

Bruchstücke von Abendessen und Urlaubsreisen. Ein Sturz mit Skiern, blass wie ein fernes Echo. Ein Kickerturnier und ein Streit um ein verpatztes Tor. Mirellas Lachen neben ihm, an einem Silvesterabend in einem japanischen Restaurant. Splitter, die etwas zerschneiden und wieder zusammenfügen, das weder eine Form noch eine Farbe hat.

»Danke, dass du mich gerettet hast«, sagt Aurelio. Und seine Wohnung ist sonnendurchflutet.

Ihre Frau weiß alles, hat alles durchschaut.

Luigi Petris Stimme ist eine einsam verglühende Zigarette. Er hat die Fotos in der Hand, zeigt sie ihm aber nie.

Sie können sich vorstellen, dass ich in meiner Lage nicht anders handeln kann.

Michele hasst ihn. Es ist der erste Stein, der sich vom Hang löst, ehe der Erdrutsch kommt. Er wird alles unter sich begraben, alles zerstören.

Ihre Frau weiß alles, sie weiß Bescheid, Dottore.

Die Faust schnellt los, noch ehe er sich's versieht. Petri stürzt zu Boden, und er springt auf ihn. Er schlägt noch einmal zu, zweimal, dreimal. Dann schnappt er sich die Fotos. Alle. Auch das beschnittene mit dem Mädchen, er kann es ihm nicht lassen. Genauso wenig, wie er zulassen kann, dass er hier zurückbleibt und wieder zu sich kommt. Und deshalb nimmt er ihn mit.

Denn er hat keine andere Wahl.

Er will sie.

Aurelios Finger drückt sich wie eine Spicknadel auf das Foto.

Sie haben das Foto zusammen gemacht. Irgendwo unter den Saragozza-Arkaden. Die Augen des Mädchens sind groß wie die Junisonne. Selbst auf diesem Foto, selbst da. Selbst unter dem matten Fingerabdruck, den Aurelio auf dem glänzenden Papier hinterlassen hat.

Sag mir, wer du bist. Sag mir, wo du dich versteckt hast. Ich wollte dir nicht weh tun.

An mehr erinnert er sich nicht. Nur an diese Geste und diesen Satz.

Das Auto kurvt mit quietschenden Reifen durch die Hügel.

Das Mädchen ist irgendwo da draußen. Er weiß es, auch ohne sie zu sehen. Muss nur die Wut in sich aufsteigen spüren. Wut über das, was gerade passiert, über das, was schiefgegangen ist, irgendwann, irgendwie.

Wut über diese Augen, die er an irgendeiner Ampel aus seinem Auto hat entwischen lassen.

Ich hätte sie anschnallen, sie festhalten sollen. Sie fesseln sollen, wenn nötig. Sie darf nicht da draußen bleiben. Sie darf nicht da draußen bleiben.

Je weiter er den Hügel hinauffährt, desto dichter fällt der Schnee. Ein milchiger Hauch, der die Straße überzieht. Er müsste langsamer fahren, aber es geht nicht. Er müsste aussteigen, aber es geht nicht.

Er muss weiterfahren. Mindestens bis zur Kreuzung, an der er wenden und dieselbe Strecke noch einmal abfahren kann. Er hat keine Zeit, ihm bleibt keine mehr. Er hat keine Wahl, keine andere Möglichkeit mehr. Die letzte, die er hatte, liegt nun im Kofferraum, und der einzige Ausweg, der ihm jetzt noch bleibt, liegt in den Augen dieses Mädchens, das aus dem Nichts aufgetaucht ist, um sein Leben zu zerstören.

Er steuert brüsk nach links. Die Reifen schlittern, die Hände flattern übers Lenkrad, die Augen klammern sich an den Asphalt. Das Auto dreht sich, dreht sich ein wenig zu sehr, dann findet es wieder Halt, spürt die Straße, nimmt die Richtung auf, fährt los. Michele Ferrari hebt den Fuß vom Gas und rollt den Hügel hinab. Er muss langsam fahren, sich umsehen.

Ein Fußgänger schreit etwas hinter ihm her. Im Radio singen die Five for Fighting *Superman*. Der Schnee fällt sacht und dicht auf die Hügel, noch nicht ganz entschlossen.

Und das Mädchen ist nicht da. Nirgends. Nur Schatten und Schnee und schmiedeeiserne Tore, hinter denen sich Gärten und Häuser verbergen. Und in den Häusern Lichter normaler

Leben, normales Lachen, normale Abende. Abende, wie er sie nie mehr haben wird.

Er flucht.

Ich finde sie nicht. Verdammt, ich finde sie nicht.

Er tastet mit der Hand nach dem Handy. Er sollte sie anrufen. Er hat keine andere Wahl. Ein Telefonat, und alles endet und fängt von vorn an. Aber er hat keinen Empfang. Er hört auf, sie zu suchen, sollen die sich doch drum kümmern, sie in all dem tintenschwarzen Dunkel zu finden. Er muss sich jetzt um etwas anderes kümmern. Um den Kofferraum, und nur darum. Danach kann er nur abwarten, und sie werden sie finden, sie wissen, was zu tun ist.

Er wirft noch einen Blick auf das Handy. Rast an einer Trattoria vorbei. Er meint sich zu erinnern, von dort aus manchmal telefoniert zu haben, an einem der Tische. Er biegt nach links, das Auto wird schneller. Als das Funknetz erscheint, ist das wie eine frische Dusche nach einem Dauerlauf. Er greift nach dem Telefon und wählt die Nummer. Ehe er die grüne Taste drückt, sieht er noch einmal nach vorn auf die Straße.

Und das Mädchen ist da.

Reglos, mitten auf dem Asphalt.

Zwanzig Meter, zehn, fünf, drei.

Er bremst, lenkt, gerät ins Schleudern, das Handy segelt durchs Auto. Die Augen des Mädchens fliegen am Beifahrerfenster vorbei.

Und dann der Aufprall.

Als wären die Nervenzellen explodiert. Sämtliche Gedanken gehen in Flammen auf, genau wie der Atem. Er brennt in der Lunge, in den geschlossenen Augen, in der Luft, die er nicht mehr ausatmen kann, in der Wirklichkeit, die sich in Rauch auflöst, im Blech, das er in seinem Fleisch stecken spürt, in den Beinen, den Knochen, dem Wispern in seinen Ohren, das in einer schrecklichen Stille erstickt.

Er kann nichts bewegen. Nicht einmal den Blick. Nicht einmal die Lider, um sie zuzudrücken und nicht hinausschauen zu müssen.

Das Mädchen bleibt kurz stehen und starrt ihn durch das geborstene Fenster an. Er hätte sie voll erwischen müssen. Sie gleicht einer Erscheinung aus einem Alptraum. Und vielleicht ist sie das auch.

Tu mir nicht weh, flüstert Michele.

Genau wie im Traum, in dem er seine eigene Stimme nicht erkennt.

Dann hört sie ein Geräusch und verschwindet.

Michele schließt die Augen.

Der Kofferraum, sagt jemand.

Es ist das Letzte, was er erinnert.

Bis zum Hals im heißen Badewasser, reißt Michele Ferrari wieder die Augen auf. Mühsam dreht er den Kopf nach links und sieht zum Waschbecken, um sicherzugehen, dass alles, was er dort platziert hat, so ist, wie es sein soll. Durch die geöffnete Tür kann er ein Stück Zimmer sehen, die brennende Lampe, die Gegenstände auf dem Boden. Er lächelt und taucht das Kinn ins Wasser.

Und ins Blut.

Er betrachtet seinen Körper. Einen Moment lang spürt er ihn, wie er ihn noch nie gespürt hat, nicht einmal vor dem Unfall. Es kommt ihm vor, als wäre es gar nicht sein Körper, sondern der eines anderen, des Mannes, der er war, ohne es zu wissen. Er denkt an Mirella, an dieses Telefonat, an das er sich nicht erinnern kann. Er denkt, dass später bestimmt jemand herauskriegen wird, mit wem er gesprochen hat.

Dann streichelt ihm etwas über den Kopf, ein seltsames Kribbeln auf der verschwitzten Stirn. Die Schnitte brennen wieder. Aber es hört fast sofort wieder auf.

Langsam steigt die Taubheit auf, sie legt sich auf die Augen wie der kommende Schlaf, sie legt seinen Kopf zur Seite, sie senkt seine Lider. Für einen Moment pulsiert das Blut in seinen Schläfen, eine hämmernde Trommel, die alles erfüllt. Und die Wirklichkeit versinkt in einem endlos tiefen Schwarz.

Die Stimme des Slawen ist ein Pistolenschuss in der Nacht.

»Halte dich morgen Abend bereit.«

Der Typ, den er angerufen hat, handelt mit Verzweiflung. Eine Ware, die immer mehr Konjunktur hat. Sie nennen ihn den Chirurgen, weil er gewissenhafte Arbeit leistet und nichts dem Zufall überlässt. Einer, der nie den Kopf verliert, auch wenn was schiefgeht. Selbst dann nicht, wenn er bis zu den Knöcheln im Blut steht.

Sie haben einen kleinen Deal, den sie immer möglichst gewinnbringend auszunutzen versuchen. Bei Unternehmen heißt so etwas Partnership. In Wirklichkeit liefert der Slawe Material, das der Chirurg außer Landes schafft und je nach Bedarf möglichst optimal weiterverwertet. Nutten, Lebern oder Nieren sind nur verschiedene Bezeichnungen für dasselbe faule Fleisch. Düngemittel für Geld, mehr nicht.

Der Slawe legt lächelnd auf. Wirft einen Blick auf das Foto, das ihm der Sheriff geschickt hat. Sieht in die Augen der Kleinen, die irgendwo in die Ferne schweifen, während sie am Strand unter der Dusche steht. Eine erstklassige Wahl, wie immer.

Bei ihrem Anblick kommt ihm das andere Mädchen wieder in den Sinn. Als Varo Borja ihm erzählt hat, was er wusste, hat er sich gefühlt wie auf einem riesigen, von mit Scharfschützen gespickten Häusern gesäumten Platz. Einen Moment lang hat er sich sogar gefragt, ob Varo Borja es schon die ganze Zeit gewusst hat. Doch dann hat er den Gedanken sofort wieder in die Schublade der lächerlichen Unterstellungen verbannt.

Sie müssen dieses Mädchen finden. Er weiß, dass sie es finden werden. Und wenn es so weit ist und alles wieder in schönster

Ordnung ist, wird er auf Strazzaris Grabstein pinkeln. Wenn er gewusst hätte, was er getan hat, hätte er sich nicht mit einem Kopfschuss zufriedengegeben. Er hätte ihm ganz langsam den Hodensack aufgeschlitzt und ihm die Eier rausgerissen. Und sie ihm in den Rachen gestopft. Warm und noch zuckend. Und das wäre erst der Anfang gewesen.

Er benetzt seine Lippen mit einem Schluck Wein und denkt, dass es in ein paar Stunden regnen wird und dass es ein echter Jammer ist, heute Nacht nicht bei ihr zu sein. Es ist schon allzu lange her, und an einem Abend wie diesem würde er es ihr am liebsten besorgen, bis sie schreit.

Diesmal ist wirklich alles vorbei.

Das denke ich, während ich mit Marcos Auto am Pflegeheim meiner Mutter vorbeifahre und der Regen allzu heftig gegen die Scheiben trommelt.

Jetzt will ich nur von vorn anfangen, wohl wissend, dass ich das Geschehene niemals vergessen kann und dass viele der noch offenen Fragen mir irgendwann wieder am Ärmel zupfen werden. Wie die, die mir gerade im Kopf herumgeht.

»Frag deinen Freund, den Kommissar«, hat Antonio Parmeggiani gesagt. Es ist das Einzige, was ich nicht getan habe, eine lästige Fliege, die mir noch immer durchs Hirn schwirrt und sich nicht verscheuchen lässt.

Irgendwann wird sie hoffentlich von selbst abhauen.

Ich lasse das Fenster herunter und ziehe ein Ticket an der Mautstelle. In San Lazzaro regnet es kaum. Nur hier und da ein Schauer, der wie zufällig vom Himmel rauscht. Ein Gewitter folgt mir, zu schnell, als dass es mich nicht noch vor meiner Ankunft in Riccione einholen würde.

»If the thunder cloud passes rain, so let it rain«, heißt es im Lied.

Wer weiß, ob wirklich alles vorbei ist.

Wer weiß, ob Roberta schon schläft.

Die Straße ist eng und dunkel. Eigentlich gibt es Straßenlaternen, doch bis auf zwei sind alle aus. Die eine steht am Anfang, die andere am Ende der Straße neben der Mauer, die diesen schmalen Schlauch aus Asphalt und kleinen, identischen Häusern abschließt.

Unter einer der dunklen Laternen ist er stehen geblieben und lauscht dem herannahenden Gewitter, dem Wind, der nach Meer und Regen schmeckt, den von den Bäumen gerissenen Blättern, die an ihm vorbeifliegen und über seine Füße stolpern, derweil er das Fenster der Erdgeschosswohnung nicht aus den Augen lässt.

Die Frau kann nicht schlafen. Schon dreimal hat sie die Fenster auf- und wieder zugemacht. In der verrammelten Wohnung muss es brütend heiß sein. Doch draußen weht Gewitterluft, und bei offenen Fenstern bedeutet das klappernde Fensterläden, raschelnde Zeitungen und kühle, zudringliche Luft auf der Haut über den Baumwolllaken.

Wieder tritt sie ans Fenster. Sie streckt die Hand nach draußen, spürt einen Tropfen, trocknet sich die Handfläche am T-Shirt ab, sieht kurz hinaus und schließt das Fenster. Doch sie geht nicht weg. Die Stirn gegen die Scheibe gelehnt, steht sie da, während der Regen losprasselt und er sich die gewachste, nachtschwarze Kapuze über den Kopf zieht.

Sie blickt kurz in seine Richtung. Würde er sich eine Zigarette anzünden, sähe sie den orangeroten Punkt in der Dunkelheit aufleuchten wie ein langsam sich öffnendes Auge. Vielleicht unterdrückte sie nur mühsam einen Schrei und ließe die Rollläden herunter, um dieses Bild auszusperren, von dem sie nie wissen wird, ob es Einbildung oder Wirklichkeit war. Doch er raucht nicht und möchte sie nicht erschrecken. Nur im strömenden Regen stehen und zu ihr hinübersehen.

Vorhin hat er sie sich vor dem Fernseher sitzend vorgestellt. Irgendetwas auf Canale 5, zerwehte, ferne Stimmen, die aus dem offenen Fenster dringen. Dann hat er das Mädchen vorbeigehen sehen, mit gesenktem Kopf, die Haare vorm Gesicht. Und schließlich ist das Licht ausgegangen und die beiden haben sich ins Bett gelegt.

Nur dass die Mutter nicht schlafen kann und ihren Gedanken nachhängt. Er überlegt kurz, welche das sein könnten, aber lässt es sofort wieder bleiben. Es ist unwichtig. Das Einzige, was zählt, ist der Blick, mit dem Nicola Zanardi sie heute Nachmittag vor dem Reptilienhaus angesehen hat. Und wie sie und ihre Tochter ihn angesehen haben.

Die Frau und das Mädchen zu verfolgen und herauszubekommen, wo sie wohnen, war lächerlich einfach. Sollte es nötig werden, weiß er jetzt, wo er sie findet.

Als Roberta der regendurchtränkten Nacht endlich den Rücken zukehrt, dreht Antonio Parmeggiani sich ebenfalls um und geht.

Im Traum läuft er einem Kind nach. Er weiß nicht, warum, aber er spürt, dass es in Gefahr ist. Auch wenn es keine Angst zu haben scheint und alles nach einem lustigen Spiel aussieht. Es ist in einen eigenartig gewundenen Tunnel geschlüpft, und er ist ihm gefolgt, um es herauszuholen.

Am Ende des Tunnels hört man die Kirmes, leise wie einen Windhauch. Er stellt sich einen riesigen Wagen mit einer Spieluhr oben drauf vor. Darauf dreht sich eine Ballerina zur Musik. Ihr breites Lächeln klafft in ihrem Gesicht. Auf dieser Kirmes lächeln alle. Sie lächeln zu sehr, und es riecht süß, nach Zucker, Schokolade, Milch und Keksen. Eine entsetzlich verlockende Mischung, auf die das Kind zuläuft.

Ohne zu wissen, dass darunter, unter dem verführerisch duftenden Zuckerguss, nichts als Blut ist. Also rennt er, mit röchelndem Atem, der ihm die Lungen zerreißt. Um ihn her schwillt die Musik langsam an, gellt durch den Tunnel, dringt ihm bis ins Mark.

Und das Kind ist dort, inmitten dieses Lärms, dieser Finsternis, die sich schleichend lichtet. Gerade als er die Hand nach ihm ausstrecken will, wacht Giovanni Marra auf.

Im Fernsehen steht Schewtschenko jubelnd in der Kurve. Und wenige Zentimeter von Giovannis linker Schläfe entfernt klingelt wie besessen das Telefon.

»Da ist jemand, der etwas über Paola Vigliani weiß«, sagt Carta und katapultiert ihn in die Wirklichkeit zurück.

Eine Viertelstunde später hat er Raffaella Petri und das Foto von Paola Vigliani vor sich und hört sich eine seltsame Geschichte über echte und vermeintliche Seitensprünge und spurlos verschwundene Personen an. Eine Gutenachtgeschichte, in deren Mittelpunkt diese elende CD und das Foto des Mädchens stehen, die dieses Mal aus Michele Ferraris Vergangenheit aufgetaucht sind.

Am Ende der Geschichte hat er vier Zigaretten geraucht und zwei Kaffees getrunken, während sich die Worte der Frau, die ihm gegenübersitzt, langsam mit einer Mischung aus Verzweiflung, Wut und Trauer füllen, die er gar nicht erst zu lindern versucht. Das Einzige, was jetzt zählt, ist, dieses Dreckschwein zu finden. Ob er sich an seine Vergangenheit erinnert oder nicht, ist reine Nebensache.

Bei sich zu Hause ist er nicht. Carta hatte mit der Frau telefoniert, während Nicola bei Giovanni war. Er hat sie am Nachmittag verlassen. Ferrari hat seine Koffer gepackt und ist gegangen. »Wir haben gestritten. Ich weiß nicht, wo er ist«, war ihr einziger Kommentar, und Carta hat das Gespräch beendet. Es wird noch genug Zeit sein, sich mit ihr zu unterhalten. Jetzt geht es nur darum, Ferrari aufzuspüren.

Und so klappern sie in einem Umkreis von zwanzig Kilometern rund um Bologna sämtliche Hotels, Pensionen, Bed-and-Breakfast, Jugendherbergen und Eisenbahnbrücken ab.

»Entweder hat sich Michele Ferrari versteckt oder er ist schon über alle Berge«, hat Giovanni gedacht. Doch wie er jetzt vor der Badezimmertür eines Hotelzimmers im Bologneser Hotel Carlton steht, weiß er, dass ein Großteil dessen, was er bis zu diesem Nachmittag geglaubt hat, sich als entsetzlicher Irrtum erweisen könnte. Das Hotel ist eines der letzten auf ihrer Liste gewesen, denn ein Mensch, der sich verstecken will, entscheidet sich nicht ausgerechnet für eine der feinsten Adressen der Stadt.

Vielleicht hatte Michele Ferrari nie die Absicht, zu fliehen. Er hätte ihn nur ein bisschen ernster nehmen müssen, als er zu ihm gekommen ist. Und die merkwürdige Verzweiflung in seinen Augen nicht unterschätzen dürfen.

»Ich bin wieder einmal zu spät«, denkt Giovanni. »Und jetzt sind nur noch Trümmer übrig, die man Stück für Stück zusammensetzen muss.« Abgesehen von der Leiche des Mannes, in einer Wanne voll siedend heißem Wasser und Blut.

Michele Ferrari hat sich die Venen mit einer Rasierklinge aufgeschnitten. Ganz sorgfältig, ohne Hast. Er hat die Gegenstände, die er bei sich hatte, auf dem Fußboden ausgebreitet. Das Wasser auf die richtige Temperatur eingestellt. Sich hineingelegt. Sich die Unterarme vom Ellenbogen bis zur Handwurzel aufgeschlitzt und das Werk mit einem T-Schnitt vollendet, der sich wie ein rotes Baumwollbändchen um die Handgelenke zieht. Dann hat er die Klinge neben die Badewanne fallen, den Kopf auf den hinteren Wannenrand sinken lassen, die Arme ins heiße Wasser getaucht. Und die Augen geschlossen.

»Er ist langsam gestorben«, hat der Gerichtsmediziner gemeint. Eine überflüssige Bemerkung. Giovanni hat schon zu viele Selbstmorde gesehen, um das nicht selbst zu wissen. Wären sie früher gekommen, hätten sie ihn retten, diese verdammten Schnitte flicken, ihm das Blut in den Körper zurückpumpen, ihn wieder auf die Beine kriegen und festnehmen können. Ihn schnappen können.

Aber so ist er allen durch die Lappen gegangen, vor allem sich selbst.

Giovanni Marra wirft einen letzten Blick auf die Leiche und verlässt das Bad. Er braucht eine Zigarette, frische Luft, den Regen, der immer stärker fällt und ihm ins Gesicht peitscht wie eine Ohrfeige. Er braucht das Gefühl, bei all dem Tod ringsum lebendig zu sein.

»Wir müssen das Mädchen finden«, sagt er. Und Carta sieht ihm in die Augen und nickt. Marra lässt die Hand in die Tasche gleiten und zieht eine Zigarette aus der Schachtel. Er hält sie unangezündet zwischen den Lippen, wie einen schwer zu verwerfenden Gedanken. Ehe er das Zimmer verlässt, fällt sein Blick durch die offene Badezimmertür auf den Spiegel. Der Zettel klebt am Glas.

Verzeih mir, Mirella.

Er hat es in Schreibschrift geschrieben, in einer Zeile. Eine plötzlich hervorgebrochene Träne, die sich nicht zurückhalten ließ.

Mitten in der Nacht wacht sie auf. Draußen donnert es. Mit geschlossenen Augen tastet Angela nach der anderen Seite des Bettes. Francescos Abwesenheit ist nur schwer zu ertragen.

Sie sollte aufstehen und das Fenster schließen. Das Unwetter und den Wind aussperren, der ihr über den Rücken schürft und in den Kleidern auf dem Stuhl raschelt. Stattdessen wickelt sie sich fester in die Laken, so fest sie kann. Öffnet die Augen.

Das Licht von der Straße liegt wie ein Schleier über dem Zimmer. Das Küchenfenster klappert. Sie hat Angst und weiß nicht warum. Für einen endlos scheinenden Augenblick liegt sie reglos da. Dann springt sie auf und drückt es wütend zu, kämpft gegen den Wind, der sich gegen sie stemmt. Schließlich steht sie da, die Hände an die Scheibe gelegt. Sie sieht in den strömenden Regen hinaus, hört ihn in der Dachrinne rauschen, mal lauter, mal leiser.

Ein kräftiger Windstoß schlägt die Zimmertür zu. Erschrocken fährt sie herum, doch da ist nichts außer dem leeren Zimmer, der geschlossenen Tür, den vom Licht überhauchten Wänden. Sie lächelt und kommt sich schrecklich kindisch vor, und als sie sich wieder umdreht, hört sie die ersten Hagelkörner prasseln.

Der Gedanke kommt ihr in dem Moment, beim Hinausstarren in den niedergehenden Hagel, der die Luft mit einem anhaltenden, weißen Getöse erfüllt.

»Es hat geschneit«, flüstert Angela in die leere Wohnung.

Zehn Minuten später ist sie schon auf der Straße. Vielleicht weiß sie, wo sie anfangen muss, um dieses Mädchen zu finden.

Dritter Teil

DIE TAUSEND FARBEN DES HIMMELS

Es gibt Dinge, die in der Schwebe bleiben, die warten, lauern, und man weiß nicht, ob sie geschehen oder sich lösen werden. Dinge, die dir innerlich ein Brandzeichen aufdrücken; sobald du glaubst, dass es langsam vergeht, dass es dich endlich loslässt, flammt es erneut auf und brennt in dir. Brennt, brennt und erlischt nie. Es höhlt dich aus, betäubt dich, doch es erlischt nie, bis etwas geschieht, das dich endgültig vernichtet.

Geoffrey Holiday Hall, *The End is known*

Montag, 30. August 2004

Der Espresso ist wirklich zu heiß.

»Wir haben Glück gehabt«, murmelt Giovanni und stellt das Plastikbecherchen auf den Schreibtisch des Polizeichefs zurück.

Es ist noch nicht einmal acht Uhr morgens, und die Sonne brennt bereits. Die nach dem nächtlichen Hagel noch frische Luft tut seinen Augen gut. Seit mehr als anderthalb Tagen hat er nicht mehr geschlafen, und hin und wieder scheinen die Konturen der Wirklichkeit zu verwischen wie hinter beschlagenem Glas. Der einzig erholsame Moment war der auf dem heimischen Sofa, ehe Carta anrief. Wenn er jetzt daran zurückdenkt, kommt er ihm vor wie aus einem anderen Leben.

»Wir haben Glück gehabt«, wiederholt er, und diesmal ist seine Stimme kräftig genug, damit der Polizeichef ihn hört.

»Glück, Commissario? Den Eindruck habe ich nicht. Und selbst, wenn es so wäre, spielt das keine große Rolle, finden Sie nicht?«

Giovanni wirft einen letzten Blick auf den belebten Platz hinunter. Der erste Montag nach dem Urlaubsrückfluss. So zumindest hat es ein Radiosprecher genannt, der dringend einen Sprachkurs nötig hätte. In Wirklichkeit scheint die Stadt einfach nur aus einem kurzen, verdienten Schlaf aufgewacht und sofort wieder in ihren hastigen, gleichgültigen Alltagstrott geraten zu sein.

»Sie haben recht. Es spielt keine Rolle. Aber auf uns wartet noch ein Haufen Arbeit, vielleicht der größte Batzen.«

»Zu welchem Schluss sind Sie gekommen, Commissario?«

Marra sieht Lodoli in die Augen und versucht, in seinem Blick all das zu bündeln, was er weiß und gern erläutern würde. Dann setzt er sich vor den Schreibtisch und greift nach dem Kaffeebecher.

»Diese Geschichte ist wie eine Zwiebel. Wir häuten sie Schicht für Schicht und glauben jedes Mal, endlich zum Kern vorgedrungen zu sein. Doch stattdessen ist da nur eine neue Schicht, unter der sich eine weitere verbirgt, und wer weiß wie viele noch.«

Er leert seinen Kaffee. Zerdrückt den Becher bedächtig zwischen den Fingern. Das Knacken des zusammengeknüllten Plastiks ist das einzige Geräusch im Raum. Er wirft ihn in den Papierkorb und fährt fort.

»Mit jeder neuen Schicht taucht etwas auf, was wir noch nicht kennen und mit dem wir es von einem Moment auf den anderen aufnehmen müssen. Es ist ein bisschen so, als triebe man an ein Holzbrett geklammert auf stürmischer See und könnte nur hoffen, dass das Meer einen nicht hinabzieht, sondern ans Ufer spült.«

Lodoli nickt.

»Jedenfalls wissen wir, wie der Mädchenhandel vonstatten ging.«

Giovanni lächelt resigniert.

»Sehen Sie, auch Sie reden in der Vergangenheit. Das tat ich auch, ehe ich darüber nachdachte. Niemand kann uns garantieren, dass sie damit aufgehört haben.«

»Nun, Ferrari ist tot, und …«

»Glauben Sie wirklich, dass hinter all dem nur Ferrari stand?«

»Sie denn nicht?«

»Ich hab es Ihnen bereits mit der Zwiebel zu erklären versucht. Das ist nur eine Schicht. Nicht die erste, wir können auch hoffen, es sei eine der letzten, aber die letzte ist es ganz gewiss nicht.«

Er macht eine Pause. Fängt an aufzuzählen. Bei jeder Frage schnellt aus der geballten Faust ein Finger empor.

»Wie wählen sie sie aus? Wer entführt sie? Wie werden sie an den Mann gebracht? Zu wie viel? Was passiert dann mit ihnen? Wie viele haben sie bereits entführt? Wie viele Personen stecken dahinter?« Er streckt die Hände aus, die Finger der rechten gespreizt, den Zeige- und Mittelfinger der linken zum V gehoben. »Sehen Sie? Man braucht zwei Hände. Und die grundlegenden Fragen fehlen noch. Die am dichtesten unter unserer Schicht liegen. Die, auf die wir eine Antwort finden sollten, wenn es uns gelingt, die Zwiebel noch weiter zu häuten.«

»Und die wären?«

»Wer ist das zweite Mädchen? Wer hat Paola Viglianis Leiche zerstückelt?«

Lodoli sieht den Kommissar an. Bei der letzten Silbe des Wortes *zerstückelt* ist ein Schauder sein Rückgrat hochgekrochen wie Flüssigkeit in einer Spritze. Er räuspert sich.

»Da wäre noch eine Frage, Commissario. Wer hat Paola Vigliani umgebracht, und wer hat sie vergewaltigt?«

Giovanni antwortet sofort.

»Das ist nicht wichtig.«

Die verdutzte Miene rutscht so schnell auf Lodolis Gesicht, dass Marra ein Lächeln unterdrücken muss.

»Das ist nicht wichtig, Herr Polizeipräsident«, wiederholt er. »Der, der das Mädchen ermordet hat, ist wie die Tatwaffe eines Verbrechens. Ein Gegenstand. Wenn ich einem Mörder das Messer oder die Pistole wegnehme, wird er einen Ersatz dafür finden. Ich will den Mörder, Herr Polizeipräsident. Hinter ihm bin ich her. Und wenn ich ihn finde, finde ich auch den Pfeil, mit dem er schießt.«

Einen Moment lang verliert sich Marras Blick an der Wand in Lodolis Rücken. Ein Bild von John Kennedy mit seinem

Sohn im Oval Office. Das Kind lugt lächelnd unterm väterlichen Schreibtisch hervor.

Giovannis Worte verlieren sich in einem Flüstern, der Satz ist eher gehaucht als wirklich ausgesprochen. Er bleibt am Lächeln des kleinen John-John haften, dann reibt er sich die Augen.

»Ich hoffe, ich werde nicht lange dazu brauchen. Wir haben nicht viel Zeit.«

»Ich kann Ihnen schon wieder nicht folgen.«

»Es ist dieser Mann, Herr Polizeipräsident. Der, der Paola hat verschwinden lassen. Mit dieser ganzen Geschichte hatte er nicht gerechnet. Er ist da hineingeraten. Und er wird alles daransetzen, die Beweise verschwinden zu lassen. Er hat sofort damit angefangen, kaum dass wir das Mädchen gefunden hatten. Am Tag danach hat er Strazzari umgebracht. Dann haben sie uns mit Lamberti auf die falsche Fährte gelockt. Und womöglich haben sie ihn schließlich auch umgebracht. Jetzt haben wir es mit Ferraris Tod und all dem zu tun, was er uns hinterlassen hat. Und dazu gehört möglicherweise auch der Mord an diesem Privatdetektiv, dem Vater von Raffaella Petri. Nur, dass es in all diesem Wahnsinn nichts gibt, was uns voranbringt. Kein Halt, keine Verbindung. Bis auf eine.«

»Das andere Mädchen.«

»Ganz genau. Wissen Sie, was ich glaube? Wer immer dieser Kerl auch sein mag, er hatte keine Ahnung, dass sich noch ein zweites Mädchen in diesem Haus befand. Das war Strazzaris Idee, und dann ist ihm die Sache aus der Hand geglitten und er hat sie nicht mehr zu Ende führen können. Dieses Mädchen ist nicht tot, Herr Polizeipräsident. Sonst hätte irgendjemand irgendwo sie als vermisst gemeldet. Das Foto ist in Bologna entstanden, oder in einer sehr ähnlichen Stadt. Man sieht Arkaden, die Ziegel haben dieselbe Farbe. Es ist irgendwo hier. Und er weiß nichts davon. Hätte ich bei Ferrari nur den leisesten Verdacht gehabt, vielleicht…«

Lodoli hört ihm nicht zu, seine Gedanken sind wie eine Fliege, die sich verzweifelt aus einem Spinnennetz zu befreien versucht.

»Wieso gibt es keine Vermisstenanzeige?«

»Weil sie nie verschwunden ist! Dieses Mädchen ist nie verschwunden. Dieses Mädchen ist zurück nach Hause gekommen, möglicherweise sogar ohne die geringste Spur von Gewalt am Körper. Ich glaube, sie haben ihr kein einziges Haar gekrümmt. Vielleicht hat Strazzari nach dem, was mit Paola passiert ist, Schiss bekommen und sie freigelassen. Aber der andere hat davon nie etwas erfahren.«

»Wie können Sie da so sicher sein?«

Zwischen Frage und Antwort ist nicht die geringste Lücke.

»Sonst hätte er sie umgebracht.«

»Und wenn es diese andere Person gar nicht gäbe, Commissario? Haben Sie darüber mal nachgedacht?«

Ehe er antwortet, denkt Giovanni kurz an Nicola. An die Fotos, die er ihm gegeben hat, an die Aufnahme, an Sara Parmeggiani.

»Der Mann, der Aurelio Strazzari angerufen hat, hat eine der Telefonnummern, die wir niemals identifizieren konnten, und diese Nummer hat auch Sara Parmeggiani angerufen.«

Lodoli streicht sich mit den Fingern übers Kinn.

»Das hatten Sie mir nicht gesagt.«

»Sie haben recht, Entschuldigung. Ich habe sogar gedacht, das Mädchen könnte irgendwas mit dieser Geschichte zu tun haben. Vielleicht … ich weiß nicht …«

»Reden Sie weiter, Commissario.«

»Irgendjemand muss auf die entführten Mädchen aufpassen. Jemand, der sie in Schach hält, sie zu beruhigen versucht, sich um sie kümmert. Sie vielleicht von A nach B bringt.«

»Und eine junge Frau fällt weniger auf als ein Mann. Da haben Sie recht.«

»So ist es. Nur, dass es da noch diese Fotos gibt. Und ich habe allen Grund zur Annahme, dass Sara wegen dieser Fotos gestorben ist, und nicht, weil sie in die Sache mit Paola Vigliani verwickelt war.«

»Und wenn es noch mehr Fotos gäbe? Wenn die Bilder, die Sie gefunden haben, nichts mit denen zu tun haben, wegen der sie umgebracht wurde? Wenn auf den fehlenden Fotos jemand mit einem der kleinen Mädchen zu sehen wäre? Haben Sie darüber nachgedacht?«

Giovanni fährt sich langsam mit der Hand durchs Haar. Er lächelt, ein aufgesetztes Lächeln.

»Natürlich habe ich darüber nachgedacht. Allerdings ist das nicht möglich. Das sind zwei verschiedene Gleise, zwischen denen Sara nur der Schnittpunkt ist. Und außerdem haben wir die Fotos, auf denen das Gesicht des Mannes zu sehen ist, bereits.«

»Sie wollen mir sagen, dass …«

»Dass ich ganz genau weiß, wen Sara Parmeggiani erpressen wollte.«

»Es ist zehn vor acht, Signore«, sagt die Stimme im Telefon. Und der Mann wacht auf.

Er braucht einen Moment, bis er die Stimme des Anrufers einordnen kann und sich träge blinzelnd wieder an sein Hotelzimmer erinnert.

»Ja, danke«, antwortet er, noch schlaftrunken. Er legt auf und dreht sich auf den Rücken.

Im Licht, das durch die Vorhänge kriecht, entrollt sich der heraufziehende Tag langsam an der Zimmerdecke. Er muss verreisen. Kilometer, die ihn von zu Hause trennen, mit einer geplanten, gewollten Zwischenstation. Die zwischen seinen Gedanken steckt wie ein Holzsplitter unter der Haut.

Er reckt sich zum Nachttisch und schaltet das Handy ein.

Der Sheriff hat weder angerufen noch geschrieben. Es ist alles in Ordnung, alles bestätigt.

Nur eine SMS seiner Frau, sonst nichts. Er lächelt beim Lesen, genauso zärtlich, wie sie ihn kennt. Diesen Teil von ihm liebt sie am meisten, und auch im Blick ihrer Tochter ist er zu lesen.

Ambra, seine Verdammnis und sein Stern.

Einen Moment lang sieht er sie vor sich, wie sie am Tag ihrer Geburt aussah, wenige Zentimeter haltlosen Schreiens, mit einem Ausdruck der halb Verzweiflung, halb Lächeln war. Und die Angst, sie zu berühren, denn so etwas Winziges und Zerbrechliches würde bestimmt sogleich zu Staub zerfallen.

Ambra, sein ganzes Glück und seine Verzweiflung.

Er seufzt tief, steht auf und geht ins Bad, erhascht einen Blick von sich im Spiegel. Und jeder andere Gedanke verfliegt wie Dunst in der Morgensonne. Er fährt sich mit der Hand durch die Haare, zupft sie zurecht, richtet sich auf, reckt langsam die Schultern, betastet seine Brustmuskeln. Heute muss alles perfekt sein. Er muss perfekt, muss wach sein.

Es wird genauso einmalig werden wie die anderen Male. Und wenn er dann wieder nach Hause zurückkommt und alles vorbei ist, wird er sich durch und durch stark, sicher und unbesiegbar fühlen. So sehr wie noch nie in seinem Leben.

»Commissario!«

Die Stimme, die ihn ruft, zittert wie die Morgenluft. Giovanni Marra und Francesco Carta drehen sich gleichzeitig um.

Einen Moment lang sind ihre Augen auf das Päckchen gerichtet, das die Frau in den Händen hält. Sie streckt es ihnen entgegen, wie ein Geschenk. Doch in ihrem Blick liegt alles andere als Festtagslaune.

Zwei Meter vor ihnen bleibt Anja Ramirez stehen. Jetzt starrt sie ebenfalls auf das Päckchen. Langsam lässt sie die

Arme sinken und drückt es gegen ihre Brust. Dann sieht sie auf.

»Ich muss mit Ihnen sprechen, Commissario. Sofort.«

Giovanni nickt.

»Ich würde dann nach Hause gehen, wenn's recht ist«, sagt Francesco. Und erst da merkt Marra, dass Cartas Hand zur Pistole geschnellt ist, mitgerissen von demselben Gedanken, der auch ihn durchzuckt hatte.

Dieses Päckchen explodiert gleich.

»Geh ruhig, Francesco. Und schlaf ein bisschen für mich mit.«

Inspektor Carta zieht die Nase hoch und versucht zu lächeln. Er vergräbt die Hände in den Jeanstaschen und schlendert davon. Eine Weile lang sieht Giovanni ihm nach, wie ein Vater, der heimlich die Bewegungen seines Kindes beobachtet. Dann richtet er seine ganze Aufmerksamkeit auf die vor ihm wartende Frau. Und auf die Panik in ihren Augen.

»Sagen Sie mir, was los ist, Signora Ramirez.«

Anja blickt sich dreimal um. Dieser winzige, hinter die zwei Türme gequetschte Platz mitten im Zentrum scheint zu groß und unsicher zu sein, als dass sie ihm ihre Worte überlassen kann.

»Commissario, können wir vielleicht irgendwo hingehen, wo …«

»Kommen Sie«, unterbricht Marra sie. Er hakt sie unter. Erst da wird sich Anja Ramirez bewusst, dass das alles wirklich passiert. Auf die einzig mögliche Weise.

Der Morgen ist klar wie ein plötzliches Lächeln.

All diese Ruhe nach dem nächtlichen Gewitter hinterlässt ein eigenartiges Brummen in meinem Kopf, etwas, das ich kennen müsste, jedoch nicht erinnere.

Ich stehe auf und sehe hinaus. Mein erster Gedanke ist, dass ich Roberta eine Erklärung schulde, die den Blick, den sie mir gestern zugeworfen hat und den ich noch immer spüre, fortwischt. Ich stelle mich unter die Dusche und springe in irgendwelche Klamotten.

Während ich gemächlich den Viale Ceccarini hinuntergehe, nimmt der Gedanke an Roberta mich vollkommen ein, erfüllt meinen Horizont, meinen Blick. Unbewusst pfeife ich einen U2-Song vor mich hin, der mir gerade aus irgendeiner Ecke entgegengeschallt ist. »In irgendeinem Winkel deines Herzens bleibst du ein Kind«, heißt es in einer der ersten Zeilen von *Original of the species*, und genauso stelle ich mir Robertas Blick vor, wenn ich sie treffe. Grimmig, ungnädig, wie der eines betrogenen kleinen Mädchens, des Mädchens, das sie in sich hat und das hin und wieder in einem Lächeln oder in einer kleinen Geste durchschimmert.

Ich hoffe, ich kann diesen Schatten in ihren Augen verjagen. Ich hoffe es wirklich, während ich die Uferstraße überquere, einen Typ auf dem Moped vorbeirasen lasse und zum Strand hinuntergehe. Eilig gehe ich auf Robertas Sonnenschirm zu, da kommt mir Andrea entgegen.

»Was hast du ihr getan, du Arschloch?«

Ihre Begrüßung ist ähnlich erfrischend wie der Frontalzusammenstoß mit einem Regionalzug. Ungefähr zehn Meter vor Robertas Sonnenschirm versperrt sie mir den Weg. Mir guten Tag zu sagen oder zu erklären, was sie hier macht, fällt ihr nicht mal im Traum ein.

»Guten Morgen, Andrea, ich freue mich auch, dich zu sehen.«

»Ja, ja, stell dich nur dumm. Ich habe dich was gefragt.«

Ich spähe über ihre Schulter. Lisa liegt mit einem Harry-Potter-Buch auf der Liege. Roberta hat eine Zeitung in der Hand. Sie sind zu weit weg, als dass sie uns hören könnten.

»Ich habe ihr gar nichts getan. Zumindest nicht bewusst.«

»Scheiß Macho-Gerede.«

Ich seufze. Der übliche Streit geht los. Normalerweise findet dieses Theater aus purer Debattierlust statt. Doch diesmal ist es ganz anders. Vor allem, weil Andrea mit ihrem trotzigen Kinderblick zweifellos recht hat. Und ich ein schlechtes Gewissen habe.

»Darf ich's dir erklären?«

»Na bitte, geht doch.«

»Aber erst musst du mir erzählen, wie es in meiner Wohnung gelaufen ist.«

Sie überhört meine Frage und sieht woanders hin, als wäre ich gar nicht da. Ich lege ihr eine Hand auf die Schulter, und sie schüttelt sie ab.

»Das ist kein Spiel, Andrea«, flüstere ich.

Sie wirft mir einen bösen Blick zu, giftig wie der Satz, der ihm folgt.

»Das habe ich auch nie gedacht.«

Ich schnaufe. Für Andrea kann man nichts richtig oder falsch machen. Man kann es nur machen wie sie. Daran werde ich mich nie gewöhnen.

»Komm mal mit.«

Ich gehe auf die Umkleiden zu, weiche auf den Sand aus, um eine Horde kreischender Kinder vorbeizulassen, die über den Holzsteg aufs Meer zustürzen.

»Also?«

»Ich musste jemanden treffen.«

»Und hättest du ihr das nicht sagen können?«

»Nein, hätte ich nicht.«

»Und wieso nicht?«

»Weil ich nicht wollte, dass sie mir Fragen stellt.«

»Dann werd' ich dir mal ein paar Fragen stellen. Wen hast du getroffen?«

»Hat dir Roberta das nicht erzählt?«

»Sie hat mir nur gesagt, dass sie dich am Strand neben den

Ferienkolonien mit einem Typen gesehen hat. Und dass du ihr erzählt hast, du müsstest für einen Tag zurück nach Bologna.«

»Und was hat sie dir noch gesagt?«

»Dass sie sich total mies gefühlt hat, als sie dich da gesehen hat, dass sie dir vertraut hat und nicht gedacht hätte, dass du ihr so einen Mist erzählst, wenn du sie einen Tag nicht sehen willst.«

Ein überraschtes Lachen entfährt mir, als müsste ich nach Luft schnappen.

»Was für ein Schwachsinn!«

»Kann sein, immerhin bist du hier, und das bestimmt nicht wegen mir.«

»Ich bin gekommen, um ihr alles zu erklären. Aber ich kann ihr nicht sagen, wen ich getroffen habe.«

»Du *willst* es ihr nicht sagen.«

Ich atme tief durch.

»Hör mal, Andrea, der Typ, mit dem ich mich am Strand getroffen habe, hat etwas mit dem Grund zu tun, weshalb ich dich in meine Wohnung geschickt habe. Das ist keiner, mit dem man nett plaudern kann oder der es gewohnt ist, dass ihm jemand Nein sagt. Das kann er gar nicht gut ab, wenn du verstehst, was ich meine.«

»In was für eine Scheiße hast du dich da reingeritten, Nicola?«

Es ist das zweite Mal, dass sie mich das fragt, seit ich aus Bagdad zurückgekommen bin. Und diesmal hat sie echt Schiss. Der Besuch in meiner Wohnung scheint ihr nicht gerade gute Laune gemacht zu haben.

»Du bist deshalb hier, stimmt's, Andrea?«

»Weshalb?«

»Weil du Angst gekriegt hast.«

Sie drückt die Arme noch fester gegen die Brust, so dass die Knöchel weiß hervorstehen.

»Es war so still«, sagt sie nur. Und aus ihrer Stimme ist jegliche Härte verschwunden.

Ich streichle ihr übers Haar.

»Es tut mir leid, Andrea.«

Lächelnd lässt sie Kopf und Arme sinken und nickt. Dann sieht sie mir direkt in die Augen.

»Hat es wenigstens was gebracht?«

»Was?«

»Das, was ich gemacht habe.«

»Ja, es hat was gebracht. Es gibt nur wenige Menschen in meinem Leben, die so unentbehrlich sind wie du.«

Ich kann ihr nicht sagen, was ich fühle, ich kann ihr nicht sagen, dass ich erst weiß, was passieren muss, wenn es passiert sein wird, und dass ich inzwischen keine Mittel mehr habe, um der Zeit zuvorzukommen. Ich kann ihr nicht sagen, dass ich ein Papierschiffchen bin, das nur zu gern wüsste, in welche Richtung die Strömung es treibt, und dass der Gedanke daran mir Angst macht.

Ich sage ihr nichts, nur diesen Satz. Und einen Moment lang sehe ich ihr an, dass sie auf den Rest wartet, auf das, was sie hinter der Schutzmaske meines Schweigens erahnt. Dann lässt sie davon ab und dreht sich um.

»Na komm, gehen wir.«

»Ich habe Sie angelogen, Commissario.«

Anja Ramirez' Worten lassen Giovanni unwillkürlich denken, dass er dem Polizeichef dasselbe sagen könnte. Er sieht die Frau an, die neben ihm auf einer Bank an der Piazza Cavour sitzt. Den ganzen Weg bis in den Schatten des Platzes hat Sara Parmeggianis Nachbarin kein Wort gesagt. Sie hat sich einfach nur auf seinen Arm gestützt, wie ein verlorenes Kind, das sich endlich wieder irgendwo sicher fühlt. Dann hat sie sich schwer auf die Bank fallenlassen, als wäre der Spaziergang zu lang gewesen und sie schrecklich erschöpft. Und dann hat sie diesen Satz gesagt, der endlich allem einen Sinn geben könnte, auch der Lüge, die er soeben Lodoli aufgetischt hat.

»In Saras Leben gab es zwei Männer«, fährt sie nach einem kurzen Schweigen fort. Und sofort richtet sich Marras Blick auf das Päckchen. Das alles erscheint zu lächerlich und simpel, um wahr zu sein.

»Ich habe keine Ahnung, was hier drin ist, Commissario. Sara hat es mir vor ihrer Abreise gegeben. »Es ist besser, wenn du das hast. Sollte irgendetwas passieren, dann gib es jemandem, dem du durch und durch vertraust.« Das ist das Letzte, was sie mir gesagt hat, und seit ihrem Tod kann ich an nichts anderes mehr denken. Ich hätte etwas unternehmen sollen. Dieser Satz war ein Testament, und ich habe nichts begriffen. *Nada de nada*, Commissario. Sie wollte mir sagen, dass sie Angst hat. Sie hat mich um Hilfe gebeten. Und ich habe einfach nur gelächelt und ihr dieses blöde Päckchen abgenommen.«

Giovanni wartet. Schweigend sitzt er da. Am liebsten würde er ihr das Paket aus der Hand reißen, es hier und jetzt im schützenden Schatten der Grünfläche zerfetzen und sich um das Gerede, die Angst und den ganzen Rest einen Dreck scheren. Aber er hält sich zurück.

»Weshalb haben Sie mich angelogen?«

Anja Ramirez zieht die Nase hoch. Sie weint nicht, aber das Gefühl ist dasselbe.

»Ich wusste nicht, ob ich Ihnen wirklich trauen kann. Ich dachte, es sei gefährlich.«

Giovanni fährt sich mit der Zunge über die Lippen. Sie schmecken nach Tabak und Kaffee. Er würde gern rauchen, doch stattdessen redet er.

»Wieso gefährlich?«

»In Saras Leben gab es zwei Männer«, sagt Anja noch einmal

und scheint seine Frage zu ignorieren. »Einer war ihr Liebhaber, der andere ihr Bruder.«

Die Stimme der Frau ist plötzlich klar und entschieden.

»Antonio, richtig?«

»Ja, Commissario. Ich habe ihn nie gesehen, noch nicht einmal auf einem Foto. Aber in der letzten Zeit hatte Sara häufig von ihm gesprochen. Sie hatten sich nach Jahren rein zufällig wiedergetroffen, und zwar genau in dem Moment, als sie nach Rom gefahren ist, um ihr Leben zu ändern. Erinnern Sie sich? Ich hatte Ihnen davon erzählt … aber ich glaube nicht, dass er der Mann ist, nach dem Sie suchen.«

»Was wissen Sie, Signora Ramirez?«

Anja umklammert das Päckchen auf ihrem Schoß noch fester. Sie bedeckt es mit den Händen, ein Kind, das vor Sonnenbrand geschützt werden muss. Während sie redet, sieht sie unverwandt zu Boden. Ihre Worte sind zu gewichtig, als dass der Blick sie halten könnte.

»Es war ein mächtiger Mann, aber ich weiß nicht, wer. Und auch nicht, wie sie ihn getroffen hat. Sie hat mir seinen Namen nie verraten wollen, und ich habe nicht weiter gefragt. Sie war verliebt. Ich glaube, sie ist diese ganzen Monate in Rom gewesen, weil sie hoffte, dass sie bei ihm bleiben könnte. Aber dann muss irgendetwas vorgefallen sein, denn als sie wiederkam war sie ganz verändert.«

»Inwiefern?«

»Hoffnungslos, Commissario. Verbittert, enttäuscht. Seitdem hat sie immer öfter von ihrem Bruder und immer seltener von ihrem geheimnisvollen Freund gesprochen. Sie liebte Antonio, sie sagte, er erinnere sie an eine Zeit in ihrem Leben, in der sie noch die Hoffnung hatte, glücklich zu werden. Und als er plötzlich wieder da war, hoffte sie vielleicht, dass diese Zeit zurückkommen würde. Auch wenn sie etwas anderes zu suchen schien.«

»Was?«

Zum ersten Mal sieht Anja Ramirez ihm direkt in die Augen. Nur ganz kurz. Gerade lang genug, um diesen Satz zu sagen.

»Rache, Commissario. ›Er hat mir mein Leben weggenommen, und jetzt muss ich mir zurückholen, was mir gehört.‹ Das hat sie mir eine Weile nach ihrer Rückkehr gesagt. Und ich weiß, dass sie damit diesen Mann meinte, auch wenn sie das nie offen gesagt hat. Wenn Sie sicher sind, dass Sara direkt vor ihrem Tod gerade aus Rom zurückgekehrt war, dann ist sie dorthin gefahren, um ihn zu sehen.«

»Was, glauben Sie, ist passiert?«

»Wofür die Rache, meinen Sie?«

Giovanni nickt.

»Das fragen Sie sich auch, stimmt's? Anfangs hatte ich gedacht, dass er mit ihr Schluss gemacht hat. Und dass sich all ihre Hoffnungen einfach in Luft aufgelöst haben. Dann habe ich eines Tages ein Telefonat mitgekriegt. Wir waren gerade im Zentrum unterwegs. Ich musste ein paar Besorgungen machen, und Sara hatte mich begleitet. Er war am Apparat, und sie wirkte ganz ruhig. Oder sagen wir, ihre Stimme wirkte ganz ruhig. Denn ihre Augen waren wie tot. Sie spielte eine Rolle, Commissario. Und da ist mir klargeworden, dass sie in Wirklichkeit nie aufgehört hatte, ihn zu sehen. Und dass sie womöglich immer, wenn sie verschwand, zu ihm fuhr. Und da habe ich mich das Gleiche gefragt, was Sie mich gerade gefragt haben.«

Sie macht eine Pause. Ein Bus fährt hinter ihnen vorbei, umkreist die Grünfläche halb und biegt nach rechts in die Via Farini ein.

»Er war am Apparat«, denkt Giovanni. Und das Einzige, was er im Kopf hat, sind die zwei verdammten Telefonnummern und ein böses Knirschen, das um sein mühsam aufgebautes Kartenhaus kreist.

»Es ist merkwürdig, Commissario, dass einem völlig naheliegende Fragen manchmal nur in bestimmten Momenten kommen. Wie gesagt, ich habe Sara nie als Nutte gesehen. Vielleicht nur an jenem Tag. Wenn er ein mächtiger Mann ist, wie hat sie dann je glauben können, dass er sein Leben mit ihr teilt? Und diese Frage hat alles ins Rollen gebracht.«

»Vielleicht erpresste sie ihn wegen all dem, was er ihr angetan hatte, wegen der enttäuschten Hoffnung. Vielleicht drohte sie, alles der Presse zu erzählen.«

»*Claro*, Commissario, aber weshalb? ›Er hat mir mein Leben weggenommen, und jetzt muss ich mir zurückholen, was mir gehört.‹ Verstehen Sie? Das ist nicht irgendeine Rache. Es gab da etwas, was sie wiederhaben wollte. Und das einzige, was mir einfällt, ist ein Kind.«

Anja Ramirez' Satz ist wie ein Blatt, das ein Windstoß vom Ast gerissen hat. Taumelnd schwebt er in der Stille.

»Ein Kind …«, flüstert Giovanni, und plötzlich erscheint alles entsetzlich klar.

»Ein Kind, Commissario. Ich glaube, als Sara nach Rom gefahren ist, war sie bereits schwanger. Sie ist dorthin gefahren, um zu entbinden, und er hat ihr das Kind weggenommen.«

»Hat Sara Ihnen je …«

Die Frau hebt die Hände. Es ist das einzige Mal, dass sie das Päckchen loslässt.

»Nein, sie hat mir nie etwas gesagt. Wie gesagt, über diese Dinge hat sie nie gesprochen. Ich weiß noch nicht einmal, ob es wirklich so gelaufen ist oder ob ich nur eine durchgeknallte Mexikanerin bin. Doch das ist das, was mir mein Herz sagt.«

»Sara hat jemanden erpresst, Signora. Sie hat sich mit einem Typen in einem Hotelzimmer fotografieren lassen.«

»Sie wissen also, wer er ist, Commissario?«

»Nein, auf den Fotos ist sein Gesicht nie zu sehen. Nicht ein einziges Mal.«

»Und Sie glauben, dass …«

Giovanni blickt auf das Päckchen in ihrem Schoß. Das Verlangen, es in die Hände zu bekommen, ist längst nicht mehr so brennend. Es schmeckt nach etwas Entsetzlichem und Unausweichlichem, vor dem es kein Entrinnen gibt.

»Haben Sie es geöffnet?«

»Nein. Sara hat es mir verboten. Die Geheimnisse eines Menschen müssen gewahrt und respektiert werden, Commissario. Das ist das Mindeste, was ich Sara schuldig bin.«

Ihr Blick ruht noch einen Augenblick auf dem Päckchen. Dann hält sie es Giovanni hin.

»Tun Sie das, was richtig ist.«

Anja Ramirez wartet auf eine Antwort, die nicht kommt. Dann verzieht sie den Mund zu einem traurigen Lächeln, nickt grüßend, steht auf und geht.

Marra sieht zu, wie sie ohne sich umzublicken davongeht, die Straße überquert, im Dunkel der Galleria Cavour verschwindet und zu einem konturlosen Schatten wird, der mit der Umgebung verschmilzt.

Erst dann sieht er sich an, was die Frau ihm gegeben hat. Es ist ein gelber, gefütterter, auf beiden Seiten mit braunem Paketband verklebter Umschlag. Er ist nicht größer als ein billiges Taschenbuch aus der Bahnhofsbuchhandlung. Beim Befühlen hat er den Eindruck als sei etwas Rechteckiges darin. Mehrere, aufeinandergestapelte Gegenstände der gleichen Form.

Er lächelt ein nervöses Lächeln. Dann holt er tief Luft und öffnet es. Eine Memorycard und Fotos sind darin. Beim Herausziehen schätzt er sie auf rund ein Dutzend. Die Karte fühlt sich leicht klebrig an.

Er sieht sich um, die Hand im Umschlag, die Sonne, die mit den Schatten der Bäume, der Menschen, der Palazzi spielt. Hinter ihm geht ein junges Pärchen Hand in Hand die Straße entlang. Sie starren ihn kurz an, als hätte eine seltsame Krankheit ihn entstellt. Doch das bildet er sich nur ein. Vom Warten, der Angst, der Erschöpfung ist die Wirklichkeit so zerwühlt und ungestalt wie ein vom Wind gepeitschtes Meer.

Er zieht die Hand aus dem Umschlag. »Nicht hier«, denkt er. Und steht auf.

Schnell legt er die knapp hundert Meter zurück, die ihn von der Piazza San Domenico trennen. Dann setzt er sich mitten auf den Platz – ein sonniger Spiegel aus Kopfsteinpflaster und Stille –, und lehnt sich gegen das Denkmal, das über allem zu wachen scheint.

Hin und wieder kommt und geht jemand durch die Glastür der Sparkasse. Ein Tourist betritt die rund zwanzig Meter entfernte Kirche, ohne ihn überhaupt zu bemerken.

»Jetzt«, denkt er.

Mit einem Ruck zieht er die Fotos heraus und sieht in die Augen des Mannes, den er seit Beginn dieses Falles sucht. Er ist auf jeder Aufnahme zu sehen, und im ersten Moment bleibt ihm vor Überraschung und Unverständnis der Mund offen stehen.

Es gibt keinerlei Zweifel, wer das ist. Er hat dieses Gesicht allzu oft gesehen, und es ist immer er, auf jedem dieser Fotos dasselbe Lächeln, das er in- und auswendig kennt.

Ruhig und bedächtig sieht er sie einmal durch. Das ist mehr als ausreichend, um nur noch hoffen zu können, dass er der Einzige ist, der sie gesehen hat. Abgesehen von Sara Parmeggiani.

Als er die Bilder in den Umschlag zurücksteckt, hat sich alles verändert. Das Licht auf der Piazza erscheint kälter, die Blicke der wenigen Passanten bedrohlich. Der offene Raum wie eine schwarze Finsternis, in der sonst wer lauern könnte.

»Deshalb also«, flüstert er und hat einen Moment lang das Gefühl, geschrien zu haben, ist sich einen Moment lang sicher, dass der Stein ringsum, der sein Gewicht trägt und mit geometrischer Klarheit und Langmut die Mauern der Kirchen und Palazzi formt, im nächsten Moment zerbröseln muss. Genau so, wie beim Anblick des mit den Fotos endlich sichtbar gewordenen Mannes all seine Sicherheit schwindet und der größten Angst weicht, die er jemals empfunden hat.

Halt suchend legt er eine Hand an die meterhohe, von einer San-Domenico-Statue gekrönte Säule und steht mühsam auf.

Wieso ausgerechnet er, Sara?

Er steckt eine Hand in die Hosentasche und umklammert mit der anderen den Umschlag wie einen Handlauf, der ihn auf den Beinen halten muss. Koste es, was es wolle.

Beim ersten Schritt dreht sich ihm alles vor Augen, wird beim zweiten zu Nebel, beim dritten zu aufsteigender Übelkeit. Er bleibt stehen, die weit aufgerissenen Augen hinter der Sonnenbrille versteckt, und würgt sie herunter. Auf den ersten Blick sieht er aus wie ein x-beliebiger Passant, der innehält, um die Schönheit des Platzes zu genießen.

Doch das ist er nicht. Auch nicht, als er sich wenig später wieder in Bewegung setzt. Mit nunmehr entschlossenem Schritt und klarem, weitsichtigem Blick. Seine Angst ist ein weidwundes Tier, das bereit ist, alles zu zerfleischen, um zu überleben. Und obgleich ihm jetzt klar ist, was er tun muss, weiß Kommissar Giovanni Marra ganz genau, dass es für ihn kein Entrinnen gibt, wenn es aus seiner Höhle hervorspringt und sich wie rasend auf seine Gedanken stürzt.

Das blendende Sonnenlicht lässt Angela die Augen schließen. Zum ersten Mal, seit sie in den Hagel hinausgelaufen ist, um eine zufällig aufgetauchte Chimäre zu verfolgen, gönnt sie sich eine Pause.

Mach mal halblang, sagt eine Stimme in ihrem Kopf. Aber sie hört nicht auf sie, sie kann nicht. Mit den Fingern fährt sie sich durch die schwarzen Locken bis hinunter in den Nacken.

Sie legt die Hände auf die Schultern und versucht, die Müdigkeit und Anspannung des Wartens mit einer sanften, langsamen Massage zu lösen. Dann macht sie die Augen wieder auf. Ganz plötzlich, ohne einen wirklichen Grund.

Die Pause ist vorbei, beweg deinen Arsch.

Vor ihr liegen die Akten. Rechtecke aus gelblicher Pappe, die aus dem geordneten Chaos ihres Schreibtisches ragen. Es war ganz einfach, sie zu finden, und zu denken, wie greifbar nah die Lösung war, bringt sie zur Weißglut.

Es war der Schnee. Der dichte, unstete, flockige, leise Schnee in jener Nacht. So ähnlich und doch so anders als der heftige Hagelsturm, der gerade niedergegangen ist.

Drei Stunden hat sie gebraucht, um sämtliche Niederschläge dieses Jahres aufzulisten. Dann hat sie ihre Dienstzeiten kontrolliert und die beiden Tabellen miteinander verglichen. Danach musste sie lediglich die Akten heraussuchen. Es sind nur zehn, nicht mehr. Die letzte hat sie herausgezogen, kurz bevor sich ihr Blick in der strahlenden Sommersonne verloren hat. Sie blättert sie eine nach der anderen durch. Es sind keinerlei Fotos darin, nichts, was ihr dabei helfen könnte, sich zu erinnern, welcher dieser Fälle etwas mit dem von ihr gesuchten Mädchen zu tun hatte.

Sie atmet tief durch, streckt das Rückgrat und beschließt, das Einzige zu tun, was ihr noch übrig bleibt. All diese Familien aufsuchen. Mit der Mutter reden, ihr ihn die Augen blicken.

Sie sieht sie noch vor sich. Hört sie jedes Mal, wenn ihr unsicherer, ängstlicher Blick das strahlende Lächeln dieses Mädchens auf dem Bildausschnitt streift.

Sorgfältig schreibt sie sich aus den Akten die Adressen heraus. Dann steht sie auf und macht sich auf den Weg zum Auto.

Kommissar Giovanni Marra parkt das Auto auf dem Privatparkplatz vor Michele Ferraris Haus. Ein paar Polizeiautos stehen da, ein Wagen der Spurensicherung, ein Haufen Schaulustiger am Zaun, zwei Busse vom Fernsehen.

Giovanni bemerkt sie gar nicht. Seine Aufmerksamkeit ist ganz woanders, hat sich wie eine Pistolenkugel in das Päckchen gefressen, das er in der Jackentasche mit sich herumträgt, in den Blick des Mannes auf diesen Fotos gebohrt, in das, was er zu tun beschlossen und dem Oberst Ulivi soeben mitgeteilt hat, nachdem er die Straße, die zu seinem Haus führt, viermal im Kreis gelaufen ist, um sicherzugehen, dass ihm niemand folgt.

»Das schaffen wir nie«, denkt er, während er Ferraris Haus betritt und das Durchsuchungschaos wie ein Gewitter über ihm hereinbricht.

Dann taucht Ferraris Frau am Ende des Ganges auf, kommt langsam und mit einem traurigen, befangenen Lächeln auf ihn zu, begrüßt ihn und führt ihn durch die Glastür nach draußen. Und plötzlich ist die Wirklichkeit zu wichtig, als dass er sie weiterhin ignorieren könnte.

Mirella Ferrari ist Richter Terzis Sekretärin. Das festzustellen ist, als würde man einen Freund mit der Frau, die man vor langer Zeit verlassen hat, im Bett erwischen. Da ist weder etwas dabei noch sollte es einen irgendwie kratzen, und trotzdem fühlt man sich betrogen.

Giovanni stützt beide Hände auf das Terrassengeländer und sieht sie an. Auf dieser Seite des Hauses stehen nur Bäume und Pflanzen. Auch sie sieht aus wie eine Pflanze, die ein allzu heftiger Sturm aus der Erde gerissen hat.

»Er hat sich eingeredet, ich hätte einen Liebhaber, Commissario.«

Ihre Stimme wird mit jedem Wort leiser. Einen Moment lang starrt sie sich auf die Schuhe, senkt den Kopf. Dann reißt sie ihn mit der Wucht dessen, was sie zu sagen hat, wieder hoch.

»Dabei hat er mich betrogen. Ich hatte ihn sogar verfolgen lassen, wissen Sie? Durch einen Detektiv, vor dem Unfall.«

Giovanni nickt. Kneift die Augen zusammen. Seine Gedanken gleichen verrückt gewordenen Autos, die eine noch nicht fertiggestellte Autobahn entlangrasen.

»Mit wem hatte ihr Mann ein Verhältnis?«, fragt er.

Mirella lächelt. Ein gequältes Grinsen, das ihre Züge entstellt.

»Mit seiner Sekretärin. Können Sie sich etwas Banaleres vorstellen?«

»Als er gestern Abend gegangen ist, haben Sie geglaubt, er sei bei seiner Sekretärin, richtig?«

»Ja.«

»Und wieso haben sie das Inspektor Carta nicht gesagt?«

Die Antwort entfährt ihrem Mund wie ein Zischen.

»Weil ich von diesem Arschloch von Ehemann nichts mehr wissen wollte.«

Giovanni weiß nicht, was er sagen soll. Er denkt an Ferraris Leiche in einer Wanne voller Blut. An all die winzigen Bruchstücke, die er zurückgelassen hat und die zusammen ein entsetzliches, widerwärtiges Bild ergeben. An dieses Mädchen, dessen Identität er noch nicht kennt, doch das Angela allzu verzweifelt sucht, um nicht zu einem Ergebnis zu kommen. An die Fotos in seiner Jackentasche und an den Wunsch, alles über den Haufen zu werfen, um eine Lösung zu finden, die es womöglich gar nicht gibt.

»Die einzige Wahl, die ich noch habe«, denkt er, »ist aufzugeben oder unter die Räder zu kommen.« Er hebt den Blick, und sämtliche Gedanken scharen sich um die Frau vor ihm.

Die Sekretärin eines der Menschen, die ihm bei der ganzen Geschichte am wenigsten geheuer waren. Die gerade erfahren hat, dass ihr Mann Mitbetreiber eines Pädophilenrings war. Der er diese Frage stellen muss, die ihm auf der Zunge brennt, die erste all der Fragen, die ihm plötzlich in den Kopf gekommen sind.

»Nehmen Sie sich manchmal Arbeit mit nach Hause, Signora?« Mirella sieht ihn verständnislos an.

»Wer tut das nicht, Commissario. Aber natürlich habe ich die Erlaubnis meines Chefs. Woran denken Sie?«

»An nichts Besonderes«, antwortet er und merkt sofort, dass sein Tonfall nicht gerade überzeugend klingt. Denn ihm geht Michele Ferrari durch den Kopf, wie er in den Akten wühlt, mit seiner Frau über ihren Arbeitstag spricht, Informationen einholt. Und sie benutzt, um ihn zu linken.

Das ist die einzig plausible Lösung, die ihm dort auf der Terrasse einfällt. Und auch Mirella scheint darauf gekommen zu sein, denn sie sieht ihn mit einer Mischung aus Gram und Entsetzen an.

»Ich hätte nicht …«

Giovanni hebt die Hand und schneidet ihr das Wort ab, noch ehe daraus ein Satz werden kann. Er versucht zu lächeln. Einen Moment lang sieht er woanders hin und wechselt hastig das Thema.

»Weshalb haben sie diesen Karton im Keller aufbewahrt?«

»Ehrlich gesagt, keine Ahnung. Ich habe gedacht, es sei … richtig. Ja, das trifft es. Richtig, für ihn und für mich. Dann habe ich ihn vergessen. Es ist so viel Zeit vergangen seitdem, Sie wissen ja, wie das ist.«

Giovanni nickt.

»Und waren Sie nie neugierig zu erfahren, was in dieser Tasche drin ist?«

Sie antwortet sofort.

»Nein. Seltsam, nicht? Jetzt, angesichts all dessen, was Sie mir erzählt haben, angesichts dieser … grauenvollen Geschichte … ist es unbegreiflich, warum ich das nie getan habe. Aber so ist es eben.«

»Und am Abend des Unfalls haben Sie diese Sachen in den Keller gestellt, richtig?«

»Ja.«

Giovannis Erwiderung folgt nahtlos.

»Weshalb lügen Sie mich an?«

Mirella Ferrari senkt den Blick unter den gerunzelten Augenbrauen.

»Ich …«

»Sie sind in jener Nacht gar nicht in der Notaufnahme gewesen. Erst am Morgen danach.«

Giovanni ist Raffaella Petris Aussage noch nicht auf den Grund gegangen, doch der Blick, mit dem die Hausherrin die Augen von ihm abwendet, macht jede Überprüfung überflüssig.

»Das stimmt, ich war nicht dort.«

»Weshalb?«

»Ich schäme mich fast, es zu sagen. Ich wollte Michele nicht sterben sehen. Ich hätte mich schuldig gefühlt. Ich bin eine Frau, Commissario. Eine von denen, die glauben, ihre Männer betrügen sie, weil sie nicht gut genug für sie sind, verstehen Sie? Mein erster Gedanke war, dass Michele auf dem Rückweg von einem Treffen mit dieser Frau gewesen ist. Und dass es ohne diese Geliebte nicht zu dem Unfall gekommen wäre. Erst jetzt weiß ich, dass das nicht stimmte. Aber damals war eben alles anders.

An dem Abend war ich im Kino. Ich hatte ihm erzählt, ich sei mit einer Freundin unterwegs, doch das stimmte nicht. Ich hatte das Bedürfnis, allein zu sein, ihn wenigstens einen Moment lang nicht zu sehen. Nach Hause zu kommen, wenn er schon im Bett lag und schlief. Und lautlos neben ihm unter die Laken zu schlüpfen, bis zum nächsten Morgen. Dann habe ich diesen Anruf bekommen und … na ja, den Rest kennen Sie. Ich habe die Sachen aus dem Kofferraum geholt, sie in den Karton gepackt und in den Keller gestellt.«

»Wissen Sie, dass der Detektiv, den Sie beauftragt hatten, verschwunden ist?«

»Signor Petri? O Gott, nein. Ich habe ihm sein Honorar auf das Konto überwiesen, das mir seine Sekretärin genannt hatte, und damit war die Sache für mich erledigt.«

Giovanni stützt sich auf das Geländer. Ohne sie anzusehen, erzählt er ihr, was er weiß, und lässt seine Worte auf sie wirken.

»Ihr Mann war die letzte Person, die Petri lebend gesehen hat, und zwar am Tag des Unfalls. Vielleicht hatte der Detektiv etwas herausgefunden, als er ihn beschattete, und sich mit ihm verabredet, um die Sache zu klären.«

»Glauben Sie, Michele hat ihn umgebracht?«

Mirella Ferraris Stimme zittert wie die Blätter der Bäume im Garten.

»Was soll ich Ihnen sagen, Signora? Das erscheint doch alles allzu offensichtlich, finden Sie nicht?«

Sie wendet den Blick ab. Fixiert einen Punkt jenseits des grünen Hügels, neben einer Wolke, die aussieht wie ein Soufflé.

»Wie konnte ich nur, Commissario?«, fragt sie und scheint mit sich selbst zu reden.

Marra hört ihr zu. Es ist das zweite Mal in wenigen Tagen, dass er einer Frau erklären muss, wie der Mann, mit dem sie gelebt hat, wirklich war.

»Man kennt einander niemals wirklich«, denkt er. »Nicht einmal Marzia habe ich gekannt, und sie mich nicht. Als sie gestorben ist, waren wir vielleicht nur zwei Fremde, die gezwungen waren, sich zu lieben.«

»Haben Sie Ihren Mann je betrogen, Signora?«

Die Frage zerbirst unter ihrem Blick wie ein Zuckerwürfel zwischen den Fingern.

»Nein, Commissario, niemals. Und wer immer das behauptet hat, weiß, dass er lügt.«

Marra reckt die Schultern.

»Sie selbst haben das behauptet. Zumindest glaube ich das. *Private Venus* sagt Ihnen nichts?«

»Und wo, Commissario, meinen Sie gelesen zu haben, dass ich meinen Mann betrüge? Wo genau steht das, sagen Sie es mir. Sie lesen nur, was Sie lesen wollen, genau wie Michele.«

»Ihr Mann kannte den Blog?«

»Natürlich, und das wissen Sie, denn wie sonst sollten Sie darauf gekommen sein. Ich habe ihn darauf gestoßen. Ich hatte gehofft, mir darüber klarzuwerden, wie die Dinge vor dem Koma zwischen uns standen, könnte helfen, Tabula rasa zu machen, von vorn anzufangen. Ich habe dafür gesorgt, dass er die Adresse in einem alten Terminkalender findet. Darin lagen auch zwei Zugfahrkarten, aber er hat mich nie danach gefragt.«

»Und was war damit, Signora?«

»Ein alter Freund von uns, Alberto, war mein Nachbar, ehe ich geheiratet habe. Er ist nach Rom gegangen und Anwalt geworden. Ich hatte überlegt, mich scheiden zu lassen, und habe ihn zweimal aufgesucht, um mit ihm zu reden.«

»Und mit diesem Alberto hatten Sie nie …«

Mirella lacht.

»Alberto Menti ist schwul, Commissario. Und das wissen auch alle. Er ist Abgeordneter und im Schwulen- und Lesbenverband aktiv. Michele kannte ihn sehr gut. Und er hat mir dieselbe Frage gestellt, ohne auch nur den leisesten Schimmer zu haben, von wem er da eigentlich redete und wie absurd ein solcher Verdacht ist. Alberto stand uns allen beiden nahe. Kaum hat Alberto erfahren, dass Michele den Unfall überlebt hatte, hat er zu mir gesagt, das sei meine zweite Chance. *Unsere* zweite Chance. So etwas würde die Vergangenheit vom Tisch fegen, und man könnte ganz von vorn anfangen. Als mein Mann diesen Satz gelesen hat, hat er geglaubt, ich wünschte mir seinen Tod. Und er hat mir vorgeworfen, ich würde ihn betrügen. Verstehen Sie, wie lächerlich das ist? Ich betrüge ihn mit einem Schwulen, derweil er was mit seiner Sekretärin am laufen hat … abgesehen von allem anderen …«

Giovanni deutet ein Lächeln an, ganz ähnlich dem, mit dem die Frau ihm gerade den Irrwitz der Situation geschildert hat.

»Hatten Sie nie irgendeinen Verdacht?«

Mirella reißt die Arme auseinander. Sieht ihn wieder groß an.

»Sie meinen, ob ich geahnt habe, dass mein Mann pädophil war?«

»Haben Sie das?«

»Natürlich nicht!«

»Und was wissen Sie von Aurelio Strazzari?«

Der Satz, der ihr entfährt, ist dünn und scharf wie eine Buchseite.

»Aurelio, dieser Mistkerl.«

»Kannten Sie ihn gut?«

»Gut, Commissario? Ich habe ihn meinem Mann vorgestellt. Wir sind zusammen zur Schule gegangen. Vor vielen Jahren hatten wir auch mal was miteinander. Aber das war schnell vorbei. Manche Beziehungen funktionieren nur als Freundschaft, und das war so eine. Sie können sich also vorstellen, was ich jetzt denke.«

»Nämlich was?«

Signora Ferrari sieht dem Kommissar direkt in die müden Augen.

»Dass Aurelio meinen Mann auf diese Abwege gebracht hat. Er zog ständig mit diesen jungen Dingern herum, Achtzehn-, Zwanzigjährige. Kleine Nutten, die nur hinter seinem Geld her waren.« Sie bremst sich. »Entschuldigen Sie, Commissario. Ich bin kein vulgärer Mensch, das wissen Sie, aber …«

»Kein Problem.«

»Wie gesagt, ich glaube, Aurelio war schuld. Und somit ich. Und Sie denken womöglich noch Schlimmeres.«

»Keineswegs.«

»Ich könnte es Ihnen nicht verübeln. Nach dem, was Sie über

meinen Mann herausgefunden haben, und angesichts meines Jobs wäre das nur allzu verständlich. Und außerdem habe ich Sie heute schon einmal angelogen. Wer einmal lügt, tut es womöglich wieder, nicht wahr? Ich weiß, wie es ist, Commissario.«

Giovannis Blick streift ihr Gesicht. Die Sonne lässt ihren ohnehin bleichen Teint noch heller erscheinen. Ohne Make-up, in der weißen Bluse, die ihr aus der Hose hängt, und in den Turnschuhen sieht sie aus wie die Ruinen einer alten, untergegangenen Stadt. Wie der Überrest von etwas Riesigem, ein schweres, unübersehbares Mal, das die Zeit nur schwerlich verblassen lässt.

Er zieht das Foto aus der Tasche, das Michele ihm gegeben hat.

»Kennen Sie sie?«

Mirella greift vorsichtig danach, wie nach einem Kleinod. Sie sieht es lange an, dann gibt sie es ihm zurück.

»Nein, wirklich nicht. Sollte ich?«

»Ich habe es von ihrem Mann bekommen. Er hat mich gebeten, herauszufinden, wer das ist. Oder besser noch, was mit ihr passiert ist.«

»O Gott, Commissario. Wann haben Sie ihn gesehen?«

Giovanni steckt das Foto in die Tasche zurück und schildert die kurze Unterredung bis ins kleinste Detail. Dass er sich jedes Mal dumm und hilflos vorkommt, wenn er daran zurückdenkt, behält er für sich.

»Und Sie glauben, dieses Mädchen …«

»Ich glaube gar nichts, Signora. Ich versuche nur, zu verstehen. Und um ihren Satz zu beenden, nun, ich hoffe nicht.«

»Verstehe. Ich wüsste gerne, wer das ist, Commissario. Ich wünschte, ich könnte etwas tun. Sie überzeugen, dass ich nichts weiß und … Ihnen, wenn möglich, helfen.«

»Sie wissen, dass wir Ihre Aussage überprüfen werden.«

Mirella nickt.

»Im Augenblick bitte ich Sie nur um eines.«

»Alles, was Sie wollen, Commissario.«

»Sollte Ihnen irgendetwas einfallen, und sei es eine scheinbar noch so unbedeutende Kleinigkeit, lassen Sie es mich bitte wissen.«

»Woran denkst du?«

Das Geräusch der Brandung übertönt meine Frage. Das Meer ist bewegt, ein undurchdringliches Graublau, auf das die Wellen eigenwillige weißliche Linien zeichnen. Ein paar Jungs versuchen sich mit zwei orangefarbenen Luftmatratzen über Wasser zu halten. Ein altes Pärchen spaziert Hand in Hand vorbei.

Roberta sitzt in einem Ruderboot. Sie sieht zu Lisa hinüber, die mit verlorenem Blick am Ufer steht und sich die verrieselnden Wellen um die Knöchel streichen lässt. Es sieht aus, als hielte sie nach etwas Ausschau, das jenseits des Meeres und des Himmels liegt, jenseits der dunklen Linie, die Wasser und Luft voneinander trennt.

»Woran denkst du?«, frage ich noch einmal. Und wieder hört Roberta nicht hin, kehrt mir weiter den Rücken zu, obwohl sie neben mir sitzt. Sie wendet sich ihrer Tochter zu, hält den Blick von meinen Worten fern.

»Du bist ein Mistkerl.«

Wie das Skalpell eines Chirurgen durchfährt ihre Stimme die Brise.

»Ich weiß.«

Sie fährt herum, als hätte sie mit dieser Antwort nicht gerechnet. Doch es hat keinen Sinn, um den heißen Brei zu reden. Ich habe Mist gebaut, also kann ich es auch zugeben.

Sie sieht mich über den Rand ihrer Sonnenbrille hinweg an.

»Du weißt es?«

Ich nicke und lächle.

»Ich weiß.«

»Ah«, antwortet sie. Sie schiebt die Unterlippe über die Oberlippe. Dann prustet sie los, und ich falle mit ein. Es währt nicht lang.

»Wer war das?«, fragt sie. Sie ist wieder ernst, doch ihre Stimme hat all ihre Schärfe verloren. Ich fahre mir mit der Zunge über die Lippen und bemerke, dass Lisa uns ansieht. Eine leise Belustigung liegt in ihrem Blick. Sie trägt ein rotes Stirnband, das offene Haar fällt ihr auf die Schultern.

»Einer, den ich hoffentlich nie wieder sehe«, sage ich. Doch ich kann den Blick nicht von den Haaren des Mädchens losreißen. Es sieht aus, als wären sie aus Sonnenlicht, als würden sie den Tag zum Strahlen bringen, das Blau des Himmels leuchten und das Meer funkeln lassen.

Roberta sagt nichts. Sie wartet, bis Lisa sich wieder umgedreht hat.

»Hast du mich angelogen, weil du hoffst, dass du ihn nicht wiedersiehst?«

Ich nicke bedächtig.

»Dann musst du mir sagen, wer das war. Wie kann ich dir sonst vertrauen?«

Schweigend falte ich die Hände vor der Brust. Plötzlich erscheint das Geräusch des Meeres zu laut. Es überdeckt alles, selbst meine Gedanken. Selbst die Stimme von Roberta, die mir kaum merklich den Kopf zuwendet und wartet.

»Ich habe ihn im Irak kennengelernt«, fange ich an und denke, dass das, was ich ihr erzählen werde, nicht durch und durch gelogen ist. »Er hat geglaubt, ich hätte etwas, was er haben wollte, ich hätte etwas gesehen, das ich nicht hätte sehen sollen.«

»Und hattest du es?«

Energisch schüttele ich den Kopf.

»Nein. Gestern habe ich mich extra mit ihm getroffen. Um ihm das zu geben, was ich hatte. Und ihm zu zeigen, dass es nicht das ist, was er sucht.«

»Hat er dir geglaubt?«

Einen Moment lang starre ich wieder aufs Meer hinaus. Lisas Haar im Wind. Die beiden Jungs, die eine Welle von ihren Luftmatratzen schmeißt. Dann drehe ich mich um und sehe Roberta an.

»Ich hoffe es von ganzem Herzen«, antworte ich. Und am Ende dieses Satzes steht nur ihr stummer Blick.

Am liebsten würde ich sie jetzt umarmen. Ich habe Angst vor allem, was sie sagen könnte. Sie rutscht auf der Bank des Ruderboots hin und her. Rückt näher zu mir.

»Mach das nie wieder, verstanden?«

Sie spricht leise und sehr langsam. Wägt die Worte ab, jede einzelne Vokabel trägt ihren Schmerz in sich. Ich nicke wieder. Eine kaum wahrnehmbare Geste diesmal. Ich klammere mich an den Blick, mit dem sie diesen Satz gesagt hat. Harte, traurige Augen, eine Bestimmtheit, hinter der sich der Grund ihrer Melancholie verschanzt. Ich lege meine Hände auf den Ruderholm.

»Kann ich es wieder gutmachen?«

Sie macht ein verschmitztes Gesicht und zieht die Nase kraus. »Das wird schwer.«

»Isst Lisa gern Fisch?«

»Schon, aber …«

»Folgen Sie mir, Teuerste.«

Ich reiche ihr die Hand. Sie greift danach und steigt aus dem Boot. Ich lasse sie erst los, als sie mit beiden Füßen im Sand steht. Im nächsten Augenblick sind wir bei Lisa. Roberta will mir noch etwas sagen, aber sie ist nicht schnell genug.

»Gehen wir, junge Dame?«

Mit einer kurzen, gedankenverlorenen Geste reißt Lisa den Blick vom Meer los und bleibt an meinem Lächeln hängen, mit dem ich auf ihre Antwort warte, in welcher Form auch immer sie sie mir geben mag. Sie scheint es prüfend zu mustern, als suchte sie darin nach einem Grund, weshalb sie meiner Stimme trauen soll. All das dauert nur wenige Sekunden. Dann dreht sie sich ganz zu uns um und scheint nun ihrerseits zu warten. Ich zeige in die Richtung, in die ich gehen will.

»Bitte sehr, Prinzessin.«

Roberta lacht. Lisas Gesichtsausdruck ändert sich nicht, doch einen Moment lang bin ich mir sicher, dass sie drauf und dran ist, etwas zu sagen, und ein Schauder läuft mir über Rücken und Arme. Dann machen wir uns auf den Weg zum Hafen.

Als ich klein war, kam er mir ewig weit weg vor. Vom Ende des Viale Ceccarini – Zone 78, orangefarbene Kabinen – wo wir jedes Jahr waren, bis zur Mole war es ein endloser Spaziergang, den ich nur ungern machte. Ich wollte einfach nur am Strand sein, immer mit derselben Gruppe kleiner Jungs, und all den Quatsch machen, der heute verboten ist.

Ich suche nach den richtigen Worten, um Lisa davon zu erzählen. Hin und wieder sieht sie mich an, und ich bin kurz versucht, sie zu fragen, ob sie es sich vorstellen kann. Ob sie gern an einem solchen Ort gewesen wäre oder ob sie es heute schöner findet. Ob ich meinen Mund halten oder weitererzählen soll, wie es war, in ihrem Alter hier zu sein, Ende der Siebziger, Anfang der Achtziger, als das Meer noch den Kindern gehörte, die ersten Diskotheken aufmachten, und Italien die Weltmeisterschaft in Spanien gewann.

Dann kommen wir an die Mole. Und ich erzähle ihr, dass damals genau hier auf der großen Betonfläche ein Alter mit einem Grill stand. Ich weiß nicht, ob er wirklich alt war, aber für mich sah er so aus. Er saß auf einem Holzstuhl neben seinem Kohlegrill voller Krebs- und Tintenfischspieße, stand hin und wieder auf, wendete sie, wickelte sie in einfaches weißes Papier, nahm das Geld und überreichte einem den Spieß. Er redete nie. Er saß da, mit einem komischen, zahnlosen Lächeln, trockenen, flinken Händen, der typischen sonnenverbrannten Haut alter Fischer und einem entspannten, ruhigen Blick, mit dem er einem wortlos in die Seele zu blicken schien.

»Man muss nicht immer reden, weißt du«, sage ich zu Lisa, während wir die Stufen vom Strand zur Mole hinaufsteigen. »Um zu zeigen was man fühlt, reichen auch die Augen.«

Roberta streichelt mir mit einem Finger über den Handrücken. Nein, das stimmt nicht, die Augen reichen nicht. Manchmal braucht es auch Gesten. Ich taste nach ihrem Finger und streichle ihn sacht. Ein lautloses Spiel, ähnlich dem Funkeln in Lisas Augen, mit dem sie sich umsieht.

Kaum haben wir die letzte Stufe erklommen, hält sie nach dem Alten Ausschau. Aber er ist nicht da. Und auch sein Grill nicht. Stattdessen ist dort ein kaum zwanzigjähriger Junge. Mit sanftem, belustigtem Blick steht er neben einem Elektrogrill, auf dem die gleichen Spieße liegen. Ehe wir dran sind, verkauft er einem deutschen Paar einen Krebs und einen Tintenfisch und verabschiedet sie mit einer flüssig hervorgebrachten, freundlichen deutschen Floskel.

Die Krebse, die ich kaufe, sind zwar nicht mehr in weißes Papier gewickelt, aber sie sind trotzdem gut. Wir setzen uns ein Stück weiter auf die Felsen, die aufs offene Meer hinausgehen. Lisa knabbert an ihrem Spieß, und ich lächle ihrer Mutter, der Sonne, diesem brütend heißen Tag, dem schwindenden Sommer zu. Dem Frieden dieses Augenblicks.

Das Mädchen radelt über die Straße.

Es hat Kopfhörer auf, Robbie Williams' *Angel* in den Ohren, den Rucksack mit den Badesachen auf dem Rücken. Es trägt abgeschnittene Jeans und ein rotes Guru-T-Shirt mit einem riesigen Schriftzug auf dem Rücken.

Später werden sie bei den Suchmeldungen auf genau diesen Schriftzug hinweisen. Doch jetzt ist es nur ein x-beliebiges T-Shirt, das die braune, frisch geduschte Haut eines x-beliebigen Mädchens bedeckt. Radelte sie in ein paar Jahren vorbei, würde sich manch einer nach ihr umdrehen, aber heute noch nicht. Es ist noch viel zu früh dafür. Außer für den Sheriff.

Er wartet seit einer Stunde auf sie. Anfangs war er nervös, aber als das Mädchen in die Straße einbiegt, in der es wohnt, und zu treten aufhört, fällt die Spannung von ihm ab und löst sich in der Gewissheit auf, alles Nötige getan zu haben.

Er hat nur zwei Gelegenheiten, um sein Werk zu vollenden. Jetzt, da sie vom morgendlichen Schwimmen zurückkehrt, und am Nachmittag, wenn sie zum zweiten Training fährt. Er kann nicht bis zum Abend warten, wenn sie wieder heimkommt. Um die Zeit wird bereits alles gelaufen sein.

Der Slawe war erschreckend deutlich. Und er macht ihm Angst. Seine Ruhe, seine bedächtige Art zu sprechen, seine Schnelligkeit, der gefühllose Blick. Jedes Mal, wenn er, wie jetzt, einen Auftrag ausführt, versucht er ihn sich ins Gedächtnis zu rufen. Das hilft ihm, keine Fehler zu machen, gleichzeitig zu denken und zu handeln, wohl wissend, dass jede Geste sitzen muss.

Er steht an der hinteren Autotür und sieht sich um. Die Tür ist geöffnet, und wenn das Mädchen von seinem Fahrrad steigt, wird er so tun, als suchte er etwas auf dem Rücksitz.

Die Straße ist menschenleer.

»'tschuldige, darf ich dich um einen Gefallen bitten?« Als der Sheriff sie anspricht, will sie gerade den MP3-Player in den Rucksack stecken.

Sie steht vor dem Gartentor. Das Rad in der einen und den Player in der anderen Hand. Sieht ihn an. Er sieht nett aus, entspannt, ein bisschen täppisch, wie viele Männer seines Alters. Anfang vierzig, fast ein alter Mann.

»'tschuldige, darf ich dich um einen Gefallen bitten?«

Er wiederholt die Frage genau in dem Moment, in dem sie beschlossen hat, so zu tun, als hätte sie ihn nicht gehört. Und er klingt dermaßen verzweifelt, dass das Mädchen nicht anders kann, als das Fahrrad abzustellen und zu antworten.

»Worum geht's denn?«

Der Sheriff lächelt. Könnte sie sein wahres Gesicht sehen, das, was er übermächtig in sich spürt, sie würde schleunigst das Weite suchen. Jenseits des Gartentors, der Straße, des Städtchens und des soeben fertiggestellten Autobahnzubringers.

Doch sie sieht es nicht. Vor ihr steht nur ein Mann neben einer offenen Autotür, der sie so flehentlich um einen Gefallen bittet, als hinge sein Leben davon ab.

»Meine Frau hat heute Geburtstag. Ich habe ihr Ohrringe gekauft. Ich hab sie nicht einpacken lassen, weil ich … eine Überraschung vorbereitet hatte. Es sollte was Besonderes sein, weißt du … und diese verflixten Dinger sind mir unter den Rücksitz gefallen. Ich kann sie hören, ich komme sogar dran, aber ich krieg sie nicht zu fassen, meine Hände sind zu groß. Könntest du es vielleicht mal probieren, bitte?«

Das Mädchen lächelt.

Sie nickt.

»Okay, ich versuch's mal.«

Sie lehnt das Fahrrad gegen das Mäuerchen und ist in wenigen Schritten an der offenen Autotür.

»Sie sind unter der Rückbank hinterm Beifahrersitz«, erklärt er ihr.

Die Kleine bückt sich. Dem Sheriff schießt durch den Kopf, dass sie, wenn ihr die Zeit gewährt wird, in vier oder fünf Jahren definitiv einen ziemlich ansehnlichen Hintern hätte.

Dann passiert der ganze Rest.

»Ich kann sie nicht fühlen«, sagt sie, ohne sich umzudrehen. Hätte sie es getan, hätte der Sheriff seinen Plan geringfügig ändern müssen, ähnlich wie wenn sie sich geweigert hätte, ihm zu helfen. Doch so ist es ein echtes Kinderspiel. Er muss ihr nur die Spritze in die nackte Wade rammen.

»Ey, was … », fängt sie an, hat aber noch nicht einmal die Zeit, sich umzudrehen.

Danach muss er sie nur bei den Füßen packen, sie auf den Rücksitz legen, in aller Ruhe losfahren, nach einem knappen Kilometer den Wagen wechseln, sie in den Kofferraum packen und auf die Autobahn einbiegen.

Wenn sie anfangen, sie zu suchen, werden sie schon weit weg sein.

Vom Knarren eines Möbels aus seinen Gedanken gerissen, fährt Oberst Ulivi herum. Seit Marra gegangen ist, sitzt er reglos in seinem Sessel. Und erst jetzt bemerkt er, dass die Zeit ohne ihn vergangen ist, dass seine Gedanken sich irgendwo verkrochen und ihn mit dem Echo von Giovannis Worten zurückgelassen haben.

Und mit der Erinnerung an diese Fotos.

Selbst wenn er wollte, könnte er sie nicht vergessen, und nichts wünschte er sich brennender, als diesen Umschlag, den ihm der Kommissar gebracht hat, nicht geöffnet zu haben. Und auch der hätte es nicht tun sollen.

Er atmet tief durch und schließt die Augen. Just als sich seine Lider senken, knarrt das Möbelstück erneut. Diesmal steht er auf. Er spürt, wie seine Schultern sich spannen, seine Beine erstarren. Er steht mitten im Zimmer und versucht, selbst seine Gedanken anzuhalten und nur darauf zu horchen, dass das Geräusch wiederkehrt.

Sein Herz pocht. Die Angst zuckt ihm durch die Adern. Die Wohnung. Vollkommen still und einsam.

Bis auf dieses Geräusch. Schon wieder. Ganz klar und deutlich. Vielleicht näher als vorhin. Im Schlafzimmer.

Behutsam zieht sich Oberst Ulivi die Schuhe aus. Sein Blick

huscht durch das Zimmer, auf der Suche nach etwas, das ihm als Waffe dienen kann. Doch da sind nur Bücher. Und der Morgen, der durch die Vorhänge sickert und in langen, feinen Streifen auf dem Parkett liegt.

Er rührt sich.

Ein Schweißtropfen rinnt ihm über den rasierten Schädel, rieselt über die Wange und tropft ihm wie eine zärtliche Berührung auf die linke Hand. Die Baumwollsocken gleiten geräuschlos über den Boden, mit raschen, unsichtbaren Katzenschritten nähert er sich den Wänden, schleicht bis zur Tür daran entlang, schlüpft in den Flur und von dort ins bedrohlich dämmrige Schlafzimmer.

Doch es ist leer. Wie auch all die anderen Zimmer, die er peinlich genau durchsucht, um ganz sicher zu gehen. Dann, als er in den Flur zurückkehrt, hört er das Knarren erneut.

Es ist die Wohnungstür.

Ohne Rücksicht auf das, was sich auf der anderen Seite befinden könnte, reißt er die Tür auf und zählt auf den Überraschungseffekt, darauf, seinem Feind ganz plötzlich gegenüberzustehen, ohne dass der im Mindesten damit gerechnet hätte.

Doch da ist niemand. Nur der Treppenabsatz.

Er verharrt noch einen Moment, dann kehrt er in die Wohnung zurück.

Als er die Tür hinter sich schließt, fühlt er sich sehr alt und töricht. Dem, was er tun muss, und dem Risiko, dem er sich aussetzt, um dem Mann seiner Tochter zu helfen, kein bisschen gewachsen. Noch so ein Mann, den das Leben jäh zerbrochen und dann wieder notdürftig zusammengeflickt hat, ohne dass die Bruchstelle je wirklich verheilt wäre.

Zwei halbe Menschen, die keinen ganzen ergeben, weil beiden derselbe Teil fehlt. Zwei halbe Menschen gegen einen, der sie leicht zerquetschen könnte, mit einem einzigen Wort. Vielleicht sind sie deshalb in Kontakt geblieben, aller Vernunft zum

Trotz. Um in den Augen des anderen den eigenen Schmerz zu lesen. Und zu hoffen, dass einer von beiden eines Tages weiß, wie man ihn besiegt.

»Wenn Sara Parmeggiani tatsächlich ein Kind bekommen hat«, hat Giovanni gesagt, »wird der Kerl tunlichst dafür gesorgt haben, dass es verschwindet.«

Das Erste, was ihm bei diesem Satz durch den Kopf ging, war, dass es nur zwei Dinge gibt, die eine Frau von ihrem Kind fernhalten können. Entweder sie will es nicht haben, oder sie glaubt, es sei tot.

Wenn sie nach Rom gefahren ist, um dort ihr Kind zur Welt zu bringen, und jemand ihr erzählt hat, es sei tot geboren worden, dann muss es darüber eine Bescheinigung geben, ein Krankenhaus, das sie ausgestellt, und einen Arzt, der sie unterschrieben hat. Und ein Kind, das niemals wissen wird, wer seine Mutter ist.

»Ich kümmere mich darum«, hat er Giovanni am Ende dieses Gedankens gesagt. »Wenn du das Kind auf öffentlichem Wege suchst, lenkst du Blicke auf dich, die besser nichts mitkriegen sollten.«

Er greift nach dem Telefon und wählt eine Nummer, die er in diesen Tagen schon allzu oft gewählt hat. Der Mann am anderen Ende der Leitung ist irgendwo auf der Straße unterwegs. Er stellt sich vor, dass er lächelt, so wie jedes Mal, wenn sie sich treffen. Während er sein Anliegen hervorbringt, ebbt das Hintergrundgeräusch langsam ab. Dann wird es still, als hätte er ein Zimmer betreten.

Er legt auf und nimmt wieder in seinem Sessel Platz. Jetzt heißt es warten. Es wird nicht für lange sein, doch als er sich gerade anlehnen will, weiß er, dass er die Wartezeit woanders verbringen wird. Draußen. Mit frischer Luft um die Nase und Straßengeräuschen um sich herum. Ein weniger leichtes Ziel als ein einsamer Mann in einer leeren Wohnung.

Anfangs erscheint die Strada Maggiore ihm wie ein Dschungel voller lauernder Gefahren. Dann lösen sich die Schatten auf, die Straßen öffnen sich, Bologna wird in seinem Kopf wieder zu dem, was es ist.

Wenn ich sterbe, dann, weil mein Herz auf dem Weg zurück zum Auto entzweibricht.

Als er sich beim Überqueren der Straße umblickt, denkt Oberst Ulivi, dass in diesem Satz, den er Giovanni gesagt hat, nicht einmal mehr das winzigste Körnchen Wahrheit steckt.

»Und?«

Die Stimme des Slawen ist weit weg, vom Kopfhörer und dem Brummen des Wagens gedämpft. Der Sheriff wirft einen Blick in den Rückspiegel, einen kurzen Moment davon überzeugt, dass er ihm folgt. Doch da ist niemand. Nur das lange Asphaltband, das in der Ferne mit dem Horizont verschmilzt.

»Alles in Ordnung«, antwortet er. Und versucht, möglichst überzeugend zu klingen. Der Slawe hat nie vor einer Übergabe angerufen. Varo Borja war für alles zuständig.

»Alles in Ordnung.«

»Ja, das hab ich verstanden. Aber ich rufe nicht nur deswegen an.«

Einen Augenblick lang herrscht Schweigen. Lang genug, um ihm den Atem stocken zu lassen. Plötzlich ist es im Auto eisig wie in einer Winternacht.

»Ich höre.«

»Ich weiß, was du getan hast. Die Nase in Angelegenheiten zu stecken, die dich nichts angehen, könnte man auch als Drohung auffassen. Und wie du weißt, habe ich für Drohungen nichts übrig.«

Er schluckt.

»Ich wollte nur sichergehen, dass diesmal nichts schiefgeht. Dass nicht irgendeiner seiner Freunde uns in die Scheiße reitet. Nach dem, was gestern passiert ist, spielt das keine Rolle mehr.«

»Du irrst dich.« Die Antwort des Slawen saust wie ein Fallbeil auf den Satz nieder. »Du sollst nicht Privatdetektiv spielen. Du sollst dich nur um die Lieferung, die Beschaffung der Ware und des Käufers kümmern. Und um den Transport. Der ganze Rest geht dich einen Dreck an.«

»Richtig. Aber das, was gestern passiert ist, hat …«

»Das, was gestern passiert ist, dient mir nur als Anlass, dir zu sagen, dass du keine Scheiße bauen sollst. Und dass du mir ab heute über alles Bericht erstattest. Habe ich mich klar ausgedrückt?«

Er hasst diese flache Stimme. Das EEG eines Zombies. Er nickt, als er antwortet.

»Ja, sicher.«

»Du kannst dir wahrscheinlich denken, dass du von jetzt an ohne Varo Borja auskommen musst.«

»Natürlich.«

»Dann denk dran, keine Scheiße zu bauen. Und sorg dafür, dass ich dir weiter trauen kann.«

Die Stimme des Sheriffs zittert.

»Ja, ja… Natürlich.«

»Denk dran, dass ich dich sonst finden werde. Du kannst dich nirgends vor mir verstecken. Nicht einmal im Knast. Verstanden?«

Er nickt abermals, diesmal heftiger. Fährt sich mit der Zunge über die Lippen.

»Sicher, sicher.«

Er wirft einen Blick nach hinten, sicher, dass er da ist. Lautlos wie eine Katze in einer Neumondnacht. Doch da sind nur der leere Rücksitz, das Licht, das durch die Heckscheibe fällt, und das Schweigen im Kofferraum. Als er noch etwas sagen will, hat der Slawe bereits aufgelegt.

»Wo zum Teufel hast du gesteckt, Nicola?«

Mein Journalistenfreund Alessandro Neri brüllt mir seine ganze Wut ins Ohr. Seit ich ihn um Informationen zu Mariani und Saras Bruder gebeten habe, habe ich mich nicht mehr bei ihm gemeldet.

»Ich hab was für dich«, antworte ich. In der Ferne hebt ein Kokosnussverkäufer zu seiner üblichen Litanei an, Roberta plaudert mit Andrea, und Lisa liest.

»Den kenne ich schon, versuch's mal mit was Neuem.«

»Du hast recht.«

»Dann denkt dir gefälligst was Anderes aus. Erzähl mir zum Beispiel was über die beiden Typen, auf die du mich angesetzt hast.«

Ich mache ein paar Schritte Richtung Wasser. Allmählich verliert das Meer seine graue Farbe, die das Gewitter zurückgelassen hat, und wechselt in ein Flaschengrün, das sich gen Horizont in ein dunkles Blau verwandelt. Ganz abrupt, wie mit dem Lineal gezeichnet. Genauso abrupt wie mein Satz, mit dem Alessandro nicht gerechnet hat.

»Die haben nichts damit zu tun.«

»Willst du mich verarschen, Nicola?«

»Nein, im Ernst. Ich hab dich um Informationen gebeten, die ich brauchte. Und im Gegenzug habe ich wirklich was für dich, aber nicht das, was du glaubst. Etwas, das dir noch besser gefallen wird.«

»Ich bin ganz Ohr.«

»Ali Musab.«

Der Name des toten Terroristen verpasst seinem forschen Ton einen Dämpfer.

»Was zum Henker hat Ali Musab damit zu tun?«

Die Frage kommt erst nach einigen Sekunden. In der Pause davor höre ich Schritte, eine Tür, die aufgeht, und eine, die sich schließt. Und das Grundrauschen verwandelt sich ein tiefes, uferloses Schweigen. Er ist irgendwo hingegangen. Wenn ich seine Gewohnheiten und die Redaktionsräume noch richtig im Kopf habe, hat er sich im Klo eingeschlossen.

»Ich muss dir etwas erzählen«, fange ich an. Und rücke mit Abdels Geschichte raus. Restlos, bis ins kleinste Detail dessen, was ich weiß. Das Einzige, was ich für mich behalte, ist mein Telefonat mit seiner Mutter Honorine, um sie um die Originalaufnahme des Interviews zu bitten. Alessandro unterbricht mich kein einziges Mal. Erst, als ihm klar ist, das ich mit meiner Schilderung am Ende bin, erklingt seine Stimme erneut.

»Kommst du an die Kassette ran?«, fragt er.

»Ich glaube schon.«

»Und natürlich willst du mir nicht verraten, wer sie hat.«

»So etwas nennt man Quellen. Das solltest du besser wissen als ich.«

»Wenn ich für das, was du mir gerade erzählt hast, Beweise finde, ist die Geschichte einen Haufen Geld wert, weißt du das?«

»Die Beweise findest du. Du musst sie nur suchen. Und was das Geld betrifft … darum geht es mir nicht.«

»Worum geht es dir dann?«

»Um Abdel.«

Der Name hallt in der Leitung nach, jenes merkwürdige Echo, das es manchmal bei Handygesprächen gibt.

»Sag mir wann, Nicola.«

»Gib mir ein paar Tage Zeit. Die kannst du bestimmt auch brauchen.«

»Na klar, keine Sorge. Und wenn die Sache über die Bühne ist, reden wir vielleicht mal über einen Job.«

»Und was, bitte, ist das hier?«

»Ich dachte, das sei ein Gefallen für einen Freund«, antwortet er. Und ich weiß nicht, ob er von sich oder von Abdel spricht.

»Scheint so«, sage ich und höre, wie jemand heftig an eine Tür klopft.

»Na dann, schöne Ferien.«

»Ferien?«

»Bist du denn nicht am Meer? Der Trubel im Hintergrund klingt zumindest danach.«

»Du hast recht. Du solltest allerdings mal das Klo freimachen, sonst pinkelt noch jemand in den Flur.«

Er lacht.

»Leck mich, Nicola.«

»Du mich auch, Alessandro.«

Raffaella Petris Geschichte ist wie eine schallende Ohrfeige, wenn man mit einem Kuss rechnet. Bereits vor Monaten hat sie den Vater als vermisst gemeldet, und niemand hat je Nachforschungen über die letzten Tage vor seinem Verschwinden angestellt.

Giovanni sitzt auf der anderen Seite des Schreibtisches und hört ihr zu, derweil die Stadt ihn feucht und siedend heiß durch die Glasfront anglotzt und er versucht, ein paar versprengte Gedanken zu verjagen, um den klaren, sachlichen Schilderungen der jungen Frau zu folgen.

»Es ist, als wäre er im Krieg gefallen«, sagt sie.

Und Marra denkt, dass sie vollkommen recht hat. Auf einen Grabstein mit dem Namen ihres Vaters muss Raffaella allerdings zehn Jahre warten, denn er war kein Soldat, hat an keiner Schlacht teilgenommen, und es gab auch keine Front, die es zu verteidigen oder erobern galt. Nur einen heimlichen, stillen Krieg, den eine allzu heftige Ebbe plötzlich wieder zutage gebracht hat und dem sie alle wehrlos gegenüberstehen.

»Was haben Sie vor?«

Ein leises Lächeln huscht über Raffaella Petris müdes Gesicht.

»Ich weiß es nicht. Heute Nacht habe ich gedacht, dass es besser wäre, nach New York und zu meinem Job zurückzukehren. Von vorn anzufangen, da, wo ich aufgehört habe.«

»Und jetzt?«

»Jetzt denke ich nur an dieses Mädchen von dem Foto. Das andere Stück haben Sie nicht zufällig gefunden, oder? Das, was fehlte?«

»Nein. Und ich weiß auch nicht, wer das Mädchen ist. Aber auch ich kann an nichts anderes denken. Beim besten Willen nicht.«

Raffaella beißt sich auf die Lippe, wie ein Kind. Sie versucht zu erraten, was sich hinter dem abwesenden, traurigen Blick verbirgt, mit dem der Kommissar sie ansieht.

»Bitte, finden Sie sie«, sagt sie und wischt die Gedanken fort wie Kreide von einer Schultafel. »Und wenn Sie sie gefunden haben, sagen Sie mir bitte Bescheid.«

Giovanni nickt, steht auf und geht.

Die ganze Geschichte gleicht einer hinter einer Wand verborgenen Kammer, die man erst bemerkt, wenn die Tapete einen Riss bekommt und ein eisiger Luftzug einem wie eine Kralle über den Rücken fährt.

Er steckt eine Hand in die Jeanstasche. Als er Nicolas Handynummer wählt, sieht er plötzlich doppelt, die Aufzugkabine wird langsamer und fängt an, sich zu drehen. Er lehnt sich gegen die Wand. Schließt die Augen. Die Kabine bleibt stehen, die Tür öffnet sich mit einem leisen, endlos langen Zischen. Als er die Augen wieder öffnet, ist alles wieder so wie es sein soll. Er drückt auf den grünen Knopf. Nicolas Telefon ist aus. Bleibt noch die Nummer seines Hotels.

»Ich hab ihn seit heute Morgen nicht mehr gesehen«, sagt der Typ am anderen Ende.

»Er soll mich anrufen, sobald er wieder da ist. Es ist dringend.«

Gioia Martinis Haus ist ungefähr eine Viertelstunde mit dem Auto entfernt. Vor dem Treffen mit ihr hätte er gern noch die Stimme eines Freundes gehört, die ihm sagt, dass das seltsame

Gefühl, das hinter seinen Gedanken lauert, nur ein blöder Streich ist, den ihm seine Erschöpfung spielt. Während er auf Nicolas Rückruf wartet, legt er den Gang ein, und ohne sich um den Kopfhörer oder den langsam schlappmachenden Akku zu scheren, ruft er Oberst U an.

Das Zimmer ist klein und unterirdisch.

Obwohl die Augen des Mädchens verbunden sind, ist es sich absolut sicher. Vor dem Schwarz, das seine Augen bedeckt, muss eine Wand sein. Höchstens einen Meter entfernt. Und oben fahren Autos. Es hört sie ganz nah, ganz deutlich. Jenseits dieser imaginären Wand.

Ihm ist kalt, unerträglich kalt.

Es zittert.

Die Halsmuskeln zittern unter der unendlichen Last des Kopfes. Die Beine und Arme zittern, festgezurrt an einem Stuhl, wahrscheinlich mit Klebeband. Die leicht geöffneten Lippen zittern beim Versuch, durch das fingerbreite Loch in einem Streifen desselben Klebebands zu atmen. Der Rücken zittert unter den langen, eisigen Angstschauern, die darüberlaufen wie schwarze Nacht. Die Gedanken zittern, allesamt, gefangen und beherrscht von einem einzigen Satz.

Sie bringen mich um.

Bei *C. S. I.* endet das auch immer so. Wenn jemand entführt wird, wird der am Ende immer umgebracht. Selbst wenn die Familie das Lösegeld zahlt, selbst wenn die Entführer fliehen könnten, wird die Geisel zum Schluss umgebracht.

Und ihre Familie kann kein Lösegeld zahlen. Ihr Vater betreibt einen Videoverleih, ihre Mutter ist Sekretärin, die Großeltern waren Arbeiter. Sie haben nicht so viel Geld, sie haben gar kein Geld.

Sie bringen mich um.

Sie weiß es, und es scheint ihr sogar, als hätte sie es ausgesprochen. Doch das ist unmöglich, denn das verdammte Klebeband verschließt ihr den Mund, die Lippen, die Stimme bis tief in die Gedanken.

Sie bringen mich um, wiederholt sie im Geiste, und ihr Kopf zuckt heftig zurück, als hätte irgendetwas in dieser leeren Finsternis ihr eine Ohrfeige verpasst. Dann hört sie ein Geräusch. Eine Tür geht auf. Allerdings weit weg, nicht so nah, wie sie glaubte. Und da begreift sie, dass der Raum groß ist, sehr groß, und dass alles anders ist als gedacht. Die näher kommenden Schritte sind leicht und sicher. Sie klingen nicht nach dem Mann mit den Ohrringen, der sie geschnappt und weggeschleppt hat, dieses Arschloch, soll er doch verrecken. Und die Stimme, die sie hört, ist tatsächlich eine vollkommen andere.

»Alles o.k.?«

Sie nickt.

»Dir wird nichts passieren.«

Sie wird gestreichelt. Warme, weiche Hände. Sie hört sie in einer Plastiktüte herumkramen. Hört sie eine Getränkedose öffnen.

»Hast du Durst?«

Sie nickt wieder, diesmal heftiger. Durst ist gar kein Ausdruck für ihre kratzige Kehle. Daran ist wahrscheinlich das Zeug schuld, womit sie sie betäubt haben.

Sie bringen dich eh um, raunt ihr Kopf. Dann erklingt wieder die Stimme und bringt alles andere zum Schweigen.

»Jetzt gebe ich dir was zu trinken. Ich kann dich nicht losbinden, das verstehst du doch, oder?«

Sie nickt. Sie spürt, wie ein Strohhalm sich durch das Loch zwischen ihre Lippen schiebt. Dann trinkt sie. Es ist Coca Cola. Die Stimme hält die Dose und wartet, bis sie fertig ist. Es dauert nicht lang, der Durst ist einfach zu groß. Dann passiert nichts mehr. Die Schritte entfernen sich. Die Tür geht zu.

Sie seufzt.

Es ist ein Haus. Jetzt ist sie sich sicher. Wer weiß, wem es gehört, wo es ist und weshalb sie sie nicht in einem dunklen, stinkenden Keller gefangen halten. Im Film hocken die Entführungsopfer immer im Keller, und manchmal hören sie durch eine vergitterte Luke unter der Decke die Geräusche der Straße. Manchmal stecken sie sie auch in einen Brunnen, damit niemand ihre Schreie hört. Oder in ein Erdloch oder eine Höhle. Wer weiß, wer hier wohnt, wer weiß, ob hier noch jemand ist.

Ganz ruhig, sie bringen dich eh um.

Die Worte in ihrem Kopf klingen jetzt wie die Stimme. Ein Schauder läuft ihr den Nacken herab. Er ist heiß. Er kriecht bohrend unter die Haut und durchfährt sie wie eine zärtliche Berührung.

Es wird sein, als würdest du eine eiskalte Cola trinken.

Der Kopf wird schwer, die Augen fallen langsam zu. Die Wirklichkeit, die verschwindet und wiederkehrt, ist eine Erinnerung, die der Kopf der Vergangenheit zu entreißen versucht.

Und dann stirbst du.

Sie versucht, die Augen offen zu halten, wach zu bleiben. Sie hat es im Fernsehen gesehen, dass man nicht einschlafen darf, denn dann endet man im Koma und wacht nie mehr auf …

Du stirbst.

… nie mehr, selbst, wenn du noch so lange wartest …

Widerstand zwecklos.

… zu lang, als dass man noch am Leben sein könnte …

Lass dich fallen.

… etwas sagen, etwas tun könnte.

Du stirbst.

Der Kopf kippt nach vorn, das Kinn baumelt auf der Brust wie eine Deckenleuchte bei einem Erdbeben. Und wieder geht die Tür auf. Schritte, weit weg, gedämpft. Die Geräusche der Wirklichkeit, auf dem Grund eines Schwimmbads.

»Ich habe ihr das GHB gegeben, sie wird sich an nichts erinnern«, sagt die Stimme, doch es ist nicht dieselbe wie vorhin. Es klingt, als würde ein böses Kind sie nachäffen. Sie ist tonlos, akzentfrei.

Plötzlich ist es in ihrem Kopf ganz still.

Sie hört abermals Schritte, dann spürt sie irgendjemandes Finger. Kräftig, dick. Sie binden ihre Handgelenke los. Wie eine Marionette fällt sie auf den Stuhl zurück. Dann die Knöchel. Sie will sich bewegen, doch es gelingt ihr nicht. Aufstehen, laufen, wegrennen, aber sie schafft es nicht.

Jemand hebt sie hoch und legt sie auf ein Sofa. Niemand sagt etwas. Andere Finger fangen an, sie auszuziehen. Sie sind warm, weich, freundlich aber bestimmt. Sie will aber nicht ausgezogen werden, sie will nicht nackt sterben. Sie will nicht irgendwo hingeworfen werden, in die Kälte, zu den Ratten, wie ein altes Spielzeug.

»Ich will nicht sterben«, denkt sie. Und in dem Moment erscheint das Zimmer wieder deutlich und klar, ihr Körper taucht aus dem Schwimmbad auf.

»Ich will nicht sterben!«, schreit sie und krallt die Fingernägel in den Arm, der sie auszieht.

Die Ohrfeige kommt prompt, zusammen mit der Bewusstlosigkeit. Vom Betäubungsmittel und der Hand gestoßen, fällt ihr Kopf aufs Sofa zurück. Jemand zieht ihre Lider hoch.

»Jetzt ist sie weg. Die Ohrfeige war wirklich unnötig.«

»Sieh mal, was sie mit deinem Arm gemacht hat.«

»Das ist nichts.«

Geübte Hände ziehen dem Mädchen die Hose aus und legen sie zu den anderen Anziehsachen. »Ich glaub, die Bockigkeit ist ihr erstmal vergangen«, sagt der Besitzer der Hände und bringt seine Arbeit zu Ende. Es ist noch früh, kein Grund zur Eile. Doch es ist besser, rechtzeitig fertig zu sein. Wenigstens diesmal.

»Ich habe dich auch angelogen.«

Als Roberta das sagt, duftet ihre Wohnung noch immer nach Pasta al Pomodoro. Bei der letzten Silbe senkt sie den Blick. Und ein mulmiges Gefühl zieht mir den Magen zusammen.

Sie sieht sich um. Das Wohnzimmer ist leer. Lisa schläft nebenan. Andrea ist wie immer am Strand geblieben. Das Mittagessen steht mit ihrem Sonnenhunger und ihren albernen Ernährungsvorstellungen auf Kriegsfuß.

»Ich habe dich angelogen, Nicola«, sagt sie noch einmal.

Diesmal sieht sie mich an. Ihre Augen sind sanft wie ein nachmittäglicher Frühlingshimmel. Dasselbe zarte Licht, etwas, das im nächsten Moment zu zerbrechen droht.

»So schlimm kann es nicht sein.«

Sie reißt die Augen auf.

»O doch. Für dich vielleicht nicht, aber für mich schon. Ich hab Millionen Mal überlegt, ob ich's dir erzählen soll, aber ich kann einfach keinem Mann mehr vertrauen, verstehst du? Ich schaff's einfach nicht.«

Ich nicke. Und das ist keine leere Geste. Denn das, was gerade mit ihr passiert, trifft mich, als sei ich ein schutzlos im Wind flatterndes Laken.

»Lisas Vater hat mich aufgespürt.«

Ihre Stimme ist kantig wie ein scharfer Grat.

»Vor einiger Zeit bin ich auf der Straße interviewt worden. So eine läppische Umfrage fürs Fernsehen. »Was halten Sie vom neuen Bürgermeister?« oder so ähnlich. Nur, dass es in den landesweiten Nachrichten gezeigt wurde. Ich war auf der Piazza Maggiore. Ich hatte gerade Tortellini fürs Weihnachtsessen gekauft. Und Lisa war bei mir.

Da hat er mich gesehen. Ganz zufällig, meint er. Und ganz zufällig ist er drauf gekommen, dass das Alter meiner Tochter exakt mit der Zeit übereinstimmt, in der wir zusammen waren. Vielleicht ist er auch ganz zufällig drauf gekommen, was es bedeutet, Vater zu sein. Einfach so, von jetzt auf nu. Und jetzt will er seine Tochter wiederhaben. Verstehst du?«

Sie hat mir die ganze Zeit über in die Augen gesehen. Jetzt verstummt sie und zieht die Nase hoch, um nicht zu weinen.

»Wie kann er nach so langer Zeit …«

Sie unterbricht mich sofort.

»Er kann, Nicola. Er ist Anwalt und strotzt vor Geld. Er kann. Er hat mitgekriegt, dass Lisa Probleme hat … psychologische, wie er es nennt. Wenn ich herausfinde, wer ihm das gesagt hat, den mach ich platt … Und er behauptet, ich sei keine gute Mutter. Und sollte ich ihm nicht erlauben, seine Tochter zu sehen, wird er ihr erzählen, dass er ihr Vater ist und wie sie auf die Welt gekommen ist, und dann wird sie schon selbst entscheiden. Das Gesetz ist auf seiner Seite, meint er. Drecksau.

Ich habe keinen Cent, verstehst du? Ich weiß noch nicht einmal, wie ich wieder arbeiten gehen soll. Wie kann ich Lisa in diesem Zustand denn allein lassen? Und ich muss eine andere Schule für sie finden, sollte sie stumm bleiben. Eine Privatschule natürlich. Und wie soll ich die zahlen, Nicola? Mit welchem Geld? Ich will nicht, dass meine Tochter wie eine Geisteskranke behandelt wird. Mein Kind ist nicht verrückt. Das weißt du, oder? Das weißt du doch?«

Ich falte die Hände im Schoß.

»Das weiß ich, natürlich weiß ich es.«

Sie lächelt, und die erste Träne rinnt ihr über die Wange.

»Jedes Mal, wenn das Telefon klingelt, habe ich Angst, es könnte er sein. Er wird sie mir wegnehmen. Und außer Lisa habe ich nichts. Nichts und niemanden, Nicola.«

»Was weiß sie von ihrem Vater?«

Sie trocknet sich die Augen mit dem T-Shirt-Saum.

»Dass wir jung waren. Dass ihm nicht danach war, Vater zu werden. Und dass ich ihn nicht geliebt habe. So was in der Art, halb wahr, halb nicht. Ich war wirklich jung, Nicola. Zweiundzwanzig ist nicht viel. Und er war damals genauso ein Mistkerl wie heute. Wenn auch ein verdammt gutaussehender, zumindest für ein Mädchen wie mich. Als ich bemerkt habe, dass ich schwanger bin, bin ich zu meiner Mutter gegangen. Ich weiß noch ganz genau, was sie mir sagte. ›Wenn du den heiratest, hast du dein Leben verschissen.‹

Ich habe sie nie solch ein Wort benutzen hören. Zumindest nicht ernsthaft. Ich habe sie in den Arm genommen. Zwei Tage später habe ich ihn verlassen. Er hat nie von Lisa erfahren. Sechs Monate später habe ich gehört, er sei umgezogen. Danach nichts mehr. Bis vor ein paar Monaten. Wenn meine Mutter noch lebte, hätte sie einen guten Rat für mich.«

Ich streichle ihre Finger. Und höre nicht auf, sie anzusehen.

»Du schaffst das, Roberta.«

»Aber wie denn? Kannst du dir vorstellen, was es für Lisa bedeuten würde, wenn ihr Vater ausgerechnet jetzt in ihrem Leben auftaucht? Du hast sie doch neulich Abend in der Pizzeria gesehen! Das ist schon alles kompliziert genug. Und wenn jetzt noch …«

»Du schaffst das, Robbie.«

»Nein, Nicola. Ich fürchte nicht. Ich bin …«

Ich lasse ihre Finger los und nehme ihr Gesicht in beide Hände. Als ich es mit den Lippen berühre, ist die Haut warm und duftend.

»Du bist nicht allein«, flüstere ich.

Ich lege meine Stirn gegen ihre und verharre so, einen Zentimeter vor ihrem Mund.

»Du bist nicht allein«, sage ich noch einmal und spüre, wie ihre Tränen mir über die Finger rinnen, die ihr Gesicht streicheln. Eine ganze Weile sagt sie nichts. Dann atmet sie tief durch und rührt sich.

»Ich muss mal kurz ins Bad.«

Sie steht auf, geht schweigend davon, verschwindet hinter der geschlossenen Tür und sieht kurz nach, ob Lisa schläft.

Ich drehe mich um und sehe fern. Die Nachrichten, der Rückreiseverkehr, der brütend heiße Sommer, die endlosen Blechlawinen. Die Banalität des Lebens, ewig oft herausgebrüllt und wiederholt, damit die Menschen vergessen, was wirklich zählt. Als sie wiederkommt, flimmern Bilder aus dem Irak über den Bildschirm.

»Wie ist das, da mittendrin zu sein?«

Robertas Stimme ist viel zu weich für diese Frage. Alles scheint wie ausgewechselt, als hätte der kalte Wasserstrahl, mit dem sie sich gerade das Gesicht gewaschen hat, alles aus ihren Gedanken verbannt. Nur ihre Augen tragen noch einen rötlichen Schatten.

»Das erste Mal ist es, als würde man mit offenen Augen durch einen Sandsturm rennen. Dann …«

Ich kann den Satz nicht zu Ende bringen. Die Wirklichkeit verheddert sich in meinen Worten. Doch sie lässt mir keine Ruhe. Sie und ihre Augen, die immer leuchten, selbst im Dunkeln.

»Dann?«

Also sage ich ihr, dass daran nichts Technologisches ist, dass alles genauso ist, wie in den Erzählungen unserer Großväter. Dass es nichts zu Essen gibt und alle, aber wirklich alle wissen, weshalb die Jungs mit den Gewehren dort unten sind. Nur sie selbst nicht.

Dass der Muezzin, der zum Gebet ruft, einem seltsame, unerklärliche Schauder über den Rücken jagt. Dass man jeden, der zu still oder zu gut gelaunt, zu schnell oder zu langsam ist, besonders kritisch beäugt.

Dass der Unterschied zwischen leben und sterben so fein ist wie die Flugbahn einer Pistolenkugel. Dass die Angst wie der Schmerz eines abgehauenen Körperteils ist, man spürt sie später, wenn es keinen Grund mehr dafür gibt. Vorher sieht man nur zu, möglichst schnell fortzukommen, wegzurennen oder das Herz, dieses Miststück, im Zaum zu halten, das schneller ist als man selbst und einem aus der Brust zu springen droht.

Dass Kriege alle gleich sind und nichts mit Spezialeffekten und Bühnenrauch zu tun haben. Dass sie den süßlichen Geschmack von Staub, vermischt mit Blut, haben. Und dass sie so laut brüllen, dass es einem scheint, als sei es die Luft um einen herum, die schreit.

Dann, am Ende, bleibt nur noch Schweigen.

Das sage ich ihr. Und als ich damit fertig bin, streckt Roberta die Hand aus und streicht mir mit einem Finger über die Wange. Und am liebsten würde ich ihr die Augen ausreißen, so gut tut es mir, ihren Blick zu spüren.

Der Graue durchquert das Zimmer und greift nach dem unter einem Blatt Papier versteckten Handy.

»Alles erledigt«, sagt Antonio Parmeggiani, kaum ist die Verbindung hergestellt.

Der Graue lächelt mit den Augen einer Katze, die das Abendessen wittert.

»Sehr gut. Ich nehme an, die Summe ist noch die gleiche.«

»Und ich hoffe, dass sie schon vorhanden und verfügbar ist.«

»Das ist sie. Wann soll ich liefern?«

»Morgen. Ich wollte am späten Abend losfahren, wenn Ihnen das recht ist.«

»Aber selbstverständlich. Ich werde dafür sorgen, dass bei Ihrem Eintreffen in Rom alles für Sie bereit ist. In Bagdad wartet der übliche Verbindungsoffizier. Er ist schon vor Tagen verständigt worden.«

»Ende gut, alles gut, möchte man meinen.«

»So scheint es«, antwortet er und legt auf. Er legt das Telefon auf den Tisch. Er denkt an das Gesicht des Schwarzgekleideten, wenn er ihm die Nachricht überbringen wird.

»Ende gut, alles gut«, flüstert er dem leeren Zimmer zu.

Während er den Welpen streichelt, den er für seine Enkelin besorgt hat, denkt er daran, dass Antonio Parmeggiani nicht den leisesten Schimmer hat, was der Satz, mit dem er das Telefonat beendet hat, bedeutet.

Die Wirklichkeit ist ein dunkler Spiegel, der sich unter einer leuchtenden Schicht verbirgt. Eine zweite, grellbunte Haut, die es den anderen unmöglich macht zu erkennen, wer wir wirklich sind.

Gioia Martini liebte ihren Freund, und jetzt, da Marra ihr eröffnet hat, wer er wirklich war, hat sie den gleichen Blick wie all die anderen Frauen.

Laura, die Freundin von Aurelio Strazzari. Mirella, die Frau von Michele Ferrari, und jetzt sie. Unter ihren Blicken die immer gleichen Worte, die einzigen, die Giovanni auszusprechen weiß. Sachlichkeit, um etwas zuleibe zu rücken, das alles andere als sachlich ist.

»Wir glauben, unsere Gefühle sind stärker als alles andere«, denkt Giovanni, »doch stattdessen genügt es zu erkennen, dass wir sie dem Falschen geschenkt haben, um jegliche Sicherheit zu Staub zerfallen zu lassen, den wir mit der Hand fortwischen. Und schon sind wir wieder allein, ohne recht zu begreifen, wie es dazu kommen konnte.«

Gioia Martini sieht ihn an. Die Hände zwischen die Knie gepresst, die langen Beine in einer Jeans versteckt. Sie sitzt da, auf ihrem Sofa, und sieht zu, wie ihr Traum sich in einen Alptraum verwandelt. Und Giovanni wünschte, er wäre weit fort von allem. Das Einzige, woran er denken kann, während er Ferraris Geliebte per Autopilot befragt, ist das Gesicht, das Sara Parmeggianis Fotos entschlüpft ist.

Zumindest bis sie ihm von der CD erzählt.

»Sie meinen Doktor Ferrari hat Ihnen kurz vor dem Unfall eine CD in einem verschlossenen Umschlag geschickt?«

Gioia nickt.

»Zusammen mit einer Notiz, in der er mich bat, eine Weile darauf aufzupassen. Solange, bis er mich danach fragen würde.«

»Und Sie haben sie sich nicht angesehen?«

»Nein. Dazu hatte ich keinen Grund.«

Giovanni nickt.

»Als Sie sie ihm wiedergegeben haben, wie hat er da reagiert?«

»Er erinnerte sich nicht, sie mir geschickt zu haben. Und auch nicht an das, was zwischen uns gewesen war. Als ich ihn das erste Mal wiedersah, hat er mich angeguckt wie ein Passant auf der Straße, der meint, einen kennen zu müssen. Doch er hatte sich nicht verändert. Kein bisschen.«

Giovanni hört ihr nicht zu. Seine Gedanken kreisen um das Päckchen und versuchen, den Grund für diese seltsame Postsendung zu verstehen. Als Gioia schließlich aufhört zu reden, fühlt er sich einen Moment lang wie ein Schüler, der beim Abschreiben ertappt wurde.

»Erzählen Sie mir bitte, worin genau Signor Ferraris Arbeit bestand.«

Sofort entspannt sich das Gesicht der jungen Frau. Von der beruflichen Seite ihrer Beziehung zu Ferrari zu sprechen, ist offenbar weniger schmerzhaft.

»Die GDA Electronics entwickelt und verkauft Videospiele. Sie werden für Playstation, Xbox, PC und Mac hergestellt. Über ein Firmennetzwerk sind sämtliche Vertragshändler mit dem europäischen Firmensitz hier in Bologna verbunden. Michele hatte das Netzwerk entwickelt. Und für AI ist ebenfalls er verantwortlich. Es ist zuerst in Italien und dann weltweit umgesetzt worden. Ein Wahnsinnserfolg.«

»AI?«

»Ein Videospiel, Commissario. Oder besser, eine Kategorie von Videospielen, die unter diesem Namen zusammengefasst sind. Der höchste Grad an Personalisierung. Man muss nur mit drei Fotos von sich in einen Laden spazieren – Vorderansicht, Rückansicht, Porträt – und schon wird einem das Produkt zugeschickt. Das beschenkte Kind oder der Erwachsene ist der Held des Spiels.«

»Das beschenkte Kind wird zum Held des Spiels …« Die Wiederholung schnellt ihm über die Lippen wie ein allzu straff gespanntes Gummiband.

»So ist es.«

»Das heißt, dass von jedem Kind, das die Personalisierung des Spiels beantragt hat, drei Fotos und die Wohnadresse in der Datenbank der GDA gespeichert sind?«

»Ganz genau, Commissario. Aber …«

»Und dass Signor Ferrari das Netzwerk verwaltete, über das die Fotos von den Händlern an den europäischen Firmensitz nach Bologna übermittelt wurden?«

Gioia nickt. Sie will etwas sagen, aber Giovanni hält sie davon ab. Er steht auf, streckt ihr die Hand hin.

»Tausend Dank für Ihre Hilfe, Signora.«

Gioia drückt sie matt und mit ratloser Miene.

Marra lächelt. Seine ganze Aufmerksamkeit ist auf das gerichtet, was er gerade tut, auf die Kettenreaktion, die die Worte der jungen Frau ausgelöst haben. Er nimmt ihre Hand in beide Hände.

»Glauben Sie mir, Sie haben mir wirklich sehr geholfen«, wiederholt er. Und geht hinaus, ohne eine Antwort abzuwarten.

»Mach die Augen auf«, sagt die Stimme.

Anja Ramirez gehorcht, macht sie aber sogleich wieder zu. Ganz fest.

Sie will nichts sehen. Sie hat nicht den Mut dazu.

»Ich hab gesagt, mach die Augen auf.«

Sie reißt sie auf wie befohlen. Ihr Wille zählt nicht mehr. Sie ist nur noch eine Marionette, die an den Fäden ihres Puppenspielers hängt.

»Braves Mädchen«, sagt der Mann und lächelt.

Anja Ramirez lächelt nicht. Sie kann nicht, selbst wenn sie wollte, denn ihr Mund ist mit zwei langen Streifen Isolierband versiegelt. Sie hat Mühe zu atmen, und ihre gefesselten Fußknöchel schmerzen. Ihre Schultern ebenfalls, nach hinten gezogen von dem Seil, das ihre Handgelenke zusammenbindet, sich um ihren Hals windet und an den Beinen des schweren Wohnzimmertisches verknotet ist.

Sie kann sich nicht rühren, nicht reden. Die Luft, die sie am Leben erhält, lässt sich nur mühsam durch die Nase atmen. Und dennoch könnte sie allem widerstehen, sähe sie nicht das, was sie sieht.

Der junge Mann hockt in einer Zimmerecke. Auch er sieht aus wie eine Marionette. Der Kopf nach vorn gekippt, die Arme reglos an den Seiten, die Beine gegrätscht. Das Messer steckt tief im Brustkorb, direkt unter dem Brustbein.

Er sitzt auf den Vorhängen. Der Mann hat sie heruntergerissen, kaum hatte er die Rollläden runtergelassen und das Licht angemacht. Sorgfältig hat er sie dreimal zu einer Art einen Quadratmeter großem Teppich zusammengefaltet. Dann hat er den Körper des jungen Mannes genommen, ihn sich über die Schulter gelegt und ihn dort, wo er jetzt ist, abgesetzt.

Die Position war allerdings eine ganz andere. Die Hände, die Füße und der Hals waren auf typische Mafia-Manier miteinander verknotet. Er war jedoch nur betäubt. Der Mann hat sich in die Tasche gegriffen und Riechsalz hervorgeholt. Als er es dem Jungen unter die Nase gehalten hat, ist der sofort aufgewacht.

Er hat versucht, sich zu bewegen, die Beine auszustrecken, den Hals zu drehen, doch der Mann hat ihn sofort mit einer trockenen, zackigen Handbewegung davon abgehalten.

»Wenn du die Beine ausstreckst, erwürgst du dich. Haben sie euch das bei der Polizei nicht beigebracht?«

Er sprach leise und höflich, wie ein Arzt oder ein Apotheker. In dem Moment hatte Anja begriffen, dass Kommissar Marra sie hatte beschützen lassen. Und dass dieser Mann, der sich über den Polizisten beugte und leise auf ihn einredete, wegen Saras Päckchen hier war.

Am liebsten hätte Anja nicht hingesehen. Doch dieses Flüstern zu hören, dieses seltsame Zischeln machte ihr mehr Angst als in die furchtgeweiteten Augen des gefesselten Jungen zu starren oder die geschmeidigen, sicheren Bewegungen des Mannes zu sehen, der ihn ausfragte.

Der Dialog dauerte nur kurz. Der Mann stand mit dem Rücken zu ihr. Die Messerklinge blitzte im Licht der Wohnzimmerlampe auf. Und auch Anjas weit aufgerissene, stiere Augen blitzten, während ein erstickter Schrei ihr die Kehle emporstieg. Ein seltsames Wimmern, mit dem sie kurz gehofft hatte, den jungen Polizisten warnen zu können. Alles umsonst.

Jetzt waren sie nur noch zu zweit. Sie, an einen Stuhl gefesselt. Und der Mann im dunklen Hemd, mit dem sanften Blick, der netten Stimme und der freundlichen Art, der plötzlich aus dem Nichts aufgetaucht war, um ein Geheimnis einzufordern, das sie nicht kennt. Mit einem Paar bis über die Hemdmanschetten gezogenen Plastikhandschuhen steht er einen Meter vor ihr und zwingt sie, ihn anzusehen.

Anja schließt die Augen.

Sie hört ihn grinsen, das belustigte Grunzen eines Vaters, der den x-ten Streich seines Sohnes belächelt. Dann hört sie, wie er auf sie zukommt, ihre Halsmuskeln verspannen sich, ihr Magen krampft sich so schmerzhaft zusammen, dass ihr der Atem stockt.

Die Hand des Mannes ist weich und warm. Sie fällt ihr auf die Stirn. Biegt ihren Kopf zurück. Mit einer blitzschnellen Bewegung schlägt er ihr auf die Luftröhre. Sofort reißt sie die Augen auf. Als sie sie wieder schließen will, halten die Finger des Mannes, die ihre Lider hochzerren, sie davon ab. Dann kommt das Isolierband und fixiert ihren weit aufgerissenen Blick, wehrlos gegen alles, was kommt.

Gleich darauf steht er wieder vor ihr. Er greift sich einen Stuhl, dreht ihn um und setzt sich verkehrt herum drauf. Stützt die Arme auf die Rückenlehne und lächelt.

»Dann wollen wir mal ein kleines Schwätzchen halten, Signora. Natürlich kann ich Sie nicht reden lassen. Und angesichts Ihrer mangelnden Kooperationsbereitschaft kann ich Sie auch nicht darum bitten, ein-, zwei- oder dreimal mit den Augen zu zwinkern. Aber wir können es folgendermaßen machen: Ist Ihre Antwort *ja,* sehen Sie nach rechts. Ist sie *nein*, sehen Sie nach oben. Ist sie *weiß nicht*, sehen Sie nach unten. Verstanden?«

Anja Ramirez sieht nach rechts, zur Kommode mit dem Foto ihrer Mutter. Der Mann deutet einen stummen Applaus an.

»Sehr gut. Und jetzt, Signora Ramirez, reden wir über Sara Parmeggiani.«

Mit flinken Bewegungen tippt der Graue die Nummer in die Tasten. Wenn er die Gewohnheiten des Mannes, den er sucht, recht in Erinnerung hat und die Zeitverschiebung bedenkt, ist das der einzige Zeitpunkt des Tages, zu dem er ihn in einem ruhigen Moment erwischen kann.

Nach rund zehnmal Klingeln geht jemand ran.

»General White, was für eine Freude.«

Der Mann am anderen Ende der Leitung, tausende Kilometer entfernt, muss noch nicht einmal nachfragen, wer spricht. Er kennt diese Stimme, die perfekte amerikanische Aussprache, den sicheren und zugleich sanften Ton, der jedes Wort begleitet. Seit er sie bei einer geheimen Schulung, bei der er unterrichtete, das erste Mal gehört hat, hat er sie in all den Jahren, die er für die NSA arbeitet, nicht vergessen. Damals gab es noch Nixon, den Vietnamkrieg und Russen an allen Ecken und Enden, die drauf und dran waren, sich alles Mögliche unter den Nagel zu reißen.

»Die Freude ist ganz meinerseits. Sie haben Glück, dass Sie mich antreffen. Das hier ist schließlich keine Vergnügungsreise.«

»Kann ich mir vorstellen. Aber ich kenne Ihre Gewohnheiten. Warten Sie nicht gerade auf den Anruf Ihrer Frau, General?«

Das Atemgeräusch und der Tonfall der Antwort auf der anderen Seite machen den Eindruck, als würde der Amerikaner lächeln.

»Ich bin jedes Mal wieder verblüfft, wenn ich mit Ihnen spreche. Und ein wenig erschrocken. Langsam glaube ich, sie führen über die Gewohnheiten Ihrer Bekannten Buch. Und ich bin mir nicht sicher, ob das Professionalität oder Vorsicht ist.«

»Sie kennen die Antwort, schließlich befolge ich Wort für Wort Ihre Unterweisungen.«

»Vielleicht will ich sie gar nicht kennen. Angesichts der Lage, in der ihr euch hier gerade befindet, rufen Sie bestimmt nicht an, um zu fragen, wie es mir geht.«

»Das ist richtig, doch um das, was Sie denken, geht es nicht direkt. Das ist inzwischen alles geklärt, nur noch eine Frage von Stunden. Ich habe gerade die Bestätigung erhalten. Doch da ist etwas, um das ich Sie bitten wollte. Eine heikle Angelegenheit.«

»Ich höre.«

»Ich bin gezwungen, Sie an den Fall Hewitt zu erinnern, General.«

»Sie müssen sich in einer seltsamen Lage befinden, mein Freund. Das liegt Jahre zurück.«

»Doch ich nehme an, Sie haben ein gutes Gedächtnis, General.«

Auf der anderen Seite hört man nur ein zustimmendes Brummen. Und ob sich General White erinnert. Da ist sich der Graue absolut sicher. 1978 arbeitete der Leiter der amerikanischen Botschaft in Rom, Abraham Hewitt, als Spion für die Russen. Rund drei Jahre ging das so, ohne dass irgendjemand etwas bemerkt hätte. Als General White den Grauen anrief, um ihn um einen Gefallen zu bitten, hatte der gefragt, weshalb sie Hewitt nicht wegen Spionage festnähmen. Er hatte ganz unbedarft gefragt, nicht ahnend, dass der gute Mr. Hewitt der Schwager eines persönlichen Freundes des Staatssekretärs war. Ein Skandal, den es um jeden Preis zu vertuschen galt.

Und so wurde Abraham Hewitt auf seinem Weg zur Arbeit von der römischen Abteilung der Roten Brigaden umgebracht. Männer mit vermummten Gesichtern, bewaffnet, schnell und präzise. Das Bekennerschreiben zum Attentat auf den Handlanger multinationaler imperialistischer Unternehmen folgte prompt und philologisch einwandfrei. Dass keines der Mitglieder der Terrorzelle sich je zu der Aktion bekannte, blieb eine unbedeutende Nebensache. Abraham Hewitt wurde in seiner Heimat mit allen Ehren beigesetzt.

»Sind Sie noch dran, General?«

»Sagen Sie mir, was Sie wollen. Schulden sind dazu da, beglichen zu werden.«

Der Graue lächelt.

»Folgendes, General.«

Der Graue wählt seine Worte mit Bedacht. Es ist das erste Mal, dass er jemandem sämtliche Details des Plans anvertraut, mit dem er die Sache wieder in den Griff kriegen will.

Während er seiner Stimme und der ehrlichen Zustimmung lauscht, mit der der General auf seine Schilderung reagiert, denkt er, dass sich am Ende doch alles zum Guten wenden wird.

Und dass niemand außer den direkt Betroffenen jemals erfahren wird, dass er es war, der die Dinge wieder aufs rechte Gleis gebracht hat, von dem sie niemals hätten abweichen dürfen.

Andrea öffnet die Augen und setzt sich auf dem Liegestuhl auf.

»Bist du verliebt, Nicola?«

Der Satz erwischt mich im Halbschlaf. Ich muss sie bitten, ihn zu wiederholen.

»Ich hab dich gefragt, ob du verliebt bist.«

Ich schlage das Buch von Ellroy zu, das auf meiner Brust lag, und hieve mich hoch. Ihre Stimme ist unfassbar sanft. Ich kenne niemanden, der sich durch eine einfache Veränderung des Tonfalls äußerlich und innerlich so sehr wandeln kann.

»Ich glaube, ich kann mich nicht mehr verlieben.«

Ich stoße den Satz hastig hervor und sehe kurz zu Lisa hinüber, die neben Roberta am Wasser sitzt. Mit einem wehmütigen Lächeln zieht Andrea die Sonnenbrille herunter. Die meisten, die sie kennen, glauben, dass nichts sie wirklich berühren kann. Vielleicht hat niemand von ihnen je diesen Gesichtsausdruck gesehen.

»Warum?«, fragt sie. Und es ist ein Flüstern.

»Weil ich mich auf niemanden mehr einlassen kann. Weil ich mich unfähig fühle. Weil ich alles, was ich zu wissen glaubte, gelöscht habe. Und jetzt fühle ich mich leblos. Wie ein leerer Sack, ein platter Reifen.« Ich ziehe die Nase hoch. Plötzlich ist der Duft des Meeres zu stark. »Weißt du, was ich meine?«

Andrea nickt langsam und kneift die Augen zusammen.

»Klar weißt du, was ich meine. Deswegen sage ich's dir ja.«

Sie stützt die Ellenbogen auf die Schenkel, das Kinn auf die Hände.

»Du musst versuchen, da rauszukommen, weißt du?«

»Wenn du auf Giulia anspielst, da bin ich schon rausgekommen. Aus mir selbst komme ich nicht mehr heraus. Jedes Mal, wenn ich mich rühre, gibt's irgendwo Ärger. Also bleibe ich in der Defensive, halte mir die anderen vom Leib, tue so, als bräuchte ich nichts und niemanden, aber eigentlich geht's mir beschissen. Und je schlechter es mir geht, desto mehr mauere ich mich ein, damit niemand mich sieht, damit ich nichts sehe.«

»Hast du deinen Vater angerufen?«

Die kann doch tatsächlich Gedanken lesen. Ich kneife die Augen zusammen und nicke. Dann mache ich sie wieder auf und versuche zu lächeln. Eine Böe zerzaust mir das Haar.

»Wir haben uns nichts zu sagen. Das war schon immer so. Wir haben uns immer die falschen Fragen gestellt. Es war meine Mutter, die alles zusammengehalten hat, weißt du? Wir sind wie zwei identische Welten, zwischen denen eine Wüste liegt. Wir sehen die eigenen Schwächen im anderen. Nie die Stärken, immer nur die Schwächen. Jetzt, wo sie eigentlich nicht mehr weiß, wer wir sind, ist es fast so, als würde alles, was noch übrig ist, zusammen mit ihrem Gedächtnis zerfallen. Wir wissen, dass wir uns lieben, wir wissen auch, dass wir uns das irgendwann einmal zeigen konnten, aber wir haben vergessen, wie.«

»Wann fährst du nach Bologna zurück?«

»Keine Ahnung. Vielleicht morgen Abend. Und ihr?«

»Ich glaube, Roberta will so lang wie möglich bleiben. Die ist auch auf der Flucht. Hat sie dir von Lisas Vater erzählt?«

Ich nicke.

»Männer sind einfach Schweine«, zischt Andrea, und ich kann ihr nicht ganz widersprechen.

»Was glaubst du, was aus Lisa wird?«

Sie atmet tief durch und zieht die Augenbrauen hoch.

»Keine Ahnung. Ich bin kein Psychologe. Doch sie wird auf eine Sonderschule gehen müssen. Vielleicht nicht sofort. Ich habe Roberta geraten, sie ganz normal anzumelden und abzuwarten, was passiert. Wer weiß, vielleicht helfen ihr die anderen Kinder, sich zu lösen. Aber ...«

»… du glaubst nicht daran.«

Sie begleitet ihre Antwort mit einem Kopfschütteln.

»Nein, ich glaube nicht dran. Jedenfalls nicht so. Irgendetwas ist stehengeblieben und wird von allein nicht wieder in Gang kommen. Dazu müsste man … ich weiß es selbst nicht. Aber dieses Arschloch von Vater kennenzulernen wird ihr bestimmt nicht weiterhelfen.«

»Weißt du das mit den Anziehsachen?«

»Mit denen sie nach Hause gekommen ist? Sie hat sie mir sogar gezeigt.«

»Ich wusste nicht, dass sie sie aufbewahrt hat.«

»Gewaschen, gebügelt und fein säuberlich in eine Schublade gelegt. Da kann einem mulmig werden.«

Ich denke an diese Anziehsachen. An die Normalität einer aufgezogenen Schublade in einem sonnendurchfluteten Zimmer. An Roberta, die sie ansieht, mit der Hand darüberstreicht.

»Was ist an jenem Tag passiert?«

»Wir wissen doch alle, was passiert ist. Nur, dass wir es uns nicht eingestehen wollen. Selbst Roberta nicht.«

»Wie bitte?«

»Weshalb, glaubst du, ist sie verschwunden und mit fremden Anziehsachen nach Hause gekommen, Nicola?«

»Aber sie ist nicht vergewaltigt worden, hat Roberta gesagt.«

«Glaubst du, das wüsste ich nicht? Ich bin Ärztin, ich habe sie ebenfalls untersucht. Klinisch gesehen geht es ihr blendend. Niemand hat ihr etwas zuleide getan. Oder besser, niemand hat ihrem Körper etwas zuleide getan. Aber es gibt viele Arten, auf die man einem kleinen Mädchen Gewalt antun kann.«

Ich sehe auf und werfe Andrea einen warnenden Blick zu. Lisa kommt zu uns gelaufen.

»Willkommen zurück, Signorina«, sage ich ihr, während sie es sich wieder auf der Liege bequem macht. Dann zieht Roberta Andrea das Kopftuch über die Augen. Aus dem Lautsprecher des Strandsenders schallt Eamon. Der einzige Windhauch erstirbt und macht einer drückenden Hitze Platz. Ich lege mich wieder hin, stecke den Kopf unter das Sonnendach der Liege und schlage den Ellroy auf. Ich versuche mich aufs Lesen zu konzentrieren, aber meine Augen wandern ständig zu der schweigenden Lisa anderthalb Meter weiter links.

Es gibt viele Arten, auf die man einem kleinen Mädchen Gewalt antun kann, echot Andreas Stimme in meinem Kopf. Ich versuche, den Gedanken mit *L.A. confidential* zu verscheuchen. Doch so sehr ich mich auch bemühe, er verschwindet niemals ganz.

Der Mann parkt im Hof vor dem Haus.

Es zu finden war nicht schwer. Dank der haargenauen Wegbeschreibung vom Hotel, in dem er heute Morgen aufgewacht ist, bis zur Tür der kleinen zweistöckigen Villa, die auf drei Seiten von Bäumen umgeben ist und über das sonnendurchflutete Marecchia-Tal schaut.

Er steigt aus. Die Hitze des Tages legt sich als Schweißfilm über seinen Rücken. Er zieht die Sonnenbrille vor die Augen und schließt die Autotür.

Der Mann steht wenige Meter vom Eingang entfernt. Aufgekrempelte Hemdsärmel, weiße Hosen, die Sonnenbrille hochgeschoben.

»Der Sheriff?«, fragt er, obwohl er schon weiß, dass er nicht die Person vor sich hat, die er erwartet hat.

»Nein.«

Er streckt seine Hand aus.

»Wie soll ich Sie nennen?«

Der andere drückt sie.

»Ist das denn nötig?«

»Ich weiß eben gern, wen ich vor mir habe.«

»Schade«, antwortet der Slawe.

Er lässt die Hand los, ohne die Augen abzuwenden.

Der Mann denkt, dass es ein Glück ist, die Sonnenbrille zu haben. Andernfalls hätte dieser Blick womöglich sein Gehirn durchbohrt wie ein Degen beim Stierkampf.

Er lässt eine Hand in die Tasche gleiten und überreicht ihm den Umschlag. Ohne den Inhalt zu kontrollieren, steckt der Slawe ihn ein. Der Mann nimmt an, dass er das später tun wird, wenn er wieder allein ist. Einen Moment lang fragt er sich, was mit denen passiert, die zu tricksen versuchen und weniger als die vereinbarte Summe übergeben. Die Vorstellung kreischt in seinem Kopf wie ein Nagel auf einer Schiefertafel, und er schiebt sie hastig beiseite.

Dann geht der Slawe auf das Haus zu. Und der Mann denkt, dass es jetzt endlich losgeht.

Angela stellt den Motor ab, und Billy Corgans Stimme reißt mitten im Refrain von *Ava Adore* ab.

Der Nachmittag ist fast vorbei, sie hat nichts gegessen, die Nacht nicht geschlafen, und als sie aus der klimatisierten Luft in die brodelnde Hitze der Via Valdossola eintaucht, wird ihr Kopf von einem seltsamen Schwindel erfasst.

Ehe sie sich mit beiden Händen auf die Heckklappe des Punto stützt, sieht sie zu den Palazzi auf, die die Straße, in der sie geparkt hat, wie Wehrmauern säumen. Sie scheinen zu schwanken, bewegt von einem Erdbeben, das nur in ihrem Kopf, zwischen ihren müden, von einer ergebnislosen Jagd besessenen Gedanken stattfindet.

Sie schließt die Augen. Legt die Stirn gegen das glühende Wagenblech. Das wirbelnde Dunkel vor ihren Augen geht in ein seltsames Orange über, das sich mit allem mischt, was sie bisher gesehen hat. All die Klingeln, auf die sie gedrückt, all die Mädchen, die sie angelächelt, all die Mütter, die ihr die immer gleiche Geschichte von Streitereien und Flucht erzählt haben, die stets glimpflich geendet sind. Und dann der nächste Fall, das nächste Lächeln, die nächste Niete.

»Alles in Ordnung, Signorina?«

Die Stimme der Frau reißt sie aus ihren Gedanken. Das Orange verdunkelt sich, wird grün, dann dunkelgrau. Die Farben verdichten sich, der Kopf wird langsamer, steht still.

»Alles in Ordnung, Signorina?«

Die Hand, die ihre Schulter berührt, ist knochig und dünn wie ein zerbrochener Ast. Sie öffnet die Augen. Es ist eine alte Frau mit weißem Dutt. Die großen, dunklen Augen sehen sie mit mütterlicher Sorge an. Angela lächelt.

»Alles in Ordnung, Signora. Danke. Ich bin nur ein wenig müde.«

»Bei dieser Hitze sollte man sich in den Kühlschrank setzen. Gestern Nacht habe ich sogar versucht auf dem Balkon zu schlafen, aber mit meiner Arthrose war ich nach zehn Minuten krumm wie ein Olivenbaum. Immer hübsch jung bleiben, Signorina!«

»Gott bewahre!«

Die Frau lächelt.

»Aber alt zu sein wünsche ich Ihnen auch nicht. Scheußliche Sache, das Alter. Schade, dass es das überhaupt geben muss. Auf Wiedersehen, und ruhen Sie sich aus. Sonst werden Sie mir noch hässlich, hübsches Kind!«

Angela sieht ihr nach, wie sie in Richtung der riesigen Silhouette des Stadions davongeht. Dann holt sie einen Zettel aus der Tasche und kontrolliert die Hausnummer ihres letzten Besuchsziels. Die Zehn ist auf der anderen Straßenseite, ganz am Ende.

Langsam setzt sie sich in Bewegung, mit einem seltsamen Gefühl der Vertrautheit, das warm in ihr aufsteigt. Sie greift sich hinter den Rücken, tastet nach der Pistole in der Hose, spürt den Lauf auf der verschwitzen Haut.

Ein Hund bellt irgendwo, schießt aus dem Haustor und trabt ihr entgegen. Das Déjà-vu trifft sie wie ein Blitz. Sie taumelt, dann fängt sie sich wieder.

»Pedro«, flüstert sie. »Der Hund heißt Pedro.«

Der Jack-Russell-Terrier bleibt ein paar Zentimeter vor ihr stehen. Mit einem aufgestellten und einem hängenden Ohr hebt er witternd die Nase. Er sieht sie an, als würde er auf etwas warten. Vorsichtig bückt sich Angela hinunter und streichelt ihn. Er versucht, ihre Hand zu lecken.

»Pedro, lass sie in Ruhe.«

Das Frauchen ist eine Signora um die Sechzig. Lächelnd geht sie davon, und Pedro läuft schwanzwedelnd neben ihr her.

Endlich wirft Angela einen Blick auf den Hauseingang. Dann geht sie weiter zum nächsten. In jener verschneiten Nacht war Pedro ausgeglitten und in einer ulkigen Seitenlage bis zum Bordstein gerutscht. Während er sich wieder aufrappelte, hatte er sie angesehen, als wollte er sich für den peinlichen Auftritt entschuldigen, und war dann in die entgegengesetzte Richtung davongetrottet. Angela war gerade aus dem Hauseingang gekommen, auf den sie sich jetzt zu bewegt. Es war spät, sie war müde, die Schicht war schon lange vorbei und sie konnte es nicht abwarten, endlich nach Hause zu kommen.

»Hier ist es passiert«, denkt sie. Während ihr Blick über die Klingelschilder wandert, trifft sie der Name, den sie sucht, wie eine eisige Dusche.

Roberta Urbinati.

Und plötzlich kann sie sich an alles erinnern. Sie drückt auf den Knopf wie ein Kandidat in einer Rateshow, der die alles entscheidende Antwort weiß. Sie drückt ein zweites Mal, ohne Erfolg.

»Die sind nicht da«, sagt eine Stimme hinter ihr.

Angela dreht sich um. Hinter ihr steht ein fast magersüchtig dürres Mädchen. Wortlos sieht sie es an.

»Du willst sicher zu Roberta, stimmt's?«

»Ja.«

»Die ist mit ihrer Tochter weggefahren. Vor ein paar Tagen schon. Arme Kleine.«

»Arme Kleine?«

Das Mädchen hebt den Kopf und blinzelt sie argwöhnisch an.

»Ja, Lisa. Ihre Tochter. Hattest du nicht gesagt, du kennst Roberta?«

Schnell, Angela. Die richtige Antwort. Jetzt.

»Ja, wir sind zusammen zur Schule gegangen. Aber ich hab sie seit ein paar Jahren nicht mehr gesehen. Ich bin umgezogen. Was ist denn passiert?«

Sofort wird der Blick des Mädchens weich. Ein mitleidiges Lächeln huscht ihr übers Gesicht.

»Keine Ahnung, was passiert ist. Aber sie spricht nicht mehr. Die arme Kleine, die sprühte nur so vor Leben. Und jetzt ist sie so traurig, so … abwesend.«

»O Gott, davon wusste ich gar nichts. Und wo sind sie hingefahren, wann kommen sie wieder?«

»Weiß ich nicht. Aber ich glaub nicht, dass sie lange wegbleiben. Wieso versuchst du es nicht Ende der Woche noch mal?«

»Weil ich noch nicht einmal eine Stunde zu verlieren habe«, würde sie am liebsten antworten.

»Danke, das mache ich«, sagt sie stattdessen. Und geht davon.

Zuerst gemächlich, wie eine x-beliebige junge Frau, die spazieren geht. Dann wird sie ohne es zu merken schneller. Sie holt das Handy hervor und drückt auf Wahlwiederholung, um Francesco anzurufen.

»Die von Ihnen gewählte Rufnummer ist zurzeit nicht erreichbar«, antwortet der Telefonanbieter. Sie könnte ihn zu Hause anrufen, ihn wecken, ihm alles erzählen. Aber sie braucht sofortige Handlungsbefugnis, und die kann er ihr nicht garantieren. Also steigt sie ins Auto, startet den Motor. Billy Corgan fängt da an, wo er aufgehört hat, und Angela stellt die Sirene aufs Dach und fährt mit quietschenden Reifen los.

Sie weiß nicht, ob sie das Richtige tut, doch sie weiß genau, wem sie die soeben gemachte Entdeckung als Erstes erzählen muss.

Der Mann lässt sich auf den Boden neben seinen Schatz gleiten. Er betrachtet das Mädchen.

Sie ist mit den Händen an den Heizkörper gefesselt. Der Kopf ist nicht einmal zwanzig Zentimeter von den Heizstäben entfernt. Wäre es Winter, würde sie sich die Wange verbrennen. Die Beine sind weit geöffnet, von einer zwischen die Knöchel gebundenen Aluminiumstange auseinandergedrückt.

Ihre Arme liegen an der Heizung, der Körper ist zu Boden gerutscht, als hätte sie, nachdem er sie losgelassen hat, den Halt verloren.

Das Blut rinnt ihr die Beine hinab, rasch, ungehindert, und sickert in das am Boden ausgebreitete Frotteetuch, das den Teppich vor Flecken schützen soll.

Das Gesicht ist ihm zugewandt An der blutverkrusteten Nase bildet sich ein riesiger blauer Fleck, der sich bis zu den geschlossenen Augen, bis über die Lider zieht. Sie ist wunderschön. Er steht auf, küsst sie auf die Stirn und streichelt ihr übers Gesicht. Dann klingelt das Handy, das er im Bad liegengelassen hat.

»Hallo, mein Schatz«, sagt er zu seiner Tochter Ambra. »Ja, sag der Mama, ich denke dran … Hab dich lieb … Bis heute Abend.«

Er legt auf. Wickelt das Kondom in ein Stück Toilettenpapier und wirft es ins Klo. Hockt sich aufs Bidet und fängt an, sich zu waschen. Das Wasser ist warm. In einer unregelmäßigen Spirale rinnt das Blut in den Ausfluss. Hellrot, dann blasser, dann rosa, dann farblos. Bis es nur noch Wasser ist.

Er steht auf, zieht sich vor dem Spiegel an, kämmt sich das Haar und kehrt ins Zimmer zurück. Das Mädchen ist noch immer dort, genauso reglos wie vorhin.

Und er ist auch da. Er hat ihn nicht hereinkommen hören. Als er ihn sieht, stockt ihm kurz der Atem. Er weiß noch nicht einmal, welchen Spitznamen er hat. Nur, dass jede seiner Gesten ihm Angst macht.

»Alles okay?«, fragt er mit demselben eisigen Tonfall wie vorhin.

Wieder sieht er zum Heizkörper hinüber. Noch immer rinnt das Blut zwischen den Beinen der Kleinen hinab.

»Ja, alles bestens«, antwortet er und spürt, wie ihm die Eier wieder heiß werden. Wäre es nicht schon so spät, würde er vielleicht fragen, ob er sie noch einmal haben kann.

Der andere steckt die Hände in die Hosentaschen. Sieht ihn an. Dann gleitet sein Blick zu dem an die Heizung gefesselten Körper.

»Sie ist …«, fängt er an, doch mit einer Handbewegung schneidet sein Gastgeber ihm das Wort ab. Ungerührt mustert er den Körper des Mädchens und zieht eine Augenbraue hoch.

»Keine Sorge. Das spielt keine Rolle. Was soll ihr schon passiert sein?«

Noch ehe er vor Staatsanwalt Terzi Platz genommen hat, fängt Giovanni an zu erzählen.

»Das gesamte europäische Netzwerk der GDA Electronics muss durchkämmt werden«, sagt er. »Die Mädchen sind da drin.«

»Ich fürchte, ich verstehe nicht recht, Commissario.«

Widerwillig setzt sich Giovanni auf dem Sessel zurecht. Eigentlich müsste er für das, was er zu sagen hat, stehen und durchs Zimmer gehen.

»Michele Ferrari hat das europaweite Netzwerk der Firma entwickelt, für die er gearbeitet hat, nämlich die GDA. Die stellen modernste Videospiele her, die sich soweit personalisieren lassen, dass der Käufer dem Helden des Spiels mit Hilfe einiger Fotos sein eigenes Aussehen verpassen kann.

Das alles passiert übers Netz. Jeder Vertragshändler hat Zugang zum Netz und schickt die digitalisierten Fotos an die GDA. Die stimmt das Spiel auf die gewünschten Charakteristiken ab und schickt es direkt zum Käufer.«

»Fotos und Adressen.«

»Ganz genau, Dottore. Und Michele Ferrari als Netzwerkverwalter hatte totalen Zugang, der Allmächtige, der alles sieht, alles kontrolliert, alles löscht.«

»Ist Ihnen klar, wie …«

»… wie viele Fotos dieser Kinder im Umlauf sein könnten? Tausende. Theoretisch alle. In den letzten zwei Jahren hat die GDA mehr als eine Million Videospiele der Serie *AI* verkauft. Der Geschäftsführer hat mir gesagt, dass rund sechzig Prozent davon an Minderjährige gegangen sind. Was das heißt, kann man sich ausrechnen.«

»Sechshunderttausend. Wir müssen Interpol benachrichtigen.«

»Und das wird nicht reichen, Dottore. Niemals.«

»Ich kann Ihnen schon wieder nicht folgen, Commissario.«

»Es gibt nur eine Sache, die wir mit Sicherheit feststellen können. Und zwar wie viele der Kinder aus der GDA-Kartei verschwunden sind, seit es das Spiel gibt. Das ist die einzige Zahl, die wir haben: die mit Ferraris Hilfe entführten Kinder. Es werden nur wenige sein, Dottore. Sonst wäre das Risiko, aufzufliegen, zu groß gewesen. Es waren sicher nicht mehr als eine Handvoll pro Jahr. Und allein die aus der riesigen Masse herauszufinden, ist, als suchte man in einem nicht alphabetisch geordneten Telefonbuch nach einer bestimmten Nummer.«

Giovanni steht auf. Sein Tonfall wird weicher. Er scheint die Sache noch einmal für sich zusammenzufassen. Er lehnt sich aufs Fensterbrett. Die geschlossenen Scheiben sperren den Sommer aus. Das Surren der Klimaanlage verliert sich in seiner Stimme.

»Dann sind da noch all die anderen. Und für die können wir nichts tun. Nur hoffen.«

»Wir können schlecht sechshunderttausend Kinder überwachen.«

»Ganz genau, das können wir nicht. Also muss die Sache unter uns bleiben. Was die GDA angeht, brauchen wir uns keine Sorgen zu machen. Wenn eine solche Sache ans Licht kommt, können die sofort dicht machen. Der Rest hängt von uns und unseren europäischen Kollegen ab.«

»Und in der Zwischenzeit müssen wir Ferraris Komplizen aufspüren.«

»Wir haben keine andere Wahl. Das ist die einzige Möglichkeit, diese Kinder zu retten.«

»Was gedenken Sie zu tun?«

Giovanni kneift die Augen zusammen. Langsam beginnt das Zimmer sich wieder zu drehen, ein metallischer Geschmack überzieht seinen Gaumen und mischt sich mit der Spucke. Die Speiseröhre krampft sich zusammen, er verzieht das Gesicht vor Schmerz, den er sogleich zu unterdrücken versucht.

»Alles in Ordnung, Commissario?«

Er öffnet die Augen. Einen Moment lang sieht er Terzis Gesicht nur verschwommen, dann wird alles wieder scharf, das Zimmer hört auf, um ihn herumzutaumeln, die Wirklichkeit ist wieder klar und deutlich.

»Ich habe in den letzten Nächten nicht besonders viel geschlafen.«

»Wieso gehen Sie nicht gleich nach Hause? Ein paar Stunden Schlaf werden Ihnen guttun.«

Er nickt. Eine knappe Bewegung, die man sogleich übergehen kann. Es gibt Wichtigeres.

»Wir lassen Ferraris Computer beschlagnahmen. Den zu Hause und den im Büro. Wir müssen die Mails durchsieben, jedes winzige Detail herausholen. Wir brauchen sämtliche Log-ins des GDA-Servers, mit allen Zugängen, die seit der Inbetriebnahme des Netzwerkes erfolgt sind.«

»Glauben Sie nicht, dass er die gelöscht hat?«

»Ich bin mir sogar sicher, Dottore. Aber wir müssen es dennoch überprüfen. Tag für Tag, File für File. Dazu benötigen wir eine Liste sämtlicher Kinder, an die die GDA mindestens eine Kopie ihrer Spiele verkauft hat. Die kann endlos lang sein. Der Verkauf lief auch online, mit demselben System.«

»Die Sechshunderttausend.«

»Und die müssen wir mit der Liste der Vermissten abgleichen.«

»Wir brauchen auch die Kontoauszüge. Wir müssen wissen, wie er sich bezahlen ließ.«

»Wenn Ferrari nur halb so schlau war wie wir annehmen, ließ er sich bar bezahlen.«

»Fünfhundert-Euro-Banknoten. Viel Geld, das wenig Platz wegnimmt.«

Giovanni seufzt.

»Wissen Sie, was mich wütend macht, Dottore?«

»Ich kann es mir denken.«

»Möglicherweise werden wir die anderen niemals finden. Diese Kinder sind mindestens so lange in Gefahr, bis sie dem Geschmack der Interessenten entwachsen sind. Bei einigen von ihnen flattert uns eines Tages die Vermisstenanzeige ins Haus. Und wir können einen Scheißdreck dagegen unternehmen, Dottore. Alles nur, weil sie ein dämliches Videospiel gekauft haben.«

»Seien sie nicht so schwarzseherisch, Commissario.«

Giovanni verschränkt die Arme vor der Brust.

»Nennen Sie mir einen Grund, weshalb ich das nicht sein sollte.«

»Sie haben bereits eine Menge herausgefunden.«

»Nein, Dottore, ich habe nichts herausgefunden. Ich habe lediglich das Geständnis eines Toten aufgenommen. Eines Mannes, der herausgefunden hat, dass er nicht der ist, der er zu sein glaubte. Und am Ende war er vielleicht nur eine Marionette.«

»Sie denken noch immer an den Mann aus dem Haus. Der, der Paola Vigliani hat verschwinden lassen.«

Giovanni starrt sich auf die Schuhspitzen. Oberst Us Stimme hallt zwischen seinen Gedanken wider. *Ich habe noch nichts erfahren, Marra. Aber wir werden ihn finden.* Er sieht auf. Versucht zu lächeln. Sara Parmeggianis Fotos in seiner Jackentasche glühen wie der Asphalt unten auf den Gehsteigen.

Terzi verschränkt die Arme, stützt die Ellenbogen auf den Tisch.

»Haben Sie beschlossen, mir zu vertrauen, Commissario?«

»Ich habe lediglich herausgefunden, dass Sie nichts mit der Sache zu tun haben, Dottore.«

»Und glauben Sie, dass Mirella ...«

Giovanni fällt ihm ins Wort.

»Das, was sie getan hat, hat sie in gutem Glauben getan. Obwohl ...«

»Obwohl?«

»Sie hat mich heute zweimal belogen. Nur Kleinigkeiten, nichts Wichtiges. Ich glaube nicht, dass sie etwas wusste. Und jetzt ist ihr Mann sowieso tot.«

»Das andere Mädchen ist die einzige Verbindung, die wir haben.«

Terzis Satz fällt wie ein Stein in die Stille.

»Wenn die Dinge so liegen, wie Sie vermuten, Commissario, ist das eine große Chance.«

»Das stimmt. Aber es ist die einzige. Wir haben keine andere Möglichkeit. Und wir müssen das Mädchen finden, ehe die anderen es tun.«

»Glauben Sie, die wissen Bescheid?«

»Bisher waren sie uns immer einen Schritt voraus. Sie werden wissen, dass in dem Haus die Spuren zweier Mädchen waren, doch ich bezweifele, dass sie wissen, wer das Mädchen ist, das wir suchen. Wenn Ferrari alles mit Hilfe seiner Frau herausgefunden hat, können wir ganz beruhigt sein.«

»Glauben Sie wirklich, dass die nicht wussten, wer das Mädchen war?«

»Wenn es noch am Leben ist, Dottore, dann hat der Mann, den ich im Sinn habe, keine Ahnung, wer es ist. Solche Leute hinterlassen keine Spuren. Diesen Fehler konnte nur Aurelio Strazzari machen. Und er hat ihn bis zu seinem Tod geheim halten können.«

»Sie denken an Simone Mariani, nicht wahr?«

»Nein, an den Mann auf den Fotos«, hätte er gern geantwortet. Doch er nickt nur und lehnt sich gegen das Fensterbrett. Terzi sieht ihn an. Er will gerade etwas sagen, da fliegt die Bürotür auf.

»Ich konnte sie einfach nicht zurückhalten!«, ruft eine Frau um die sechzig.

Angela Renzi stürzt herein und reckt das Foto des Mädchens in die Höhe wie den Trumpf eines schwierigen Blattes.

»Lisa Urbinati«, sagt sie. Und ihr strahlendes Lächeln lässt den schönsten Frühlingshimmel blass aussehen.

Der Chirurg kommt mit dem üblichen dunklen Kombi. Er steigt aus und öffnet die Heckklappe. Der Sheriff empfängt ihn ihm Hof des Hauses und drückt ihm die Hand.

»Ich hoffe, Sie hatten eine angenehme Reise.«

Der Chirurg sieht sich um. Das Einzige, was man in der Stille dieses Hauses weit über dem Marecchia-Tal hört, sind die Zikaden.

»Egal wie die Reise war, wenn man an einen Ort wie diesen kommt, muss es einem einfach gutgehen.«

Der Sheriff nickt.

»Wo ist er?«

»Überall und nirgendwo.«

Beide lächeln.

»Ich hatte geglaubt, ihn hier zu treffen.«

»Du hast ihn um ein Haar verpasst. Du weißt ja, wie's läuft.«

»Klar. Varo Borja?«

Der Blick des Sheriffs erlischt.

»Die Dinge ändern sich.«

Der Chirurg nickt. Dann senkt sich gespenstisches Schweigen herab. Die Sonne verschwindet hinter einer Wolke und die Zikaden verstummen. Nur das Rauschen des Windes ist zu hören, der den Schatten und die Baumwipfel durchfährt. Der Sheriff deutet mit der Hand zum Haus.

»Lass uns reingehen.«

Ihre schnellen Schritte knirschen über den Kies.

Das Mädchen liegt im Wohnzimmer auf dem Sofa. Es riecht nach Duschgel und Desinfektionsmittel. Ein dunkelblauer Fleck zieht sich vom Wangenknochen bis zu den Lippen über das halbe Gesicht.

Der Chirurg fährt ihr mit der Hand übers Haar. Sie rührt sich keinen Millimeter. Er zieht ihre Lider hoch. Die Pupillen sind nach oben gerollt. Er dreht sich um und sieht den Sheriff an.

»Geht's ihr gut?«

Der andere nickt. »GHB und ein bisschen Schlafmittel«, flüstert er.

»Wie viel?«

»So viel wie nötig.«

»Muss ich sonst noch was wissen?«

»Es war ein bisschen … mühsam.«

Der Chirurg nickt und dreht sich wieder um. Mit dem Handrücken streichelt er dem Mädchen über die unversehrte Gesichtshälfte. Ganz langsam. Dann hält er dem Sheriff einen Umschlag hin. Der blättert das Geld auf den Tisch. Er wiederholt es dreimal, immer mit demselben Ergebnis. Als er damit fertig ist, bemerkt er, dass der Chirurg ihn mit verschränkten Armen ansieht.

»Alles okay?«

»Alles okay.«

»Na, schön.«

Er beugt sich übers Sofa und hebt das Mädchen hoch. Wortlos verlassen sie das Zimmer, der Sheriff hinten und der andere vorn, mit seinem Bündel auf den Armen. Er legt das Mädchen in den riesigen Stauraum, der durch die heruntergeklappten Rücksitze entstanden ist. Er fixiert die Füße mit zwei Haken, rollt das Mädchen auf die Seite und befestigt die Handgelenke an einem weiteren Haken. Zwei kleine Veränderungen an der Ladepritsche, die stets ihren Zweck erfüllen. Dann richtet er sich auf und sieht den Sheriff an.

»Wie lange wird ihr Zustand anhalten?«

»Noch ein paar Stunden.

Ohne etwas zu sagen, wirft der Chirurg die Heckklappe zu, und das Mädchen verschwindet hinter den dunklen Scheiben. Er streckt ihm die Hand hin. Der Händedruck ist trocken, kräftig und bestimmt.

»Ich hab gehört, du kennst dich ganz gut mit Computern aus.«

Der Sheriff grinst.

»Und ob.«

»Ich hätte da vielleicht einen kleinen Job für dich. Glaubst du, der Slawe hat was dagegen?«

Das Grinsen wird zu einem Feixen.

»Ich gehöre niemandem.«

Der Chirurg nickt.

»Genau, das hab ich mir schon gedacht. Ich sag dir Bescheid. Und wenn du was für mich hast, du weißt ja, wo du mich findest.«

Reglos steht der Sheriff im Hof und sieht das Auto des Chirurgen verschwinden. Dann, als nur noch eine in der Abendsonne leuchtende Staubfahne zu sehen ist, kehrt er ins Haus zurück und steigt gemächlich die Treppe hinauf.

Der Geruch des Desinfektionsmittels ist überall. Auch das Schlafzimmer wird noch ein paar Tage danach riechen. Und schließlich wird es zur blassen Erinnerung an einen höflichen Bewohner werden, der vor seiner Abreise gründlich geputzt hat. Im Grunde ist es ja auch so.

Er greift sich den großen Müllsack und geht hinunter. Er stellt ihn noch nicht einmal ab, als er die Haustür abschließt, und lässt ihn erst los, als er ihn im Kofferraum des Wagens verstaut hat. Ehe er losfährt, wirft er noch einen letzten Blick auf das Haus.

Er hat nie begriffen, wie der Slawe es immer wieder schafft, so schöne Orte zu finden.

Es ist neunzehn Uhr durch, als Francesco Carta die Augen öffnet. Der Wecker reißt ihn aus einem Traum voller Elfen, kleiner Mädchen ohne Gesicht und der schleichenden, vagen Ahnung von Gefahr. Das Grauen, das sich in einer ganz normalen zärtlichen Geste verbirgt, in einem Lächeln, das die Augen nie erreicht.

Er blickt sich um. Wenn er sich nicht beeilt, kommt er ordentlich zu spät.

»Angela?«, ruft er, doch die Wohnung ist leer.

Er geht in die Küche und trinkt einen großen Schluck Wasser aus der Flasche. Sofort schwitzt er es wieder aus. Selbst zu dieser Tageszeit dringt die stickige Schwüle des Sommers bis in die kleinsten Ritzen.

Nur die Dusche hilft ihm ein bisschen auf die Beine, ohne jedoch das seltsame Gefühl zu vertreiben, das ihn überkommen hat, als er feststellte, dass Angela nicht vom Dienst nach Hause gekommen ist.

Noch nackt, schaltet er das Handy ein. Eine SMS teilt ihm die entgangenen Anrufe mit. Sie hat vor über einer Stunde versucht, ihn zu erreichen, allerdings nicht zu Hause. Nur auf dem Handy. Er überlegt gerade, ob er sie anrufen soll, als das Handy klingelt. Er geht dran, und die Priorität der Ereignisse zerbröselt wie ein Zuckerwürfel zwischen den Zähnen eines gierigen Kindes.

Eingehend betrachtet sich Simone Mariani im Rückspiegel. Das Nachmittagslicht lässt seine sonnengebräunte Haut noch dunkler erscheinen. Er lächelt. Weiße Zähne in einem ebenmäßigen Gesicht mit dunklen, fast orientalisch anmutenden Augen. Wenn er in den Irak muss, braucht er sich nur einen Bart stehen zu lassen, um arabisch auszusehen. Ab morgen wird er sich nicht mehr rasieren. Das hat ihm der Graue gerade am Telefon gesagt.

»Jetzt sind Sie an der Reihe. Enttäuschen Sie mich nicht«, hat er gesagt. Und Simone Mariani hat gedacht, dass dies wirklich ein glücklicher Tag ist. Ein Tag, an dem alles, was bisher schiefgelaufen ist, wieder aufs rechte Gleis kommt. Fehlt nur noch ein einziges Detail. Aber auch das wird bald geregelt sein. Sehr bald.

Doktor Terzi checkt die Mails und steht auf. Die Worte von Kommissar Marra und der Polizistin Angela Renzi hämmern in seinem Kopf wie eine Salve Ohrfeigen.

Er öffnet die Tür und bittet Mirellas Stellvertreterin Rossana um einen Kaffee. Dann kehrt er hinter seinen Schreibtisch zurück. Klickt gedankenverloren durch die Online-Ausgabe des *Corriere della Sera* und wartet auf den Kaffee.

Marra weiß, wen Sara Parmeggiani erpresst hat. Terzi hat es seinen Augen angesehen, der gewollt neutralen Miene, die er gegen Ende seiner Schilderung aufgesetzt hat. Der gleichgültigen Art, mit der er durch das geschlossene Fenster auf die Straße hinausgesehen hat. Er fragt sich, wie lange er wohl brauchen wird, um es ihm zu sagen.

Er seufzt. Das Foto des Mädchens liegt auf seinem Schreibtisch. Lisa Urbinati ist dreizehn. Sie lebt allein mit ihrer Mutter Roberta in der Nähe des Stadions, in der Via Valdossola. Sie hat keinen Vater, keine Großeltern mehr, und macht gerade irgendwo außerhalb Bolognas Ferien mit ihrer Mutter.

»Niemand kann für immer verschwinden«, flüstert der Staatsanwalt und trommelt mit dem Finger auf das Foto. Er kippt den letzten Schluck Kaffee herunter. Er ist noch heiß und verbrennt ihm die Zungenspitze. Ein Brennen, das er sofort verdrängt. Es gibt andere Dinge zu tun. Sehr viel wichtigere, dringendere.

Entscheidende.

Er geht zum Fenster und wählt kurzerhand eine Nummer.

Das Handy klingelt, und der Slawe sieht auf die Uhr. Es ist fast halb acht, die Hitze ist noch immer tropisch und der Name auf dem Display verheißt alles andere als eine Abkühlung.

»Was ist passiert?«

»Ich weiß, wer das Mädchen ist.«

Der Slawe nimmt den Fuß vom Gas und lenkt den Wagen auf die Standspur. »Ich höre.«

»Sie heißt Lisa Urbinati und ist dreizehn Jahre alt. Sie lebt allein mit ihrer Mutter in Bologna.«

»Gib mir die Adresse.«

»Das bringt nichts. Die Polizei war schon da. Die sind in den Ferien, aber keiner weiß, wo.«

»Hm. Noch irgendwelche Anhaltspunkte?«

Man hört das Dröhnen eines vorbeifahrenden Lasters.

»Ich habe ein Foto.«

»Schick es mir. Aufs Handy. Wir müssen sie finden.«

Wieder Motorengeräusche. Ein weinendes Kind. Ein Frauenlachen.

»Und noch etwas. Sie spricht nicht.«

»Was soll das heißen, sie spricht nicht?«

»Genau das. Seit jenem Tag redet sie nicht mehr.«

Der Slawe lächelt.

»Das gibt uns ein bisschen mehr Zeit.«

»Ich schicke dir das Foto.«

»Sonst alles okay bei dir?«

»Alles bestens.«

»Ich höre da was im Hintergrund.«

»Ich stehe am Fenster. Alles in Ordnung.«

Der Slawe legt auf. Sieht wieder auf die Uhr. Das Telefonat hat nicht einmal drei Minuten gedauert.

Das SMS-Signal reißt ihn aus seinen Gedanken. Er drückt auf eine Taste, und das Foto des Mädchens erscheint auf dem Display, per UMTS in nicht einmal drei Sekunden übermittelt.

Er sieht es einen Moment lang an, verblüfft und unschlüssig, was er als Erstes tun soll. Dann leitet er das Foto an den Sheriff weiter, wählt dessen Nummer und ruft ihn an.

»Es gibt eine Programmänderung. Du wirst Unterstützung brauchen«, fängt er an. Und erklärt ihm dann in deutlichen Worten, was er von ihm erwartet.

Es braucht nicht viel, um die Dinge in einem anderen Licht erscheinen zu lassen. Das hat er auch Anja Ramirez zu erklären versucht, doch offenbar ohne Erfolg. Andererseits wusste die sowieso nichts. Sie umzubringen war vielleicht unnötig. Sie und die beiden Polizisten, die sie bewachen sollten.

Michele Ferrari hatte den Unfall, während er Lisa Urbinati verfolgte. Da gibt es für Giovanni Marra inzwischen keine Zweifel. Und auch keine Beweise. Nur unglaubliche Zufälle, so groß wie Nierensteine. Und ebenso schmerzhaft.

Die Daten stimmen überein, und der Unfallort befindet sich auf der Straße, die das Mädchen auf der Flucht aus dem Haus in den Hügeln hätte nehmen können. Jetzt müssen sie es finden. Es schnellstens in Sicherheit bringen und hoffen, dass es irgendetwas gesehen hat, sich daran erinnert und davon erzählen will.

Wenn es stimmt, was Angela herausgefunden hat, dann spricht das Mädchen seit jener Nacht nicht mehr. Monatelanges Schweigen, um das, was ihr aus heiterem Himmel das Leben zerstört und den Atem genommen hat, zu verdrängen.

»Wir müssen es schaffen«, denkt Giovanni auf seinem Weg die Treppe hinab. Dann überfällt ihn der Schwindel. Zwischen einer Stufe und der nächsten, kurz nach dem geschwungenen Treppenlauf, der ins untere Stockwerk führt. Er stolpert und klammert sich am Geländer fest, um nicht zu stürzen.

Seit wann hast du nichts mehr gegessen?

Marzias Stimme. Sanft und zärtlich liebkost sie seine Gedanken.

Wie lange kannst du noch so weitermachen, Giovanni? Wie lange noch?

»So lange es nötig ist«, flüstert er. »So lange es, verdammt noch mal, nötig ist.«

Er zieht sich hoch und sieht sich um. Irgendwo schlägt eine Tür. Jemand kommt die Treppe hinauf, man hört ein Lachen, eine Stimme, die nach einem gewissen Caputi ruft.

Ganz langsam steigt Marra die letzten Stufen hinab. Der Brechreiz überfällt ihn im Eingangsflur. Er schafft es gerade noch, auf die Toilette zu flüchten und sich, auf den Boden gekrümmt, Erschöpfung, Galle und Wut aus dem Leib zu kotzen.

»Sie erreichen mich zu Hause«, hat er Doktor Terzi im Weggehen gesagt. Und in dem Moment war ihm die Vorstellung, sich auszuruhen, feige und sinnlos erschienen. Jetzt, da er einen Schluck Wasser aus dem Hahn des Herrenklos trinkt, sieht die Sache schon ganz anders aus. Angela und Carta suchen das Mädchen. Beide sind fähige Polizisten. Er muss sich nur ein paar Stunden ausruhen. Dann kann er auch die ganze Nacht wachbleiben.

Er geht in den Hof hinaus und sucht nach dem Telefon. Er wählt Ulivis Nummer, doch der Akku liegt in den letzten Zügen. Er darf nicht vergessen, ihn gleich zu Hause an die Ladestation zu hängen.

Als er den Parkplatz verlässt, hofft er, dass Oberst U ihm später, wenn das Handy wieder aufgeladen ist, den Teil der Geschichte erzählen kann, den er noch nicht kennt. Den, aus dem das Ende hervorgeht, vorausgesetzt, es gibt eines.

Oberst U schenkt sich ein Glas Whiskey ein. Es sollte genügen, um seine Stimme nicht zittern zu lassen. Vorhin, während des Telefonats, auf das er gewartet hatte, hatte sich ein seltsames Timbre in seine Stimme geschlichen und ihn mitten in einem Satz stocken lassen. Das ist ihm bisher nur einmal passiert. Am Tag, an dem er seiner Frau hatte eröffnen müssen, dass ihre einzige Tochter tot war.

Das, was er jetzt tun wird, ist etwas völlig anderes, doch es hat ebenfalls mit dem Tod zu tun. Den ganzen Tag lang hat er sich gefragt, ob er die richtige Entscheidung getroffen oder sich vielmehr auf ein Schiff gewagt hat, das er nicht steuern kann und auf dem er sämtliche Prinzipien seines Soldatenlebens zu verraten droht, um am Ende rettungslos zu kentern. Die Antwort ist immer dieselbe.

Mein Bedürfnis zu überleben ist einfach zu groß, hatte er Giovanni gesagt, als der zu ihm gekommen war, um ihm seine seltsame Geschichte zu erzählen. Jetzt, während er das Gesicht des Mannes auf diesen Bildern betrachtet, fragt er sich allerdings, für was er eigentlich gelebt hat, seit seine Wohnung leer und still geworden ist wie seine Hände.

»Überleben reicht nicht«, murmelt er ins leere Zimmer. In einem Schluck spült er den restlichen Whiskey hinunter und schleudert das Glas gegen die Wand. Das Kristall zerbirst in Tausende winziger Lichtsplitter. Genau wie seine Angst.

»Vielleicht muss man nur reagieren, um zu merken, dass man noch am Leben ist. Vielleicht ist die Angst ein kleiner, räudiger Bastard, der nur hinter einem herkläffen kann und niemals zubeißen wird, es sei denn, man steckt ihm die Hand direkt in die Schnauze«, denkt er.

Er fährt sich mit der Hand übers Gesicht und lacht. Als er sie sinken lässt, erscheint das Nachmittagslicht zu schön, als dass etwas Schlimmes passieren könnte. Er steht auf. Atmet tief durch und ruft Giovanni an. Sein Handy ist aus, also probiert er es zu Hause. Die einzige Stimme, die er hört, ist die des Anrufbeantworters.

Die Idee, ihm eine Nachricht zu hinterlassen, rollt wie eine Welle durch seine Gedanken. Kaum ist sie in der Brandung der verworfenen Dinge versackt, greift Oberst U nach den Schlüsseln und verlässt das Haus.

Es gibt Geschichten, die muss man von Angesicht zu Angesicht erzählen.

»Bist du sicher, dass der so hieß?«

Ich sehe Marco an, der hinter dem Empfangstresen steht und mir zum dritten Mal wiederholt, was Giovanni Marra ihm am Telefon gesagt hat. Und das Einzige, woran ich denken kann, ist, dass ich das Handy heute Morgen ausgeschaltet und seitdem nicht wieder angemacht habe. Wie ein x-beliebiger Angestellter auf Urlaub, der seinen ganzen bis dahin gelebten Alltag zum Teufel schickt.

»Hast du versucht ihn anzurufen?«

Ich antworte fast pampig.

»Nur viermal auf dem Handy. Und auch zu Hause. Das eine ist aus, und beim anderen geht keiner ran.«

»Vielleicht wollte er nur hallo sagen. Ihr seid doch Freunde, oder?«

Ich nicke und versuche nachzudenken. Vielleicht wollte er nur hallo sagen, klar. Er weiß, wo ich bin, er hätte die Polizei geschickt, wenn es dringend gewesen wäre.

Es ist nichts passiert, es ist nichts passiert.

»Nicola, geht's dir gut? Stimmt was nicht?«

Ich versuche, mir ein freundliches Lächeln abzuringen.

»Aber klar, keine Sorge.«

Dann gehe ich hinaus. Rufe die Auskunft an und lasse mir die Nummer des Polizeipräsidiums von Bologna geben. Doch Giovanni ist auch nicht im Büro.

»Ich glaube, er ist nach Hause gegangen«, sagt eine Stimme im Hintergrund, und die Person, mit der ich spreche, gibt die Auskunft an mich weiter.

»Ist es was Dringendes?«, fragt sie mich. Doch ich höre schon nicht mehr hin. Meine Gedanken sind auf Autopilot geschaltet und folgen einem Kurs, den ich nicht durchschaue. Die Stimme, die mir über die Lippen kommt, ist besorgt und fest zugleich.

»Dann verbinden Sie mich bitte mit Inspektor Carta«, sage ich. Und es muss überzeugend geklungen haben, denn nach wenigen Sekunden klingelt es wieder in der Leitung.

Roberta Urbinati und ihre Tochter führen ein ruhiges Leben.

Angela und Francesco haben bereits mit sämtlichen Hausbewohnern gesprochen, doch niemand weiß, wo sie hingefahren sind. Geschweige denn, dass überhaupt jemand ihre Abwesenheit, das fehlende Auto auf dem Mieterparkplatz oder den übervollen Briefkasten bemerkt hätte.

Doch alle erinnern sich an das Mädchen.

»Immer freundlich, immer höflich. Aber sehr still«, hat eine Frau im Erdgeschoss gesagt. Mehr oder weniger das Gleiche, was alle gesagt haben. Auch der Barmann, mit dem Francesco gerade redet, während Angela per Telefon versucht, die Mutter einer Schulfreundin von Lisa aufzutreiben.

»Ich sehe die beiden jeden Morgen«, sagt der Mann mit dem weißmelierten Schnurrbart und der knackfrischen Sonnenbräune. »Sie sieht furchtbar traurig aus, und das Mädchen … das Mädchen ist wie durchsichtig.«

Francesco nickt, doch am liebsten würde er sagen, dass er das alles schon weiß. Er hat es so oft gehört, dass er jede Antwort genau vorhersagen könnte.

»Ist ihr etwas Schlimmes passiert?«

Da ist sie ja, die Schlussfrage. Alle haben sie gestellt. Hinterher machen sich alle Sorgen.

»Nein, nichts Nennenswertes. Keine Sorge.«

Er will sich gerade beim Barmann bedanken, als das Telefon klingelt.

Erst, als die Frage schon raus ist, bemerke ich, dass ich schreie.

»Inspektor Francesco Carta?«

»Ja, am Apparat.«

Er hat nach dem vierten Klingeln abgenommen, nach einer mir unerträglich scheinenden Ewigkeit.

»Ich bin Nicola Zanardi. Ich muss dringend mit Kommissar Marra sprechen. Er hat mir gesagt, ich soll mich an Sie wenden, wenn ich ihn nicht erreiche. Nur an Sie.«

Er schweigt einen Moment. Er scheint woanders hinzugehen, denn die Hintergrundgeräusche ändern sich.

»Sie haben den Kommissar nicht erreicht?«

»Ich hab's mehrmals auf dem Handy versucht. Und auch zu Hause.«

Wieder Schweigen. Jemand murmelt etwas im Hintergrund. Eine Frauenstimme.

»Sie haben den Kommissar nicht erreicht …«

Der Satz, mit dem er unser Gespräch wieder aufnimmt, klingt wie eine mentale Notiz. Der Tonfall ist alles andere als beruhigend.

»Zu Hause meldet er sich nicht«, wiederhole ich, um seine Aufmerksamkeit zurückzugewinnen.

»Ist etwas passiert, Signor Zanardi?«

Da ist sie, die Frage. Und diesmal bin ich derjenige, der schweigt. Denn tatsächlich habe ich keine Antwort. Ich kann nur haarklein wiederholen, was passiert ist.

»Er hat versucht, mich anzurufen. Auf dem Handy und in meinem Hotel. Er hat mir ausrichten lassen, dass ich ihn so bald wie möglich zurückrufen soll. Aber jetzt erreiche ich ihn nicht.«

»Verstehe«, hebt Francesco an. Doch alles, was ich höre, ist diese Frauenstimme im Hintergrund. »Mein Name ist Angela Renzi, ich bin von der Polizei und suche Roberta Urbinati und ihre Tochter«, hat sie gerade gesagt.

»Wieso?«, frage ich und bemerke, dass meine Frage nichts mit dem zu tun hat, was Carta gerade gesagt hat.

»Wieso was?«

»Wieso sucht ihr die beiden?«

»Ich kann Ihnen nicht folgen, Signor Zanardi.«

Ich schreie. Eine Frau starrt mich an wie einen Pornostar auf einer Bischofskonferenz.

»Roberta Urbinati und ihre Tochter! Wieso sucht ihr die?«

»Das ist eine geheime Ermittlung, über die ich nicht …«

Ich falle ihm ins Wort. Senke die Stimme. Das Blut pocht mir in den Schläfen, als wollte es explodieren.

»Sagen Sie mir, was vor sich geht, Inspektor. Und ich sage Ihnen, wo die beiden sind.«

»Bist du sicher, dass du nicht mitkommen willst?«

Andrea macht es sich auf dem Sofa bequem und sieht sie groß an.

»Um drei Gebäude einstürzen zu sehen? Nicht einmal für Geld. Geht ihr danach was essen, oder seid ihr vom eingeatmeten Staub schon satt?«

Roberta lacht. Im Zimmer nebenan zieht sich die frisch geduschte Lisa gerade fertig an. Würde Roberta ihrem Instinkt folgen, stünde sie in der Tür und beobachtete jede Geste ihrer Tochter ganz genau. Wie sie sich bewegt, das Schimmern ihres noch feuchten Haares, die Art, wie sie ihre Anziehsachen auswählt. Doch sie tut es nicht.

»Du kannst nicht der Vermittler zwischen ihr und der Welt sein«, hat Andrea ihr schon tausendmal gesagt. »Sie muss alleine lernen, wieder eine gesunde Beziehung zu ihrer Umwelt zu finden.«

»Komm schon, Andrea. Es ist eine Art Endsommerfest. Die sprengen die Ferienkolonien mit einem Riesenfeuerwerk und dem ganzen Brimborium.«

»Ganz genau. Ein Endsommerfest. Ich will das Ende des Sommers aber nun mal nicht feiern. Ich hasse die Kälte, und ich weiß beim besten Willen nicht, weshalb ich mich darauf freuen soll.«

Roberta schüttelt lächelnd den Kopf.

»Wenn ich richtig verstehe, hast du keine Lust.«

»Nein. Und außerdem kannst du kaum eine schönere Begleitung haben!«

Sie dreht sich um. Lisa steht in der Schlafzimmertür. Sie trägt eine an den Knien durchlöcherte Jeans und ein rosa T-Shirt mit einem roten Teufelchen darauf. Die Hände in den Taschen, verfolgt sie mit amüsierter Gelassenheit das Gespräch. Andrea breitet die Arme aus.

»Siehst du, wie gut dir das T-Shirt steht, das ich dir geschenkt habe? Erklär deiner Mutter, dass ich mir lieber *C.S.I* reinziehe, als mir einstürzende Gebäude anzusehen.«

Roberta macht ihrer Tochter ein Zeichen.

»Gehen wir?«

»Wie bist du mit Nicola verblieben?«

»Das wir uns dort treffen. Hast du gesagt, du kommst mit uns essen?«

»Na ja, essen … Ich begleite euch. Sag Bescheid.«

»Mann, du bist echt unerträglich.«

Andrea lächelt. »Ja, ich weiß. Das sagen mir alle. Na, los, geht schon, sonst stürzen die Ferienkolonien noch ohne euch ein.«

Giovanni Marra parkt das Auto und betritt den Hof. Er ist gemächlich nach Hause gefahren, bemüht, Kopf und Magen im Zaum zu halten. Jetzt, im Dämmerlicht des von Häusern umgebenen Hofes, hat er das Gefühl, als wären seine Beine wieder sicherer, der Kopf weniger schwer, der Geschmack in seinem Mund nicht mehr ganz so unerträglich bitter. Er steckt den Schlüssel in die Haustür und steigt die Stufen hinauf. Der erste Schritt erfordert ein Höchstmaß an Koordination. Er klammert sich ans Geländer.

Keine Sorge, du bist nur müde.

Wieder Marzias Stimme. Seit Monaten hatte er sie nicht mehr gehört.

»Wann bist du verschwunden?«, flüstert er in die Stille des Treppenhauses. Und einen Moment lang schnürt ihm die Verlegenheit die Kehle zu, zwingt ihn, sich umzublicken, um zu sehen, ob jemand auf der Treppe ist. Doch da ist niemand.

»Du redest mit dir selbst«, denkt er. Und setzt sich wieder in Bewegung.

Als er oben angelangt ist, bleibt er wie vom Donner gerührt stehen.

»Ich musste mit dir reden.«

Oberst Us Stimme hallt von den Wänden des Mietshauses wider und verliert sich im Treppenhaus. Wie das Echo von etwas, das einst groß und entsetzlich war. Und das nun verzweifelt versucht, nicht unterzugehen.

»Seit wann bist du hier?«

»Lange genug, um einen Drink nötig zu haben.«

Giovanni deutet ein befangenes Lächeln an. Dann öffnet er die Tür, und die Dunkelheit der Wohnung verschluckt sie.

Man begreift erst, wie wichtig einem jemand ist, wenn man merkt, er könnte sich in Lebensgefahr befinden. Und genau das empfinde ich, als ich mit meinem Handy Robertas Nummer wähle und niemand abhebt. Dann ist Andrea an der Reihe. Sie ist sofort dran, und ich danke dem lieben Gott, dass sie die meiste Zeit des Tages am Telefon verbringt.

»Wo sind sie?«

»Was ist los?«

Immer diese elende Angewohnheit, mit einer Gegenfrage zu antworten.

»Verdammt, Andrea, antworte mir! Wo sind Roberta und Lisa?«

»Ist ja gut, beruhig dich! Sie sind losgegangen, um sich die Ferienkolonien anzusehen. Ich dachte, das wüsstest du.«

»Wann?«, frage ich. Und offenbar verrät ihr mein Tonfall, dass ich nicht sauer bin. Nur wahnsinnig besorgt.

»Keine Ahnung, vor zehn Minuten vielleicht. Gerade hat Roberta mich angerufen, um mich zum zigsten Mal zu fragen, ob ich nicht auch kommen will. Sie meinte, sie würde bei dem Hotel parken, wo ihr euch treffen wolltet. Aber was ist denn los?«

»Ich erklär's dir später. Verlass sofort die Wohnung.«

»Nicola, was zum Teufel ist …«

»Ich hab gesagt, verlass sofort die Wohnung! Tu es einfach, nur weil ich dich darum bitte.«

Jetzt hat sie ebenfalls Angst. Ihre Stimme wird dünn.

»Okay, okay. Ich tu's.«

»Erinnerst du dich an die Bar an der Ecke?«

»Die mit dem Mond im Logo?«

»Genau die. Warte dort auf mich. Ich komme. Versuch sie anzurufen, verstanden? Und wenn du sie erreichst, sag ihr, sie soll verschwinden, sich irgendwo verstecken und sich nicht von der Stelle rühren.« Ich mache eine Pause. Drücke zweimal auf die Fernbedienung des Autos, um es aufzuschließen.

»Andrea?«

»Ja.«

»Und sieh zu, dass dich keiner sieht.«

Mit zweihundert Stundenkilometern rast das Auto von Angela Renzi und Francesco Carta an der Ausfahrt Faenza vorbei.

Nicola Zanardi hat sie gerade noch einmal angerufen. Lisa und Roberta sind nicht zu Hause, und jetzt ist keine Zeit mehr zu verlieren. Angela verhandelt mit der Polizei von Riccione. Sie hofft nur, dass sie kollaborieren wird, ohne allzu viele Fragen zu stellen, denn einen Grund für die ganze Eile gibt es eigentlich nicht. Nur Francescos Überzeugung, dass das, was sie wissen, längst auch schon jemand anders weiß.

»Du weißt doch, wie es bisher gelaufen ist«, hat er ihr gesagt. Und Angela hat nur genickt. Dann hat sie sich wieder ans Telefon gehängt. Hat es als erstes bei Giovanni Marra probiert. Auf seinem immer noch abgeschalteten Handy, bei ihm zu Hause, wo unermüdlich der Anrufbeantworter anspringt.

»Ruf in der Zentrale an. Sag, es ist dringend. Die sollen jemanden bei ihm vorbeischicken.«

Francescos Stimme klingt schnell und rau wie ihr Auto.

»Irgendetwas steht bevor«, denkt Angela. »Und ich hoffe von Herzen, dass es nicht bereits passiert ist.«

Der Sheriff stellt sich auf das Mäuerchen, das den Strand von der Promenade trennt. Er sieht die Passanten zu der riesigen Bühne strömen, die auf der Freifläche neben den Ferienkolonien errichtet worden ist. Noch eine Stunde bis zur Sprengung, und der Menschenstrom reißt nicht ab. Wenn erst einmal das Konzert von Giorgia beginnt, wird es noch schlimmer werden. Doch das kratzt ihn nicht.

Ehe er seinen Aussichtspunkt wenige Meter hinter den Absperrgittern bezieht, überzeugt er sich, dass es keine anderen Zugänge zur Bühne gibt.

Einer ist der, den er bewacht. Am zweiten, genau auf der anderen Seite, ist der Bluthund platziert. Groß, dick, zuverlässig, lautlos. Für das richtige Geld ist der zu allem bereit.

Er setzt sich die Kopfhörer des MP3-Players auf, den er dem Mädchen abgenommen hat, startet das Stück von *Blue* und wartet.

Oberst Us Stimme scheint von sehr weit her zu kommen.

Kaum hatte er die Wohnung betreten, ließ er sich auf den erstbesten Stuhl fallen. Ein Berg, dessen Pracht mit einem Mal von einem Erdrutsch fortgerissen wird.

Sie haben einen Schluck Weißwein zusammen getrunken, mit der Pistole auf dem Küchentisch, neben den Gläsern. Dann hat Giovanni eine Zigarette geraucht und aus dem Fenster ins Dämmerlicht des Hofes gestarrt. Die Zigarette war fast zu Ende, als der Oberst zu reden anfing.

»Vor rund sieben Monaten hat Sara Parmeggiani ein Kind zur Welt gebracht. Drei Tage lang war sie in einer kirchlich geleiteten römischen Klinik, Santa Maria delle Grazie, eine exklusive Adresse. Sie hat sich mit ihrem Namen angemeldet, und das Kind ebenfalls. Die Wehen verliefen normal, doch das Kind ist per Kaiserschnitt unter Vollnarkose tot geboren worden. Sie haben es Enrico getauft und ihm den Nachnamen der

Mutter gegeben. Sie wollte ihn dort auf dem Friedhof beerdigen lassen. Und soweit ich weiß hat sie das Grab nie besucht. Der Gynäkologe, der die Geburt begleitet und den Totenschein unterschrieben hat, ist einer der berühmtesten in ganz Italien. Doch das ist nicht alles.

Einen Tag später ist in derselben Klinik ein weiteres Kind zur Welt gekommen. Der Sohn eines Industriellen aus der Stahlbranche. Eine schwierige Schwangerschaft nach drei Fehlgeburten. Das Kind ist wohlauf, heißt Angelo und sollte im Leben zumindest keine finanziellen Probleme haben.«

Giovanni sagt nichts. Er zündet sich noch eine Zigarette an. Der Oberst benetzt sich die Lippen mit Wein. Als er wieder zu reden anfängt, klingt seine Stimme noch tiefer und beunruhigter.

»Heute Morgen hat mir irgendetwas keine Ruhe gelassen. Ich konnte nicht benennen, was. Also habe ich einen alten Freund angerufen. Einen Franzosen. Er war General in der Fremdenlegion. Ich habe ihn nach dem Mann gefragt, den du Antonio Parmeggiani nennst. Ich habe ihm berichtet, was du mir von ihm erzählt hast, und ihm das Foto geschickt. Ein paar Stunden später hat er mich zurückgerufen.

Antonio Parmeggiani hat sich tatsächlich freiwillig zur Fremdenlegion gemeldet. Er hat sich für fünf Jahre verpflichten lassen und dann den Vertrag verlängert. Ich weiß nicht genau, ob um drei oder gar um fünf Jahre. Der General hat von einem knallharten, unerschrockenen Soldaten gesprochen, der vor nichts haltmacht und dessen Blick einem das Blut in den Adern gefrieren lassen konnte. Bis sie ihn umgebracht haben.«

Der letzte Satz lässt Giovanni Marra beim Zug an der Zigarette stocken. Ulivi ertränkt seine Gedanken abermals in Weißwein.

»Er wurde zu Tode geprügelt in einer Gasse unweit einer Bar gefunden. Man hatte ihm die Stirn mit einem knüppelartigen

Gegenstand eingeschlagen. Mit einem Hammer oder einem Baseballschläger. Völlig entstellt. Er war seit zwei Tagen auf Urlaub, und niemand hatte ihn gesehen. Zu jener Zeit hatte er eine Affäre mit einer jungen Frau, der Tochter des italienischen Konsuls in Marseille. Sie wurde ebenfalls verhört, aber sie wusste noch nicht einmal, dass er Urlaub hatte. Offenbar machte er ab und zu solche Scherzchen. Er verschwand eine Weile, ohne einen Ton zu sagen.«

Marras Lippen klammern sich an die Zigarette, als wäre sie der Mittelstreifen einer im Nebel versunkenen Straße.

»Er suchte seinen Vater.«

»Das gleiche habe ich auch gedacht.«

»Weshalb sind sie sich so sicher, dass es Antonio Parmeggiani war? Soweit ich weiß, machen sie bei der Fremdenlegion um Ausweispapiere nicht so viel Aufhebens.«

»Tatsächlich hatte er auch keine. Doch der Typ, mit dem ich gesprochen habe, hat ihn auf dem Foto sofort wiedererkannt. Obwohl er damals fast kahl rasiert war.«

Giovanni drückt die Zigarette in der Spüle aus. Am liebsten würde er sich sofort eine neue anzünden, doch er hält sich zurück.

»Aber wenn er ihn auf dem Foto, das Zanardi gestern erst geschossen hat, wiedererkannt hat, wer war dann der Tote?«

»Ein anderer Italiener. Allem Anschein nach Giulio Benetti. Noch so ein Allerweltsname. Er hatte gerade seinen Abschied genommen.«

»Und wieso hat er ihn umgebracht?«

»Soweit ich weiß, sollte die Tochter des Konsuls nach Italien zurückkehren. Die Dienstzeit des Vaters war zu Ende, und um aus der Fremdenlegion auszuscheiden, braucht es mehr als ein einfaches Entlassungsgesuch. Entweder, man stirbt, oder es gelingt einem, abzuhauen. Vergiss nicht, dass Antonio noch nicht einmal Wehrdienst in Italien geleistet hat.«

»Einer, der vor nichts zurückschreckt, hast du gesagt.«

»Wie passend, findest du nicht? Aber das ist noch nicht alles. Als der General mir den Namen Giulio Benetti genannt hat, habe ich noch jemanden angerufen. Daraufhin hat man mir ein Foto geschickt.«

Der Oberst zieht ein doppelt gefaltetes Blatt Papier aus der Hosentasche. Er hält es Giovanni hin. Darauf ist Sara Parmeggianis Liebhaber zu sehen. Er geht eine Straße entlang und lächelt in die Kamera. Neben ihm vier Männer. Sie tragen dunkle Anzüge, Knöpfe im Ohr, die Revolver sicher im Schulterholster verstaut, und dazu Sonnenbrillen. Bis auf einen.

»Seit vier Jahren ist er der Chef seiner Sicherheitsleute«, erzählt der Oberst weiter, während Marra unverwandt auf das Foto starrt. »Er hat ihn nie als einfachen Bodyguard angestellt, sondern gleich als Teamleiter.«

Giovanni sieht ihn an. Ihm entfährt ein bewundernder Pfiff.

»Kein schlechter Posten für einen Toten.«

Ulivi atmet tief durch.

»Sagen wir, er hatte ausgezeichnete Referenzen«, fängt er an. Einen Augenblick lang scheint er unschlüssig, ob er weiterreden soll oder nicht. Dann nennt er einen Namen und einen Nachnamen.

»Kennst du ihn?«

Giovanni breitet die Arme aus.

»Sagen wir mal, ich weiß, welche Funktion er innehat.«

»Genau. In gewissen Kreisen wird er der Graue genannt. Seit fast zwanzig Jahren sitzt er auf seinem Stuhl, doch in dem Milieu bewegt er sich sozusagen, seit er laufen kann. Er macht keinen Unterschied zwischen rechts und links, und egal wer an der Regierung ist, er ist immer auf seinem Platz. Er ist es, der Antonio Parmeggiani empfohlen hat.«

Jetzt lacht Giovanni.

»Willst du damit sagen, Saras Bruder ist ein Spion?«

»Nein. Ich will damit nur sagen, wer ihm seinen Posten verschafft hat …«

Der Kommissar schüttelt den Kopf. Jetzt kann er der Zigarette nicht mehr widerstehen. Er zündet sie an, und Ulivi leert sein Glas. Einen Moment lang sieht er hinaus. Inzwischen liegt der Hof fast ganz im Schatten. Bald wird es dunkel sein.

»Willst du auch das Ende der Geschichte hören?«

»Gibt es denn eins?«

»Sagen wir, einen Nachtrag. Der erste betrifft den Vater der Parmeggiani. Er ist etwa zur selben Zeit gestorben, zu der unser Freund aus der Fremdenlegion verschwunden ist. Er war tatsächlich in Marseille. Er lebte allein in einem riesigen Haus. Es heißt, er hätte äußerst interessante Partys gegeben. Man hat ihn mit aufgeschlitzter Kehle in seinem Bett aufgefunden. Er hatte gerade Geschlechtsverkehr gehabt. Und vom Mörder gab es keine Spur.«

»Und der zweite?«

»Rate mal, für wen Simone Mariani arbeitet?«

Marra bläst eine lange Rauchwolke aus. Dann wiederholt er den Namen, den Ulivi vor wenigen Augenblicken genannt hat.

»Ganz genau. Simone Mariani ist ein Mann des Grauen. Und offenbar einer der besten. Er ist in Koper geboren, auch wenn er italienischer Staatsbürger ist. Seine Eltern sind Slowenen, die Großeltern väterlicherseits Serben. Während des Kosovokrieges war er Kontaktmann zur serbischen und zur kroatischen Miliz. Er ging lässig für beides durch. Sie nannten ihn den Slawen. Er war auch als Ausbilder tätig, und rate mal, wer einer seiner besten Schüler war?«

»Antonio Parmeggiani.«

»Oder Giulio Benetti, nenn ihn, wie du willst. Als der Slawe wegen dieser Geschichte mit dem kleinen Mädchen in den Ruhestand versetzt wurde, hat wohl Saras Bruder seinen Posten als Vertrauensmann des Grauen übernommen.«

»Und Mariani?«

Ulivi fährt sich mit der Hand über den rasierten Schädel. »Willst du wissen, was ich denke, oder was ich weiß?«

»Entscheide du.«

»Antonio Parmeggiani ist der Vertrauensmann des Grauen im Irak. Hin und wieder wird er dort als Vermittler hingeschickt. Den Reisedaten nach zu urteilen, ist höchstwahrscheinlich er es, der sich um unsere Geiseln kümmert, auch wenn die Lorbeeren dafür an andere gehen. In seinem Milieu hat er gelernt, dass das, was man tut, umso wichtiger wird, je weniger man damit auffällt. Je unsichtbarer und effizienter man ist, desto unentbehrlicher macht man sich. Und während er Karriere machte, ist der andere verschwunden. Offiziell hat man von ihm nichts mehr gehört. Das ist das, was ich weiß. Das, was ich glaube, ist allerdings etwas ganz anderes. Zum Beispiel glaube ich, dass er mit seinen Geschäften weitergemacht hat. Es war von Waffen die Rede, von Flüchtlingen ...«

»... und von kleinen Mädchen«, ergänzt Marra.

»Vielleicht. Doch einer wie der Graue hat ihn sich bestimmt nicht durch die Lappen gehen lassen, nur weil er sich unehrenhaft verhalten hat. Außerdem gibt es Arbeiten, die man besser inoffiziell erledigt.«

»Vor allem, wenn der Mann, der dein Vorgesetzter ist, eine Nutte schwängert und sich dabei fotografieren lässt, wie er sie fickt.«

Giovanni bleibt am Blick des Obersten hängen, der zum Fenster, über die Silhouetten der Häuser und in den immer dunkler werdenden Abendhimmel wandert.

»Woran denkst du?«

Ulivi stößt einen langen, verzweifelten Seufzer aus.

»An deinen Mann, den aus dem Haus. Den, den du gesucht hast.«

Marra nickt.

»Wenn es, wie ich glaube, Simone Mariani ist, wird dieses Mädchen nur …«

Sein Satz bricht jäh ab, unterbrochen von etwas, das zischend die Luft durchschneidet. Etwas, das seinen Blick starr werden lässt und seine Lippen zu einem stummen Schrei auseinanderreißt. Es kommt aus der Dunkelheit jenseits der weit geöffneten Küchentür.

Marra spuckt die Zigarette aus und greift nach der Pistole. Dann zischt es noch zweimal, etwas fällt auf den Boden, der Raum füllt sich mit seltsamen bunten Kügelchen und beginnt zu schwanken.

Schwer wie ein Ozeandampfer auf dem Trockenen stürzt Giovanni zu Boden und schlägt mit der Schläfe auf. Ein schleimiger grauer Schaum kriecht ihm die Luftröhre hoch. Dann wird alles um ihn herum dunkel.

Die Uferstraße ist schon einen Kilometer vor den Kolonien abgesperrt.

Roberta parkt den Wagen auf der uferfernen Seite. Eine riesige, taghell beleuchtete Wiese, die normalerweise als Parkplatz für die zahllosen Disco-Pubs dient, die nachts in den Strandorten blühen.

Sie sieht auf die Uhr. Sie sind zu früh. Ihnen bleibt reichlich Zeit, zum Hotel Ambassador zu gehen und dort auf Nicola zu warten. Als sie aussteigen, betrachtet sich Lisa in den Autofenstern. Sie beißt sich kurz auf die Unterlippe. Streicht sich die Haare zurecht und sieht ihre Mutter an.

Roberta lächelt. »Andrea hat recht. Du siehst wirklich toll aus.«

Lisa lehnt sich nur leicht Richtung Ausgang, einen unsicheren Ausdruck auf dem Gesicht.

»Gehen wir. Aber bleib bei mir, verstanden?«

Lisa nickt. Als sie auf die Promenade kommen, streckt Roberta ihrer Tochter eine Hand hin.

»Nur, bis wir da sind, na los.«

Das Mädchen hält sie fest. Anfangs ein wenig unwillig, dann, als der Passantenstrom dichter wird und der Gehsteig sich mit den unterschiedlichsten Menschen füllt, klammert sie sich an die Finger ihrer Mutter wie an einen Anker, der im schlammigen, dunklen Meeresgrund steckt.

Roberta genießt den Händedruck und lächelt. Kurz treffen sich ihre Blicke. Der glückliche, verzweifelte Gesichtsausdruck der Mutter und der plötzlich erwachsene der Tochter. Augen, die von einer Zukunft erzählen, die zwar noch nicht angebrochen ist, jedoch irgendwo wartet, bereit, ans Licht zu kommen.

Da bemerkt Roberta, dass ihr Telefon klingelt. Sie bleibt bei einer Sitzbank stehen und kramt es aus der Tasche.

»Wenn ich du wäre, würde ich das nicht tun«, sagt jemand. Und Roberta erstarrt.

Der Mann, der gesprochen hat, steht hinter ihrer Tochter, trägt einen Rucksack und grinst, als hätte er gerade einen guten Witz erzählt. Neben ihm steht ein riesiger, stummer Kerl. Mit grimmigem Blick starrt er sie an.

»Ey, das ist wirklich nicht der richtige Moment, um uns anzubaggern.«

»Ich hab gesagt, geh nicht ans Telefon.«

Das Grinsen erlischt jäh, zusammen mit dem rastlosen Klingeln des Telefons. Zehn Anrufe in Abwesenheit, liest sie. Und irgendetwas regt sich zwischen ihren Gedanken.

»Vielleicht habt ihr's nicht ganz kapiert …«, fängt sie an, Doch der Mann lässt sie nicht ausreden.

»Nein, DU hast nicht ganz kapiert«, unterbricht er sie. Und sofort wird sich Roberta Lisas Blick gewahr.

Wenn sie davon träumt, was an jenem Tag ihres Verschwindens passiert ist, hat ihre Tochter genau diesen Blick. Nackte Panik, die ihre Züge verwischt, ihre Augen fahl werden lässt, ihre Lippen zu einem kaum sichtbaren roten Wollfädchen zusammenpresst.

Dann sieht sie die Pistole. Der größere Typ drückt sie an Lisas Hüfte, als würde er sie umarmen. Er lächelt nicht, ist völlig ausdruckslos. Ein steinerner Wächter, der eine Feder in Schach hält.

»Jetzt hast du's kapiert«, sagt der andere. Wieder huscht dieser belustigte, zufriedene Gesichtsausdruck über sein Gesicht. Er macht eine Kopfbewegung Richtung Strand.

»Da lang, bitteschön. Und komm bloß nicht auf dumme Gedanken. Oder wir durchlöchern ihr die Leber.«

Die Küchenlampe brennt, als Giovanni Marra die Augen wieder aufschlägt. Er hat das Gefühl, ewig lang geschlafen zu haben. Doch die Uhr an der Wand sagt etwas ganz anderes. Der Minutenzeiger ist nicht einmal einen Strich vorgerückt.

Er blickt sich um. Ein Blutfleck breitet sich langsam auf dem Fußboden aus. Der Schmerz fährt ihm vom Schulterblatt durch Brust und Rücken. Wenn er auch nur einen Finger der rechten Hand rührt, lässt er seinen Kopf und seine Lungen bersten.

Er wird nicht sterben. Nicht wegen dieser Kugel. Er wird nicht sterben, weil der zweite Schuss ihn verfehlt hat und über seinen Kopf hinweggegangen ist, als er zu Boden fiel. Doch der rechte Arm kann gerade noch als Suppenfleisch herhalten.

Behutsam dreht er den Kopf, und der Gedanke an Ulivi drückt ihm die Kehle zu. Dann sieht er ihn. Er lehnt mit dem Rücken an der gegenüberliegenden Wand, der Stuhl ist umgekippt, der Kopf zur Seite gesackt, der Mund halb offen. Ein Blutrinnsal tropft von seinen Lippen.

Die Kugel ist durch die linke Schläfe eingedrungen, am Hinterkopf wieder herausgekommen, hat sich in die Wand hinter seinem Rücken gebohrt und etwas besiegelt, das nicht anders hätte ausgehen können.

Einen Moment lang starrt Giovanni die Leiche von Marzias Vater an, der wie ein Stück Dreckwäsche in der Ecke liegt. Die Wut, die in ihm wächst, ist eine ins Tal gehende Lawine. Sie wird größer und füllt ihn Tropfen für Tropfen, genährt vom Blut, von der Verletzung, der Verzweiflung. Von der ihn jäh wie eine Ohrfeige treffenden Erkenntnis, den Oberst Schritt für Schritt bis hierher gebracht, ihm den Weg zu seinem unwiederbringlichen Untergang gewiesen zu haben.

»Er wusste es«, denkt er. Und sein erster Impuls ist, diese Kugel zu rächen, sich auf den Arm zu werfen, der sie abgefeuert hat, wie ein Tier, das nichts mehr zu verlieren hat. Doch er kann sich gerade noch zurückhalten.

Manche Mechanismen funktionieren von allein, auch gegen den Willen dessen, der sie in sich trägt.

Ganz vorsichtig versucht Giovanni Marra sich umzudrehen, er beißt die Zähne zusammen, die Wunde schmerzt zu sehr. Er hält inne, atmet tief durch.

»Das tut nur weh.«

Der Mann, der geschossen hat, steht neben der Eingangstür. Er muss aus dem Wohnzimmer gekommen sein. Er hat eine .38 mit Schalldämpfer, trägt Plastikhandschuhe und sieht ihn mit einem seltsam komplizenhaften Blick an. Als hätten Ulivis Worte sie beide zusammengeschweißt und nichts könnte sie mehr trennen.

»Ich weiß, Slawe.«

Er lächelt.

»Slawe. So hat mich schon lange keiner mehr genannt. Hätte nicht gedacht, dass noch jemand diesen Namen benutzt.«

»Du hast alles mitgekriegt, nehme ich an.«

»Aber klar. Und zwar ganz genau.« Er macht eine Geste mit der Pistole. »Steh auf und setz dich dahin.«

Giovanni nickt. Das Aufstehen erstickt seinen Atem in einem langen Hustenanfall. Wie er so am Boden kniet, das Gesicht zur

Wand, wie ein Hund, der um Reste bettelt, ist er sich einen Moment lang sicher, dass er ersticken wird. Dann ist es vorbei. Einzig eine unerträgliche Hitze pocht in seinem Schädel und drückt gegen die Schläfen.

»Und jetzt?«

Simone Mariani lächelt. Ein Gesichtsausdruck, der mit der brüsken Handbewegung, die seine Antwort begleitet, sofort wieder verschwindet.

»Die Fotos. Auf den Tisch.«

Giovanni bewegt die linke Hand zur Innentasche seiner Jacke. Sofort hält ihn Marianis Stimme zurück.

»Nein, so nicht. Zuerst zeigst du mir, was du da drunter hast. Erst die eine Seite, dann die andere.«

Marra gehorcht. Er bewegt sich sehr langsam, ohne seinen Blick auch nur eine Sekunde von Mariani abzuwenden. Der Schmerz ist eine scharfe, eisige Klinge, die sich vom Brustbein bis zwischen die Schulterblätter bohrt. Er legt die linke Hand in den Schoß.

»Du bist noch nicht fertig, Commissario. Heb die Hosenbeine hoch. Zeig mir deine Fußknöchel.«

Giovanni hebt erst das eine Bein, dann das andere. Dann deutet er mit dem Kinn neben den Tisch. Der Revolver, der ihm aus der Hand geflogen ist, als die Kugel ihm das Schulterblatt zertrümmert hat, liegt dort am Boden.

»Hast du die da gesucht?«

»Nicht nur die.«

»Du scheinst schlechten Umgang zu pflegen, Slawe. Eine Pistole ist für mich mehr als genug.«

Mariani zeigt mit dem Lauf auf Ulivis Leiche.

»Du bist es, der sich mit den falschen Leuten zu umgeben scheint, Commissario.«

Wieder diese Wut. Eine plötzliche Explosion, die ihm in Schweißbächen die Schläfen herabströmt. Ihm die Schenkelmuskeln zu Stein werden lässt, den Blick verzerrt, ihn dazu zwingt, tief durchzuatmen. Den Schmerz zu schüren.

»Du solltest dich besser ruhig verhalten, Marra. So tut es noch mehr weh.« Er macht eine Pause. »Und jetzt die Fotos. Auf den Tisch.«

Genauso langsam wie vorher kommt der Kommissar dem Befehl nach. Mariani sieht sie noch nicht einmal an. Er greift nach dem Umschlag und lässt ihn in seine Tasche gleiten.

»Es könnte noch mehr davon geben, Slawe.«

Er lacht herzlich.

»Nein.«

»Ich könnte sie anderen gezeigt haben.«

Das Lachen verebbt in der Stille, doch die belustigte Miene bleibt.

»Das hast du nicht getan.«

»Woher willst du das wissen?«

»Ich weiß es einfach.«

»Dann hast du ja alles, was du brauchst.«

»Fast.«

Giovanni schluckt. Selbst diese winzige Handlung zwingt ihn, die Zähne zusammenzubeißen. Die Stimme, mit der er sich reden hört, ist plötzlich schwach wie der Nachhall eines Gewitters.

»Du brauchst nur noch dieses Mädchen.«

Simone Mariani knetet sich bedächtig den Nacken. Er sieht ihn an und schüttelt sacht den Kopf. Wieder zeigt er mit dem Revolver auf Ulivi.

»Du und dein Handlanger, ihr seid verdammt überzeugt von dem, was ihr denkt, stimmt's?«

Nur mühsam kann Giovanni einen Hustenanfall unterdrücken. Er hat Angst, in Ohnmacht zu fallen.

»Wie viel haben sie dir für Paola Viglianis Entführung gezahlt? Wie viel, um sie zu ficken? Wie viel, um sie zu töten? Wie sehr gefällt dir das, was du tust, Slawe?«

Der andere legt den Kopf zur Seite und sieht ihn einen Moment lang an.

»Slawe. Der Name gefällt dir wohl sehr, so oft wie du ihn benutzt. So sehr, dass er das Einzige ist, was du siehst. Das Einzige, was du sagst. Namen sind nur Namen, Commissario. Und deine Überzeugungen nur Hirngespinste.«

Ohne den Pistolenlauf von ihm abzuwenden, greift Simone Mariani nach den beiden Blättern, auf denen Ulivi sein Foto und das von Antonio Parmeggiani ausgedruckt hat und steckt sie in die Tasche.

»Ich hab noch ein kleines Bonbon für dich. Nicht so interessant wie das, was dir dein Freund erzählt hat, aber nicht minder lehrreich. Für deine Gewissheiten. Du hast von Anfang an geglaubt, es gäbe einen Maulwurf. Jemanden, der dir und deinen Ermittlungen ganz nahe ist. Der alles, was passierte, haarklein weitergab, jeden Verdacht, jede Erwägung. Sogar dein eigenes Büro hast du auf den Kopf stellen lassen, auf der Suche nach einer Wanze oder sonst etwas. Aber auf das Nächstliegende bist du nicht gekommen.«

Er macht einen Schritt zurück. Der Pistolenlauf zielt kurz auf Giovannis Stirn. Er grinst, ein Tier, das die Zähne fletscht, ehe es zuschlägt.

»Du bist der Maulwurf, Commissario.«

Marras Atem stockt. Ein brennender Riss klafft entlang der Wirbelsäule. Der Krampf blockiert die Trapezmuskeln, lässt den Rücken erstarren und entreißt ihm ein Stöhnen. Simone Mariani macht einen Schritt auf ihn zu. Seine Augen blitzen im Licht der Deckenlampe.

»Du bist nur noch eine Erinnerung, Marra. Etwas, das in irgendjemandes Kopf existiert hat. Und das bald vergessen sein wird.«

Er schießt. Ein einziger Schuss aus weniger als einem Meter Entfernung. Giovannis Körper wird kurz gegen die Stuhllehne gedrückt, dann sinkt er zur Seite und sackt in sich zusammen. Simone Mariani tippt ihm gegen die Schulter und lässt ihn zu Boden fallen.

Er sieht auf die Uhr an der Wand. Er muss noch eines tun, um diese Wohnung in den Tatort eines schiefgegangenen Überfalls zu verwandeln.

Auf dem Weg zum Strandbad dreht Roberta sich alle zwei Schritte um. Inzwischen ist es Abend, der Strand ist menschenleer. Nur ein jugendliches Pärchen kommt an ihnen vorbei. Zu sehr damit beschäftigt, beim küssen nicht zu stolpern, als dass sie bemerken würden, was los ist.

Das riesige Gebäude der ehemaligen Ferienkolonien links von ihnen liegt im Dunkeln. Die von den Scheinwerfern in taghelles Licht getauchte Bühne rund zweihundert Meter weiter vorn sieht aus wie ein Aquarium. Eine bunte Glaskugel, die in der Abenddämmerung explodiert.

»Alles in Ordnung, Lisa? Alles in Ordnung?«

Das Mädchen sieht sie noch nicht einmal an. Sie läuft einen Schritt hinter ihr. Den Blick auf die Füße geheftet. Auf den Sand, der noch lauwarm in die Sandalen rinnt. Auf den Strand, der im Mondlicht fahl leuchtet, genauso wie ihre Augen, die abermals hinter einem Schleier der Angst verschwunden sind.

Mit einer der Situation völlig unangemessenen Selbstverständlichkeit stapft der Hüne mit der Pistole neben ihr her. Er sagt kein Wort, und Roberta ist sich beileibe nicht sicher, ob sie seine Stimme überhaupt hören will. Der scharfe, sichere Ton des anderen, der offenbar das Sagen hat und weniger als einen Meter rechts neben ihr hergeht, reicht ihr.

»Ich hab gesagt, du sollst das Maul halten. Du siehst sie doch, ihr geht's gut. Und wenn du willst, dass das so bleibt, hör auf, Ärger zu machen.«

Roberta antwortet nicht. Ihre geballten Fäuste umklammern

die Wut und den Hass, die ihr brennend heiß die Kehle hinaufsteigen. Am Ende des Steges, der zum Strand hinunterführt, dreht sie sich um und bleibt stehen.

»Lass sie laufen, bitte. Nimm mich und lass sie gehen.«

»Hör mal, Flittchen, ich hab dir gesagt, beweg deinen Zuckerarsch. Sonst fliegt deiner Tochter die Birne weg, hast du kapiert? Dann werden wir ja sehen, ob du noch was zu sagen hast.«

Robertas Augen werden weit. Wie ein Knallkörper explodiert die aufsteigende Vergangenheit in ihrem Schädel. Ihr Blick fliegt von Lisas Gesicht zur reglosen Miene des Mannes mit der Pistole.

»Was hast du … gesagt?«

»Du hast genau verstanden. Und jetzt los, beweg dich.«

»Wohin gehen wir?«

Der Boss sieht sie an. Seine Gesten scheinen das vorzeitige Ende seiner Geduld zu unterdrücken. Dann deutet er mit einer Kopfbewegung auf die Kolonien.

»Da rein. An den einzigen Ort, wo euch niemand je finden wird.«

Roberta will etwas erwidern, doch sie schafft es nicht. Der Blick, mit dem Lisa plötzlich zu ihr aufsieht, ist bleiern wie das Geräusch der Brandung nur wenige Meter weiter vorn.

»Ich werde es nicht zulassen, mein Liebling. Ich werde es nicht zulassen, egal was es ist.«

»Wird's bald. Wir haben nicht den ganzen Abend Zeit.«

Lisa und ihre Mutter sehen sich noch einen Moment lang tief in die Augen. Das Mädchen rührt sich zuerst.

Marzias Stimme ist überall. Wie der Geschmack des Blutes, das die Gedanken durchströmt und den Atem in den Lungen stocken lässt. Es dröhnt in den Ohren wie anhaltender, langsam verhallender Donner. Die Stimme des Herzens verlässt das Schlachtfeld, ruft die Truppen zurück, verlässt die Front.

Hingestreckt auf dem Küchenfußboden, hat Giovanni Marra nichts mehr vor Augen. Die Wirklichkeit verdunstet in langen, zähen Momenten. Fliegenpapier, auf dem der Atem stolpert, zaudert und kleben bleibt.

Ich habe keinen Atem mehr, Liebste. Ich habe keine Augen mehr. Ich habe keine Beine mehr, um hinter dir herzulaufen und dich einzuholen. Ich habe keine Luft mehr, um zu wissen, ob es dich gibt, um zu erinnern, was du bist, was du warst, was du sein wirst.

Er versucht, die Augen halb zu schließen, eine einfache Geste, die ihn zu viel Kraft kostet. Eine sinnlose Geste, die er nicht zu Ende führen kann. Eine einzige Geste, die ihn für wenige Sekunden in die Wirklichkeit zurückbringt.

Sein Geist stürzt aus dem obersten Stockwerk der Bewusstlosigkeit, wird wieder zu Körper.

Das Geräusch ist weit weg, aber real. Außerhalb des Zimmers fällt etwas hin und geht kaputt. Das reicht, um Marzias Stimme mit einem Schlag verschwinden und den Schmerz wieder an ihre Stelle rücken zu lassen, in jede Pore, jeden Zentimeter Haut. In die Haare, blutige Grashalme. Zwischen die Wimpern, wie Rasierklingen. Unter die Finger der linken Hand, am Metall der Pistole.

Ich hab's dir ja gesagt, Marra, der Maulwurf warst du. Daran hättest du denken müssen, nicht an diese kleinen Mädchen.

Die Stimme ist real wie es nur die Wirklichkeit sein kann. Sie klingt ihm in den Ohren, die Tonspur eines Films, die bei voller Lautstärke über Kopfhörer kommt. Und als das Gewicht der Luft ihm den Atem abdrückt, öffnet sich Giovannis Geist abermals weit. Die Lichter gehen aus, jetzt kommt der letzte Akt.

Mit unermüdlicher Wucht kippt Simone Mariani den Inhalt der zigsten Schublade auf den Boden.

Sie haben Diebe überrascht, und die Diebe haben sie kaltgemacht. Das werden alle glauben. Skrupellose Einbrecher, die noch nicht einmal davor zurückschrecken, diese beiden, die an einem Sommernachmittag zu früh nach Hause gekommen sind, aus nächster Nähe zu erschießen. Als sie gerade nichtsahnend am Küchentisch saßen und was tranken. Solche Geschichten kann man jeden Tag in der Zeitung lesen. Daran wird keiner einen weiteren Gedanken verschwenden. Allenfalls im ersten Moment, weil einer der beiden Toten Polizist war. Er sieht die Schlagzeilen schon vor sich, der vom Bösen getötete Held. Was für einen Müll die Zeitungen verzapfen.

Er sieht auf die Uhr. Um alles auf den Kopf zu stellen, hat es ein paar Minuten gebraucht. Nur im Schlafzimmer, dem letzten Raum, hat er absichtlich Lärm gemacht. Dann wird jemand sagen können, er hätte was gehört.

Bleibt gerade noch Zeit für eine letzte Sache. Den Maulwurf zurückzuholen. Ein Handyakku kann vieles enthalten. Manches ist so klein, dass man es nur findet, wenn man ganz, ganz genau danach sucht. Das Originalakku wieder einzusetzen ist kein großes Problem. Und die Spuren einer Wanze vom Tischbein zu entfernen ebenso wenig. Man muss nur wissen, wem man Geld geben muss, und die Sache ist geritzt.

»Ich hab's dir ja gesagt, Marra, der Maulwurf warst du. Daran hättest du denken müssen, nicht an diese kleinen Mädchen.«

Lächelnd beugt sich Simone Marra über den Körper des Kommissars, der bäuchlings auf dem Küchenfußboden liegt.

Und plötzlich explodiert die Wirklichkeit.

Mit dem letzten Hauch Energie, den der Tod ihm noch nicht genommen hat, drückt Giovanni Marra ab. Als bestünde sein ganzer Körper nur noch aus seiner linken Hand. Er schießt, als wäre jeder Schuss ein Atemzug mehr, den er dem Tod entreißt. Er schießt, bis das Magazin, das Leben zu Ende ist.

»Vergiss mich, vergiss mich sofort, Dreckschwein«, versucht er zu wispern. Dann schließt er die Augen.

Paola Viglianis Lächeln verschmilzt mit Marzias Blick.

Ich bin hier, warte auf mich, lauf nicht so schnell, Geliebte.

Der junge Mann hört die Schüsse und geht zur Tür. Das Herz schlägt ihm bis zum Hals. Er sollte stehen bleiben und Luft holen, ein paar Mal tief durchatmen und sich zusammenreißen. Doch er hat keine Zeit. Ganz plötzlich ist es dunkel geworden. Als er den Hof überquert und die Treppe hinaufsteigt, sind die Schatten überall. Er zieht die Pistole.

Du darfst nur an dein Ziel denken, hat der Graue gesagt. Stufe für Stufe betet er diesen Satz vor sich hin, wie ein Mantra. Dann betritt er die Wohnung. Die Türen sind fast nie ein Problem.

Er steht am Eingang und lauscht. Eine Stimme, vielleicht aus dem Stockwerk darüber. Schritte aus der Wohnung nebenan. Ein gedämpftes Rascheln, ein Stöhnen auf der Hälfte des Flurs, dort, wo das Licht ist. Dann nichts als Stille.

Mit vollkommen leerem Kopf legt er das Stück bis zu dem Licht zurück. Als er in der Küche steht, weiß er, dass er keine Angst mehr haben muss.

Drei Leichen liegen darin.

Oberst Ulivi liegt an der Wand, doch der interessiert ihn nicht. Seine ganze Aufmerksamkeit ist auf die beiden übereinanderliegenden Männer auf dem Fußboden gerichtet. Er streckt die Hand aus und legt seine Finger an ihre Halsschlagadern.

Mit blutverschmierten weißen Plastikhandschuhen zerrt er Simone Marianis Leiche von der anderen herunter. Was passiert ist, interessiert ihn nicht. Er will nur das aus der Jackentasche holen, was er holen soll.

Ich tue nichts ohne die absolute Sicherheit, dass alles so läuft, wie ich es geplant habe.

Der Satz des Grauen hallt durch seine Gedanken.

»Ein Umschlag mit Fotos. Wagen Sie ja nicht, sie anzusehen«, hat er ihm gesagt. Bei den Fotos stecken auch zwei säuberlich gefaltete DIN-A4-Blätter. Er nimmt auch die und verlässt die Wohnung.

Von weitem hört er eine Sirene. Jemand kommt die Treppe herunter gerannt und versucht ihn aufzuhalten.

»He, wo wollen Sie hin?«

Ohne seine Schritte zu beschleunigen, geht der junge Mann zum Auto. Gerade als die Polizei an ihm vorbeisaust, klingelt das Telefon. Er lächelt. Hebt ab.

»Ja, alles in Ordnung«, sagt er.

Schließlich unterbricht das Besetztzeichen die endlose Folge immer gleicher Klingeltöne.

»Geh ran, du blöde Kuh!«

Andrea knurrt, ihre Augen durchbohren den Blick sämtlicher Passanten. Zuerst auf dem Gehsteig, der die Uferstraße flankiert. Und jetzt auf der riesigen Rasenfläche, auf der ich das Auto in der erstbesten freien Lücke abstelle.

»Sie wird vor dem Hotel Ambassador stehen, da waren wir schließlich verabredet«, sage ich vorsichtig. Eine blasse Hoffnung.

Andrea antwortet nicht. Ich habe den Motor noch nicht abgestellt, da ist sie schon draußen und läuft zum Strand, das verfluchte Telefon in der Hand, der Kopf, der in alle Richtungen schnellt, die Hände, die die Menschen zur Seite schieben. Ich höre, wie sie nach Roberta ruft, ihren Namen in Gesichter schreit, die sie anglotzen, als wäre sie verrückt geworden.

Eine Frau, die längst nicht mehr so jung aussieht wie das, was sie anhat, macht sich über sie lustig und ahmt den schrillen, wütenden Ruf nach, den sie gerade den Gehsteig hinuntergeschickt hat. Andrea straft sie mit einem blitzschnellen, vernichtenden Blick.

»Halt die Klappe, elende Ziege«, höre ich sie zischen, als ich sie einhole.

Vor dem Hotel sehe ich auf die Uhr. Lisa und Roberta hätten schon seit einer Viertelstunde da sein sollen. Sie werden nicht kommen, ich weiß, dass sie nicht kommen werden. Und auch Andrea weiß es, die zum letzten Mal versucht, sie anzurufen, und dann aufgibt. Voller Wut und Panik starrt sie mich an.

»Bleib hier«, sage ich. »Wenn du einen Polizisten siehst, halt ihn an und erzähl ihm alles. Ich versuche, sie zu finden.«

Mit Lisas stummem Schrei im Kopf überquere ich die Straße und arbeite mich zur Bühne vor.

»Vielleicht waren wir nicht deutlich genug. Dieses Mädchen und seine Mutter sind in Gefahr. Und sie sind irgendwo hier.«

Capitano Diana, Polizeihauptmann von Riccione lässt den Blick unschlüssig zwischen Francesco und Angela hin und her wandern, wie ein Pendel, das nicht weiß, welche Stunde es schlagen soll.

Die Dunkelheit hat alles verschluckt. Den Strand, das düstere, ferne Meer, die noch immer herbeiströmende, sich drängelnde Menschenmenge, die auf den Beginn der Show wartet.

Gut dreihundert Meter rechts von ihnen, jenseits der Bühne und der Scheinwerfer, verschmilzt die riesige Silhouette der drei Koloniegebäude mit der Nacht. In weniger als einer halben Stunde werden sie, eines nach dem anderen, in die Luft gesprengt, von Flutlichtern angestrahlt, in einem seltsamen Karnevalskostüm aus Licht und Dynamit. Jetzt jedoch wirken sie nur wie Gespenster. Wie die Albträume eines Kindes, die im Schatten lauern und nur darauf warten, es im Schlaf zerfleischen zu können.

»Ich habe sehr wohl verstanden, Inspektor. Gleich nach Ihrem Telefonat haben wir Straßensperren in sämtliche Richtungen stadtauswärts errichtet. Und überall sind Polizeibeamte postiert.« Er deutet in Richtung Bühne. »Da unten stehen mindestens ein Dutzend. Wir haben auch die umliegenden Gemeinden um Verstärkung gebeten, sonst würden wir das gar nicht schaffen. In den ersten Reihen sitzen der Bürgermeister, ein Dutzend Politiker und zwei Staatssekretäre. Klar, dass wir da ein großes Polizeiaufgebot haben. Sie brauchen sich keine Sorgen zu machen. Wenn das Mädchen tatsächlich hier ist, wird ihm nichts zustoßen.«

Angela schüttelt den Kopf. Der Hauptmann sieht sie halb mitleidig, halb missbilligend an.

»Stimmt was nicht, Signorina?«

»Agente Renzi, Capitano. Ich bin zwar in zivil, aber nicht außer Dienst. Um Ihre Frage zu beantworten, alles in Ordnung. Nur, dass ich einfach nicht verstehe, wie einer wie Sie …«

»… noch mehr unternehmen könnte«, beendet Francesco mit scheinheiligem Lächeln den Satz. »Wir bleiben in Kontakt, Capitano. Wir halten die Augen offen. Zwei Paar mehr werden nicht schaden.«

Diana nickt und drückt ihm die Hand. Kaum sind sie außer Hörweite, hält Angela Francesco am Hemd fest und sieht ihn vernichtend an.

»Wie bist du denn drauf, verdammt? So werden die niemals …«

»Sie werden es sowieso niemals tun, Angela. Ernst genommen haben sie uns vielleicht, aber die Prioritäten sind nun mal andere. Unsere ist, die Urbinati und ihre Tochter zu finden. Ihre ist dieser ganze Zirkus, um diese Scheißklötze in die Luft zu jagen. Wir haben davon gar nichts. Die Straßenkontrollen haben sie aufgestellt. Die Beamten sind informiert. Bleibt uns nur, die Augen offen zu halten. Die werden sich nicht in Luft aufgelöst haben, verdammt.«

Angela senkt kurz den Kopf. Die Wut presst ihr schmerzhaft die Kiefer zusammen. Sie versucht, ihren Zorn verpuffen zu lassen, ihn energisch durch die Nase schnauben, ihre Lungen zu leeren.

»Und jetzt?«

»Zanardi und seine Freundin wissen, dass die Urbinati gerade erst hier war. Sie hat geparkt. Das Auto steht noch dort. Überall sind Straßensperren, sie können Riccione nicht verlassen haben. Wir teilen uns auf und sehen uns um. Und halt dein Handy bereit. Wenn die noch in der Menschenmenge sind, müssen wir sie finden.«

»Und wenn sie schon weg sind?«

»Die erste Straßenkontrolle ist kaum einen Kilometer weg von hier. Wenn sie schlau sind, verstecken sie sich und warten, meinst du nicht?« Ohne die Antwort abzuwarten, überquert Francesco Carta die Straße.

Sich unter die wartenden Menschen zu mischen, die sich hinter der VIP-Tribüne drängen, ist unmöglich. Er kann die Menschenmauer nur von der Bühnenseite aus im Blick behalten, einem Kollegen seine Marke zeigen und sich dicht vor der ersten Reihe platzieren. Einen Augenblick hofft er, sie sind da, eingepfercht in diesen brechend vollen Abschnitt wie zwei Thunfischfilets in der Dose. Doch seine Hoffnung währt kurz.

Drinnen stinkt es nach abgestandener Luft, Urin und modrigem Staub, den die Seeluft langsam hat verschimmeln lassen. Ein Geruch, der einem in die Poren kriecht und den Atem nimmt. Sie hasten voran, im Licht des Mondes und der Taschenlampe, die der Sheriff aus dem Rucksack gezogen hat. Er schwenkt sie nach rechts und links und beleuchtet aus den Angeln gekippte Türen, fleckige, bröckelige graue Wände, voll kryptischer Nachrichten.

Ari, du Nutte. Gott lebt. Maury, ich liebe dich.

Jahrelang muss das hier der Ort für Initiationsriten gewesen sein, in dem man seine Angst vor Gespenstern auf die

Probe stellen konnte. Vor dem Knarren der Möbel, vor dem gedämpften Rascheln der Ratten und Möwen. Vor den Albträumen, die sich hinter den Blicken verbergen.

Der Sheriff hat sich nur kurz umgedreht. Das Mädchen hat niemals aufgeschaut, nie jemandem in die Augen gesehen, nicht die winzigsten Anstalten gemacht, sich zu wehren. Sie hat den Pistolenlauf an ihrem Kopf hingenommen wie eine unausweichliche Strafe. Eine beängstigende Ergebenheit, die ihm noch nie untergekommen ist. Sie ist ihm unheimlich, genau wie der Ort, an dem sie sich befinden.

Er hatte geglaubt, es wäre viel schwieriger, hineinzugelangen, an den Absperrgittern, die sich den ganzen Strand entlang bis zum Ufer ziehen, wären mehr Wachtposten aufgestellt. Doch man musste einfach nur bis ans Wasser gehen, rübersteigen, der Wasserlinie folgen und jenseits der Bühne den Strand wieder hinaufwandern. Wer ist denn schließlich auch so blöd und setzt sich auf eine Bombe, die in wenigen Minuten hochgeht?

Die Polizei ist natürlich vorne, um die Menge und das aufgesetzte Lächeln der Politiker in der ersten Reihe im Auge zu behalten. In gebührendem Sicherheitsabstand von diesen drei Betonungeheuern, die sich im nächsten Moment in Trümmer verwandeln werden. Alles ist so arrangiert, dass keiner der Zuschauer von der aufwirbelnden Staubwolke belästigt wird. Und aus dieser Entfernung sieht niemand die vier Gestalten, die hastig durch das Dunkel schleichen.

»Wieso hast du uns hierhergebracht?«

Die Mutter hört einfach nicht auf zu quatschen. Wie soll er es ihr noch begreiflich machen, dass sie die Klappe halten soll. Eine Weile lang schien es, als hätte sie's geschluckt, aber kaum sind sie hier reingekommen, hat sie wieder damit angefangen. Und diesmal ist sie einfach zu laut.

Der Sheriff bleibt mitten in einem langen Flur stehen, der zu den gläsernen Übergängen führt, die die drei Gebäude miteinander verbinden. Er reißt die Taschenlampe herum und zielt mit dem Lichtstrahl direkt zwischen Robertas Augen. Sie bleibt stehen, blinzelt, sieht zu Boden. Der Schlag erwischt sie genau auf der Lippe.

»Dreckschwein«, zischt sie und wischt sich das Blut vom Kinn. Der zweite ist noch härter. Der Handrücken saust auf ihren Wangenknochen und lässt sie rückwärts gegen die schimmlige Mauer stolpern. Schweigen, endlich.

Als Roberta ihre Wange befühlt, fällt der Lichtkegel erneut auf ihr Gesicht.

»Stell meine Geduld nicht auf die Probe«, sagt der Sheriff. »Und lauf.«

Er schwenkt das Licht in den Korridor. Die Treppen in den Keller sind wie eine vergessene Erinnerung, die einen plötzlich an einer Straßenecke übermannt.

Roberta zieht die Nase hoch und folgt dem Lichtstrahl. Der Sheriff sieht ihr nach und wartet, bis das Mädchen an ihm vorbei ist. Wenn er nicht mit eigenen Augen sähe, wie sie sich bewegt, würde er schwören, dass sie schon längst tot ist.

Wenn sie etwas nicht leiden kann, dann ist es rumstehen und warten. Vor dem Hotel Ambassador, mit verschränkten Armen, der Blick auf der Jagd nach einem auch nur entfernt vertrauten Gesichtszug, fühlt sich Andrea wie als kleines Mädchen, wenn sie auf die Strafe des Vaters wartete. Besessen von einer Angst, die zu stark ist, als dass man reagieren könnte.

»Leck mich«, flüstert sie. Und der Typ neben ihr dreht sich um.

Dann geht die Musik los, und genau in dem Moment bemerkt sie es, gerade, als sie zu den Kolonien hinübersieht. Es dauert nur einen winzigen Moment, ist nur ein Reflex. Unvermittelt wie eine jähe Gefühlswallung, die ihr ein Lächeln oder eine Träne entreißt.

Sie muss noch nicht einmal nachdenken. Im Laufschritt überquert sie die Straße, greift zum Handy und ruft Nicola an.

Ganz plötzlich bricht die Musik los und zerreißt die Stille.

Francescos Stimme am Telefon ist nur eine unkenntliche Note. Angela lässt den Blick ringsherum wandern. Eine langsame Panoramaaufnahme, die den Gehsteig, die auf den Balkonen der Hotels gedrängten Menschen, die Polizei, die Bühne und ein paar Meter rechts davon erfasst. Hunderte erhobener Hände, die sich wie eine riesige, rauschende Wellenkrone über der Menge erhebt. Eilig entfernt sie sich vom Lärm. Sie muss schreien.

»Sag das noch mal, ich versteh dich nicht!«

»Andrea Conti hat sie in den Kolonien gesehen.«

Angelas Augen bleiben stehen. Ende der Kamerafahrt. Standbild. Die Fassade des ersten der drei Gebäude. Identische Bauten, die dicht nebeneinander stehen. Eine Nabelschnur aus Beton und geborstenen Scheiben, die jeden Kasten mit dem folgenden verbinden.

»Gehen wir.«

»Nein, geh zu Diana. Er muss alles stoppen. Überzeug ihn. Wenn das nicht gelingt, zwing ihn. Tu was. Aber diese elenden Kolonien dürfen nicht in die Luft fliegen, ehe wir nicht sicher sind, dass tatsächlich niemand darin ist. Okay?«

»Und du?«

»Ich versuche herauszufinden, ob Zanardis Freundin eine Erscheinung gehabt hat.«

»Wir bleiben in Kontakt.«

Angela Renzi legt auf. Sieht auf die Uhr.

»Keine Zeit, wie immer keine Zeit«, denkt sie.

Und rennt los.

Der Kellerflur ist ein Mosaik aus Licht und Schatten, das der Mond durch zahlreiche feine Gitter malt. Im Reich des Rattengottes ist der Gestank noch schlimmer als im Stockwerk darüber. Er scheint aus den Mauern, dem Fußboden, aus den zahllosen rechteckigen Nischen zu dringen, die sich auf der linken Seite des Flurs auftun.

Sie sind schon eine ganze Weile gegangen, derweil der Mann mit der Taschenlampe den Lichtkegel durch jeden Kellerraum und über jede kaputte Tür hat gleiten lassen, als suchte er nach etwas Bestimmtem. Dann ist er plötzlich stehengeblieben.

Er hat sie in einen großen, finsteren Raum gelotst. Ganz hinten hat die Taschenlampe eine Regalwand beleuchtet. Sie erinnert an eine geplünderte und überstürzt verlassene Vorratskammer.

Der Dicke hat sie an den Metallpfosten des Regals gefesselt. Eine auf der einen Seite und die andere auf der anderen. Sie hocken am Boden, die Arme über dem Kopf, die Handgelenke überkreuz und so fest zusammengeschnürt, dass es schmerzt. Und Klebeband, um alles zu fixieren, damit sie das Seil nicht am Metall durchscheuern und sich befreien können.

Als sie zu Lisa hinübersieht, versucht Roberta die Tränen zu unterdrücken. Lange, salzige Kapitulationserklärungen, die sie wieder daran erinnern, dass sie nicht in der Lage war, ihre Tochter zu schützen.

Vielleicht hat der Vater des Mädchens recht. Sie ist keine Mutter, ist keine Frau, ist nichts. Sie schluckt. Ein langer Schmerz, der in der Kehle hängenbleibt, durch Haut und Knochen dringt und dort, wo sie sie geschlagen haben, pumpt wie eine über die Gleise ratternde Lock.

Und zu allem Überfluss Lisas gesenkter Blick, der hängende Kopf, die halb geöffneten Lippen. Als warte sie auf etwas, das sie bereits kennt und das kommt, um sie zu holen. Etwas, mit dem sie in ihrem Schweigen womöglich immer gerechnet hat. Und jetzt hat es sie gefunden.

»Die Lust am Reden ist dir wohl vergangen?«

Roberta sieht kurz auf und starrt ihn an. Inzwischen ist er allein. Das Mondlicht verleiht ihm einen seltsamen Heiligenschein. Es sieht aus, als würden seine Augen in der Finsternis leuchten. Sie will etwas sagen, hält sich jedoch zurück. Schritte hallen durch den Korridor.

»Da bist du ja endlich«, sagt er.

Ohne zu begreifen, was vor sich geht, sieht Roberta ein Gesicht aus dem Dunkel auftauchen. Ihre Tränen versiegen jäh, ihr Herz bleibt fast stehen, sie unterdrückt einen Hustenanfall. Sie flüstert, die Augen weit aufgerissen.

»Nicola …?«

Lisa öffnet die Augen. Vielleicht waren sie immer geöffnet, doch erst jetzt gewinnt die Wirklichkeit wieder an Farbe.

Die ganze Welt ist grau geworden. Die Luft, das Licht, die Mauern ringsum, der Fußboden, die Regale, an die sie gefesselt ist, die Augen ihrer Mutter, die sie ansieht, ihre Haut, ihr Haar. Die Pistole des Mannes, der sie bewacht. Das Licht der Campinglampe, die den Raum erhellt.

Alles.

In ihren Träumen war es nicht so. In ihren Träumen kam die Stimme und brachte sie fort. Und sie war sanft, weich und zärtlich. Sie hätte einem niemals weh tun können. Sie hätte niemals so grau sein können. Und dennoch kam sie, um das zu vollenden, was noch fehlte.

Sie kam, um sie zu töten.

Sie zieht die Nase hoch. Staub, Tränen und Salz. Ein schaler Geschmack der sie fast lächeln lässt. Das genaue Gegenteil von dem, was sie fühlt.

»Ich werde wahnsinnig. Ich werde als Wahnsinnige sterben.«

Sie reißt den Mund auf, um besser atmen zu können, und ist sich beinahe sicher, dass dieser Atemzug ein Wort gebiert. Doch es geschieht nicht.

»Nicola?«, flüstert ihre Mutter.

Dann passiert der ganze Rest.

Mein Kopf schmerzt.

Ein Schmerz, der zwischen den Schläfen explodiert und sich bis zur Stirn, zu den Augen zieht. Bis zu dem Licht, das ich mit zusammengekniffenen Lidern auszusperren versuche. Und doch muss ich die Augen offen halten. Ich kann sie nicht verschließen.

Es ist alles ganz zufällig passiert. Andrea rannte über den Strand, direkt auf das Meer zu. Ich wusste, dass sie das tun würde.

»Ich habe sie gesehen!«, hatte sie ins Telefon gebrüllt. »Sie sind dort drin! In den Kolonien, verdammt!«

Auch ich bin losgerannt. Gegen Die Zeit, gegen jede Logik. Gegen die Angst, die mir in Schaudern unter die Haut fuhr.

Es ist, als würde es in diesem Augenblick passieren.

Ich rufe sie, sie hört mich nicht. Ich renne, renne schneller. Brülle zweimal, dreimal ihren Namen. Sie bleibt stehen, dreht sich um, wartet auf mich. Starrt mich an.

»Was zum Teufel willst du?«

Ich packe sie bei den Schultern. Schüttle sie.

»Wo rennst du hin?«

Sie haut mir eine runter. Dann zeigt sie auf die Kolonien.

»Da rein. Um sie rauszuholen.«

»Du bist verrückt, das fliegt gleich alles in die Luft. Verstehst du? Lass das die Polizei machen, die stoppen alles und …«

Sie lässt mich nicht ausreden.

»Glaubst du, ich bin verrückt geworden, Nicola? Glaubst du, ich weiß nicht mehr, was ich sehe? Es war nur ein beschissen kleines Aufblitzen, ich weiß. Aber ich hab sie gesehen. Ich weiß, dass sie es waren, und wenn ich nicht hingehe und es passiert was, werde ich mir das ein Leben lang nicht verzeihen können. Verstehst du?«

Ich verstand. Und ob ich verstand.

»Ich gehe«, habe ich gesagt. »Du rufst jetzt Francesco Carta an und erzählst ihm alles. Abgemacht?«

Sie nickt. Ich sehe sie genau vor mir. Der verschreckte Blick, der sich langsam aus der Wut löst. Er verschluckt alles, lässt sie mit einem Mal klein und zerbrechlich werden. Wie oft habe ich diesen Ausdruck schon in ihren Augen gesehen.

Und es schmerzt, zu begreifen, dass ich ihn nicht wiedersehen werde.

In diesen Kolonien ist alles schon vor langer Zeit gestorben. Alles, was diese verwaisten, kahlen und vollkommen identischen Räume, an denen ich vorbeilaufe, je mit Blicken und Lachen erfüllt hat, ist längst daraus verschwunden.

Ich laufe so schnell ich kann. Folge dem Licht, den Fluren. Hoffe auf einen Ton, ein Geräusch.

Plötzlich höre ich eine Stimme, Schritte. Sie entfernen sich, gehen hinab.

Wenn ich weitergehe, könnten sie mich hören, doch mir bleibt nichts anderes übrig. Am Ende des Flurs führt eine Treppe in den Keller. Wieder diese Stimme. Sicher, klar, scharf. Sie gibt Befehle, ohne zu zögern.

Ich mache noch einen Schritt. Warte und horche. Dann steige ich langsam hinab. Und die Nacht verschluckt jedes Detail. Die Stufen, die Mauern, den Korridor, meine Schritte. Doch das ist nur Einbildung. Als ich mich an die Dunkelheit gewöhne, tauchen die Kellerräume in winzigkleinen Puzzleteilen, die das Licht durch die Gitter rechts von mir zeichnet, daraus auf.

Und da höre ich sie wieder.

Ich schleiche in eine der Kammern auf der linken Seite, hocke mich hin und versuche, über den Flur hinüberzusehen. Direkt hinter dem Eingang zu einem Raum, ungefähr zehn Meter von mir entfernt, steht ein Mann. Er hält eine Campinglampe und eine Pistole in den Händen.

»Die Lust am Reden ist dir wohl vergangen?«, sagt er. Er klingt wie der Anführer einer Straßengang, der einem die Eier zusammendrückt, nachdem er einen zu Boden geworfen hat. Ich schlüpfe aus der Kammer und bewege mich langsam rückwärts. Ich muss etwas unternehmen. Jemanden herholen.

Flach gegen die Wand gedrückt und ohne sie aus den Augen zu lassen, wähle ich Francesco Cartas Handynummer. Doch ich kann den Anruf nicht ausführen.

Der Lauf einer Pistole drückt sich gegen meine Schläfe, eine kräftige Pranke reißt mir das Telefon aus der Hand. Ein paar Turnschuhe zermalmen es auf dem Fußboden. Der Typ ist fett wie ein Wrestlingchampion. Er schubst mich rüde vorwärts.

»Da bist du ja endlich«, sagt der Kerl mit der Lampe. Ich betrete den Keller. Er sieht aus wie ein leerer Vorratsraum. Roberta starrt mich an.

»Nicola …?«

Ihre Stimme zittert. Ich weiß, was sie denkt. Ich sehe es ihren Augen an, dass sie sich von mir betrogen glaubt, dass sie denkt, ich sei hierhergekommen, um ihre Tochter an den Mann zu verkaufen, der ihr die Stimme und das Leben geraubt hat. Dann sieht sie die Pistole und den Mann hinter meinem Rücken, und der Schmerz verwandelt sich in Resignation. Der Vorhang schließt sich über dem vorhersehbaren Ende des letzten Aktes.

Als die Typen mich neben den beiden an das Regal fesseln, sieht sie mich wortlos an. Lisa starrt mir in die Augen. Nackte Panik, der ich nur wenige Sekunden standhalte. Ich schließe die Augen und versuche, meine Schultern zu entspannen. Das Paketklebeband über den Lippen hat einen seltsamen metallischen Geschmack. Die gefesselten Beine sind ein fühlloser Packen, den ich nicht steuern kann.

»Es war nett, eure Bekanntschaft zu machen«, sagt der Dünnere der beiden. Ganz gemächlich zieht er die Kellertür zu. Ich höre die beiden Schlösser. Die Finsternis lässt nicht auf sich warten und verschlingt unsere Herzen.

Die Motoren jaulen auf, und das Flugzeug setzt sich in Bewegung.

Auf die Armlehne seines Sitzes gestützt, blickt Antonio Parmeggiani auf die immer schneller vorbeifliegenden Lichter der Startbahn hinaus. Ein seltsames Gefühl steigt ihm von den Lenden bis in den Hals. Es ist immer dasselbe beim Start. Die Angst beschert ihm jedes Mal ein neues Behagen, ehe sie verfliegt.

Einen Moment noch sieht er auf das immer kleiner werdende Rom hinunter, eine Landkarte aus bunten Lichtern, die langsam im Dunkel verschwindet. Dann schlägt er die Aktenmappe auf und prüft die Details der Operation. Wenige Zeilen voller Namen und Kontaktdaten. Eine überflüssige Gedächtnisstütze, die der Graue ihm jedes Mal wieder zukommen lässt. Er nimmt das Blatt Papier und zerreißt es. Erst in zwei, dann in vier, dann in acht Stücke. Und immer so weiter. Am Ende bleibt nur noch eine Handvoll winziger Schnipsel. Er lässt sie in den Aschenbecher rieseln und sieht auf sein Handy.

»Erwarten Sie einen Anruf?«

Die Stimme des diensthabenden Luftwaffenoffiziers ist weich und sonor wie die einer Telefonsexlinie. Antonio schüttelt den Kopf.

»Nichts, was nicht warten könnte.«

»Dann wäre es besser, Sie würden es abschalteten. Sie kennen die Vorschriften. Wenn Sie ein Telefon brauchen, kann ich Ihnen eins zur Verfügung stellen.«

»Nein, danke.«

»Wir werden die Nacht in Kuwait City verbringen. Von dort aus können Sie dann wieder telefonieren.«

Er nickt. Schaltet das Handy aus und lässt sich gegen die Rückenlehne sinken. Ein bisschen Schlaf kann nicht schaden.

Wenn er ankommt, wird er dazu keine Gelegenheit mehr haben. Und alles andere kann auf jeden Fall warten.

Unter dem Jubel des Publikums setzt die Musik wieder ein.

Das Programm sieht eine musikalische Begrüßung, ein paar kurze Worte des Bürgermeisters und dann die Sprengung der Gebäude vor. Die Scheinwerfer werden sie eines nach dem anderen anstrahlen, ehe die Sprengsätze gezündet werden. Danach Feuerwerk für alle und das Konzert von Giorgia.

Der ganze Mechanismus wird von einem Kontrollpunkt aus überwacht. Er liegt direkt neben der Uferstraße, fast einen Kilometer vom Ort des Geschehens entfernt. Als Hauptmann Diana ihm die Einzelheiten des Abends dargelegt hat, hat Francesco kaum zugehört.

Jetzt, da seine Schritte zwischen den kahlen Mauern des ersten Koloniegebäudes widerhallen, denkt er, dass die Zeit abgelaufen ist. Alles wird unter den Trümmern dieser alten, feuchten Mauern begraben werden. Und wenn die Urbinati und das Mädchen irgendwo hier drin sind, werden sie ausradiert wie eine Erinnerung, die zu sehr verblasst ist, als dass sie noch einmal Wirklichkeit werden könnte.

Er sprintet eine Treppe hinauf und sieht sich im obersten Stockwerk um. Die Pistole vorgestreckt, die Taschenlampe parallel zum Revolverlauf. Die Ohren auf das kleinste Geräusch gespitzt, kontrolliert Inspektor Francesco Carta die Leere, das Reich der versauten Graffitis und der Ratten.

In der Ferne wummert die Musik. Gedämpfter Herzschlag, den er noch eine Weile zu hören hofft.

Mitten im Korridor bleibt der Sheriff stehen.

Von hier aus klingt die Musik wie ein fernes Raunen, wie das Echo eines x-beliebigen Liedes aus einem zu laut aufgedrehten Autoradio.

Wenn du was für mich hast, weißt du, wo du mich findest.

Der Satz des Chirurgen schießt ihm durch den Kopf wie ein Silvesterknaller. Er nimmt das Telefon und sucht nach der Nummer. Nach dem zweiten Klingeln hebt jemand ab.

»Bist du noch in der Nähe? Ich hätte da was für dich.«

Er grinst. Sieht den Bluthund an, der ein paar Meter weiter vorn steht und ihn anstarrt.

»Geh zum Auto. Warte mit laufendem Motor am Hafen auf mich. Mir ist eine Idee gekommen.«

Er macht kehrt und geht zurück. Der Slawe kann ihn mal.

»Die Sicherheit Ihrer Politiker ist mir scheißegal. Ich weiß nicht, ob ich mich klar ausgedrückt habe.«

Hauptmann Diana starrt die junge Frau mit dem harten Blick und der rauen Stimme an, unfähig, die Salve von Beleidigungen, die sie auf ihn abgefeuert hat, mit einem passenden Satz zu parieren. Vielleicht ist Ruhe bewahren die beste Methode, um aus dieser Situation möglichst glimpflich herauszukommen.

»Nur ein Verrückter würde sich jetzt darin aufhalten, Sign… Agente Renzi«, sagt er, während ihm die Bässe der Musik bis in die Kehle wummern. »Verstehen Sie? Nur ein Verrückter.«

Andrea, die neben Angela steht, wirft ihm einen vernichtenden Blick zu. Sie ist kein einziges Mal laut geworden. Ihr Tonfall spricht für sich.

»Ich habe sie gesehen.«

»Sie glauben, sie gesehen zu haben. In den vergangenen Jahren haben die Leute wer weiß was hinter diesen Fenstern gesehen. Sie nennen sie die *Häuser des toten Lichtes*. Manche behaupten, in den Mondnächten würden die Geister durch die Flure irren, um zuzusehen, wie sich das Meer weiß färbt.« Er deutet mit dem Zeigefinger zum Himmel. »Und heute Abend scheint der Mond.«

Die Musik bricht ab. Andrea grinst sarkastisch.

»Genau. Und die Dummen stehen da und glotzen auf den Finger.«

Diana lässt die Hand sinken. Sieht Angela an.

»Hören Sie, Agente, wir sind schließlich Kollegen. Versetzen Sie sich in meine Lage. Ich kann das nicht alles wegen eines einfachen Verdachtes stoppen.«

Sie zuckt mit den Schultern.

»Na, dann tun Sie's eben nicht. Aber sagen Sie mir nicht, dass wir Kollegen sind. Wenn dieses Mädchen und seine Mutter sterben, sind Sie dafür verantwortlich. Denken Sie dran. Das werden Sie Ihr ganzes Leben mit sich herumschleppen. Sie sind nichts als ein elender Feigling.«

»Agente Renzi, ich lasse nicht zu...«, hebt er an. Doch Angela fällt ihm ins Wort. Der Bürgermeister hat soeben die Bühne betreten.

»Machen Sie doch, was Sie wollen, Capitano.«

Sie dreht sich um. Rennt los, und Andrea mit ihr.

Diana ruft ihnen hinterher.

»Wo wollen Sie hin?«

Sie bleibt nicht stehen, reagiert nicht, sagt nichts. Hört ihn noch nicht einmal. Sie denkt nur daran, dass sie etwas unternehmen müssen.

Der Keller ist voller Ratten.

Über uns muss es eine Art Zwischendecke geben, eine feuchte, dunkle Röhre, in der sie zielsicher hin und her huschen. Sie waren sofort da, kaum dass es dunkel war. Ich habe sie schon von ferne pfeifen hören.

Eine Weile lang war es still. Nur die ferne Musik, wie hinter Glas. Dann ist etwas heruntergefallen. Ein paar Meter vor mir. Ein weiches, gedämpftes Geräusch, wie eine Katze, die von einem Möbelstück springt.

Wieder Stille.

Und dann wieder und wieder. Das letzte klang schwer wie ein großes Kissen. Als es heruntergekommen ist, habe ich gespürt, wie Roberta starr wurde und immer heftiger durch die Nase atmete. Dann war es wieder still.

Ein Bann, den ich sofort gebrochen habe. Ich habe an meinen Händen gezerrt, gespürt, wie das Seil in meine Handgelenke schnürt, sich in meine Haut frisst, ins Fleisch schneidet.

Und dann ihre Schritte. Überall um uns herum, klein und flink. Ein feines Trippeln, wie Kieselsteinchen, die gegen ein Fenster prasseln. Robertas vom Knebel gedämpftes Wimmern. Lisas Schweigen, ihr gleichmäßiger, steter Atem in ihrer Welt aus Leere.

Dann die Augen. Ein graublaues Flimmern, wie Gas, das in der tintenschwarzen Finsternis aufleuchtet und verlischt. Und etwas, das an meinen Knöcheln und Schuhen schnuppert, mir über die Finger huscht, direkt über meinem Kopf auf die Regale klettert.

Winzige Pfoten, die über das Seil balancieren, über meine Hände laufen, über meine Schultern trippeln. Sie ist groß wie ein Kinderkopf. Schnuppert an meinen Ohren.

Roberta schreit, ein Würgen, das sogleich am Klebeband abprallt.

Die Rattenpfoten berühren meine Ohrläppchen. Ich reiße den Kopf herum. Ich spüre, wie sie die Schnauze aufmacht. Nur ganz kurz. Sie setzt sich wieder auf meiner Schulter zurecht und macht sich daran, die Konsistenz meines Fleisches zu prüfen. Eine andere läuft mir über die Schenkel. Etwas versucht, mir in den Schuh zu beißen.

Ich denke an Lisa, ich wünschte, sie würde sich bewegen, schreien, ein Lebenszeichen von sich geben. Ich denke an Roberta, die wimmernd an ihren Fesseln zerrt, vor Angst und Panik kaum atmen kann.

Ich will nicht als Rattenbeute sterben. Ich will, dass dieser beschissene Kasten einstürzt, dass die Trümmer ihre hässlichen Schwänze und stinkenden Pfoten zerquetschen. Ich will begraben werden von der Stille, von Geröll und Erinnerungen. Ich will, dass es endet, dass alles in eine dünne, mondweiße Staubwolke aufgeht.

Noch eine Ratte krabbelt mir auf den Schenkel. Sie hockt sich zwischen meine Beine. Sie ist groß und dick. Die andere fängt an, an meinem Hemd herumzuknabbern. Ich merke, dass ich zittere.

Und da höre ich das Geräusch.

Metallisch. Jemand macht sich an den Türschlössern zu schaffen, die Tür geht auf, das Licht kehrt zurück. Die Ratten huschen davon. Ich sehe nur noch eine, vielleicht die, die auf meinem Schenkel saß. Sie ist katzengroß, mit dickem, behaartem Schwanz. Schnell wie ein Alptraum verschwindet sie in einem Loch in der Wand.

»Scheißviecher«, bellt der Typ in der Tür.

Es ist derselbe, der uns eingesperrt hat. Sein Rucksack ist weg. Er sieht uns an. Grinst, Ratte unter Ratten.

Dann richtet sich seine ganze Aufmerksamkeit auf Lisa. Den Kopf zur Seite geneigt, sieht sie starr geradeaus, ihre Brust hebt und senkt sich wie ein Blasebalg. Roberta starrt ihn an, zerrt mit aller Kraft an ihren Fesseln, als wollte sie fliehen. Das Regal schwankt, doch sonst nichts. Der Typ lacht.

»Ruhig, Flittchen. Ganz ruhig.«

Er beugt sich über das Mädchen. Holt eine kleine Spritze hervor. Die Nadel durchbohrt die Haut an ihrem Hals. Roberta weint, versucht zu schreien. Wieder zerrt sie am Seil. Versucht, mit den Füßen zu strampeln, die Hände zu bewegen. Die Regale ächzen, die Fessel schneidet mir ins Fleisch, gräbt sich zum Knochen vor.

Lisa schließt die Augen, ihre Muskeln werden schlaff. Robertas Blick ist ein endlos tiefer Abgrund. Der Mann hält ihr die Taschenlampe ins Gesicht, grinst erneut.

Dann bindet er das Mädchen los. Wirft sie über die Schulter, wie ein Bündel.

Auf der Schwelle dreht er sich um und winkt uns zu. Die Tür geht zu, die Schlösser knirschen. Die Finsternis kehrt zurück, und mit ihr die Ratten.

Ingenieur Donati, im Auftrag einer Mailänder Firma für die Detonation verantwortlich, kontrolliert auf einem der Monitore im Dienstbus den Zustand der Sprengladungen.

Es ist das erste Mal, dass in Italien solch ein Spektakel um den Abriss eines Gebäudes veranstaltet wird, und viele ihrer Systeme mussten erst darauf abgestimmt werden. Fast vier Monate haben sie daran gearbeitet.

Labortests, Computersimulationen, Kontrollsysteme für das Dynamit, den Staub, die Explosionsabfolge, den Abstand der Bühne und des Publikums. Alles ist geprüft worden. Die einzige Unbekannte sind die Fernsteuerungen.

Diesmal gibt es keine Zündschnüre. Jede Ladung ist mit einem winzigen Sender ausgestattet, der über ein farbiges Lämpchen auf dem Kontrollmonitor anzeigt, ob Strom fließt. Und der Monitor zeigt an, dass alles in Ordnung ist.

Er sieht auf die Uhr. Es ist gleich soweit.

»Mach dich bereit«, sagt er. Und der zuständige Techniker nickt.

Die beiden Polizisten, die neben ihm sitzen, lächeln. Auf einem der Bildschirme ist der Bürgermeister fast mit seiner Rede fertig.

»Alles stoppen!«, ruft jemand vor dem Bus, und die beiden Polizisten stehen auf. Die Pistolen schnellen aus den Halftern. Jemand bollert gegen die Tür.

»Ruhig! Ganz ruhig!«

Noch eine Stimme. Wieder rummst es gegen die Tür. Dann ist es einen Augenblick lang still. Der Moderator erzählt etwas von Dominoeffekt und Licht.

»Righi hier, ich komme jetzt rein«, sagt jemand. Und die Tür geht auf.

»Was zum Henker geht ab?«

Ein Polizeibeamter betritt den Bus. Hinter ihm eine Frau mit erhobenen Händen. Die Pistolen verschwinden.

»Nichts Ernstes. Eine Kollegin aus Bologna und eine Touristin, denen die Sicherungen durchgebrannt sind.«

Die beiden Polizisten grinsen. Die Tür geht wieder zu.

»Es ist soweit«, sagt Donati.

Und die Vorstellung beginnt.

»Alles wird von diesem weißen Bus aus gesteuert«, hatte Diana gesagt. Und genau dorthin rennt Angela. Der Atem scheint in der Kehle zu gerinnen. Sie reißt die Knie hoch, die Pistole in der Jeans schlägt gegen das Rückgrat.

Es gibt keine andere Möglichkeit. Keinen anderen Ausweg. Die Entscheidung ist rasch gefallen. Sollte in dieser weißen Blechkiste jemand auf einen Knopf drücken wollen, dann wird sie ihn davon abhalten. Und wenn sie ihm dafür die Finger einzeln abbeißen muss.

Sie ist in Richtung Strand gerannt, von der Bühne weg. Der Bus steht weit entfernt mitten auf dem riesigen Parkplatz hinter den Strandbädern. Angela ist nicht direkt darauf zu gerannt. Sie sollen nicht gleich mitkriegen, was sie vorhat: Die Sache verlangsamen, Francesco Zeit geben, die Urbinati und ihre Tochter herauszuholen.

Sie hat nie an dem, was Andrea gesehen hat, gezweifelt. Sie ist eine Frau wie sie selbst, sie musste ihr nur in die Augen sehen.

Doch es muss schnell gehen. Sie darf keine Sekunde verlieren, sich nicht um Andrea kümmern, die nicht hinter ihr herkommt.

Angela Renzi verlässt den Strandweg und erreicht den Parkplatz. Ihr Ziel schimmert im Licht der Straßenlaternen. Sie dreht sich um. Andrea ist dicht an ihr dran. Dianas Männer haben sich noch nicht einmal die Mühe gemacht, ihnen zu folgen. Sie greift nach der Pistole, huscht auf den Parkplatz, versteckt sich hinter einem Übertragungswagen und kommt direkt vor dem Bus wieder hervor.

»Alles stoppen!«, ruft sie, den Pistolenlauf auf die Stirn eines der Wachpolizisten gerichtet.

Der Kollege bewegt sich blitzschnell. Er wirft sich gegen die klappernde Bustür. Hält ihr seinen Revolver ins Gesicht.

»Was soll der Scheiß, durchgeknallte Kuh?«

»Ich hab gesagt, alles stoppen! Stoppt die Explosion!«

»Ruhig! Ganz ruhig!«

»Ruhig einen Scheißdreck. Du gehst da jetzt rein und schaltest alles ab, verstanden?«

»Runter mit der Pistole.«

Die Stimme kommt von links. Sie gehört einer blonden Frau. Das offene Haar fällt ihr über die Sommeruniform. Die entsicherte Pistole ist auf ihre Schläfe gerichtet.

»Das bringt nichts, Angela.« Andreas atemlose Stimme hinter ihr. »So bringt das nichts.«

»Du hast recht, so bringt das nichts. Ich bin einfach nur saublöd.«

»Sie sind da drin«, sagt sie. Doch es nützt nichts. Sie lässt die Waffe sinken. Legt sie auf den Boden.

»Ich bin Polizistin«, sagt sie. »Agente Renzi, Polizeipräsidium Bologna.«

Die junge Frau tritt näher. Nimmt die Pistole auf. Angela hebt die Hände auf Schulterhöhe. Die Kollegin zieht ihr die Marke aus der Gesäßtasche. Nickt den anderen beiden zu.

»Was, verdammt noch mal, hattest du vor?«, flüstert sie.

»Leben retten«, antwortet sie. »Mein Freund ist da drin. Er ist Polizist. Er sucht jemanden.«

»Wenn er Polizist ist, kommt er auch rechtzeitig wieder heraus. Mach dir keine Sorgen.«

Angela nickt. Francesco ist nicht lebensmüde. Er wird rechtzeitig wieder herauskommen. Und Roberta Urbinati und ihre Tochter mitbringen.

Die beiden sehen sich lange in die Augen. Dann gibt ihr die junge Frau die Pistole wieder. Sie zögert nur kurz, ehe sie sie in ihre Hände gleiten lässt.

»Ich kann dir doch vertrauen?«

Angela bewegt unmerklich das Kinn und nimmt die Waffe. Sie sieht Andrea an, die Hoffnungslosigkeit in ihrem Blick und ihrer Haltung, während die Stimme des Moderators in der Ferne verstummt.

Eine jähe, undurchdringliche Stille senkt sich herab. Die Flutlichter beleuchten das erste Gebäude. Und ein fauchendes Untier lässt die Erde erzittern und verschlingt es in einer Wolke aus Staub.

Plötzlich bebt die Erde.

Ein fernes, ohrenbetäubendes Dröhnen rollt die Wände und den Fußboden entlang, rüttelt an den Regalen, lässt den Putz von den Wänden bröckeln und jagt mir einen panischen Schauer über den Rücken.

Es ist aus. Gleich bricht alles zusammen. Gleich ist alles vorbei. Die Angst, das Dunkel, der Schmerz. Die Gedanken, die weit weg sind von hier, der Bestie, die sich Lisa geschnappt hat, auf den Fersen. Sie sind bei Robertas Tränen, ihrem Wimmern unter dem Knebel. Bei ihrem verzweifelt röchelnden Atem, der alles erfüllt, alles bestimmt.

Es ist aus. Ich weiß es. Und alles, was ich getan habe, war, dafür zu sorgen, dass die Frau, die ich hätte lieben können, in einem stinkenden Kellerloch ihre Tochter verliert und krepiert. Alles, was ich fühle, ist ein abgrundtiefer, bodenloser Schmerz. Und es ist richtig, dass er für immer unter Kubikmetern Beton und Schutt begraben wird. Das ist alles, mehr ist da nicht.

Zumindest nicht, ehe die Erde nicht aufhört zu beben, zwei viel kleinere Detonationen ertönen und sich die Tür zu unserem Gefängnis abermals öffnet.

»Meine Tochter! Er hat meine Tochter mitgenommen!« Robertas Schrei ertönt, kaum dass Francesco Carta ihr mit knapper Geste das Klebeband vom Mund gerissen und sie von ihrem Knebel befreit hat. Als er ihr die Arme und Beine losbindet, krallt sie sich in Brusthöhe an sein Polohemd und schüttelt ihn.

»Meine Tochter, hast du gehört? Wir müssen meine Tochter finden!«

Francesco bleibt ruhig, löst ihre Finger nicht von dem Stoff. Er legt ihr einfach nur die Hände auf die Schultern.

»Wir müssen raus hier und sie suchen gehen. Überall sind Straßensperren. Wir werden sie finden.«

Roberta nickt, lässt die Arme sinken, steht mühsam auf. Dann befreit Francesco mich.

»Du hast echt ein Händchen dafür, dich in die Scheiße zu reiten.«

»Sieht ganz so aus.«

Ich stehe auf. Mir tut alles weh. Eisendraht scheint sich in meine Beine und Schultern zu bohren. Mein Kopf dreht sich. Ich weiß nicht, ob wegen des Dämmerlichts, der Finsternis oder der Angst.

Ich sehe Roberta an. Sie steht schon in der Tür. Ihre Lungen scheinen fast zu bersten, so heftig atmet sie. Als wir bei ihr sind, sieht sie Francesco in die Augen.

»Wo kommt man hier raus?«

»Wir müssen nach oben«, antwortet Carta. »Gehen wir!«

Er dreht sich um und hastet den Flur hinunter. Während wir hinter ihm herlaufen, sehe ich, wie er sein Handy aus der Tasche zieht. Gerade drückt er es ans Ohr, als alles in taghelles Licht getaucht wird.

»Angela, ich bin's! Ich habe sie gefunden!«

Das Licht durchschneidet die Nacht, eine blendende Sonne, die plötzlich durch die Luken und Gitter an den Wänden strahlt.

»Schnell!«, rufe ich. Und ich erwische mich dabei, wie ich die Sekunden seit dem Aufleuchten des Lichtes zähle.

Fünf.

Die Treppe, die erste Stufe unter den Füssen. Wieder Francesco, diesmal brüllt er.

»Ich habe sie gefunden! Sie sind hier! Stoppt alles! Stoppt die Explosion!«

Sechs.

Roberta stolpert und klammert sich an meinen Arm.

Sieben.

Acht.

Neun.

Ein ohrenbetäubender Knall. Er steigt aus der Erde und den Mauern auf.

Die zweite Kolonie stürzt zusammen.

Etwas zieht mir die Stufe unter den Füßen weg. Ich falle nach hinten. Die Welt, wie ich sie kannte, verschwindet in einer Wolke aus Staub.

Angela Renzi drückt eine Taste ihres Handys und stellt das Gespräch auf laut.

»Sag das noch mal, Francesco.«

Am anderen Ende der Leitung hört man sie rennen. Die Stimme scheint aus einer tiefen Höhle zu kommen.

»Ich habe sie gefunden! Sie sind hier! Stoppt alles! Stoppt die Explosion!«

Sie dreht sich zur Kollegin um, die ihr die Waffe abgenommen hatte.

»Ich habe genug gehört. Und du?«

Die andere steigt in den Bus. Angela beendet das Gespräch.

»Raus da, so schnell wie möglich. Alles wird gestoppt.«

Im Bus sind zwei Techniker und zwei Polizisten. Sie sitzen vor einem Kontrollschirm voller bunter Lichter. Nur einer steht mit verschränkten Armen daneben und hat alles im Blick. Offenbar hat er das Sagen.

»Wir müssen die Sache unterbrechen.«

Der Tonfall der jungen Frau lässt keine Widerrede zu. Der Mann wird blass wie eine weiße Wand.

»Das ist unmöglich.«

Seine Stimme klingt gepresst. Die Finger bohren sich in die Unterarme, scheinen das Blut abzudrücken.

»Wie bitte?!«, Andrea steht hinter Angela. »Da drin sind drei der Menschen, die ich am meisten auf der Welt liebe, du Arschloch!«

»Ich kann nicht! Selbst wenn ich wollte, ich kann nicht! Das System ist … ein Experiment. Es war kein Notfall vorgesehen. Das Risiko hat man … in Kauf genommen.«

Angela will etwas sagen, doch die Explosion kommt ihr zuvor. Sie rennt auf den Parkplatz hinaus. Der Atem erstirbt in einem Würgen.

Gemeinsam mit Andrea sieht sie zu, wie die zweite Kolonie zusammenstürzt, ballt die Fäuste und beißt die Zähne zusammen, um die Tränen zu unterdrücken.

Der Sheriff geht auf das Meeresufer zu.

Er ist nicht so schnell, wie er gern wäre. Das Mädchen auf seiner Schulter ist ein totes, bleiernes Gewicht. Und das Laufen in den Gummischuhen, mit denen man bei jedem Schritt im Sand versinkt, ist wahnsinnig mühsam.

Doch es ist die einzige Möglichkeit. Und eine sichere noch dazu. Weitab von den Menschen, im Schatten der drei Kolonien, der Lichter, der ganz auf die Bühne gerichteten Aufmerksamkeit der Zuschauer.

»Ich bin der Trick im Zauberhut«, hat er beim Losgehen gedacht. »Alle starren auf die Hand des Zauberers, und niemand bemerkt den trügerischen Kniff.«

Bevor das erste Gebäude einstürzte, hatte er inständig gehofft, dass eine Wolke sich vor den verdammten Mond schieben möge. Dann ist der Drache gekommen, ein mächtiger Knall voller Staub und Sand. Und ihm ist klargeworden: wenn es ihm gelingt, die Detonationszeiten auszunutzen, wird ihn dieser dichte, graue Qualm besser schützen als jeder Zaubermantel. Er darf ihn nur nicht einatmen, muss sich das T-Shirt vor Mund und Nase pressen, das Gesicht des Mädchens mit einem Taschentuch schützen und sich vorankämpfen wie ein Tuareg in der Wüste. Und er muss so nah wie möglich am Ufer bleiben, wo der Sand fest ist und ihm ein schnelles Vorwärtskommen ermöglicht.

Bis zur Mole sind es noch ein paar hundert Meter. Dort steht das Auto, das ihn zum Chirurgen und zu einem Packen schnellen Geldes bringen wird, das er verprassen und dabei auf den Slawen und seine Befehle pfeifen kann.

Als das Flutlicht sich über das zweite Gebäude ergießt, erreicht er das Ufer. Zehn Sekunden später ist der Drache zurück. Verschlingt die Erde und den Beifall der Menschen. Reißt den Rachen auf und umgibt ihn abermals mit Qualm, bringt ihn in einem Wimpernschlag von der Welt der Lebenden in die der Schatten.

Das Telefon klingelt vergeblich.

Seit die zweite Kolonie in die Luft geflogen und wie ein Kartenhaus in sich zusammengesunken ist, hat Angela nichts anderes getan als immer und immer wieder anzurufen. Ewig lange, immer gleiche Klingeltöne, in denen sich ihre Hoffnung nach und nach auflöst. Und die Wut explodiert.

Weil sie die Sprengung nicht hat aufhalten können, weil man ihr nicht geglaubt hat, weil sie das Mädchen nicht schneller gefunden hat. Weil sie diesem Arsch von Kollegen nicht eine Kugel verpasst und in den Bus gesprungen ist.

»Ich hätte etwas tun können«, flüstert sie, während der Sand bei jedem Schritt ihre Schuhe bedeckt. Der Parkplatz mit dem Bus hinter ihr ist nur noch schemenhaft zu sehen.

»Aber du hast doch was getan.«

Andrea. Sie hatte sie fast vergessen. Sie geht mit verlorenem Blick neben ihr her. Zwei zum Tode Verurteilte, die auf die Vollstreckung warten, die Hände ans Telefon geklammert, in der Hoffnung auf eine Begnadigung, an die keiner von beiden glaubt.

Die dritte Kolonie jenseits der Umkleidekabinen ein paar hundert Meter weiter vorn zieht ihre Blicke auf sich. Langsam taucht sie aus der sich senkenden Staubwolke der zweiten Detonation auf. Stück für Stück verwandelt sich der braungraue Nebel in eine feste Form.

Der Einsturz des zweiten Gebäudes hat den gläsernen Übergang und einen Teil der Mauer mit sich gerissen. Das, was noch steht, sieht aus wie ein armloser Riese, der am Boden kauert und auf den Genickschlag wartet.

Andrea und Angela stapfen durch den Sand aufs Schafott zu. Die Scheinwerfer leuchten auf, lassen ihren Schritt erstarren. Die Stille, die folgt, dauert endlos lange Sekunden.

Dann bricht die Kolonie zusammen.

Als ich aufwache, ist mein Körper fühllos wie ein leerer Sack. Von der obersten Treppenstufe starrt Roberta mich an wie einen verhassten Feind.

»Alles in Ordnung?«

Francescos Stimme hingegen ist fest und beruhigend. Erst seine Frage macht mir klar, wo ich bin und was passiert ist. Die Explosion, die Kolonie, die Ratten. Und Lisa, die wie ein Müllsack fortgeschleppt wurde.

Ich umklammere Cartas Hand und ziehe mich hoch. Mein Kopf dreht sich, doch nur kurz. Nur solange, bis die Angst wieder die Oberhand über alles gewinnt.

»Ja, alles in Ordnung.«

Wir hasten die Treppe hinauf und rennen den langen Flur zum Ausgang hinunter. Er wirkt wie der Körper eines Tausendfüßlers. Überall gehen Zimmer und noch mehr Flure ab. Ganz am Ende die halbrunde Eingangshalle mit der Glastür, die auf den Vorplatz und den Strand hinausgeht.

Und von dort kommt das Licht. Weiß, blendend, unvermittelt. Unausweichlich wie eine Lawine. Erst als es aufstrahlt, sehe ich sie: kleine Löcher in den Wänden, nicht größer als eine Handfläche. In vollkommen regelmäßigen Abständen ziehen sie sich den gesamten Flur entlang.

Das Dynamit.

»Raus, verdammt noch mal, raus!«

Francesco brüllt und läuft schneller. Ich sehe mich nach Roberta um, die drei Meter hinter mir ist. Ich falle zurück, warte auf sie.

»Schnell!«

Ihr Mund steht offen, die Augen sind weit aufgerissen. Als sie neben mir ist, setze ich mich wieder in Bewegung.

Noch mehr Türen, noch mehr Flure. Das Herz pocht in den Lungen und bis in die Kehle hinauf. Es pulsiert in den Schläfen. Roberta neben mir stöhnt.

Zu viel Zeit. Es ist zu viel Zeit verstrichen.

Das Licht fest im Blick, wie eine Rettung, wie ein Todesurteil. Wie ein Gewehr im Anschlag.

»Auch draußen dürft ihr nicht aufhören zu rennen! Richtung Meer! Und nicht den Staub einatmen!«

Francesco, ein paar Meter vor mir. Das Handy fällt ihm aus der Hand, im Vorbeilaufen stoße ich mit dem Fuß dagegen.

Dann die Eingangshalle, das Licht, das alles erfüllt. Die Stille, die sich plötzlich auftut.

Etwas Riesiges, das hinter meinen Schultern atmet.

Robertas Schrei.

Das Brüllen der Erde, die sich erhebt und auftut.

Sand. Überall Sand.

Sand, der alles unter sich begräbt.

Alles ist vorbei.

Die dritte Kolonie fliegt mit einem dröhnenden Knall in die Luft.

Der heranrollende Staub scheint noch dichter, noch schwerer zu sein. Er setzt sich in das Haar des Mädchens, legt sich auf die Kleider, kriecht unter die Fingernägel.

Trotzdem lacht der Sheriff.

Er lacht, während die Staubwolke ihn abermals vor der Welt versteckt. Er lacht und orientiert sich am Rauschen des Meeres, vergräbt Mund und Nase im verdreckten T-Shirt und meint schon den Umriss der Mole zu sehen. Das Auto, das auf ihn wartet, einen Haufen Geld. Das Ende des Spiels. Er greift nach der Pistole und konzentriert sich auf sein Ziel. Er hat nichts zurückgelassen. Sie sind alle tot. Alles ist vorbei.

Bleibt nur noch der letzte Schritt.

Der Staub bedeckt alles und Angela schreit. Sie schreit, als könnte sie ihn damit aufhalten und fortblasen. Als könnte sie die Zeit zurückdrehen und die Wirklichkeit wiederauferstehen lassen.

Doch stattdessen bricht alles mit der dritten Kolonie zusammen. Ihr Leben, ihre Träume, alles, was sie bis zu diesem Moment geliebt hat. Francescos Gesicht, der Duft seiner Haut. Sie kann ihn riechen, hat ihn auf den Lippen, vermengt mit dem Staub und dem Knall. Mit ihrem Herzschlag, der aus dem Takt geraten zu sein scheint. Mit ihren zitternden Beinen, ihrem Kopf, der nicht aufhört, zu arbeiten.

»Er lebt. Er ist da drin, unter dem Staub. Wenn der sich senkt, werde ich ihn sehen«, denkt sie. »Wenn er verflogen ist, kann ich wieder lächeln.«

»Schwachsinn«, flüstert sie. Zwanzig Meter weiter vorn senkt sich die Wolke sacht aufs Wasser.

Da sieht sie ihn. Mitten im sich legenden Staub. Sie zieht die Pistole und rennt los. Dann bleibt sie wie angewurzelt stehen.

»Stehenbleiben!«

Angela Renzi schreit, die Füße breitbeinig in den Sand gestemmt. Keine zehn Meter vor ihr wendet der Mann, auf den sie zielt, den Kopf und sieht sie an.

Nur sein Oberkörper ragt aus dem Staub. Weiß wie ein Gespenst aus einem Alptraum. Ein der Hölle entflohener Teufel mit einem kleinen Mädchen im Arm.

Andrea sieht, wie Angela Richtung Ufer rennt.

Eine Vision, vernebelt vom Staub und den Tränen der Wut, die urplötzlich in ihr aufsteigen. Die Kolonie bricht vor ihren Augen zusammen wie ein Greis, der dem Tod nicht länger widerstehen kann. Am liebsten würde sie sie stützen, für die geborstenen Betonmauern einspringen und die ganze Struktur vor dem Einsturz bewahren. Standhalten wie eine griechische Statue, bis sie endlich Nicola, Lisa, Roberta und den Polizisten aus diesem Horrorszenario auftauchen sieht.

Dann könnte sie nachgeben. Von der Erdoberfläche verschwinden, nachdem sie etwas Gutes getan hat. Etwas, das besser ist, als sich für einen Schmerz schuldig zu fühlen, den sie sich niemals wird verzeihen können.

»Stehenbleiben!«, ruft Angela links von ihr. Und erst da begreift sie, was sie gesehen hat.

Er steht am Ufer, rund zehn Meter von der jungen Frau entfernt. Er taucht halb aus dem Staub auf, der langsam verfliegt. Lisa hängt über seiner Schulter wie eine von einem Verkäufer herumgeschleppte Schaufensterpuppe. Als der Mann sich umdreht und sie ansieht, ist sich Andrea sicher, dass er lächelt.

Dann explodiert der Himmel und lässt ihre Gedanken zerbersten.

Sie wird nicht auf ihn schießen.

Das ist der erste und letzte Gedanke, den der Sheriff hat, als die junge Frau ihm befiehlt, stehenzubleiben. Vielleicht ist sie Polizistin, aber das spielt keine Rolle.

Er hat die Kleine. Er spürt die Wärme ihrer Haut an seiner, das herabfallende Haar, das ihm über den Brustkorb streicht. Das Taschentuch, das er ihr vors Gesicht gebunden hat und das jetzt auf dem Wasser treibt wie eine Seerose.

Nein, sie wird nicht schießen. Das Risiko, das Mädchen zu treffen, ist einfach zu hoch. Sie sieht ihn noch nicht einmal richtig. Er ist nur ein von Staub eingehüllter Schemen.

Er wirft einen letzten Blick nach vorn. Nur noch ein kleines Stück, ein letzter Kraftakt. Wenn er schnell genug ist, kann er es locker schaffen.

Ohne zu merken, dass er lächelt, dreht er sich nach dem Revolverlauf um. Der Körper des Mädchens streichelt ihm die Wange. Hinter der jungen Frau ist noch eine zweite. Sie ist unbewaffnet. Ein Riesenglück für ihn. Verdammtes Pech für sie.

Ohne auch nur einen Moment stehenzubleiben, hebt er den Revolver und schießt. Zwei Ziele, zwei Schüsse.

Das Feuerwerk malt eine riesige Blume in den Himmel.

Rot wie Blut.

Francesco Carta rennt, ohne zu wissen wohin.

Der Staub ist überall, eine dichte, undurchdringliche Wolke, die aus dem Erdboden aufgestiegen ist und alles unter sich begräbt. Wie gern würde er sich umdrehen und feststellen, dass Zanardi und die Urbinati dicht hinter ihm sind. Sicher sein und nicht nur hoffen, dass sie es rechtzeitig geschafft haben.

Doch stattdessen kann er nur mit gesenktem Kopf und halb geschlossenen Augen vorwärtsstürzen, mit einem betäubenden Krach in den Ohren, einer Hand vorm Gesicht, einem kaum erträglichen Hustenreiz in den Lungen. Der Druckwelle gerade noch rechtzeitig entkommen. Und das Meer vor sich, als letzte Rettung.

Dort wird der Staub weniger dicht sein, dort wird es wieder Himmel und Luft zum Atmen geben. Und er wird alles erfahren, was er wissen muss. Noch ein Schritt, zwei, drei. Der Sand scheint fester, der Staub dunkler zu werden.

Als der Krach des einstürzenden Gebäudes in der Ferne verhallt, kehren die Nacht und das Geräusch des Wassers plötzlich zurück. Er spürt es unter den Füßen, an den Knöcheln. Er sieht, wie es sich bis zum Horizont erstreckt. Er hört auf zu rennen. Lächelt.

»Stehenbleiben!«

Der Schrei ist wie das Klingeln eines Telefons in tiefster Nacht. Sein Herz macht einen Satz und sein Kopf schnellt herum. Dann geschieht alles zu schnell, als dass er es sofort begreifen könnte.

Das Böllern der ersten Feuerwerkskörper. Der Schmerz, der sich in seinem Magen ausbreitet. Sein Körper, der sich rührt und tut, was er tun muss.

Robertas Stimme hinter ihm.

Die Schüsse.

Ich renne. Den Kopf im Sand, der um mich herumwirbelt. Roberta, die neben mir herläuft. Die Druckwelle des Gebäudes, die meinem Atem knurrend auf den Fersen ist.

Ich sehe nichts. Vorn, rechts, links. Ich halte den Kopf gesenkt, die Augen fest geschlossen. Ich huste. Versuche, nicht zu atmen. Und renne.

Zum Strand, zum Meer, zu Lisa, wo auch immer sie ist. Weg von der Kolonie, die unter der Last der Stille, der Fäulnis und der Ratten zu Boden geht. Dann erscheint die Nacht.

»Stehenbleiben!«

Eine Frauenstimme, irgendwo. Roberta, die aus dem Staub auftaucht und mich umrempelt. Das Salzwasser spritzt mir ins Gesicht. Ich hocke am Ufer, hebe den Kopf und blicke mich um.

Lisa ist rund dreißig Meter von mir entfernt. Auf den Schultern des Dreckschweins, das sie mitgenommen hat. Francesco rennt, die Pistole in der Hand. Weiter hinten steht die junge Frau, die geschrien hat und nimmt den Typen ins Visier. Ich sehe, wie er sich nach der Pistole umdreht, sein Nacken ist direkt vor mir, Lisas Körper schmiegt sich an seinen Hals.

Der erste Feuerwerkskörper färbt die Luft rot und verschluckt die Schüsse. Francesco bleibt stehen, stellt sich breitbeinig hin, die Brandung spritzt gegen seine Hosenbeine. Er zielt. Ein ungenauer Punkt jenseits des Pistolenlaufs.

Der Kopf des Mannes, Lisas Körper. Zu nah, viel zu nah. Roberta läuft auf ihn zu.

»Mein Kind! Nein! Das ist mein Kind!«

Francesco Carta hört sie noch nicht einmal. Doch der Mann dreht sich um. Der Himmel wird blau, dann weiß, dann rosa. Dann geht alles blitzschnell.

Die Dauer einer Farbe.

Der Mann schießt.

Zwei Mal. Er merkt es nur am Rückstoß der Waffe, der ihm

den Arm hinauffährt. Francesco Carta kontrolliert noch nicht einmal, ob er getroffen hat. Er will nicht, darf nicht. Kann nicht.

Er bleibt stehen, stellt sich breitbeinig ins Wasser.

Streckt die Arme nach vorn.

»Bleib stehen, du Dreckschwein. Noch eine Sekunde. Ich hab dich.«

»Mein Kind! Nein! Das ist mein Kind!«

Der Schrei der Urbinati ist ein Messerhieb in den Rücken. Der Mann dreht sich um, Lisas Kopf taucht hinter seiner Schulter auf. Er ist direkt in der Schusslinie.

Und Francesco Carta hat gerade abgedrückt.

Angela stürzt auf die Knie in den Sand. Die Schwerkraft ist plötzlich unerträglich geworden. Die Hände sinken, die Pistole fällt zu Boden. Die Welt verschwimmt, ein Kaleidoskop strudelnder Farben. Jemand schreit in der Ferne. Es klingt wie eine fremde Sprache, deren Worte sie nicht versteht.

»Auf den Boden, Andrea. Auf den Boden.«

Sie ist sich nicht sicher, das gesagt zu haben. Sie hat ihre Stimme nicht gehört. Am liebsten würde sie sich umdrehen und nachsehen wie es ihr geht, doch sie ist nicht dazu fähig. Sie ist zu nichts mehr fähig. Sie kann nur den Schuss hören, der in ihrem Kopf widerhallt. Und die Stille zerreißt.

Sie kippt nach vorn, Sand dringt ihr in den Mund. Salzig wie Blut verschluckt er die Welt und die Gedanken.

»Francesco, wo bist du? Francesco, lebst du noch? Francesco.«

Und dann nichts mehr.

Unter einem bunt zersplitterten Himmel rennt Inspektor Carta los. Wenige Meter, wenige Laufschritte. Dann bückt er sich zum Ufer. Hebt eine Pistole auf.

Der Mann ist auf den Rücken gefallen, seine Augen sind geöffnet, die Lippen halb geschlossen, das Gesicht zu einem verblüfften Feixen verzerrt, das sich nicht mehr zurücknehmen lässt.

Da ist Blut. Blut überall. Im Gesicht, am Hals, an den Händen, auf dem T-Shirt. Im Sand. Vermengt mit dem Staub auf dem Gesicht des Mädchens, das unter ihm liegt, einen Arm seltsam verdreht, die Lider geschlossen, fest zusammengepresst.

Francescos Finger tasten hastig nach der Halsschlagader des Mannes. Halten einen Moment inne, hieven ihn hoch und zerren ihn von Lisa herunter. Dann suchen sie den Hals des Mädchens. Halten auch dort inne. Gerade lange genug, um zu wissen, was er wissen muss. Dann springt Francesco auf und läuft weiter.

Zanardis Freundin hockt neben Angela. In wütender Verzweiflung bearbeiten ihre kleinen, kräftigen, blutverschmierten Hände mit kurzen rhythmischen Stößen Angelas Brustkorb. Der letzte Strohhalm, der einen vor dem Sturz in die Tiefe bewahrt.

Francesco fliegt über den vom Feuerwerk beleuchteten Strand, stürzt nach vorn, nimmt Angelas Kopf in beide Hände. Er streichelt ihre Wangen, küsst ihre Stirn. Er hört sie unter Andreas Bewegungen seufzen und ist einen Moment lang überzeugt, dass sie lebt, dass diese Reaktion eine Rückkehr von dem fernen, schwarzen Ort ist, an den sie hinter den geschlossenen Lidern verschwunden ist.

Dann hört Andrea auf. Sie schließt die Augen, steht auf. Schüttelt den Kopf. Geht in Richtung Ufer davon, das Echo des Schusses, der an ihrem Kopf vorbeigesaust ist, dröhnt ihr noch in den Ohren.

Angelas verlöschendes Leben ist eine plötzlich fallende Träne. Salzig wie Blut. Heiß wie der Schmerz.

»Lisa! Lisa!«

Roberta schreit unter einem bunten Lichterregen. Eine Statue aus Staub, die wie verrückt am Ufer entlangrennt. Und ich mit ihr. Das Herz, das bis zum Bersten in der Brust rast.

Einen Moment lang sehe ich Andrea neben Angela Renzi hocken. Das kurze Haar leuchtet im Feuerwerk, die Hände drücken auf den Brustkorb der jungen Frau. Dann sehe ich nach vorn. Andrea geht es gut. Andrea lebt.

Als ich Carta habe abdrücken sehen, schoss mir als Erstes das Bild von der getroffenen Lisa durch den Kopf. Getroffen von einer Kugel, die nicht ihr galt, sondern dem Nacken des Dreckschweins, das sie mit sich fortschleppte.

Jetzt, wo ich mich in die Brandung werfe, ist das Erste, was ich sehe, das Gesicht des Mannes. Die Augen weit aufgerissen, ein kreisrundes Loch im Hals, direkt unter dem Unterkiefer. Er hat ihn erwischt. Er hat ihn trotz allem erwischt.

Dann bleibt mein Blick an Lisas Gesicht hängen. An dem Schmerz, der ihre Züge verzerrt. An den fest geschlossenen Augen. An den Lippen, die unter ihrem Atem zittern. Am gebrochenen Arm, der schlaff daliegt, dem Knochen, der weiß wie der Mond aus dem Fleisch stakt.

»Lisa, nein … Lisa …«

Robertas Stimme bebt. Sie sieht mich an, als erwarte sie eine Antwort. Sie schaut auf das Mädchen, dann auf das Blut, das sein Gesicht, seinen Hals, seine Kleider bedeckt. Sie streckt die Hände ins Wasser und fängt an, ihm mit schnellen, zarten Bewegungen das Gesicht und die Haut zu waschen. In jeder Bewegung steckt die Panik, eine Verletzung zu entdecken, das Einschussloch, durch das ihr Leben entschwindet.

»Er hat sie nicht getroffen«, sage ich. Der hasserfüllte Blick einer Löwin, die ihr Junges schützen will, trifft mich.

»Er hat sie nicht getroffen«, wiederhole ich. »Sie hat nur einen gebrochenen Arm.«

Roberta lächelt zaghaft. Ich nehme ihre Hand, lege sie auf Lisas Hals.

»Spürst du das? Spürst du, dass es schlägt?«

Sie bricht in Tränen aus, Tränen, die ihr im Rhythmus des Herzschlages unter ihren Fingern über die Wangen rinnen. Dann kommt Andrea. Sie rennt. Ihre Hände sind blutverschmiert, ein schmerzerfülltes Zittern huscht ihr über Augen und Lippen.

»Ist sie …«

Mit einem Nicken schneidet sie mir das Wort ab, drängt uns zur Seite und beugt sich über Lisa. Sie streckt die Hände ins Wasser, wäscht sie hastig. Dann tastet sie nach ihrem Puls, nach ihrem Hals. Zieht die Lider hoch. Besieht sich den Arm. Die Gewandtheit ihrer Gesten lässt mich sprachlos.

Sie dreht sich zu Roberta um. Mit starren Schultern und sich hektisch auf der Unterlippe herumbeißend, hat sie alles verfolgt. Am liebsten würde ich sie in den Arm nehmen. Wäre irgendwie für sie da.

»Sie hat nur einen gebrochenen Arm«, sagt Andrea. Ihre Stimme ist leicht wie das Rauschen des Meeres.

»Einen Arm, ja. Aber …«

Sie nimmt ihr Gesicht in beide Hände.

»Es geht ihr gut, Robbie. Es geht ihr gut.«

Roberta nickt und beugt sich über ihre Tochter. Drückt ihr die Lippen auf die Stirn. Streichelt ihr Gesicht, das Haar, die Wangen.

Ich erhebe mich, helfe Andrea auf. Dann stehen wir da. In der Ferne hört man eine Sirene. Lisa macht die Augen nicht auf. Sie atmet.

Die letzte Feuerwerksrakete taucht den Himmel in tausend Farben.

Eine Blume, ein Mosaik, ein Regenbogen.

Lisa schläft nur.

Suche den Wind, du wirst den Staub finden, sagten seine Augen.

Jean-Claude Izzo, *Total Cheops*

Die Autos gleiten rasch unter dem vor Hitze gleißenden Himmel dahin. Sechs Männer sitzen darin. Vier im hinteren Wagen, zwei im vorderen. Am Steuer des zweiten Wagens sitzt ein italienscher Offizier. Sie nennen ihn Mario, was dermaßen banal ist, dass es fast sein richtiger Name sein könnte. Auf dem Beifahrersitz sitzt sein Vorgesetzter, der Mann, dem Antonio Parmeggiani nach Zahlung des Lösegeldes die beiden Geiseln übergeben hat. Die Korrespondenten der *RAI* und des *Corriere della Sera* sitzen hinten. Sie haben ihm nie ins Gesicht gesehen.

»Ich kann euch die Augenbinden nicht abnehmen«, hat er ihnen erklärt, als er sie in Empfang genommen hat. Und er hat sie gleichzeitig nicken sehen, wie in einem Ballett.

Jetzt, da er im ersten Wagen sitzt und Raed – sein Kontaktmann in Bagdad – ihn zum Flughafen bringt, erscheint alles sehr weit weg. Italien, seine Mission, die staubigen, von Bomben durchlöcherten Straßen. Der gestern erwartete Anruf, der nicht gekommen ist. Ihr Körper.

Sie fehlt ihm. In manchen Momenten vermisst er sie so sehr, dass er an nichts anderes denken kann. Eine Obsession, die er verabscheut. Sie macht ihn von jemandem abhängig, und das will er nicht mehr sein. Das hat er bereits mit seinem Vater gehabt, vor langer Zeit. Der Schmerz einer alten Narbe, die ein bisschen brennt, wenn man gedankenverloren mit der Hand darüberfährt.

Er schließt die Augen. Presst die Lider zusammen, um das überall eindringende Licht auszusperren und den Kopf wachzuhalten. »Ich muss nur Geduld haben«, denkt er. Das war die Abmachung. Und sie hat sich stets daran gehalten.

Er holt Luft. Ein langer Atemzug, der ihn wieder in die Wirklichkeit zurückbringt. In die klimatisierte Kabine, die das fünfzig Grad heiße Bagdad hinter die Autoscheiben verbannt. Auf die Straße, die sich vor ihm auftut, als er die Augen wieder öffnet.

Noch ein paar Kilometer durch das Nichts, und sie erreichen die große Hauptstraße, die zum Flughafen führt. Dann heißt es nur noch, durch die Kontrollen zu kommen.

Wieder will er die Augen schließen, als er ein Geräusch hört. Ein seltsamer, dumpfer Knall, der das Auto schlingern, den Fahrer fluchen lässt, und ihn der Länge nach auf den Rücksitz schleudert. Dann kommt der Wagen von der Straße ab, schleudert durch den Staub und kommt schließlich rund zehn Meter von der Asphaltpiste entfernt zum Stehen.

Antonio Parmeggiani springt in die brütende Nachmittagshitze hinaus. Die Vorderreifen sind zerfetzt. Und der Wagen mit den Geiseln ist nicht mehr da.

Er sieht auf, blickt Raed an, der einen knappen Meter entfernt neben dem Auto steht. Eine Pistole in der Hand.

»Was tust du da?«

Er hat ihn in Arabisch gefragt, doch Raed antwortet auf Italienisch.

»Hände hoch, schön sichtbar.«

Antonio dreht sich um. Am Ende der Asphaltbahn, die sich bis zum Horizont schlängelt, taucht ein Wagen auf. Vielleicht ein Militärjeep. Er muss Zeit gewinnen, warten, bis er sich genähert hat. Um Hilfe bitten und Raed ein Schnippchen schlagen. Der scheint nicht derselben Meinung zu sein.

»Sieh mich an. Und halt die Hände hoch.«

Antonio gehorcht. Langsam hebt er die Hände.

»Was willst du?«

»Sie wollen dich.«

»Sie?«

»Ich kriege Geld dafür.«

»Wenn es dir um's Geld geht, hättest du auch mich fragen können.«

»So viel hättest du mir nie gegeben.«

Entsetzen schleicht sich in Parmeggianis Blick. Nicht Raed ist der Feind.

Sie wollen dich.

»Wer sind die?«

Die Augen des Irakers wandern für einen kurzen Moment von Antonio zu dem sich nähernden Auto. Und als Raeds erleichterter Blick wieder den seinen kreuzt, weiß Antonio, dass dieses Auto ihn nicht retten wird. Dieses Auto sind *sie*.

Unmerklich zieht er die Hände zum Körper. Ein paar Zentimeter, vielleicht zwei. Dann noch ein paar. Er muss nur tief genug kommen, um nach der Pistole greifen zu können, die hinten in seiner Hose steckt. Noch ein Zentimeter. Noch einer. Das Geräusch des nahenden Autos, ein fernes Brummen.

»Los, Raed, sieh nach wie nah es schon ist. Riskier einen Blick. Ich brauch nur eine Sekunde«, denkt er. Wie ein Stoßgebet.

Das, was dann passiert, dauert nur einen Wimpernschlag. Die Augen des Irakers wandern erneut zum Horizont. Seine Hände bewegen sich rasch, doch nicht rasch genug. Der Schuss. Der Staub im Mund, in den Augen. Der Schmerz, der ihm den Atem zerreißt. Die Hitze, die die Haut zu verbrennen scheint. Das eintreffende Auto.

»Er gehört Euch«, sagt Raed. Und die Antwort kommt auf Englisch.

Während sie ihn verbinden und wegbringen, schließt Antonio Parmeggiani die Augen.

Jetzt ist alles klar. *Sie* haben einen Namen, ein Ziel. Ein Gesicht. Und eine Stimme.

Aus dem *Corriere della Sera*, 1. September 2004

LEICHE EINES ITALIENERS GEZEIGT

Antonio Parmeggiani anhand seiner Papiere identifiziert.

Am selben Tag, an dem die Heimkehr der Geiseln gefeiert wird, wird aus dem Irak eine neue beunruhigende Nachricht laut. Dem Sender al-Dschasira ist das Video einer männlichen, an Händen und Füßen gefesselten Leiche mit verbundenen Augen zugespielt worden. In dem Video, das der Empfänger nicht ausgestrahlt hat, ist die in einen Graben geworfene Leiche eines Mannes zu sehen. Daneben zwei maskierte und mit Kalaschnikows bewaffnete Terroristen. Dank einer Nahaufnahme der auf den Toten gelegten Papiere war eine Identifizierung möglich. Es handelt sich um Antonio Parmeggiani aus Reggio Emilia. Schon seit geraumer Zeit war er nicht mehr in Italien ansässig und stand in keinerlei Zusammenhang mit dem in der Friedensmission engagierten italienischen Truppenkontingent im Irak. Auch in den Personallisten der im irakischen Gebiet tätigen NRO tauchte er nicht auf. Erst vor zehn Tagen ist seine Schwester Sara in ihrer Bologneser Wohnung tot aufgefunden worden. Möglicherweise wurde sie Opfer eines versuchten Einbruchs.

Aus der *Repubblica*, 3. September 2004

FALL PARMEGGIANI GIBT RÄTSEL AUF

Söldnerhypothese immer wahrscheinlicher

Es wird zunehmend davon ausgegangen, dass Parmeggiani sich als Söldner im Irak befand. Offizieller Dementi zum Trotz, heißt es aus verlässlichen Quellen, dass er sich bereits seit einigen Monaten in Bagdad aufhielt. Dass sein Leben manches dunkle Geheimnis birgt, ist nicht von der Hand zu weisen. Nach seinem Verschwinden als Minderjähriger hatte er nie mehr italienischen Boden betreten und auch keinen Wehrdienst geleistet. Seit mehr als zwanzig Jahren hatte man jede Spur von ihm verloren. Die Dokumente, die seine Identifizierung erlaubten, sind möglicherweise gefälscht. Ebenso rätselhaft bleiben die Umstände seines Todes. Die Gruppierung Islamische Märtyrer für die Befreiung des Irak, die sich zu dem Mord bekannt hat, ist bislang niemals in Erscheinung getreten. Auch die Tatsache, dass es keine wirkliche Entführung gegeben hat, lässt den Tod des Mannes in zweifelhaftem Licht erscheinen.

»Ich weiß, dass Sie wach sind, Sie können ruhig die Augen aufmachen.«

Die Stimme kommt von ganz weit her. Sie ist wie eine Erinnerung, die sein Hirn zufällig aus dem Sammelbecken vergangener Tage gefischt hat. Vielleicht ist es danach einfach so. Man hat nichts mehr, nur Erinnerungen. Und hin und wieder taucht eine auf, wie bei der Lottoziehung.

Es ist still. Zu still für die wirkliche Welt.

»Ich bin tot«, denkt er. Und merkt nicht, dass er es geflüstert hat.

»Tut mir leid, Sie enttäuschen zu müssen, aber ich bin nicht der heilige Petrus.«

Diesmal ist die Stimme ganz nah. Nicht mehr so, als hörte er sie in seinem Kopf. Sie klingt lebendig.

»Elendes Schwein«, versucht er zu wispern. Aber er weiß, dass es ihm nicht gelungen ist. Als er zu begreifen beginnt, dass er wieder einen Körper hat, öffnet Antonio Parmeggiani die Augen.

Das Licht ist wie eine Messerspitze. Es zerschneidet seinen Blick, fährt ihm in die nach Luft ringende Kehle. Dann, mit den Lidern blinzelnd, gewöhnt er sich langsam daran.

Das Zimmer ist weiß wie ein Zuckerkuchen. Die Wände, der Boden, die Decke, das Laken, die Vorhänge, die Farbe des Himmels, der durch den Vorhangspalt hereinlugt. Der Schnee auf den fernen Bergen.

Er versucht, den linken Arm zu bewegen, doch etwas Spitzes bohrt sich ihm ins Fleisch und entreißt ihm ein Stöhnen. Also versucht er es mit dem rechten, hebt ihn zum Gesicht, berührt die Plastiksonde, die in seiner Nase steckt. Dann den Wangenknochen, doch allein die Hand zu nähern lässt sein Gesicht vor Schmerz bersten, und er hält jäh in der Bewegung inne.

Am liebsten würde er wieder die Augen schließen, in das weiche, ferne Schwarz zurücksinken und dort bleiben, bis es vorüber ist. Dann ertönt die Stimme erneut. Er hatte sie schon vergessen. Er hatte nicht geglaubt, dass sie echt ist. Doch sie ist es.

»Sie sollten sich in Ihrem Zustand nicht anstrengen«, sagt sie. Und während die Wut ihm die Kehle zuschnürt, erscheint der Graue in seinem Blickfeld.

»Elendes Schwein.«

Diesmal hat er es wirklich gesagt. Und seine eigene Stimme kaum wiedererkannt. Rau, tief, ein Wispern, das über die Vokale stolpert. Der Graue lacht. Ein kurzes, metallisches, kehliges Geräusch.

»Diplomatie war noch nie Ihre Stärke. Ich wollte Ihnen lediglich einen guten Rat geben. Wenn Sie denn schnell wieder auf die Beine kommen wollen.«

Er bleibt direkt vor seinen Augen stehen. Öffnet die Vorhänge. Das hereinfallende Licht erscheint weniger stark. »Wo bin ich?«

Seine Lippen sind trocken. Er fährt mit der Zunge darüber. Es brennt wie tausend Schnitte.

»In einer Klinik. So könnte man es nennen. Das, was Sie sehen, sind die Alpen. Der erste Schnee dieses Jahr.«

»Wie bin ich hierhergekommen? Seit wann bin ich hier?«

Die zweite Frage erstickt in einem Hustenanfall. Die Luft rinnt zäh durch seine Kehle, sickert über die Lippen, lässt ihn nicht atmen.

»Ich hatte Ihnen gesagt, Sie sollen sich nicht anstrengen. In Ihrem Zustand ist das nicht ratsam. Jetzt werde ich Ihnen alles erzählen. Seit Bagdad ist eine Weile vergangen. Sie sind dreimal operiert worden. Das erste Mal im Irak, von einem amerikanischen Militärchirurg. Ein sehr fähiger Mann, heißt es. Sie haben vier gebrochene Rippen, ein ziemlich heftiges Schädeltrauma, mehrere Quetschungen am ganzen Körper. Dazu kommt Ihnen noch ein Schlauch aus dem Unterleib, aber fragen Sie mich nicht, wozu der gut ist. Außerdem kriegen Sie Schmerzmittel, die den stärksten Bullen umhauen würden. Das ist alles.« Er macht eine Pause. »Ach, ich vergaß. Man hat auf Sie geschossen. Aber das wissen Sie wahrscheinlich noch. Der Mann, der das getan hat, ist jedenfalls umgebracht worden. Ein Schlag gegen den internationalen Terror. Sie wissen ja, wie das läuft.«

Antonio bleibt stumm.

»Wer weiß, wie viel Geld du Raed dafür geboten hast«, denkt er. »Wer weiß, wie du ihn überredet hast. Raed war nur eine arme Sau. Du wusstest das, und er auch.«

»Was wollen Sie?«

Der Graue vergräbt die Hände in den Taschen.

»Sie sind wie immer sehr direkt. Sagen wir, ich bin gekommen, um Ihnen einen Job anzubieten.«

Antonio lächelt. Trotz des Schmerzes versucht er den Gesichtsausdruck möglichst lange beizubehalten.

»Erst versuchen Sie mich umzubringen, dann bringen Sie mich hierher und bieten mir einen Job an. Interessant.«

Der andere zuckt mit den Achseln.

»Ich habe nie versucht, Sie umzubringen. Dann wären Sie nicht hier. Sagen wir, ich habe Sie … gelenkt. Oder besser instruiert. Das erscheint mir passender.«

»Ich hatte bereits einen Ausbilder. Und das war alles andere als erbaulich.«

»Simone Mariani, ich weiß. Es wird sie trösten zu erfahren, dass er tot ist. Nicht durch meine Hand, Gott bewahre. Sondern durch eigene Unfähigkeit, soweit ich weiß. Vielleicht bedauern Sie es, nicht dabei gewesen zu sein.«

»Sagen Sie mir, was Sie wollen.«

Der Graue zieht eine Hand aus der Tasche. Er hat eine Memorycard und einen Stoß Fotos zwischen den Fingern und hält beides in die Höhe wie ein Sportler einen Pokal.

»Hier ist das, was wir beide gesucht haben. Haben Sie nicht den Eindruck, dass die Partie gelaufen ist?«

»Sie haben meine Schwester umbringen lassen.«

Er schüttelt den Kopf. Eine genervte, von einem langen Seufzer begleitete Geste. Er macht einen Schritt auf das Bett zu. Setzt sich. Verschränkt die Arme.

»Hören Sie damit auf, bitte. Ich weiß alles. Ich habe immer alles gewusst.«

Antonio starrt ihn an. Plötzlich scheint die Wirklichkeit aus Eissplittern zu bestehen.

»Ich weiß nicht, was …«, hebt er an, doch seine Stimme ist nicht kräftig genug, um bis zum Ende des Satzes durchzuhalten.

»Ich habe gesagt, Sie sollen damit aufhören. Sie selbst haben Ihre Schwester umgebracht.«

Antonio schließt die Augen. Das Zimmer verschwindet jäh. Die Zunge, mit der er sich die Lippen befeuchtet, ist eine weit zurückliegende Erinnerung. Eine identische Geste, Zwillingslippen zweier verschiedener Körper. Sie haben sie beide vom Vater geerbt.

Du bist verrückt, Antonio, ich will leben, verstehst du?

Saras Stimme ist Musik. Es gab eine Zeit ehe alles zu Ende war, da war er regelrecht verliebt in sie.

Das kannst du nicht tun, verstehst du? Das kannst du nicht. Wenn du jetzt aufgibst, ist alles gelaufen. Du wirst deinen Sohn niemals wiederbekommen. Er wird ihn dir niemals geben.

Er verschränkt die Hände vor der Brust. Eine brüske Geste, wie der Blick, den er ihr im sonnendurchfluteten Wohnzimmer ins Gesicht schleudert.

Er wird ihn mir sowieso nicht geben, kapierst du? Mein Kind existiert nicht, mein Kind ist tot, Antonio! Tot! Mein Kind ist in dem Moment gestorben, als er mich gefickt und geschwängert hat. Alles andere ist einen Scheißdreck wert. Alles, was ich noch tun kann, ist, das Geld zu nehmen und abzuhauen. Ganz weit weg. Weit weg von allem.

Ich hab dich auf die Idee mit den Fotos und den versteckten Kameras gebracht. Vergiss das nicht.

Ja, aber ich bin mit ihm ins Bett gegangen. Ich hab die Beziehung wieder aufgewärmt, in der Hoffnung, es würde was bringen. Ich hab mich ficken lassen und bin innerlich dabei eingegangen. Ich habe mit diesem Schwein schlafen müssen. Ich, immer ich. Derweil hast du dich damit begnügt, mir durchs Schlüsselloch zuzuschauen.

Wo sind die Fotos, Sara?

Die junge Frau lächelt kurz. Ohne den Blick von ihm abzuwenden, reißt sie ungläubig die Augen auf. Schüttelt den Kopf.

Das ist dein privater Krieg, nicht mehr meiner. Ich weiß nicht, weshalb du ihn führen willst, aber rechne nicht damit, dass ich dir helfe. Es ist aus.

Sie dreht ihm den Rücken zu. Geht zum Sofa, bückt sich nach dem Handy.

Antonio sieht sie an. Seine Schritte sind unsicher wie die ersten Worte eines Kindes. Der Rest folgt ganz natürlich. Es dauert nur einen Augenblick.

Den Wimpernschlag, mit dem er die Augen wieder aufmacht und den Grauen ansieht.

»Wie haben Sie es rausbekommen?«

»Mariani konnte es nicht gewesen sein. Auch wenn er immer das Gegenteil behauptet hat. Er meinte, sie hätte sich nicht an die Abmachung gehalten. Und er hätte sie umbringen müssen. Ich habe den Bericht der Spurensicherung gelesen. Diese Präzision war gar nicht typisch für ihn. Nicht mit all dem Blut. Den Ort des Verbrechens zu säubern ist eine schwierige Arbeit. Die Spuren zu beseitigen, die Fingerabdrücke zu verwischen. Nein, er konnte es nicht gewesen sein. Jeder mordet nach seiner Natur. Doch in einem Punkt hatte er wohl recht. Die Abmachung ist geplatzt. Die zwischen Ihnen und Ihrer Schwester. Nicht die unsrige.«

Antonio nickt.

»Sara hatte nichts kapiert.«

»Oder sie hat alles kapiert. Wer weiß. Sie war Ihre Schwester, und dennoch haben Sie sie umgebracht.«

»Sie war es nicht.«

»O sicher. Bitte ersparen Sie mir die rührende Geschichte vom Hurenbock von Vater, der die Familie zerstört hat. Sie und das Mädchen sind gemeinsam aufgewachsen. Aber das hat Sie nicht daran gehindert, ihr die Kehle durchzuschneiden, als sie sich zwischen Sie und ihre Pläne gestellt hat. Und ehrlich gesagt habe ich nicht den Eindruck, als plagten Sie irgendwelche Gewissensbisse. Vielleicht weiß so einer wie Sie nicht einmal, was Gewissensbisse sind. Es heißt, »wir kommen nur drauf, wenn wir leben«. Vielleicht haben Sie noch nicht genug gelebt, um drauf zu kommen. Und manch einer behauptet, Sie werden niemals drauf kommen.«

Er zieht einen Zeitungsausschnitt aus der Jackentasche. Hält ihn vor sein Gesicht, damit er ihn lesen kann.

Die Nachricht von seinem Tod entreißt ihm ein schräges, verblüfftes Grinsen. Das Leben hat sich in einen wirren Traum verwandelt, in dem alles auf dem Kopf zu stehen und das genaue Gegenteil dessen zu bedeuten scheint, was es bisher bedeutet hat.

»Sagen Sie mir, was Sie im Sinn haben.«

Der Graue steht auf, stellt sich ans Fenster. Reibt sich die Hände, als seifte er sie ein. Mit immer langsameren Bewegungen, bis zum Stillstand.

»Sie werden eine neue Identität annehmen. Antonio Parmeggiani ist tot. Giulio Benetti reicht morgen seinen Abschied ein. Ich werde den Brief persönlich in Empfang nehmen. Gesundheitliche Gründe, lautet die offizielle Version. In dem Moment wird der Posten, den Sie an der Spitze der Security-Einheit innehatten, frei.«

»Und man wird Sie ersuchen, einen Ersatz zu finden.«

»Höchstwahrscheinlich. Und sollte man es nicht tun, wird mein Kandidat derart erstklassige Referenzen vorzuweisen haben, dass er den Posten auch ohne Empfehlung bekommt.«

Er macht eine Pause. Wartet auf die Reaktion seines Gegenübers. Versucht zu durchschauen, wie genau er ihm folgt, bis zu welchem Punkt er in Gedanken seinen Worten voraus ist.

Antonio hingegen lässt den Blick zum Fenster wandern und wartet, dass er fortfährt. Er hat zu nichts Lust. Will nur den Blick dorthin gehen lassen, wo es keine Fragen und Antworten mehr gibt. Nur Schweigen.

»Sie werden sich einem chirurgischen Eingriff unterziehen. Eine Gesichtsplastik. Nichts Extremes, versteht sich. Gerade das, was es braucht, um aus Ihnen einen anderen Menschen zu machen. Nase, Lippen. Vielleicht die Wangenknochen. Stimmbänder. Die Ärzte werden das entscheiden. Und wenn Sie wieder auf dem Damm sind, folgen Sie sich selbst als Sicherheitschef nach. Sie sehen, eine einmalige Gelegenheit.«

»Finden Sie?«

Er überhört ihn.

»Die Operation erfolgt in einer Spezialklinik. In Connecticut. Sie werden eine neue Identität erhalten. Dafür scheinen Sie ja etwas übrig zu haben. Wenn ich mich recht erinnere, ist es bereits die dritte. Das erste Mal, als Sie aus der Fremdenlegion abgehauen sind, muss Ihnen besonders gelungen erschienen sein. Sehen Sie mich nicht so an. Sie werden doch wohl nicht glauben, dass ich solcherlei Aufträge an Leute vergebe, von denen ich nicht auch die Herzfrequenz im Ruhezustand kenne. Ihre Einstellung zur Lüge habe ich schon immer interessant gefunden. Und für ihre Tätigkeit äußerst nützlich. Allerdings hätte ich nicht gedacht, dass Sie tatsächlich geglaubt haben, Sie könnten bei mir damit durchkommen.« Er macht eine Pause. Tritt wieder ans Bett.

»Nehmen Sie Ihre Arbeit wieder auf, und wir sind wieder ein Herz und eine Seele.« Noch einmal zeigt er ihm die Memorycard. »Ich nehme an, das hier war nur ein bedauernswerter Fehltritt. Eine Fußnote auf dem Weg zu ihrer perfekten … Ausbildung.«

»Und wenn ich nicht mitmachen will?«

Der Graue fährt sich mit der Hand übers Kinn.

»Wir leben in einem freien Land. Die Pflege in dieser Einrichtung wäre Ihnen dennoch garantiert. Nur aus Ihrer neuen Identität würde nichts werden. Keine Gesichts-OP, keine Hilfe, kein Job. Keine Abmachung zwischen uns. Wir beide kennen uns nicht. Wir sind uns nie begegnet. Wir werden uns nie begegnen.«

»Ich muss darüber nachdenken.«

»Aber natürlich. Sie haben drei Tage Zeit. Reicht das?«

»Ja.«

»Sehr schön.« Er geht zur Tür. Kurz davor hält er inne und dreht sich noch einmal um. »Ich vergaß. Ich bin wirklich ein Schussel, verzeihen Sie. Das Alter macht sich langsam bemerkbar.«

Antonio lächelt falsch.

»Ihre Freunde, lieber Parmeggiani. Sie sind alle tot.«

»Freunde?«

»Na, kommen Sie, das ist jetzt das zweite Mal, dass Sie mich für dumm verkaufen. Langsam glaube ich, Sie machen das mit Absicht.« Er senkt die Stimme zu einem Wispern. »Ihre Freunde, ja. Die, mit denen Sie dieses seltsame … Geschäft aufgezogen hatten. Sie sind tot. Sagen wir, eure letzte Mission hatte nicht den gewünschten Ausgang.«

»Ich weiß nicht, wovon Sie reden.«

Der Graue umkreist das Bett. Ein Hai, der um seine Beute streicht, die Rückenflosse, die auf- und untertaucht.

»Ich nehme an, Paola Vigliani war nicht die Erste. Aber der spektakulärste Fall war sie bestimmt. Ich bin fast sicher, dass Sie sie entführt haben. Eine perfekte Aktion, meinte zumindest der arme Commissario Marra. Er ist ebenfalls tot. Aber das war Ihnen wahrscheinlich sofort klar, als ich Ihnen die Fotos gezeigt habe. Ich nehme an, die Mexikanerin, die sie gequält haben, hat ihnen erzählt, wem sie sie gegeben hat. Aber wir waren bei Paola Vigliani stehengeblieben. Vor ihr gab es vielleicht noch ein Dutzend andere. Um es genau zu wissen, müsste ich nur den Chirurgen fragen, immerhin kenne ich ihn noch länger, als Sie es tun.

Ich muss zugeben, die Idee, die eingesandten Fotos für das Videospiel zu benutzen, ist einfach genial. Über diesen Ferrari habe ich immer nur Gutes gehört. Schon seit dem Kosovo. Wir hatten erwogen, ihn … sagen, wir … für die Sache zurückzugewinnen. Aber wir haben es nie ernsthaft versucht. Und es hat sich herausgestellt, dass wir gut daran getan haben. Nicht besonders stressresistent. Und dann noch der Job der Ehefrau. Zu gefährlich. Der andere Typ, dieser Sheriff, war auch nicht schlecht. Rund zehn Festnahmen wegen Softwarepiraterie, Betrug, Menschenraub und Diebstahl. Genau die Eigenschaften, die Sie brauchten. Schade, dass ein gewisser Inspektor Carta ihm die Birne vom Hals geschossen hat. Berufsrisiko. Jeder Job hat seine Schattenseiten. Das wissen Sie ja.

Und so stehen Sie jetzt alleine da. Ich weiß nicht genau, was ihr mit diesem Mädchen, mit dieser Lisa Urbinati angestellt habt. Commissario Marra nahm an, es habe sich um einen dummen Zwischenfall gehandelt. Ich glaube, nicht einmal Sie wissen genau, ob das Mädchen etwas gesehen hat, was es nicht sollte, oder nicht. Andererseits ist ein Gesicht nur ein Gesicht, meinen Sie nicht?«

»Und wenn ich Ihr Angebot annehme …«

Der Graue zuckt mit den Schultern.

»Sie sind tot. Das haben Sie doch in der Zeitung gelesen. Die Presse lügt nie.«

Antonio atmet langsam. Einen Moment lang steht alles still. Nur die Gedanken und sein metallener Herzschlag nicht. Leicht beschleunigt.

»Sagen Sie mir, warum.«

»Warum?«

»Wenn Sie alles wussten, wieso haben Sie dann zugelassen, dass …«

»… das passiert? Diese armen kleinen Mädchen, nicht wahr? Blutjung wie die, die Ihr Vater immer mit nach Hause gebracht hat. Ein bisschen Geld, und alles lässt sich regeln. Ein bisschen Geld, und alles lässt sich lernen. Bis eine dieser kleinen Nattern dir eine Schere in den Hals rammt, während du schläfst. Und du sie umbringst. Sie erschießt, die Leiche verschwinden lässt und so tust, als handelte es sich um einen missglückten Einbruch. Schließlich kannst du es nicht zulassen, dass die Leute behaupten, dein Vater hätte was für junge Dinger übriggehabt. Und dass herauskommt, dass es dir genauso geht. Das ist das Einzige, was ihr gemeinsam hattet. Wir reden doch von diesen kleinen Mädchen, nicht wahr?«

Antonios Lächeln ist eine in der Sonne glänzende Messerklinge.

»Unter anderem.«

Der Graue breitet die Arme aus.

»Es waren nur kleine Mädchen. Wie Paola Vigliani, Lisa Urbinati, die anderen. Es ist mir wurst, wie viele es waren. Es waren nur kleine Mädchen. Wenn kümmert das denn morgen noch, außer die Eltern? Wer erinnert sich noch an sie, wo sie noch nicht einmal richtig gelebt haben? Wie lange, glauben Sie, wird man nach ihnen suchen? Nach ein paar Wochen kräht doch kein Hahn mehr danach. Nicht einmal das Fernsehen. Die Leute haben andere Sorgen. Wie gesagt, sie sind mir wurst. Was zählt, ist alles andere, Antonio. Die Vision des Ganzen.«

»Die Vision des Ganzen«, wiederholt er. Und dieser Satz öffnet die Tür zu einer Wirklichkeit, von der er erst jetzt begreift, dass sie ihm immer bekannt war.

»Sicher. Sie sind diesen Fotos nicht nachgejagt, um den Sohn ihrer Schwester zu finden. Sie haben es getan, um Macht zu bekommen. Um eines Tages etwas in der Hand zu haben. Um Raum zu gewinnen. Eine Weichenstellung, einen Hebel, um die Dinge zu verschieben, über die Leute zu bestimmen. Und aus genau demselben Grund habe ich diese Bilder nicht vernichtet, nachdem ich die Originale übergeben habe. Macht. Man übt sie im Dunkeln aus, ohne eine Stimme, ohne ein Gesicht. Das Gesicht ändert sich immer. Das von allen bewunderte Lächeln ändert sich mit dem Wetter. Doch manche Sachen ändern sich nie. Und niemand ist bereit, ihnen wirklich auf den Grund zu gehen. Das wissen Sie genau, denn Sie sind wie ich. Zumindest das werden Sie begriffen haben.«

Antonio antwortet nicht. Er sieht dem Grauen einfach nur in die Augen, als wäre er eine schöne Frau.

»Deshalb haben mich Ihre Geschäfte nicht weiter interessiert. Und daran wird sich nichts ändern. Es ist unwichtig.«

Er nickt bedächtig.

»In Ordnung.«

»Was?«

»Ihr Angebot. Ich nehme an.«

Der Blick des Grauen ist ehrlich überrascht.

»Ich hätte nicht gedacht, dass Sie sich so schnell entscheiden würden.«

»Ich verliere nun mal nicht gerne Zeit, das wissen Sie.«

»Gut. Jetzt müssen Sie sich nur überlegen, wie Sie zukünftig heißen wollen. Von Simone Mariani rate ich aus offensichtlichen Gründen ab. Es war schon boshaft genug, seinen Spitznamen zu benutzen. Der Slawe. Wenn sich das herumgesprochen hätte … Finden Sie das etwa nett?«

»Ich habe nie etwas für ihn übriggehabt.«

»Das beruhte auf Gegenseitigkeit, wie Sie wissen. Aber Sie sind noch am Leben.«

»Ich hätte nur noch eine Frage.«

»Bitte.«

»Wie haben Sie es herausgefunden?«

Diesmal ist das Lachen des Grauen spontan und echt.

»Das würden Sie gern wissen, um sich nicht noch einmal in die Pfanne hauen zu lassen, hm? Zwecklos. Frag den Zauberer nie nach seinen Tricks. Ich frage Sie auch nicht nach Ihren Kontakten im Irak, im Nahen Osten oder in Ex-Jugoslawien. Das habe ich nie getan und werd's auch nie tun. So sind nun einmal die Spielregeln. In unserer Welt zählen die Resultate, nicht die Lösungswege.«

Er nickt.

»Nur eines kann ich Ihnen verraten. Varo Borja war ein wunderbares Pseudonym. Der Mann, der den Teufel sucht. Schade, dass Ferrari tot ist und mir nicht sagen kann, wie er darauf gekommen ist.«

Am Ende des Satzes hebt er die Hand knapp zum Gruß. Dann geht er mit bedächtigen Schritten davon. Genauso bedächtig und überlegt, wie der Tonfall, den er die ganze Unterhaltung über beibehalten hat.

Antonio Parmeggiani schließt die Augen. Die Wirklichkeit verliert sich rasch im wirren Halbschlaf.

»Varo Borja«, flüstert er, ehe er einschläft. »Wie es zu dem Namen gekommen ist, errätst du nie.«

Der Himmel ist ein frisch gewaschenes Laken.

Ich kann einfach nicht aufhören, ihn anzusehen. Ich sitze auf dem Rasen und schicke meinen Blick auf die Suche. Nach einer Erklärung vielleicht.

Bei Giovannis Beerdigung waren viele Menschen. Makellose Uniformen, freundliche Gesichter, Händeschütteln, höflich gemimte Trauer. Gespenster, die sich im Kreuzgang der Certosa herumdrückten und darauf warteten, dass endlich alles vorbei war. Dass man nach Hause fahren, ein neues Kapitel aufschlagen, alles verdrängen und von vorn anfangen konnte.

Alles geht vorbei. Geht dahin, ohne dass wir es bemerken. Wie der Fluss, der zehn Meter vor mir die Erde teilt. Wie die Tränen, die mir übers Gesicht liefen, als ich den Sarg hinter dem Mäuerchen aus Backstein und Zement habe verschwinden sehen, während Inspektor Carta neben mir mit weit aufgerissenen Augen auf die Hände des Totengräbers starrte. Groß, diskret und lautlos bedecken sie alles, löschen alles aus.

»Es ist nicht deine Schuld«, hat er mir gesagt, als wir zum Parkplatz zurückgingen. »Wir hätten nichts tun können. Nichts hätten wir tun können.«

Er redete von Giovanni und Angela. Er redete, wie man eben reden muss, weil das Leben weitergeht und nicht wartet. Weil die Zeit läuft, rennt und rast und sich den Teufel darum schert, ob man innehalten und begreifen muss, was von einem geblieben ist. Es ist ihr egal, ob einem jäh ein Stück des Lebens aus dem Fleisch gerissen wurde, ohne Vorankündigung, ohne Grund, ohne Narkose.

Ich habe mit irgendeinem blöden, banalen Satz geantwortet. Dem ersten, der mir eingefallen ist, um das Schweigen zu durchbrechen. Dann haben wir uns verabschiedet.

Als er davonging, habe ich gesehen, wie er sich mit linkischen Gesten eine Zigarette angemacht und beim ersten Zug gehustet hat wie ein Pennäler. Und ich konnte nicht umhin zu denken, dass die Kugel, die Angelas Leben ausgelöscht hat, nichts anderes als eine schmerzhafte Amtsübernahme war. Und dass ich in Francescos Blick der gleichen resignierten, verbitterten Traurigkeit begegnen werde wie bei Giovanni. Die gleichen Gesten, die gleiche Angst, die gleiche Kraft. Die gleiche sinnlose, hektische Jagd, um das Leben nicht zu einem Sammelsurium aus Gewissensbissen und verblassten Erinnerungen werden zu lassen.

Wie die, die ich in den Augen meiner Mutter habe dämmern sehen, am letzten Sonnentag, an den ich mich erinnern kann.

Riccione lag nur einen Tag zurück.

»Ich habe ein Geschenk bekommen, Signor Nicola«, hat sie mir beim Hereinkommen gesagt.

Ich habe ihr übers Haar gestreichelt.

»Ich weiß, Mama. Erinnerst du dich noch an Honorine?«

Einen Moment lang hat sie mich angestarrt wie ein Schüler, der auf eine schwierige Frage antworten soll. Eine komische Miene, die Zunge zwischen den Lippen, die Stirn kraus.

»Natürlich erinnere ich mich. Da blieb so ein Geruch in der Küche zurück …«

Ich habe gelächelt. Und sie vor mir gesehen, als wäre es heute. Honorine, die in der Küche unserer Wohnung Harira kocht, eine Suppe aus Fleisch und Kichererbsen, während meine Mutter das Fleisch klein schneidet und Abdel, mein Vater und ich am Fenster stehen und über Politik reden.

Dann habe ich mir die Tajine angesehen, die sie ihr geschickt hat. Ich habe den Deckel hochgenommen und ihn umgedreht. Die Kassette war mit Isolierband am Ton befestigt. Abdels Interview mit Ali Musab. Einen Moment lang habe ich die Aufnahme zwischen den Fingern gehalten, sie weggesteckt und meine Mutter auf die Stirn geküsst.

»Sie sind ja ganz braun geworden«, hat sie gesagt. »Sie sehen gut aus. Sonst sind Sie immer so blass.«

Schweigend habe ich sie noch einmal geküsst. Und schweigend habe ich ihr die Kette mit dem Anhänger abgenommen, die ich ihr beim letzten Mal geschenkt hatte. Sie hat mich noch immer angesehen, als täte ich etwas sehr Kompliziertes, das man durchschauen müsste.

Dabei hat es nur einen winzigen Handgriff gebraucht, die Memorycard mit Sara Parmeggianis Fotos herauszuholen. Ich musste nur den Anhänger einmal auf- und zumachen. Als ich sie ihr wieder umgelegt habe, ist mir der Duft ihres Haars, ihrer Haut in die Nase gestiegen, der für immer der Geruch von zu Hause und von glücklichen Tagen bleiben wird.

»Ich bin früher oft ans Meer gefahren. Ich war gern dort, auch wenn ich nicht schwimmen kann«, hat sie angefangen. Also habe ich mich neben sie gesetzt und ihr zugehört. Alte Geschichten, wie die, die sie mir als Kind vorgelesen hat, wenn ich krank war. Geschichten, die ich tief in mein Innerstes habe einsinken lassen. Damit Signor Nicola noch einmal zum Kind wird, das man sanft in den Schlaf bringen muss. Und die Rollen wieder richtig verteilt sind.

Ich bin bis zum Abend geblieben. Wir haben zusammen gegessen und Karten gespielt. Wir haben gewartet, bis mein Vater kam, und alle zusammen einen Spaziergang durch den Klinikpark gemacht, ehe es dunkel wurde.

Sie hat mich kein einziges Mal erkannt. Das war das allererste Mal.

Ehe ich ins Auto gestiegen bin, habe ich meinen Vater umarmt. Eine spontane, notwendige, stille Geste. Wir haben uns mit glänzenden, schmalen Augen voneinander verabschiedet, und die ganze Fahrt bis nach Hause habe ich auf das stumme Autoradio gestarrt und gehofft, dass alles sich legt. Auf dem Weg habe ich an einem Mülleimer angehalten und die Memorycard weggeworfen. Ich hatte sie versteckt, falls ich sie noch einmal gebraucht hätte. Doch inzwischen hat sich das erübrigt.

Es gibt nur noch wenige Dinge, die sich nicht erübrigt haben. Ich habe auf dem Gehsteig gestanden und meinen Journalistenfreund angerufen.

Abdels Interview ist gestern erschienen. Und zum ersten Mal seit jenem Tag in Bagdad hatte ich das Gefühl, dass ich ihm endlich Gerechtigkeit habe widerfahren lassen.

Ich muss oft an seine Worte und sein Lächeln denken. Zwei Tage nach der Sprengung der Kolonien habe ich von ihm geträumt. Er schlenderte durch einen Park, an einem Sommernachmittag. Er hielt Lisa an der Hand und erzählte ihr Geschichten. Und sie lauschte gebannt seinen Worten und seiner sanften Stimme. Dann haben sie sich an einem Teich voller Enten auf eine Bank gesetzt. Ohne etwas zu sagen. In den Anblick der Lichtreflexe auf dem Wasser versunken.

Ein bisschen so, wie wir jetzt, zehn Tage nach der Explosion dieser verdammten Gebäude. Auf einem Damm am Brenta, während der grüngraue Fluss unter dem milchigen Himmel dahinfließt.

Seit fast einer Stunde ist Roberta in dem Haus auf der anderen Seite des Dammes. Paola Viglianis Familie wohnt dort. Ich habe Carta von den Sachen erzählt, die Lisa bei ihrer Rückkehr anhatte. Es hat nicht viel gebraucht, um herauszufinden, wem sie gehörten.

Anfangs hat Roberta mich gehasst. Ich glaube, sie wollte einfach nur alles auslöschen und von vorn anfangen. So tun, als sei nie etwas geschehen, versuchen, etwas mit ihrer Tochter aufzubauen. Und hin und wieder die Wäscheschublade öffnen und sich an jene Nacht erinnern, in der sie sie fast für immer verloren hätte.

Ein paar Tage lang haben wir noch nicht einmal miteinander geredet. Dann hat sie begriffen. Sie hat begriffen, dass das, was geschehen ist, nicht nur sie betrifft. Dass sie nicht einfach alles ausradieren kann, indem sie so tut, als existierte es nicht, denn die Wirklichkeit ist sperrig und laut und zieht einem an den Haaren, wenn man versucht, sich abzuwenden und sie zu ignorieren. Sie hat begriffen, dass sich hinter Lisas Schweigen, hinter ihren verhaltenen, kraftlosen Gesten auch die Tränen einer anderen Mutter verbergen, die jedweden Preis zahlen würde, um ihre Tochter wieder bei sich zu haben, und sei sie noch so stumm.

Sie hat begriffen, dass man manche Dinge einfach tun muss. Und dass es nur eine Art gibt, sie zu tun. Also hat sie mich gebeten, sie zu begleiten. Um die letzte Erinnerung zu überbringen und den Kreis zu schließen.

Inspektor Carta hatte nichts dagegen. Und so haben wir uns auf den Weg gemacht. Ich habe sie vor dem Haus abgesetzt, unter einer kleinen Arkade, die an manche Gassen in Bologna erinnert. Dann bin ich über die Brücke gegangen und habe mich auf den Damm gesetzt, die *Repubblica* von heute in den Händen und Lisas Schweigen neben mir.

Und da sitzen wir. Während die Wolken am Horizont grau werden und ein kalter Wind mir den Geruch des fernen Meeres ins Gesicht bläst.

Ein Artikel berichtet von Antonios Tod. So etwas hat es schon seit einer Weile nicht mehr gegeben. Der Leichnam ist noch nicht überführt worden, und es gibt keine Familienangehörigen, die ihn für sich beanspruchen könnten.

Bei der Nachricht von seinem Tod sind mir tausende Fragen gekommen. Sätze, auf die ich keine Antwort hatte. Hin und wieder ist mir das Gesicht des Mannes auf den Fotos in den

Sinn gekommen. Ich frage mich, wie viele sterben mussten, damit er ein Gespenst bleibt. Ich frage mich, wer außer Sara, Giovanni und seinem Schwiegervater das Wissen um seine Identität mit dem Leben bezahlt hat. Und ob Antonios Tod nur ein günstiger Zufall war.

Ich werde nie eine Antwort bekommen. Nicht einmal, wenn ich diese Artikel lese, die mit jedem Tag seltener werden. Doch denke ich mit einem eigenartigen Gefühl des Mitleids an ihn, als könnte ich nachvollziehen, was er getan hat. Den Hass hebe ich mir für alles andere auf.

Für den Mann, der uns in die Kolonien gesperrt hat, der Lisa verschleppt, der Paola Vigliani entführt, sie verkauft und ermordet hat. Für seinen fetten Laufburschen, der vor einer Woche an der slowenischen Grenze festgenommen wurde. Für Michele Ferrari, der mich jeden Tag mit seinem harmlosen Allerweltsblick aus den Zeitungsseiten anglotzt.

Der Elfentanz ist der heutige Titel. Alle haben sich draufgestürzt, wie Hyänen auf einen Kadaver. Als Carta mir den Film gezeigt hat, war meine Wut so heftig, dass ich nicht sprechen konnte. Ich habe auf den Bildschirm gestarrt und zugesehen, wie sich Paola Viglianis Gesicht im reinweißen Licht und dem unheimlichen Weichzeichner der vorbeiziehenden Bilder auflöste. Die Harmlosigkeit des Bösen, versteckt in einem Atemzug.

Bei der gestrigen Pressekonferenz wurde das Videospiel, über das Ferrari an die Fotos der Mädchen kam, mit keinem Wort erwähnt. Nur der Film wurde gezeigt und erklärt, wie die Bilder ausgetauscht wurden. Alles andere ist unterm Teppich geblieben, um den Ruf eines Weltkonzerns wie der GDA Electronics nicht in Gefahr zu bringen und tausende Familien, die Fotos ihrer Kinder verschickt haben, um das Videospiel zu bekommen, nicht in Panik zu versetzen.

»Wir werden sie alle finden«, hat Carta mir gesagt. Und in

unseren Blicken traf sich die Hoffnung, dass es stimmen möge. Dass auf dieser Liste von Namen und lächelnden Gesichtern nicht schon jemand fehlt, verschwunden im Nirgendwo, und das nur, weil er das falsche Videospiel haben wollte.

Lisa ist nicht auf der Liste. Ihre einzige Spur in dieser Geschichte ist ein Foto, das sie zusammen mit Aurelio Strazzari zeigt. Sie ist zufällig darauf gelandet, einfach nur, weil sie im falschen Moment die Straße entlangkam. Man weiß weder, wie sie sie gefunden haben, noch wie sie entkommen konnte.

Doch im Grunde ist das nicht wichtig. Das Einzige, was zählt, ist, am Leben zu sein. Ich, Andrea – mit dem Streifschuss, der sich wie der Kratzer einer Katzenkralle über ihre Wange zieht –, Lisa, Roberta. Alles ist vorbei, auch wenn es niemals vergessen und begraben sein wird.

Ich mache die Jeansjacke zu und klappe den Kragen hoch. Am Horizont ist wieder ein blaues Stück Himmel zu sehen. Lisa wickelt sich eine Haarsträhne um den Finger und starrt weiter aufs Wasser. Den Trageverband des Gipsarms um den Hals. Reinweiß wie der Himmel. Ich blättere die Seite um.

»Ich werde immer instrumentalisiert«, lautet die Schlagzeile auf der nächsten Seite.

»Was heißt instrumentalisiert?«

Einen Moment lang bin ich mir sicher, dass Roberta gesprochen hat. Wäre da nicht diese Frage und die Tatsache, dass sie noch dort drüben in dem Haus ist, gäbe es keinen Zweifel.

Doch es ist Lisas Stimme. Sie hat sich zu mir umgedreht und sieht mich gelassen an. Ich versuche, ihr genauso gelassen zu antworten und so zu tun, als sei nichts.

»Instrumentalisiert?«

»Ja. Da steht's.«

Sie streckt die Hand aus und zeigt mit dem Finger auf die Überschrift.

Ich sehe mich um. »Gleich wache ich auf«, denke ich. »Gleich wache ich auf, und es ist nicht wahr. Und ich werde anfangen zu heulen, weil …«

»Du weißt es selbst nicht, stimmt's?«

Der Satz lässt meine Gedanken eine Kehrwendung machen. Es ist alles wahr. Es geschieht tatsächlich, hier und jetzt.

»Klar weiß ich es.«

»Dann erklär's mir.«

Ich hole Luft.

»Instrumentalisieren heißt, man legt die Worte und Taten einer Person so aus, dass sie eine völlig andere Bedeutung bekommen.«

Sie nickt tiefernst. Einen Moment lang kann ich mir vorstellen, wie sie in der Schule ist. Roberta hat mir erzählt, dass sie immer gut war. Dann scheint sie wieder in ihr Schweigen zurückzufallen. Die Möglichkeit macht mir Angst. Sie fängt an, ohne jeden Rhythmus auf dem Gips herumzutrommeln.

»Und passiert das oft?«

»Was?«, frage ich. Ich benehme mich wie der klassische blöde Erwachsene, der nicht richtig zuhört.

»Instrumentalisiert zu werden, natürlich.«

Ich schlucke.

»Ab und zu. Manchmal, weil man sich nicht klar ausgedrückt hat. Oder weil das, was man tut, nicht ganz eindeutig ist. Manchmal wird es auch absichtlich getan. Kommt drauf an.«

»Und das ist doof, oder?«

»Gut ist es jedenfalls nicht.«

Sie nickt wieder. Sie scheint an etwas enorm Wichtiges zu denken, doch ich habe nicht den Mut, sie danach zu fragen. Dann wendet sie sich wieder dem Wasser zu und trommelt auf ihrem Gips herum. Ehe ich mich's versehe, ist die Frage raus.

»Was ist das?«

»Was ist was?«

»Das Lied, das du da … spielst?«

Sie wirft mir einen kurzen Blick zu.

»Robbie Williams. *Feel*«, sagt sie, als wäre es das Selbstverständlichste von der Welt. Und tatsächlich, jetzt, wo ich es weiß, kann ich es erahnen.

»Tut der Arm weh?«

»Nein, nicht besonders. Aber es juckt höllisch. Manchmal wache ich nachts auf und weiß nicht, wo ich mich lassen soll. Dann bewege ich ihn, und es vergeht wieder.«

»Bald bist du ihn los. Nächste Woche in der Schule werden sie dir alle was draufschreiben.«

Ein winziges Lächeln huscht über ihr Gesicht. Zu kurz.

»Hast du dir nie was gebrochen?«

»Einen Arm, wie du. Das ist lange her.«

Wieder macht sie große Augen und nickt. Dann hängt sie einem Gedanken nach. Als sie damit durch ist, beugt sie sich zu mir und senkt die Stimme.

»Nicht der Mama sagen, dass ich spreche, okay?«

»Okay.«

»Das will ich selber tun.«

»Klar.«

Ich weiß nicht, was ich sagen soll. Am liebsten würde ich lachen und schreien. Eine Frage liegt mir auf den Lippen. Wie eine Geste, die man sich nicht zu machen traut. Wie die Ängste, die man nur überwinden kann, indem man die Augen schließt und springt. Und das tue ich schließlich.

»Wieso hast du als Erstes mit mir gesprochen?«

Die Antwort entreißt mir ein Lachen, das ich sofort zu unterdrücken versuche.

»Ich wusste nicht, ob ich's noch kann. Nach so langer Zeit. Ich musste es halt ausprobieren. Ich konnte ja schlecht zu Mama gehen, um ihr etwas zu sagen, und feststellen, dass ich's nicht mehr kann, oder?«

Ich nicke und versuche ernst zu bleiben. Ich will das Vertrauen, das sie mir gegeben hat, in keinster Weise verletzen.

Sie wendet sich ab. Lässt den Blick über den glitzernden Fluss wandern. Ein Mann auf dem gegenüberliegenden Damm holt die Angel ein und legt sie ins Gras. Wieder dreht sich Lisa zu mir um.

»Kannst du angeln?«

»Nein.«

»Nein?«

»Nein.«

»Ich dachte, alle Männer in deinem Alter könnten angeln.«

»In meinem Alter?«

»Ja, ältere Männer eben.«

Ich gebe ihr einen Klaps auf den Hinterkopf.

»Ey, Signorina, ich bin ja wohl nicht alt!«

Sie lacht. Und ich spüre, wie mein Herz kurz stehenbleibt. Ein winziger Moment, von dem ich wünschte, er würde ewig dauern.

»Und was kannst du so?«

»Fotografieren.«

Sie zuckt mit den Achseln.

»Was ist denn daran so toll? Ich kann auch fotografieren.«

»Tennisspielen.«

»Tennis?«

»Ja.«

»Bäh, Tennis ist blöd!«

»Hast du's mal versucht?«

»Nein. Aber ich hab Tischtennis gespielt.«

Ich versuche, ihre Grimasse nachzumachen.

»Bäh, Tischtennis ist blöd!«

»Aber das ist doch das Gleiche!«

»Hör mal, Signorina, ich glaub, *du* hast Grütze im Kopf.«

»Nee, du hast Grütze im Kopf.«

»Wir schließen einen Pakt, okay?«

Argwöhnisch sieht sie mich an.

»Ich verspreche, deiner Mutter nicht zu sagen, dass du sprichst, aber du musst mir versprechen, dass du es ihr heute Abend sagst und irgendwann mal mit mir Tennis spielen gehst.«

Sie denkt einen Augenblick nach. Sie scheint darüber nachzugrübeln, ob an meinem Vorschlag vielleicht etwas faul ist.

»Aber ich kann doch gar nicht spielen!«, sagt sie schließlich. Sie schreit fast.

Ich klopfe mir mit der Hand auf die Brust.

»Ich bring's dir bei. Abgemacht?«

Sie verzieht unschlüssig den Mund. Dann streckt sie mir die Linke hin.

»Abgemacht.«

Ich schlage ein. Es ist das erste Mal, dass sie mich von sich aus berührt. Ihre Haut ist weich, die Finger kalt. Als ich sie loslasse, dreht sie sich wieder zum Fluss um.

Der Brenta scheint sich zu strecken. Als wäre das Gefälle plötzlich stärker und das Wasser würde schneller ins Tal fließen. Doch das ist nur eine seltsame Lichtspiegelung, ein Geschenk des Nachmittags, der langsam hinter den Bäumen in unseren Rücken versinkt.

»Dieser Mann ist auch instrumentalisiert worden. Ich war das.«

Ich drehe mich um. Ihre Augen sind weit geöffnet, die Miene ernst und bestimmt.

»Welcher Mann?«

»Der aus der Zeitung. Der, von dem alle sagen, dass er Paola weh getan hat. Ich glaub, der wollte mir nur helfen. Ich hab ihn weggeschickt.«

Ihre Stimme ist ganz dünn. Doch ihre glänzenden, runden Augen sehen mich unverwandt an. Ich versuche etwas zu sagen, doch meine Lippen wollen sich nicht öffnen. Also redet sie weiter.

»Mama sagt mir immer, dass ich nach der Schule direkt nach Hause kommen soll. Aber an dem Tag tat mir der Knöchel weh. Ich bin auf der Treppe umgeknickt, auf dem Weg zum Klo. Deshalb, und weil der Mann mich gefragt hat, ob er mich irgendwohin mitnehmen soll, hab ich ja gesagt. Ich hab gehumpelt.«

»Ein Mann?«

»Ja doch. Er hatte ein schönes graues Auto. Einen Mercedes. Er hat gesagt, er heißt Aurelio. Ich hab ihn oft vor der Schule gesehen. Ich dachte, er sei der Vater von einem der Mädchen. Als ich ins Auto gestiegen bin und er einfach losgefahren ist, hab ich einen Schreck gekriegt. Aber dann hat er mich gefragt, wo ich wohne, und ist genau denselben Weg gefahren, den Mama auch immer fährt. Also hab ich gedacht, dass alles in Ordnung ist. Er hat mir ein Schokoladenbonbon geschenkt. Und dann bin ich eingeschlafen.«

Sie schluckt. Dann holt sie tief Luft. Und redet weiter. Alles, was sie so lange mit sich herumgetragen hat, sprudelt plötzlich aus ihr heraus. Es bricht aus der Traurigkeit ihrer Augen und schmilzt dahin.

»Sehr viel später bin ich dann aufgewacht, glaub ich. Ich wusste nicht, wo ich war. Das war ein komisches Zimmer. Es sah aus wie ein Keller, aber nicht wie der in den Ferienkolonien. Es gab noch nicht einmal ein Fenster. Aber ich hab nichts gesehen, weil ich gefesselt war und meine Augen verbunden waren. Und ich hatte was überm Mund. Da war noch jemand. Ich hab ein Weinen gehört, ein Schluchzen, wie wenn man nicht will, dass einen jemand hört, weißt du?

Dann ist die Stimme gekommen. Ich hab eine Tür gehört, und dann Schritte. ›Du musst ruhig bleiben, dir wird nichts passieren. Ich werde dir nichts tun.‹ Sie sprach leise, so wie Mama, wenn's mir nicht gut geht. Aber sie war nicht mit mir in dem Zimmer. Sie war irgendwo anders. Ganz nah, aber hinter einer

Wand. Da hab ich kapiert, dass das andere Mädchen auch nicht im Zimmer war. Dass ich alleine war. ›Vertraust du mir?‹, hat sie es gefragt. Und dann hab ich nichts mehr gehört. Nur das andere Mädchen, das geweint hat. Irgendwann hat es aufgehört.

Nach einer Weile ist dann die Tür aufgegangen, diesmal die zu meinem Zimmer. ›Zieh dich aus‹, hat Aurelio gesagt und etwas auf den Boden geschmissen. Er hat mich hochgezogen und mir die Hände losgebunden. Und ich hab mich ausgezogen. Es war kalt und ich hatte Angst. Es roch komisch da drin, keine Ahnung, wonach.«

Sie hält inne, zieht die Nase hoch.

»Du musst nicht darüber reden, wenn du nicht …«

Sie hört nicht hin. Redet weiter, als wäre ich gar nicht da. Mit leiser Stimme und verlorenem Blick. Ich beiße die Zähne zusammen. Und höre zu.

»Ich musste alles ausziehen. Auch die Unterhose. Und er hat mich eine Weile da stehen lassen. Mir war schwindelig. Ich wollte mich wieder setzen, aber ich konnte nichts sehen. Ich hab versucht, die Augenbinde abzumachen. ›Halt‹, hat er gesagt. Er hat meine Schultern angefasst. Mich auf einen Stuhl gedrückt. Mich auf die Stirn geküsst. Dann ist er gegangen.

Und ich hab nichts gemacht. Ich hab einfach nur dagesessen. Dicht an der Wand, glaube ich. Dann habe ich im anderen Zimmer Schritte gehört. Die Stimme hat gesagt: ›Komm mit mir mit.‹ Das Mädchen hat ja gesagt. Es hat geklungen, als würde sie halb schlafen. Ich hab die Luft angehalten. Meine Zähne haben vor Kälte geklappert, aber ich hab versucht, kein Geräusch zu machen. Ich wollte nicht, dass die Stimme mich hört. Dann würde vielleicht auch nichts passieren.

Ich wollte mir die Augenbinde runtermachen, aber ich konnte nicht. Aurelio hatte gesagt, ich darf nicht. Also hab ich's nicht getan. Ich hab einfach nur dagesessen, bis ich diese Geräusche gehört habe. Ich weiß nicht, was das war. Jemand hat geschrien, ich hab aber nicht verstanden, was. Aber er hat geschrien. Und ich hab geweint. Ich dachte, ich müsste sterben. Ich musste da weg. Nach Hause. Ich hab die Augenbinde abgemacht. Hab gesehen, dass ich in einer Art Keller war. Da war eine Tür in der Wand wie zu einer Kammer. Ich hab gerade versucht, die Augenbinde aufzuknoten, da hab ich Schritte gehört. Ich hab sie ganz schnell wieder hochgezogen und hab so getan, als wäre nichts. Aber ich hab was gesehen. Nur ganz wenig, aber ich hab was gesehen.

Aurelio ist reingekommen, und ich hab gewünscht, ich hätte die Augenbinde nie abgemacht. Seine Hände waren voller Blut. Auch das Hemd. Er hat mich gar nicht beachtet. Er ist in die Kammer gekommen und hat ein Beil genommen. Ich hab nach unten gesehen, die Augen zugemacht. Ich dachte, der sei wütend auf mich. Ich dachte, wenn er merkt, dass ich ihn sehe, bringt er mich um. Er ist vor meinem Stuhl stehengeblieben. Dann hat die Stimme nach ihm gerufen. ›Er hat gesagt, er ist auf dem Weg, wir sollen nichts machen‹, hat sie gesagt. Aurelio ist rausgegangen und hat die Tür zugeschmissen. Ich hab Schritte gehört, und dann nichts mehr. Nur irgendwelche Geräusche über mir. Ich hab versucht, nicht zu weinen, und hab mir die Augenbinde abgemacht. Ich hab gesehen, dass die Tür nicht ganz zu war. Das war auch gar keine richtige Tür. Ich hab versucht, sie aufzumachen. Auf dem Boden lagen ein paar Anziehsachen und ein Prinzessinnenkostüm. Ich hab die Sachen genommen und bin hineingeschlüpft. Die waren mir zu klein, aber es ging.

Als ich die Tür aufgemacht habe, war da eine Garage. Draußen hat es geschneit. Ich hatte keine Schuhe. Die, die dalagen, waren mir zu klein. Ich hab mir den Fuß darin aufgescheuert. Das hat geblutet und wehgetan, also habe ich sie dagelassen und bin rausgelaufen. Jemand hat oben geschrien. Ich hab versucht, nicht hinzuhören, und bin losgerannt. Ich musste schon wieder weinen, aber ich wollte nicht. Ich wollte nur nach Hause. Ich wusste nicht, wo ich war, aber ich war auf einem Hügel, also bin ich die Straße bergab gelaufen. Es hat geschneit, es hat ganz doll geschneit. Mir war kalt. Und dann bin ich gerannt.

Ich bin gerannt und hab angefangen zu weinen. Es war niemand da, dann hab ich ein Auto gehört, und jemand hat gerufen, ich soll stehen bleiben. Ich bin weitergelaufen, so schnell ich konnte. Aber der Fuß tat mir weh, ich hab gefroren. Dann hat er mich eingeholt. Er ist mit dem Auto stehen geblieben, und ich hab mich hinter eine Hecke geduckt und mich ganz, ganz klein gemacht. ›Tu mir nicht weh‹, hab ich ihm gesagt. Er hat gesagt, er bringt mich nach Hause. Ich wollte nicht, aber ich bin trotzdem eingestiegen. Ich weiß nicht, wie das passiert ist. Er hat mich gefragt, wo ich wohne, und ich hab's ihm gesagt. Dann ist er losgefahren.

Er hat mich angesehen. Er hat mich die ganze Zeit angeguckt, als würde ich ihm Angst machen.

›Sie werden dir nichts mehr tun‹, hat er gesagt. ›Es ist alles vorbei, Kleine.‹ Er hat mich gestreichelt. Und ich hab Angst gekriegt. Ich wusste nicht, wo der hinfährt. Es war so dunkel. Als er an einer Ampel angehalten hat, bin ich rausgesprungen und wieder losgerannt. Ich hab mich erst verlaufen. Dann bin ich auf einer Straße rausgekommen. Da war ich schon mal gewesen. Ich hab das Auto kommen hören. Hab mich umgedreht. Ich konnte gar nichts mehr machen. Es ist gegen ein Gittertor gerast. Als ich hingegangen bin, war alles voller Blut.

›Tu mir nicht weh‹, hat er mir gesagt. Und ich hab gedacht, dass es meine Schuld ist, dass ich ihn umgebracht hab. Dass er mir nichts tun wollte, mich nicht in diesen Keller zurückbringen wollte, sondern nur nach Hause. Und ich hatte ihm nicht geglaubt, und jetzt war er tot. Ich habe ein anders Auto kommen hören. Da bin ich weggerannt. Zu dem Haus mit dem kaputten Tor. ›Sieh im Kofferraum nach‹, hat die Stimme gesagt, und ich hab gedacht, dass sie mich jetzt, wo ich ihn umgebracht hatte, schnappen und mitnehmen würden. Und dann würde da Aurelio sein, und das ganze Blut.«

Sie atmet tief durch und sieht mich an. »Bitte, hör mir zu«, sagen ihre Augen. »Lass mich zu Ende erzählen.« Ich fahre mir mit der Zunge über die Lippen. Dann redet sie weiter.

»Ich hab mich im Garten der Villa versteckt. Da war ein Brunnen mit einem Engel obendrauf. Groß, mit ausgebreiteten Flügeln. Er sah aus wie eine Statue, die ich auf dem Friedhof gesehen habe, als die Oma gestorben ist. Es war ganz dunkel, und er sah mich an. Ich konnte nicht dort bleiben. Aber weggehen konnte ich auch nicht. Draußen war die Stimme, und dann die Polizei und die Leute, die in der Villa wohnten und herausgekommen waren, um nachzusehen, was passiert war. Ich hab mich auf den Boden gehockt und gewartet, zusammen mit dem Engel. Er hat mich angeguckt, und ich habe nach unten gesehen. Er hat mich angeguckt. Er wusste, was ich getan hatte. Und als ich nichts mehr gehört habe, bin ich nach Hause gelaufen. Ich dachte, ich müsste erfrieren, aber das bin ich nicht. Ich hab mir geschworen, dass ich nichts sagen würde. Niemals.«

Sie flüstert. Senkt den Blick. Während der ganzen Zeit hat sie kein einziges Mal geweint. Sie hat sich nur den Daumen, der aus dem Gips hervorlugt, blutig geknibbelt. Auch jetzt, als sie zu mir aufsieht, weint sie nicht.

»Hast du gehört?«

Ich nicke.

»Du hast nichts Schlimmes getan, Lisa. Der Mann hatte einen Unfall. Das war nicht deine Schuld.«

»Sicher?«

»Ja.«

»Aber er wollte mich doch nach Hause bringen.«

Ich schüttele langsam den Kopf.

»Nein«, antworte ich und sehe ihr in die Augen.

Als ich den Blick abwende, sehe ich Roberta aus dem Haus kommen. Sie steht unter den Arkaden, und der Wind fährt ihr unters Kleid. Und alles, was mir in den Sinn kommt, ist der Refrain eines Springsteen-Songs. Darin geht es um ein Kleid wie dieses, das sich vor einer zuschlagenden Tür bewegt. Und um das Leben, das sich ganz plötzlich ändern kann, besser werden kann, auch wenn das unmöglich erscheint.

Ich sehe Lisa in diesem merkwürdigen Wind an, der sich erhoben hat, und werde mir bewusst, dass es keinerlei Gewissheit gibt. Nur einen Funken Hoffnung, den ich mit jedem Atemzug am Leben zu halten versuche.

»Nein, der wollte dich nicht nach Hause bringen.«

Jetzt schüttelt sie den Kopf. Sie sieht, wie ihre Mutter die Frau in der Haustür umarmt. Sie scheint noch einen Moment lang über etwas nachzugrübeln, das furchtbar schwer zu erklären ist. Dann, als Roberta auf die Brücke zugeht, um zu uns zu kommen, sieht sie mir fest in die Augen, mit einem Blick der kaum zu ertragen ist.

»Der Mann, der mich ins Auto geholt hat, der, von dem die Zeitungen behaupten, er hätte Paola Vigliani wehgetan und der sich umgebracht hat, war nicht da.«

»Wo war der nicht?«

»In dem Haus. Da waren nur Aurelio und die Stimme. Aber die Stimme hatte das Sagen.«

»Du irrst dich, das hast du selbst gesagt. Das war der Mann.«

Lisa hält nach ihrer Mutter Ausschau. Sie kommt über die Brücke und ist noch zu weit weg, um zu sehen, was los ist.

»Wer?«

»Der aus der Zeitung, Michele Ferrari. Wie nennst du den noch mal? Die Stimme. Das war er.«

Sie will etwas sagen, doch dann hält sie inne und dreht sich um. Roberta ist hinter uns, begrüßt sie. Lisa versucht zu lächeln. Ihre Mutter sieht sie an.

»Wie geht's?«

Meine Stimme klingt schrill wie ein Stück Kreide auf einer Tafel. Roberta streichelt mir über die Wange.

»Ich bin froh, dass ich's gemacht habe. Lasst uns nach Hause fahren.«

Ich stehe auf, strecke Lisa die Hand hin und helfe ihr hoch. Im Aufstehen sieht sie mich an wie ein Spion, der mir sein größtes Geheimnis anvertrauen will. Sie kommt ganz dicht an mich heran und wispert mir ins Ohr.

»Ich hab nie gesagt, dass er die Stimme war, Nicola. Die Stimme war kein Mann.«

»Komm her, du kleine Schlampe.«

Der Onkel kommt näher. Lächelt. Riecht nach Tabak und Minze. Nimmt ihre Hand. Seine Finger sind dick und weich. Er drückt sie zwischen seine Beine. Immer fester.

»Ja, genau so«, raunt er.

Und sie wacht auf.

»Schlecht geträumt?«

Der Mann, der sie ansieht, sitzt neben ihr, die *Il Sole – 24 Ore* aufgeschlagen im Schoß und ein warmes, offenes Lächeln im Gesicht. Sie nickt.

»Das passiert schon mal«, antwortet sie. Doch in Wirklichkeit passiert es ziemlich oft. Denn diesen Satz hat sie jahrelang von ihrem Onkel gehört. Und hat ihre Hände in seinen Hosenschlitz gesteckt, bis er gestorben ist. Umgebracht von einem Tumor wie ein Straßenköter.

Es klingt absurd, aber bei seiner Beerdigung hat sie sogar geweint. Und nicht aus Erleichterung, dass diese Besuche, die so sicher waren wie das sonntägliche süße Teilchen vom Konditor, endlich vorbei waren. Sondern weil sie ihn im Grunde gern gehabt hatte.

Sie hat das nie begriffen. Die Sucht nach Schmerz und Leid

in ihrem Leben. Auch wenn es dazu gar keinen Anlass gibt, wenn alles heiter und leicht sein könnte.

Vielleicht hat sie sich deshalb in ihn verliebt. Weil sie in ihm sofort die Gefahr gesehen hat. Die schlimmste, die ihr je im Leben drohte. Gleich bei ihrer allerersten Begegnung im Kosovo.

Der einzige Mann, der ihr je wirkliche Lust beschert hat. Der einzige Mann, dessen Abwesenheit ihre Tage mit einer derart grausamen, ungekannten Leere erfüllt hat, dass sie nicht wusste, wie sie dagegen angehen sollte. Der Mann, den sie ganz zufällig wiedergetroffen hat, nach Jahren voller Gedanken und Erinnerungen, tief in ihr abgekapselt wie eine Reliquie.

Der einzige, dem sie erzählt hat, was ihr als Kind widerfahren ist. Der einzige, der einen Weg gefunden hat, diese Träume abzustellen und sie endlich von dieser ständig wiederkehrenden Vergangenheit zu befreien.

Ihr eigenes Leid, die eigene Unterdrückung, die Angst, den Schmerz, in den Augen eines anderen Menschen zu sehen. Beim ersten Mal hat er sie dazu zwingen müssen. Und während es passierte, hat er sie gefickt, dort auf dem Boden, im Angesicht dieser Szene, die sich jenseits des falschen Spiegels, hinter dem sie sich versteckten, abspielte. Und sie hat geweint, während die Lust ihren Körper durchpeitschte. Und ist gekommen, während die Tränen auf ihren Wangen bebten.

In jener Nacht sind die Träume zerplatzt. In jener Nacht hat ihr zweites Leben begonnen. Und jetzt beginnt ihr drittes.

Sie sieht auf die Uhr. Eigentlich hatte sie nicht einschlafen wollen. Aber der Flug nach New York hat Verspätung, vielleicht bleibt ihr noch Zeit für das, was sie schon längst hätte tun sollen.

Sie blickt sich um. Ein nur scheinbar gedankenverlorener Blick, den sie im Laufe der Jahre perfektioniert hat. Ihr Sitznachbar steht auf und hebt grüßend die Hand. Lächelt.

Kurz darauf steht sie ebenfalls auf. Die Bar im ersten Stock des Flughafens ist fast menschenleer. Sie setzt sich an ein Ecktischchen, den Rücken zur Wand. Starrt in den grauen, schweren Regen jenseits der Glasfassade, die auf die Start- und Landebahnen hinausgeht.

Dann öffnet sie die Handtasche und holt das Handy hervor. Dank WLAN kann sie nach wenigen Minuten surfen. Die Verbindung zu ihrem Postfach ist fast sofort da. Zuerst hat sie das übliche Programm gestartet. Das, was die Verbindungsdaten anonymisiert und die Zugangsadressen und sämtliche Spuren des Datenverkehrs löscht. Schließlich hat sie die Nachrichten vor Augen. Sie hat sie oft angesehen, auch auf der Arbeit.

»Tut mir leid, dass du gehst«, hat ihr Chef ihr gesagt, als sie ihm eröffnet hat, dass sie nicht weitermachen könne. Dass sie nach dem, was passiert war, unmöglich so weitermachen könne wie bisher. Und dass sie es für alle Beteiligten täte, auch für ihn.

Wenn sie jetzt daran zurückdenkt, während sie den Cursor über die farbige Seite gleiten lässt, dann war das eine der wenigen Gelegenheiten, bei denen sie wirklich die Wahrheit gesagt hat. Und das dem Mann, den sie am meisten benutzt hat, ohne dass der auch nur die leiseste Ahnung davon gehabt hätte.

Sie streicht sich bedächtig das Haar zurecht, eine leicht kokette Geste, die sie sich nie hat abgewöhnen können. Dann öffnet sie die erstbeste Mail. Sie sind fast alle gleich, auch der Anhang.

Der Elfentanz.

Der Film hat ihr nie gefallen. Der Fantasy-Spleen des Sheriffs war ihr schon immer zuwider. Aber sie muss zugeben, dass es funktioniert hat. Doch jetzt muss sich etwas ändern. Das hat er selbst am Telefon gesagt.

»Wir fangen ganz von vorn an. Und diesmal machen wir's zusammen.«

Der Anruf auf die anonyme Nummer hat sie absurd früh am Morgen erreicht. Eigentlich hatte sie dieses Handy nur noch aus Fetischismus an.

»Ich bin's«, hat er gesagt. Und einen Moment lang hat sie geglaubt, sich in einem weiteren Traum zu befinden. Die Alpträume eines Lebens nur ausgelöscht zu haben, um sie durch andere, ebenso reale, unerträgliche zu ersetzen. Sie hat sich heftig auf die Lippe gebissen. Der Geschmack von Blut hat die Wirklichkeit durchdrungen wie Antonio Parmeggianis Worte.

»Ich will, dass du zu mir kommst.«

Sie hat geweint.

»Du bist tot. Du bist tot.«

Er hat sie sofort unterbrochen. Ehe die Bestürzung ihr die Worte abschnitt. Die Freude die Sätze zerriss und den Atem in Schluchzer, den Schmerz in Freude verwandelte.

Er hat ihr erklärt, was sie tun soll, wie sie es tun soll. Er hat ihr erklärt, dass da ein Flugticket sei, das sie am Flughafen abholen könne, und dass sie sofort losfahren soll, auf der Stelle. Er hat ihr gesagt, wie ihr neuer Name lautet, den er für sie ausgesucht hatte. Wo sie die Papiere bekommt.

Ein Telefonat, das die Einzelheiten ihres dritten Lebens enthielt. Die Möglichkeit einer Zukunft, die wieder an die Oberfläche kommt, dem Tod entronnen, als sie schon alle Hoffnungen aufgegeben hatte.

»Du musst alles löschen«, hat er ihr noch gesagt, ehe er auflegte.

Und genau das macht sie jetzt. Am Tisch einer Bar, ein Stück vergangenes Leben vor sich, das mit einem Klick verschwindet. Sie lässt den Mauspfeil einen Moment lang auf dem Bildschirm verharren. Dann bewegt sie ihn rasch und entschlossen.

Sie beendet die Verbindung und lehnt sich zurück. Dieses Postfach zu löschen, hat ihr einen seltsam lustvollen Schauder zwischen den Schenkeln bereitet. Sie holt Luft. Folgt der Bahn eines startenden Flugzeugs. Überlegt, wie ihr Leben ab morgen aussehen wird. Wann sie ihn wieder in die Arme schließen kann. Denkt an den Geschmack seiner Lippen, seiner Haut. Denkt, dass er am Leben ist, und sie auch.

Wie entsetzlich weit weg alles andere erscheint. Aurelios Bitte, und sein nervöses, erregtes Gesicht, als sie ihm ihre Geschäftsidee unterbreitet hat. Das bei der Bank abgehobene Geld, die Quittung mit Micheles Unterschrift, um Aurelio zu bezahlen, unter Vorlage des gefälschten Beleges mit der Unterschrift ihres Mannes, den sowieso niemand kontrollieren würde.

Der Abend von Paola Viglianis Tod. Der Blutgeruch, der das ganze Zimmer erfüllt. Antonios bedächtige Gesten, die Präzision, die Sorgfalt. Das trockene Knacken der brechenden Knochen, das Rauschen des vom Blut rot gefärbten Wassers. Die Stille.

Und dann die Stimme ihres Mannes. Die Entdeckung, dass Petri ihr gefolgt war, dass alles nur ganz knapp unter der Wasseroberfläche lag und nicht, wie gehofft, auf dem Grund. Die Feststellung, dass Michele kurz gedacht hatte, sie beschützen zu müssen, dass er den Worten des Detektivs nicht geglaubt und sich auf die Suche nach Beweisen gemacht hatte, in Aurelios Haus durch die Blutlachen stieg, während der bewusstlose und gefesselte Petri im Kofferraum lag. Und die Ohrfeige, mit der er sie zu Boden geschleudert hatte und gegangen war. Antonio und Aurelio, die nach Erde und Fäulnis riechend aus dem Wald zurückgekehrt waren. Wie sie ins Auto gestiegen war und geglaubt hatte, alles sei Zu Ende. Der Unfall, den sie gesehen hatte, ohne zu begreifen.

Und die Nächte voller Angst im Krankenhaus, Aurelios Tod.

Sie denkt daran, wie sie die Wirklichkeit Stück für Stück durch eine Täuschung ersetzt hat. Um sich zu retten, zu befreien, das Leben und die Hände durch ein Konstrukt aus versteckten, mit Wahrheit verbrämten Lügen reinzuwaschen. Bis zum Ende.

An anderes, mit Wasser vermischtes Blut, das die Badewanne eines Hotelzimmers bis zum Rand füllt. Wer weiß, ob sich Michele im letzten Moment, ehe er in den Schlaf geglitten ist, tatsächlich an alles erinnert hat. Wer weiß, ob es einen Augenblick gab, in dem er begriffen hat, was wirklich passiert ist. Oder ob ihm alles bis zum Schluss, bis zum letzten Herzschlag unklar blieb.

»Vielleicht wird er sich nie erinnern«, hatte der Arzt gesagt. »Es ist an Ihnen, ihm auf angemessene Weise zu helfen, zu seinem wirklichen Leben zurückzufinden.«

In dem Moment ist ihr die Idee gekommen. In dem Moment hat sie gedacht, dass es noch einen Ausweg gab. Dass das Schicksal ihr eine zweite Chance gegeben hatte.

Und während sie auf den Schalter zugeht, um ihr Ticket abzuholen, denkt sie, dass dieser soeben vom heftigen Wind, vom Regen, vom winterlich grauen, bleiernen Himmel verschluckte Sommer ihr letzter Sommer der Unschuld war.

Von nun an wird nichts mehr sein wie zuvor. Nicht einmal ihre Identität. Das wird ihr erst klar, als die Stewardess hinterm Tresen sie nach ihrem Personalausweis und dem Namen fragt, auf den das Ticket hinterlegt ist.

Es ist das letzte Mal, dass sie ihn benutzt. Das, was sie bis dahin gewesen ist, stirbt genau dort, auf dem glänzenden Plastik eines Flughafenschalters.

»Mirella Ferrari«, sagt sie.

Und für den winzigen Bruchteil einer Sekunde ist sie überzeugt, Varo Borja gesagt zu haben.

Quellenangaben

Arturo Pérez-Reverte: *Der Club Dumas*, übersetzt von Claudia Schmitt, © 2005 List Taschenuch in der Ullstein Buchverlage GmbH Berlin
Isabel Allende: *Paula*, übersetzt von Liselotte Kolanoske, © Suhrkamp Verlag Frankfurt a. M. 1995
Salman Rushdie, *Der Boden unter ihren Füßen*, übersetzt von Gisela Stege, © 1999 by Kindler Verlag GmbH, München
Simona Vinci: *Nachmittags, wenn alle schlafen*, übersetzt von Constanze Krings, © 2006 Piper Verlag GmbH, München
Jean-Claude Izzo: *Total Cheops*, übersetzt von Katarina Grän und Ronald Vouille, © by Unionsverlag Zürich 2000

Jeff Abbott
Fear
Thriller
Aus dem Amerikanischen von Ursula Walther
426 Seiten
ISBN 978-3-7466-2440-2

Ein Thriller mit Nebenwirkungen

Miles Kendrick tötete bei einer Schießerei aus Versehen seinen besten Freund. Die Ärztin Allison Vance hilft ihm ins Leben zurückzufinden. Bis sie offenbar bei einem Bombenanschlag getötet wird. Hat sie zuviel über FROST, ein geheimes Medikament, gewusst? Miles beginnt Nachforschungen über ihren Tod anzustellen und gerät schnell ins Fadenkreuz eines skrupellosen Killers. »Fear« wird Sie nicht mehr loslassen – bevor der letzte Schuss verklungen ist.

Mehr von Jeff Abbott:
Total Panic. Thriller. RL 00743

Mehr Informationen erhalten Sie unter
www.aufbau-verlag.de oder in Ihrer Buchhandlung

aufbau taschenbuch

Deon Meyer
Das Herz der Jägers
Thriller
Aus dem Englischen von Ulrich Hoffmann
409 Seiten.
ISBN 978-3-7466-2328-3

Spannung. Action. Südafrika.

Thobela führt ein bürgerliches Leben in Kapstadt. Er liebt Miriam, kümmert sich um deren Sohn und arbeitet in einer Motorradwerkstatt. Niemand weiß, dass Thobela ein Killer war, der im Namen der Befreiungsbewegung tötete. Bis die Tochter eines alten Freundes vor seiner Tür steht. Ihr Vater ist gekidnappt worden. Thobela eilt seinem Freund zu Hilfe und jagt auf einem Motorrad quer durch das Land. Der Autor führt mit diesem Thriller dem Leser auch vor Augen, welche Veränderungen Südafrika in den letzten Jahren erfahren hat.

»Deon Meyer ist mit diesem Politthriller, Roadmovie und dieser Männergeschichte etwas Besonderes gelungen. Eingebettet in einen spannenden Plot, erzählt er doppelt Geschichte: die eines Helden und die blutige eines noch lange nicht zur Ruhe gelangten großartigen Landes.«

Die Zeit

Mehr von Deon Meyer (Auswahl):
Der traurige Polizist. Kriminalroman. AtV 2170
Weißer Schatten. Kriminalroman. RL 00759
Der Atem des Jägers. Kriminalroman. RL 00746

Mehr Informationen erhalten Sie unter
www.aufbau-verlag.de oder in Ihrer Buchhandlung

aufbau taschenbuch